KB187455

中世國語 文獻의 飜譯 研究

南星祐

┃머리말┃

이 著書는 中世國語 文獻의 飜譯을 연구한 것이다. 이 저서에서 연구 대상으로 하는 문헌은 佛書, 經書 및 醫書이다. 제1편부터 제3편까지는 佛書의 번역에 대한 연구이고 제4편은 醫書의 번역에 대한 연구이고 제5편은 經書의 번역에 대한 연구이다.

중세국어 문헌의 飜譯에 대한 관심은 15세기 국어의 同義語를 문헌의 對比를 통해 抽出하는 과정에서 시작되었다. 동일한 經典의 번역인 『月印釋譜』와 『法華經諺解』의 對比에서 同義語의 확인이 가능할 뿐만 아니라 주요한 번역 양상의 발견도 가능하다.

중세국어 문헌의 번역에서 확인되는 주요한 번역 양상으로 原文의 對比, 意譯, 語彙的 差異, 飜譯되지 않는 部分, 飜譯 順序 그리고 文法的 差異가 있다.

제1편은 2005년 2월에 『한국어문학연구』 제21집에 발표한 "『釋譜詳節』 卷廿一과 『法華經諺解』 卷七의 飜譯 硏究"를 修正하고 補完한 것이다. 제1편에서 주목해야 할 번역 양상으로 原文의 번역 순서가 있다. 『석보상절』 권21에서는 原文의 순서가 바뀌어 번역되어 있다.

제2편은 1996년에 『한국어문학연구』 제7집에 발표한 "『月印釋譜』 卷十三과 『法華經諺解』의 飜譯"을 많이 修正하고 많이 補完한 것이다.

제3편은 2005년 10월에 『한국어문학연구』 제22집에 발표한 "『月印釋譜』 卷七과 『阿彌陁經諺解』의 飜譯 硏究"를 수정하고 補完한 것이다.

제4편은 1999년에『한국어문학연구』제10집에 발표한 “『救急方諺解』와『救急簡易方』의 飜譯”을 수정하고 보완한 것이다.

제5편은 1997년에『口訣研究』제2집에 발표한 “『飜譯小學』卷六과『小學諺解』卷五의 飜譯”을 수정하고 보완한 것이다.

이 저서를 만드는 데 도움을 준 사람은 한국외국어대학교 일반대학원 박사과정에 재학 중인 盧採煥이다. 그는 修正과 補完을 위해 컴퓨터 작업을 성실하게 해 주었다.

끝으로 어려운 出版 사정에도 불구하고 이 저서의 출판을 흔쾌히 맡아 주신 제이앤씨 尹錫園 사장님께, 그리고 편집을 훌륭하고 멋지게 해 주신 金娟秀 주임께 謝意를 표하는 바이다.

2007년 11월 5일 저자 씀

❙목 차❙

▪ 머리말 · · 1

제1편

『釋譜詳節』 卷卄一과 『法華經諺解』 卷七의 飜譯 研究

제1장 序論 · 15

1. 研究 目的과 範圍 ………………………………………… 15
2. 先行 研究 ………………………………………… 16

제2장 原文의 對比 · 17

1. 大文과 註釋文 ………………………………………… 17
2. 偈頌 ………………………………………… 30
3. 品의 序文 ………………………………………… 33

제3장 原文의 飜譯 順序 · 36

제4장 意譯 · 42

1. 名詞類의 意譯 ………………………………………… 42
2. 動詞類의 意譯 ………………………………………… 49
3. 節의 意譯 ………………………………………… 59

제5장 語彙的 差異 · 61

1. 名詞類와 名詞類 ………………………………………… 61
2. 名詞와 動詞類 ………………………………………… 63
3. 動詞類와 動詞類 ………………………………………… 65

4. 動詞類와 名詞類 …… 68
5. 動詞類와 副詞類 …… 76
6. 動詞와 節 …… 77
7. 副詞와 副詞類 …… 78
8. 副詞類와 動詞句 …… 79
9. 冠形詞와 冠形詞 …… 80
10. 冠形詞와 名詞句 …… 80
11. 冠形詞와 狀態動詞句 …… 81
12. 複數接尾辭와 冠形詞 …… 82
13. 節과 狀態動詞 …… 83

제6장 飜譯되지 않는 部分 · 84
1. 飜譯되지 않는 名詞類 …… 84
2. 飜譯되지 않는 動詞類 …… 94
3. 飜譯되지 않는 副詞類 …… 106
4. 飜譯되지 않는 冠形詞 …… 121
5. 飜譯되지 않는 節 …… 124

제7장 飜譯 順序 · 125
1. 名詞의 번역 순서 …… 125
2. 動詞類의 번역 순서 …… 128
3. 副詞의 번역 순서 …… 134

제8장 結論 · 138

제2편

『月印釋譜』 卷十三과 『法華經諺解』의 飜譯 研究

제1장 序論 · 145
1. 研究 目的과 範圍 ········· 145
2. 先行 研究 ········· 146

제2장 原文의 對比 · 147
1. 大文의 註釋文 ········· 147
2. 偈頌 ········· 148
3. 註釋 ········· 152
4. 品의 序文 ········· 160

제3장 意譯 · 162
1. 名詞類의 意譯 ········· 162
2. 動詞類의 意譯 ········· 170
3. 副詞의 意譯 ········· 186
4. 節의 意譯 ········· 187

제4장 語彙的 差異 · 190
1. 名詞類와 名詞類 ········· 190
2. 名詞類와 動詞類 ········· 194
3. 名詞類와 冠形詞 ········· 205
4. 名詞와 節 ········· 206
5. 動詞類와 動詞類 ········· 207
6. 動詞類와 名詞類 ········· 216
7. 動作動詞와 副詞類 ········· 221
8. 副詞와 副詞類 ········· 222
9. 副詞와 名詞類 ········· 223
10. 副詞類와 動詞類 ········· 224
11. 冠形詞와 冠形詞 ········· 225

12. 冠形詞와 名詞句 ………… 227
13. 冠形詞와 狀態動詞句 ………… 228
14. 繫辭와 動作動詞 ………… 229
15. 複數接尾辭와 名詞類 ………… 229
16. 複數接尾辭와 動詞類 ………… 231
17. 複數接尾辭와 冠形詞 ………… 231

제5장 飜譯되지 않는 部分 · 234
1. 飜譯되지 않는 名詞類 ………… 234
2. 飜譯되지 않는 動詞類 ………… 245
3. 飜譯되지 않는 副詞類 ………… 264
4. 飜譯되지 않는 冠形詞 ………… 285
5. 飜譯되지 않는 節 ………… 289
6. 飜譯되지 않는 複數接尾辭 ………… 289

제6장 飜譯 順序 · 290
1. 名詞類의 飜譯 順序 ………… 290
2. 動詞類의 飜譯 順序 ………… 293
3. 副詞의 飜譯 順序 ………… 311
4. 分節의 差異 ………… 323

제7장 文法的 差異 · 326
1. 格의 差異 ………… 326
2. 動詞類의 格支配 ………… 343
3. 語尾의 差異 ………… 352
4. 合成의 差異 ………… 356
5. 節 構成의 差異 ………… 357
6. 否定法의 差異 ………… 361
7. 使動의 差異 ………… 365

제8장 結論 · 366

제3편
『月印釋譜』 卷七과 『阿彌陀經諺解』의 飜譯 研究

제1장 序論 · 377
1. 研究 目的과 範圍 ···· 377
2. 先行 研究 ···· 377

제2장 原文의 對比 · 378

제3장 註釋의 對比 · 380
1. 『月印釋譜』 卷7에만 있는 주석 ···· 380
2. 『阿彌陀經諺解』에만 있는 주석 ···· 380
3. 相異한 註釋 ···· 381

제4장 意譯 · 383
1. 名詞句의 意譯 ···· 383
2. 動詞類의 意譯 ···· 384
3. 節의 意譯 ···· 387

제5장 語彙的 差異 · 389
1. 名詞類와 名詞類 ···· 389
2. 名詞와 狀態動詞句 ···· 390
3. 動詞類와 動詞類 ···· 391
4. 動詞類와 名詞類 ···· 392
5. 動作動詞와 繫辭 ···· 394
6. 動作動詞와 助詞 ···· 395
7. 冠形詞와 冠形詞 ···· 396
8. 副詞와 副詞句 ···· 397
9. 連結語尾와 名詞 ···· 397

제6장 飜譯되지 않는 部分 · 399

1. 飜譯되지 않는 名詞類 ············ 399
2. 飜譯되지 않는 動詞類 ············ 403
3. 飜譯되지 않는 副詞 ············ 405
4. 飜譯되지 않는 冠形詞 ············ 407

제7장 飜譯 順序 · 409

1. 名詞句의 번역 순서 ············ 409
2. 動詞類의 번역 순서 ············ 410

제8장 結論 · 412

제4편
『救急方諺解』와 『救急簡易方』의 飜譯 研究

제1장 序論 · 419

1. 研究 目的과 方法 ············ 419
2. 先行 研究 ············ 420

제2장 意譯 · 422

1. 名詞類의 意譯 ············ 422
2. 動詞類의 意譯 ············ 442
3. 副詞類의 意譯 ············ 466
4. 節의 意譯 ············ 467

제3장 語彙的 差異 · 470

1. 名詞類 ············ 470
2. 動詞類 ············ 486
3. 副詞 ············ 511

4. 冠形詞 ··· 513
5. 補助詞 ··· 514

제4장 飜譯되지 않는 部分 · 515
1. 飜譯되지 않는 名詞類 ··· 515
2. 飜譯되지 않는 動詞類 ··· 526
3. 飜譯되지 않는 副詞類 ··· 539
4. 飜譯되지 않는 冠形詞 ··· 551
5. 飜譯되지 않는 節 ··· 552
6. 飜譯되지 않는 助詞 ··· 552

제5장 飜譯 順序 · 554
1. 名詞類의 번역 순서 ··· 554
2. 動詞類의 번역 순서 ··· 563
3. 副詞類의 번역 순서 ··· 587
4. 分節의 差異 ··· 590

제6장 文法的 差異 · 594
1. 格의 差異 ··· 594
2. 動詞의 格支配 ··· 597
3. 語尾의 差異 ··· 600
4. 否定法의 差異 ··· 602
5. 使動의 差異 ··· 603

제7장 結論 · 604

제5편
『飜譯小學』 卷六과 『小學諺解』 卷五의 飜譯 硏究

제1장 序論 · 615

제2장 意譯 · 617
1. 名詞類의 意譯 ········· 617
2. 動詞類의 意譯 ········· 636
3. 副詞語句의 意譯 ········· 654
4. 節의 意譯 ········· 655

제3장 語彙的 差異 · 656
1. 名詞類와 名詞類 ········· 656
2. 名詞類와 動詞類 ········· 660
3. 名詞類와 副詞 ········· 666
4. 代名詞와 冠形詞 ········· 668
5. 動詞類와 動詞類 ········· 668
6. 動詞類와 名詞 ········· 678
7. 動詞類와 副詞 ········· 679
8. 狀態動詞와 冠形詞 ········· 681
9. 副詞類와 副詞類 ········· 681
10. 副詞類와 動詞類 ········· 683
11. 副詞와 名詞句 ········· 686
12. 副詞類와 冠形詞類 ········· 686
13. 其他 ········· 688

제4장 飜譯되지 않는 部分 · 690
1. 飜譯되지 않는 名詞類 ········· 690
2. 飜譯되지 않는 動詞類 ········· 692
3. 飜譯되지 않는 副詞類 ········· 695
4. 飜譯되지 않는 冠形詞 ········· 708

제5장 飜譯 順序 · 710
1. 名詞의 飜譯 順序 ······ 710
2. 動詞類의 飜譯 順序 ······ 711
3. 副詞類의 飜譯 順序 ······ 717
4. 分節의 差異 ······ 722

제6장 文法的 差異 · 725
1. 格의 差異 ······ 725
2. 動詞類의 格支配 ······ 735
3. 語尾의 差異 ······ 737
4. 접미사 '-재'의 有無 ······ 746
5. 節 構成의 差異 ······ 747
6. 否定法의 差異 ······ 751
7. 使動의 差異 ······ 751

제7장 口訣과 諺解 · 752
1. A型: 口訣의 同一과 文法的 要素의 不一致 ······ 752
2. B型: 口訣의 相異와 文法的 要素의 一致 ······ 759
3. C型: 口訣의 相異와 文法的 要素의 不一致 ······ 765

제8장 結論 · 768

▪ 中世國語 文獻 目錄 ·· 775
▪ 參考文獻 ·· 777

제 1 편

『釋譜詳節』 卷卄一과 『法華經諺解』 卷七의 飜譯 硏究

제1장 序論

1. 研究 目的과 範圍

이 논문은『釋譜詳節』 권21(1447)과『法華經諺解』 권7(1463)의 飜譯을 두 문헌의 對比를 통해 實證的으로 밝혀 보려는 데 목적이 있다.

『석보상절』 권21과『법화경언해』 권7의 번역 양상은 두 문헌의 對比 研究에서 克明하게 밝혀질 수 있다. 그것은 두 문헌이 동일한 底本인『法華經』을 기초로 하고 있기 때문이다. 두 문헌의 번역 양상은 原文의 對比, 原文의 飜譯 順序, 意譯, 語彙的 差異, 飜譯되지 않는 部分 그리고 飜譯 順序로 나누어 고찰할 수 있다.

『석보상절』의 상당 부분 즉 권13부터 권21(현전하는 것은 권13, 권19, 권20, 권21임)은『법화경언해』와 內容上 동일하다. 그것은 두 문헌이 동일한 底本인『법화경』의 번역이기 때문이다. 이 논문이 연구 대상으로 하는『석보상절』 권21에 해당되는『법화경언해』 권7의 부분은 觀世音菩薩普門品 第二十五, 陀羅尼品 第二十六, 妙莊嚴王本事品 第二十七 및 普賢菩薩勸發品 第二十八이다.

『釋譜詳節』과『法華經諺解』가 內容上 일치하는 것을 <표1>을 통해 확실히 알 수 있다.

<표 1> 『석보상절』과 『법화경언해』의 대비

月印釋譜	法華經諺解	비고
권11	1.序品, 2.方便品	釋譜詳節 권13은 法華經諺解와 내용이 같다.
권12	3.譬喻品	
권13	4.信解品, 5.藥草喻品, 6.授記品	
권14	7.化城喻品	
권15	8.五百弟子授記品, 9.授學無學人記品, 10.法師品, 11.見寶塔品	
권17	16.如來壽量品, 17.分別功德品, 18.隨喜功德品, 19.法師功德品, 20.常不輕菩薩品	釋譜詳節 권19는 法華經諺解의 18.隨喜功德品부터 21.如來神力品과 내용이 같다.
권18	21.如來神力品, 22.囑累品, 23.藥王菩薩本事品, 24.妙音菩薩品	釋譜詳節 권20은 法華經諺解 22.囑累品 부터 24.妙音菩薩品과 내용이 같다.
권19	25.觀世音菩薩普門品, 26.陀羅尼品, 27.妙莊嚴王本事品, 28.普賢菩薩勸發品	釋譜詳節 권21은 法華經諺解와 내용이 같다.

2. 先行 研究

『석보상절』과 『법화경언해』를 비교 연구한 논저로 李奉奎(1995)와 南星祐(1998)가 있다. 李奉奎(1995)는 『석보상절』 권20과 『법화경언해』의 번역 양상을 고찰한다. 南星祐(1998)는 『석보상절』 권21과 『법화경언해』에서 확인되는 동의 관계를 연구한다.

『月印釋譜』와 『법화경언해』의 번역을 대비 연구한 논저로 南星祐(1996), 朴瞬緖(1998) 및 權和淑(2003)이 있다. 南星祐(1996)는 『월인석보』 권13과 『법화경언해』의 번역을 두 문헌의 對比를 통해 연구한 것이고 朴瞬緖(1998)는 『월인석보』 권12와 『법화경언해』의 번역을 두 문헌의 대비를 통해 연구한 것이고 權和淑(2003)은 월인석보』 권15와 『법화경언해』의 번역을 두 문헌의 대비를 통해 연구한 것이다.

제2장 原文의 對比

『석보상절』 권21과 『법화경언해』 권7을 대비해 보면 『석보상절』 권21에는 『법화경』의 원문의 많은 부분이 번역되어 있지 않다는 것을 발견할 수 있다. 원문 중 번역되지 않는 것에는 大文과 註釋文이 있고 偈頌의 大文과 註釋文이 있으며 여러 品의 序文이 있다.

1. 大文과 註釋文

『석보상절』 권21에 번역되어 있지 않은 『법화경언해』 권7의 大文과 註釋文은 다음과 같다.

1.1. 번역되지 않는 大文

『석보상절』 권21에 번역되어 있지 않은 『법화경언해』 권7의 大文은 다음과 같다.

(1) 遊諸國土ᄒᆞ야 度脫衆生ᄒᆞᄂᆞ니라 <法華七 80a>

(2) 爾時無盡意菩薩이 以偈로 問曰ᄒᆞ샤ᄃᆡ <法華七 84b>

(3) 在此會中이러니 <法華七 115a>

(4) 我是弟子ㅣ로이다 <法華七 135a>

(5) 爾時二子ㅣ 欲重宣其意ᄒᆞ야 以偈白母호ᄃᆡ <法華七 136a>

(6) 所以者何ㅣ어뇨 諸佛이 難値시며 時亦難遇ᄅᆞᆯᄊᆡ니이다 <法華七 137b>

(7) 於意云何오 <法華七 150a>

1.2. 번역되지 않는 註釋文

『석보상절』 권21에 번역되어 있지 않은 『법화경언해』 권7의 註釋文은 다음과 같다.

(1) 將顯普門호려 ᄒᆞ샤 而因無盡意ᄒᆞ샤 發起者ᄂᆞᆫ 表普門圓行이 應現無盡也ᄒᆞ시니라 若愚ㅣ(43a) 讚云호ᄃᆡ 世界無邊ᄒᆞ야 塵擾擾ᄒᆞ며 衆生이 無數ᄒᆞ야 業茫茫ᄒᆞ며 愛河ㅣ 無底ᄒᆞ야 浪滔滔호ᄊᆡ 是故로 我名無盡意라 ᄒᆞ니 觀音之行도 亦若是矣시니라 <法華七 43b>

(2) 從此ᄒᆞ야 至受持名字히ᄂᆞᆫ 名이 十四無畏功德이시니라 <法華七 44a>

(3) 此ㅣ 於衆苦雜聲에 齊觀竝救也ㅣ시니라 <法華七 45b>

(4) 昔(45b)에 琳法師ㅣ 稱名七日ᄒᆞᅀᆞᆸ고 而免難於唐ᄒᆞ며 孫敬德이 誦經千遍ᄒᆞᅀᆞᆸ고 而全生於魏ᄒᆞ니 卽脫諸苦惱之驗也ㅣ라 <法華七 46a>

(5) 楞嚴에 明十四無畏功德ᄒᆞ시니 一者ᄂᆞᆫ 由我ㅣ 不自觀音ᄒᆞ야 以觀觀者로 令苦衆生이 觀其音聲ᄒᆞ야 卽得解脫이라 ᄒᆞ시니 夫不自觀音ᄒᆞ샤 以觀觀者ᄂᆞᆫ 卽離塵復性之眞觀也ㅣ시니 離塵復性ᄒᆞ시면 卽諸妄이 自脫ᄒᆞᆯᄊᆡ 故로 能令苦衆生ᄋᆞ로 蒙我眞觀ᄒᆞ야 卽得解(50b)脫이시니라 二者ᄂᆞᆫ 知見을 旋復ᄒᆞ야 則火ㅣ 不能燒케 ᄒᆞ며 三者ᄂᆞᆫ 觀聽을 旋復ᄒᆞ야 則水ㅣ 不能溺이라 ᄒᆞ시니 蓋見覺은 屬火ᄒᆞ고 聞聽은 屬水ᄒᆞ니 知見을 旋ᄒᆞ면 則離火塵ᄒᆞ고 聞聽을 旋ᄒᆞ면 則離水塵ᄒᆞᄂᆞ니 幻塵을 旣離ᄒᆞ면 眞性에 斯復ᄒᆞᆯᄊᆡ 所以無能燒溺也ㅣ니 能旋見聽ᄒᆞ실ᄊᆡ 則煩惱之火와 貪愛之水왜 皆無能燒溺矣샷다 四者ᄂᆞᆫ 滅妄斷殺ᄒᆞᆯᄊᆡ 則鬼不能害라 ᄒᆞ시니 皆由離塵復性之觀力의 加被也(51a)ㅣ시니라 昔에 于相國이 問黑風漂墮之義於紫玉ᄒᆞ야ᄂᆞᆯ 玉이 呼名諷之ᄒᆞᆫ대 公이 悖然變色거ᄂᆞᆯ 玉曰便是黑風漂墮ㅣ라 ᄒᆞ니 則凡不能離塵ᄒᆞ고 循聲流轉ᄒᆞ면 一念漂墮ㅣ 皆如是也ᄒᆞ니라 <法華七 51b>

(6) 此ᄂᆞᆫ 由菩薩이 以六根이 消復ᄒᆞ샤 同於聲聽之力ᄋᆞ로 加之시니 以同聲聽ᄒᆞ샤 無復形礙(53b)ᄒᆞ실ᄊᆡ 故로 使力兵ᄋᆞ로 猶割水吹光ᄒᆞ야 性無損動이시니라 <法華七 54a>

(7) 此ᄂᆞᆫ 假聞熏이 精明之力이 爍諸癡暗ᄒᆞ실(55a)ᄊᆡ 故로 鬼不能視ᄒᆞ며 斷滅妄想ᄒᆞ샤 心無殺害ᄒᆞ실ᄊᆡ 故로 害不能加ㅣ니라
<法華七 55b>

(8) 此ᄂᆞᆫ 由音性이 圓消ᄒᆞ샤 離諸塵妄之力ᄋᆞ로(56b) 加之시니 塵妄을 旣離ᄒᆞ시면 則身相이 不有ᄒᆞ실ᄊᆡ 故로 枷鎖ㅣ 自脫이니라
<法華七 57a>

(9) 此ᄂᆞᆫ 由滅音ᄒᆞ샤 圓聞ᄒᆞ샤 遍生慈力ᄋᆞ로 加之시니 蓋音聞이 兩立ᄒᆞ면 則物我ㅣ 成敵거니와 滅音圓聞ᄒᆞ시면 則內外無待ᄒᆞ실ᄊᆡ 故로 能遍慈ᄒᆞ샤 而劫敵也ㅣ시니라 <法華七 59a>

(10) 結外業也ᄒᆞ시니라 <法華七 59b>

(11) 此ᄂᆞᆫ 由熏聞ᄒᆞ샤 離塵ᄒᆞ샤 色所不劫之力으로 加之시니 蓋衆生은 以欲習으로 合塵ᄒᆞᆯᄊᆡ 故로 爲色의 劫ᄒᆞᄂᆞ니 一蒙妙力ᄒᆞᅀᆞ오면 則欲愛ㅣ 乾枯ᄒᆞ고 根境이 不偶ᄒᆞ야 雖有妖色이라도 不能劫動ᄒᆞᆯᄊᆡ 故로 便得離慾ᄒᆞ리라 <法華七 60a>

(12) 此ᄂᆞᆫ 由根境이 圓融ᄒᆞ샤 無能所對之力으로 加之시니 蓋嗔은 由違情而起ᄒᆞ며 對境而生ᄒᆞᄂᆞ니 圓融ᄒᆞ시면 則無違ᄒᆞ시고 無對ᄒᆞ시면 則(60b)不嗔矣샷다 <法華七 61a>

(13) 此ᄂᆞᆫ 由消塵ᄒᆞ샤 旋明ᄒᆞ샤 朗徹無礙之力으로 加之시니 以癡ᄂᆞᆫ 由妄塵의 所蔽며 無明의 所覆ㅣ니 消塵ᄒᆞ시면 則無蔽ᄒᆞ시고 朗徹ᄒᆞ시면 則無覆ᄒᆞ실ᄊᆡ 故로 能旋復眞明ᄒᆞ샤 求離癡暗也ㅣ시니라 內業이 有十호ᄃᆡ 而壞滅法身호ᄆᆞᆫ 唯婬怒癡ㅣ 爲甚ᄒᆞᆯᄊᆡ 故로 擧三ᄒᆞ샤 以兼餘ᄒᆞ시니라 上은 皆依楞嚴漸說이어니와 自頓言之(62b)컨댄 三毒水泡ㅣ 元無自性ᄒᆞ니 知觀觀者ᄂᆞᆫ 豈不便離리오
<法華七 63a>

(14) 結內業也ᄒᆞ시니라 <法華七 63b>

(15) 融形ᄒᆞ샤 涉世ᄒᆞ샤 遍事諸佛ᄒᆞ샤 爲法王子之力으로 加之ᄒᆞ시면 卽生男ᄒᆞ고 圓通ᄒᆞ샤 含界ᄒᆞ샤 承順如來ᄒᆞ샤 受領法門之力으로 加之ᄒᆞ시면 卽生女ᄒᆞ리라 <法華七 67a>

(16) 此ᄂᆞᆫ 第十四無畏功德也ㅣ시니라 楞嚴에 云(68b)ᄒᆞ샤ᄃᆡ 此大千界예 現住世間ᄒᆞ신 有六十二億河沙菩薩ᄒᆞ시니 脩法垂範ᄒᆞ샤 方便으로 利生ᄒᆞ시ᄂᆞ니 持名供養하면 得無量福ᄒᆞ리니 而持觀音名ᄒᆞ면 其福이 齊等이라 ᄒᆞ시니 蓋由觀音이 得眞圓通ᄒᆞ샤 一와 多왜 平等ᄒᆞ시며 彼와 我왜 無二故也ㅣ시니라 <法華七 69a>

(17) 摠結十四無畏之福ᄒᆞ시니라 <法華七 69b>

(18) 卽三十二應也ㅣ시니라 觀音이 於楞嚴會上애 自說ᄒᆞ샤ᄃᆡ 我ㅣ 昔에 供養觀音如來ᄒᆞᅀᆞ와 授我如幻ᄒᆞᆫ 聞을 熏ᄒᆞ며(70b) 聞을 脩ᄒᆞᆫ 金剛三昧ᄒᆞ야시ᄂᆞᆯ 與佛如來와 同慈力故로 令我身으로 成三十二應ᄒᆞ야 入諸國土ㅣ라 ᄒᆞ시니 始自佛身ᄒᆞ샤 終至人非人等히 爲三十二시니 皆以無作妙力으로 自在成就시니 <法華七 71a>

(19) 但擧三聖者ᄂᆞᆫ 妙音品엔 開菩薩位ᄒᆞ시고 此則合在佛位ᄒᆞ시니라 應은 讀爲膺호리니 當其根而應之也ㅣ라 <法華七 73a>

(20) 梵王은 爲初禪天主ㅣ오 帝釋은 爲忉利天主ㅣ오 自在天은 居欲界頂ᄒᆞ고 大自在天은 居色界頂하고 天大將軍은 統領鬼神ᄒᆞ고 四天王은 統領世界ᄒᆞᄂᆞ니 毗沙門이 居北方ᄒᆞ야 爲最尊ᄒᆞ니라 初二ᄂᆞᆫ 從顯ᄒᆞ샤 擧ᄒᆞ시니 以(75a)梵釋이 常隨佛故ㅣ라 次四ᄂᆞᆫ 從摠ᄒᆞ샤 擧ᄒᆞ시니 謂欲界之摠과 色界之摠과 鬼神之摠과 世界之摠也ㅣ라 <法華七 75b>

(21) 妙音品에 先言輪王ᄒᆞ시고 次言小王ᄋᆞᆫ 乃摠別을 兼擧ㅣ시니 此ᄂᆞᆫ 從摠擧ㅣ실ᄊᆡ 合依正法華ᄒᆞ야 言輪王이시니라 輪王은 統四天下ᄒᆞ고 小王은 治一邦國ᄒᆞ고 長者ᄂᆞᆫ 族姓이 推尊ᄒᆞ고 居士ᄂᆞᆫ 淸節을 養素ᄒᆞ고 宰官은 剖斷邦邑ᄒᆞ고 婆羅門은 術數로 攝衛ᄒᆞᄂᆞ니라 <法華七 77a>

(22) 前二ᄂᆞᆫ 出家ᄒᆞ야 持大戒오 後二ᄂᆞᆫ 在家ᄒᆞ야 持五戒라 <法華七 78a>

(23) 手執金剛ᄒᆞ야 護佛法者ㅣ라 六凡에 止擧天人神三類者ᄂᆞᆫ 擧得度者而已시니 若地獄鬼畜ᄂᆞᆫ 方沉幽昏ᄒᆞ야 未應得度ᄅᆞᆯᄊᆡ 則漸滅其苦ᄒᆞ시ᄂᆞ니 於頌애 見之니라 <法華七 79b>

(24) 妙音이 供養釋迦애 特奉瓔珞ᄒᆞ시고 無盡이 供養觀音에 亦奉瓔珞은 皆表法寶莊(82a)嚴이시니 故로 曰法施라 ᄒᆞ시니라
<法華七 82b>

(25) 普門性中엔 本無施受ㅣ어신마ᄅᆞᆫ 但爲物故로 施ᄒᆞ시며 愍物故로 受也ㅣ시니라 分奉二尊者ᄂᆞᆫ 示爲四衆ᄒᆞ샤 莊嚴福聚也ㅣ시니라
<法華七 84a>

(26) 結答云何遊此之問ᄒᆞ시니라 <法華七 84b>

(27) 持地菩薩이 昔遇毗舍浮佛ᄒᆞ야시ᄂᆞᆯ 教之ᄒᆞ샤ᄃᆡ 平持心地ᄒᆞ면 則一切皆平이라 ᄒᆞ시니 是能以妙法으로 內平自心ᄒᆞ샤 使外患이 自平ᄒᆞ야 不能爲害者也ㅣ실ᄊᆡ 故로 聞此品ᄒᆞ시고 深讚其功ᄒᆞ시니 意ᄂᆞᆫ 顯自在之業과 普門之(100b)行이 實爲心地法門이라 聞持之人이 苟能以是로 平持心地ᄒᆞ면 則外患이 自平ᄒᆞ야 不能爲害ᄒᆞ야 可以於諸怖畏예 能施無畏ᄒᆞ야 由是로 自在之業과 普門之行이 遂爲已有ᄒᆞᆯ돌 ᄒᆞ실ᄊᆡ 故로 曰若有聞者ㅣ면 當知是人의 功德이 不少ㅣ라 ᄒᆞ시니라 <法華七 101a>

(28) 故로 或以自在로 爲號ᄒᆞ시며 或以自在로 名業ᄒᆞ시니 以自在로 爲號ᄂᆞᆫ 言心得自在ᄒᆞ시니 如心經에 稱觀自在普薩이 是也ㅣ시고 以自在로 名業은 言行得自在ᄒᆞ시니 如楞嚴에 稱無作妙(101b)力이 是也ㅣ시니라 然이나 諸法行이 無非示使平持心地故로 此애 終以持地로 讚顯ᄒᆞ시니라 <法華七 102a>

(29) 隨類應化ᄒᆞ샤 與物와 爲等ᄒᆞ실ᄊᆡ 故로 聞其風者ㅣ 皆能發如是心ᄒᆞ니 此ㅣ 所謂以圓行으로 成最上之德이시니라 <法華七 104a>

(30) 藥王은 卽喜見後身이시니 若行持經ᄒᆞ샤 志存弘護ᄒᆞ실ᄊᆡ 故로 發起此品ᄒᆞ시니라 然이나 持(108b)經功德을 前品에 屢明ᄒᆞ시니 如法

師品比功은 不過供十萬億佛ᄒᆞ고 隨喜品比功은 不過施諸外物와 及得小果而已오 至此比功은 則勝供八百萬億河沙佛者ᄂᆞᆫ 明持行이 益深티옷 獲功이 益勝也ᄒᆞ시니라 將伸弘護ᄒᆞ샤ᄃᆡ 先問得福者ᄂᆞᆫ 使後世로 知其持行이 益深티옷 獲功이 益勝ᄒᆞ야 而遞爲弘護耳시니라 <法華七 109a>

(31) 由彼諸佛所授故也ㅣ라 <法華七 111b>

(32) 妙音이 欲詣娑婆ᄒᆞ샤 禮覲釋迦ᄒᆞᅀᆞᆸ고 及見藥王勇施ᄒᆞ시니 當知勇施ᄂᆞᆫ 乃此會上首ㅣ실ᄊᆡ 故로 特說呪ㅣ샷다 諸佛이 亦皆隨喜者ᄂᆞᆫ 亦隨喜擁護也ㅣ시니라 <法華七 113b>

(33) 鳩槃茶ᄂᆞᆫ 可畏鬼라 伺ᄂᆞᆫ 窺察也ㅣ라 <法華七 113b>

(34) 毗沙ᄂᆞᆫ 北方天王이니 力護佛法ᄒᆞ고 持國은 東方天王이니 爲四方首ㅣ라 <法華七 116a>

(35) 此偈ᄂᆞᆫ 所以勅呪ᄒᆞ야 使嚴警也ㅣ라 阿梨樹枝ᄂᆞᆫ 墮地ᄒᆞ면 自成七片ᄒᆞᄂᆞ니라 殺父母ᄒᆞ며 破(120a)僧이 爲三逆이라 <法華七 120b>

(36) 因摠持妙力ᄒᆞ야 得忍ᄒᆞ야 成行也ㅣ라 <法華七 122b>

(37) 淨德者ᄂᆞᆫ 雖示染身ᄒᆞ시나 其德이 本淨이시고 淨藏者ᄂᆞᆫ 妙理之所蘊이시고 淨眼者ᄂᆞᆫ 妙智之所顯이시니 皆其德所具也ㅣ시니라 以具妙淨理智ᄒᆞ실ᄊᆡ 故로 能轉邪ᄒᆞ샤 而爲華德ᄒᆞ시니라
<法華七 127a>

(38) 慈悲喜捨ᄂᆞᆫ 名四無量心이니 大乘行法은 以四心으로 爲體ᄒᆞ고 六度로 爲用ᄒᆞ고 道品으로 爲助ᄒᆞ야ᅀᅡ 乃成佛果ᄒᆞᄂᆞ니 而二子ㅣ 皆悉明了通達ᄒᆞ샷다 三十七品者ᄂᆞᆫ 身受心法이 爲四念處ㅣ오 斷惡

生善이 爲四正勤이오 欲勤心觀이 爲四神足이오 信進念定慧(128a)ㅣ 爲五根이오 五根의 伏魔外ㅣ 爲五力이오 念과 擇과 覺과 喜와 輕安과 定과 捨왜 爲七覺支오 見思語業命進念定이 爲八正道ㅣ라 念은 以觀法이오 勤은 以進修ㅣ오 足은 以趣證이오 根은 能不拔이오 力은 能不屈이오 覺은 能決了ㅣ오 正은 能揔攝이니 皆相因而設也ᄒᆞ시니라 心性은 如大地ᄒᆞ고 念處ᄂᆞᆫ 如種子ᄒᆞ고 正勤은 如種植ᄒᆞ고 神足은 如抽芽ᄒᆞ고 五根은 如根ᄒᆞ고 五力은 如莖ᄒᆞ고 七覺은(128b) 如花ᄒᆞ고 八正은 如果ᄒᆞ니 二子ㅣ 悉具ᄒᆞ시니 所謂具體者也ㅣ라 <法華七 129a>

(39) 得果人이 能現十八變호미 卽此類也ㅣ라 <法華七 134b>

(40) 阿含애 云ᄒᆞ샤ᄃᆡ <法華七 138a>

(41) 此ᄂᆞᆫ 叙合宮有德ᄒᆞ샤 易爲勸化也ᄒᆞ시니라 後(139a)宮之德은 根機ㅣ 純利ᄒᆞ시고 淨眼之德은 妙達實相ᄒᆞ시고 淨藏之德은 善能接濟ᄒᆞ시고 夫人之德은 深知法要ᄒᆞ시니 王及後宮은 爲當機ㅣ시고 淨藏淨眼은 爲能敎ㅣ시니 機敎ㅣ 相契ᄒᆞ실ᄊᆡ 所以易化也ㅣ시니라 集三昧者ᄂᆞᆫ 諸佛會要ㅣ시며 三乘指歸也ㅣ니 故로 得是三昧ᄒᆞ시면 則能知秘藏ᄒᆞ시리라 <法華七 139b>

(42) 所施珠瓔이 化成法空之座와 柔忍之衣(141b)와 寶覺之體ᄂᆞᆫ 乃佛力으로 示現ᄒᆞ샤 以發其正念也ㅣ시니 <法華七 142a>

(43) 時王이 一覩勝相ᄒᆞᄉᆞᆸ고 頓覺世間幻惑之(142a)色의 無可愛樂故로 深讚佛身微妙之色ᄒᆞᄉᆞ오니 此ᄂᆞᆫ 則邪心이 拼絕ᄒᆞ고 正念이 現前일ᄊᆡ 故로 得授記ᄒᆞᄉᆞ오니라 <法華七 142b>

(44) 佛號ᄂᆞᆫ 取廣蔭群生ᄒᆞ시고 國名은 取破諸邪暗ᄒᆞ시고 劫名은 取超諸貴高ᄒᆞ시니 皆符其因行ᄒᆞ시니 以一念淨信으로 風化臣妾ᄒᆞ샤 使

皆得法利ᄒᆞ시니 卽廣薩行이시며 破邪行也ㅣ라 由是로 捨王位ᄒᆞ시고 得佛位ᄒᆞ시니 卽超諸貴高也ㅣ라 <法華七 143b>

(45) 於八萬四千歲예 修法華行은 所以淨治塵勞也ㅣ라 過是已後ᄂᆞᆫ 謂塵勞ㅣ 旣淨ᄒᆞ시면 則三昧ㅣ 現前ᄒᆞ샤 遂轉邪見染莊嚴ᄒᆞ샤(144b) 爲功德淨莊嚴也ᄒᆞ시니라 <法華七 145a>

(46) 二子神變은 卽現十八變事ㅣ오 宿世善根은 卽四人結契事ㅣ라 <法華七 145b>

(47) 印證前言之當也ᄒᆞ시니라 <法華七 146b>

(48) 爲陳二子의 轉邪遠因也ᄒᆞ시니라 言歷事恒沙多佛ᄒᆞᅀᆞ와 愍念邪見衆生이라 ᄒᆞ시면 則不獨今日에 轉妙嚴之邪耳샷다 <法華七 147b>

(49) 歷讚相好妙德者ᄂᆞᆫ 深悟昔所愛著이 皆(148a)幻惑也ㅣ라 功德智慧ᄂᆞᆫ 讚福智二嚴ᄒᆞ시니라 <法華七 148b>

(50) 前은 讚福報ᄒᆞ시고 此ᄂᆞᆫ 讚法化也ᄒᆞ시니라 言具足成就等者ᄂᆞᆫ 以已ㅣ 一聞正法ᄒᆞ시고 遂能轉邪ᄒᆞ시며 一得三昧ᄒᆞ시고 遂能神變ᄒᆞ시니 是如來之法이 能具足成就不可思議妙功德也ㅣ라 言敎戒所行이 安隱快善(149a)者ᄂᆞᆫ 喜蒙法化ᄒᆞ샤 慶所成就也ㅣ라 <法華七 149b>

(51) 不隨心ᄒᆞ며 不生邪ᄂᆞᆫ 皆法化敎戒之力이실ᄊᆡ 故로 讚而謝之ᄒᆞ시니라 <法華七 150a>

(52) 塵은 謂邪見ᄒᆞ시고 垢ᄂᆞᆫ 謂邪染ᄒᆞ시니 外遠(151b)見塵ᄒᆞ고 內離垢染ᄒᆞ면 則法眼이 圓明ᄒᆞ야 絕諸瑕翳矣리니 此ㅣ 以正力으로 助成德行也ㅣ시니라 <法華七 152a>

(53) 普賢이 統事法界ᄒᆞ샤 圓具萬行ᄒᆞ샤 卽事而眞이샤 其應身이 無乎不在어시놀 且於法會(159b)之終애 示從東方來者ᄂᆞᆫ 東方震은 帝之所出也ㅣ니 以法會至此ᄒᆞ샤 因地智ㅣ 圓ᄒᆞ시고 果地覺이 滿ᄒᆞ샤 十一地妙圓之行이 備ᄒᆞ시면 則進修之功이 已盡ᄒᆞ시고 妙覺之體ㅣ 已成ᄒᆞ샤 於是예 依無功用行ᄒᆞ샤 出震利物ᄒᆞ실씨 故로 示從東來ᄒᆞ시니라 華嚴에 過十一地ᄒᆞ샤 說佛海功德旣終ᄒᆞ시고 卽說如來ㅣ 出現ᄒᆞ샤 利世間行ᄒᆞ시니 卽此意也ㅣ시니라 以不離常行ᄒᆞ샤 無爲物應ᄒᆞ실씨 故로 日自(160a)在神通이시고 以德無不遍ᄒᆞ시며 名不無不聞ᄒᆞ실씨 故로 日威德名聞이시니라 與無邊菩薩와 俱來者ᄂᆞᆫ 示萬行ᄋᆞᆯ 圓攝無盡也ᄒᆞ시니라 <法華七 160b>

(54) 妙音來儀예도 亦雨蓮華ᄒᆞ고 作伎樂ᄒᆞ니 皆所以彰顯妙行ᄒᆞ시며 宣流法音也ㅣ시니라 <法華七 161b>

(55) 寶威德上王者ᄂᆞᆫ 利行自在之號也ㅣ시니라 普賢이 旣具自在威德ᄒᆞ시고 又言從寶威德上王佛國來者ᄂᆞᆫ 明其示現이 蓋體諸佛ㅅ 自在利行이시니라 普賢ㅅ 心聞이 能洞(163a)十方ᄒᆞ실씨 故로 日遙聞이라 ᄒᆞ시니라 <法華七 163b>

(56) 得者ᄂᆞᆫ 得之ᄒᆞ야 以成德行也ㅣ라 前之所問은 唯修持讀說而已시고 獨此애 問云何能得是經은 欲人人이 自得也ㅣ시니라
<法華七 164a>

(57) 爲佛護念은 謂道契佛心ᄒᆞ시고 植衆德本은 謂福慧兩辦ᄒᆞ시고 入正定聚ᄂᆞᆫ 卽體佛妙體也ㅣ오 發救生心은 卽行佛妙行也ㅣ니 四法을 成就ᄒᆞ야ᅀᅡ 乃能眞得是經ᄒᆞ야 以成普賢常行ᄒᆞ리라 <法華七 166a>

(58) 普賢常行은 無復己利ᄒᆞ시고 純是利他ㅣ실씨 故로 自此로 皆則流通法化ᄒᆞ샤 護持經人ᄒᆞ시고 無別行相ᄒᆞ시니라 毗舍闍ᄂᆞᆫ 惱害鬼오
<法華七 167b>

(59) 普賢乘象은 表行儀의 庠序也ᄒᆞ시니라 言若行若立若坐者ᄂᆞᆫ 示於四威儀中에 念念에 常見普賢妙行ᄒᆞ시니라 <法華七 168b>

(60) 利智脩觀호ᄃᆡ 凡以三七日로 爲期ᄒᆞ야 以求感應ᄒᆞᄂᆞ니 故로 滿三七日ᄒᆞ야 普賢이 卽現ᄒᆞ시리라 楞嚴에 云ᄒᆞ샤ᄃᆡ 縱彼ㅣ 障深ᄒᆞ야 未得(172a)見我ㅣ라도 我與其人과 暗中에 摩項ᄒᆞ야 擁護安慰라 ᄒᆞ시니 古今에 修觀호ᄃᆡ 屢有瑞應ᄒᆞ며 亦屢有不應者ᄂᆞᆫ 或不精誠ᄒᆞ며 或非利智故也ㅣ라 楞嚴에 云ᄒᆞ샤ᄃᆡ 欲坐道場인댄 先持淨戒ᄒᆞ고 淨衣淸心홀디니 若本戒師ㅣ어나 及同會中에 一不淸淨ᄒᆞ면 如是道場이 終不成就라 ᄒᆞ시니라 圓覺애 云ᄒᆞ샤ᄃᆡ 鈍根未成者ᄂᆞᆫ 常當勤心으로 懺이니 諸障이 若消滅ᄒᆞ면 佛境이 便現前이라 ᄒᆞ시니라 <法華七 172b>

(61) 後世예 聞呪持經이 皆藉普賢ㅅ 流通願力也ㅣ니라 <法華七 174b>

(62) 故로 普賢이 於此애 特明正憶念行ᄒᆞ시고 而下文에 再三言之ᄒᆞ시니 憶念이 旣正ᄒᆞ면 則所行이 無非普賢妙行故로 爲如來ㅅ 摩頂印證이니(175a)라 <法華七 175b>

(63) 持經五功애 書寫ㅣ 爲下ㅣ니 若但書寫ᄒᆞ야도 卽生忉利콘 況具五功ᄒᆞ며 又正憶念이ᄯᆞ녀 其福이 倍勝ᄒᆞ야 如下所明ᄒᆞ니라 <法華七 176a>

(64) 此ᄂᆞᆫ 牒上文ᄒᆞ샤 明倍勝之福也ᄒᆞ시니라 忉利ᄂᆞᆫ 乃第二天이니 所共이 唯天人이오 兜率은 卽第四天이니 所共이 乃菩薩이시니 倍勝을 可知矣로다 授手ᄂᆞᆫ 提接義也ㅣ라 內宮天女ᄂᆞᆫ 皆以化生이라 無有婬欲ᄒᆞ니라 <法華七 177a>

(65) 此ᄂᆞᆫ 助宣正憶念福ᄒᆞ샤 以成普賢前說也ᄒᆞ시니라 則見釋迦ᄒᆞᅀᆞ와 如從口聞等者ᄂᆞᆫ 謂能正憶念ᄒᆞ면 則卽是經ᄒᆞ야 而見佛이라 不滯於名相ᄒᆞ며 卽是法ᄒᆞ야 而造妙ㅣ라 不異於親聞也ᄒᆞ시니라 是爲供佛은 謂能作佛事ᄒᆞ시고(180a) 爲佛所讚은 謂深契佛心ᄒᆞ시고 摩頂은 言得果有期ᄒᆞ시고 衣覆ᄂᆞᆫ 言成柔忍行ᄒᆞ시니 皆由億念之正故로 冥證이 若此ᄒᆞ니라 <法華七 180b>

(66) 此ᄂᆞᆫ 皆正憶念力也ㅣ라 有正憶念ᄒᆞᆯᄊᆡ 自然具足安樂行法ᄒᆞ야 而三毒妬慢의 所不能惱ㅣ라 眞能脩普賢行ᄒᆞ리니 當知正憶念力이 實妙行眞要ㅣ로다 所以普賢이 再三言之ᄒᆞ시며 釋尊이 又復助揚ᄒᆞ시니 意使後世로 知普賢所以勸發成行이 不在多術ᄒᆞ샤 唯正憶念이 足矣ㄴ돌 ᄒᆞ시니 行人이 識之니라 <法華七 182a>

(67) 已得正因故ㅣ라 <法華七 183a>

(68) 憶念이 旣正ᄒᆞ면 趣操ㅣ 自高ᄒᆞ며 所願이 自遂ᄒᆞ리라
<法華七 183b>

(69) 報應之理ᄂᆞᆫ 出乎性命之微ᄒᆞᄂᆞ니 蓋由性ᄒᆞ야 生心ᄒᆞ고 由命ᄒᆞ야 制業ᄒᆞᄂᆞ니 心以內感이어든 業以外召ᄒᆞ야 各從其類ᄒᆞ야 毫末不感ᄒᆞ니 意報應之於心業에 猶萬形之於模範焉ᄒᆞ야 吉凶美惡이 類自爲範ᄒᆞ야 莫不相肖ᄒᆞᆯᄊᆡ 是以로 毁持經之正見ᄒᆞ면 則世世에 無眼ᄒᆞ고 供養讚歎ᄒᆞ면 則得現果報ᄒᆞ고 出其過惡(185a)ᄒᆞ면 則得惡疾ᄒᆞ고 輕笑之者ᄂᆞᆫ 則獲醜狀ᄒᆞ리니 若手脚之繚曲乖戾와 眼目之角擘倒視ㅣ 皆醜狀也ㅣ라 又加之臭惡瘡膿과 鼓喘重病이 凡皆心之模範이 以類로 自召故也ㅣ라 世之艱窮醜陋癃殘百疾者ㅣ 不無宿因커늘 昧者ㅣ 雖覩其然ᄒᆞ나 莫知其所以然故로 或不覺愆失ᄒᆞ야 而行將自及ᄒᆞ야 爲可悲者ㄹᄊᆡ 此ㅣ 佛ㅅ 所以助揚普賢利行ᄒᆞ샤 而因言報應之端ᄒᆞ샤 使人이 以類로(185b) 推之ᄒᆞ야 知自防閑케ᄒᆞ야 庶無愆失之患ᄒᆞ시니 蓋亦利行之緖餘也ㅣ시니라 易道ㅣ 彰

往察來ᄒᆞ야 明得失之報ᄒᆞ며 因貳ᄒᆞ야 以濟民行이라 ᄒᆞ니 其意同此ᄒᆞ니라 <法華七 186a>

『석보상절』 권21의 64a부터는 낙장이라 『법화경언해』 권7의 어떤 부분이 번역되지 않았는지 알 수가 없다. 大文은 다 번역되고 주석문이 번역되지 않았다면 번역되지 않은 註釋文은 다음과 같다.

(70) 毋召毁業也ㅣ니라 <法華七 187a>

(71) 萬億旋陀羅尼ᄂᆞᆫ 卽遍一切處之行也ㅣ시고 普賢道ᄂᆞᆫ 卽遍一切處之體也ㅣ시니라 說普賢品ᄒᆞ실 제 無量菩薩이 皆得是行ᄒᆞ시며(187b) 刹塵菩薩이 皆具是體者ᄂᆞᆫ 妙法終談애 智行體用이 一切圓備ᄒᆞ실ᄊᆡ 故로 聞品成行이 若此其至ᄒᆞ시니 卽所謂以常行으로 成不德之德이시니 是乃法華實相之極證也ㅣ시니라 自藥王品으로 進至於此히 爲以行으로 契智ᄒᆞ신 常然大用之門이시니 華嚴法終애 善財ㅣ 復見文殊普賢ᄒᆞᅀᆞ와 爲以行으로 契智ᄒᆞ신 果法大用앳 常然之門이 其意同此ᄒᆞ시니 彼經에 云ᄒᆞ샤ᄃᆡ 善財ㅣ 遊百城已ᄒᆞ야(188a) 到普門國ᄒᆞ야 見文殊ᄒᆞᅀᆞ와ᄂᆞᆯ 文殊ㅣ 告言ᄒᆞ샤ᄃᆡ 若於一善에 生住著ᄒᆞ며 於少功德에 以爲足ᄒᆞ면 不能善巧發行願ᄒᆞ며 不能究了諸法門이라 ᄒᆞ야시ᄂᆞᆯ 善財ㅣ 因是ᄒᆞ야 成就阿僧祇法門ᄒᆞ야 卽見普賢ᄒᆞᅀᆞ와ᄂᆞᆯ 普賢이 告言ᄒᆞ샤ᄃᆡ 我ㅣ 於塵劫에 行菩薩道ᄒᆞ야 求一切智ᄒᆞ야 得究竟平等法身ᄒᆞ며 復得無上色身ᄒᆞ야 入一切刹ᄒᆞ야 遍一切處히 隨機應現이라 ᄒᆞ야시ᄂᆞᆯ 善財ㅣ 因是ᄒᆞ야 具足普賢諸願行海ᄒᆞ야 與(188b)普賢과 等ᄒᆞ며 與諸佛와 等이라 ᄒᆞ시니 此ㅣ 皆最後에 勸發ᄒᆞ샤 使得萬億旋陀羅尼ᄒᆞ며 及具普賢道也ㅣ시니라 <法華七 189a>

2. 偈頌

『석보상절』 권21에 번역되어 있지 않은 『법화경언해』 권7의 偈頌의 大文과 주석문은 다음과 같다.

2.1. 번역되지 않는 偈頌의 大文

『석보상절』 권21에 번역되어 있지 않은 『법화경언해』 권7의 偈頌의 大文은 다음과 같다.

(1) 世尊妙相이 具ᄒᆞ시니 我今에 重問彼ᄒᆞᅀᆞᆸ노니 佛子ㅣ 何因緣으로 名爲觀世音이시니ᅌᅵᆺ고(85a) 具足妙相尊이 偈答無盡意ᄒᆞ샤ᄃᆡ 汝ㅣ 聽觀音行의 善應諸方所ᄒᆞ라 弘誓ㅣ 深如海ᄒᆞ야 歷劫不思議ᄒᆞ야 侍多千億佛ᄒᆞᅀᆞ와 發大清淨願ᄒᆞ니(85b) 我爲汝略說ᄒᆞ노니 聞名커나 及見身ᄒᆞ야 心念ᄒᆞ야 不空過ᄒᆞ면 能滅諸有苦ᄒᆞ리라 <法華七 86a>

(2) 假使興害意ᄒᆞ야 推落大火坑ᄒᆞ야도 念彼觀音力으로 火坑이 變成池ᄒᆞ며(86b) 或漂流巨海ᄒᆞ야 龍魚諸鬼難애 念彼觀音力으로 波浪이 不能沒ᄒᆞ며 <法華七 87a>

(3) 或値怨賊이 遶ᄒᆞ야 各執刀加害라도 念彼觀音力으로 成卽起慈心ᄒᆞ며 <法華七 88b>

(4) 或遭王難苦ᄒᆞ야 臨刑欲壽終애 念彼觀音力으로 刀尋段段壞ᄒᆞ며 <法華七 88b>

(5) 或囚禁枷鎖ᄒᆞ며 手足애 彼杻械ᄒᆞ야도 念彼觀音力으로 釋然得解脫ᄒᆞ며 <法華七 89a>

(6) 或遇惡羅刹와 毒龍諸鬼等ᄒᆞ야도 念彼觀音力으로 時悉不敢害ᄒᆞ며 <法華七 90a>

(7) 衆生이 被困厄ᄒᆞ야 無量苦ㅣ 逼身ᄒᆞ야도 觀音妙智力이 能救世間苦ᄒᆞᄂᆞ니라 <法華七 91b>

(8) 具足神通力ᄒᆞ며 廣脩智方便ᄒᆞ야 <法華七 92a>

(9) 願母ㅣ 放我等ᄒᆞ샤 出家ᄒᆞ야 作沙門케 ᄒᆞ쇼셔 諸佛이 甚難値시니 我等이 隨佛學ᄒᆞᅀᆞ와지이다 如優曇鉢華ᄒᆞ샤ᄃᆡ 値佛이 復難是ᄒᆞ며 脫諸難이 亦難ᄒᆞ니 <法華七 136a>

2.2. 번역되지 않는 偈頌의 주석문

『석보상절』 권21에 번역되어 있지 않은『법화경언해』 권7의 偈頌의 주석문은 다음과 같다.

(1) 於水에 言漂浪ᄒᆞ시면 則兼風災샷다 自此로(87a) 至電雹消散히ᄂᆞᆫ 皆頌外業ᄒᆞ시니라 在長行ᄒᆞ얀 爲十四無畏샤ᄃᆡ 而頌文事相이 不同ᄒᆞ시며 又加傍頌者ᄂᆞᆫ 十四無畏ᄂᆞᆫ 特擧大略ᄒᆞ시니 實具一切功德故也ㅣ라 <法華七 87b>

(2) 言峻利之極에도 尙不能損ᄒᆞ곤 況其小難이ᄯᆞ녀 <法華七 88a>

(3) 具正念者ᄂᆞᆫ 橫逆이 莫加ᄒᆞᄂᆞ니 出爾反爾며 自貽伊戚이니라 <法華七 89b>

(4) 信謂兕無所投角ᄒᆞ며 兵無所投刃也ㅣ로다 <法華七 90b>

(5) 雷電이 調適이 爲常이오 鼓掣ㅣ 爲變이니 陰包陽ᄒᆞ면 則爲凝雹ᄒᆞ고 陰過陽ᄒᆞ면 則爲大雨ᄒᆞᄂᆞ니 是皆災變故로 欲其消散也ㅣ니라
<法華七 91a>

(6) 衆生이 由無妙智力故로 爲欲恚癡之所(91b)困逼이니라
<法華七 92a>

(7) 智方便은 卽所謂有慧方便也ㅣ시니라 雖三惡趣ㅣ 方沉幽昏ᄒᆞ야 未應得度ㅣ라도 亦與(92b)漸滅其苦ㅣ샷다 <法華七 93a>

(8) 其所以觀音ㅅ 脫苦ᄒᆞ샤 能施無畏ᄒᆞ시며 現形度生ᄒᆞ샤미 皆五觀之力이실씨 故로 此애 結顯也ᄒᆞ시니라 眞은 以息妄이시고 淨은 以治染이시고 智ᄂᆞᆫ 以破惑이시고 悲ᄂᆞᆫ 以援苦ㅣ시고 慈ᄂᆞᆫ 以與樂이시니 以是五觀으로 加被群迷ᄒᆞ실씨 故로 妄染惑苦ㅣ 應念息滅ᄒᆞᄂᆞ니(93b) 所以常願仰而依之니라 然이나 性本圓澄커늘 因迷ᄒᆞ야 起妄ᄒᆞ며 惑染이 旣生故로 觀智ᄅᆞᆯ 繁設ᄒᆞ시니 苟無妄染ᄒᆞ면 則眞淨이 不立矣시리니 盖以眞息妄等事ᄂᆞᆫ 皆聖人ㅅ 不得已也ㅣ시니 故로 楞嚴에 日ᄒᆞ샤ᄃᆡ 言妄ᄒᆞ야 顯諸眞ᄒᆞ면 妄眞이 同二妄이라 ᄒᆞ시니라 <法華七 94a>

(9) 無垢慧日은 歎觀智之體ᄒᆞ시고 伏災普照ᄂᆞᆫ 歎觀智之用ᄒᆞ시니라 伏災ᄂᆞᆫ 言脫苦ᄒᆞ시고 普照ᄂᆞᆫ 言現形ᄒᆞ시니라 <法華七 95a>

(10) 聖人이 無意ᄒᆞ샤ᄃᆡ <法華七 96a>

(11) 此ㅣ 亦傍頌施無畏德ᄒᆞ시니라 <法華七 96b>

(12) 不閒不疑ᄒᆞᅀᆞ오면 則觀行智力이 無不相應矣시리라 <法華七 98a>

(13) 觀聽을 反入ᄒᆞ샤 離諸塵妄ᄒᆞ실ᄊᆡ 是謂淨聖이시고 乘彼正念ᄒᆞ샤 假之福力ᄒᆞ실ᄊᆡ 是謂依怙ㅣ시니라 具一切德ᄒᆞ시면 則隨所求而應之샤 不止十四無畏也ㅣ시며 慈視衆生ᄒᆞ시면 則擇可度而度之샤 不止三十二應也ㅣ샷(99a)다 其福聚ㅣ 如海ᄒᆞ샤 利澤이 不窮ᄒᆞ실ᄊᆡ 故로 應歸命이니라 <法華七 99b>

3. 品의 序文

『석보상절』권21에 번역되어 있지 않은『법화경언해』권7의 여러 品의 서문은 다음과 같다.

(1) 觀世音菩薩普門品 第二十五 序文의 一部

文殊ㅣ 於華嚴會終애 現法化已ᄒᆞ시고 南歷人間ᄒᆞ샤 說普照法界修多羅門ᄒᆞ시니 所以圓彰前法體用(40b)이시니라 善財ㅣ 歷百城已ᄒᆞ야 到普門國ᄒᆞ야 成就阿僧祇法門ᄒᆞ야 遂能於諸有中에 普現其身ᄒᆞ니 斯皆以行으로 成德ᄒᆞ샤 使圓而普也ㅣ시니 觀彼說法次序ᄒᆞᅀᆞᆸ건댄 名義ㅣ 與此宛同ᄒᆞ시니 <法華七 41a>

(2) 陀羅品 第二十六 序文의 일부

前品에 從妙而圓ᄒᆞ샤 既備成德ᄒᆞ야신마ᄅᆞᆫ 然이나 無以守衛ᄒᆞ면 恐魔事ㅣ 或作ᄒᆞ야 妄沮成功故로 二聖二天十神이 說陀羅尼呪ᄒᆞ샤(105a) 誓以驅辟魔障ᄒᆞ야 消除衰患ᄒᆞ실ᄊᆡ 故로 名陀羅尼品이라 ᄒᆞ야 而爲弘護流通也ᄒᆞ니라 然이나 成德之行이 既妙而圓ᄒᆞ시거니 烏有魔事耶ㅣ리오 楞嚴에 曰ᄒᆞ샤ᄃᆡ 本覺妙明이 昧爲頑空ᄒᆞ야 一切魔鬼ㅣ 皆依空昧ᄒᆞ니 明能破暗홀ᄊᆡ 故로 一人이 發眞ᄒᆞ면 彼皆消殞ᄒᆞ리니 況彼群邪ㅣ 戀此塵勞ᄒᆞ야 恐其隳裂홀ᄊᆡ 於三昧時예 僉來惱亂이라 ᄒᆞ시니 是爲奢摩他中엣 微細魔事故로 須防衛시니 玆實流通(105b)之

助也ㅣ시니라 <法華七 106a>

(3) 妙莊嚴王本事品 第二十七 序文의 전부

妙圓之行이 旣獲弘護ㅣ어시늘 又說轉邪者ᄂᆞᆫ 弘護ᄂᆞᆫ 所以衛外시고 轉邪ᄂᆞᆫ 所以正內시니 外衛內正ᄒᆞ샤ᅀᅡ 乃可安於妙圓ᄒᆞ샤 而進於普賢常行故也ㅣ라 天台ㅣ 云호ᄃᆡ 昔에 四比丘ㅣ 結契山林ᄒᆞ야 精持妙法ᄒᆞ더니 以餧乏故로 一人이 分衛ᄒᆞ다가 見王의 威仗ᄒᆞ고 忽生愛著ᄒᆞ야 壽終ᄒᆞ야 因是俗念ᄒᆞ야 感生爲王ᄒᆞ야 號ㅣ 妙莊嚴이러니 其三友ㅣ 得道ᄒᆞ야(124a) 欲救其失ᄒᆞ야 以其邪著은 非愛緣이면 無能感動이라 ᄒᆞ야 於是예 一은 爲端麗婦ᄒᆞ고 二ᄂᆞᆫ 作聰明兒ᄒᆞ야 托生設化ᄒᆞ야 轉其邪心ᄒᆞ야 令歸正覺ᄒᆞ야 以致法華會上애 爲華德菩薩ᄒᆞ시니 今에 敍其本事ᄒᆞ샤 欲使行人이 以道로 自衛ᄒᆞ야 外防見魔ᄒᆞ고 內絕惡覺ᄒᆞ야 消息邪緣ᄒᆞ야 入佛知見ᄒᆞ실ᄊᆡ 故로 爲轉邪流通ᄒᆞ니 此ㅣ 實諸佛ㅅ 究竟進修ㅣ시며 最後垂範也ㅣ시니라 楞嚴法會將終애 說過去佛ㅅ(124b) 覺明을 分析ᄒᆞ샨 微細魔事ᄒᆞ샤 使行人으로 諳識ᄒᆞ야 心垢ᄅᆞᆯ 洗除ᄒᆞ야 諸魔ㅣ 褫魄ᄒᆞ야 直至菩提ᄒᆞ야 無諸乏少ᄒᆞ야 於大涅槃애 不生迷悶케 ᄒᆞ시니 其意同此ᄒᆞ시니 <法華七 125a>

(4) 普賢菩薩勸發品 第二十八 序文의 전부

窮妙法之始終然後에ᅀᅡ 盡出興大事ᄒᆞ시며 合諸佛之智行然後에ᅀᅡ 見如來ㅅ 全身ᄒᆞ시리니 是經之作이 始於文殊問答ᄒᆞ시고 終於普賢勸發ᄒᆞ샤 二十八品ㅅ 條理一貫ᄒᆞ시니 乃所以窮始終ᄒᆞ시며 合智行이시니 大事因緣이 於是乎애 畢ᄒᆞ시며 如來ㅅ 法身이 於(153b)是乎애 全也ㅣ샷다 蓋智ᄂᆞᆫ 能發覺ᄒᆞᆯᄊᆡ 所以作始시고 行은 能成德ᄒᆞᆯᄊᆡ 所以成終이시니 而中間事法이 無非智行을 互相資發也ㅣ시니라 華嚴最初因門에 以文殊로 發信ᄒᆞ샤 以開進修之序ᄒᆞ시고 最後果門에 以普賢으로 結法ᄒᆞ샤 以示果後之行ᄒᆞ시니 今經意義ㅣ 溜然同矣시니라 普賢者ᄂᆞᆫ 德無不遍曰普ㅣ시고 佑上利下曰賢이시니 卽遍具妙德ᄒᆞ샤 上佑

佛化ᄒᆞ시고 下利群物之號也ㅣ시니라 勸(154a)發者ᄂᆞᆫ 勉進義也ㅣ니 前에 雖開佛知見ᄒᆞ샤 明因地心ᄒᆞ시며 顯佛本跡ᄒᆞ샤 成果地覺ᄒᆞ시며 洎明妙圓之行ᄒᆞ샤도 猶是等覺行相이시니 若坐於此ᄒᆞ시고 而不進ᄒᆞ시면 則有虧妙覺成德ᄒᆞ샤 未極向上之道ᄒᆞ시릴ᄊᆡ 故로 復勉而進之ᄒᆞ샤 庶德無不遍ᄒᆞ샤 而佑上利下ᄒᆞ샤 以成果後常行ᄒᆞ샤 以盡妙覺道ᄒᆞ실ᄊᆡ 故로 名普賢勸發이라 ᄒᆞ야 而爲常行流通也ᄒᆞ니라 華嚴에 至十一地ᄒᆞ샤 佛功德海一切滿(154b)足ᄒᆞ신 然後에ᅀᅡ 說賢常行ᄒᆞ샤 名이 善入世間三昧니 與萬法과 相應ᄒᆞᆫ 不二眞實法門이라 ᄒᆞ시니 卽此意也ㅣ시니라 所謂常行者ᄂᆞᆫ 泯覺觀ᄒᆞ시며 無作任ᄒᆞ시며 冥物我ᄒᆞ시며 同染淨ᄒᆞ샤 一切平常ᄒᆞ샤 恬然自在ᄒᆞ실ᄊᆡ니 此ㅣ 妙覺向上之事ㅣ시며 遮邪平道之教ㅣ시니 乃所謂平實者也ㅣ라 然이나 須詳斯經ᄒᆞ샤 依佛知見海ᄒᆞ샤 順流而入ᄒᆞ야 滿足一切佛功德海然後에 逆流而出ᄒᆞ샤ᅀᅡ 乃可蹈此ㅣ어(155a)시ᄂᆞᆯ 哀今之人은 望涯逐塊ᄒᆞ야 以世俗愚陋之見으로 而擬妙覺平實之行ᄒᆞ야 於諸教門에 專事呵毁ᄒᆞ야 縱脫不修ᄒᆞ야 確守無時ᄒᆞ야 枉受輪轉ᄒᆞᄂᆞ니 楞嚴所謂ᄒᆞ샨 譬如平人이 妄稱帝王ᄒᆞ다가 自取誅滅ᄃᆞᆺ ᄒᆞ니 可不愼哉아 使學佛者로 皆如逐塊之流ᄒᆞ야 呵教執俗ᄒᆞ야 棄智絕行ᄒᆞ야 直謂無修ᄒᆞ면 則妙法始終을 復何所明이며 大事因緣이 亦幾乎息矣리라 然則始於佛之知見ᄒᆞ시고 終於普賢(155b)常行ᄒᆞ샤미 極而示之ᄂᆞᆫ 存乎教ᄒᆞ시고 備而證之ᄂᆞᆫ 存乎人ᄒᆞ니 達者ㅣ 宜盡心焉이니 <法華七 156a>

제3장 原文의 飜譯 順序

『석보상절』권21과『법화경언해』권7을 면밀히 대비해 보면 원문의 번역 순서에 큰 차이가 있음을 발견할 수 있다.『법화경언해』권7은 원문의 순서대로 번역되어 있는데『석보상절』권21은 원문의 순서가 바뀌어서 번역되어 있다.『석보상절』권21에서 원문의 순서가 바뀌어 번역되어 있는 부분은 다음과 같다.

첫째로『석보상절』권21에서는 (1)法華七 46b-49a, (2)法華七 88a, (3)法華七 52b, (4)法華七 54a, (5)法華七 90a, (6)法華七 90b, (7)法華七 55b, (8)法華七 89a, (9)法華七 57a-57b, (10)法華七 59b의 순서로 번역되어 있다.

(1) 若有持是觀世音菩薩名者ㄴ(46b) 設入大火ᄒᆞ야도(47a) 火ㅣ 不能燒ᄒᆞ리니 由是菩薩의 威神力故ㅣ라 若爲大水의 所漂ᄒᆞ야 稱其名號ᄒᆞ면 即得淺處ᄒᆞ리며(48a) 若有百千萬億衆生이 爲求金銀琉璃硨磲瑪瑙珊瑚琥珀眞珠等寶ᄒᆞ야 入於大海어든 假使黑風이 吹其船舫ᄒᆞ야 漂墮羅刹鬼國ᄒᆞ야도 其中에 若有乃至一人이나 稱觀世音菩薩名者ㅣ면 是諸人等이 皆得解脫羅刹之難ᄒᆞ리니 以是因緣으로 名觀世音이니라 <法華七 49a>

(2) 或在須彌峯ᄒᆞ야 爲人所推墮ᄒᆞ야도 念彼觀音力으로 如日이 虛空住ᄒᆞ며 或被惡人의 逐ᄒᆞ야 墮落金剛山ᄒᆞ야도 念彼觀音力으로 不能損一毛ᄒᆞ며 <法華七 88a>

(3) 若復有人이 臨當被害ᄒᆞ야셔 稱觀世音菩薩名者ㅣ면 彼所執刀杖이 尋段段壞ᄒᆞ야 是得解脫ᄒᆞ며 <法華七 52b>

(4) 若三千大千國土애 滿中ᄒᆞᆫ 夜叉羅刹이 欲來惱人ᄒᆞ야도 聞其稱觀世音菩薩名者ㅣ면 是諸惡鬼ㅣ 尙不能以惡眼으로 視之어니 況復加害아 <法華七 54a>

(5) 若惡獸ㅣ 圍遶ᄒᆞ야 利牙爪可怖ㅣ라도 念彼觀音力으로 疾走無邊方ᄒᆞ며 蚖蛇及蝮蝎이 氣毒ᄒᆞ야 烟火ㅣ 然ᄒᆞ야도 念彼觀音力으로 尋聲自迴去ᄒᆞ며 <法華七 90a>

(6) 雲雷鼓掣電ᄒᆞ며 降雹澍大雨ㅣ라도 念彼觀音力으로 應時得消散ᄒᆞ며 <法華七 90b>

(7) 設復有人이 若有罪커나 若有罪커나 杻械枷鎖ㅣ 檢繫其身ᄒᆞ야셔 稱觀世音菩薩名者ㅣ면 皆悉斷壞ᄒᆞ야 卽得解脫ᄒᆞ며 <法華七 55b>

(8) 呪詛諸毒藥ᄒᆞ야 所欲害身者ㅣ 念彼觀音力으로 還著於本人ᄒᆞ며 <法華七 89a>

(9) 若三千大千國土애 滿中ᄒᆞᆫ 怨賊에 有一商主ㅣ 將諸商人ᄒᆞ야 齎持重寶ᄒᆞ야 經過山嶮路ᄒᆞᆯ제 其中一人이 作是唱言호ᄃᆡ 諸善男子아 勿得怨怖ᄒᆞ고 汝等이 應當一心으로 稱觀世音菩薩(57a)ㅅ 名号ᄒᆞᅀᆞ오라 是菩薩이 能以無畏로 施於衆生ᄒᆞ시ᄂᆞ니 汝等이 若稱名者ㅣ면 於此怨賊에 當得解脫ᄒᆞ리라 衆商人이 聞ᄒᆞ고 俱發聲言호ᄃᆡ 南無觀世音菩薩ᄒᆞ면 稱其名故로 卽得解脫ᄒᆞ리니 <法華七 57b>

(10) 無盡意여 觀世音菩薩摩訶薩의 威神之力이 巍巍如是ᄒᆞ니라 <法華七 59b>

둘째로 『석보상절』 권21에서는 (1)法華七 80a, (2)法華七 92a, (3)法華七 80b, (4)法華七 93a, (5)法華七 94b-95a의 순서로 번역되어 있다.

(1) 無盡意여 是觀世音菩薩이 成就如是功德ᄒᆞ야 以種種形으로 遊諸國土ᄒᆞ야 度脫衆生ᄒᆞᄂᆞ니라 <法華七 80a>

(2) 具足神通力ᄒᆞ야 廣修智方便ᄒᆞ야 十方諸國土애 無刹不現身ᄒᆞᄂᆞ니 種種諸惡趣地獄鬼畜生의 生老病死苦ᄅᆞᆯ 以漸悉令滅ᄒᆞᄂᆞ니라 <法華七 92a>

(3) 是故로 汝等이 應當一心으로 供養觀世音菩薩이니 是觀世音菩薩摩訶薩이 於怖畏急難之中에 能施無畏ᄒᆞᆯᄊᆡ 是故로 此娑婆世界ㅣ 皆號之爲施無畏者ㅣ라 ᄒᆞᄂᆞ니라 <法華七 80b>

(4) 眞觀과 清淨觀과 廣大智慧觀과 悲觀과 及慈觀을 常願常瞻仰이니라 <法華七 93a>

(5) 無垢清淨光앳 慧日이 破諸暗ᄒᆞ니 能伏災(94b)風火ᄒᆞ며 普明照世間ᄒᆞᄂᆞ니라 <法華七 95a>

셋째로 『석보상절』 권21에서는 (1)法華七 98b, (2)法華七 81b, (3)法華七 82a-82b, (4)法華七 82b-83a, (5)法華七 84a-84b, (6)法華七 99b-100a, (7)法華七 101a-101b의 순서로 번역되어 있다.

(1) 觀世音淨聖이 於苦惱死厄애 能爲作依怙ᄒᆞ야 具一切功德ᄒᆞ야 慈眼으로 視衆生ᄒᆞ야 福聚海無量ᄒᆞ니 是故應頂禮니라 <法華七 98b>

(2) 無量意菩薩이 白佛言ᄒᆞ샤ᄃᆡ 世尊하 我今에 當供養觀世音菩薩ᄒᆞᅀᆞ오리이다 ᄒᆞ시고 卽解頸엣 衆寶珠瓔珞이 價直百千兩金ᄒᆞ샤 而

以與之ᄒᆞ시고 作是言ᄒᆞ샤ᄃᆡ 仁者ㅣ 受此法施珍寶瓔珞ᄒᆞ쇼셔
<法華七 81b>

(3) 妙音이 供養釋迦애 特奉瓔珞ᄒᆞ시고 無盡이 供養觀音에 亦奉瓔珞은 皆表法寶莊(82a)嚴이시니 故로 曰法施라 ᄒᆞ시니라
<法華七 82b>

(4) 時예 觀世音菩薩이 不肯受之커시ᄂᆞᆯ 無盡意復白觀世音菩薩言ᄒᆞ샤ᄃᆡ 仁者ㅣ 愍我等故로 受此瓔珞ᄒᆞ쇼셔(82b) 爾時佛告觀世音菩薩ᄒᆞ샤ᄃᆡ 當愍此無盡意菩薩와 及四衆天龍夜叉乾達婆阿修羅迦樓羅緊那羅摩睺羅迦人非人等故로 受是瓔珞ᄒᆞ라 卽時觀世音菩薩이 愍諸四衆과 及於天龍人非人等ᄒᆞ샤 受其瓔珞ᄒᆞ샤 分作二分ᄒᆞ샤 一分으란 奉釋迦牟尼佛ᄒᆞ시고 一分으란 奉多寶佛塔ᄒᆞ시니라
<法華七 83a>

(5) 無盡意여 觀世音菩薩이 有如是自在神力(84a)ᄒᆞ야 遊於娑婆世界ᄒᆞᄂᆞ니 <法華七 84b>

(6) 爾時持地菩薩이 卽從座起ᄒᆞ샤 前白佛言ᄒᆞ샤(99b)ᄃᆡ 世尊하 若有衆生이 聞是觀世音菩薩品自在之業과 普門으로 示現ᄒᆞ시논 神通力者ᄂᆞᆫ 當知是人의 功德이 不少ㅣ로소이다 <法華七 100a>

(7) 觀音之號ᄅᆞᆯ 或曰觀世音이시다 ᄒᆞ시며 或觀自在시다 ᄒᆞ시며 其行을 普門이시다 ᄒᆞ시며 或曰圓通者ᄂᆞᆫ 依悲觀慈觀으로 應物之德ᄒᆞ샤 言之故로 號ᄅᆞᆯ 觀(101a)世音이시다 ᄒᆞ시고 依眞觀淨觀으로 照心之功ᄒᆞ샤 言之故로 號ᄅᆞᆯ 觀自在시다 ᄒᆞ시고 自一心而出ᄒᆞ샤 應無不遍을 則謂之普門이시다 ᄒᆞ시고 自萬物而反ᄒᆞ샤 照無不融을 則謂之圓通이시다 ᄒᆞ시니 其實은 一而已시니 <法華七 101b>

넷째로 『석보상절』 권21에서는 (1)法華七 103a-103b, (2)法華七 103b-104a, (3)法華七 39b-40b, (4)法華七 107b-108a, (5)法華七109b-110a, (6)法華七 106a-106b, (7)法華七 110b-111b, (8)法華七 111b-112a의 순서로 번역되어 있다.

(1) 佛說是普門品時예 衆中에 八萬四千衆生(103a)이 皆發無等等阿耨多羅三藐三菩提心ᄒᆞ니 <法華七 103b>

(2) 無等等者ᄂᆞᆫ 無等은 卽物이 無與等이오 等(103b)者ᄂᆞᆫ 與物와 爲等ᄒᆞ실 씨니 卽物이 無與等ᄒᆞ샤ᄃᆡ 而能與物와 爲等ᄒᆞ샤미 此ㅣ 如來ㅅ 最上德也ㅣ시니라 觀音이 體此ᄒᆞ샤 以成普門行ᄒᆞ샤 隨類應化ᄒᆞ샤 與物와 爲等ᄒᆞ실씨 故로 聞其風者ㅣ 皆能發如是心ᄒᆞ니 此ㅣ 所謂以圓行으로 成最上之德이시니라 <法華七 104a>

(3) 單發이 爲聲이오 雜此ㅣ 爲音이니 於世間衆(39b)苦雜聲에 齊觀竝救ᄒᆞ실씨 號ㅣ 觀世音이시고 妙圓之行이 自一心出ᄒᆞ샤 應無不遍ᄒᆞ실씨 號曰普門이시니 此ᄅᆞᆯ 繼前品ᄒᆞ샤 說者ᄂᆞᆫ 妙音이 現形說法ᄒᆞ시며 救濟衆難ᄒᆞ샤ᄆᆞᆫ 與觀音과 無異ᄒᆞ샤ᄃᆡ 但略而未普ᄒᆞ시며 妙而未圓커시니와 觀音은 不離是行ᄒᆞ샤 而能觀其音聲ᄒᆞ샤 隨響而荅ᄒᆞ샤 大千에 圓應ᄒᆞ샤ᄃᆡ 無去來相ᄒᆞ시니 所謂自在之業과 普門示現은 則進於妙音ᄒᆞ시니 其實은 二聖이 一道(40a)ㅣ샤 相爲始終耳실씨 故로 後에 頌觀音之德ᄒᆞ샤ᄃᆡ 而無云妙音ᄒᆞ시니 是知二聖이 一道也ㅣ샷다 卽妙音之行ᄒᆞ샤 而演爲普門ᄒᆞ시니 是知相爲始終也ㅣ샷다 未欲體前之法ᄒᆞ살뎬 須兼二行ᄒᆞ샤 從妙而普ᄒᆞ샤 有始有終ᄒᆞ신 然後에ᅀᅡ 圓備ᄒᆞ시릴씨 故로 繼妙音ᄒᆞ샤 說普門爲品ᄒᆞ샤 爲圓行流通ᄒᆞ니라 <法華七 40b>

(4) 爾時藥王菩薩이 卽從座起ᄒᆞ샤 偏袒右肩ᄒᆞ시고 合掌向佛ᄒᆞ샤 而白佛言ᄒᆞ샤ᄃᆡ 世尊하 若善男子善女人이 有能受持法華經者ㅣ 若讀(107b)誦通利ᄒᆞ며 若書寫經卷ᄒᆞ면 得幾兩福ᄒᆞ리잇고 佛告藥王ᄒᆞ샤ᄃᆡ 若有善男子善女人이 供養八百萬億那由他恒河沙等諸佛ᄒᆞ면

於汝意云何오 其所得福이 寧爲多아 不아 甚多ᄒᆞ리이다 世尊하 佛言ᄒᆞ샤ᄃᆡ 若善男子善女人이 能於是經에 乃至受持一四句偈ᄒᆞ야 讀誦解義ᄒᆞ야 如說脩行이라도 功德이 甚多ᄒᆞ리라

<法華七 108a>

(5) 爾時藥王菩薩이 白佛言ᄒᆞ샤ᄃᆡ 世尊하 我(109b)今에 當與說法者陀羅尼呪ᄒᆞ야 以守護之호리이다 ᄒᆞ시고 卽說呪日ᄒᆞ샤ᄃᆡ

<法華七 110a>

(6) 陀羅尼ᄂᆞᆫ 此云摠持니 卽念慧妙力이며 諸佛密語ㅣ시니 有一字多字無字之異ᄒᆞ샤ᄃᆡ 能以一字로 揔無量法ᄒᆞ시며 持無量義ᄒᆞ샤 摧邪立正ᄒᆞ시며 殄惡生善을 皆能揔而持之之謂也ㅣ라 其體ᄂᆞᆫ 名이 陀羅尼오 其用은 名이 呪ㅣ니 呪ᄂᆞᆫ 祝也ㅣ니 以是法而祝之ᄒᆞ야 使從所祈也ㅣ라 呪ᄂᆞᆫ 或諸佛密語ㅣ 出於心術ᄒᆞ야 妙用冥加之功을 不可得而思議시며 或鬼神王名이니 呼其王(106a)ᄒᆞ면 則妖魅ㅣ 竄伏ᄒᆞᄂᆞ니라 以密語神名은 不應翻譯故로 或謂之眞言이니

<法華七 106b>

(7) 安爾 曼爾 摩祢 摩摩祢 旨隷 遮梨第 賖咩 賖履多瑋 羶帝 目帝 目多履 娑履 阿瑋娑履 桑履 娑履 叉裔 阿叉裔 阿耆膩 羶帝 賖履 陀羅尼 阿盧伽婆娑簸蔗毗叉膩 祢毗剃 阿便哆邏祢履剃 阿亶哆波隷輸地(110b) 漚究隷 牟究隷 阿羅隷 波羅隷 首迦差 阿三磨三履 佛陀毗吉利袠帝 達磨波利差帝 僧伽涅瞿沙祢 婆舍婆舍輸地 曼哆邏 曼哆邏叉夜多 郵樓哆 郵樓多憍舍略 惡叉邏 惡叉冶多冶 阿婆盧 阿摩若那多夜(111a) 世尊하 是陀羅尼神呪ᄂᆞᆫ 六十二億恒河沙等諸佛所說이시니 若有侵毁此法師者ㅣ면 則爲侵毁是諸佛已리이다

<法華七 111b>

(8) 時예 釋迦牟尼佛이 讚藥王菩薩言ᄒᆞ샤ᄃᆡ 善(111b)哉善哉라 藥王아 汝ㅣ 愍念擁護此法師故로 說是陀羅尼ᄒᆞ야 於諸衆生애 多所饒益ᄒᆞᄂᆞ다 <法華七 112a>

제 4장 意譯

『석보상절』 권21과 『법화경언해』 권7을 대조 비교해 보면 『석보상절』 권21에 意譯되어 있는 부분이 많이 있다는 것을 알 수 있다. 첫째는 名詞類가 의역되고 둘째는 動詞類가 의역되고 셋째는 節이 의역된다.

1. 名詞類의 意譯

『석보상절』 권21과 『법화경언해』 권7을 대조 비교해 보면 名詞類가 『석보상절』 권21에서는 意譯되고 『법화경언해』 권7에서는 直譯된다는 것을 알 수 있다. 의역되는 名詞類에는 名詞와 名詞句가 있다.

1.1. 名詞의 意譯

『법화경언해』 권7에서 직역되는 명사가 『석보상절』 권21에서는 名詞句, 動作動詞 및 狀態動詞로 의역된다.

<1> 명사 '妖魅'

'妖魅'가 『법화경언해』 권7에서는 명사 '妖魅'로 직역되고 『석보상절』 권21에서는 명사구 '妖怪옛 귓것'으로 의역된다는 것은 동일 원문의 번역인 다

음 예문들에서 잘 확인된다.

(1) a. 妖恠옛 귓거시 헤드라 굿블리도 잇느니 <釋卄一 22b>
b. 妖魅ㅣ 逃亡하야 굿브느니라(妖魅ㅣ 竄伏ᄒᆞᄂᆞ니라)
<法華七 107b>

<2> 명사 '著'

'著'이 『법화경언해』 권7에서는 명사 '著'으로 직역되고 『석보상절』 권21에서는 명사구 '브티둥긴 디'로 의역된다는 것은 동일 원문의 번역인 다음 예문들에서 잘 확인된다. 원문 중 '無著'이 '브티 둥긴 디 없다'로도 번역되고 '著 없다'로도 번역된다.

(2) a. 音ㅅ 性이 브티둥긴 디 업스샤미 梵音이시고 <釋卄一 16a>
b. 音性에 著 업스샤ᄆᆞ로 梵音이시고(音性에 無著으로 爲梵音이시고) <法華七 98a>

<3> 명사 '大'

'大'가 『법화경언해』 권7에서는 명사 '大'로 직역되고 『석보상절』 권21에서는 명사구 '큰 몸'으로 의역된다는 것은 동일 원문의 번역인 다음 예문들에서 잘 확인된다. 원문 중 '現大'가 '큰 모ᄆᆞᆯ 現ᄒᆞ다'로도 번역되고 '大ᄅᆞᆯ 現ᄒᆞ다'로도 번역된다.

(3) a. 져겟다가(37a) 쏘 큰 모ᄆᆞᆯ 現ᄒᆞ며 <釋卄一 37b>
b. 小ᄒᆞ얫다가 쏘 大(134a)ᄅᆞᆯ 現ᄒᆞ며(小復現大ᄒᆞ며)
<法華七 134b>

<4> 명사 '小'

'小'가 『법화경언해』 권7에서는 명사 '小'로 직역되고 『석보상절』 권21에서는 명사구 '져근 몸'으로 의역된다는 것은 동일 원문의 번역인 다음 예문들에서 잘 확인된다. 원문 중 '現小'가 '져근 모몰 現ᄒᆞ다'로도 번역되고 '小ᄅᆞᆯ 現ᄒᆞ다'로도 번역된다.

(4) a. 虛空애 ᄀᆞᄃᆞᆨᄒᆞ얫다가 ᄯᅩ 져근 모몰 現ᄒᆞ며 <釋卄一 37b>
b. 虛空中애 ᄀᆞᄃᆞᆨ하얫다가 ᄯᅩ 小ᄅᆞᆯ 現ᄒᆞ며(滿虛空中ᄒᆞ얫다가 復現小ᄒᆞ며) <法華七 134b>

<5> 명사 '惡'

'惡'이 『법화경언해』 권7에서는 명사 '惡'으로 직역되고 『석보상절』 권21에서는 명사구 '모딘 것'으로 의역된다는 것은 동일 원문의 번역인 다음 예문들에서 잘 확인된다. 원문 중 '殄惡'이 '모딘 거슬 업긔 ᄒᆞ다'로도 번역되고 '惡ᄋᆞᆯ 滅ᄒᆞ다'로도 번역된다.

(5) a. 모딘 거슬 업긔 ᄒᆞ고 됴ᄒᆞᆫ 거슬 내ᄂᆞ니 <釋卄一 22b>
b. 惡ᄋᆞᆯ 滅코 善 내샤ᄆᆞᆯ(殄惡生善을) <法華七 107a>

<6> 명사 '邪'

'邪'가 『법화경언해』 권7에서는 명사 '邪'로 직역되고 『석보상절』 권21에서는 명사구 '邪曲ᄒᆞᆫ 것'으로 의역된다는 것은 동일 원문의 번역인 다음 예문들에서 잘 확인된다. 원문 중 '摧邪'가 '邪曲ᄒᆞᆫ 거슬 겄다'로도 번역되고 '邪ᄅᆞᆯ 겄다'로도 번역된다.

(6) a. 邪曲ᄒᆞᆫ 거슬 것고 正ᄒᆞᆫ 거슬 셰며 <釋卄一 22b>
b. 邪ᄅᆞᆯ 것고 正을 셰시며(摧邪立正ᄒᆞ시며) <法華七 107a>

<7> 명사 '未曾有'

'未曾有'가 『법화경언해』 권7에서는 명사 '未曾有'로 직역되고 『석보상절』 권21에서는 명사구 '네 업던 일'로 의역된다는 것은 동일 원문의 번역인 다음 예문들에서 잘 확인된다. 원문 중 '得未曾有'가 '네 업던 이ᄅᆞᆯ 得ᄒᆞ다'로도 번역되고 '未曾有를 得ᄒᆞ다'로도 번역된다.

(7) a. ᄆᆞᅀᆞ매 ᄀᆞ장 歡喜ᄒᆞ야 네 없던 이ᄅᆞᆯ 得(37b)ᄒᆞ야 <釋卄一 38a>
  b. ᄆᆞᅀᆞ매 ᄀᆞ장 歡喜ᄒᆞ야 未曾有를 得ᄒᆞ야(心大歡喜ᄒᆞ야 得未曾有ᄒᆞ야) <法華七 135a>

<8> 명사 '苦惱'

'苦惱'가 『법화경언해』 권7에서는 명사 '苦惱'로 직역되고 『석보상절』 권21에서는 명사구 '셜본 일'로 의역된다는 것은 동일 원문의 번역인 다음 예문들에서 잘 확인된다. 원문 중 '諸苦惱'가 '여러 가짓 셜본 일'로도 번역되고 '여러 가짓 苦惱'로도 번역된다.

(8) a. 여러 가짓 셜본 이ᄅᆞᆯ 受ᄒᆞ다가 <釋卄一 1b>
  b. 여러 가짓 苦惱 受ᄒᆞᆯ 제(受諸苦惱ᄒᆞᆯ 제) <法華七 45a>

<9> 명사 '久遠'

'久遠'이 『법화경언해』 권7에서는 명사 '久遠'으로 직역되고 『석보상절』 권21에서는 명사구 '오라고 먼 時節'로 의역된다는 것은 동일 원문의 번역인 다음 예문들에서 잘 확인된다. 원문 중 '從久遠'이 '오라고 먼 時節브터'로도 번역되고 '久遠브터'로도 번역된다.

(9) a. 오라고 먼 時節브터 <釋卄一 60a>
b. 久遠브터 오매(從久遠來예) <法華七 179a>

<10> 명사 '足'

'足'이 『법화경언해』 권7에서는 명사 '足'으로 직역되고 『석보상절』 권21에서는 명사구 '足혼 곧'으로 의역된다는 것은 동일 원문의 번역인 다음 예문들에서 잘 확인된다. 원문 중 '知足'이 '足혼 고돌 알다'로도 번역되고 '足 알다'로도 번역된다.

(10) a. 이 사ᄅᆞ미 欲心이 젹고 足혼 고돌 아라 <釋卄一 62a>
b. 이 사ᄅᆞ미 欲 젹고 足 아라(是人이 少欲知足ᄒᆞ야)
<法華七 181b>

<11> 명사 '敎戒'

'敎戒'가 『법화경언해』 권7에서는 명사 '敎戒'로 직역되고 『석보상절』 권21에서는 동작동사 'ᄀᆞᄅᆞ치다'로 의역된다는 것은 동일 원문의 번역인 다음 예문들에서 잘 확인된다. 원문 중 '敎戒所行'이 'ᄀᆞᄅᆞ치샨 힝뎍'으로도 번역되고 '敎戒 行ᄒᆞ샴'으로도 번역된다.

(11) a. ᄀᆞᄅᆞ치샨 힝뎌기 <釋卄一 47b>
b. '敎戒 行ᄒᆞ샤미(敎戒所行이) <法華七 149a>

<12> 명사 '邪見'

'邪見'이 『법화경언해』 권7에서는 명사 '邪見'으로 직역되고 『석보상절』 권21에서는 상태동사 '邪曲ᄒᆞ다'로 의역된다는 것은 동일 원문의 번역인 다음 예문들에서 잘 확인된다. 원문 중 '邪見家'가 '邪曲혼 집'으로도 번역되고 '邪見家'로도 번역된다.

(12) a. 우리돌히 法王ㅅ 아ᄃᆞ리로ᄃᆡ 이 邪曲ᄒᆞᆫ 지븨 나도소이다 <釋卄一 36b>

b. 우리 이 法王子ㅣ로ᄃᆡ 이 邪見家애 날쎠(我等이 是法王子ㅣ로ᄃᆡ 而生此邪見家ᄒᆞᆯ쎠) <法華七 133a>

1.2. 名詞句의 意譯

『법화경언해』 권7에서 직역되는 명사구가 『석보상절』 권21에서는 名詞, 명사구 및 동작동사구로 의역된다.

<1> 명사 '發'

'發'이 『법화경언해』 권7에서는 명사구 '發ᄒᆞ니'로 직역되고 『석보상절』 권21에서는 명사 '소리'로 의역된다는 것은 동일 원문의 번역인 다음 예문들에서 잘 확인된다. 명사구 '發ᄒᆞ니'는 '發ᄒᆞ+ㄴ#이'로 분석될 수 있다. 원문 중 '單發'이 'ᄒᆞ옷 소리'로도 번역되고 'ᄒᆞ옷 發ᄒᆞ니'로도 번역된다.

(1) a. ᄒᆞ옷 소리롤 聲이라 ᄒᆞ고 <釋卄一 19b>

b. ᄒᆞ옷 發ᄒᆞ니 聲이오(單發이 爲聲이오) <法華七 41a>

<2> 명사 '比'

'比'가 『법화경언해』 권7에서는 명사구 '모ᄃᆞ니'로 직역되고 『석보상절』 권21에서는 명사 '소리'로 의역된다는 것은 동일 원문의 번역인 다음 예문들에서 잘 확인된다. 명사구 '모ᄃᆞ니'는 '몯+ᄋᆞᆫ#이'로 분석될 수 있다. 원문 중 '雜比'가 '雜한 소리'로도 번역되고 '雜 모ᄃᆞ니'로도 번역된다.

(2) a. 雜ᄒᆞᆫ 소리롤 音이라 ᄒᆞᄂᆞ니 <釋卄一 20a>

b. 雜 모ᄃᆞ니 音이니(雜比ㅣ 爲音이니) <法華七 41a>

<3> 명사구 '欺誑'

'欺誑'이 『법화경언해』 권7에서는 명사구 '소기ᄂᆞ니'로 직역되고 『석보상절』 권21에서는 명사구 '소기논 罪'로 의역된다는 것은 동일 원문의 번역인 다음 예문들에서 잘 확인된다. 원문 중 '欺誑人'이 'ᄂᆞᆷ 소기논 罪'로도 번역되고 '사ᄅᆞᆷ 소기ᄂᆞ니'로도 번역된다. 명사구 '소기ᄂᆞ니'는 '소기+ᄂᆞ+ㄴ#이'로 분석될 수 있고 '속이는 것'을 의미한다.

(3) a. 말와 저울로 ᄂᆞᆷ 소기논 罪 곧ᄒᆞ며 調達이 즁 ᄒᆞ야ᄇᆞ린 罪 곧ᄒᆞ야 <釋卄一 31a>

b. ᄯᅩ…말 저울로 사ᄅᆞᆷ 소기ᄂᆞ니와 調達의 즁 헌 罪 곧ᄒᆞ야(亦如…斗秤으로 欺誑人과 調達의 破僧罪ᄒᆞ야) <法華七 119b>

<4> 명사구 '應…不遍'

'應…不遍'이 『법화경언해』 권7에서는 명사구 '應을 다 몯ᄒᆞᆫ ᄃᆡ'로 직역되고 『석보상절』 권21에서는 명사구 '아니 應ᄒᆞ논 ᄃᆡ'로 의역된다는 것은 동일 원문의 번역인 다음 예문들에서 잘 확인된다. 원문 중 '應無不遍'이 '아니 應ᄒᆞ논 ᄃᆡ 없다'로도 번역되고 '應을 다 몯ᄒᆞᆫ ᄃᆡ 없다'로도 번역된다.

(4) a. ᄒᆞᆫ ᄆᆞᅀᆞᄆᆞ로 내야 아니 應ᄒᆞ논 ᄃᆡ 업스샤ᄆᆞᆯ 普門이시다 ᄒᆞ고 <釋卄一 19a>

b. ᄒᆞᆫ ᄆᆞᅀᆞᄆᆞᆯ 브터 나샤 應을 다 몯ᄒᆞᆫ ᄃᆡ 업스샤ᄆᆞᆯ 普門이시다 니ᄅᆞ시고(自一心而出ᄒᆞ샤 應無不遍을 則謂之普門이시다 ᄒᆞ시고) <法華七 102b>

<5> 명사구 '一眼'

명사구 '一眼'이 『법화경언해』 권7에서는 명사구 'ᄒᆞᆫ 눈'으'로 직역되고 『석보상절』 권21에서는 동작동사구 'ᄒᆞᆫ 눈 가지다'로 의역된다는 것은 동일 원

문의 번역인 다음 예문들에서 잘 확인된다. 원문 중 '一眼之龜'가 'ᄒᆞᆫ 눈 가진 거붑'으로도 번역되고 'ᄒᆞᆫ 눈 거붑'으로도 번역된다.

(5) a. ᄒᆞᆫ 눈 가진 거부비 ᄠᅳᆫ 나못 구무 맛나미 ᄀᆞᆮᄒᆞ니 <釋卄一 39b>
b. ᄯᅩ ᄒᆞᆫ 눈 거부비 ᄠᅳᆫ 나못 맛남 ᄀᆞᆮᄒᆞ시니(又如一眼之龜ㅣ 値浮木孔ᄒᆞ시니) <法華七 137b>

2. 動詞類의 意譯

『석보상절』 권21과『법화경언해』 권7의 對比를 통해 動詞類가『석보상절』 권21에서는 意譯되고『법화경언해』 권7에서는 直譯된다는 것을 알 수 있다. 의역되는 동사류에는 動作動詞와 동작동사구가 있고 상태동사와 상태동사구가 있다.

2.1. 動作動詞의 意譯

『법화경언해』 권7에서 직역되는 동작동사가『석보상절』 권21에서는 동작동사로 의역된다.

<1> 동작동사 '求'

'求'가『법화경언해』 권7에서는 동작동사 '求ᄒᆞ다'로 직역되고『석보상절』 권21에서는 동작동사 '낳다'로 의역된다는 사실은 동일 원문의 번역인 다음 예문들에서 잘 확인된다. 원문 중 '求男'이 '아ᄃᆞᆯ ᄋᆞᆯ 낳다'로도 번역되고 '아ᄃᆞᆯ 求ᄒᆞ다'로도 번역된다.

(1) a. 아뫼나 겨지비 아ᄃᆞᆯ ᄋᆞᆯ 나코져 ᄒᆞ야 <釋卄一 7b>

b. 女人이 ᄒᆞ다가 아ᄃᆞᆯ 求ᄒᆞ야(若有女人이 設欲求男ᄒᆞ야)
<法華七 66b>

(1) c. ᄯᆞ롤 나(7b)코져 ᄒᆞ면 <釋詳卄一 8a>
d. ᄒᆞ다가 ᄯᆞᆯ 求ᄒᆞ면(設欲求女ᄒᆞ면) <法華七 66b>

<2> 동작동사 '降'

'降'이 『법화경언해』 권7에서는 타동사 'ᄂᆞ리오다'로 직역되고 『석보상절』 권21에서는 자동사 '오다'로 의역된다는 것은 동일 원문의 번역인 다음 예문들에서 잘 확인된다. 원문 중 '降雹'이 '무뤼 오다'로도 번역되고 '무뤼 ᄂᆞ리오다'로도 번역된다.

(1) a. 무뤼 오고 한 비 븟다가도 <釋卄一 5a>
b. 무뤼 ᄂᆞ리오며 큰 비 브ᅀᅥ도(降雹澍大雨ㅣ라도) <法華七 91a>

2.2. 動作動詞句의 意譯

『법화경언해』 권7에서 직역되는 동작동사구가 『석보상절』 권21에서는 動作動詞, 동작동사구, 狀態動詞, 명사구 그리고 副詞로 의역된다.

<1> 동작동사구 '作是念'과 '作此念'

'作是念'과 '作此念'이 『법화경언해』 권7에서는 동작동사구 '이 念을 ᄒᆞ다'로 직역되고 『석보상절』 권21에서는 동작동사 '너기다'로 의역된다는 것은 동일 원문의 번역인 다음 예문들에서 잘 확인된다. 원문 중 '作是念'과 '作此念'이 '너기다'로도 번역되고 '이 念을 ᄒᆞ다'로도 번역된다.

(1) a. 妙莊嚴王이 너교ᄃᆡ <釋卄一 42b>
b. 妙莊嚴王이 이 念을 호ᄃᆡ(妙莊嚴王이 作是念호ᄃᆡ) <法華七 142a>

(1) c. 바다 디ᄂᆞᆶ 사ᄅᆞᄆᆞᆫ 너교ᄃᆡ <釋卄一 57a>
d. 受持ᄒᆞ리 이시면 반ᄃᆞ기 이 念을 호ᄃᆡ(有受持者ㅣ면 應作此念호ᄃᆡ) <法華七 174a>

<2> 동작동사구 '作是言'

'作是言'이 『법화경언해』 권7에서는 동작동사구 '이 마ᄅᆞᆯ ᄒᆞ시다'로 직역되고 『석보상절』 권21에서는 동작동사 'ᄉᆞᆲ다'로 의역된다는 것은 동일 원문의 번역인 다음 예문들에서 잘 확인된다.

(2) a. 無盡意菩薩이(16b)…받ᄌᆞᆸ고 ᄉᆞᆯᄫᆞ샤ᄃᆡ <釋卄一 17a>
b. 無盡意菩薩이…받ᄌᆞ오시고 이 마ᄅᆞᆯ ᄒᆞ샤ᄃᆡ(無盡意菩薩이…而以與之ᄒᆞ시고 作是言ᄒᆞ샤ᄃᆡ) <法華七 82a>

<3> 동작동사구 '作是唱言'

'作是唱言'이 『법화경언해』 권7에서는 동작동사구 '이 말 ᄒᆞ다'로 직역되고 『석보상절』 권21에서는 동작동사 '니ᄅᆞ다'로 의역된다는 것은 동일 원문의 번역인 다음 예문들에서 잘 확인된다.

(3) a. 그 中에 ᄒᆞᆫ 사ᄅᆞ미 닐오ᄃᆡ <釋卄一 6a>
b. 그 中에 ᄒᆞᆫ 사ᄅᆞ미 이 말 호ᄃᆡ(其中一人이 作是唱言호ᄃᆡ) <法華七 58b>

<4> 동작동사구 '得解脫'

'得解脫'이 『법화경언해』 권7에서는 동작동사구 '解脫올 得ᄒᆞ다'와 '버수믈 得ᄒᆞ다'로 직역되고 『석보상절』 권21에서는 동작동사 '버서나다'로 의역된다는 것은 동일 원문의 번역인 다음 예문들에서 잘 확인된다. 원문 중 '卽得解脫'이 '즉자히 버서나다'로도 번역되고 '즉재 解脫올 得ᄒᆞ다'로도 번역된다. 그리고 '得解脫羅刹之難'이 '羅刹難올 버서나다'로도 번역되고 '羅刹難올 버수믈 得ᄒᆞ다'로도 번역된다.

(4) a. 이 怨讎ㅅ 도ᄌᆞ골 버서나리(6a)라 ᄒᆞ야ᄃᆞᆫ <釋卄一 6b>
b. 이 怨讎수ㅅ 도ᄌᆞ개 반ᄃᆞ기 解脫올 得ᄒᆞ리라(於此怨讎에 當得解脫ᄒᆞ리라) <法華七 58b>

(4) c. 즉자히 버서나리니 <釋卄一 6b>
d. 즉재 解脫올 得ᄒᆞ리니(卽得解脫ᄒᆞ리니) <法華七 59a>

(4) e. 즉자히 버서나리어며 <釋卄一 5b>
f. 즉재 解脫을 得ᄒᆞ며(卽得解脫ᄒᆞ며) <法華七 56b>

(4) g. 이 여러 사ᄅᆞ미 다 羅刹難올 버서나리어며 <釋卄一 3b>
h. 이 사ᄅᆞᆷ돌히 다 羅刹難올 버수믈 得ᄒᆞ리니(是諸人等이 皆得解脫羅刹之難ᄒᆞ리니) <法華七 50b>

<5> 동작동사구 '得…散'

'得…散'이 『법화경언해』 권7에서는 동작동사구 '흐투믈 得ᄒᆞ다'로 직역되고 『석보상절』 권21에서는 동작동사 '헤여디다'로 의역된다는 것은 동일 원문의 번역인 다음 예문들에서 잘 확인된다. 원문 중 '得消散'이 '스러 헤여디다'로도 번역되고 '스러디여 흐투믈 得ᄒᆞ다'로도 번역된다.

(5) a. 즉자히 스러 헤여디리어며 <釋卄一 5a>
b. 時롤 應ᄒᆞ야 스러디여 흐투믈 得ᄒᆞ며(應時得消散ᄒᆞ며) <法華七 91a>

<6> 동작동사구 '被…逐'

'被…逐'이 『법화경언해』 권7에서는 동작동사구 'ᄣᅩ초믈 닙다'로 직역되고 『석보상절』 권21에서는 동작동사 '조치다'로 의역된다는 것은 동일 원문의 번역인 다음 예문들에서 잘 확인된다.

(6) a. 시혹 모딘 사ᄅᆞ미그에 조치여 <釋卄一 3b>
b. 시혹 모딘 사ᄅᆞ미 ᄣᅩ초믈 니버(或彼惡人의 逐ᄒᆞ야) <法華七 88a>

<7> 동작동사구 '還著'

'還著'이 『법화경언해』 권7에서는 동작동사구 '도로 著ᄒᆞ다'로 직역되고 『석보상절』 권21에서는 동작동사 '도라디다'로 의역된다는 것은 동일 원문의 번역인 다음 예문들에서 잘 확인된다.

(7) a. 믿사ᄅᆞ미그에 도라디리어며 <釋卄一 5b>
b. 믿사ᄅᆞ미게 도로 著ᄒᆞ며(還着於本人ᄒᆞ며) <法華七 89b>

<8> 동작동사구 '盡形'

'盡形'이 『법화경언 해』 권7에서는 동작동사구 '얼굴 뭋다'로 직역되고 『석보상절』 권21에서는 동작동사 '죽다'로 의역된다는 것은 동일 원문의 번역인 다음 예문들에서 잘 확인된다. 원문 중 '盡形供養'이 '죽ᄃᆞ록 供養ᄒᆞ다'로도 번역되고 '얼굴 뭋ᄃᆞ록…供養ᄒᆞ다'로도 번역된다.

(8) a. 쏘 飮食과 衣服과 臥具와 醫藥과로 죽드록 供養ᄒᆞ면 <釋卄一 8b>

b. 쏘 얼굴 뭇ᄃᆞ록 飮食 衣服 臥具 醫藥으로 供養ᄒᆞ면(復盡形ᄐᆞ록 供養飮食衣服臥具醫藥ᄒᆞ면) <法華七 68b>

<9> 동작동사구 '娛樂快樂'

'娛樂快樂'이 『법화경언해』 권7에서는 동작동사구 '즐겨 快樂ᄒᆞ다'로 직역되고 『석보상절』 권21에서는 동작동사구 '즶굿 즐겨ᄒᆞ다'로 의역된다는 것은 동일 원문의 번역인 다음 예문들에서 잘 확인된다. 원문 중 ''娛樂快樂'이 '즶굿 즐겨ᄒᆞ다'로도 번역되고 '즐겨 快樂ᄒᆞ다'로도 번역된다.

(9) a. 그 사ᄅᆞ미 즉자히 七寶冠 쓰고 采女ㅅ 가온ᄃᆡ 즶굿 즐겨ᄒᆞ리니 <釋卄一 58a>

b. 그 사ᄅᆞ미 즉재 七寶冠 쓰고 采女 中에 즐겨 快樂ᄒᆞ리니(其人이 卽著七寶冠ᄒᆞ고 於采女中에 娛樂快樂ᄒᆞ리니) <法華七 176a>

<10> 동작동사구 '濟沉溺'

'濟沉溺'이 『법화경언해』 권7에서는 동작동사구 'ᄌᆞ모ᄆᆞᆯ 건나다'로 직역되고 『석보상절』 권21에서는 동작동사구 '좀디 아니ᄒᆞ다'로 의역된다는 것은 동일 원문의 번역인 다음 예문들에서 잘 확인된다.

(10) a. 그 거부비 나못 굼글 어더ᅀᅡ 좀디 아니ᄒᆞ건마ᄅᆞᆫ <釋卄一 40a>

b. 거부비 나못 굼글 어드면 어루 ᄌᆞ모ᄆᆞᆯ 건(138a)나련마ᄅᆞᆫ(龜ㅣ得木孔ᄒᆞ면 可濟沉溺이언마ᄅᆞᆫ) <法華七 138b>

<11> 동작동사구 '從所祈'

'從所祈'가 『법화경언해』 권7에서는 동작동사구 '비논 이롤 從ᄒᆞ다'로 직역되고 『석보상절』 권21에서는 동작동사구 '비론 다히 ᄃᆞ외다'로 의역된다는 것은 동일 원문의 번역인 다음 예문들에서 잘 확인된다.

(11) a. 비론 다히 ᄃᆞ외ᄋᆡ 홀 씨라 <釋卄一 22b>
b. 비논 이롤 從케 홀 씨라(使從所祈也ㅣ라) <法華七 107b>

<12> 동작동사구 '得解脫'

'得解脫'이 『법화경언해』 권7에서는 동작동사구 '解脫올 得게 ᄒᆞ다'로 직역되고 『석보상절』 권21에서는 동작동사구 '解脫킈 ᄒᆞ다'로 의역된다는 것은 동일 원문의 번역인 다음 예문들에서 잘 확인된다.

(12) a. 다 解脫킈 ᄒᆞᄂᆞ니라 <釋卄一 1b>
b. 다 解脫올 得게 ᄒᆞ리라(皆得解說케 ᄒᆞ리라) <法華七 45a>

<13> 동작동사구 '得安隱'

'得安隱'이 『법화경언해』 권7에서는 동작동사구 '安隱을 得ᄒᆞ다'로 직역되고 『석보상절』 권21에서는 상태동사 '便安ᄒᆞ다'로 의역된다는 것은 동일 원문의 번역인 다음 예문들에서 잘 확인된다. 원문 중 '令得安隱盡'이 '便安케 ᄒᆞ다'로도 번역되고 '安隱을 得게 ᄒᆞ다'로도 번역된다.

(13) a. 내…便安케 ᄒᆞ야 <釋卄一 8b>
b. 내…安隱을 得게 ᄒᆞ야(我ㅣ…令得安隱ᄒᆞ야) <法華七 167a>

<14> 동작동사구 '被害'

'被害'가 『법화경언해』 권7에서는 동작동사구 '害 닙다'의 명사형으로 직역되고 『석보상절』 권21에서는 명사구 '주규려 홇 時節'로 의역된다는 것은 동일 원문의 다음 예문들에서 잘 확인된다. 원문 중 '臨當被害'가 '주구려 홇 時節을 當ᄒᆞ다'로도 번역되고 '害 니부믈 當ᄒᆞ다'로도 번역된다.

(14) a. ᄒᆞ다가 ᄯᅩ 사ᄅᆞ미 주규려 홇 時節을 當ᄒᆞ야도 <釋卄一 4a>
b. ᄒᆞ다가 ᄯᅩ 사ᄅᆞ미 害 니부믈 當ᄒᆞ야셔(若復有人이 臨當被害ᄒᆞ야셔) <法華七 53b>

<15> 동작동사구 '應時'

'應時'가 『법화경언해』 권7에서는 동작동사구 '時ᄅᆞᆯ 應ᄒᆞ다'의 부사형 '時ᄅᆞᆯ 應ᄒᆞ야'로 직역되고 『석보상절』 권21에서는 부사 '즉자히'로 의역된다는 것은 동일 원문의 번역인 다음 예문들에서 잘 확인된다.

(15) a. 즉자히 스러 헤여디리어며 <釋卄一 5a>
b. 時ᄅᆞᆯ 應ᄒᆞ야 스러디여 흐투믈 得ᄒᆞ며(應時得消散ᄒᆞ며) <法華七 91a>

2.3. 狀態動詞의 意譯

『법화경언해』 권7에서는 직역되는 상태동사가 『석보상절』 권21에서는 상태동사구, 동작동사구 및 명사구로 의역된다.

<1> 상태동사 '希有'

'希有'가 『법화경언해』 권7에서는 상태동사 '希有ᄒᆞ다'로 직역되고 『석보

상절』 권21에서는 상태동사구 '쉽디 몯ᄒᆞ다'로 의역된다는 것은 동일 원문의 번역인 다음 예문들에서 잘 확인된다. 원문 중 '甚希有'가 '甚히 쉽디 몯ᄒᆞ다'로도 번역되고 '甚히 希有ᄒᆞ다'로도 번역된다.

(1) a. 世尊하 如來 甚히 쉽디 몯ᄒᆞ샤 <釋卄一 46a>
b. 世尊하 如來 甚히 希有ᄒᆞ샤(世尊하 如來ㅣ 甚希有ᄒᆞ샤)
<法華七 148a>

(1) c. 부텻 모미 쉽디 몯ᄒᆞ샤 <釋卄一 42b>
d. 부텻 모미 希有ᄒᆞ샤(佛身이 希有ᄒᆞ샤) <法華七 142a>

<2> 상태동사 '云何'

'云何'가 『법화경언해』 권7에서는 상태동사 '엇더ᄒᆞ다'로 직역되고 『석보상절』 권21에서는 동작동사구 '엇뎨 너기다'로 의역된다는 것은 동일 원문의 번역인 다음 예문들에서 잘 확인된다.

(2) a. 네 ᄠᅳ덴 엇뎨 너기ᄂᆞ다 <釋卄一 21b>
b. 네 ᄠᅳ데 엇더뇨(於汝意云何오) <法華七 108b>

한편 '云何'가 『석보상절』 권21과 『법화경언해』 권7에서 모두 상태동사 '엇더ᄒᆞ다'로 번역된다는 것은 동일 원문의 번역인 다음 예문들에서 잘 확인된다.

(2) c. 네 ᄠᅳ덴 엇더뇨 <釋卄一 8b>
d. 네 ᄠᅳ데 엇더뇨(於汝意云何오) <法華七 68b>

<3> 상태동사 '異'

'異'가 『법화경언해』 권7에서는 상태동사 '다ᄅᆞ다'의 명사형 '달옴'으로 직

역되고 『석보상절』 권21에서는 명사구 '다른 줄'로 의역된다는 것은 동일 원문의 번역인 다음 예문들에서 잘 확인된다. 원문 중 '無異'가 '다른 줄 없다'로도 번역되고 '달옴 없다'로도 번역된다.

(3) a. 正히 골바 다른 줄 업서 <釋卄一 9a>
b. 正히 곧ᄒᆞ야 달옴 업서(正等無異ᄒᆞ야) <法華七 68b>

2.4. 狀態動詞句의 意譯

『법화경언해』 권7에서 직역되는 상태동사구가 『석보상절』 권21에서는 상태동사로 의역된다.

<1> 상태동사구 '如是'

'如是'가 『법화경언해』 권7에서는 상태동사구 '이 곧ᄒᆞ다'로 직역되고 『석보상절』 권21에서는 상태동사 '올ᄒᆞ다'로 의역된다는 것은 동일 원문의 번역인 다음 예문들에서 잘 확인된다. 원문 중 '如是如是'가 '올타 올타'로도 번역되고 '이 곧ᄒᆞ며 이 곧ᄒᆞ다'로도 번역된다.

(1) a. 올타 올타 네 닐옴 다ᄒᆞ니라 <釋卄一 45a>
b. 이 곧ᄒᆞ며 이 곧ᄒᆞ야 네 말 곧ᄒᆞ니라(如是如是ᄒᆞ야 如汝所言ᄒᆞ니라) <法華七 146b>

<2> 상태동사구 '未…有'

'未…有'가 『법화경언해』 권7에서는 상태동사구 '잇디 아니ᄒᆞ다'로 직역되고 『석보상절』 권21에서는 상태동사 '없다'로 의역된다는 것은 동일 원문의 번역인 다음 예문들에서 잘 확인된다. 원문 중 '未曾有'가 '네 없다'로도 번역되고 '아리 잇디 아니ᄒᆞ다'로도 번역된다.

(2) a. 世尊이 녜 업스샤스이다 <釋卄一 47a>
b. 世尊이 아릐 잇디 아니ᄒᆞ샤(世尊이 未曾有也ᄒᆞ샤)
<法華七 149a>

3. 節의 意譯

『석보상절』 권7에서는 동작동사로 의역되고 『법화경언해』 권7에서는 節로 직역되는 것에는 다음과 같은 것이 있다.

<1> 절 '爲…殺'

'爲…殺'이 『법화경언해』 권7에서는 절 '주규미 ᄃᆞ외다'로 직역되고 『석보상절』 권21에서는 동작동사 '죽다'로 의역된다는 것은 동일 원문의 번역인 다음 예문들에서 잘 확인된다.

(1) a. 시혹 울에 마자 죽ᄂᆞ니 <釋卄一 31a>
b. 시혹 雷霆의 주규미 ᄃᆞ외ᄂᆞ니(或爲雷霆震殺ᄒᆞᄂᆞ니)
<法華七 120b>

<2> 절 '爲…所著'

'爲…所著'이 『법화경언해』 권7에서는 절 '著홈 ᄃᆞ외다'로 직역되고 『석보상절』 권21에서는 동작동사 '들이다'로 의역된다는 것은 동일 원문의 번역인 다음 예문들에서 잘 확인된다. 원문 중 '爲魔所著'이 '魔 들이다'로도 번역되고 '魔ᄋᆡ 著홈 ᄃᆞ외다'로도 번역된다.

(2) a. 魔 들인 거시어나 <釋卄一 52a>
b. 魔ᄋᆡ 著홈 ᄃᆞ외니며(若爲魔所著者ㅣ 며) <法華七 167a>

<3> 절 '爲…所漂'

'爲…所漂'가 『법화경언해』 권7에서는 절 '띄유미 ᄃᆞ외다'로 직역되고 『석보상절』 권21에서는 동작동사 '뼈가다'로 의역된다는 것은 동일 원문의 번역인 다음 예문들에서 잘 확인된다.

(3) a. 큰 므레 뼈가다가도 <釋卄一 2b>
b. ᄒᆞ다가 큰 므릐 띄유미 ᄃᆞ외야도(若爲大水의 所漂ᄒᆞ야도)
<法華七 50a>

제 5장 語彙的 差異

어휘적 차이는 동일한 漢字와 漢字句가 『석보상절』 권21과 『법화경언해』 권7에서 相異하게 번역되는 경우이다. 이 차이는 여러 가지 유형으로 분류하여 고찰할 수 있다.

1. 名詞類와 名詞類

동일한 漢字와 한자구가 『석보상절』 권21에서 名詞類로 번역되고 『법화경언해』 권7에서 명사류로 번역된다. 명사류에는 명사와 명사구가 있다.

<1> 所說

'所說'이 『석보상절』 권21에서는 명사구 '니르샨 것'으로 번역되고 『법화경언해』 권7에서는 명사 '말'로 번역된다는 것은 동일 원문의 번역인 다음 예문들에서 잘 확인된다. 원문 중 '諸佛所說'이 '諸佛ㅅ 니르샨 것'으로도 번역되고 '諸佛ㅅ 말'로도 번역된다.

(1) a. 이 陁羅尼 神呪는 諸佛ㅅ 니르샨 거시니 <釋卄一 24b>
 b. 이 陀羅尼 神呪ᄂᆞᆫ 諸佛ㅅ 마리시니(是陀羅尼神呪ᄂᆞᆫ 諸佛所說이시니) <法華七 111b>

(1) c. 이 陁羅尼 神呪는 四十二億 諸佛ㅅ(27b) 니ᄅᆞ샨 거시니
<釋卄一 28a>

d. 이 陀羅尼 神呪ᄂᆞᆫ 四十二億(115b) 諸佛ㅅ 마리시니(是陀羅尼神呪ᄂᆞᆫ 四十二億諸佛所說이시니) <法華七 116a>

(1) e. 이 陁羅尼 神呪는 恒河沙等 諸佛이 니르시며 ᄯᅩ 다 隨喜ᄒᆞ시ᄂᆞᆫ 거시니 <釋卄一 26a>

f. 이 陀羅尼 神呪ᄂᆞᆫ 恒河沙等 諸佛ㅅ 마리시며 ᄯᅩ 다 隨喜ᄒᆞ시ᄂᆞ니(是陀羅尼神呪ᄂᆞᆫ 恒河沙等諸佛所說이시며 亦皆隨喜시니) <法華七 113a>

<2> 本…源

'本…源'이 『석보상절』 권21에서는 명사 '本源'으로 번역되고 『법화경언해』 권7에서는 명사구 '本…源'으로 번역된다는 것은 동일 원문의 번역인 다음 예문들에서 잘 확인된다. 원문 중 '返本還源'이 '本源에 도라가다'로도 번역되고 '本애 도라가며 源에 도라가다'로도 번역된다.

(2) a. 本源에 도라가미 旋陁羅尼니 <釋卄一 53b>

b. 本애 도라가며 源에 도라갈 ᄊᆡ 일후미 旋陀羅尼(170a)오(返本還源ᄒᆞᆯᄊᆡ 名旋陀羅尼오) <法華七 170b>

<3> 憶…念

'憶…念'이 『석보상절』 권21에서는 명사 '憶念'으로 번역되고 『법화경언해』 권7에서는 명사구 '憶…念'으로 번역된다는 것은 동일 원문의 번역인 다음 예문들에서 잘 확인된다. 원문 중 '憶不正…念不正'이 '憶念이 正티 몯ᄒᆞ다'로 번역되고 '憶이…念이 正티 몯ᄒᆞ다'로 번역된다.

(3) a. 憶念이 正티 몯ᄒᆞ면 <釋卄一 57b>

b. ᄒᆞ다가 憶이 正티 몯ᄒᆞ면…念이 正티 몯ᄒᆞ면(蓋憶이 不正ᄒᆞ면…念이 不正ᄒᆞ면) <法華七 175b>

2. 名詞와 動詞類

동일한 漢字와 한자구가 『석보상절』 권21에서는 名詞로 번역되고 『법화경언해』 권7에서는 動詞類로 번역된다. 동사류에는 동작동사, 동작동사구 및 상태동사구가 있다.

<1> 說法

'說法'이 『석보상절』 권21에서는 명사 '說法'으로 번역되고 『법화경언해』 권7에서는 동작동사 '說法ᄒᆞ다'로 번역된다는 것은 동일 원문의 번역인 다음 예문들에서 잘 확인된다. 원문 중 '云何…說法'이 '說法을 엇뎨 ᄒᆞ다'로도 번역되고 '엇뎨…說法ᄒᆞ다'로도 번역된다.

(1) a. 衆生 위ᄒᆞ야 說法을 엇뎨 ᄒᆞ며 <釋卄一 9b>
b. 엇뎨 衆生 爲ᄒᆞ샤 說法ᄒᆞ시며(云何而爲衆生ᄒᆞ야 說法ᄒᆞ시며) <法華七 70b>

<2> 慈悲

'慈悲'가 『석보상절』 권21에서는 명사 '慈悲'로 번역되고 『법화경언해』 권7에서는 동작동사 '慈悲ᄒᆞ다'로 번역된다는 것은 동일 원문의 번역인 다음 예문들에서 잘 확인된다. 원문 중 '深大慈悲'가 '깁고 큰 慈悲'로도 번역되고 '기피 크게 慈悲ᄒᆞ다'로도 번역된다.

(2) a. ᄒᆞ마 不可思議 功德과 깁고 큰 慈悲(59b)ᄅᆞᆯ 일워 <釋卄一 60a>

b. ᄒᆞ마 不可思議 功德을 일워 기피 크게 慈悲ᄒᆞ야(已成就不可思議功德ᄒᆞ야 深大慈悲ᄒᆞ야) <法華七 179a>

<3> 號

'號'가 『석보상절』 권21에서는 명사 '일훔'으로 번역되고 『법화경언해』 권7에서는 동작동사 '일훔ᄒᆞ다'로 번역된다는 것은 동일 원문의 번역인 다음예문들에서 잘 확인된다.

(3) a. 다 일후믈 施無畏者ㅣ라 ᄒᆞᄂᆞ니라 <釋卄一 14b>
b. 다 일훔호ᄃᆡ 施無畏者ㅣ라 ᄒᆞᄂᆞ니라(皆號之爲施無畏者ㅣ라 ᄒᆞᄂᆞ니라) <法華七 81a>

<4> 呪詛

'呪詛'가 『석보상절』 권21에서는 명사 '呪詛'로 번역되고 『법화경언해』 권7에서는 동작동사 '빌다'로 번역된다는 것은 동일 원문의 번역인 다음 예문들에서 잘 확인된다. 원문 중 '呾詛諸毒藥'이 '呪詛와 여러 모딘 藥'으로도 번역되고 '여러 가짓 毒藥ᄋᆞᆯ 빌다'로도 번역된다.

(4) a. 呪詛와 여러 모딘 藥과로 모ᄆᆞᆯ 害코져 ᄒᆞ야도 <釋卄一 5b>
b. 여러 가짓 毒藥을 비러 몸 害코져 ᄒᆞ리(呾詛諸毒藥ᄒᆞ야 所欲害身者ㅣ) <法華七 89b>

<5> 供養

'供養'이 『석보상절』 권21에서는 명사 '供養'으로 번역되고 『법화경언해』 권7에서는 동작동사 '供養ᄒᆞ다'의 명사형으로 번역된다는 것은 동일 원문의 번역인 다음 예문들에서 잘 확인된다. 원문 중 '供養法華經'이 '法華經 供養'으로도 번역되고 '法華經 供養홈'으로도 번역된다.

(2) a. 또 法華經 供養올 위혼 젼치이다 <釋卄一 52b>
b. 또 法華經 供養홈 爲혼 젼치니이다(亦爲供養法華經故ㅣ니이다) <法華七 168b>

<6> 光照

'光照'가 『석보상절』 권21에서는 명사 '光照'로 번역되고 『법화경언해』 권7에서는 동작동사구 '光明 비취다'로 번역된다는 것은 동일 원문의 번역인 다음 예문들에서 잘 확인된다. 원문중 '光照莊嚴相菩薩'이 '光照莊嚴相菩薩'로도 번역되고 '光明 비취욘 莊嚴相菩薩'로도 번역된다.

(6) a. 이젯 光照莊嚴相菩薩이 긔니 <釋卄一 48a>
b. 今佛이 알퓌 光明 비취욘 光照莊嚴相菩薩이 이니(今佛이 前에 光照혼 莊嚴相菩薩이 是니) <法華七 150b>

<7> 無畏

'無畏'가 『석보상절』 권21에서는 명사 '無畏'로 번역되고 『법화경언해』 권7에서는 상태동사구 '저품 없다'로 번역된다는 것은 동일 원문의 번역인 다음 예문들에서 잘 확인된다. 원문 중 '以無畏'가 '無畏로'로도 번역되고 '저품 업수므로'로도 번역된다.

(7) a. 이 菩薩이 能히 無畏로 衆生올 布施ᄒᆞ시ᄂᆞ니 <釋卄一 6a>
b. 이 菩薩이 能히 저품 업수므로 衆生ᄋᆡ게 施ᄒᆞ시ᄂᆞ니(是菩薩이 能以無畏로 施於衆生ᄒᆞ시ᄂᆞ니) <法華七 58b>

3. 動詞類와 動詞類

동일한 漢字와 한자구가 『석보상절』 권21에서는 動詞類로 번역되고 『법화경언해』 권7에서는 動詞類로 번역된다. 『석보상절』 권21의 동사류에는 동작동사, 상태동사 및 상태동사구가 있고 『법화경언해』의 동사류에는 동작동사, 상태동사, 상태동사구 그리고 계사가 있다.

<1> 融

'融'이 『석보상절』 권21에서는 동작동사 'ᄉᆞᄆᆾ다'로 번역되고 『법화경언해』 권7에서는 동작동사 '녹다'로 번역된다는 것은 동일 원문의 번역인 다음 예문들에서 잘 확인된다. 원문 중 '不融'이 '아니 ᄉᆞᄆᆾ다'로도 번역되고 '녹디 아니ᄒᆞ다'로도 번역된다.

(1) a. 비취샤 아니 ᄉᆞᄆᆞᄎᆞᆫ ᄃᆡ 업스샤몰 圓通이시다 ᄒᆞ시니 <釋卄一 19a>

b. 비취샴 녹디 아니ᄒᆞ니 업스샤몰 圓(102b)通이시다 니ᄅᆞ시니(照無不融을 則謂之圓通이시다 ᄒᆞ시니) <法華七 103a>

<2> 有

'有'가 『석보상절』 권21에서는 동작동사 '두다'로 번역되고 『법화경언해』 권7에서는 상태동사 '잇다'로 번역된다는 것은 동일 원문이 번역인 다음 예문들에서 잘 확인된다. 원문 중 '有…威神力'이 '威神力을 두다'로도 번역되고 '威神力이 잇다'로도 번역된다.

(2) a. 이러틋ᄒᆞᆫ 큰 威神力을 두어 <釋卄一 7b>

b. 이러틋ᄒᆞᆫ 큰 威神力이 이셔(有如是等威神力ᄒᆞ야) <法華七 63b>

<3> 爲

'爲'가 『석보상절』 권21에서는 동작동사 '-이라 ᄒᆞ다'로 번역되고 『법화경

언해』 권7에서는 계사 '-이다'로 번역된다는 것은 동일 원문의 번역인 다음 예문들에서 잘 확인된다. 원문 중 '爲音'이 '音이라 ᄒᆞ다'로도 번역되고 '音이다'로도 번역된다.

(3) a. 雜 한 소리를 音이라 ᄒᆞᄂᆞ니 <釋卄一 20a>
b. 雜 모ᄃᆞ니 音이니(雜比ㅣ 爲音이니) <法華七 41a>

(3) c. ᄒᆞ옷 소리를 聲이라 ᄒᆞ고 <釋卄一 19b>
d. ᄒᆞ옷 發ᄒᆞ니 聲이오(單發이 爲聲이오) <法華七 41a>

<4> 然

'然'이 『석보상절』 권21에서는 상태동사 'ᄀᆞᆮᄒᆞ다'로 번역되고 『법화경언해』 권7에서는 동작동사 '븥다'로 번역된다는 것은 동일 원문의 번역인 다음 예문들에서 잘 확인된다. 원문 중 '烟火然'이 '블 ᄀᆞᆮᄒᆞ다'로도 번역되고 '닉 브리 븥다'로도 번역된다.

(4) a. 毒ᄒᆞᆫ 氣韻이 블 ᄀᆞᆮᄒᆞ야도 <釋卄一 4b>
b. 氣分이 毒ᄒᆞ야 닉 브리 브터도(氣毒ᄒᆞ야 烟火ㅣ 然ᄒᆞ야도)
<法華七 90b>

<5> 如是

'如是'가 『석보상절』 권21에서는 상태동사 '이러ᄒᆞ다'로 번역되고 『법화경언해』 권7에서는 상태동사구 '이 ᄀᆞᆮᄒᆞ다'로도 번역된다는 것은 동일 원문의 번역인 다음 예문들에서 잘 확인된다. 원문 중 '如是法師'가 '이러ᄒᆞᆫ 法師'로도 번역되고 '이 ᄀᆞᆮᄒᆞᆫ 法師'로도 번역된다.

(5) a. 巍巍호미 이러ᄒᆞ니라 <釋卄一 6b>
b. 巍巍호미 이 ᄀᆞᆮᄒᆞ니라(巍巍如是ᄒᆞ니라) <法華七 59b>

(5) c. 너희와 眷屬돌히 이러흔 法師를 擁護ᄒ야ᅀᅡ ᄒ리라
<釋卄一 32b>

d. 너희와 眷屬이 반ᄃ기 이 ᄀᆞᄐᆞᆫ 法師를 擁護홀띠니라(汝等及眷屬이 應當擁護如是法師ㅣ니라) <法華七 121b>

4. 動詞類와 名詞類

동일한 漢字와 한자구가 『석보상절』 권21에서는 動詞類로 번역되고 『법화경언해』 권7에서는 名詞類로 번역된다. 동사류에는 동작동사, 동작동사구, 상태동사 및 상태동사구가 있고 명사류에는 명사와 명사구가 있다.

<1> 觀

'觀'이 『석보상절』 권21에서는 동작동사 '보다'로 번역되고 『법화경언해』 권7에서는 명사 '觀'으로 번역된다는 것은 동일 원문의 번역인 다음 예문들에서 잘 확인된다. 원문 중 '言觀者'가 '보다 니ᄅ샴'으로도 번역되고 '觀을 니ᄅ샴'으로도 번역된다.

(1) a. 소리예다가 보다 니ᄅ샤ᄆᆞᆫ <釋卄一 1b>

b. 音에 觀을 니ᄅ샤ᄆᆞᆫ(於音에 言觀者ᄂᆞᆫ) <法華七 46a>

(1) c. 보샴 닙ᄉᄫᆞᆫ 사ᄅᆞᆷ도 <釋卄一 2a>

d. 觀 닙ᄉ오니(蒙其觀者ㅣ) <法華七 46b>

<2> 聲

'聲'이 『석보상절』 권21에서는 동작동사 '소리ᄒ다'로 번역되고 『법화경언해』 권7에서는 명사 '소리'로 번역된다는 것은 동일 원문의 번역인 다음 예문들에서 잘 확인된다. 원문 중 '同聲'이 'ᄒᆞᆫᄢᅴ 소리ᄒ다'로도 번역되고 'ᄒᆞᆫ

소리'로도 번역된다.

(2) a. ᄒᆞᆫᄢᅴ 소리ᄒᆞ야 부텨ᄭᅴ ᄉᆞᆯᄫᆞᄃᆡ <釋卄一 28b>
b. ᄒᆞᆫ 소리로 부텨ᄭᅴ ᄉᆞᆯ오ᄃᆡ(同聲으로 白佛言ᄒᆞᅀᆞ오ᄃᆡ)
<法華七 117a>

<3> 說

'說'이『석보상절』권21에서는 동작동사 '니ᄅᆞ다'의 명사형 '닐온'으로 번역되고『법화경언해』권7에서는 명사 '말'로 번역된다는 것은 동일 원문의 번역인 다음 예문들에서 잘 확인된다. 원문 중 '如說'이 '닐온 다히'로도 번역되고 '말다이'로도 번역된다.

(3) a. 닐온 다히 修行ᄒᆞ면 <釋卄一 57a>
b. 말다이 脩行ᄒᆞ면(如說脩行ᄒᆞ면) <法華七 175a>

<4> 所言

'所言'이『석보상절』권21에서는 동작동사 '니ᄅᆞ다'로 번역되고『법화경언해』권7에서는 명사 '말'로 번역된다는 것은 동일 원문의 번역인 다음 예문들에서 잘 확인된다. 원문 중 '汝所言'이 '네 닐옴'으로도 번역되고 '네 말'로도 번역된다.

(4) a. 올타 올타 네 닐옴 다ᄒᆞ니라 <釋卄一 45a>
b. 이 ᄀᆞᆮᄒᆞ며 이 ᄀᆞᆮᄒᆞ야 네 말 ᄀᆞᆮᄒᆞ니라(如是如是ᄒᆞ야 如汝所言ᄒᆞ니라) <法華七 146b>

<5> 名

'名'이『석보상절』권21에서는 동작동사 '-이라 ᄒᆞ다'로 번역되고『법화경

언해』 권7에서는 명사 '일훔'으로 번역된다는 사실은 동일 원문의 번역인 다음 예문들에서 잘 확인된다.

(5) a. 觀世音이라 ᄒᆞᄂᆞ니라 <釋卄一 4a>
b. 일후미 觀世音이니라(名觀世音이니라) <法華七 50b>

<6> 號

'號'가 『석보상절』 권21에서는 동작동사 '-이시다 ᄒᆞ다'로 번역되고 『법화경언해』 권7에서는 명사 '號'로 번역된다는 것은 동일 원문의 번역인 다음 예문들에서 잘 확인된다.

(6) a. 觀世音이시다 ᄒᆞ고 <釋卄一 20a>
b. 號ㅣ 觀世音이시고(號ㅣ 觀世音이시고) <法華七 41a>

<7> 苦

'苦'가 『석보상절』 권21에서는 동작동사 '受苦ᄒᆞ다'로 번역되고 『법화경언해』 권7에서는 명사 '受苦'로 번역된다는 것은 동일 원문의 번역인 다음 예문들에서 잘 확인된다. 원문 중 '苦衆生'이 '受苦ᄒᆞᄂᆞᆫ 衆生'으로도 번역되고 '受苦 衆生'으로도 번역된다.

(7) a. 受苦ᄒᆞᄂᆞᆫ 衆生이 일훔 디니ᅀᆞᄫᆞ며 보샴 닙ᄉᆞᄫᆞᆫ 사ᄅᆞᆷ도 다 解脫ᄋᆞᆯ 得ᄒᆞ긔 ᄒᆞ시니 <釋卄一 2a>
b. 受苦 衆生(46a)ᄋᆞ로 일훔 디니ᅀᆞ오며 觀 닙ᄉᆞ오니 다 解脫을 得게 ᄒᆞ시ᄂᆞ니(令苦衆生으로 持其名ᄒᆞᅀᆞ오며 蒙其觀者ㅣ 亦得解脫케 ᄒᆞ시ᄂᆞ니) <法華七 46b>

한편 '苦'가 『석보상절』 권21과 『법화경언해』 권7에서 모두 명사 '受苦'로 번역되는 것은 동일 원문의 번역인 다음 예문들에서 잘 확인된다. 원문 중

'衆苦'가 두 문헌에서 모두 '한 受苦'로 번역된다.

(7) c. 世間ㅅ 한 受苦 雜소리를 ᄒᆞᆫᄢᅴ 보아 다 求ᄒᆞ샤ᄆᆞᆯ 觀世音이시다 ᄒᆞ고 <釋卄一 20a>

d. 世間 한 受苦 雜소리예 ᄀᆞᄌᆞ기 보샤 다 求ᄒᆞ실ᄊᆡ 號ㅣ 觀世音이시고(於世間衆苦雜聲에 齊觀並救ᄒᆞ실ᄊᆡ 號ㅣ 觀世音이시고) <法華七 41a>

<8> 生老病死

'生老病死'가『석보상절』권21에서는 동작동사 '生老病死ᄒᆞ다'로 번역되고『법화경언해』권7에서는 명사 '生老病死'로 번역된다는 것은 동일 원문의 다음 예문들에서 잘 확인된다. 원문 중 '生老病死苦'가 '生老病死ᄒᆞᄂᆞᆫ 受苦'로도 번역되고 '生老病死苦'로도 번역된다.

(8) a. 地獄 餓鬼 畜生과 生老病死ᄒᆞᄂᆞᆫ 受苦를 漸漸 다 업긔 ᄒᆞᄂᆞ니 <釋卄一 14a>

b. 地獄 鬼 畜生의 生老病死 苦를 漸漸 다 滅케 ᄒᆞᄂᆞ니라(地獄鬼畜生의 生老病死苦를 以漸悉令滅ᄒᆞᄂᆞ니라) <法華七 92b>

<9> 滅

'滅'이『석보상절』권21에서는 동작동사 '滅度ᄒᆞ다'로 번역되고『법화경언해』권7에서는 명사 '滅'로 번역된다는 것은 동일 원문의 다음 예문들에서 잘 확인된다. 원문 중 '如來滅'이 '如來 滅度ᄒᆞ다'로도 번역되고 '如來 滅'로도 번역된다.

(9) a. 如來 滅度ᄒᆞ신 後에 <釋卄一 50b>

b. 如來 滅後에(於如來滅後에) <法華七 164a>

(9) c. 如來 滅度ᄒᆞᆫ 후에 <釋卄一 51a>
d. 如來 滅後(165a)에(於如來滅後에) <法華七 166a>

<10> 瞋恚

'瞋恚'가 『석보상절』 권21에서는 동작동사 '嗔心ᄒᆞ다'로 번역되고 『법화경언해』 권7에서는 명사 '瞋恚'로 번역된다는 것은 동일 원문의 번역인 다음 예문들에서 잘 확인된다. 원문 중 '憍慢瞋恚'가 '븓 되며 嗔心ᄒᆞ다'로도 번역되고 '憍慢 瞋恚'로도 번역된다.

(10) a. 내(47b)…邪曲히 보며 븓 되며 嗔心ᄒᆞ며 믈읫 모딘 ᄆᆞᅀᆞᆷ 아니 내요리이다 <釋卄一 47b>
b. 내(149b)…邪見 憍慢 瞋恚 여러 가짓 모딘 ᄆᆞᅀᆞᄆᆞᆯ 내디 아니호리이다(我ㅣ…不生邪見憍慢瞋恚諸惡之心호리이다) <法華七 150a>

<11> 正憶念

'正憶念'이 『석보상절』 권21에서는 동작동사구 '正히 憶念ᄒᆞ다'로 번역되고 『법화경언해』 권7에서는 명사 '正憶念'으로 번역된다는 것은 동일 원문의 번역인 다음 예문들에서 잘 확인된다.

(11) a. 正히 憶念호매 잇ᄂᆞ니 <釋卄一 57b>
b. 正憶念에 잇ᄂᆞ니(在正憶念호니) <法華七 175b>

<12> 所以者何

'所以者何'가 『석보상절』 권21에서는 동작동사구 '엇뎨어뇨 ᄒᆞ다'로 번역되고 『법화경언해』 권7에서는 명사 '엇뎨'로 번역된다는 것은 동일 원문의 번역인 다음 예문들에서 잘 확인된다.

(12) a. 엇뎨어뇨 ᄒᆞ란ᄃᆡ <釋卄一 36a>

b. 엇뎨어뇨(所以者何ㅣ 어뇨) <法華七 132b>

(12) c. 엇뎨어뇨 ᄒᆞ란ᄃᆡ <釋卄一 39a>

d. 엇뎨어뇨(所以者何ㅣ 어뇨) <法華七 137a>

<13> 苦惱

'苦惱'가『석보상절』권21에서는 상태동사 '受苦ᄅᆞᆸ다'로 번역되고『법화경언해』권7에서는 명사 '苦惱'로 번역된다는 것은 동일 원문의 번역인 다음 예문들에서 잘 확인된다. 원문 중 '苦惱死厄'이 '受苦ᄅᆞᄫᅵ며 죽ᄂᆞᆫ 厄'으로도 번역되고 '苦惱死厄'으로도 번역된다.

(13) a. 受苦ᄅᆞᄫᅵ며 죽ᄂᆞᆫ 厄애 能히 브터 미드ᇙ 거시 ᄃᆞ외야 <釋卄一 16a>

b. 苦惱死厄애 能히 브터 미두리 ᄃᆞ외야(於苦惱死厄애 能爲作依怙ᄒᆞ야) <法華七 99a>

<14> 安隱

'安隱'이『석보상절』권21에서는 상태동사 '便安ᄒᆞ다'의 명사형으로 번역되고『법화경언해』권7에서 명사 '安隱'으로 번역된다는 것은 동일 원문의 번역인 다음 예문들에서 잘 확인된다. 원문 중 '得安隱'이 '便安호ᄆᆞᆯ 得ᄒᆞ다'로도 번역되고 '安隱 得ᄒᆞ다'로도 번역된다.

(14) a. 우리ᄃᆞᆯ히…便安호ᄆᆞᆯ 得ᄒᆞ야…한 毒藥이 스러디게 호리이다 <釋卄一 31b>

b. 우리도…安隱 得ᄒᆞ야…한 毒藥이 스러디게 호리이다(我等도…令得安隱ᄒᆞ야…消衆毒藥게 호리이다) <法華七 120a>

<15> 毒

'毒'이 『석보상절』 권21에서는 상태동사 '모딜다'로 번역되고 『법화경언해』 권7에서는 명사 '毒'으로 번역된다는 것은 동일 원문의 번역인 다음 예문들에서 잘 확인된다. 원문 중 '毒藥'이 '모딘 藥'으로도 번역되고 '毒藥'으로도 번역된다.

(15) a. 呪詛와 여러 모딘 藥과로 모ᄆᆞᆯ 害코져 ᄒᆞ야도 <釋卄一 5b>
b. 여러 가짓 毒藥ᄋᆞᆯ 비러 몸 害코져 ᄒᆞ리(呪詛諸毒藥ᄒᆞ야 所欲害身者ㅣ) <法華七 89b>

<16> 微妙

'微妙'가 『석보상절』 권21에서는 상태동사 '微妙ᄒᆞ다'로 번역되고 『법화경언해』 권7에서는 명사 '微妙'로 번역된다는 것은 동일 원문의 번역인 다음 예문들에서 잘 확인된다. 원문 중 '微妙功德'이 '微妙ᄒᆞᆫ 功德'으로도 번역되고 '微妙 功德'으로도 번역된다.

(16) a. 如來ㅅ 法이 不可思議 微妙ᄒᆞᆫ 功德을 ᄀᆞ초 일우(47a)샤 <釋卄一 47b>
b. 如來ㅅ 法이 不可思議 微妙 功德을 ᄀᆞ초 일우샤(如來之法이 具足成就不可思議微妙功德ᄒᆞ샤) <法華七 149a>

(16) c. 너교ᄃᆡ…第一엣 微妙ᄒᆞᆫ 色ᄋᆞᆯ 일우샷다 <釋卄一 42b>
d. 이 念을 호ᄃᆡ 第一 微妙色을 일우샷다 터니(作是念호ᄃᆡ…成就第一微妙之色이샷다 터니) <法華七 142a>

<17> 秘密

'秘密'이 『석보상절』 권21에서는 상태동사 '秘密ᄒᆞ다'로 번역되고 『법화경언해』 권7에서는 명사 '秘密'로 번역된다는 것은 동일 원문의 번역인 다음 예문들에서 잘 확인된다. 원문 중 '秘密之藏'이 '秘密혼 藏'으로도 번역되고 '秘密藏'으로도 번역된다.

(17) a. 諸佛 秘密혼 藏올 아더라 <釋卄一 41b>
b. 能히 諸佛ㅅ 秘密藏올 아더니(能知諸佛秘密之藏ᄒᆞ더니) <法華七 140a>

<18> 無數

'無數'가『석보상절』권21에서는 상태동사 '無數ᄒᆞ다'로 번역되고『법화경언해』권7에서는 명사 '無數'로 번역된다는 것은 동일 원문의 번역인 다음 예문들에서 잘 확인된다. 원문 중 '無數…人非人等'이 '無數혼…人非人等'으로도 번역되고 '無數…人非人等'으로도 번역된다.

(18) a. 無數혼…人非人等 大衆이 <釋卄一 49b>
b. 無數(162a)…人非人等과 大衆이(與無數…人非人等과 大衆이) <法華七 162b>

<19> 云何

'云何'가『석보상절』권21에서는 상태동사 '엇더ᄒᆞ다'로 번역되고『법화경언해』권7에서는 명사 '엇뎨'로 번역된다는 것은 동일 원문의 번역인 다음 예문들에서 잘 확인된다.

(19) a. 그 이리 엇더(9b)ᄒᆞ니 잇고 <釋卄一 10a>
b. 그 이리 엇뎨잇고(其事ㅣ 云何ㅣ잇고) <法華七 70b>

<20> 諸

'諸'가『석보상절』권21에서는 상태동사 '하다'의 관형사형 '한'으로 번역

되고 『법화경언해』 권7에서는 명사구 '여러 가지'로 번역된다는 것은 동일 원문의 번역인 다음 예문들에서 잘 확인된다. 원문 중 '諸苦惱'가 '한 受苦' 로도 번역되고 '여러 가짓 苦惱'로도 번역된다.

(20) a. 한 受苦를 受ᄒᆞ거든 <釋卄一 2a>
b. 여러 가짓 苦惱를 受ᄒᆞᄂᆞ니(受諸苦惱ᄒᆞᄂᆞ니) <法華七 46a>

<21> 苦樂

'苦樂'이 『석보상절』 권21에서는 상태동사구 '受苦ᄅᆞᄫᅵ며 즐겁다'의 명사형으로 번역되고 『법화경언해』 권7에서는 명사 '苦樂'으로 번역된다는 것은 동일 원문의 번역인 다음 예문들에서 잘 확인된다. 원문 중 '無苦樂'이 '受苦ᄅᆞᄫᅵ며 즐거ᄫᅮ미 없다'로도 번역되고 '苦樂'으로도 번역된다.

(21) a. 本來 受苦ᄅᆞᄫᅵ며 즐거ᄫᅮ미 업서 <釋卄一 2a>
b. 本來 苦樂이 업거늘(本無苦樂거늘) <法華七 46a>

5. 動詞類와 副詞類

동일한 漢字와 한자구가 『석보상절』 권21에서는 동사류로 번역되고 『법화경언해』 권7에서는 부사류로 번역된다. 『석보상절』 권21의 동사류에는 동작동사, 동작동사구 및 상태동사가 있다. 『법화경언해』의 부사류에는 부사와 부사어가 있다.

<1> 堪任

'堪任'이 『석보상절』 권21에서는 동작동사 '이긔다'로 번역되고 『법화경언해』 권7에서는 부사 '어루'로 번역된다는 것은 동일 원문의 번역인 다음 예문들에서 잘 확인된다. 원문 중 '堪任受持'가 '이긔여 受持ᄒᆞ다'로도 번역되고

'어루 受持ᄒᆞ다'로도 번역된다.

(1) a. 다 이 法華經을 이긔여 受持ᄒᆞ며 <釋卄一 40b>
b. 다 어루 이 法華經을 受持ᄒᆞ리며(皆悉堪任受持是法華經ᄒᆞ며) <法華七 139a>

<2> 頭面

'頭面'이『석보상절』권21에서는 동작동사구 '머리 좃다'로 번역되고『법화경언해』권7에서는 부사어 '頭面으로'로 번역된다. 부사어 '頭面으로'는 명사 '頭面'과 조사 '-으로'의 결합이다. 원문 중 '頭面禮'가 '머리 좃ᄉᆞᄫᅡ 禮數ᄒᆞᅀᆞᆸ다'로도 번역되고 '頭面으로 禮數ᄒᆞᅀᆞᆸ다'로도 번역된다.

(2) a. 釋迦牟尼佛의 머리 좃ᄉᆞᄫᅡ 禮數ᄒᆞᅀᆞᆸ고 <釋卄一 50a>
b. 頭面으로 釋迦牟尼佛ᄭᅴ 禮數ᄒᆞᅀᆞ오시고(頭面禮釋迦牟尼佛ᄒᆞ시고) <法華七 162b>

(2) c. 머리 조ᅀᆞᄫᅡ 禮數ᄒᆞᅀᆞᆸ고 <釋卄一 41a>
d. 頭面으로 바래 禮數ᄒᆞᅀᆞᆸ고(頭面禮足ᄒᆞᅀᆞᆸ고) <法華七 141a>

6. 動詞와 節

동일한 漢字句가『석보상절』권21에서는 동작동사로 번역되고『법화경언해』권7에서는 節로 번역된다.

<1> 爲…流通

'爲…流通'이『석보상절』권21에서는 동작동사 '流通ᄒᆞ다'로 번역되고『법화경언해』권7에서는 절 '流通이 ᄃᆞ외다'로 번역된다는 것은 동일 원문의

번역인 다음 예문들에서 잘 확인된다. 원문 중 '爲圓行流通'이 '圓行이 流通ᄒᆞ다'로도 번역되고 '圓行流通이 ᄃᆞ외다'로도 번역된다.

(1) a. 圓行이 流通ᄒᆞ리라 <釋卄一 20b>
b. 圓行流通이 ᄃᆞ외니라(爲圓行流通ᄒᆞ니라) <法華七 42a>

7. 副詞와 副詞類

동일한 漢字가 『석보상절』 권21에서는 부사로 번역되고 『법화경언해』 권7에서는 부사류로 번역된다. 『法華經諺解』 권7의 부사류에는 부사와 부사어가 있다.

<1> 設

'設'이 『석보상절』 권21에서는 부사 'ᄒᆞ다가'로 번역되고 『법화경언해』 권7에서는 부사 '비록'으로 번역된다는 것은 동일 원문의 번역인 다음 예문들에서 잘 확인된다.

(1) a. ᄒᆞ다가 ᄯᅩ 사ᄅᆞ미 罪 잇거나 罪 업거나 <釋卄一 5a>
b. 비록 ᄯᅩ 사ᄅᆞ미 有罪커나 無罪커나(設復有人이 若有罪커나 若無罪커나) <法華七56b>

<2> 身

'身'이 『석보상절』 권21에서는 부사 '親히'로 번역되고 『법화경언해』 권7에서는 부사어 '모ᄆᆞ로'로 번역된다는 것은 동일 원문의 번역인 다음 예문들에서 잘 확인된다. 원문 중 '身自擁護'가 '親히 擁護ᄒᆞ다'로도 번역되고 '모ᄆᆞ로 내 擁護ᄒᆞ다'로도 번역된다. 부사어 '모ᄆᆞ로'는 '몸+ᄋᆞ로'로 분석될 수 있다. '身'은 명사 '몸, 신체'의 뜻과 부사 '친히, 몸소'의 뜻을 가진다.

(2) a. 우리돌히 ᄯᅩ 이 經을 바다 디녀 닐그며 외와 脩行홇 사ᄅᆞᄆᆞᆯ 親히 擁護ᄒᆞ야 <釋卄一 31b>
b. 우리도 ᄯᅩ 반ᄃᆞ기 이 經 受持 讀誦 修行ᄒᆞ릴 모ᄆᆞ로 내 擁護ᄒᆞ야(我等도 亦當身自擁護受持讀誦修行是經者ᄒᆞ야)
<法華七 120a>

8. 副詞類와 動詞句

동일한 漢字와 한자구가 『석보상절』 권21에서는 부사류로 번역되고 『법화경언해』 권7에서는 동작동사구로 번역된다. 『석보상절』 권21의 부사류에는 부사와 부사구가 있다.

<1> 遠

'遠'이 『석보상절』 권21에서는 부사 '머리'로 번역되고 『법화경언해』 권7에서는 동작동사구 '머리 ᄒᆞ다'로 번역된다는 것은 동일 원문의 번역인 다음 예문들에서 잘 확인된다. 원문 중 '遠…離'가 '머리 여희다'로도 번역되고 '머리 ᄒᆞ며…여희다'로도 번역된다.

(1) a. 드틀와 ᄠᅴ와ᄅᆞᆯ 머리 여희여 <釋卄一 49a>
b. 塵을 머리 ᄒᆞ며 ᄠᅴᄅᆞᆯ 여희여(遠塵離垢ᄒᆞ야) <法華七 151b>

<2> 隨心行

'隨心行'이 『석보상절』 권21에서는 부사구 '힝뎌글 ᄆᆞᅀᆞᆷ 조초'로 번역되고 『법화경언해』 권7에서는 동작동사구 '心行ᄋᆞᆯ 좇다'로 번역된다는 것은 동일 원문의 번역인 다음 예문들에서 잘 확인된다. 원문 중 '不…隨心行'이 '힝뎌글 ᄆᆞᅀᆞᆷ 조초 아니ᄒᆞ다'로도 번역되고 '心行ᄋᆞᆯ 좃디 아니ᄒᆞ다'로도 번역된다.

(2) a. ᄂᆞ외야 횡뎌글 ᄆᆞᅀᆞᆷ 조초 아니ᄒᆞ며 <釋卄一 47b>
b. ᄂᆞ외야 내 心(149b)行ᄋᆞᆯ 좇디 아니ᄒᆞ야(不復自隨心行ᄒᆞ야)
<法華七 150a>

9. 冠形詞와 冠形詞

동일한 漢字가 『석보상절』 권21에서 관형사로 번역되고 『법화경언해』 권7에서 관형사로 번역된다.

<1> 是

'是'가 『석보상절』 권21에서는 관형사 '이런'으로 번역되고 『법화경언해』 권7에서는 관형사 '이'로 번역된다는 것은 동일 원문의 번역인 다음 예문들에서 잘 확인된다. 원문 중 '是神通之願'이 '이런 神通願'으로도 번역되고 '이 神通願'으로도 번역된다.

(1) a. 能히 이런 神通願을 ᄒᆞ야 <釋卄一 60a>
b. 能히 이 神通願을 지ᅀᅥ(能作是神通之願ᄒᆞ야) <法華七 179a>

10. 冠形詞와 名詞句

동일한 漢字가 『석보상절』 권21에서는 관형사로 번역되고 『법화경언해』 권7에서는 명사구로 번역된다.

<1> 諸

'諸'가 『석보상절』 권21에서는 관형사 '믈읫'으로 번역되고 『법화경언해』

권7에서는 명사구 '여러 가지'로 번역된다는 것은 동일 원문의 번역인 다음 예문들에서 잘 확인된다. 원문 중 '諸惡之心'이 '믈읫 모딘 ᄆᆞᅀᆞᆷ'으로도 번역되고 '여러 가짓 모딘 ᄆᆞᅀᆞᆷ'으로도 번역된다.

(1) a. 믈읫 모딘 ᄆᆞᅀᆞᆷ 아니 내요리이다 <釋卄一 47b>
b. 여러 가짓 모딘 ᄆᆞᅀᆞ몰 내디 아니호리이다(不生…諸惡之心ᄒᆞ리이다) <法華七 150a>

(1) c. 一百 由旬 안ᄒᆞ 믈읫 측ᄒᆞᆫ 일 업게 호리이다 <釋卄一 27a>
d. 百 由旬內예 여러 가짓 衰ᄒᆞᆫ 시르미 업게(114b) 호리이다(令百由旬內예 無諸衰患케 호리이다) <法華七 115a>

(1) e. 믈읫 측ᄒᆞᆫ 이ᄅᆞᆯ 여희며 <釋卄一 31b>
f. 여러 가짓 衰患 여희며(離諸衰患ᄒᆞ며) <法華七 120a>

11. 冠形詞와 狀態動詞句

동일한 漢字句가『석보상절』권21에서는 관형사로 번역되고『법화경언해』권7에서는 상태동사구로 번역된다.

<1> 如是

'如是'가『석보상절』권21에서는 관형사 '이런'으로 번역되고『법화경언해』권7에서는 상태동사구 '이 ᄀᆞᇀᄒᆞ다'의 관형사형으로 번역된다는 것은 동일 원문의 번역인 다음 예문들에서 잘 확인된다. 원문 중 '如是自在神力'이 '이런 自在神力'으로도 번역되고 '이 ᄀᆞᆮᄒᆞᆫ 自在神力'으로도 번역된다.

(1) a. 이런 自在神力으로 娑婆世界예 노니ᄂᆞ니라 <釋卄一 18a>
b. 이 ᄀᆞᆮᄒᆞᆫ 自在神力이 이셔 娑婆世界예 노니ᄂᆞ니라(有如是自在

神力ᄒᆞ야 遊於娑婆世界ᄒᆞᄂᆞ니라) <法華七 84b>

(1) c. 이런 히믈 뒷ᄂᆞ니 <釋卄一 8a>
d. 이 ᄀᆞᆮᄒᆞᆫ 히믈 뒷ᄂᆞ니라(有如是力ᄒᆞ니라) <法華七 67b>

(1) e. 이런 功德을 일워 <釋卄一 13a>
f. 이 ᄀᆞᆮᄒᆞᆫ 功德을 일워 (成就如是功德ᄒᆞ야) <法華七 80b>

<2> 如此

'如此'가 『석보상절』 권21에서는 관형사 '이런'으로 번역되고 『법화경언해』 권7에서는 상태동사구 '이 ᄀᆞᆮᄒᆞ다'의 관형사형으로 번역된다는 것은 동일 원문의 번역인 다음 예문들에서 잘 확인된다. 원문 중 '如此…功德'이 '이런…功德'으로도 번역되고 '이 ᄀᆞᆮᄒᆞᆫ…功德'으로도 번역된다.

(2) a. 이런 여러 가짓 큰 功德을 일워 <釋卄一 48a>
b. 이 ᄀᆞᆮᄒᆞᆫ 諸大功德을 일워(成就如此諸大功德ᄒᆞ야)
<法華七 151a>

12. 複數接尾辭와 冠形詞

동일한 漢字가 『석보상절』 권21에서는 복수접미사로 번역되고 『법화경언해』 권7에서는 관형사로 번역된다.

<1> 諸

'諸'가 『석보상절』 권21에서는 복수접미사 '-돌ㅎ'로 번역되고 『법화경언해』 권7에서는 관형사 '모둔'으로 번역된다는 것은 동일 원문의 번역인 다음

예문들에서 잘 확인된다. 원문 중 '諸善男子'가 '善男子돌ㅎ'로도 번역되고 '모든 善男子'로도 번역된다.

(1) a. 善男子돌하 두리여 마오 <釋卄一 6a>
b. 모든 善男子아 두리디 말오(諸善男子아 勿得恐怖ᄒᆞ고) <法華七 58b>

(1) c. 이 모딘 귓것돌히 <釋卄一 4b>
d. 이 모든 귓거시(是諸惡鬼ㅣ) <法華七 55a>

13. 節과 狀態動詞

동일한 한자구가 『석보상절』 권21에서는 節로 번역되고 『법화경언해』 권7에서는 상태동사로 번역된다.

<1> 有罪

'有罪'가 『석보상절』 권21에서는 절 '罪 잇다'로 번역되고 『법화경언해』 권7에서는 상태동사 '有罪ᄒᆞ다'로 번역된다는 것은 동일 원문의 번역인 다음 예문들에서 잘 확인된다.

(1) a. ᄒᆞ다가 ᄯᅩ 사ᄅᆞ미 罪 잇거나 <釋卄一 5a>
b. 비록 ᄯᅩ 사ᄅᆞ미 有罪커나 無罪커나(設復有人이 若有罪커나 若無罪커나) <法華七 56b>

제 6장 飜譯되지 않는 部分

『석보상절』 권21과 『법화경언해』 권7을 비교해 보면 『법화경언해』 권7의 일부분이 『석보상절』 권21에서 번역되지 않는다는 사실을 발견할 수 있다. 부분적으로 번역되지 않는 것에는 名詞類를 비롯하여 動詞類, 副詞類 및 冠形詞가 있다.

1. 飜譯되지 않는 名詞類

『석보상절』 권21에서는 번역되지 않고 『법화경언해』 권7에서는 번역되는 名詞類에는 名詞, 名詞句 및 代名詞가 있다.

1.1. 번역되지 않는 名詞

『석보상절』 권21에서는 번역되지 않고 『법화경언해』 권7에서는 번역되는 名詞에는 '佛'을 비롯하여 '無盡意菩薩', '藥王', '鬼', '足', '命', '生', '船舫', '心', '意', '偈', '物', '前', '故' 그리고 '中'이 있다.

<1> 명사 '佛'

'佛'이 『석보상절』 권21에서는 번역되지 않고 『법화경언해』 권7에서는 명

사 '부텨'로 번역된다는 것은 동일 원문의 번역인 다음 예문들에서 잘 확인된다. 원문 중 '白佛言'이 '숣다'로도 번역되고 '부텻긔 숣다'로도 번역된다.

(1) a. 無盡意菩薩이 술ᄫᆞ샤ᄃᆡ <釋卄一 9b>
b. 無盡意菩薩이 부텻긔 술오샤ᄃᆡ(無盡意菩薩이 白佛言ᄒᆞ샤ᄃᆡ) <法華七 70b>

(1) c. 藥王菩薩이…合掌ᄒᆞ야 부텨 向ᄒᆞᅀᆞᄫᅡ 술ᄫᆞ샤ᄃᆡ <釋卄一 21a>
d. 藥王菩薩이…合掌向佛ᄒᆞ샤 부텻긔 술오샤ᄃᆡ(藥王菩薩이…合掌向佛ᄒᆞ샤 而白佛言ᄒᆞ샤ᄃᆡ) <法華七 108a>

(1) e. 이젯 光照莊嚴相菩薩이 긔니 <釋卄一 48a>
f. 今佛이 알ᄑᆡ 光明 비취욘 光照莊嚴相菩薩이 이니(今佛이 前에 光照혼 莊嚴相菩薩이 是니) <法華七 150b>

<2> 명사 '無盡意菩薩'

'無盡意菩薩'이 『석보상절』 권21에서는 번역되지 않고 『법화경언해』 권7에서는 명사 '無盡意菩薩'로 번역된다는 것은 동일 원문의 번역인 다음 예문들에서 잘 확인된다. 원문 중 '告無盡意菩薩'이 '니ᄅᆞ시다'로도 번역되고 '無盡意菩薩ᄃᆞ려 니ᄅᆞ시다'로도 번역된다.

(2) a. 부톄 니ᄅᆞ샤ᄃᆡ <釋卄一 10a>
b. 부톄 無盡意菩薩ᄃᆞ려 니ᄅᆞ샤ᄃᆡ(佛告無盡意菩薩ᄒᆞ샤ᄃᆡ) <法華七 73a>

<3> 명사 '藥王'

'藥王'이 『석보상절』 권21에서는 번역되지 않고 『법화경언해』 권7에서는

명사 '藥王'으로 번역된다는 것은 동일 원문의 번역인 다음 예문들에서 잘 확인된다. 원문 중 '告藥王'이 '니ᄅ시다'로도 번역되고 '藥王ᄃ려 니ᄅ시다' 로도 번역된다.

(3) a. 부톄 니ᄅ샤ᄃᆡ <釋卄一 21a>
b. 부톄 藥王ᄃ려 니ᄅ샤ᄃᆡ(佛告藥王ᄒ샤ᄃᆡ) <法華七 108b>

<4> 명사 '鬼'

'鬼'가 『석보상절』 권21에서는 번역되지 않고 『법화경언해』 권7에서는 명사 '鬼'로 번역된다는 것은 동일 원문의 번역인 다음 예문들에서 잘 확인된다. 원문 중 '害人之鬼'가 '사ᄅᆞᆷ 害ᄒ다'의 명사형으로도 번역되고 '사ᄅᆞᆷ 害ᄒᄂᆞᆫ 鬼'로도 번역된다.

(4) a. 사ᄅᆞᆷ 害호미 羅刹女 ᄀᆞᆮᄒ니 업거늘 이리 ᄒ며 귓거싀 어미도 護持호리이다 盟誓ᄒ니 <釋卄一 29a>
b. 사ᄅᆞᆷ 害ᄒᄂᆞᆫ 鬼ㅣ 羅刹女 鬼子母애셔 甚ᄒ니 업스니 ᄯᅩ 護持호리이다 盟(117a)誓ᄒ면(害人之鬼ㅣ 無甚於羅刹女鬼子母ᄒ니 亦誓護持ᄒ면) <法華七 117b>

<5> 명사 '足'

'足'이 『석보상절』 권21에서는 번역되지 않고 『법화경언해』 권7에서는 명사 '발'로 번역된다는 것은 다음 예문들에서 잘 확인된다. '바래'는 명사 '발'과 조사 '-애'의 결합이다. 원문 중 '禮足'이 '禮數ᄒᅀᆞᆸ다'로도 번역되고 '바래 禮數ᄒᅀᆞᆸ다'로도 번역된다.

(5) a. 머리 조ᅀᆞᄫᅡ 禮數ᄒᅀᆞᆸ고 <釋卄一 41a>
b. 頭面으로 바래 禮數ᄒᅀᆞᆸ고(頭面禮足ᄒᅀᆞᆸ고) <法華七 141a>

<6> 명사 '命'

'命'이 『석보상절』 권21에서는 번역되지 않고 『법화경언해』 권7에서는 명사 '목숨'으로 번역된다는 것은 동일 원문의 번역인 다음 예문들에서 잘 확인된다. 원문 중 '殺蟲命'이 '벌에ᄅᆞᆯ 주기다'로도 번역되고 '벌에 목수믈 주기다'로도 번역된다.

(6) a. 기름 ᄧᆞ면 벌에ᄅᆞᆯ 만히 주기고 <釋卄一 31a>
b. 기름 ᄧᆞᄆᆞᆫ 벌에 목수믈 해 주기고(壓油ᄂᆞᆫ 多殺蟲命ᄒᆞ고)
<法華七 120b>

<7> 명사 '生'

'生'이 『석보상절』 권21에서는 번역되지 않고 『법화경언해』 권7에서는 명사 '生'으로 번역된다는 것은 동일 원문의 번역인 다음 예문들에서 잘 확인된다. 원문 중 '生値'가 '맛나다'로도 번역되고 '生애 맛나다'로도 번역된다.

(7) a. 아랫 福이 깁고 둗거ᄫᅥ 佛法을(39b) 맛나ᅀᆞᄫᆡᆺᄂᆞ니
<釋卄一 40a>
b. 아ᄅᆡᆺ 福이 깁고 둗거워 生애 佛法을 맛나ᅀᆞ오니(宿福이 深厚ᄒᆞ야 生値佛法ᄒᆞᅀᆞ오니) <法華七 137b>

<8> 명사 '船舫'

'船舫'이 『석보상절』 권21에서는 번역되지 않고 『법화경언해』 권7에서는 명사 'ᄇᆡ'로 번역된다는 것은 동일 원문의 번역인 다음 예문들에서 잘 확인된다. 원문 중 '吹其船舫'이 '불다'로도 번역되고 'ᄇᆡᄅᆞᆯ 불다'로도 번역된다.

(8) a. 거믄 ᄇᆞᄅᆞ미 부러 <釋卄一 3a>
b. 비록 거믄 ᄇᆞᄅᆞ미 ᄇᆡ롤 부러(假使黑風이 吹其船舫ᄒᆞ야)
<法華七 50a>

<9> 명사 '心'

'心'이 『석보상절』 권21에서는 번역되지 않고 『법화경언해』 권7에서는 명사 'ᄆᆞᅀᆞᆷ'으로 번역된다는 것은 동일 원문의 번역인 다음 예문들에서 잘 확인된다. 원문 중 '心念'이 '念ᄒᆞ다'로도 번역되고 'ᄆᆞᅀᆞ매 念ᄒᆞ다'로도 번역된다.

(9) a. 이럴ᄊᆡ 衆生이 샹녜 念ᄒᆞ야ᅀᅡ ᄒᆞ리라 <釋卄一 7b>
b. 이런 ᄃᆞ로 衆生이 샹녜 ᄆᆞᅀᆞ매 念홀띠니라 (是故衆生이 常應心念이니라) <法華七 63b>

<10> 명사 '意'

'意'가 『석보상절』 권21에서는 번역되지 않고 『법화경언해』 권7에서는 명사 'ᄠᅳᆮ'으로 번역된다는 것은 동일 원문의 번역인 다음 예문들에서 잘 확인된다. 원문 중 '心意'가 'ᄆᆞᅀᆞᆷ'으로도 번역되고 'ᄆᆞᅀᆞᆷ ᄠᅳᆮ'으로도 번역된다.

(10) a. ᄆᆞᅀᆞ미 고디식고 <釋卄一 61b>
b. ᄆᆞᅀᆞᆷ ᄠᅳ디 質直ᄒᆞ야(心意質直ᄒᆞ야) <法華七 181b>

<11> 명사 '偈'

'偈'가 『석보상절』 권21에서는 번역되지 않고 『법화경언해』 권7에서는 명사 '偈'로 번역된다는 것은 동일 원문의 번역인 다음 예문들에서 잘 확인된다. 원문 중 '說此偈'가 '이리 니ᄅᆞ다'로도 번역되고 '이 偈 니ᄅᆞ다'로도 번역된다.

(11) a. 羅刹女돌히 이리 니르고 <釋卄一 31b>
b. 諸羅刹女ㅣ 이 偈 니ᄅᆞ고(諸羅刹女ㅣ 說此偈已코)
<法華七 120a>

<12> 명사 ‘物’

‘物’이 『석보상절』 권21에서는 번역되지 않고 『법화경언해』 권7에서는 명사 ‘物’로 번역된다는 것은 동일 원문의 번역인 다음 예문들에서 잘 확인된다. ‘원문 중 ’卽物’이 『석보상절』 권21에서는 번역되지 않고 『법화경언해』 권7에서는 ‘곧 物’로 번역된다.

(12) a. 無等은 골ᄫᆞ니 업슬 씨니 <釋卄一 19b>
b. 無等은 곧 物이 뎌와 굷ᄉᆞ오리 업수미오(無等은 卽物이 無與等이오) <法華七 104a>

<13> 명사 ‘前’

‘前’이 『석보상절』 권21에서는 번역되지 않고 『법화경언해』 권7에서는 명사 ‘앒’으로 번역된다는 것은 동일 원문의 번역인 다음 예문들에서 잘 확인된다. 원문 중 ‘今佛前’이 ‘이젯’으로도 번역되고 ‘今佛이 알ᄑᆡ’로도 번역된다.

(13) a. 이젯 光照莊嚴相菩薩이 긔니 <釋卄一 48a>
b. 今佛이 알ᄑᆡ 光明 비취욘 莊嚴菩薩이 이니(今佛이 前에 光照ᄒᆞᆫ 莊嚴相菩薩이 是니) <法華七 150b>

<14> 명사 ‘故’

‘故’가 『석보상절』 권21에서는 번역되지 않고 『법화경언해』 권7에서는 명사 ‘젼ᄎᆞ’로 번역된다는 것은 동일 원문의 번역인 다음 예문들에서 잘 확인된다. 원문 중 ‘爲…故’가 ‘위ᄒᆞ다’로도 번역되고 ‘爲ᄒᆞ논 젼ᄎᆞ’로도 번역된다.

(14) a. 이 法師ᄅᆞᆯ 擁護호ᄆᆞᆯ 위ᄒᆞ야 <釋卄一 26b>
b. 이 法師 擁護호ᄆᆞᆯ 爲ᄒᆞ논 젼ᄎᆞ로(爲…擁護此法師故로)
<法華七 114b>

(14) c. 妙莊嚴王과 眷屬돌ᄒᆞᆯ 어엿비 너겨 <釋卄一 48a>
d. 妙莊嚴王과 諸眷屬 어엿비 너기논 젼ᄎᆞ로(哀愍妙莊嚴王과 及諸眷屬故로) <法華七 150b>

<15> 명사 '中'

'中'이 『석보상절』 권21에서는 번역되지 않고 『법화경언해』 권7에서는 명사구 '그 中'으로 번역된다는 것은 동일 원문의 번역인 다음 예문들에서도 잘 확인된다. 원문 중 '滿中'이 'ᄀᆞ독하다'로도 번역되고 '그 中에 ᄀᆞ독하다'로도 번역된다.

(15) a. ᄒᆞ다가 三千大千 나라해 ᄀᆞ독ᄒᆞᆫ 夜叉 羅刹이 <釋卄一 4a>
b. ᄒᆞ다가 三千大千 國土애 그 中에 ᄀᆞ독ᄒᆞᆫ 夜叉 羅刹이(若三千大千國土애 滿中ᄒᆞᆫ 夜叉羅刹이) <法華七 55a>

(15) c. ᄒᆞ다가 三千大千 國土애 ᄀᆞ독ᄒᆞᆫ 怨讐ㅅ 도ᄌᆞᆨ이어든
<釋卄一 5b>
d. ᄒᆞ다가 三千大千 國土애 그 中에 ᄀᆞ독ᄒᆞᆫ 怨讐ㅅ 도ᄌᆞᆨ애(若三千大千國土애 滿中ᄒᆞᆫ 怨賊에) <法華七 58b>

1.2. 번역되지 않는 名詞句

『석보상절』 권21에서는 번역되지 않고 『법화경언해』 권7에서는 번역되는 名詞句에는 '誰之弟子', '十指爪', '其名', '爾時', '念慧妙力' 그리고 '種種諸惡趣'가 있다.

<1> 명사구 '誰之弟子'

'誰之弟子'가 『석보상절』 권21에서는 번역되지 않고 『법화경언해』 권7에서는 명사구 '뉘 弟子'로 번역된다는 것은 동일 원문의 번역인 다음 예문들에서 잘 확인된다.

(1) a. 너희 스스이 뉘시뇨 <釋卄一 38a>
b. 너희 스스이 뉘며 뉘 弟子ㅣ다(汝等師ㅣ 爲是誰ㅣ며 誰之弟子ㅣ다) <法華七 135a>

<2> 명사구 '十指爪'

'十指爪'가 『석보상절』 권21에서는 번역되지 않고 『법화경언해』 권7에서는 명사구 '열 가락 톱'과 '十指爪'로 번역된다는 것은 동일 원문의 번역인 다음 예문들에서 잘 확인된다. 원문 중 '合十指爪掌'이 '合掌ᄒᆞ다'로도 번역되고 '열 가락 톱 손바당 마초다'와 '十指爪掌 마초다'로도 번역된다.

(2) a. 淨藏 淨眼 두 아ᄃᆞ리 어마닚긔 가 合掌ᄒᆞ야 ᄉᆞᆯᄫᅩᄃᆡ <釋卄一 35b>
b. 淨藏 淨眼 두 아ᄃᆞ리 어마님끠 가 열 가락 톱 손바당 마초아 ᄉᆞᆯ오ᄃᆡ(淨藏淨眼二子ㅣ 到其母所ᄒᆞ야 合十指爪掌ᄒᆞ야 白言호ᄃᆡ) <法華七 132b>

(2) c. 淨藏 淨眼(36a)이 合掌ᄒᆞ야 어마닚긔 ᄉᆞᆯᄫᅩᄃᆡ <釋卄一 36b>
b. 淨藏 淨眼이 十指爪掌 마초아 어마닚긔 ᄉᆞᆯ오ᄃᆡ(淨藏淨眼이 合十指爪掌ᄒᆞ야 白母호ᄃᆡ) <法華七 133a>

<3> 명사구 '其名'

'其名'이 『석보상절』 권21에서는 번역되지 않고 『법화경언해』 권7에서는

명사구 '그 일홈'으로 번역된다는 것은 동일 원문의 번역인 다음 예문들에서 잘 확인된다. 원문 중 '稱其名'이 '일콛다'로도 번역되고 '그 일홈 일콛다'로도 번역된다.

(3) a. 南無觀世音菩薩 ᄒᆞ야 일ᄏᆞᄅᆞ면 <釋卄一 6b>
b. 南無觀世音菩薩 ᄒᆞ면 그 일훔 일ᄏᆞ론 젼ᄎᆞ로(南無觀世音菩薩 ᄒᆞ면 稱其名故로) <法華七 59a>

<4> 명사구 '爾時'

'爾時'가 『석보상절』 권21에서는 번역되지 않고 『법화경언해』 권7에서는 명사구 '그 ᄢᅴ'로 번역된다는 것은 동일 원문의 번역인 다음 예문들에서 잘 확인된다. 원문 중 '爾時妙莊嚴王'이 '妙莊嚴王'으로도 번역되고 '그 ᄢᅴ 妙莊嚴王'으로도 번역된다.

(4) a. 妙莊嚴王이 너교ᄃᆡ <釋卄一 42b>
b. 그 ᄢᅴ 妙莊嚴王이 이 念을 호ᄃᆡ(爾時妙莊嚴王이 作是念호ᄃᆡ) <法華七 142a>

<5> 명사구 '念慧妙力'

'念慧妙力'이 『석보상절』 권21에서는 번역되지 않고 『법화경언해』 권7에서는 명사구 '念慧妙力'으로 번역된다는 것은 동일 원문의 번역인 다음 예문들에서 잘 확인된다.

(5) a. 곧 諸佛 秘密ᄒᆞ신 마리 <釋卄一 22a>
b. 곧 念慧妙力이며 諸佛密語ㅣ시니(卽念慧妙力이며 諸佛密語ㅣ시니)<法華七 107a>

<6> 명사구 '種種諸惡趣'

'種種諸惡趣'가 『석보상절』 권21에서는 번역되지 않고 『법화경언해』 권7에서는 명사구 '種種 여러 惡趣'로 번역된다는 것은 동일 원문의 번역인 다음 예문들에서 잘 확인된다.

(6) a. 地獄 餓鬼 畜生과 生老病死ᄒᆞᄂᆞᆫ 受苦ᄅᆞᆯ 漸漸 다 업긔 ᄒᆞᄂᆞ니 <釋卄一 14a>

b. 種種 여러 地獄 餓鬼 畜生의 生老病死苦ᄅᆞᆯ 漸漸 다 滅케 ᄒᆞᄂᆞ니라(種種諸惡趣地獄 鬼畜生의 生老病死苦ᄅᆞᆯ 以漸悉令滅ᄒᆞᄂᆞ니라) <法華七 92b>

1.3. 번역되지 않는 代名詞

『석보상절』 권21에서는 번역되지 않고 『법화경언해』 권7에서는 번역되는 代名詞에는 '自'와 '是'가 있다.

<1> 대명사 '自'

'自'가 『석보상절』 권21에서는 번역되지 않고 『법화경언해』 권7에서는 대명사 '나'로 번역된다는 것은 동일 원문의 번역인 다음 예문들에서 잘 확인된다. 원문 중 '身自擁護'가 '親히 擁護ᄒᆞ다'로도 번역되고 '모ᄆᆞ로 내 擁護ᄒᆞ다'로도 번역된다. '自'의 번역인 '내'는 主格이다.

(1) a. 우리ᄃᆞᆯ히 ᄯᅩ 이 經을 바다 디녀 닐그며 외와 脩行ᄒᇙ 사ᄅᆞᄆᆞᆯ 親히 擁護ᄒᆞ야 <釋卄一 31b>

b. 우리도 ᄯᅩ 반ᄃᆞ기 이 經 受持 讀誦 修行ᄒᆞ릴 모ᄆᆞ로 내 擁護ᄒᆞ야(我等도 亦當身自擁護受持讀誦修行是經者ᄒᆞ야) <法華七 120a>

(1) c. 내…그 고대 가 모몰 뵈여 <釋卄一 52b>
d. 내…다 그 고대 가 내 現身ᄒᆞ야(我ㅣ…俱詣其所ᄒᆞ야 而自現身ᄒᆞ야) <法華七 168b>

(1) e. 내 六牙白象 ᄐᆞ고 그지 업슨 菩(54b)薩로 圍繞히오 <釋卄一 55a>
f. 내 반ᄃᆞ기 六牙白象 타 無(171b)量菩薩와 나롤 圍遶ᄒᆞ야(我ㅣ當乘六牙白象ᄒᆞ야 與無量菩薩와 而自圍遶ᄒᆞ야) <法華七 172a>

(1) g. ᄂᆞ외야 힝뎌글 ᄆᆞᅀᆞᆷ 조초 아니ᄒᆞ며 <釋卄一 47b>
h. ᄂᆞ외야 내 心(1496)行ᄋᆞᆯ 좃디 아니ᄒᆞ야(不復自隨心行ᄒᆞ야) <法華七 150a>

<2> 대명사 '是'

'是'가 『석보상절』 권21에서는 번역되지 않고 『법화경언해』 권7에서는 대명사 '이'로 번역된다는 것은 동일 원문의 번역인 다음 예문들에서 잘 확인된다. 원문 중 '是我善知識'이 '내 善知識이다'로도 번역되고 '이 내의 善知識이다'로도 번역된다.

(2) a. 내 善知識이라 <釋卄一 44b>
b. 이 내의 善知識이라(是我의 善知識이라) <法華七 145b>

2. 飜譯되지 않는 動詞類

『석보상절』 권21에서는 번역되지 않고 『법화경언해』 권7에서는 번역되는 동사류에는 動作動詞, 動作動詞句 및 狀態動詞가 있다.

2.1. 번역되지 않는 動作動詞

『석보상절』 권21에서는 번역되지 않고『법화경언해』 권7에서는 번역되는 動作動詞에는 '爲'를 비롯하여 '知', '聽', '作', '得', '求', '言', '謂', '侍', '侵', '慰', '伺', '惑', '由', '尋', '墮', '震', '到', '化' 그리고 '乃至'가 있다.

<1> 동작동사 '爲'

'爲'가『석보상절』 권21에서는 번역되지 않고『법화경언해』 권7에서는 동작동사 '爲ᄒᆞ다'로 번역된다는 사실은 동일 원문의 번역인 다음 예문들에서 잘 확인된다. 원문 중 '爲說法'이 '說法ᄒᆞ다'로도 번역되고 '爲ᄒᆞ야 說法ᄒᆞ다'로도 번역된다.

(1) a. 觀世音菩薩이 즉자히 부텻 모ᄆᆞᆯ 現ᄒᆞ야 說法ᄒᆞ며 <釋卄一 10a>
b. 觀世音菩薩이 즉재 佛身을 現ᄒᆞ야 爲ᄒᆞ야 說法ᄒᆞ며(觀世音菩薩이 卽現佛身ᄒᆞ야 而爲說法ᄒᆞ며) <法華七 73a>

(1) c. 眞珠 等 보ᄇᆡ 求ᄒᆞ야 <釋卄一 3a>
d. 眞珠 等寶 求호ᄆᆞᆯ 爲ᄒᆞ야(爲求…眞珠等寶ᄒᆞ야) <法華七 50a>

(1) e. 世尊하 니ᄅᆞ쇼셔 <釋卄一 50b>
f. 世尊이 반ᄃᆞ기 爲ᄒᆞ야 니ᄅᆞ쇼셔(世尊이 當爲說之ᄒᆞ쇼셔) <法華七 163a>

<2> 동작동사 '知'

'知'가『석보상절』 권21에서는 번역되지 않고『법화경언해』 권7에서는 동작동사 '알다'로 번역된다는 것은 동일 원문의 번역인 다음 예문들에서 잘 확인된다. 원문 중 '知…一道也'가 'ᄒᆞᆫ 道理샨 주리다'로도 번역되고 'ᄒᆞᆫ 道ㅣ

신 돌 알다'로도 번역된다.

(2) a. 긔 두 聖人이 ᄒᆞᆫ 道理샨 주리오 <釋卄一 20b>
b. 이에 두 聖이 ᄒᆞᆫ 道ㅣ신 돌 아ᄉᆞ오리로다(是知二聖이 一道也ㅣ샷다) <法華七 41b>

(2) c. 이 서르 始作과 ᄆᆞᄎᆞᆷ괘 ᄃᆞ외샤미라 <釋卄一 20b>
d. 이에 서르 처ᅀᅥᆷ 내ᄌᆞᇰ ᄃᆞ외샤ᄆᆞᆯ 아ᄉᆞ오리로다(是知相爲始終也ㅣ샷다) <法華七 41b>

<3> 동작동사 '聽'

'聽'이 『석보상절』 권21에서는 번역되지 않고 『법화경언해』 권7에서는 동작동사 '듣다'로 번역된다는 것은 동일 원문의 번역인 다음 예문들에서 잘 확인된다. 원문 중 '聽我等'이 '우리ᄅᆞᆯ'로도 번역되고 '우릴 듣다'로도 번역된다.

(3) a. 父母하 우리ᄅᆞᆯ 出家케 ᄒᆞ쇼셔 <釋卄一 40a>
b. 父母ㅣ 반ᄃᆞ기 우릴 드르샤 出家ᄅᆞᆯ 得케 ᄒᆞ쇼셔(父母ㅣ 當聽我等ᄒᆞ샤 令得出家케 ᄒᆞ쇼셔) <法華七 137b>

<4> 동작동사 '作'

'作'이 『석보상절』 권21에서는 번역되지 않고 『법화경언해』 권7에서는 동작동사 'ᄆᆡᇰᄀᆞᆯ다'로 번역된다는 것은 동일 원문의 번역인 다음 예문들에서 잘 확인된다. 원문 중 '分作二分'이 '두 分에 ᄂᆞᆫ호다'로도 번역되고 '二分에 ᄂᆞᆫ호아 ᄆᆡᇰᄀᆞᆯ다'로도 번역된다.

(4) a. 觀世音菩薩이…그 瓔珞ᄋᆞᆯ 바ᄃᆞ샤 두 分에 ᄂᆞᆫ호아 <釋卄一 18a>
b. 觀世音菩薩이…그 瓔珞을 바ᄃᆞ샤 二分에 ᄂᆞᆫ호아 ᄆᆡᇰᄀᆞᄅᆞ샤(觀

世音菩薩이…受其瓔珞ᄒᆞ샤 分作二分ᄒᆞ샤) <法華七 83b>

(4) c. 머리롤 닐굽 조가개 ᄢᅢ텨 <釋卄一 30b>
d. 머리롤 ᄢᅢ텨 닐굽 조가기 ᄆᆡᆼᄀᆞ라(頭破作七分ᄒᆞ야)
<法華七 119b>

<5> 동작동사 '得'

'得'이 『석보상절』 권21에서는 번역되지 않고 『법화경언해』 권7에서는 동작동사 '得ᄒᆞ다'로 번역된다는 것은 동일 원문의 번역인 다음 예문들에서 잘 확인된다. 원문 중 '所得福'이 '福'으로도 번역되고 '得ᄒᆞᆫ 福'으로도 번역된다.

(5) a. 그 福이 하리여 아니 하리여 <釋卄一 21b>
b. 得ᄒᆞᆫ 福이 하려 몯 하려(其所得福이 寧爲多아 不아)
<法華七 108b>

(5) c. 부텻 法中에 便安히 머므러 <釋卄一 44b>
d. 佛法中에 便安히 住호ᄆᆞᆯ 得ᄒᆞ야(得安住於佛法中ᄒᆞ야)
<法華七 145b>

<6> 동작동사 '求'

'求'가 『석보상절』 권21에서는 번역되지 않고 『법화경언해』 권7에서는 동작동사 '求ᄒᆞ다'로 번역된다는 것은 동일 원문의 번역인 다음 예문들에서 잘 확인된다. 원문 중 '伺求得其便'이 '엿봐 便을 得ᄒᆞ다'로도 번역되고 '그 便을 여ᅀᅥ 求ᄒᆞ야 得ᄒᆞ다'로도 번역된다.

(6) a. 내…엿봐 便을 得(51b)홇 거시 업긔 호리이다 <釋卄一 52a>
b. 내…그 便을 여ᅀᅥ 求ᄒᆞ야 得ᄒᆞ리 업게 호리니(我ㅣ…使無伺求得其便者케 호리니) <法華七 167a>

<7> 동작동사 '言'

'言'이 『석보상절』 권21에서는 번역되지 않고 『법화경언해』 권7에서는 동작동사 '니ᄅᆞ다'로 번역된다는 것은 동일 원문의 번역인 다음 예문들에서 잘 확인된다. 원문 중 '發聲言'이 '소리를 내다'로도 번역되고 '소리 내야 니ᄅᆞ다'로도 번역된다.

(7) a. 모ᄃᆞᆫ 商人이 ᄒᆞᆫᄢᅴ 소리ᄅᆞᆯ 내야 <釋卄一 6b>
b. 한 商人이 듣고 다 소리 내야 닐오ᄃᆡ(衆商人이 聞ᄒᆞ고 俱發聲言호ᄃᆡ) <法華七 59a>

<8> 동작동사 '謂'

동사 '謂'가 『석보상절』 권21에서는 번역되지 않고 『법화경언해』 권7에서는 동작동사 '니ᄅᆞ다'로 번역된다는 것은 동일 원문의 번역인 다음 예문들에서 잘 확인된다. 원문 중 '摠而持之之謂'가 '모도 잡다'의 명사형으로도 번역되고 '모도아 디니샤ᄆᆞᆯ 니ᄅᆞ다'로도 번역된다.

(8) a. 다 能히 모도자보미라 <釋卄一 22b>
b. 다 能히 모도아 디니샤ᄆᆞᆯ 니ᄅᆞ니라(皆能摠而持之之謂也ㅣ라) <法華七 107a>

그리고 '所謂'가 『석보상절』 권21에서는 번역되지 않고 『법화경언해』 권7에서는 동작동사 '니ᄅᆞ다'의 명사형 '닐온'으로 번역된다는 것은 동일 원문의 번역인 다음 예문들에서 잘 확인된다. 원문 중 '所謂化導'가 '敎化ᄒᆞ야 引導ᄒᆞ다'로도 번역되고 '닐온 化ᄒᆞ야 引導ᄒᆞ다'로도 번역된다.

(8) c. 善知識이…敎化ᄒᆞ야 引導ᄒᆞ야 <釋卄一 45b>
d. 善知識은…닐온 化ᄒᆞ야 引導ᄒᆞ야(善知識者ᄂᆞᆫ…所謂化導ᄒᆞ야) <法華七 146b>

<9> 동작동사 '侍'

'侍'가 『석보상절』 권21에서는 번역되지 않고 『법화경언해』 권7에서는 동작동사 '뫼숩다'로 번역된다는 것은 동일 원문의 번역인 다음 예문들에서 잘 확인된다. 원문 중 '侍從'이 '좃줍다'로도 번역되고 '뫼슥와 좃줍다'로도 번역된다.

(9) a. 우리돌토 좃즈바 <釋卄一 35b>
b. 우리도 쏘 반드기 뫼슥와 좃즈와(我等도 亦當侍從ᄒᆞᄉᆞ와)
<法華七 132b>

<10> 동작동사 '侵'

'侵'이 『석보상절』 권21에서는 번역되지 않고 『법화경언해』 권7에서는 동작동사 '侵勞ᄒᆞ다'로 번역된다는 것은 동일 원문의 번역인 다음 예문들에서 잘 확인된다. 원문 중 '侵毁'가 '헐다'로도 번역되고 '侵勞ᄒᆞ야 헐다'로도 번역된다.

(10) a. 아뫼나 이 法師를 침노ᄒᆞ야 헐면 諸佛을 허숩논디니이다
<釋卄一 24b>
b. ᄒᆞ다가 이 法師를 侵勞ᄒᆞ야 헐리 이시면 이 諸佛을 侵勞ᄒᆞ야 허루미 ᄃᆞ외리이다(若有侵毁此法師者ㅣ면 則爲侵毁是諸佛已리이다) <法華七 111b>

(10) c. 諸佛을 허숩논디니이다 <釋卄一 26a>
d. 이 諸佛을 侵勞ᄒᆞ야 허루미 ᄃᆞ외리이다(爲侵毁是諸佛已리이다) <法華七 113b>

<11> 동작동사 '慰'

'慰'가 『석보상절』 권21에서는 번역되지 않고 『법화경언해』 권7에서는 동작동사 '慰勞ᄒᆞ다'로 번역된다는 것은 동일 원문의 번역인 다음 예문들에서

잘 확인된다. 원문 중 '安慰'가 '便安킈 ᄒᆞ다'로도 번역되고 '便安케 慰勞ᄒᆞ다'로도 번역된다.

(11) a. 내… ᄆᆞᄉᆞᄆᆞᆯ 便安킈 호리니 <釋卄一 52b>
b. 내…그 ᄆᆞᄉᆞᄆᆞᆯ 便安케 慰勞호리니(我ㅣ…安慰其心호리니) <法華七 168b>

<12> 동작동사 '伺'

'伺'가 『석보상절』 권21에서는 번역되지 않고 『법화경언해』 권7에서는 동작동사 '엿다'로 번역된다는 것은 동일 원문의 번역인 다음 예문들에서 잘 확인된다. 원문 중 '伺求'가 '求ᄒᆞ다'로도 번역되고 '여ᅀᅥ 求ᄒᆞ다'로도 번역된다.

(12) a. 아뫼나 法師ᄋᆡ 뎌른 ᄃᆡ롤 求ᄒᆞ야도 <釋卄一 29a>
b. ᄒᆞ다가 法師의 뎌른 ᄃᆡᆯ 여ᅀᅥ 求ᄒᆞ리 이셔도(若有伺求法師短者ㅣ라도) <法華七 117a>

<13> 동작동사 '惑'

'惑'이 『석보상절』 권21에서는 번역되지 않고 『법화경언해』 권7에서는 동작동사 '惑ᄒᆡ오다'로 번역된다는 것은 동일 원문의 번역인 다음 예문들에서 잘 확인된다. 원문 중 '惑亂'이 '어즈리다'로도 번역되고 '惑ᄒᆡ와 어즈리다'로도 번역된다.

(13) a. ᄯᅩ 女人ᄋᆡ 어즈료미 ᄃᆞ외디 아니ᄒᆞ며 <釋卄一 55a>
b. ᄯᅩ 女人의 惑ᄒᆡ와 어즈류미 ᄃᆞ외디 아니코(亦不爲女人之所惑亂ᄒᆞ고) <法華七 172a>

<14> 동작동사 '由'

'由'가 『석보상절』 권21에서는 번역되지 않고 『법화경언해』 권7에서는 동

작동사 '븥다'로 번역된다는 것은 동일 원문의 번역인 다음 예문들에서 잘 확인된다. 원문 중 '由此經故'가 '이 經ㅅ 닷'으로도 번역되고 '이 經을 브튼 젼ᄎᆞ'로도 번역된다.

(14) a. 이 經ㅅ 다ᄉᆞ로 普賢ㅅ 샹녯 힝뎍 웃드믈 眞實로 보ᅀᆞᄫᅡ <釋卄一 53b>
b. 이 經을 브튼 젼ᄎᆞ로 普賢 常行體를 眞實로 보ᅀᆞ와(由此經故로 眞見普賢常行之體ᄒᆞᅀᆞ와) <法華七 170a>

<15> 동작동사 '尋'

'尋'이 『석보상절』 권21에서는 번역되지 않고 『법화경언해』 권7에서는 동작동사 '미좇다'로 번역된다는 것은 동일 원문의 번역인 다음 예문들에서 잘 확인된다. 원문 중 '尋…壞'가 '버혀디다'로도 번역되고 '미조차…ᄒᆞ야디다'로도 번역된다.

(15) a. 뎌의 자본 갈콰 막다히왜 동도이 버혀디여 <釋卄一 4a>
b. 뎌 자본 갈 막대 미조차 긋그티 ᄒᆞ야디여(彼所執刀杖이 尋段段壞ᄒᆞ야) <法華七 53b>

<16> 동작동사 '墮'

'墮'가 『석보상절』 권21에서는 번역되지 않고 『법화경언해』 권7에서는 동작동사 '떠디다'로 번역된다는 것은 동일 원문의 번역인 다음 예문들에서 잘 확인된다. 원문 중 '推墮'가 '미리받다'로도 번역되고 '미리와다 떠디다'로도 번역된다.

(16) a. ᄂᆞ미 미리ᄫᅡ다도 <釋卄一 3b>
b. ᄂᆞ미 미리와다 떠듀미 ᄃᆞ외야도 (爲人所推墮ᄒᆞ야도) <法華七 88a>

<17> 동작동사 '震'

'震'이 『석보상절』 권21에서는 번역되지 않고 『법화경언해』 권7에서는 동작동사 '震動ᄒᆞ다'의 명사형으로 번역된다는 것은 동일 원문의 번역인 다음 예문들에서 잘 확인된다. 원문 중 '雷震'이 '울에'로도 번역되고 '울에 震動홈'으로도 번역된다.

(17) a. 悲體옛 戒ᄂᆞᆫ 울에며 <釋卄一 15a>
b. 悲體戒ᄂᆞᆫ 울에 震動호미오(悲體戒ᄂᆞᆫ 雷震이오) <法華七 96a>

<18> 동작동사 '到'

'到'가 『석보상절』 권21에서는 번역되지 않고 『법화경언해』 권7에서는 동작동사 '다ᄃᆞᆮ다'로 번역된다는 것은 동일 원문의 번역인 다음 예문들에서 잘 확인된다. 원문 중 '共詣…到'가 '모다 가다'로도 번역되고 '모다 가 다ᄃᆞᆮ다'로도 번역된다.

(18) a. ᄒᆞᆫᄢᅴ 부텨ᄭᅴ 모다 가 <釋卄一 41a>
b. 一時예 모다 부텻긔 가 다ᄃᆞ라(一時예 共詣佛所ᄒᆞ야 到已ᄒᆞ야) <法華七 141a>

<19> 동작동사 '化'

'化'가 『석보상절』 권21에서는 번역되지 않고 『법화경언해』 권7에서는 동작동사 '化ᄒᆞ다'로 번역된다는 것은 동일 원문의 번역인 다음 예문들에서 잘 확인된다. 원문 중 '化成'이 'ᄃᆞ외다'로도 번역되고 '化ᄒᆞ야 ᄃᆞ외다'로도 번역된다.

(19) a. 네 기둥 寶臺 ᄃᆞ외니 <釋卄一 42a>
b. 化ᄒᆞ야 네 긴 寶臺 ᄃᆞ외니(化成四柱寶臺ᄒᆞ니) <法華七 141b>

<20> 동작동사 '乃至'

'乃至'가 『석보상절』 권21에서는 번역되지 않고 『법화경언해』 권7에서는 동작동사 '니를다'로 번역된다는 것은 동일 원문의 번역인 다음 예문들에서 잘 확인된다. 원문 중 '乃至受持'가 '바다 디니다'로도 번역되고 '受持호매 니를다'로도 번역된다.

(20) a. 善男子 善女人이 能히 이 經엣 一四句偈라도 바다 디녀 <釋卄一 21b>

b. ᄒᆞ다가 善男子 善女人이 能히 이 經에 一四句偈ᄅᆞᆯ 受持호매 니르러(若善男子善女人이 能於是經에 乃至受持一四句偈ᄒᆞ야) <法華七 108b>

(20) c. 아뫼나 ᄒᆞᆫ 사ᄅᆞ미라도 觀世音菩薩ㅅ 일후믈 일ᄏᆞᄅᆞ(3a)면 <釋卄一 3b>

d. ᄒᆞ다가 ᄒᆞᆫ 사ᄅᆞ미나 觀世音菩薩 일훔 일ᄏᆞ로매 니를면(若有乃至一人이나 稱觀世音菩薩名者ㅣ 면) <法華七 50b>

(20) e. ᄒᆞᆫ 저글 절ᄒᆞ야 供養홀 만ᄒᆞ야도 <釋卄一 9a>

f. ᄒᆞᆫ ᄣᅦ나 禮拜供養호매 니를면(乃至一時나 禮拜供養ᄒᆞ면) <法華七 68b>

2.2. 번역되지 않는 動作動詞句

『석보상절』 권21에서는 번역되지 않고 『법화경언해』 권7에서는 번역되는 동작동사구에는 '恭敬圍遶'와 '變亂'이 있다.

<1> 동작동사구 '恭敬圍遶'

'恭敬圍遶'가 『석보상절』 권21에서는 번역되지 않고 『법화경언해』 권7에서

는 동작동사구 '恭敬圍遶ᄒᆞ다'로 번역된다는 것은 동일 원문의 번역인 다음 예문들에서 잘 확인된다.

(1) a. 持國天王이… 千萬億 那由他 乾闥婆衆 ᄃᆞ리고 <釋卄一 27a>
b. 持國天王이… 千萬億 那由他 乾闥婆(115a)衆과로 恭敬圍遶ᄒᆞ야(持國天王이…與千萬億那由他乾闥婆衆과로 恭敬圍遶ᄒᆞ야) <法華七 115b>

<2> 동작동사구 '變亂'

'變亂'이 『석보상절』 권21에서는 번역되지 않고 『법화경언해』 권7에서는 동작동사구 '變ᄒᆞ야 어즈리다'로 번역된다는 것은 동일 원문의 번역인 다음 예문들에서 잘 확인된다. 원문 중 '雜相變亂'인 '雜相'으로도 번역되고 '雜相이 變ᄒᆞ야 어즈리다'로도 번역된다.

(2) a. 雜相과 邪曲ᄒᆞᆫ 비ᄒᆞ시 어즈러ᄇᆞ리니 <釋卄一 57b>
b. 雜相이 變ᄒᆞ야 어즈리고…邪ᄒᆞᆫ 비ᄒᆞ시 흐리워 어즈려(雜相이 變亂ᄒᆞ고…邪習이 汨擾ᄒᆞ야) <法華七 175b>

2.3. 번역되지 않는 狀態動詞

『석보상절』 권21에서는 번역되지 않고 『법화경언해』 권7에서는 번역되는 상태동사에는 '有', '異', '淨' 그리고 '急'이 있다.

<1> 상태동사 '有'

'有'가 『석보상절』 권21에서는 번역되지 않고 『법화경언해』 권7에서는 상태동사 '잇다'로 번역된다는 것은 동일 원문의 번역인 다음 예문들에서 잘 확인된다. 원문 중 '有受持者'가 '바다 디닗 사ᄅᆞᆷ'으로도 번역되고 '受持ᄒᆞ리 잇다'로도 번역된다. 그리고 '有…識…名字者'가 '일후믈 알다'로도 번역되

고 '일홈 알리 잇다'로도 번역된다.

(1) a. 바다 디닗 사ᄅᆞ문 너교ᄃᆡ <釋卄一 57a>
b. 受持ᄒᆞ리 이시면 반ᄃᆞ기 이 念을 호ᄃᆡ(有受持者ㅣ면 應作此念호ᄃᆡ) <法華七 174a>

(1) c. 아뫼나 사ᄅᆞ미 이 두 菩薩ㅅ 일후믈 알면 <釋卄一 48b>
d. ᄒᆞ다가 사ᄅᆞ미 이 두 菩薩 일홈 알리 이시면(若有人이 識是二菩薩名字者ㅣ면) <法華七 151a>

<2> 상태동사 '異'

'異'가 『석보상절』 권21에서는 번역되지 않고 『법화경언해』 권7에서는 상태동사 '다ᄅᆞ다'의 명사형 '달옴'으로 번역된다는 것은 동일 원문의 번역인 다음 예문들에서 잘 확인된다. 원문 중 '有…無字之異'가 '字 업스니도 잇다'로도 번역되고 '無字의 달오미 겨시다'로도 번역된다.

(2) a. ᄒᆞᆫ 字도 이시며 한 字도 이시며 字 업스니도 잇ᄂᆞ니 <釋卄一 22a>
b. 一字 多字 無字의 달오미 겨샤ᄃᆡ(有一字多字無字之異ᄒᆞ샤ᄃᆡ) <法華七 107a>

<3> 상태동사 '淨'

'淨'이 『석보상절』 권21에서는 번역되지 않고 『법화경언해』 권7에서는 상태동사 '조ᄒᆞ다'로 번역된다는 것은 동일 원문의 번역인 다음 예문들에서 잘 확인된다. 원문 중 '心淨信解'가 'ᄆᆞᅀᆞ미 信解ᄒᆞ다'로도 번역되고 'ᄆᆞᅀᆞ미 조ᄒᆞ야 信解ᄒᆞ다'로도 번역된다.

(3) a. 두 아ᄃᆞ리(366)…父王ㅅ ᄆᆞᅀᆞ미 信解ᄒᆞ게 ᄒᆞ야ᄂᆞᆯ <釋卄一 37b>

b. 두 아드리(134a)…父王이 ᄆᆞᅀᆞ미 조ᄒᆞ야 信解케 ᄒᆞ야ᄂᆞᆯ(二子ㅣ…令其父王이 心淨信解케 ᄒᆞ야ᄂᆞᆯ) <法華七 134b>

<4> 상태동사 '急'

'急'이『석보상절』권21에서는 번역되지 않고『법화경언해』권7에서는 상태동사 '時急ᄒᆞ다'로 번역된다는 것은 동일 원문의 번역인 다음 예문들에서 잘 확인된다. 원문 중 '急難'이 '어렵다'로도 번역되고 '時急ᄒᆞᆫ 어려운'으로도 번역된다.

(4) a. 두리ᄫᅳ며 어려ᄫᆞᆫ ᄉᆞᅀᅵ예 <釋卄一 14a>
b. 두리운 時急ᄒᆞᆫ 어려운 中에(於怖畏急難之中에) <法華七 81a>

3. 飜譯되지 않는 副詞類

『석보상절』권21에서는 번역되지 않고『법화경언해』권7에서는 번역되는 부사류에는 부사와 副詞語句가 있다. 번역되지 않는 부사에는 時間副詞, 樣態副詞, 當爲의 話法副詞, 可能의 화법부사, 條件의 화법부사, 限定의 화법부사 그리고 副詞語句가 있다.

3.1. 時間副詞

『석보상절』권21에서는 번역되지 않고『법화경언해』권7에서는 번역되는 時間副詞에는 '卽', '曾', '復', '亦' 그리고 '又'가 있다.

<1> 부사 '卽'

'卽'이『석보상절』권21에서는 번역되지 않고『법화경언해』권7에서는 부사

'즉재'로 번역된다는 것은 동일 원문의 번역인 다음 예문들에서 잘 확인된다. 원문 중 '卽…起'가 '닐다'로도 번역되고 '즉재…닐다'로도 번역된다.

(1) a. 持地菩薩이 座로셔 니르샤 <釋卄一 18b>
b. 持地菩薩이 즉재 座로셔 니르샤(持地菩薩이 卽從座起ᄒᆞ샤)
<法華七 100b>

(1) c. 三昧와(53a) 陁羅尼ᄅᆞᆯ 得ᄒᆞ리니 <釋卄一 54b>
d. 즉재 三昧와 陀羅尼ᄅᆞᆯ 得ᄒᆞ리니(卽得三昧와 及陀羅尼ᄒᆞ리니)
<法華七 169b>

<2> 부사 '曾'

'曾'이 『석보상절』 권21에서는 번역되지 않고 『법화경언해』 권7에서는 부사 '아릐'로 번역된다는 것은 동일 원문의 번역인 다음 예문들에서 잘 확인된다. 원문 중 '已曾供養'이 'ᄒᆞ마 供養ᄒᆞ다'로도 번역되고 'ᄒᆞ마 아릐 供養ᄒᆞ다'로도 번역된다.

(2) a. ᄒᆞ마 六十五百千萬億 那由他 恒河沙 諸佛을 供(45b)養ᄒᆞᅀᆞᄫᅡ
<釋卄一 46a>
b. 六十五百千萬億 那由他 恒河沙 諸佛을 ᄒᆞ마 아릐 供養ᄒᆞᅀᆞ와(已曾供養六十五百千萬億那由他恒河沙諸佛ᄒᆞᅀᆞ와)
<法華七 147a>

<3> 부사 '復'

'復'가 『석보상절』 권21에서는 번역되지 않고 『법화경언해』 권7에서는 부사 'ᄯᅩ'로 번역된다는 것은 동일 원문의 번역인 다음 예문들에서 잘 확인된다. 원문 중 '復精進'이 '精進ᄒᆞ다'로도 번역되고 'ᄯᅩ 精進ᄒᆞ다'로도 번역된다.

(3) a. 法華經 受持ᄒᆞ야 닐그며 외오ᄂᆞᆫ 사ᄅᆞ미…더욱 精進ᄒᆞ야
<釋卄一 53a>
b. 法華經 受持 讀誦ᄒᆞᄂᆞᆫ 사ᄅᆞ미…더욱 ᄯᅩ 精進ᄒᆞ야 (受持讀誦法華經者ㅣ…轉復精進ᄒᆞ야) <法華七 169b>

(3) c. ᄒᆞ물며 害호ᄆᆞᆯ ᄒᆞ리여 <釋卄一 4b>
d. ᄒᆞ물며 ᄯᅩ 害ᄅᆞᆯ 더으려 (況復加害아) <法華七 55a>

<4> 부사 '亦'

'亦'이 『석보상절』 권21에서는 번역되지 않고 『법화경언해』 권7에서는 부사 'ᄯᅩ'로 번역된다는 것은 동일 원문의 번역인 다음 예문들에서 잘 확인된다. 원문 중 '亦當侍從'이 '졷ᄌᆞᆸ다'로도 번역되고 'ᄯᅩ 반ᄃᆞ기 뫼ᅀᆞ와 졷ᄌᆞᆸ다'로도 번역된다.

(4) a. 우리ᄃᆞᆯ토 졷ᄌᆞᄫᅡ <釋卄一 35b>
b. 우리도 ᄯᅩ 반ᄃᆞ기 뫼ᅀᆞ와 졷ᄌᆞ와(我等도 亦當侍從ᄒᆞᅀᆞ와)
<法華七 132b>

(4) c. 기름 ᄧᆞᄂᆞᆫ 殃 ᄀᆞᆮᄒᆞ며…調達이 즁 ᄒᆞ야ᄇᆞ린 罪 ᄀᆞᆮᄒᆞ야
<釋卄一 31a>
d. ᄯᅩ 기름 ᄧᆞᄂᆞᆫ 殃과…調達의 즁 헌 罪 ᄀᆞᆮᄒᆞ야(亦如壓油殃과…調達의 破僧罪ᄒᆞ야) <法華七 119b>

(4) e. 一切 世間앳 天人이 禮數ᄒᆞ야 절ᄒᆞᇙ디니라 <釋卄一 48b>
f. 一切 世間 諸天人民이 ᄯᅩ 禮拜홀띠니라(一切世間諸天人民이 亦應禮拜니라) <法華七 151a>

<5> 부사 '又'

'又'가 『석보상절』 권21에서는 번역되지 않고 『법화경언해』 권7에서는 부

사 '또'로 번역된다는 것은 동일 원문의 번역인 다음 예문들에서 잘 확인된다. 원문 중 '又如'가 '곧ᄒᆞ다'로도 번역되고 '또… 곧ᄒᆞ다'로도 번역된다.

(5) a. ᄒᆞᆫ 눈 가진 거부비 ᄠᅳᆫ 나못 구무 맛나미 곧ᄒᆞ니 <釋卄一 39b>
b. 또 ᄒᆞᆫ 눈 거부비 ᄠᅳᆫ 나못 구무 맛남 곧ᄒᆞ시니(又如一眼之龜ㅣ 値浮木孔ᄒᆞ시니) <法華七 137b>

3.2. 樣態副詞

『석보상절』 권21에서는 번역되지 않고 『법화경언해』 권7에서는 번역되는 樣態副詞에는 '廣', '甚', '了', '唐', '豈', '精' 그리고 '相'이 있다.

<1> 부사 '廣'

'廣'이 『석보상절』 권21에서는 번역되지 않고 『법화경언해』 권7에서는 부사 '너비'로 번역된다는 것은 동일 원문의 번역인 다음 예문들에서 잘 확인된다. 원문 중 '廣說'이 '니ᄅᆞ다'로도 번역되고 '너비 니ᄅᆞ다'로도 번역된다.

(1) a. 法華經을 니ᄅᆞ시ᄂᆞ니 <釋卄一 38a>
b. 法華經을 너비 니ᄅᆞ시ᄂᆞ니(廣說法華經ᄒᆞ시ᄂᆞ니) <法華七 135b>

<2> 부사 '甚'

'甚'이 『석보상절』 권21에서는 번역되지 않고 『법화경언해』 권7에서는 부사 '甚히'로 번역된다는 것은 동일 원문의 번역인 다음 예문들에서 잘 확인된다. 원문 중 '甚大歡喜'가 'ᄀᆞ장 깃다'로도 번역되고 '甚히 ᄀᆞ장 歡喜ᄒᆞ다'로도 번역된다.

(2) a. 내 모믈 보면 ᄀᆞ장 깃거 <釋卄一 53a>
b. 내 몸 시러 보고 甚히 ᄀᆞ장 歡喜ᄒᆞ야(得見我身ᄒᆞ고 甚大歡喜ᄒᆞ야) <法華七 169b>

<3> 부사 '了'

'了'가 『석보상절』 권21에서는 번역되지 않고 『법화경언해』 권7에서는 부사 'ᄉᆞᄆᆞᆺ'으로 번역된다는 것은 동일 원문의 번역인 다음 예문들에서 잘 확인된다. 원문 중 '明了通達'이 '볼기 通達ᄒᆞ다'로도 번역되고 '볼기 ᄉᆞᄆᆞᆺ 通達ᄒᆞ다'로도 번역된다.

(3) a. 三十七品 助道法 니르리 다 볼기 通達ᄒᆞ며 <釋卄一 34b>
b. 三十七品 助道法에 니르리 다 볼기 ᄉᆞᄆᆞᆺ 通達ᄒᆞ며(乃至三十七品助道法히 皆悉明了通達ᄒᆞ며) <法華七 128a>

<4> 부사 '唐'

'唐'이 『석보상절』 권21에서는 번역되지 않고 『법화경언해』 권7에서는 부사 '쇽졀업시'로 번역된다는 것은 동일 원문의 번역인 다음 예문들에서 잘 확인된다. 원문 중 '唐損'이 '잃다'로도 번역되고 '쇽절업시 ᄇᆞ리다'로도 번역된다.

(4) a. 福올 일티 아니ᄒᆞ리니 <釋卄一 8a>
b. 福이 空히 ᄇᆞ리디 아니ᄒᆞ리니(福不唐損ᄒᆞ리니) <法華七 68a>

<5> 부사 '豈'

'豈'가 『석보상절』 권21에서는 번역되지 않고 『법화경언해』 권7에서는 부사 '엇뎨'로 번역된다는 것은 동일 원문의 번역인 다음 예문들에서 잘 확인된다. 원문 중 '豈異人'이 '다른 사ᄅᆞ미리여'로도 번역되고 '엇뎨 다른 사ᄅᆞ미리오'로도 번역된다.

(5) a. 妙莊嚴王ᄋᆞᆫ 다ᄅᆞᆫ 사ᄅᆞ미리여 <釋卄一 47b>
b. 妙莊嚴王은 엇뎨 다ᄅᆞᆫ 사ᄅᆞ미리오(妙莊嚴王은 豈異人乎ㅣ리오) <法華七 150b>

<6> 부사 '精'

'精'이 『석보상절』 권21에서는 번역되지 않고 『법화경언해』 권7에서는 부사 '精히'로 번역된다는 것은 동일 원문의 번역인 다음 예문들에서 잘 확인된다. 원문 중 '精勤脩'가 'ᄇᆞ즈러니 닸다'로도 번역되고 '精히 ᄇᆞ즈러니 닸다'로도 번역된다.

(6) a. 助佛道法을 ᄇᆞ즈러니 닷ᄀᆞ며 니겨 <釋卄一 43a>
b. 佛道 돕ᄂᆞᆫ 法을 精히 ᄇᆞ즈러니 닷가 니겨(精勤脩習助佛道法ᄒᆞ야) <法華七 143a>

<7> 부사 '相'

'相'이 『석보상절』 권21에서는 번역되지 않고 『법화경언해』 권7에서는 부사 '서르'로 번역된다는 것은 동일 원문의 번역인 다음 예문들에서 잘 확인된다. 원문 중 '相値'가 '맛나다'로도 번역되고 '서르 맛나다'로도 번역된다.

(7) a. 三千年의ᅀᅡ ᄒᆞᆫ 버늘 맛나ᄂᆞ니라 <釋卄一 40a>
b. 阿含애 니ᄅᆞ샤ᄃᆡ(138a)…三千年에ᅀᅡ ᄒᆞᆫ 번 서르 맛나ᄂᆞ니라 ᄒᆞ시니라(阿含애 云ᄒᆞ샤ᄃᆡ…三千年에ᅀᅡ 乃一相値라 ᄒᆞ시니라) <法華七 138b>

3.3. 當爲의 話法副詞

『석보상절』 권21에서는 번역되지 않고 『법화경언해』 권7에서는 번역되는

當爲의 話法副詞에는 '當', '應' 그리고 '應當'이 있다.

<1> 부사 '當'

'當'이 『석보상절』 권21에서는 번역되지 않고 『법화경언해』 권7에서는 부사 '반ᄃᆞ기'로 번역 된다는 것은 동일 원문의 번역인 다음 예문들에서 잘 확인된다. 원문 중 '當獲如是殃'이 '이런 殃ᄋᆞᆯ 얻다'로도 번역되고 '반ᄃᆞ기 이 ᄀᆞᄐᆞᆫ 殃을 얻다'로도 번역된다.

(1) a. 이 法師 犯觸ᄒᆞᆫ 거시 이런 殃ᄋᆞᆯ 어드리라 <釋卄一 31a>
b. 이 法(119b)師ᄅᆞᆯ 氾ᄒᆞᄂᆞ닌 반ᄃᆞ시 이 ᄀᆞᄐᆞᆫ 殃을 어드리라(犯此法師者ᄂᆞᆫ 當獲如是殃ᄒᆞ리라) <法華七 120a>

(1) c. 우리ᄃᆞᆯ히 ᄯᅩ 이 經을 바다 디녀 닐그며 외와 修行ᄒᆞᇙ 사ᄅᆞᄆᆞᆯ 親히 擁護ᄒᆞ야 <釋卄一 31b>
d. 우리도 ᄯᅩ 이 經을 受持 讀誦 修行ᄒᆞ릴 모ᄆᆞ로 내 擁護ᄒᆞ야(我等도 亦當身自擁護受持讀誦修行是經者ᄒᆞ야) <法華七 120a>

(1) e. 이 怨讐ㅅ 도ᄌᆞᄀᆞᆯ 버서나리(6a)라 ᄒᆞ야ᄃᆞᆫ <釋卄一 6b>
f. 이 怨讎ㅅ 도ᄌᆞ개 반ᄃᆞ기 解脫ᄋᆞᆯ 得ᄒᆞ리라(於此怨賊에 當得解脫ᄒᆞ리라) <法華七 58b>

(1) g. 너희 一心ᄋᆞ로 觀世音菩薩ᄋᆞᆯ 供養ᄒᆞ야ᅀᅡ ᄒᆞ리라 <釋卄一 14a>
h. 너희 반ᄃᆞ기 一心으로 觀世音菩薩을 供養홀띠니(汝等이 應當一心으로 供養觀世音菩薩이니) <法華七 81a>

(1) i. 아(45a)라라 <釋卄一 45b>
j. 반ᄃᆞ기 알라(當知ᄒᆞ라) <法華七 146b>

<2> 부사 '應'

'應'이『석보상절』권21에서는 번역되지 않고『법화경언해』권7에서는 부사 '반ᄃᆞ기'로 번역된다는 것은 동일 원문의 번역인 다음 예문들에서 잘 확인된다. 원문 중 '應作此念'이 '너기다'로도 번역되고 '반ᄃᆞ기 이 念을 ᄒᆞ다'로도 번역된다.

(2) a. 바다 디닗 사ᄅᆞᄆᆞᆫ 너교ᄃᆡ <釋卄一 57a>
   b. 受持ᄒᆞ리 이시면 반ᄃᆞ기 이 念을 호ᄃᆡ(有受技者ㅣ면 應作此念호ᄃᆡ) <法華七 174a>

<3> 부사 '應當'

'應當'이『석보상절』권21에서는 번역되지 않고『법화경언해』권7에서는 부사 '반ᄃᆞ기'로 번역된다는 것은 동일 원문의 번역인 다음 예문들에서 잘 확인된다. 원문 중 '應當…稱'이 '일ᄏᆞᆮ다'로도 번역되고 '반ᄃᆞ기…일ᄏᆞᆮ다'로도 번역된다.

(3) a. 너희 一心ᄋᆞ로 觀世音菩薩ㅅ 일후믈 일ᄏᆞᆮᄌᆞᄫᆞ라 <釋卄一 6a>
   b. 너희 반ᄃᆞ기 一心으로 觀世音菩薩ㅅ 일후믈 일ᄏᆞᆮᄌᆞ오라(汝等이 應當一心으로 稱觀世音菩薩ㅅ 名号ᄒᆞᅀᆞ오라)
   <法華七 58b>

3.4. 可能의 話法副詞

『석보상절』권21에서는 번역되지 않고『법화경언해』권7에서는 번역되는 可能의 話法副詞에는 '能', '得' 그리고 '可'가 있다.

<1> 부사 '能'

'能'이『석보상절』권21에서는 번역되지 않고『법화경언해』권7에서는 부사 '能히'로 번역된다는 사실은 동일 원문의 번역인 다음 예문들에서 잘 확인된다. 원문 중 '能燒'가 '술다'로도 번역되고 '能히 술다'로도 번역된다.

(1) a. 브리 스돌 몯ᄒᆞᄂᆞ니 <釋卄一 2b>
b. 브리 能히 스디 몯ᄒᆞ리니(火ㅣ 不能燒ᄒᆞ리니) <法華七 50a>

(1) c. 衆生ᄋᆞᆫ 도ᄅᆞ혀 드로ᄆᆞᆯ 몯ᄒᆞ야 <釋卄一 2a>
d. 衆生이 能히 두르혀 듣디 몯고(衆生이 不能返聞ᄒᆞ고)
<法華七 46a>

(1) e. ᄒᆞᆫ 터럭도 ᄒᆞ야디디 아니ᄒᆞ리니 <釋卄一 3b>
f. 能히 ᄒᆞᆫ 터럭도 損티 몯ᄒᆞ며(不能損一毛ᄒᆞ며) <法華七 88a>

<2> 부사 '得'

'得'이『석보상절』권21에서는 번역되지 않고『법화경언해』권7에서는 부사 '시러'로 번역된다는 것은 동일 원문의 번역인 다음 예문들에서 잘 확인된다. 원문 중 '得見佛'이 '부텨를 보다'로도 번역되고 '시러 부텨 보다'로도 번역된다.

(2) a. 善知識이…부텨를 보ᅀᆞ바 阿耨多羅三藐三菩提心을 發케 ᄒᆞᄂᆞ니라 <釋卄一 45b>
b. 善知識ᄋᆞᆫ…시러 부텨 보아 阿耨多羅三藐三菩提心을 發케 ᄒᆞᆯ 씨니라(善知識者ᄂᆞᆫ…令得見佛ᄒᆞ야 發阿耨多羅三藐三菩提心 일씨니라) <法華七 146b>

(2) c. 法華經 受持ᄒᆞ야 닐그며 외오ᄂᆞᆫ 사ᄅᆞ미 내 모ᄆᆞᆯ 보면
<釋卄一 53a>

d. 法華經 受持 讀誦ᄒᆞᄂᆞᆫ 사ᄅᆞ미 내 몸 시러 보고(受持讀誦 法華經者ㅣ 得見我身ᄒᆞ고) <法華七 169b>

(2) e. 부텨 맛나ᅀᆞᄫᅩᆷ 어려ᄫᅮ미 <釋卄一 39b>
f. 부톄 시러 맛나ᅀᆞ옴 어려우시며(佛難得値ㅣ) <法華七 137b>

<3> 부사 '可'

'可'가 『석보상절』 권21에서는 번역되지 않고 『법화경언해』 권7에서는 부사 '어루'로 번역된다는 것은 동일 원문의 번역인 다음 예문들에서 잘 확인된다. 원문 중 '可知'가 '알다'로도 번역되고 '어루 알다'로도 번역된다.

(3) a. 녀나ᄆᆞᆫ 鬼神ᄋᆞᆯ 아롤띠니라 <釋卄一 29a>
b. 녀느 神ᄋᆞᆫ 어루 알리로다(餘紳은 可知로다) <法華七 117b>

(3) c. 그 거부비 나못 굼글 어더ᅀᅡ 좀디 아니ᄒᆞ건마ᄅᆞᆫ <釋卄一 40a>
d. 거부비 나못 굼글 어드면 어루 ᄌᆞ모ᄆᆞᆯ 건(138a)나련마ᄅᆞᆫ(龜ㅣ 得木孔ᄒᆞ면 可濟沉溺 이언마ᄅᆞᆫ) <法華七 138b>

3.5. 條件의 話法副詞

『석보상절』 권21에서는 번역되지 않고 『법화경언해』 권7에서는 번역되는 條件의 話法副詞에는 '若', '設', '或', '設' 그리고 '假使'가 있다.

<1> 부사 '若'

'若'이 『석보상절』 권21에서는 번역되지 않고 『법화경언해』 권7에서는 부사 'ᄒᆞ다가'로 번역된다는 것은 동일 원문의 번역인 다음 예문들에서 잘 확인

된다. 원문 중 '若讀誦通利'가 '닐그며 외와 通利ᄒᆞ다'로도 번역되고 'ᄒᆞ다가 닐거 외와 通利ᄒᆞ다'로도 번역된다.

(1) a. 善男子 善女人이 能히 法華經을 바다 디녀 닐그미 외와 通利커나 經卷을 쓰거나 ᄒᆞ면 <釋卄一 21a>
b. ᄒᆞ다가 善男子 善女人이 法華經 能히 受持ᄒᆞ리 ᄒᆞ다가 닐거 외와 通利ᄒᆞ며 經卷 쓰면(若善男子善女人이 有能受持法華經者ㅣ 若讀誦通利ᄒᆞ며 若書寫經卷ᄒᆞ면) <法華七 108b>

(1) c. 큰 므레 ᄠᅥ가다가도 <釋卄一 2b>
d. ᄒᆞ다가 큰 므릐 ᄠᅴ유미 ᄃᆞ외야도(若爲大水의 所漂ᄒᆞ야도) <法華七 50a>

(1) e. 너희 일후믈 일ᄏᆞᆮᄌᆞᄫᆞ면 <釋卄一 6a>
f. 너희 ᄒᆞ다가 일훔곳 일ᄏᆞᆮᄌᆞ오면(汝等이 若稱名者ㅣ면) <法華七 58b>

<2> 부사 '設'

'設'이 『석보상절』 권21에서는 번역되지 않고 『법화경언해』 권7에서는 부사 'ᄒᆞ다가'로 번역된다는 것은 동일 원문의 번역인 다음 예문들에서 잘 확인된다. 원문 중 '設欲求'가 '나코져 ᄒᆞ다'로도 번역되고 'ᄒᆞ다가…求ᄒᆞ다'로도 번역된다.

(2) a. ᄯᆞ롤 나(7b)코져 ᄒᆞ면 <釋卄一 8a>
b. ᄒᆞ다가 ᄯᆞᆯ 求ᄒᆞ면(設欲求女ᄒᆞ면) <法華七 66b>

<3> 부사 '或'

'或'이 『석보상절』 권21에서는 번역되지 않고 『법화경언해』 권7에서는 부

사 '시혹'으로 번역된다는 것은 동일 원문의 번역인 다음 예문들에서 잘 확인된다. 원문 중 '觀音之號 或曰觀世音'이 '觀音ㅅ 號ᄅᆞᆯ 觀世音이시다도 ᄒᆞ다'로도 번역되고 '觀音ㅅ 號ᄅᆞᆯ 시혹 니ᄅᆞ샤ᄃᆡ 觀世音이시다 ᄒᆞ시다'로도 번역된다.

(3) a. 觀音ㅅ 號ᄅᆞᆯ 觀世音이시다도 ᄒᆞ며 觀自在시다도 ᄒᆞ며 <釋卄一 19a>

b. 觀音ㅅ 號ᄅᆞᆯ 시혹 니ᄅᆞ샤ᄃᆡ 觀世音이시다 ᄒᆞ시며 시혹 니ᄅᆞ샤ᄃᆡ 觀自在시다 ᄒᆞ시며(觀音之號ᄅᆞᆯ 或曰觀世音이시다 ᄒᆞ시며 或曰觀自在시다 ᄒᆞ시며) <法華七 102b>

(3) c. 힝뎌글 普門이시다도 ᄒᆞ며 圓通이시다도 ᄒᆞᄂᆞ니 <釋卄一 19a>

d. 그 行ᄋᆞᆯ 시혹 니ᄅᆞ샤ᄃᆡ 普門이시다 ᄒᆞ시며 시혹 니ᄅᆞ샤ᄃᆡ 圓通이시다 ᄒᆞ샤ᄆᆞᆫ(其行을 或曰普門이시다 ᄒᆞ시며 或曰圓通者ᄂᆞᆫ) <法華七 102b>

(3) e. 우리돌히 부텻긔 가ᄆᆞᆯ 드르시리라 <釋卄一 36b>

f. 시혹 우리의 부텻게 가ᄆᆞᆯ 드르리라(或聽我等의 往至佛所ᄒᆞ리라) <法華七 133b>

(3) g. 큰 모ᄆᆞᆯ 現ᄒᆞ면 <釋卄一 37a>

h. 시혹 큰 모ᄆᆞᆯ 現ᄒᆞ야(或現大身ᄒᆞ야) <法華七 134a>

<4> 부사 '設'

'設'이 『석보상절』 권21에서는 번역되지 않고 『법화경언해』 권7에서는 부사 '비록'으로 번역된다는 것은 동일 원문의 번역인 다음 예문들에서 잘 확인된다. 원문 중 '設入'이 '들다'로도 번역되고 '비록…들다'로도 번역된다.

(4) a. 큰 브레 드러도 <釋卄一 2b>
　　b. 비록 큰 브레 드러도(設入大火ᄒᆞ야도) <法華七 50a>

<5> 부사 '假使'

'假使'가 『석보상절』 권21에서는 번역되지 않고 『법화경언해』 권7에서는 부사 '비록'으로 번역된다는 것은 동일 원문의 번역인 다음 예문들에서 잘 확인된다. 원문 중 '假使…吹'가 '불다'로도 번역되고 '비록…불다'로도 번역된다.

(5) a. 거믄 ᄇᆞᄅᆞ미 부러 <釋卄一 3b>
　　b. 비록 거믄 ᄇᆞᄅᆞ미 ᄇᆡᄅᆞᆯ 부러(假使黑風이 吹其船舫ᄒᆞ야)
<法華七 50a>

3.6. 限定의 話法副詞

『석보상절』 권21에서는 번역되지 않고 『법화경언해』 권7에서는 번역되는 限定의 話法副詞에는 '卽', '但', '特', '皆', '共' 그리고 '俱'가 있다.

<1> 부사 '卽'

'卽'이 『석보상절』 권21에서는 번역되지 않고 『법화경언해』 권7에서는 부사 '곧'으로 번역된다는 것은 동일 원문의 번역인 다음 예문들에서 잘 확인된다. 원문 중 '卽普賢ㅅ…行'이 '普賢ㅅ…行'으로도 번역되고 '곧 普賢ㅅ…行'으로도 번역된다.

(1) a. 이 普賢ㅅ 遍一切處行이라 <釋卄一 54a>
　　b. 이 곧 普賢ㅅ 一切處에 ᄀᆞᄃᆞᆨᄒᆞ신 行이시니라(此ㅣ 卽普賢ㅅ 遍一切處之行ㅣ시니라) <法華七 170b>

<2> 부사 '但'

'但'이 『석보상절』 권21에서는 번역되지 않고 『법화경언해』 권7에서는 부사 '오직'으로 번역된다는 것은 동일 원문의 번역인 다음 예문들에서 잘 확인된다. 원문 중 '但能擁護'가 '擁護ᄒᆞ다'로도 번역되고 '오직 能히…擁護ᄒᆞ다'로도 번역된다.

(2) a. 너희돌히 法華 일훔 바다 디닗 사ᄅᆞᄆᆞᆯ 擁護ᄒᆞᆯ 만ᄒᆞ야도 <釋卄一 32a>

b. 너희 오직 能히 法華ㅅ 일훔 受持ᄒᆞ릴 擁護ᄒᆞ야도(汝等이 但能擁護受持法華名者ᄒᆞ야도) <法華七 121b>

<3> 부사 '特'

'特'이 『석보상절』 권21에서는 번역되지 않고 『법화경언해』 권7에서는 부사 '特別히'로 번역된다는 것은 동일 원문의 번역인 다음 예문들에서 잘 확인된다. 원문 중 '特奉'이 '받줍다'로도 번역되고 '特別히 받줍다'로도 번역된다.

(3) a. 妙音이 釋迦 供養ᄒᆞᅀᆞᄫᆞ샤ᄃᆡ 瓔珞 받ᄌᆞᄫᆞ시고 <釋卄一 17a>

b. 妙音이 釋迦 供養ᄒᆞᅀᆞ오샤매 特別히 瓔珞을 받ᄌᆞ오시고(妙音이 供養釋迦애 特奉瓔珞ᄒᆞ시고) <法華七 82b>

<4> 부사 '皆'

'皆'가 『석보상절』 권21에서는 번역되지 않고 『법화경언해』 권7에서는 부사 '다'로 번역된다는 것은 동일 원문의 번역인 다음 예문들에서 잘 확인된다. 원문 중 '皆表'가 '나토다'로도 번역되고 '다 表ᄒᆞ다'로도 번역된다.

(4) a. 無盡이…ᄯᅩ 瓔珞ᄋᆞᆯ 받ᄌᆞᄫᆞ시니 法寶莊嚴을 나토실ᄊᆡ 法施라 ᄒᆞ니라 <釋卄一 17a>

b. 無盡이…ᄯᅩ 瓔珞을 받ᄌᆞ오샤ᄆᆞᆫ 다 法寶莊嚴을 表ᄒᆞ시니 그럴ᄊᆡ 法施라 니ᄅᆞ시니라(無盡이…亦奉瓔珞은 皆表法寶莊嚴이시니 故로 曰法施라 ᄒᆞ시니라) <法華七 82b>

<5> 부사 '共'

'共'이 『석보상절』 권21에서는 번역되지 않고 『법화경언해』 권7에서는 부사 '모다'로 번역된다는 것은 동일 원문의 번역인 다음 예문들에서 잘 확인된다. 원문 중 '共俱往'이 'ᄒᆞᆫᄢᅴ 가다'로도 번역되고 '모다 다 가다'로도 번역된다.

(5) a. ᄒᆞᆫᄢᅴ 가져라 <釋卄一 38b>
b. 모다 다 가ᅀᅡ 올토다(可共俱往이로다) <法華七 135b>

<6> 부사 '俱'

'俱'가 『석보상절』 권21에서는 번역되지 않고 『법화경언해』 권7에서는 부사 '다'로 번역된다는 것은 동일 원문의 번역인 다음 예문들에서 잘 확인된다. 원문 중 '俱詣其所'가 '그 고대 가다'로도 번역되고 '다 그 고대 가다'로도 번역된다.

(6) a. 내…그 고대 가 모ᄆᆞᆯ 뵈여 <釋卄一 52b>
b. 내…다 그 고대 가 내 現身ᄒᆞ야(我ㅣ…俱詣其所ᄒᆞ야 而自現身ᄒᆞ야) <法華七 168b>

3.7. 副詞語句

『석보상절』 권21에서는 번역되지 않고 『법화경언해』 권7에서는 번역되는 副詞語句에는 '是故'와 '於法華經'이 있다.

<1> 부사어구 '是故'

'是故'가『석보상절』권21에서는 번역되지 않고『법화경언해』권7에서는 부사어구 '이런 드로'로 번역된다는 것은 다음 예문들에서 잘 확인된다. '이런 드로'는 '이런#드+로'로 분석될 수 있다.

(1) a. 娑婆(14a)世界예셔 다 일후믈 施無畏者ㅣ라 ᄒᆞᄂᆞ니라 <釋卄一 14b>

b. 이런 드로 이 娑婆世界 다 일훔호ᄃᆡ 施無畏者ㅣ라 ᄒᆞᄂᆞ니라 (是故로 此娑婆世界ㅣ 皆號之爲施無畏者ㅣ라 ᄒᆞᄂᆞ니라) <法華七 81a>

<2> 부사어구 '於法華經'

'於法華經'이『석보상절』권21에서는 번역되지 않고『법화경언해』권7에서는 부사어구 '法華經에'로 번역된다는 것은 다음 예문들에서 잘 확인된다.

(2) a. 그 사ᄅᆞ미 ᄒᆞᆫ 句 ᄒᆞᆫ 偈나 니즌 ᄡᅡ히 이시면 <釋卄一 53a>

b. 그 사ᄅᆞ미 ᄒᆞ다가 法華經에 一句 一偈ᄅᆞᆯ 니즌 ᄃᆡ 잇거든(其人이 若於法華經에 有所忘失一句一偈어든) <法華七 168b>

4. 飜譯되지 않는 冠形詞

『석보상절』권21에서는 번역되지 않고『법화경언해』권7에서는 번역되는 관형사에는 '此', '是', '其' 그리고 '彼'가 있다.

<1> 관형사 '此'

'此'가『석보상절』권21에서는 번역되지 않고『법화경언해』권7에서는 관

형사 '이'로 번역된다는 것은 동일 원문의 번역인 다음 예문들에서 잘 확인된다. 원문 중 '此娑婆世界'가 '娑婆世界'로도 번역되고 '이 娑婆世界'로도 번역된다.

(1) a. 娑婆(14a)世界예셔 다 일후믈 施無畏者ㅣ라 ᄒᆞᄂᆞ니라

<釋卄一 14b>

b. 이 娑婆世界 다 일훔호ᄃᆡ 施無畏者ㅣ라 ᄒᆞᄂᆞ니라(是故로 此娑婆世界ㅣ 皆號之爲施無 畏者ㅣ라 ᄒᆞᄂᆞ니라)

<法華七 81a>

<2> 관형사 '是'

'是'가 『석보상절』 권21에서는 번역되지 않고 『법화경언해』 권7에서는 관형사 '이'로 번역된다는 것은 동일 원문의 번역인 다음 예문들에서 잘 확인된다. 원문 중 '是諸佛'이 '諸佛'로도 번역되고 '이 諸佛'로도 번역된다.

(2) a. 諸佛을 허숩논디니이다 <釋卄一 24b>

b. 이 諸佛을 侵勞ᄒᆞ야 허루미 ᄃᆞ외리이다(爲侵毁是諸佛已리이다) <法華七 111b>

(2) c. 우리돌히 法王ㅅ 아ᄃᆞ리로ᄃᆡ <釋卄一 36b>

d. 우리 이 法王子ㅣ로ᄃᆡ(我等이 是法王子ㅣ로ᄃᆡ)

<法華七 133a>

<3> 관형사 '其'

'其'가 『석보상절』 권21에서는 번역되지 않고 『법화경언해』 권7에서는 관형사 '그'로 번역된다는 것은 동일 원문의 번역인 다음 예문들에서 잘 확인된다. 원문 중 '其眼'이 '눈'으로도 번역되고 '그 눈'으로도 번역된다.

(3) a. 누니 길며 너브시고 <釋卄一 46b>
b. 그 누니 길오 너브시고(其眼이 長廣ᄒᆞ시고) <法華七 148a>

(3) c. 일후믈 일ᄏᆞᄅᆞ면 <釋卄一 2b>
d. 그 일훔 일ᄏᆞᄅᆞ면(稱其名號ᄒᆞ면) <法華七 50a>

(3) e. 측ᄒᆞᆫ 이ᄅᆞᆯ 덜며 <釋卄一 29a>
f. 그 衰患ᄋᆞᆯ 더러(除其衰患ᄒᆞ야) <法華七 117a>

(3) g. 實엔 ᄒᆞ나ᄲᅮᆫ니라 <釋卄一 19a>
h. 그 實은 ᄒᆞ나ᄯᆞᄅᆞ미시니(其實은 一而已시니) <法華七 103a>

<4> 관형사 '彼'

'彼'가 『석보상절』 권21에서는 번역되지 않고 『법화경언해』 권7에서는 관형사 '뎌'로 번역된다는 것은 동일 원문의 번역인 다음 예문들에서 잘 확인된다. 원문 중 '念彼觀音'이 '觀音을 念ᄒᆞ다'로도 번역되고 '뎌 觀音 念ᄒᆞ다'로도 번역된다.

(4) a. 觀音을 念ᄒᆞᆫ 히ᄆᆞ로 ᄲᆞᆯ리 ᄀᆞᇫ 업시 ᄃᆞᄅᆞ미어며 <釋卄一 4b>
b. 뎌 觀音 念ᄒᆞᆫ 히므로 ᄀᆞᇫ 업슨 方애 ᄲᆞᆯ리 ᄃᆞᄅᆞ며(念彼觀音力으로 疾走無邊方ᄒᆞ며) <法華七 90a>

(4) c. 觀音을 念ᄒᆞᆫ 히ᄆᆞ로 虛空애 ᄒᆡ 머므러 잇ᄃᆞᆺ ᄒᆞ리어며 <釋卄一 3b>
d. 뎌 觀音 念ᄒᆞᆫ 히므로 ᄒᆡ 虛空애 住ᄃᆞᆺ ᄒᆞ며(念彼觀音力으로 如日이 虛空住ᄒᆞ며) <法華七 88a>

(4) e. 世間音에셔 더으니 <釋卄一 15b>
f. 뎌 世間音에 더으니(勝彼世間音ᄒᆞ니) <法華七 97b>

5. 飜譯되지 않는 節

『석보상절』 권21에서는 번역되지 않고 『법화경언해』 권7에서는 번역되는 節이 있다.

<1> 절 '我是弟子'

'我是弟子'가 석보상절』 권21에서는 번역되지 않고 『법화경언해』 권7에서는 절 '내 이 弟子이다'로 번역된다는 것은 동일 원문의 번역인 다음 예문들에서 잘 확인된다.

(1) a. 이 우리 스스이시니이 (38a)다 <釋卄一 38b>
b. 이 우리 스스이시며 내 이 弟子ㅣ로이다 (是我等師ㅣ시며 我是弟子ㅣ이로다 <法華七 135b>

제7장 飜譯 順序

번역 순서에 큰 차이가 있다는 사실은 『석보상절』 권21과 『법화경언해』 권7의 對比를 통해 명백히 확인된다. 두 문헌에서 번역 순서에 차이를 보여주는 것으로 名詞, 動詞類 및 副詞가 있다.

1. 名詞의 번역 순서

『석보상절』 권21과 『법화경언해』 권7의 대비를 통해 명사의 번역 순서에 큰 차이가 있다는 것을 확인할 수 있다.

<1> 명사 '觀世音菩薩'

『석보상절』 권21과 『법화경언해』 권7에서 명사 '觀世音菩薩'로 번역되는 '觀世音菩薩'의 번역 순서에 큰 차이가 있다는 것은 동일 원문의 번역인 다음 예문들에서 잘 확인된다. 分節이 『석보상절』 권21에서는 '一心稱名觀世音菩薩'에서 이루어지고 『법화경언해』 권7에서는 '一心稱名'에서 이루어진다. 명사 '觀世音菩薩'은 『석보상절』 권21에서는 속격 '觀世音菩薩ㅅ'로 번역되고 『법화경언해』 권7에서는 주격 '觀世音菩薩이'로 번역된다.

(1) a. 一心ᄋᆞ로 觀世音菩薩ㅅ 일후믈 일ᄏᆞᄅᆞ면 즉자히 그 소리롤 보아 <釋卄一 1b>

b. 一心으로 일훔 일ᄏᆞᄅᆞ면 觀世音菩薩이 卽時예 그 音聲을 보아
(一心으로 稱名ᄒᆞ면 觀世音菩薩이 卽時예 觀其音聲ᄒᆞ야)
<法華七 45a>

원문 중 '一心稱名觀世音菩薩'이 두 문헌에서 어떤 순서로 번역되는가를 보면 다음과 같다.

	一心	稱	名	觀世音
<釋>	1	4	3	2
<法>	1	3	2	4

<2> 명사 '鬼子母'

『석보상절』 권21에서 명사구 '귓거싀 어미'로 번역되고 『법화경언해』 권7에서 명사 '鬼子母'로번역되는 '鬼子母'의 번역 순서에 큰 차이가 있다는 것은 동일 원문의 번역인 다음 예문들에서 잘 확인된다. 分節이 『석보상절』 권21에서는 '無甚於羅刹女'에서 이루어지고 『법화경언해』 권7에서는 '無甚於羅刹女鬼子母'에서 이루어진다.

(2) a. 羅刹女 ᄀᆞᆮᄒᆞ니 업거늘 이리 ᄒᆞ며 귓거싀 어미도 護持호리이다 盟誓ᄒᆞ니 <釋卄一 29a>
b. 羅刹女 鬼子母애셔 甚ᄒᆞ니 업스니 ᄯᅩ 護持호리이다 盟誓ᄒᆞ면
(無甚於羅刹女鬼子母ᄒᆞ니 亦誓護持ᄒᆞ면) <法華七 117a>

원문 중 '無甚於羅刹女鬼子母'가 두 문헌에서 어떤 순서로 번역되는가를 보면 다음과 같다.

	無甚	於	羅刹女	鬼子母
<釋>	3	2	1	4
<法>	4	3	1	2

<3> 명사 '大千'

『석보상절』 권21과 『법화경언해』 권7에서 명사 '大千'으로 번역되는 '大千'의 번역 순서에 큰 차이가 있다는 것은 동일 원문의 번역인 다음 예문들에서 잘 확인된다. 分節이 『석보상절』 권21에서는 '隨響而答大千'에서 이루어지고 『법화경언해』 권7에서는 '隨響而答'에서 이루어진다.

(5) a. 소리롤 조차 大千을 對答ᄒᆞ샤 ᄀᆞ초 應ᄒᆞ샤미 <釋卄一 20a>
b. 조차 響 ᄀᆞᆮ티 對答ᄒᆞ샤 大千에 圓히 應ᄒᆞ샤ᄃᆡ(隨響而答ᄒᆞ샤 大千에 圓應ᄒᆞ샤ᄃᆡ)<法華七 41b>

원문 중 '隨響而答大千'이 두 문헌에서 어떤 순서로 번역되는가를 보면 다음과 같다.

	隨	響而	答	大千
<釋>	2	1	4	3
<法>	1	2	3	4

<4> 명사 '高'

『석보상절』 권21과 『법화경언해』 권7에서 명사 '노ᄑᆡ'로 번역되는 '高'의 번역 순서에 차이가 있다는 것은 동일 원문의 번역인 다음 예문들에서 잘 확인된다.

(3) a. 즉자히 虛空애 七多羅樹ㅅ 노ᄑᆡ롤 올아 <釋卄一 44a>
b. 즉재 虛空애 노ᄑᆡ 七多羅樹롤 올아(卽昇虛空高七多羅樹ᄒᆞ야) <法華七 145b>

원문 중 '高七多羅樹'가 두 문헌에서 어떤 순서로 번역되는가를 보면 다음과 같다.

	高	七多羅樹
<釋>	2	1
<法>	1	2

<5> 명사 '行'

『석보상절』 권21에서는 명사 '힝뎍'으로 번역되고 『법화경언해』 권7에서는 명사 '行'으로 번역되는 '行'의 번역 순서에 차이가 있다는 것은 동일 원문의 번역인 다음 예문들에서 잘 확인된다.

(4) a. ᄂᆞ외야 힝뎌글 ᄆᆞᅀᆞᆷ 조초 아니ᄒᆞ며 <釋卄一 47b>
b. ᄂᆞ외야 내 心(149b)行ᄋᆞᆯ 좇디 아니ᄒᆞ야(不復自隨心行ᄒᆞ야) <法華七 150a>

원문 중 '隨心行'이 두 문헌에서 어떤 순서로 번역되는가를 보면 다음과 같다.

	隨	心	行
<釋>	3	2	1
<法>	3	1	2

2. 動詞類의 번역 순서

『석보상절』 권21과 『법화경언해』 권7의 대비를 통해 동사류의 번역 순서에 큰 차이가 있다는 것을 확인할 수 있다. 두 문헌에서 번역 순서에 차이를 보여 주는 동사류에는 動作動詞와 상태동사가 있다.

<1> 동작동사 '知'

『석보상절』 권21과 『법화경언해』 권7에서 동작동사 '알다'로 번역되는

'知'의 번역 순서에 큰 차이가 있다는 것은 동일 원문의 번역인 다음 예문들에서 잘 확인된다. 동사 '知'가 『석보상절』 권21에서는 맨 나중에 번역되고 『법화경언해』 권7에서는 맨 먼저 번역된다. 分節이 『법화경언해』 권7에서는 '當知'에서 이루어지고 『석보상절』 권21에서는 '當知是人供養釋迦牟尼佛'에서 이루어진다.

(1) a. 이 사ᄅᆞ미 釋迦牟尼佛을 供養ᄒᆞᄂᆞᆫ 고ᄃᆞᆯ 아롫디며

<釋卄一 60b>

b. 반ᄃᆞ기 알라 이 사(179b)ᄅᆞᄆᆞᆫ 釋迦牟尼佛을 供養ᄒᆞᆫ디며(當知是人은 供養釋迦牟尼佛이며) <法華七 180a>

(1) c. 이 사ᄅᆞᄆᆞᆯ 부톄 讚嘆ᄒᆞ야 됴타 ᄒᆞᄂᆞᆫ 고ᄃᆞᆯ 아롫디며

<釋卄一 60b>

d. 반ᄃᆞ기 알라 이 사ᄅᆞᄆᆞᆫ 부톄 讚歎호ᄃᆡ 善哉라 ᄒᆞᆫ디며(當知是人은 佛讚善哉며) <法華七 180a>

원문 중 '知是人供養釋迦牟尼佛'과 '知是人佛讚善哉'가 두 문헌에서 어떤 순서로 번역되는가를 보면 다음과 같다.

	知	是人	供養	釋迦牟尼佛
<釋>	4	1	3	2
<法>	1	2	4	3

	知	是人	佛	讚	善哉
<釋>	5	1	2	3	4
<法>	1	2	3	4	5

<2> 동작동사 '說'

『석보상절』 권21에서는 동작동사 '니르다'로 번역되고 『법화경언해』 권7에

서는 동작동사 '니르다'로 번역되는 '說'의 번역 순서에 차이가 있다는 것은 동일 원문의 번역인 다음 예문들에서 잘 확인된다. 원문 중 '說此陀羅尼呪'가 '니르논 이 陁羅尼呪'로도 번역되고 '이 陀羅尼呪 니르다'로도 번역된다.

(2) a. 내 니르논 이 陁羅尼呪를 드르쇼셔 ᄒᆞ시고 <釋卄一 55b>
b. 내의 이 陀羅尼呪 닐오몰 드르쇼셔 ᄒᆞ시고(聽我의 說此陀羅尼呪ᄒᆞ쇼셔 ᄒᆞ시고) <法華七 172a>

원문 중 '說此陀羅尼呪'가 두 문헌에서 어떤 순서로 번역되는가를 보면 다음과 같다.

	說	此	陀羅尼呪
<釋>	1	2	3
<法>	3	1	2

<3> 동작동사 '伺'

『석보상절』 권21에서는 동작동사 '엿보다'로 번역되고 『법화경언해』 권7에서는 동작동사 '엿다'로 번역되는 '伺'의 번역 순서에 차이가 있다는 것은 동일 원문의 번역인 다음 예문들에서 잘 확인된다. 원문 중 '伺求得其便'의 번역을 대비해 보면 『석보상절』 권21에서는 分節이 '伺'에서 이루어진다는 것을 알 수 있다.

(3) a. 내…엿봐 便을 得(51b)호ᇙ 거시 업긔 호리이다 <釋卄一 52a>
b. 내…그 便을 여서 求ᄒᆞ야 得ᄒᆞ리 업게 호리니(我ㅣ…使無伺求得其便者케 호리니) <法華七 167a>

원문 중 '伺求得其便者'가 두 문헌에서 어떤 순서로 번역되는가를 보면 다음과 같다.

	伺	求	得	其便	者
<釋>	1	(3)	4	2	5
<法>	2	3	4	1	5

<4> 동작동사 '破'

『석보상절』 권21과 『법화경언해』 권7에서 동작동사 '빼티다'로 번역되는 '破'의 번역 순서에 차이가 있다는 것은 동일 원문의 번역인 다음 예문들에서 잘 확인된다. 예문들의 대비에서 分節의 차이가 발견된다. 『법화경언해』 권7에서는 분절이 '頭破'에서 이루어진다.

(4) a. 머리를 닐굽 조가개 빼텨 <釋卄一 30b>
b. 머리를 빼텨 닐굽 조가기 밍ᄀ라(頭破作七分ᄒᆞ야)
<法華七 119b>

원문이 『석보상절』 권21과 『법화경언해』 권7에서 어떤 순서로 번역되는가를 보면 다음과 같다.

	頭	破	作	七分
<釋>	1	3	(4)	2
<法>	1	2	4	3

<5> 동작동사 '成就'

『석보상절』 권21과 『법화경언해』 권7에서 동작동사 '일우다'로 번역되는 동사 '成就'의 번역 순서에 큰 차이가 있다는 것은 동일 원문의 번역인 다음 예문들에서 잘 확인된다. 예문들의 대비에서 分節의 차이가 발견된다. 『법화경언해』 권7에서는 分節이 '成就不可思議功德'에서 이루어진다.

(5) a. ᄒᆞ마 不可思議功德과 깁고 큰 慈悲(59b)를 일워
<釋卄一 60a>

b. ᄒᆞ마 不可思議功德을 일워 기피 크게 慈悲ᄒᆞ야(已成就不可思議功德ᄒᆞ야 深大慈悲ᄒᆞ야) <法華七 179a>

원문 중 '成就不可思議功德深大慈悲'가 두 문헌에서 어떤 순서로 번역되는가를 보면 다음과 같다.

	成就	不可思議功德	深	大	慈悲
<釋>	5	1	2	3	4
<法>	2	1	3	4	5

<6> 동작동사 '令'

『석보상절』 권21에서는 동작동사 '-긔 ᄒᆞ다'로 번역되고 『법화경언해』 권7에서는 동작동사 '-게 ᄒᆞ다'로 번역되는 '令'의 번역 순서에 큰 차이가 있다는 것은 동일 원문의 번역인 다음 예문들에서 잘 확인된다. 예문들을 대비해 보면 分節 즉 끊어읽기의 차이를 발견할 수 있다. 『법화경언해』 권7에서는 分節이 '令不恐怖'에서 이루어진다.

(6) a. 두리디 아(58a)니ᄒᆞ며 모딘 길헤 ᄠᅥ디디 아니킈 ᄒᆞ샤 <釋卄一58b>

b. 두리디 아니케 ᄒᆞ샤 惡趣예 ᄠᅥ디디 아니ᄒᆞ(176b)야(令不恐怖케 ᄒᆞ샤 不墮惡趣ᄒᆞ야) <法華七 177a>

원문이 『석보상절』 권21과 『법화경언해』 권7에서 어떤 순서로 번역되는가를 보면 다음과 같다.

	令	不	恐怖	不	墮	惡趣
<釋>	6	2	1	5	4	3
<法>	3	2	1	6	5	4

<7> 상태동사 '利'

『석보상절』 권21과 『법화경언해』 권7에서 상태동사 '늘캅다'로 번역되는 '利'의 번역 순서에 차이가 있다는 것은 동일 원문의 번역인 다음 예문들에서 잘 확인된다. 分節 즉 끊어읽기가 『석보상절』 권21에서는 '利牙'에서 이루어지고 『법화경언해』 권7에서는 '利牙爪'에서 이루어진다. 따라서 상태동사 '利'의 주어는 『석보상절』 권21에서는 명사 '엄'으로 번역되는 '牙'이고 『법화경언해』 권7에서는 명사구 '엄과 톱'으로 번역되는 '牙爪'이다.

(7) a. 어미 늘카ᄫᅧ 토비 므싀엽고도 <釋卄一 4b>
b. 엄과 톱괘 늘카와 저퍼도(利牙爪可怖ㅣ라도) <法華七 90a>

원문이 『석보상절』 권21과 『법화경언해』 권7에서 어떤 순서로 번역되는가를 보면 다음과 같다.

	利	牙	爪	可怖
<釋>	2	1	3	4
<法>	3	1	2	4

<8> 상태동사 '毒'

『석보상절』 권21과 『법화경언해』 권7에서 상태동사 '毒ᄒᆞ다'로 번역되는 '毒'의 번역 순서에 차이가 있다는 것은 동일 원문의 번역인 다음 예문들에서 잘 확인된다. 원문 중 '氣毒'이 '毒ᄒᆞᆫ 氣韻'으로도 번역되고 '氣分이 毒ᄒᆞ다'로도 번역된다. 分節이 『석보상절』 권21에서는 '氣毒'에서 이루어지고 『법화경언해』 권7에서는 '氣'에서 이루어진다.

(8) a. 毒ᄒᆞᆫ 氣韻이 블 ᄀᆞᆮᄒᆞ야도 <釋卄一 4b>
b. 氣分이 毒ᄒᆞ야 니 브리 브터도(氣毒ᄒᆞ야 烟火ㅣ 然ᄒᆞ야도) <法華七 90b>

원문이 『석보상절』 권21과 『법화경언해』 권7에서 어떤 순서로 번역되는가를 보면 다음과 같다.

	氣	毒	烟	火	然
<釋>	2	1	(3)	4	5
<法>	1	2	3	4	5

3. 副詞의 번역 순서

『석보상절』 권21과 『법화경언해』 권7의 대비를 통해 부사의 번역 순서에 큰 차이가 있다는 것을 확인할 수 있다.

<1> 부사 '已'

『석보상절』 권21과 『법화경언해』 권7에서 부사 'ᄒᆞ마'로 번역되는 '已'의 번역 순서에 큰 차이가 있다는 것은 동일 원문의 번역인 다음 예문들에서 잘 확인된다. 부사 '已'가 『석보상절』 권21에서는 文頭에 번역되고 『법화경언해』 권7에서는 동사 '供養ᄒᆞ다'로 번역되는 '供養' 앞에 번역된다.

(1) a. ᄒᆞ마 六十五百千萬億 那由他 恒河沙 諸佛을 供(45b)養ᄒᆞᅀᆞ바 <釋卄一 60b>

b. 六十五百千萬億 那由他 恒河沙 諸佛을 ᄒᆞ마 아리 供養ᄒᆞᅀᆞ와(已曾供養六十五百千萬億那由他恒河沙諸佛ᄒᆞᅀᆞ와) <法華七 147a>

원문 중 '已曾供養…諸佛'이 두 문헌에서 어떤 순서로 번역되는가를 보면 다음과 같다.

	已	曾	供養…諸佛	
<釋>	1	(2)	4	3
<法>	2	3	4	1

<2> 부사 '常'

『석보상절』 권21과 『법화경언해』 권7에서 부사 '샹녜'로 번역되는 '常'의 번역 순서에 차이가 있다는 것은 동일 원문의 번역인 다음 예문들에서 잘 확인된다. 부사 '常'이 『석보상절』 권21에서는 목적어 '이 사름' 앞에 오고 『법화경언해』 권7에서는 동사 '擁護ᄒᆞ다' 앞에 온다.

(2) a. 내 몸도 샹녜(55a) 이 사ᄅᆞᄆᆞᆯ 護持호리니 <釋卄一 55b>
b. 내 모미 ᄯᅩ 이 사ᄅᆞᄆᆞᆯ 샹녜 擁護호리니(我身이 亦自常護是人호리니) <法華七 172a>

원문 중 '常護是人'이 두 문헌에서 어떤 순서로 번역되는가를 보면 다음과 같다.

	常	護	是人
<釋>	1	3	2
<法>	2	3	1

<3> 부사 '宿'

『석보상절』 권21에서는 부사어 '아래브터'로 번역되고 『법화경언해』 권7에서는 부사 '아릐'로 번역되는 '宿'의 번역 순서에 차이가 있다는 것은 동일 원문의 번역인 다음 예문들에서 잘 확인된다. 부사 '宿'이 『석보상절』 권21에서는 文頭에 번역되고 『법화경언해』 권7에서는 '심그다'로 번역되는 동사 '植' 앞에 번역된다.

(3) a. 아래브터 德 根源을 심거 <釋廿一 8a>
b. 德本ᄋᆞᆯ 아리 심거(宿植德本ᄒᆞ야) <法華七 66b>

원문이 『석보상절』 권21과 『법화경언해』 권7에서 어떤 순서로 번역되는가를 보면 다음과 같다.

	宿	植	德本
<釋>	1	3	2
<法>	2	3	1

<4> 부사 '疾'

『석보상절』 권21과 『법화경언해』 권7에서 부사 '샐리'로 번역되는 '疾'의 번역 순서에 큰 차이가 있다는 것은 동일 원문의 번역인 다음 예문들에서 잘 확인된다. '疾'이 『석보상절』 권21에서는 文頭에 번역되고 『법화경언해』 권7에서는 동작동사 'ᄃᆞᆮ다'로 번역되는 '走' 앞에 번역된다.

(4) a. 샐리 ᄀᆞᆺ 업시 ᄃᆞᄅᆞ리어며 <釋廿一 4b>
b. ᄀᆞᆺ 업슨 方애 샐리 ᄃᆞᄅᆞ며(疾走無邊方ᄒᆞ며) <法華七 90a>

원문 중 『석보상절』 권21과 『법화경언해』 권7에서 어떤 순서로 번역되는가를 보면 다음과 같다.

	疾	走	無	邊	方
<釋>	1	4	3	2	(4)
<法>	4	5	2	1	3

<5> 부사 '云何'

『석보상절』 권21과 『법화경언해』 권7에서 부사 '엇데'로 번역되는 '云何'

의 번역 순서에 차이가 있다는 것은 동일 원문의 번역인 다음 예문들에서 잘 확인된다. '云何'가 『석보상절』 권21에서는 합성동사 '노니다'로 번역되는 '遊' 앞에 번역되고 『법화경언해』 권7에서는 명사 '娑婆世界' 앞에 번역된다.

(5) a. 觀世音菩薩이 이 娑婆世界예 엇뎨 노니며 <釋卄一 9b>
b. 엇뎨 娑婆世界예 노니시며(觀世音菩薩이 云何遊此娑婆世界ᄒᆞ시며) <法華七 70b>

원문 중 '云何遊此娑婆世界'가 두 문헌에서 어떤 순서로 번역되는가를 보면 다음과 같다.

	云何	遊	此	娑婆世界
<釋>	3	4	1	2
<法>	1	4	(2)	3

<6> 부사 '遠'

『석보상절』 권21에서는 부사 '멀리'로 번역되고 『법화경언해』 권7에서는 동작동사구 '머리 ᄒᆞ다'로 번역되는 '遠'의 번역 순서에 차이가 있다는 것은 동일 원문의 번역인 다음 예문들에서 잘 확인된다. 예문들을 대비해 보면 『법화경언해』 권7에서는 分節이 '遠塵'에서 이루어진다.

(6) a. 드틀와 ᄣᅵ와ᄅᆞᆯ 머리 여희여 <釋卄一 49a>
b. 塵을 머리 ᄒᆞ며 ᄣᅵᄅᆞᆯ 여희여(遠塵離垢ᄒᆞ야) <法華七 151b>

원문이 『석보상절』 권21과 『법화경언해』 권7에서 어떤 순서로 번역되는가를 보면 다음과 같다.

	遠	塵	離	垢
<釋>	3	1	4	2
<法>	2	1	4	3

제8장 結論

지금까지 『釋譜詳節』 卷卄一과 『法華經諺解』 卷7의 飜譯 양상에 대하여 논의해 왔다. 두 문헌의 對比를 통해 확인할 수 있는 두드러진 번역 양상으로 原文의 對比, 원문의 飜譯 順序, 意譯, 語彙的 差異, 飜譯되지 않는 部分 그리고 飜譯 順序를 들 수 있다.

제2장에서는 원문의 對比가 논의된다. 『석보상절』 권21과 『법화경언해』 권7을 대비해 보면 『석보상절』 권21에는 『법화경』의 원문의 많은 부분이 번역되어 있지 않다는 것을 발견할 수 있다. 원문 중 번역되지 않는 것에는 大文과 註釋文이 있고 偈頌의 大文과 註釋文이 있으며 여러 品의 序文이 있다.

제3장에서는 原文의 飜譯 順序가 논의된다. 『석보상절』 권21과 『법화경언해』 권7을 면밀히 대비해 보면 원문의 번역 순서에 큰 차이가 있음을 발견할 수 있다. 『법화경언해』 권7은 원문의 순서대로 번역되어 있는데 『석보상절』 권21은 원문의 순서가 바뀌어서 번역되어 있다. 『석보상절』 권21에서 원문의 순서가 바뀌어 번역되어 있는 부분은 다음과 같다.

첫째로 『석보상절』 권21에서는 (1)法華七 46b-49a, (2)法華七 88a, (3)法華七 52b, (4)法華七 54a, (5)法華七 90a, (6)法華七 90b, (7)法華七 55b, (8)法華七 89a, (9)法華七 57a-57b, (10)法華七 59b의 순서로 번역되어 있다.

둘째로 『석보상절』 권21에서는 (1)法華七 80a, (2)法華七 92a, (3)法華七 80b, (4)法華七 93a, (5)法華七 94b-95a의 순서로 번역되어 있다.

셋째로 『석보상절』 권21에서는 (1)法華七 98b, (2)法華七 81b, (3)法華七 82a-82b, (4)法華七 82b-83a, (5)法華七 84a-84b, (6)法華七 99b-100a, (7)法華七 101a-101b의 순서로 번역되어 있다.

넷째로 『석보상절』 권21에서는 (1)法華七 103a-103b, (2)法華七103b-104a, (3)法華七 39b-40b, (4)法華七 107b-108a, (5)法華七 109b-110a, (6)法華七 106a-106b, (7)法華七 110b-111b, (8)法華七 111b-112a의 순서로 번역되어 있다.

제4장에서는 意譯이 논의된다. 『석보상절』 권21과 『법화경언해』 권7을 대조 비교해 보면 『석보상절』 권21에 意譯되어 있는 부분이 많이 있다는 것을 알 수 있다. 첫째는 名詞類가 의역되고 둘째는 動詞類가 의역되고 셋째는 節이 의역된다.

첫째로 『석보상절』 권21과 『법화경언해』 권7을 대조 비교해 보면 名詞類가 『석보상절』 권21에서는 意譯되고 『법화경언해』 권7에서는 直譯된다는 것을 알 수 있다. 의역되는 名詞類에는 名詞와 名詞句가 있다.

『법화경언해』 권7에서 직역되는 명사가 『석보상절』 권21에서는 名詞句, 動作動詞 및 狀態動詞로 의역된다.

『법화경언해』 권7에서 직역되는 명사구가 『석보상절』 권21에서는 名詞, 명사구 및 동작동사구로 의역된다.

둘째로 『석보상절』 권21과 『법화경언해』 권7의 對比를 통해 動詞類가 『석보상절』 권21에서는 의역되고 『법화경언해』 권7에서는 직역된다는 것을 알 수 있다. 의역되는 동사류에는 動作動詞와 동작동사구가 있고 상태동사와 상태동사구가 있다.

『법화경언해』 권7에서 직역되는 동작동사가 『석보상절』 권21에서는 동작동사로 의역된다.

『법화경언해』 권7에서 직역되는 동작동사구가 『석보상절』 권21에서는 動作動詞, 동작동사구, 狀態動詞, 명사구 그리고 副詞로 의역된다.

『법화경언해』 권7에서 직역된다는 상태동사가 『석보상절』 권21에서는 상태동사구, 동작동사구 및 명사구로 의역된다.

『법화경언해』 권7에서 직역되는 상태동사구가 『석보상절』 권21에서는 상태동사로 의역된다.

셋째로 『석보상절』 권21과 『법화경언해』 권7을 대조 비교해 보면 『법화경언해』 권7에서는 節로 직역되는 것이 『석보상절』 권21에서는 意譯된다는 것을 알 수 있다.

제5장에서는 語彙的 差異가 논의된다. 어휘적 차이는 동일한 漢字와 漢

字句가 『석보상절』 권21과 『법화경언해』 권7에서 相異하게 번역되는 경우이다. 이 차이는 여러 가지 유형으로 분류하여 고찰할 수 있다.

첫째로 동일한 漢字와 한자구가 『석보상절』 권21에서 名詞類로 번역되고 『법화경언해』 권7에서는 명사류로 번역된다. 명사류에는 명사와 명사구가 있다.

둘째로 동일한 漢字와 한자구가 『석보상절』 권21에서는 名詞로 번역되고 『법화경언해』 권7에서는 動詞類로 번역된다. 동사류에는 동작동사, 동작동사구 및 상태동사구가 있다.

셋째로 동일한 漢字와 한자구가 『석보상절』 권21에서는 動詞類로 번역되고 『법화경언해』 권7에서는 動詞類로 번역된다. 『석보상절』 권21의 동사류에는 동작동사, 상태동사 및 상태동사구가 있고 『법화경언해』의 동사류에는 동작동사, 상태동사, 상태동사구 그리고 계사가 있다.

넷째로 동일한 漢字와 한자구가 『석보상절』 권21에서는 動詞類로 번역되고 『법화경언해』 권7에서는 名詞類로 번역된다. 동사류에는 동작동사, 동작동사구, 상태동사 및 상태동사구가 있고 명사류에는 명사와 명사구가 있다.

다섯째로 동일한 漢字와 한자구가 『석보상절』 권21에서는 동사류로 번역되고 『법화경언해』 권7에서는 부사류로 번역된다. 『석보상절』 권21의 동사류에는 동작동사, 동작동사구 및 상태동사가 있다. 『법화경언해』 권7의 부사류에는 부사와 부사어가 있다.

여섯째로 동일한 漢字句가 『석보상절』 권21에서는 동작동사로 번역되고 『법화경언해』 권7에서는 節로 번역된다.

일곱째로 동일한 漢字가 『석보상절』 권21에서는 부사로 번역되고 『법화경언해』 권7에서는 부사류로 번역된다. 『法華經諺解』 권7의 부사류에는 부사와 부사어가 있다.

여덟째로 동일한 漢字와 한자구가 『석보상절』 권21에서는 부사류로 번역되고 『법화경언해』 권7에서는 동작동사구로 번역된다. 『석보상절』 권21의 부사류에는 부사와 부사구가 있다.

아홉째로 동일한 漢字가 『석보상절』 권21에서 관형사로 번역되고 『법화경언해』 권7에서 관형사로 번역된다.

열째로 동일한 漢字가 『석보상절』 권21에서는 관형사로 번역되고 『법화경언해』 권7에서는 명사구로 번역된다.

열한째로 동일한 漢字句가 『석보상절』 권21에서는 관형사로 번역되고 『법화경언해』 권7에서는 상태동사구로 번역된다.

열두째로 동일한 漢字가 『석보상절』 권21에서는 복수접미사로 번역되고 『법화경언해』 권7에서는 관형사로 번역된다.

열셋째로 동일한 한자구가 『석보상절』 권21에서는 節로 번역되고 『법화경언해』 권7에서는 상태동사로 번역된다. 『석보상절』 권21에서 節로 번역되고 『법화경언해』 권7에서 상태동사로 번역되는 것에는 '有罪'가 있다.

제6장에서는 飜譯되지 않는 部分이 논의된다. 『석보상절』 권21과 『법화경언해』 권7을 비교해 보면 『법화경언해』 권7의 일부분이 『석보상절』 권21에서 번역되지 않는다는 사실을 발견할 수 있다. 부분적으로 번역되지 않는 것에는 名詞類를 비롯하여 動詞類, 副詞類 및 冠形詞가 있다.

첫째로 『석보상절』 권21에서는 번역되지 않고 『법화경언해』 권7에서는 번역되는 名詞類에는 名詞, 名詞句 및 代名詞가 있다.

둘째로 『석보상절』 권21에서는 번역되지 않고 『법화경언해』 권7에서는 번역되는 동사류에는 動作動詞, 動作動詞句 및 狀態動詞가 있다.

『석보상절』 권21에서는 번역되지 않고 『법화경언해』 권7에서는 번역되는 動作動詞에는 '爲'를 비롯하여 '知', '聽', '作', '得', '求', '言', '謂', '侍', '侵', '慰', '伺', '惑', '由', '尋', '墮', '震', '到', '化' 그리고 '乃至'가 있다.

『석보상절』 권21에서는 번역되지 않고 『법화경언해』 권7에서는 번역되는 동작동사구에는 '恭敬圍遶'와 '變亂'이 있다.

『석보상절』 권21에서는 번역되지 않고 『법화경언해』 권7에서는 번역되는 상태동사에는 '有', '異', '淨' 그리고 '急'이 있다.

셋째로 『석보상절』 권21에서는 번역되지 않고 『법화경언해』 권7에서는 번역되는 부사류에는 부사와 副詞語句가 있다. 번역되지 않는 부사에는 時間副詞, 樣態副詞, 當爲의 話法副詞, 可能의 화법부사, 條件의 화법부사, 限定의 화법부사 그리고 副詞語句가 있다.

『석보상절』 권21에서는 번역되지 않고 『법화경언해』 권7에서는 번역되는 時間副詞에는 '卽', '曾', '復', '亦' 그리고 '又'가 있다.

『석보상절』 권21에서는 번역되지 않고 『법화경언해』 권7에서는 번역되는 樣態副詞에는 '廣', '甚', '了', '唐', '豈', '精' 그리고 '相'이 있다.

『석보상절』 권21에서는 번역되지 않고 『법화경언해』 권7에서는 번역되는 當爲의 話法副詞에는 '當', '應' 그리고 '應當'이 있다.

『석보상절』 권21에서는 번역되지 않고 『법화경언해』 권7에서는 번역되는 可能의 話法副詞에는 '能', '得' 그리고 '可'가 있다.

『석보상절』 권21에서는 번역되지 않고 『법화경언해』 권7에서는 번역되는 條件의 話法副詞에는 '若', '設', '或', '設' 그리고 '假使'가 있다.

『석보상절』 권21에서는 번역되지 않고 『법화경언해』 권7에서는 번역되는 限定의 話法副詞에는 '卽', '但', '特', '皆', '共' 그리고 '俱'가 있다.

『석보상절』 권21에서는 번역되지 않고 『법화경언해』 권7에서는 번역되는 副詞語句에는 '是故'와 '於法華經'이 있다.

넷째로 『석보상절』 권21에서는 번역되지 않고 『법화경언해』 권7에서는 번역되는 관형사에는 '此', '是', '其' 그리고 '彼'가 있다.

다섯째로 『석보상절』 권21에서는 번역되지 않고 『법화경언해』 권7에서는 번역되는 節이 있다. '我是弟子'가 『석보상절』 권21에서는 번역되지 않고 『법화경언해』 권7에서는 절로 번역된다.

제7장에서는 飜譯 順序가 논의된다. 번역 순서에 큰 차이가 있다는 사실은 『석보상절』 권21과 『법화경언해』 권7의 對比를 통해 명백히 확인된다. 두 문헌에서 번역 순서에 차이를 보여 주는 것으로 名詞, 動詞類 및 副詞가 있다.

첫째로 『석보상절』 권21과 『법화경언해』 권7의 대비를 통해 명사의 번역 순서에 큰 차이가 있다는 것을 확인할 수 있다. 번역 순서에 큰 차이를 주는 명사에는 '觀世音菩薩', '鬼子母', '大千', '高' 그리고 '行'이 있다.

둘째로 『석보상절』 권21과 『법화경언해』 권7의 대비를 통해 동사류의 번역 순서에 큰 차이가 있다는 것을 확인할 수 있다. 두 문헌에서 번역 순서에 차이를 보여 주는 동사류에는 動作動詞와 상태동사가 있다. 번역 순서에 큰 차이를 보여 주는 동사류에는 '知', '說', '伺', '破', '成就', '令', '利' 그리고 '毒'이 있다.

셋째로 『석보상절』 권21과 『법화경언해』 권7의 대비를 통해 부사의 번역 순서에 큰 차이가 있다는 것을 확인할 수 있다. 번역 순서에 큰 차이를 보여 주는 부사에는 '已', '常', '宿', '疾', '云何' 그리고 '遠'이 있다.

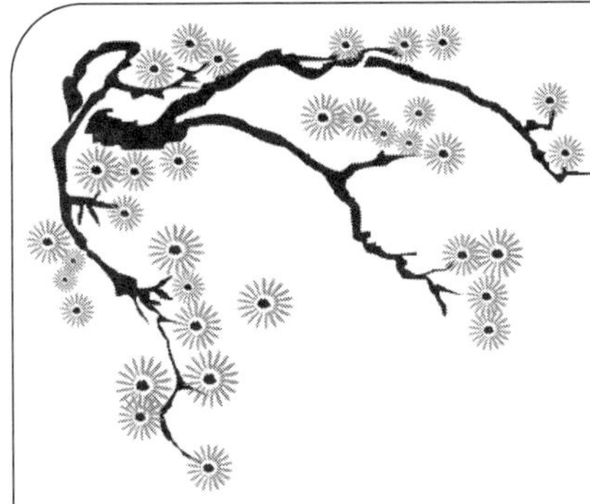

제 2 편

『月印釋譜』 卷十三과 『法華經諺解』의 飜譯 研究

제1장 序論

1. 研究 目的과 範圍

이 논문은 『月印釋譜』 卷十三(1459)과 『法華經諺解』(1463)의 飜譯을 두 文獻의 對比를 통해 實證的으로 밝혀 보려는 데 그 目的이 있다.

『月印釋譜』 卷十三과 『法華經諺解』의 飜譯 様相은 두 文獻의 對比 研究에서 克明하게 밝혀질 수 있다. 그것은 두 문헌이 동일한 底本인 『法華經』을 기초로 하고 있기 때문이다. 두 문헌의 번역 양상은 原文의 對比, 意譯, 語彙的 差異, 飜譯되지 않는 部分, 飜譯 順序 및 文法的 差異로 大別하여 고찰할 수 있다.

『月印釋譜』는 『月印千江之曲』(1449)과 『釋譜詳節』(1447)의 合編으로 15세기 국어를 연구하는 데 귀중한 자료이며 그 質과 量에 있어서 다른 자료들의 추종을 불허한다.

『月印釋譜』의 상당 부분 즉 卷 11, 12, 13, 14, 15, 17,18 및 19는 『法華經諺解』와 內容上 同一하다. 그것은 두 문헌이 동일한 底本인 『法華經』의 번역이기 때문이다. 이 논문이 研究 對象으로 하는 『月印釋譜』 卷十三에 해당되는 『法華經諺解』 부분은 信解品 第四, 藥草喩品 第五 및 授記品 第六이다.

『월인석보』와 『법화경언해』가 內容上 일치한다는 것은 <표 1>을 통해 확실히 알 수 있다.

<표 1>『월인석보』와『법화경언해』의 대비

月印釋譜	法華經諺解	비고
권11	1.序品, 2.方便品	釋譜詳節 권13은 法華經諺解와 내용이 같다.
권12	3.譬喩品	
권13	4.信解品, 5.藥草喩品, 6.授記品	
권14	7.化城喩品	
권15	8.五百弟子授記品, 9.授學無學人記品, 10.法師品, 11.見寶塔品	
권17	16.如來壽量品, 17.分別功德品, 18.隨喜功德品, 19.法師功德品, 20.常不輕菩薩品	釋譜詳節 권19는 法華經諺解의 18.隨喜功德品부터 21.如來神力品과 내용이 같다.
권18	21.如來神力品, 22.囑累品 23.藥王菩薩本事品, 24.妙音菩薩品	釋譜詳節 권20은 法華經諺解 22.囑累品부터 24.妙音菩薩品과 내용이 같다.
권19	25.觀世音菩薩普門品, 26.陀羅尼品, 27.妙莊嚴王本事品, 28.普賢菩薩勸發品	釋譜詳節 권21은 法華經諺解와 내용이 같다.

2. 先行 研究

『月印釋譜』와『법화경언해』의 번역을 대비 연구한 논저로 南星祐(1993), 南星祐(1996), 朴瞬緖(1998) 및 權和淑(2003)이 있다. 南星祐(1993)는『月印釋譜』와『법화경언해』의 번역 양상을 고찰하고 있다. 南星祐(1996)는『월인석보』권13과『법화경언해』의 번역을 두 문헌의 對比를 통해 연구한 것이다. 朴瞬緖(1998)는『월인석보』권12와『법화경언해』의 번역을 두 문헌의 대비를 통해 연구한 것이다. 權和淑(2003)은『월인석보』권15와『법화경언해』의 번역을 두 문헌의 대비를 통해 연구한 것이다.

제2장 原文의 對比

『월인석보』 권13과 『법화경언해』를 대비해 보면 『월인석보』 권13에는 『법화경언해』의 원문의 상당 부분이 번역되어 있지 않다는 것을 발견할 수 있다. 원문 중 번역되지 않는 것에는 첫째로 大文의 註釋文이 있고 둘째로 偈頌의 大文과 註釋文이 있다. 註釋이 『월인석보』에만 있는 것이 있고 『법화경언해』에만 있는 것이 있다.

1. 大文의 註釋文

『월인석보』 권13에 번역되어 있지 않은 『법화경언해』의 大文의 註釋文은 다음과 같다.

(1) 信解品 第四 "偏右肉袒은 示降志尊法이오 右膝虔跪ᄂᆞᆫ 示屈節致欽也ㅣ라 袒跪ᄂᆞᆫ 不唯西竺之禮라 此方春秋에 鄭伯이 肉袒降楚ᄒᆞ야 示爲臣僕하며 及禱則跪爐ᄒᆞ고 祭則跪奠이 皆致欽也ㅣ라 白佛巳下ᄂᆞᆫ 欽其早躭小乘ᄒᆞ다가 晩聞大道之意ᄒᆞ니 此ᄂᆞᆫ 總標ㅣ오 下ᄂᆞᆫ 自釋이라 <法華二 178a>"

(2) 信解品 第四 "以疲懈故로 但念小乘空法ᄒᆞ고 不復求(179a)進也ᄒᆞ니라 <法華二 179b>"

(3) 信解品 第四 "釋上之失이 爲滯小故ㄴ둘 ᄒᆞ니라 <法華二 181a>"

(4) 信解品 第四 "商은 以遷有資無ㅣ오 賈ᄂᆞᆫ 以覆藏(186b) 待價ㅣ니 商估ᄂᆞᆫ 猶商人也ㅣ라 <法華二 187a>"

(5) 信解品 第四 "內音은 納이니 或出或納也(196a)ㅣ라 <法華二 196b>"

(6) 信解品 第四 "如所謂已陳芻狗也ㅣ라 <法華二 212a>"

(7) 信解品 第四 "上은 皆譬設權ᄒᆞ니라 <法華二 213b>"

(8) 信解品 第四 "上은 總喩昔失ᄒᆞ니라 <法華二 219b>"

(9) 信解品 第四 "結喩今得也ᄒᆞ니라 <法華二 226b>"

(10) 信解品 第四 "須菩提ᄂᆞᆫ 眞佛子ㅣ언마ᄅᆞᆫ 爲合譬故로 言似(227a) ᄒᆞ니라 <法華二227b>"

(11) 信解品 第四 "觀今說一ᄒᆞᅀᆞᆸ고 視昔彈偏ᄒᆞᅀᆞ오니 足知佛心이 本以大化ㅣ샷다 <法華二 232b>"

(12) 信解品 第四 "結慶今得也ᄒᆞ니라 <法華二 233a>"

2. 偈頌

『월인석보』 권13과 『법화경언해』의 對比를 통해 『법화경언해』의 偈頌의 大文과 註釋文이 번역되어 있지 않다는 것을 발견할 수 있다.

2.1. 偈頌의 大文

『월인석보』 권13에 번역되어 있지 않는『법화경언해』의 偈頌의 大文은 다음과 같다.

(1) 授記品 第六 “爾時世尊이 欲重宣此義ᄒᆞ샤 而說偈言ᄒᆞ샤ᄃᆡ 告諸比丘ᄒᆞ노니 我以佛眼으로 見是迦葉ᄒᆞ노니 於未來世예 過無數劫ᄒᆞ야 當得作佛ᄒᆞ리니 而於來世예 供餐奉觀三百萬億諸佛世尊ᄒᆞ야 爲佛智慧ᄒᆞ야 淨脩梵行ᄒᆞ야 供養最上二足尊(61a)已ᄒᆞ고 脩習一切無上之慧ᄒᆞ야 於最後身에 得成爲佛ᄒᆞ리니 其土ㅣ 淸淨ᄒᆞ야 琉璃爲地ᄒᆞ고 多諸寶樹ㅣ 行列道側ᄒᆞ고 金繩으로 界道ᄒᆞ야 見者ㅣ 歡喜ᄒᆞ며 常出好香ᄒᆞ며 散衆名華ᄒᆞ야 種種奇妙로 以爲莊嚴ᄒᆞ며 其地平正ᄒᆞ야 無有丘坑ᄒᆞ며 諸菩薩衆이 不可稱計리니 其心이 調柔ᄒᆞ야 逮大神通ᄒᆞ야 奉持諸佛ㅅ 大乘經典ᄒᆞ며 諸聲聞衆無漏後身과 法王之子도 亦不可計라 乃以天眼으로도 不能數知ᄒᆞ리라(61b) 其佛當壽ᄂᆞᆫ 十二小劫이오 正法住世ᄂᆞᆫ 二十小劫이오 像法도 亦住二十小劫이리니 光明世尊이 其事ㅣ 如是ᄒᆞ리라 <法華三 62a>”

(2) 授記品 第六 “大雄猛世尊이 諸釋之法王이시니 哀愍我等(64a)故로 而賜不音聲ᄒᆞ시니 若知我深心ᄒᆞ샤 見爲授記者ㅣ시면 如以甘露洒ᄒᆞ야 除熱得淸凉ᄐᆞᆺ ᄒᆞ리로소이다 <法華三 64b>”

(3) 授記品 第六 “如從飢國來ᄒᆞ야 忽遇大王饍ᄒᆞ야 心猶懷疑懼ᄒᆞ야 未敢卽便食ᄒᆞ다가 若復得王教ᄒᆞ면 然後에ᅀᅡ 乃敢食ᄐᆞᆺ ᄒᆞ야 <法華三 65a>”

(4) 授記品 第六 “我等도 亦如是ᄒᆞ야 每惟小乘過ᄒᆞ야 不知當云(65a)何ᄒᆞ야ᅀᅡ 得佛無上慧ᄒᆞ다니 雖聞不音聲이 言我等作佛ᄒᆞᅀᆞ오나 心尙懷憂懼ᄒᆞ야 如未敢便食ᄐᆞᆺ 호니 若蒙佛授記ᄒᆞᅀᆞ오면 爾乃快

安樂ᄒᆞ리로소이다 <法華三 65b>"

(5) 授記品 第六 "大雄猛世尊이 常欲安世間ᄒᆞ시ᄂᆞ니 願賜我等記하쇼셔 如飢ㅣ 須教食ᄃᆞᆺ 호이다 <法華三 66a>"

(6) 授記品 第六 "爾時世尊이 欲重宣此義ᄒᆞ샤 而說偈言ᄒᆞ샤ᄃᆡ 請比丘衆아 今告汝等ᄒᆞ노니 皆當一心으로 聽我而說ᄒᆞ라 我大弟子須菩提者ᄂᆞᆫ 當(69a)得作佛ᄒᆞ야 號日名相이리니 當供無數萬億諸佛ᄒᆞ야 隨佛所行ᄒᆞ야 漸具大道ᄒᆞ야 最後身에 得三十二相ᄒᆞ야 端正姝妙ㅣ 猶如寶山ᄒᆞ리니 其佛國土ㅣ 嚴淨第一이라 衆生見者ㅣ 無不愛樂ㅣ어든 佛於其中에 度無量衆ᄒᆞ리라 其佛法中에 多諸菩薩호ᄃᆡ 皆悉利根이라 轉不退輪ᄒᆞ리니 彼國이 常以菩薩로 莊嚴ᄒᆞ리라 諸聲聞衆도 不可稱數ㅣ리니 皆得三明ᄒᆞ며 具六神通ᄒᆞ며 住八解脫ᄒᆞ야 有大威德ᄒᆞ리라(69b) 其佛이 說法호ᄃᆡ 現於無量神通變化不可思議어든 諸天人民數如恒沙ㅣ 皆共合掌ᄒᆞ야 聽受佛語ᄒᆞ리라(70a)其佛當壽ᄂᆞᆫ 十二小劫이오 正法住世ᄂᆞᆫ 二十小劫이오 像法도 亦住二十小劫이리라 <法華三 70b>"

(7) 授記品 第六 "爾時世尊이 欲重宣此義ᄒᆞ샤 而說偈言ᄒᆞ샤ᄃᆡ 諸比丘衆아 皆一心으로 聽ᄒᆞ라 如我所說은 眞實無異ᄒᆞ니 是迦旃延은 當以種種妙好供具로 供養諸佛ᄒᆞ다가 諸佛滅後에 起七寶塔ᄒᆞ고 亦以華香으로 供養舍利ᄒᆞ며 其(73b)最後身에 得佛智慧ᄒᆞ야 成等正覺ᄒᆞ리니 國土ㅣ 清淨ᄒᆞ며 度說無量萬億衆生ᄒᆞ야 皆爲十方之所供養이며 佛之光明이 無能勝者ᄒᆞ리니 其佛號日 閻浮金光이오 菩薩聲聞이 斷一切有ᄒᆞ니돌히 無量無數ᄒᆞ야 莊嚴其國ᄒᆞ리라 <法華三 74a>"

(8) 授記品 第六 "爾時世尊이 欲重宣此義ᄒᆞ샤 而說偈言ᄒᆞ샤ᄃᆡ 我此弟子大目犍連은 捨是身已ᄒᆞ고 得見八千二百萬億諸佛世尊ᄒᆞ야 爲佛道故로 供養恭敬ᄒᆞ야 於諸佛所애 常脩梵行ᄒᆞ야 於無量劫

에 奉持佛法ᄒᆞ다가 諸佛滅後에 起七寶塔호ᄃᆡ 長表金刹ᄒᆞ고 華香伎樂으로 而以供養諸佛塔廟ᄒᆞ며 漸漸具足菩薩道已ᄒᆞ야 於意樂國에 而得(79a)作佛ᄒᆞ야 號ㅣ 多摩羅栴檀之香이리니 其佛壽命은 二十四劫이리니 常爲天人ᄒᆞ야 演說佛道ᄒᆞ여 聲聞이 無量ᄒᆞ야 如恒河沙ᄒᆞ니돌히 三明六通ᄒᆞ야 有大威德ᄒᆞ며 菩薩도 無數ᄒᆞ야 志固精進ᄒᆞ야 於佛智慧예 皆佛退轉ᄒᆞ리라 佛滅度後에 正法은 當住四十小劫ᄒᆞ고 像法도 亦爾ᄒᆞ리라 我諸弟子ㅣ 威德이 具足ᄒᆞ니돌히 其數ㅣ 五百이니 皆當授記호ᄃᆡ 於未來世예 咸得成佛이라 ᄒᆞ노라(79b) 我及汝等의 宿世因緣을 吾今當說호리니 汝等이 善聽ᄒᆞ라 <法華三 80a>"

2.2. 偈頌의 註釋文

『월인석보』 권13에 번역되어 있지 않는『법화경언해』의 偈頌의 註釋文은 다음과 같다.

(1) 授記品 第六 "頌이 應長行ᄒᆞ시니 可明이니라 其心調柔ᄂᆞᆫ(62a) 言慈悲之至也ㅣ시고 逮大神通은 言應化ㅣ 不測也ㅣ시니 逮ᄂᆞᆫ 及也ㅣ라 大神通者ᄂᆞᆫ 不爲而應ᄒᆞ시며 不慮而遍ᄒᆞ샤 異於小聖也ㅣ라 無漏後身은 卽聲聞果體오 法王之子ᄂᆞᆫ 卽大心聲聞也ㅣ라 <法華三 63a>"

(2) 授記品 第六 "初四句ᄂᆞᆫ 讚謝法喻之賜ᄒᆞᅀᆞᆸ고 其次ᄂᆞᆫ 請記求益也ᄒᆞ니라 <法華三 64b>"

(3) 授記品 第六 "此애 設譬ᄒᆞ고 下애 自釋ᄒᆞ니라 <法華三 65a>"

(4) 授記品 第六 "每惟小乘過ᄂᆞᆫ 所謂如從飢國來也ㅣ라 言我等作佛은 所謂忽遇大王饍也 ㅣ라 <法華三 66a>"

(5) 授記品 第六 "結請也 <法華三 66a>"

(6) 授記品 第六 "須菩提 ㅣ 於靈山勝集에 居僧之首ᄒᆞ며 於般若大慧예 解空第一이라 其道德功行이 疑若亞聖호ᄃᆡ 而記果ㅣ 猶當供無數佛ᄒᆞᅀᆞ와 隨佛所行ᄒᆞᅀᆞ와ᅀᅡ 而漸具大道者ᄂᆞᆫ 爲小乘은 但念無相ᄒᆞ고 不脩大行홀ᄊᆡ 雖經多劫ᄒᆞ야도 不成正覺ᄒᆞᄂᆞ니 故로 須發菩提大心ᄒᆞ야 具菩薩大道ᄒᆞᆫ 然後애ᅀᅡ 成佛也ㅣ니라 人(71b)民이 合掌ᄒᆞ야 聽受佛語ᄂᆞᆫ 言皆篤信樂善ᄒᆞ야 無薄俗也 ㅣ시니라 <法華三 72a>"

(7) 授記品 第六 "閻浮那提金은 紫艶이 無比ᄒᆞ니 旃延果體金色이 如之ᄒᆞ니 由旃延이 論義第一이라 理性이 精瑩ᄒᆞ며 又緣過去에 勤掃佛地ᄒᆞ야 資成嚴淨之果也ㅣ니라 斷一切有者ᄂᆞᆫ 理極情忘ᄒᆞ야 纖塵도 不立홀ᄊᆡ니 言其證道ㅣ 精(75b)徹이언뎡 非謂捨有之無也 ㅣ라 <法華三 76a>"

(8) 授記品 第六 "長表金刹者ᄂᆞᆫ 刹은 具云掣多羅ㅣ니 謂(80b)塔上앳 覆鉢柱ㅣ니 爲塔之表故로 名表刹이니 以金爲之ᄒᆞᄂᆞ니라 其塔高ㅣ 千由旬이면 則表之長을 可知也ㅣ로다 目連記頌이 至像法亦尒之句ᄒᆞ샤 已終ᄒᆞ시고 從我諸弟子威德具之巳下ᄂᆞᆫ 卽許五百記ᄒᆞ시며 及開第三周說之端이시니라 <法華三 81a>"

3. 註釋

註釋은 크게 둘로 나누어 고찰할 수 있다. 첫째는『法華經諺解』에는 없고『월인석보』권13에만 부연되어 있는 주석이다. 둘째는『월인석보』권13에는 없고『법화경언해』에만 부연되어 있는 주석이다.

3.1.『월인석보』권13에만 있는 註釋

『法華經諺解』에는 없고『월인석보』권13에만 부연되어 있는 註釋 부분은 다음과 같다.

(1) 信解品 第四에 없는 "作온 지슬 씨라 <月十三 4b>"

(2) 信解品 第四에 없는 "假애 나 物을 化ᄒᆞ야 世間애 노뇨미 아히 노ᄅᆞᆺ ᄀᆞᆮᄒᆞᆯᄊᆡ 遊戲라 ᄒᆞ니 遊는 노닐 씨오 戲는 노ᄅᆞ시라 <月十三 4b>"

(3) 信解品 第四에 없는 "慶幸은 慶賀ᄒᆞ야 幸히 너길 씨라 <月十三 6a>"

(4) 信解品 第四에 없는 "商估는 당시오 賈客은 흥졍바지라 <月十三 8a>"

(5) 信解品 第四에 없는 "覺皇온 아ᄅᆞ시는 皇帝라 혼 마리니 부텨를 술ᄫᆞ니라 <月十三 8a>"

(6) 信解品 第四에 없는 "五乘온 聲聞 緣覺 菩薩 人天이라 <月十三 9a>"

(7) 信解品 第四에 없는 "澤온 恩澤이라 <月十三 9a>"

(8) 信解品 第四에 없는 "吏는 官員이오 民온 百姓이오 僮온 겨집죵이오 僕은 남진죵이라 <月十三 12a>"

(9) 信解品 第四에 없는 "王等은 王의 아ᅀᆞ미라 <月十三 12b>"

(10) 信解品 第四에 없는 "纖은 ᄀᆞᄂᆞᆯ 씨라 <月十三 13b>"

(11) 信解品 第四에 없는 "五位ᄂᆞᆫ 十住 十行 十向 等覺이라 <月十三 16a>"

(12) 信解品 第四에 없는 "華嚴에 닐오ᄃᆡ 衆生ᄃᆞᆯ히 色聲香味觸애 그 內예 五百煩惱ㅣ ᄀᆞ초 잇고 그 外예 ᄯᅩ 五百煩惱ㅣ 잇ᄂᆞ니 貪行 하니 二萬一千이오 嗔行 하니 二萬一千이오 癡行 하니 二萬一千이오 等分行이 二萬一千이라 ᄒᆞ야ᄂᆞᆯ 注에 닐오ᄃᆡ 煩惱根本이 열히 잇ᄂᆞ니 ᄒᆞᆫ 惑力에 ᄯᅩ 各各 열히 이셔 一百이 ᄃᆞ외오 九品에 ᄂᆞᆫ호오ᄃᆡ 上品은 重ᄒᆞᆯᄊᆡ 세히오 中下(17b)ᄂᆞᆫ 輕ᄒᆞᆯᄊᆡ 各各 ᄒᆞᆫ 品이니 다ᄉᆞᆺ 品이 各各 一百이면 五百이 ᄃᆞ외리라 ᄯᅩ 저와 ᄂᆞᆷ과 內外境에 니ᄂᆞ니 제 五塵ᄋᆞᆯ 內라 일훔 지코 ᄂᆞᄆᆡ 五塵ᄋᆞᆯ 外라 일훔 지ᄒᆞ니 塵마다 各各 五百이 이셔 五千이 ᄃᆞ외오 各別히 四諦ᄅᆞᆯ 迷ᄒᆞ면 二萬이 ᄃᆞ외오 ᄆᆡᆫ 一千 어울우면 二萬一千이니 三毒과 等分에 마키면 八萬四千煩惱ㅣ라 等分은 三毒分數ㅣ 等ᄒᆞᆯ 씨라 <月十三 18a>"

(13) 信解品 第四에 없는 "豪ᄂᆞᆫ 어딜 씨라 <月十三 19a>"

(14) 信解品 第四에 없는 "資粮ᄋᆞᆫ 資生ᄒᆞᄂᆞᆫ 粮食이라 <月十三 20a>"

(15) 信解品 第四에 없는 "嚴飾은 싁싀기 ᄭᅮ밀 씨라 <月十三 21b>"

(16) 信解品 第四에 없는 "苦集은 世間法이니 苦ᄅᆞᆯ 아라 集을 그츠니 果 몬져 ᄒᆞ고 버거 因호미오 滅道ᄂᆞᆫ 出世間法이니 滅ᄋᆞᆯ 爲ᄒᆞ야 道ᄅᆞᆯ 닷ᄀᆞ니 ᄯᅩ 果 몬져 ᄒᆞ고 버거 因호미라 <月十三 22b>"

(17) 信解品 第四에 없는 "要ᄂᆞᆫ 조ᅀᆞᄅᆞᄫᆡᆯ 씨니 몰리라 ᄒᆞᄃᆞᆺᄒᆞᆫ 마리라 <月十三 23a>"

(18) 信解品 第四에 없는 "厚는 두터볼 씨라 <月十三 23b>"

(19) 信解品 第四에 없는 "預流는 聖人ㅅ 주비예 參預타 혼 마리니 須陁洹果ㅣ라 <月十三 24a>"

(20) 信解品 第四에 없는 "資粮ᄋᆞᆫ 三賢位라 <月十三 24a>"

(21) 信解品 第四에 없는 "適中은 기우디 아니ᄒᆞ야 가온ᄃᆡ 마ᄌᆞᆯ 씨라 <月十三 24b>"

(22) 信解品 第四에 없는 "客은 손이라 <月十三 25b>"

(23) 信解品 第四에 없는 "體信ᄋᆞᆫ 오로 信ᄒᆞᆯ 씨라 <月十三 26a>"

(24) 信解品 第四에 없는 "名은 일후미라 <月十三 27a>"

(25) 信解品 第四에 없는 "戲論ᄋᆞᆫ 롱담 論議이라 <月十三 33b>"

(26) 信解品 第四에 없는 "染은 더러볼 씨라 <月十三 34b>"

(27) 藥草喩品 第五에 없는 "ᄒᆞ나ᄒᆞᆫ 自性身이니 諸如來ㅅ 眞淨法界니 受用과 變化왜 平等히 브튼 배시니 相ᄋᆞᆯ 여희여 괴외ᄒᆞ야 여러 가짓 롱담앳 議論이 그처 ᄀᆞᆺ 업슨 眞實ㅅ 功德이 ᄀᆞᄌᆞ시니 이 一切法이 平等ᄒᆞᆫ 實性이니 곧 이 自性(39a)이며 또 일후미 法身이시니라 둘흔 受用身이니 이 두 가지 잇ᄂᆞ니 ᄒᆞ나ᄒᆞᆫ 諸如來 세 無數劫에 無量福德資粮ᄋᆞᆯ 닷가 니기샤 니르와ᄃᆞ샨 ᄀᆞᆺ 업슨 眞實ㅅ 功德이시니 또 ᄀᆞ장 두려비 조호미 샹녜 色身에 ᄀᆞ독ᄒᆞ야 서르 니ᅀᅥ 몯가 未來ㅅ ᄀᆞᅀᅵ 다ᄋᆞᄃᆞ록 샹녜 ᄌᆞ개 廣大法樂ᄋᆞᆯ 受用ᄒᆞ실 씨오 둘흔 他受用身이니 平等智ᄅᆞᆯ 브터 妙淨功德身ᄋᆞᆯ 뵈샤 純히 조ᄒᆞᆫ ᄯᅡ해(39b) 사ᄅᆞ샤 十地예 住ᄒᆞᆫ 菩薩 爲ᄒᆞ샤 큰 神

通 나토샤 正法輪을 轉ᄒᆞ샤 한 사ᄅᆞ미 疑心 그므를 決斷ᄒᆞ샤 뎌 大乘法樂ᄋᆞᆯ 受用킈 ᄒᆞ실 씨니 이 두 모ᄆᆞᆯ 어울워 일후믈 報身이시다 ᄒᆞᄂᆞ니라 세ᄒᆞᆫ 變化身이니 諸如來成事智ᄅᆞᆯ 브터 [成事ᄂᆞᆫ 일 일울 씨라] 變ᄒᆞ야 나토샤미 그지 업스샤 類ᄅᆞᆯ 조차 化身ᄒᆞ샤 조ᄒᆞ며 더(40a)러본 ᄯᅡ해 사ᄅᆞ샤 未來옛 地예 오ᄅᆞᆫ 菩薩와 二乘과 다ᄅᆞᆫ 生ᄋᆞᆯ 爲ᄒᆞ샤 뎌 機의 맛당호매 마초 神通 나토아 說法ᄒᆞ시ᄂᆞ니 應身에 나ᅀᅡ가 變化ᄅᆞᆯ 여러 내시면 네 모미 ᄃᆞ외시ᄂᆞ니 처엄 乃終 ᄀᆞᆮ호ᄆᆞᆯ 뵈샤미 일후미 應이오 업서셔 믄득 이쇼미 일후미 化ㅣ라 그러나 이 三身ㅅ 法은 시혹 나ᅀᅡ간 ᄠᅳ들 자ᄇᆞ면 일후미 三身ᄋᆞᆯ 일타 ᄒᆞ고 시혹 여흰 ᄠᅳ들 자ᄇᆞ면 相이 ᄒᆞᆫ 體예 어긔니 이제 세 ᄠᅳ들 모도자바 ᄉᆞᄆᆞᆺ ᄀᆞᆯ히야 니ᄅᆞ노니 ᄒᆞ나ᄒᆞᆫ 體(40b)用이니 智體와 어우러 能히 大用ᄋᆞᆯ 니ᄅᆞ와다 自報ㅣ 우흐로 法性體예 마ᄌᆞ샤미 일후미 眞身이시고 他報ㅣ 아래로 機緣用애 가샤미 일후미 應身이시니라 그럴ᄊᆡ 光明에 닐오ᄃᆡ 부텻 眞法身ᄋᆞᆫ 虛空이 ᄀᆞᆮᄒᆞ시고 物 應ᄒᆞ야 形體 나토샤ᄆᆞᆫ ᄆᆞ렛 ᄃᆞᆯ ᄀᆞᆮᄒᆞ시니 觀世音이 普門ᄋᆞ로 나토아 뵈샤 ᄀᆞᆺ 업슨 사ᄅᆞ미 어드ᄫᅧ ᄇᆞᆯᄀᆞᆫ 두 가짓 利益 얻긔 ᄒᆞ샤미 이 두 모ᄆᆞᆯ 브트시니라 둘흔 權實이니 權 일후(41a)믄 權 잠간 호미오 實ᄋᆞᆫ 實 오라ᄆᆞᆯ 니ᄅᆞ니 權ᄋᆞᆯ 펴실ᄊᆡ 勝으로셔 劣을 니ᄅᆞ와ᄃᆞ시니 三佛이 ᄇᆞᆯ고ᄆᆞᆯ 여희시고[勝은 어딜 씨오 劣은 사오나ᄫᆞᆯ 씨라] 實을 나토실ᄊᆡ 劣로셔 勝을 니ᄅᆞ와ᄃᆞ시니 오직 ᄒᆞᆫ 모미라 그럴ᄊᆡ 니ᄅᆞ샤ᄃᆡ 내 이젯 이 모미 곧 이 法身이라 ᄒᆞ시며 ᄯᅩ 니ᄅᆞ샤ᄃᆡ 微妙正法身이 三十二相이 ᄀᆞᄌᆞ니라 ᄒᆞ시니 이럴ᄊᆡ 機ᄅᆞᆯ 順ᄒᆞ시면 三身ᄋᆞᆯ 權으로 펴시고 應에 나ᅀᅡ가 건(41b)댄 實로 ᄒᆞᆫ 부톄시니라 세ᄒᆞᆫ 事理니 觀기䟽애 닐오ᄃᆡ 부톄 本來 몸 업스시며 목숨 업스시며 ᄯᅩ 量 업거신마ᄅᆞᆫ 世間ᄋᆞᆯ 조차 順ᄒᆞ실ᄊᆡ 三身ᄋᆞᆯ 論ᄒᆞ시다 ᄒᆞ니 이러면 至極ᄒᆞᆫ 理ᄅᆞᆯ 울워러 보건댄 本來 實로 形體 업거신마ᄅᆞᆫ 物機ᄅᆞᆯ 구버 조ᄎᆞ샤 敎化 드리우샤미 ᄆᆞᆯᄀᆞᆫ 거우루 ᄀᆞᆮᄒᆞ시니라 像體 本來 虛ᄒᆞ야 ᄆᆞ렛 ᄃᆞᆯ ᄀᆞᆮᄒᆞ야 그리메 本來 實 업스니 眞實로 자칫 이레 븓자ᄇᆞᆫ ᄆᆞᅀᆞᄆᆞᆯ 니ᄅᆞ와ᄃᆞ면 迷惑ᄒᆞᆫ 나비 우(42a)므레 ᄢᅥ러디여 주구미 ᄀᆞᆮᄒᆞ니라 賢

愚經에 닐오ᄃᆡ 가ᄌᆞᆯ비건댄 ᄆᆞᆯᄀᆞᆫ 바ᄆᆡ 한 獼猴ㅣ 즘게나모와 우믌 ᄀᆞᅀᆡ셔 ᄃᆞᆳ 그림제 보고 서르 ᄀᆞ라 우므레 ᄂᆞ려 ᄃᆞᆯ 잡고져 호ᄃᆡ 乃終내 몯홈 ᄀᆞᆮ다 ᄒᆞ시니라 <月十三 42b>"

(28) 藥草喩品 第五에 없는 "諸法歸趣ᄂᆞᆫ 諸法의 간 ᄃᆡ라 <月十三 44a>"

(29) 藥草喩品 第五에 없는 "谿ᄂᆞᆫ 믈 잇ᄂᆞᆫ 묏고리오 谷ᄋᆞᆫ 고리라 <月十三 45a>"

(30) 藥草喩品 第五에 없는 "密雲은 특특한 만ᄒᆞᆫ 구루미라 <月十三 45b>"

(31) 藥草喩品 第五에 없는 "澤ᄋᆞᆫ 비와 저질 씨라 <月十三 45b>"

(32) 藥草喩品 第五에 없는 "根은 불휘오 莖ᄋᆞᆫ 줄기오 枝ᄂᆞᆫ 가지오 葉은 니피라 <月十三 46a>"

(33) 藥草喩品 第五에 없는 "熏은 發ᄒᆞ며 닐윌 씨오 習은 나며 갓가ᄫᆞ며 ᄌᆞ존 ᄠᅳ디라 <月十三 47b>"

(34) 藥草喩品 第五에 없는 "群有ᄂᆞᆫ 믈 有情이라 <月十三 48b>"

(35) 藥草喩品 第五에 없는 "將ᄋᆞᆫ 디니며 ᄢᅵᆯ 씨라 <月十三 56b>"

(36) 藥草喩品 第五에 없는 "隨宜ᄂᆞᆫ 맛당호ᄆᆞᆯ 조ᄎᆞᆯ 씨라 <月十三 56b>"

(37) 授記品 第六에 없는 "宗ᄋᆞᆫ ᄆᆞᆯ리라 <月十三 58a>"

(38) 授記品 第六에 없는 "네 見은 方便品엣 부텻知見을 열며 뵈며 알며 드르미라 <月十三 58a>"

(39) 授記品 第六에 없는 "印ᄋᆞᆫ 一定ᄒᆞ야 가ᄉᆡ디 몯ᄒᆞᄂᆞᆫ ᄠᅳ디라 <月十三 58b>"

(40) 授記品 第六에 없는 "偈ᄂᆞᆫ 本經에 잇ᄂᆞ니라 <月十三 59b>"

(41) 授記品 第六에 없는 "荊棘은 가ᄉᆡ 남기라 <月十三 62a>"

(42) 授記品 第六에 없는 "便利ᄂᆞᆫ 오좀 ᄯᅩᆼ이라 <月十三 62a>"

(43) 授記品 第六에 없는 "截ᄋᆞᆫ 이길 씨오 剪은 버힐 씨니 졔 티다 ᄒᆞᆫ 마리라 <月十三 63b>"

(44) 授記品 第六에 없는 "迦葉은 飮光이라 ᄒᆞᆫ 마리니 飮光ᄋᆞᆫ 光明을 마실 씨니 ᄂᆞᆷ光明이 소사나 녀느 光明을 ᄀᆞ리ᄧᅧ 나디 몯게 ᄒᆞᆯ ᄊᆡ니라 <月十三 63b>"

(45) 授記品 第六에 없는 "이 揭ᄂᆞᆫ 授(64a)記ᄅᆞᆯ 請ᄒᆞᅀᆞᄫᆞ니라 <月十三 64b>"

(46) 授記品 第六에 없는 "膳은 차바니라 <月十三 64b>"

(47) 授記品 第六에 없는 "萬億이 該라 <月十三 68b>"

(48) 授記品 第六에 없는 "縱ᄋᆞᆫ 南北이오 廣ᄋᆞᆫ 東西라 <月十三 68b>"

(49) 授記品 第六에 없는 "燒香ᄋᆞᆫ 퓌우ᄂᆞᆫ 香이라 <月十三 68b>"

(50) 授記品 第六에 없는 “잇ᄀᆞ장 授記品 ᄆᆞᆽ고 아래ᄂᆞᆫ 化城喩品이니 <月十三 73a>”

3.2『법화경언해』에만 있는 註釋文

『월인석보』 권13에는 없고『법화경언해』에만 부연되어 있는 註釋 부분은 다음과 같다.

(1) 信解品 第四 “俗앳 무른 몸 오란 목수믈 ᄃᆞᆽ고 聖人ㅅ 무른 智慧命을 보ᄇᆡ 삼ᄂᆞ니 歎과 願과 둘히 일씨 ᄀᆞ존 목수미라 니ᄅᆞ니라 <法華二 176b>”

(2) 信解品 第四 “中止ᄂᆞᆫ ᄉᆞᅀᅵ예 머믈 씨라 <法華二 186a>”

(3) 信解品 第四 “佐ᄂᆞᆫ 도ᄋᆞᆯ 씨라 <法華二 186a>”

(4) 信解品 第四 “澤ᄋᆞᆫ 저즐 씨니 恩惠 호웍호미 비 이슬 ᄀᆞᆮ홀 씨라 <法華二 187b>”

(5) 信解品 第四 “纖은 혀글 씨라 <法華二 197a>

(6) 信解品 第四 “牢ᄂᆞᆫ 重ᄒᆞᆫ 罪囚 ᄆᆡ야 뒷ᄂᆞᆫ ᄯᅡ히라 <法華二 202a>”

(7) 信解品 第四 “豪ᄂᆞᆫ 셀 씨라 <法華二 204a>”

(8) 信解品 第四 “資ᄂᆞᆫ 도ᄋᆞᆯ 씨니 사ᄅᆞ미 먼 길 가ᄃᆡᆫ 모로매 목숨 도ᄋᆞᆯ 粮食 이슈미 ᄀᆞᆮᄒᆞ니라 <法華二 205a>”

(9) 信解品 第四 "莊子애 닐오디 덥가히 아니 버려션 [祭예 쓰ᄂᆞ니라] 筐애 담고 빗난 繡ᄒᆞᆫ 거스로 둡다가 ᄒᆞ마 버린 後엔 길 녀리 볼오디 나모 ᄒᆞ리 가져다가 밥 지슬 ᄯᆞᄅᆞ미라 <法華二 212b>"

(10) 信解品 第四 "體信은 몸 오로 信ᄒᆞᆯ 씨라 <法華二 215a>"

(11) 信解品 第四 "勑은 敎令 낼 씨라 <法華二 219b>"

(12) 藥草喩品 第五 "谿ᄂᆞᆫ 믈 흐르ᄂᆞᆫ 묏고리오 谷은 믈 업슨 묏고리라 <法華三 9a>"

(13) 藥草喩品 第五 "熏은 뾜 씨니 ᄆᆞᅀᆞ미 體를 뾔야 더러우며 조ᄒᆞᆫ 일돌ᄒᆞᆯ 일울 씨라 <法華三 12b>"

(14) 藥草喩品 第五 "定은 決定種性이니 ᄯᅩ 일후미 趣寂이오 믈렛다가 도로 큰 菩提心 發ᄒᆞ니 不定種性이라 <法華三 19b>"

(15) 藥草喩品 第五 "嘉ᄂᆞᆫ 됴ᄒᆞᆫ 穀食이라 <法華三 25a>"

(16) 藥草喩品 第五 "六塵이 實 업서 그리메 ᄀᆞᆮᄒᆞ야 所緣이 ᄃᆞ외얫거든 妄識이 能緣이 ᄃᆞ외ᄂᆞ니라 <法華三 31a>"

4. 品의 序文

信解品 第四의 序 "信解者ᄂᆞᆫ 因聞喩說ᄒᆞ야(174a)……次第敷陳也ᄒᆞ니<法華二 174b>"는『月印釋譜』卷十二의 末尾에 번역되어 있고 化城喩品 第七의 序 "化城이 本無ㅣ어늘(82b) …… 使無退墮ᄒᆞ야 而遂捨化城ᄒᆞ고 趨寶所也케 ᄒᆞ시니<法華三 83a>"는『月印釋譜』卷十三의 末尾에 번역되어 있다.

4.1 信解品 第四의 序

(1) 信解者ᄂᆞᆫ 因聞喩說ᄒᆞ야 以信得人ᄒᆞ야 悟解法要也ㅣ라 前에 法說一周에 身子ㅣ 於喩品之初애 領悟ᄒᆞ야ᄂᆞᆯ 佛이 於喩品에 述成(174a)ᄒᆞ샤 與記ᄒᆞ시고 喩說一周에 四大弟子ㅣ 於此品에 領悟ᄒᆞ야ᄂᆞᆯ 佛이 於藥草品에 述成ᄒᆞ시고 授記品에 與記ᄒᆞ시니 然이나 大迦葉이 爲上首弟子ㅣ로ᄃᆡ 而領悟ㅣ 後於身子者ᄂᆞᆫ 此經은 融會二智라 身子ㅣ 當機故로 先領悟也ᄒᆞ고 諸大弟子ᄂᆞᆫ 皆內祕ᄒᆞ고 外現이라 根非中下ㅣ며 悟無先後ㅣ언마ᄅᆞᆫ 爲助揚法化故로 次弟敷陳也ᄒᆞ니 <法華二 174b>

4.2 化城喩品 第七의 序

(1) 化城이 本無ㅣ어ᄂᆞᆯ 而權設ᄒᆞ야 以濟阻脩領息之人ᄒᆞ야 而進之ᄒᆞ야 令至寶所로 喩小果ㅣ 非實이어ᄂᆞᆯ 而權設ᄒᆞ샤 以濟樂小求證之人ᄒᆞ샤 而引之ᄒᆞ샤 令入佛慧也케 ᄒᆞ시니라 謂之因緣說者ᄂᆞᆫ 由前喩說ᄒᆞ야 乃至藥草히 皆以法一而機異ᄒᆞᆯᄊᆡ 恐下根이 以爲終不可及ᄒᆞ야 遂生懈退ㄹ가 ᄒᆞ샤 於是예 明曩因에 曾(82b)化ᄒᆞ샤 示今緣이 已熟ᄒᆞ야 勝果ㅣ 在近인ᄃᆞᆯ ᄒᆞ샤 使無退墮ᄒᆞ야 而遂捨化城ᄒᆞ고 趨寶所也케 ᄒᆞ시니 <法華三 83a>

제3장 意譯

두 문헌을 대조 비교해 보면 『법화경언해』에서는 直譯되는 것이 『월인석보』 권13에서는 意譯된다는 것을 발견할 수 있다. 첫째는 名詞類의 의역이다. 의역되는 명사류에는 名詞, 名詞句 및 數詞가 있다. 둘째는 動詞類의 의역이다. 의역되는 동사류에는 動作動詞, 動作動詞句 및 狀態動詞句가 있다. 셋째는 副詞의 의역이고 넷째는 節의 의역이다.

1. 名詞類의 意譯

두 문헌의 대비를 통해 名詞類 즉 名詞, 名詞句및 數詞가 의역되는 경우를 발견할 수 있다. 名詞類가 『法華經諺解』에서는 直譯되는데 『월인석보』 권13에서는 의역된다.

1.1. 名詞의 의역

『법화경언해』에서는 직역되는 명사가 『월인석보』 권13에서는 명사와 명사구로 의역된다. 『법화경언해』에서 직역되는 명사에는 '勝'을 비롯하여 '劣', '所', '方', '性欲', '辛苦', '成佛', '己', '大', '小' 그리고 '屬'이 있다.

<1> 명사 '勝'

'勝'이 『법화경언해』에서는 명사 '勝'으로 직역되고 『월인석보』 권13에서는 명사 '勝身'으로 의역된다는 사실은 동일 원문의 번역인 다음 예문들에서 잘 확인된다.

(1) a. 부텨 勝身을 숨기시고 劣身을 나토샤 <月十三 39a>
b. 부텻 勝을 숨기시고 劣을 나토샤(佛ㅅ 隱勝現劣ᄒᆞ샤) <法華三 4b>

<2> 명사 '劣'

'劣'이 『법화경언해』에서는 명사 '劣'로 직역되고 『월인석보』 권13에서는 명사 '劣身'으로 의역된다는 사실은 동일 원문의 번역인 다음 예문들에서 잘 확인된다.

(2) a. 부텨 勝身을 숨기시고 劣身을 나토샤 <月十三 39a>
b. 부텻 勝을 숨기시고 劣을 나토샤(佛ㅅ 隱勝現劣ᄒᆞ샤) <法華三 4b>

<3> 명사 '所'

'所'가 『법화경언해』에서는 명사 'ᄃᆡ'로 직역되고 『월인석보』 권13에서는 명사 '城'으로 의역된다는 사실은 동일 원문의 번역인 다음 예문들에서 잘 확인된다.

(3) a. 아비 잇ᄂᆞᆫ 城은 <月十三 9b>
b. 아비 잇ᄂᆞᆫ ᄃᆡᆫ(其父所止ᄂᆞᆫ) <法華二 188b>

<4> 명사 '方'

'方'이 『법화경언해』에서는 명사 '方便'으로 직역되고 『월인석보』 권13에서는 명사 '가지'로 의역된다는 사실은 동일 원문의 번역인 다음 예문들에서 잘 확인된다.

(4) a. ᄒᆞ다가 眞慈로 여러 가지로 이대 달애디 아니ᄒᆞ시면 <月十三 32a>
b. ᄒᆞ다가 眞慈로 한 方便으로 이대 달애디 아니ᄒᆞ시던ᄃᆞᆫ(設非眞慈로 多方善誘ㅣ시던ᄃᆞᆫ) <法華三 226a>

<5> 명사 '性欲'

'性欲'이 『법화경언해』에서는 명사 '性欲'으로 직역되고 『월인석보』 권13에서는 명사구 '性 ᄒᆞ고져 ᄒᆞᄂᆞᆫ 것'으로 의역된다는 사실은 동일 원문의 번역인 다음 예문들에서 잘 확인된다.

(5) a. 三乘ㅅ 性 ᄒᆞ고져 ᄒᆞᄂᆞᆫ 거시니 <月十三 44a>
b. 三乘 性欲이라(三乘性欲이라) <法華三 8a>

<6> 명사 '辛苦'

'辛苦'가 『법화경언해』에서는 명사 '辛苦'로 직역되고 『월인석보』 권13에서는 명사구 '辛苦컨 ᄃᆞ'로 의역된다는 것은 동일 원문의 번역인 다음 예문들에서 잘 확인된다.

(6) a. 뷔듣녀 辛苦컨 디 <月十三 31a>
b. 닐오ᄃᆡ 竛竮 辛苦ㅣ(曰竛竮 辛苦ㅣ) <法華二 225a>

<7> 명사 '成佛'

'成佛'이 『법화경언해』에서는 명사 '成佛'로 직역되고 『월인석보』 권13에서는 명사구 '成佛홇 적'으로 의역된다는 것은 동일 원문의 번역인 다음 예문들에서 잘 확인된다.

(7) a. 飮光이 成佛홇 저긘 됴흔 國土를 當홀씨 <月十三 64a>
b. 飮光成佛은 됴흔 國土를 當ᄒ실씨(飮光成佛은 當善國土故로) <法華三 61a>

<8> 명사 '己'

'己'가 『법화경언해』에서는 명사 '몸'으로 직역되고 『월인석보』 권13에서는 명사구 '제 몸'으로 의역된다는 것은 동일 원문의 번역인 다음 예문들에서 잘 확인된다.

(8) a. 뎌는 놀라 제 모몰 일흐며 <月十三 32a>
b. 뎌 안죽 놀라 몸 일흐며(彼且驚愕而失之ᄒ며) <法華二 226a>

<9> 명사 '大'

'大'가 『법화경언해』에서는 명사 '大'로 직역되고 『월인석보』 권13에서는 명사구 '큰 일'과 '큰 法'으로 의역된다는 것은 동일 원문의 번역인 다음 예문들에서 잘 확인된다. 원문 중 '怖大'가 '큰 일 두리다'와 '大예 두리다'로 번역되고 '棄大'가 '큰 法 ᄇ리다'와 '大 ᄇ리다'로 번역된다.

(9) a. 져근 이레 迷惑ᄒ야 큰 일 두리논 이리라 <月十三 14b>
b. 곧 小애 迷惑ᄒ야 大예 두리논 이리라(卽迷小怖大之事ㅣ라) <法華二 197b>

(9) c. 져근 이레 迷惑ᄒᆞ야 큰 일 두류믈 가졸비니라 <月十三 13a>
d. 小애 迷惑ᄒᆞ야 大예 두료ᄆᆞᆯ 가졸비니라(譬…迷小怖大也ᄒᆞ니라) <法華二 196b>

(9) e. 져근 法 즐기고 큰 法 ᄇᆞ료ᄆᆞᆯ 荒唐히 너기실 씨라 <月十三 22b>
f. 小 즐기고 大 ᄇᆞ료ᄆᆞᆯ 荒唐히 너기니라<怪其樂小ᄒᆞ고 棄大也ㅣ라) <法華二 210a>

한편 '大'가 『월인석보』 권13과 『법화경언해』에서 모두 '큰 法'으로 번역된다는 것은 동일 원문의 번역인 다음 예문들에서 잘 확인된다. 원문 중 '樂大'가 모두 '큰 法 즐기다'로 번역되고 '斥大'가 모두 '큰 法 믈리다'로 번역된다.

(9) g. ᄒᆞ다가 우리 큰 法 즐기ᄂᆞᆫ ᄆᆞᅀᆞ미 잇던댄 <月十三 36a>
h. ᄒᆞ다가 우리 큰 法 즐길 ᄆᆞᅀᆞᄆᆞᆯ 두던댄(若我等이 有樂大之心ᄒᆞ던댄) <法華二 231b>

(9) i. ᄒᆞ다가 큰 法을 즐기던댄 <月十三 36b>
j. ᄒᆞ다가 내 큰 法 즐기던댄(若我ㅣ 樂大ᄒᆞ던댄) <法華二 232a>

(9) k. 큰 法 믈리시고 져근 法 기리샤 <月十三 25a>
l. 큰 法 믈리시고 져근 法 기리샤(斥大褒小也ᄒᆞ야 <法華二 213b>

(9) m. 큰 法 ᄉᆞ랑케 ᄒᆞ샤ᄆᆞᆯ 가졸비니라 <月十三 22b>
n. 큰 法 ᄃᆞᆺ게 ᄒᆞ샤ᄆᆞᆯ 가졸비니라(譬…使令慕大也ㅣ라) <法華二 210b>

<10> 명사 '小'

'小'가 『법화경언해』에서는 명사 '小'로 직역되고 『월인석보』 권13에서는

명사구 '져근 일'과 '져근 法'으로 의역된다는 것은 동일 원문의 번역인 다음 예문들에서 잘 확인된다. 원문 중 '樂小'가 '져근 이롤 즐기다'와 '小롤 즐기다'로 번역되고 '樂小'가 '져근 法 즐기다'와 '小롤 즐기다'로 번역된다.

(10) a. 오직 져근 이롤 즐겨 <月十三 5b>
b. 오직 小롤 즐겨(唯樂小ᄒᆞ야) <法華二 180b>

(10) c. 져근 일 즐교몰 因ᄒᆞ야 <月十三 21a>
d. 小 즐규믈 因ᄒᆞ사(因樂小ᄒᆞ야) <法華二 207a>

(10) e. 져근 이레 迷惑ᄒᆞ야 큰 일 두리논 이리라 <月十三 14b>
f. 곧 小애 迷惑ᄒᆞ야 大예 두리논 이리라(卽迷小怖大之事ㅣ라)
<法華二 197b>

(10) g. 져근 이레 迷惑ᄒᆞ야 큰 일 두류믈 가졸비니라 <月十三 13a>
h. 小애 迷惑ᄒᆞ야 大예 두료몰 가졸비니라(譬…迷小怖大也ᄒᆞ니라) <法華二 196b>

(10) I. 져근 법 즐겨 <月十三 25a>
j. 小롤 즐겨(樂小ᄒᆞ야) <法華二 210a>

(10) k. 져근 法 즐기고 큰 法 ᄇᆞ료몰 荒唐히 너기실 씨라
<月十三 22b>
l. 小 즐기고 大 ᄇᆞ료몰 荒唐히 너기니라<怪其樂小ᄒᆞ고 棄大.也ㅣ라) <法華二 210a>

한편 '小'가 『월인석보』 권13과 『법화경언해』에서 모두 '져근 法'으로 번역된다는 것은 동일 원문의 번역인 다음 예문들에서 잘 확인된다. 원문 중 '樂小'가 모두 '져근 法 즐기다'로 번역되고 '褒小'가 모두 '져근 法 기리다'로 번역된다.

(10) m. 오직 져근 法을 즐겨 제 迷惑ᄒᆞ더니 <月十三 36b>
n. 오직 져근 法 즐겨 제 迷惑홀씨니(但以樂小自迷홀씨니)
<法華二 232a>

(10) o. 져근 法을 즐기다니 <月十三 33a>
p. 져근 法을 즐겨 著다니(樂著小法ᄒᆞ다니) <法華二 227b>

(10) q. 큰 法 믈리시고 져근 法 기리샤 <月十三 25a>
r. 큰 法 믈리시고 져근 法 기리샤(斥大褒小ᄒᆞ야)
<法華二 213b>

(10) s. 져근 法을 것거시놀 疑心 아니ᄒᆞ니 <月十三 26a>
t. 져근 法을 것그샤ᄃᆡ 疑心 아니호미(折小而不疑호미)
<法華二 215b>

<11> 명사 '屬'

'屬'이 『법화경언해』에서는 명사 '屬'으로 직역되고 『월인석보』 권13에서는 의존명사 '돌ㅎ'로 의역된다는 사실은 동일 원문의 번역인 다음 예문들에서 잘 확인된다.

(11) a. 믈(23a)읫 求ᄒᆞ논 盆器며 米麵이며 鹽醋 돌홀 네 어려비 너기디 말며<月十三 12b>
b. 여러 가짓 求호맷 盆器 米麵 鹽醋 屬올 네 疑心ᄒᆞ야 어려이 너기디 말라(諸有所須엣 盆器 米麵 鹽醋之屬을 莫自疑難ᄒᆞ라) <法華二 211b>

1.2. 名詞句의 의역

『법화경언해』에서는 직역되는 명사구가 『월인석보』 권13에서는 名詞와 명사구로 의역된다. 『법화경언해』에서 직역되는 명사구에는 '有'와 '一餐'이 있다.

<1> 명사구 '有'

'有'가 『법화경언해』에서는 명사구 '둔 것'으로 직역되고 『월인석보』 권13에서는 명사 '것'으로 의역된다는 것은 동일 원문의 번역인 다음 예문들에서 잘 확인된다.

(1) a. 다 이 아드리 거시며 <月十三 30a>
b. 다 이 아드리 둔 거시며(皆是子有ㅣ며) <法華二 222b>

<2> 명사구 '一餐'

'一餐'이 『법화경언해』에서는 명사구 'ᄒᆞᆫ 밥'으로 직역되고 『월인석보』 권13에서는 명사구 'ᄒᆞᆫ 번 ᄡᅵᆷ굜 밥'으로 의역된다는 것은 동일 원문의 번역인 다음 예문들에서 잘 확인된다.

(2) a. ᄒᆞᆫ 번 ᄡᅵᆷ굜 밥도 가쥻 ᄠᅳ디 업고 <月十三 28b>
b. ᄒᆞᆫ 밥도 求ᄒᆞ야 가쥴 ᄠᅳ디 업고(無希取一餐之意ᄒᆞ고) <法華二 219b>

1.3. 數詞의 의역

『법화경언해』에서는 직역되는 수사가 『월인석보』 권13에서는 명사구로 의역된다. 『법화경언해』에서 직역되는 수사에는 '十 二十'이 있다.

<1> 수사 '十 二十'

'十 二十'이 『법화경언해』에서는 수사 '열 스믈ㅎ'로 직역되고 『월인석

보』 권13에서는 명사구 '열 ᄒᆡ 스믈 ᄒᆡ'로 의역된다는 것은 동일 원문의 번역인 다음 예문들에서 잘 확인된다.

(1) a. 열 ᄒᆡ 스믈 ᄒᆡᄂᆞᆫ <月十三 7a>
b. 시혹 열 스믈ᄒᆞᆫ(或十二十은) <法華二 183a>

2. 動詞類의 意譯

두 문헌의 對比를 통해 動詞類 즉 動作動詞, 動作動詞句 및 狀態動詞句가 의역된다는 것을 발견할 수 있다. 동사류가 『법화경언해』에서 직역되는데 『월인석보』 권13에서는 의역된다. 동사류의 의역 중 動作動詞句의 의역이 압도적으로 많다.

2.1. 動作動詞의 의역

『법화경언해』에서는 직역되는 동작동사가 『월인석보』 권13에서는 동작동사, 동작동사구, 상태동사 그리고 명사구로 의역된다. 『법화경언해』에서 직역되는 동작동사에는 '作'을 비롯하여 '作', '加', '叙', '中止', '成佛' 및 '恐怖'가 있다.

<1> 동작동사 '作'

'作'이 『법화경언해』에서는 동작동사 '짓다'로 직역되고 『월인석보』 권13에서는 동작동사 'ᄒᆞ다'로 의역된다는 사실은 동일 원문의 번역인 다음 예문들에서 잘 확인된다.

(1) a. 우리 둘토 ᄒᆞᆫᄃᆡ 호리라 ᄒᆞ라 <月十三 20a>
b. 우리 두 사ᄅᆞᆷ도 ᄯᅩ 너와 ᄒᆞᆫᄃᆡ 지ᅀᅩ리라 ᄒᆞ라(我等二人도 亦共

汝作호리라 ᄒᆞ라) <法華二 206b>

(1) c. 너와 ᄒᆞᆫᄃᆡ 호려 ᄒᆞ니 <月十三 21a>
d. ᄯᅩ 너와 ᄒᆞᆫᄃᆡ 지소리라 닐오ᄆᆞᆫ(云亦共汝作者ᄂᆞᆫ)
<法華二 207a>

(1) e. 너희 브즈러니 ᄒᆞ야 <月十三 22a>
f. 너희 브즈러니 지ᅀᅥ(汝等이 勤作ᄒᆞ야) <法華二 209b>

<2> 동작동사 '作'

'作'이 『법화경』에서는 동작동사 '짓다'로 직역되고 『월인석보』 권13에서는 동작동사 '일ᄒᆞ다'로 의역된다는 사실은 동일 원문의 번역인 다음 예문들에서 잘 확인된다.

(2) a. 네 샹녜 이에셔 일ᄒᆞ고 <月十三 23a>
b. 네 샹녜 이ᄅᆞᆯ 짓고(汝 ㅣ 常此作ᄒᆞ고) <法華二 211b>

(2) c. 녀느 일ᄒᆞᇙ 사ᄅᆞᆷ ᄀᆞᆮ(24b)호ᄆᆞᆯ 잢간도 몯 보리로소니
<月十三 25a>
d. 녀나ᄆᆞᆫ 짓ᄂᆞᆫ 사ᄅᆞᆷ ᄀᆞᆮ호ᄆᆞᆯ 다 몯 보노니(都不見……餘如作人ᄒᆞ노니) <法華二 213b>

(2) e. 순지 제 너교ᄃᆡ 客ᄋᆞ로 와 일ᄒᆞᄂᆞᆫ 賤人이로라 ᄒᆞ더니
<月十三 25b>
f. 순지 네 ᄀᆞᄐᆡ 소ᄂᆞ로 짓ᄂᆞᆫ 賤人이로라 제 너길ᄊᆡ(猶故自謂客作賤人이로라 ᄒᆞᆯᄊᆡ) <法華二 214b>

한편 '作'이 『월인석보』 권13과 『법화경언해』에서 모두 동작동사 '일ᄒᆞ다'로 번역된다는 사실은 동일 원문의 번역인 다음 예문들에서 잘 확인된다.

(2) g. 이어긔 일훓 ᄯᅡ히 잇ᄂᆞ니 <月十三 20a>
h. 이에 일홀 ᄯᅡ히 잇ᄂᆞ니(此有作處ᄒᆞ니) <法華二 206a>

<3> 동작동사 '加'

'加'가 『법화경언해』에서는 동작동사 '더으다'로 직역되고 『월인석보』 권13에서는 동작동사구 '더 주다'로 의역된다는 사실은 동일 원문의 번역인 다음 예문들에서 잘 확인된다.

(3) a. 네 갑ᄉᆞᆯ 더 주리니 <月十三 23a>
b. 반ᄃᆞ기 네 갑ᄉᆞᆯ 더우리니(當加汝價호리니) <法華二 211b>

(3) c. 네 값 더 주리라 호ᄆᆞᆫ <月十三 24a>
d. 네 값 더우믄(當加汝價ᄂᆞᆫ) <法華二 212a>

<4> 동작동사 '叙'

'叙'가 『법화경언해』에서는 동작동사 '펴다'로 직역되고 『월인석보』 권13에서는 동작동사구 '펴 니ᄅᆞ다'로 의역된다는 것은 동일 원문의 번역인 다음 예문들에서 잘 확인된다.

(4) a. 權에 머굴우옛던 이ᄅᆞᆯ 펴 니ᄅᆞ니라 <月十三 34b>
b. 權에 걸유믈 펴니라(叙滯權也ㅣ라) <法華二 229b>

<5> 동작동사 '中止'

'中止'가 『법화경언해』에서는 동작동사 '中止ᄒᆞ다'로 직역되고 『월인석보』 권13에서는 상태동사 '잇다'로 의역된다는 사실은 동일 원문의 번역인 다음 예문들에서 잘 확인된다.

(5) a. 흔 城에 잇더니 <月十三 7b>
b. 흔 城에 中止흐얫더니(中止一城흐얫더니) <法華二 186a>

(5) c. 흔 城에 이슈믄 <月十三 8b>
d. 흔 城에 中止호믄(中止一城은) <法華二 187a>

<6> 동작동사 '成佛'

'成佛'이 『법화경언해』에서는 동작동사 '成佛흐다'로 직역되고 『월인석보』 권13에서는 명사구 '成佛흐싫 제'로 의역된다는 것은 동일 원문의 번역인 다음 예문들에서 잘 확인된다.

(6) a. 무로되 釋尊이 成佛흐싫(63a) 제 <月十三 63b>
b. 무로되 釋尊이 成佛흐샤도(問釋尊이 成佛흐샤도)
<法華三 60b>

<7> 동작동사 '恐怖'

'恐怖'가 『법화경언해』에서는 동작동사 '두리다'의 명사형 '두리윰'으로 직역되고 『월인석보』 권13에서는 명사구 '두리본 므숨'으로 의역된다는 사실은 동일 원문의 번역인 다음 예문들에서 잘 확인된다.

(7) a. 곧 두리본 므스물 머거 <月十三 12b>
b. 즉재 두리요몰 머거(卽懷恐怖흐야) <法華二 194b>

2.2. 動作動詞句의 의역

『법화경언해』에서는 직역되는 동작동사구가 『월인석보』 권13에서는 동작동사, 동작동사구, 상태동사, 상태동사구, 부사, 부사어 그리고 節로 의역된다.

『법화경언해』에서 직역되는 동작동사에는 '作是念'을 비롯하여 '見捉', '爲樂', '懷憂', '受潤', '及授記', '著地', '被促', '被囚', '遙見', '廣宣', '不知', '不解', '受勤苦', '與述成', '見逼迫', '被囚執', '使…作', '使作', '展轉', '難堪', '不…盡', '可爲長嘆', '多有', '隨分', '昔來', '設方便', '從地', '從迷', '臨…時' 그리고 '得成爲佛'이 있다.

<1> 동작동사구 '作是念'

'作是念'이 『법화경언해』에서는 동작동사구 '이 念을 ᄒᆞ다'와 '이 念 ᄒᆞ다'로 직역되고 『월인석보』 권13에서는 동작동사 '너기다'로 의역된다는 사실은 동일 원문의 번역인 다음 예문들에서 잘 확인된다.

(1) a. ᄯᅩ 너교ᄃᆡ <月十三 10a>
b. ᄯᅩ 이 念을 호ᄃᆡ(復作是念호ᄃᆡ) <法華二 189b>

(1) c. ᄀᆞᄆᆞ니 너교ᄃᆡ <月十三 12b>
d. 그ᅀᅳ기 이 念을 호ᄃᆡ(竊作是念호ᄃᆡ) <法華二 194b>

(1) e. 너교ᄃᆡ <月十三 15a>
f. 곧 이 念을 호ᄃᆡ(卽作是念호ᄃᆡ) <法華二 198b>

(1) g. ᄒᆞ고 ᄲᆞᆯ리 ᄃᆞ라 가거늘 <月十三 13a>
h. 이 念 ᄒᆞ고 ᄲᆞᆯ리 ᄃᆞ라 간대(作是念已ᄒᆞ고 疾走而去ᄒᆞᆫ대)
<法華二 194b>

<2> 동작동사구 '見捉'

'見捉'이 『법화경언해』에서는 동작동사구 '자보ᄆᆞᆯ 보다'로 직역되고 『월인석보』 권13에서는 동작동사 '잡다'로 의역된다는 것은 동일 원문의 번역인 다음 예문들에서 잘 확인된다.

(2) a. 내 犯혼 일 업거늘 엇뎨 잡는다 <月十三 16a>
b. 내 서르 犯티 아니커늘 엇뎨 자보몰 보는고 커늘(我不相犯이어늘 何爲見捉고 커늘) <法華二 200b>

<3> 동작동사구 '爲樂'

'爲樂'이 『법화경언해』에서는 동작동사구 '즐교몰 爲ᄒᆞ다'로 직역되고 『월인석보』 권13에서는 동작동사 '즐기다'로 의역된다는 것은 동일 원문의 번역인 다음 예문들에서 잘 확인된다.

(3) a. 져근 이롤 즐기논 젼치라 <月十三 11b>
b. 져근 法 즐교몰 爲혼 젼치라(爲樂小故ㅣ라) <法華二 191b>

<4> 동작동사구 '懷憂'

'懷憂'가 『법화경언해』에서는 동작동사구 '시름 먹다'로 직역되고 『월인석보』 권13에서는 동작동사 '시름ᄒᆞ다'로 의역된다는 것은 동일 원문의 번역인 다음 예문들에서 잘 확인된다.

(4) a. 시름ᄒᆞ(29b)야 얻니다니 <月十三 30a>
b. 시름 머거 推尋ᄒᆞ야 얻다니(懷憂推覓ᄒᆞ다니) <法華二 222b>

<5> 동작동사구 '受潤'

'受潤'이 『법화경언해』에서는 동작동사구 '저줌 受ᄒᆞ다'로 직역되고 『월인석보』 권13에서는 동작동사 '젓다'로 의역된다는 사실은 동일 원문의 번역인 다음 예문들에서 잘 확인된다.

(5) a. 草木叢林이 제여곰 저주미 ᄀᆞ혼 둘 불기 아디 몯홀씨 <月十三 37b>

b. 草木叢林이 分을 조차 저줌 受호미 곧혼 둘 볼기(2b)디 몯홀씨 (未明…如…草木叢林이 隨分受潤인 둘 홀씨 故로) <法華三 3a>

<6> 동작동사구 '及授記'

'及授記'가『법화경언해』에서는 동작동사구 '授記에 및다'로 직역되고『월인석보』권13에서는 동작동사 '授記ᄒᆞ다'로 의역된다는 사실은 동일 원문의 번역인 다음 예문들에서 잘 확인된다.

(6) a. 授記ᄒᆞ실 제 <月十三 3b>
b. 授記에 미츠샤(及授記ᄒᆞ야) <法華二 177a>

<7> 동작동사구 '著地'

'著地'이『법화경언해』에서는 동작동사구 '싸해 다히다'로 직역되고『월인석보』권13에서는 동작동사 '쑬다'로 의역된다는 사실은 동일 원문의 번역인 다음 예문들에서 잘 확인된다.

(7) a. 올ᄒᆞᆫ 무룹 ᄭᅮ러 <月十三 3b>
b. 올ᄒᆞᆫ 무룹 싸해 다혀(右膝著地ᄒᆞ야) <法華二 177b>

<8> 동작동사구 '被捉'

'被捉'이『법화경언해』에서는 동작동사구 '자보물 닙다'로 직역되고『월인석보』권13에서는 동작동사 '자피다'로 의역된다는 사실은 동일 원문의 번역인 다음 예문들에서 잘 확인된다.

(8) a. 犯혼 일 업시 자퓨라 호몬 <月十三 17a>
b. 犯티 아니호ᄃᆡ 자보물 니부믄(不犯而被捉은) <法華二 202a>

<9> 동작동사구 '被囚'

'被囚'가『법화경언해』에서는 동작동사구 '가됴ᄆᆞᆯ 닙다'로 직역되고『월인석 보』권13에서는 동작동사 '가티다'로 의역된다는 사실은 동일 원문의 번역인 다음 예문들에서 잘 확인된다.

(9) a. 罪 업시 가티노라 ᄒᆞ니라 <月十三 17a>
b. 닐오ᄃᆡ 罪 업시 가됴ᄆᆞᆯ 닙노라 코(云無罪被囚코)
<法華二 202a>

<10> 동작동사구 '遙見'

'遙見'이『법화경언해』에서는 동작동사구 '머리셔 보다'로 직역되고『월인석보』권13에서는 동작동사 'ᄇᆞ라다'로 의역된다는 사실은 동일 원문의 번역인 다음 예문들에서 잘 확인된다.

(10) a. 아비 ᄇᆞ라고 <月十三 18b>
b. 아비 머리셔 보고(父 ㅣ 遙見ᄒᆞ고) <法華二 202b>

한편 '遙見'이『월인석보』권13과『법화경언해』에서 모두 동작동사구 '머리셔 보다'로 번역된다는 것은 동일 원문의 번역인 다음 예문들에서 잘 확인된다.

(10) c. 머리셔 아비 보ᄆᆞᆫ <月十三 13a>
d. 머리셔 제 아비 보ᄆᆞᆫ(遙見其父ᄂᆞᆫ) <法華二 196b>

<11> 동작동사구 '廣宣'

'廣宣'이『법화경언해』에서는 동작동사구 '너비 펴다'로 직역되고『월인석보』권13에서는 동작동사 '너피다'로 의역된다는 사실은 동일 원문의 번역인 다음 예문들에서 잘 확인된다.

(11) a. 諸佛ㅅ 그지 업슨 큰 法을 너피며 <月十三 60a>
b. 諸佛ㅅ 無量大法을 너비 펴다가(廣宣諸佛ㅅ 無量大法ᄒᆞ다가) <法華三 57a>

<12> 동작동사구 '不知'

'不知'가 『법화경언해』에서는 동작동사구 '아디 몯ᄒᆞ다'로 직역되고 『월인석보』 권13에서는 동작동사 '모ᄅᆞ다'로 의역된다는 사실은 동일 원문의 번역인 다음 예문들에서 잘 확인된다.

(12) a. 우리ᄂᆞᆫ 眞實ㅅ 佛子ㅣᆫ ᄃᆞᆯ 모ᄅᆞ다이다 <月十三 35b>
b. 우리 眞實ㅅ 이 佛子ㅣᆫ ᄃᆞᆯ 아디 몯ᄒᆞ다니(我等이 不知眞是佛子ᄒᆞ다니) <法華二 231a>

한편 '不知'가 두 문헌에서 모두 동작동사구 '아디 못ᄒᆞ다'로 번역된다는 것은 동일 원문의 번역인 다음 예문들에서 잘 확인된다.

(12) c. ᄆᆞᅀᆞ미 行ᄒᆞᄂᆞᆫ 거슬 아디 몯ᄒᆞ시면 <月十三 44b>
d. ᄆᆞᅀᆞ미 行호ᄆᆞᆯ 아디 몯ᄒᆞ시면(不知心之所行ᄒᆞ시면) <法華三 8a>

<13> 동작동사구 '不解'

'不解'이 『법화경언해』에서는 동작동사구 '아디 몯ᄒᆞ다'로 직역되고 『월인석보』 권13에서는 동작동사 '모ᄅᆞ다'로 의역된다는 사실은 동일 원문의 번역인 다음 예문들에서 잘 확인된다.

(13) a. 이러호ᄆᆞ로 먹뎡이 ᄀᆞᆮᄒᆞ며 버워리 ᄀᆞᆮᄒᆞ야 답다비 모ᄅᆞᆯᄊᆡ <月十三 18b>

b. 일로브터 귀 먹은 둧 입 버운 둧ᄒᆞ야 닶겨 아디 몯홀씨(由是로 如聾若啞ᄒᆞ야 悶然不解故로) <法華二 202a>

<14> 동작동사구 '受勤苦'

'受勤苦'가 『법화경언해』에서는 동작동사구 '勤苦 受ᄒᆞ다'로 직역되고 『월인석보』 권13에서는 동작동사구 '브즈러니 受苦ᄒᆞ다'로 의역된다는 사실은 동일 원문의 번역인 다음 예문들에서 잘 확인된다.

(14) a. 佛道ㅣ 길오 머러 오래 브즈러니 受苦홀까 分別호ᄆᆞᆯ 가졸비니라 <月十三 15a>
b. 佛道ㅣ 길오 머러 오래 勤苦 受홀까 분별호ᄆᆞᆯ 가졸비니라(譬慮佛道ㅣ 長遠ᄒᆞ야久受勤苦ᄒᆞ니라) <法華二 197b>

<15> 동작동사구 '與述成'

'與述成'이 『법화경언해』에서는 동작동사구 '述成을 주다'로 직역되고 『월인석보』 권13에서는 동작동사구 'ᄆᆞᄌᆞ 일우다'로 의역된다는 사실은 동일 원문의 번역인 다음 예문들에서 잘 확인된다.

(15) a. 부톄 이 가졸비샤ᄆᆞ로 다시 ᄆᆞᄌᆞ 일우샤 <月十三 37b>
b. 부톄 이 譬喩로 다시 述成을 주샤(佛이 以比喩로 重與述成ᄒᆞ샤) <法華三 3a>

<16> 동작동사구 '見逼迫'

'見逼迫'이 『법화경언해』에서는 동작동사구 '다와도ᄆᆞᆯ 보다'로 직역되는데 『월인석보』 권13에서는 동작동사구 '우기 누르다'로 의역된다는 사실은 동일 원문의 번역인 다음 예문들에서 잘 확인된다.

(16) a. 시혹 우기 눌러 <月十三 13a>
b. 시혹 다와도ᄆᆞᆯ 보아(或見逼迫ᄒᆞ야) <法華二 194b>

(16) c. 시혹 우기 누르리라 호ᄆᆞᆫ <月十三 15a>
d. 시혹 다와도ᄆᆞᆯ 보ᄆᆞᆫ(或見逼迫ᄋᆞᆫ) <法華二 197b>

<17> 동작동사구 '被囚執'

'被囚執'이 『법화경언해』에서는 동작동사구 '가도와 자보ᄆᆞᆯ 닙다'로 직역되고 『월인석보』 권13에서는 합성동사 '잡가티다'로 의역된다는 사실은 동일 원문의 번역인 다음 예문들에서 잘 확인된다.

(17) a. 그 제 窮子ㅣ 너교ᄃᆡ 罪 업시 잡가티노니 <月十三 16b>
b. 그 제 窮子ㅣ 제 念호ᄃᆡ 罪 업시 가도아 자보ᄆᆞᆯ 닙노니(于時窮子ㅣ 自念호ᄃᆡ 無罪而被囚執ᄒᆞ노니) <法華二 200b>

<18> 동작동사구 '使…作'

'使…作'이 『법화경언해』에서는 동작동사구 '브려 짓다'로 직역되고 『월인석보』 권13에서는 동작동사구 '일 시기다'로 의역된다는 사실은 동일 원문의 번역인 다음 예문들에서 잘 확인된다.

(18) a. 일 시기리로다 <月十三 13a>
b. ᄀᆞᆺ 나ᄅᆞᆯ 브려 지ᅀᅳ리로다(强使我作ᄒᆞ리로다) <法華二 194b>

<19> 동작동사구 '使作'

'使作'이 『법화경언해』에서는 동작동사구 '짓게 ᄒᆞ다'로 직역되고 『월인석보』 권13에서는 동작동사구 '일 시기다'로 의역된다는 사실은 동일 원문의 번역인 다음 예문들에서 잘 확인된다.

(19) a. ᄃᆞ려와 일 시기라 <月十三 20b>
b. ᄃᆞ려와 짓게 코(將來ᄒᆞ야 使作ᄒᆞ고) <法華二 206a>

<20> 동작동사구 '展轉'

'展轉'이『법화경언해』에서는 동작동사구 '올ᄆᆞ며 옮다'로 직역되고『월인석보』권13에서는 합성동사 '그우니다'로 의역된다는 사실은 동일 원문의 번역인 다음 예문들에서 잘 확인된다.

(20) a. 그 ᄢᅴ 窮子ㅣ 傭賃ᄒᆞ야 그우녀 <月十三 11a>
b. 그 ᄢᅴ 窮子ㅣ 傭賃ᄒᆞ야 올ᄆᆞ며 올마(爾時窮子ㅣ 傭賃展轉ᄒᆞ야) <法華二 191a>

<21> 동작동사구 '難堪'

'難堪'이『법화경언해』에서는 동작동사구 '難히 이기다'로 직역되고『월인석보』권13에서는 동작동사구 '이긔디 몯ᄒᆞ다'로 意譯된다는 사실은 동일 원문의 번역인 다음 예문들에서 잘 확인된다.

(21) a. ᄠᅳ디 사오나ᄫᅡ 大乘 이긔디 몯호ᄆᆞᆯ 아ᄅᆞ실ᄊᆡ 權으로 쉬우샤ᄆᆞᆯ 가ᄌᆞᆯ비니라 <月十三 19b>
b. ᄠᅳ듸 사오나와 大乘을 難히 이길 ᄯᅩᆯ 아ᄅᆞ실ᄊᆡ 權으로 쉬우샤ᄆᆞᆯ 가ᄌᆞᆯ비니라(譬知其志劣ᄒᆞ야 難堪大乘故로 權息之也ᄒᆞ니라) <法華二 204b>

<22> 동작동사구 '不…盡'

'不…盡'이『법화경언해』에서는 동작동사구 '다 몯ᄒᆞ다'로 직역되고『월인석보』권13에서는 동작동사구 '몯 다 니ᄅᆞ다'로 의역된다는 사실은 동일 원문의 번역인 다음 예문들에서 잘 확인된다.

(22) a. 닐어도 몯 다 니ᄅᆞ리라 <月十三 43a>
b. 닐어도 能히 다 몯ᄒᆞ리라(說不能盡ᄒᆞ리라) <法華三 5a>

<23> 동작동사구 '可爲長嘆'

'可爲長嘆'이 『법화경언해』에서는 동작동사구 '어루 기리 한숨 딯다'로 직역되고 『월인석보』 권13에서는 상태동사 '어엿브다'로 의역된다는 것은 동일 원문의 번역인 다음 예문들에서 잘 확인된다.

(23) a. 어엿브도다 <月十三 32a>
b. 어루 기리 한숨 디흐리로다(可爲長嘆矣로다) <法華二 226a>

<24> 동작동사구 '多有'

'多有'가 『법화경언해』에서는 동작동사구 '만히 두다'로 직역되고 『월인석보』 권13에서는 상태동사 '만ᄒᆞ다'로 의역된다는 것은 동일 원문의 번역인 다음 예문들에서 잘 확인된다.

(24) a. 쳔랴이 만ᄒᆞ야 <月十三 10a>
b. 財物을 만히 두어(多有財物ᄒᆞ야) <法華二 189b>

<25> 동작동사구 '爲不異'

'爲不異'가 『법화경언해』에서는 동작동사구 '다ᄅᆞ디 아니케 ᄃᆞ외다'로 직역되고 『월인석보』 권13에서는 상태동사구 '다ᄅᆞ디 아니ᄒᆞ다'로 의역된다는 사실은 동일 원문의 번역인 다음 예문들에서 잘 확인된다.

(25) a. 이제 나와 너왜 곧 다ᄅᆞ디 아니ᄒᆞ니 <月十三 28a>
b. 이제 내 너와 곧 다ᄅᆞ디 아니케 ᄃᆞ외얫더니(今我與汝ㅣ 便爲不異ᄒᆞ니) <法華二 218b>

<26> 동작동사구 '隨分'

'隨分'이 『법화경언해』에서는 동작동사구 '分을 좇다'로 직역되고 『월인석보』 권13에서는 부사 '제여곰'으로 의역된다는 사실은 동일 원문의 번역인 다음 예문들에서 잘 확인된다.

(26) a. 草木叢林이 제여곰 저주미 ᄀᆞᆮᄒᆞᆫ ᄃᆞᆯ ᄇᆞᆯ기 아디 몯ᄒᆞᆯᄊᆡ <月十三 37b>

b. 草木叢林이 分을 조차 저줌 受호미 ᄀᆞᆮᄒᆞᆫ ᄃᆞᆯ ᄇᆞᆯ기(2b)디 몯ᄒᆞᆯᄊᆡ(未明…如…草木叢林이 隨分受潤인 ᄃᆞᆯ ᄒᆞᆯᄊᆡ 故로) <法華三 3a>

<27> 동작동사구 '昔來'

'昔來'가 『법화경언해』에서는 동작동사구 '녜로 오다'의 명사형으로 직역되고 『월인석보』 권13에서는 부사 '아래'로 의역된다는 사실은 동일 원문의 번역인 다음 예문들에서 잘 확인된다.

(27) a. 우리 아래 眞實ㅅ 佛子ㅣ로ᄃᆡ <月十三 36a>

b. 우리 녜로 오매 眞實ㅅ 佛子ㅣ로ᄃᆡ(我等이 昔來예 眞是佛子ㅣ로ᄃᆡ) <法華二 231b>

<28> 동작동사구 '設方便'

'設方便'이 『법화경언해』에서는 동작동사구 '方便을 밍ᄀᆞᆯ다'로 직역되고 『월인석보』 권13에서는 부사어 '方便으로'로 意譯된다는 사실은 동일 원문의 번역인 다음 예문들에서 잘 확인된다. 부사어 '方便으로'는 명사 '方便'과 조사 '-으로'의 결합이다.

(28) a. 方便으로 <月十三 20a>
b. 方便을 밍ᄀ라(設方便ᄒᆞ야) <法華二 206a>

<29> 동작동사구 '從地'

'從地'가 『법화경언해』에서는 동작동사구 'ᄯᅡ홀 從ᄒᆞ다'로 직역되고 『월인석보』 권13에서는 부사어 'ᄯᅡ해셔'로 意譯된다는 사실은 동일 원문의 번역인 다음 예문들에서 잘 확인된다.

(29) a. ᄯᅡ해셔 니러 <月十三 19b>
b. ᄯᅡ홀 從ᄒᆞ야 니러(從地而起ᄒᆞ야) <法華二 204a>

(29) c. ᄯᅡ해셔 니로ᄆᆞᆫ <月十三 19b>
d. ᄯᅡ홀 從ᄒᆞ야 니로ᄆᆞᆫ(從地而起ᄂᆞᆫ) <法華二 204b>

<30> 동작동사구 '從迷'

'從迷'가 『법화경언해』에서는 동작동사구 '迷惑을 從ᄒᆞ다'로 직역되는데 『월인석보』 권13에서는 부사어 '迷惑으로셔'로 의역된다는 사실은 동일 원문의 번역인 다음 예문들에서 잘 확인된다.

(30) a. ᄯᅡ해셔 니로ᄆᆞᆫ 迷惑ᄋᆞ로셔 아로미오 <月十三 19b>
b. ᄯᅡ홀 從ᄒᆞ야 니로ᄆᆞᆫ 곧 迷惑ᄋᆞᆯ 從ᄒᆞ야 아로미오(從地而起ᄂᆞᆫ 卽從迷惑而學也ㅣ오) <法華二 204b>

<31> 동작동사구 '臨…時'

'臨…時'가 『법화경언해』에서는 동작동사구 '졔 디르다'로 직역되고 『월인석보』 권13에서는 부사어 '저긔'으로 의역된다는 것은 동일 원문의 번역인 다음 예문들에서 잘 확인된다.

(31) a. ᄒᆞ마 주긇 저긔 <月十三 29a>
b. ᄒᆞ마 주글 쩰 디러(臨欲終時ᄒᆞ야) <法華二 222b>

<32> 동작동사구 '得成爲佛'

'得成爲佛'이 『법화경언해』에서는 동작동사구 '부텨 ᄃᆞ외요ᄆᆞᆯ 일우다'로 직역되고 『월인석보』 권13에서는 節 '부톄 ᄃᆞ외다'로 의역된다는 것은 동일 원문의 번역인 다음 예문들에서 잘 확인된다.

(32) a. 最後身에 부톄 ᄃᆞ외야 <月十三 60a>
b. 最後身에 부톄 ᄃᆞ외요ᄆᆞᆯ 일워(方最後身에 得成爲佛ᄒᆞ야)
<法華三 57a>

2.3. 狀態動詞句의 의역

『법화경언해』에서는 직역되는 상태동사구가 『월인석보』 권13에서는 상태동사, 상태동사구 및 동작동사구로 의역된다. 『법화경언해』에서 직역되는 상태동사구에는 '如是', '居僧之首' 및 '如是'가 있다.

<1> 상태동사구 '如是'

'如是'가 『법화경언해』에서는 상태동사구 '이 ᄀᆞᆮᄒᆞ다'로 직역되고 『월인석보』 권13에서는 상태동사 '이러ᄒᆞ다'로 의역된다는 사실은 동일 원문의 번역인 다음 예문들에서 잘 확인된다.

(1) a. 내 ᄆᆞᅀᆞ미 이러ᄒᆞ니 <月十三 27a>
b. 내 ᄆᆞᅀᆞ미 이(216b) ᄀᆞᆮ호니(我心이 如是호니) <法華二 217a>

<2> 상태동사구 '居僧之首'

'居僧之首'가 『법화경언해』에서는 상태동사구 '즁의 머리예 잇다'로 직역되고 『월인석보』 권13에서는 상태동사구 '즁의게 爲頭ᄒᆞ다'로 의역된다는 사실은 동일 원문의 번역인 다음 예문들에서 잘 확인된다.

(2) a. 우리 즁의게 爲(3b)頭ᄒᆞ야 <月十三 4a>
b. 우리 즁의 머리예 이시며(我等이 居僧之首ᄒᆞ며)
<法華二 177b>

<3> 상태동사구 '如是'

'如是'가 『법화경언해』에서는 상태동사구 '이 ᄀᆞᆮᄒᆞ다'로 직역되고 『월인석보』 권13에서는 동작동사구 '이 ᄀᆞ티 ᄒᆞ다'로 의역된다는 것은 동일 원문의 번역인 다음 예문들에서 잘 확인된다.

(3) a. ᄯᅩ 이 ᄀᆞ티 ᄒᆞ고 이 諸佛 供養ᄒᆞᅀᆞᆸ고 <月十三 69a>
b. ᄯᅩ 이 ᄀᆞᆮᄒᆞ야 이 諸佛 供養ᄒᆞ고(亦復如是ᄒᆞ야 供養是諸佛已ᄒᆞ고) <法華三 74b>

3. 副詞의 意譯

두 문헌의 대비를 통해 副詞가 의역된다는 것을 발견할 수 있다. 『법화경언해』에서 직역되는 부사가 『월인석보』 권13에서는 동작동사구로 의역된다. 『법화경언해』에서 직역되는 부사에는 '當'이 있다.

<1> 부사 '當'

'當'이 『법화경언해』에서는 부사 '반ᄃᆞ기'로 직역되고 『월인석보』 권13에

서는 동작동사구 'V_s+아ᅀᅡ ᄒᆞ다'로 의역된다는 사실은 동일 원문의 번역인 다음 예문들에서 잘 확인된다.

(1) a. 이 ᄠᅳ들 體ᄒᆞ야ᅀᅡ ᄒᆞ리라<月十三 27a>
b. 반ᄃᆞ기 이 ᄠᅳ들 體ᄒᆞ라(當體此意ᄒᆞ라)<法華二 217a>

4. 節의 意譯

『월인석보』 권13과 『법화경언해』의 대비를 통해 節의 의역을 확인할 수 있다. 『법화경언해』에서 직역되는 절이 『월인석보』 권13에서는 절, 명사, 명사구, 동작동사구 및 상태동사로 의역된다. 『법화경언해』에서 직역되는 절에는 '爲子所難', '有差別', '無不等', '合…列', '有所說', '宜當' 그리고 '有…異'가 있다.

<1> 절 '爲子所難'

'爲子所難'이 『법화경언해』에서는 절 '아ᄃᆞ리 어려이 너교미 ᄃᆞ외다'로 직역되고 『월인석보』 권13에서는 절 '아ᄃᆞ리 어려ᄫᅵ 너기다'로 의역된다는 사실은 동일 원문의 번역인 다음 예문들에서 잘 확인된다.

(1) a. 저는 豪貴ᄒᆞ야 아ᄃᆞ리 어렵이 너기ᄂᆞᆫ ᄃᆞᆯ 아라 <月十三 19a>
b. 저는 豪貴ᄒᆞ야 아ᄃᆞ리 어려이 너교미 ᄃᆞ왼 ᄃᆞᆯ 아라(自知豪貴ᄒᆞ야 爲子所難ᄒᆞ야) <法華二 204a>

<2> 절 '有差別'

'有差別'이 『법화경언해』에서는 절 '달옴이 잇다'로 직역되고 『월인석보』 권13에서는 명사 '제여고미다'로 의역된다는 사실은 동일 원문의 번역인 다음 예문들에서 잘 확인된다.

(2) a. ᄡᅵ 제여고밀ᄊᆡ <月十三 37b>
b. 가지 달오미 이실ᄊᆡ(種有差別故로) <法華三 3a>

<3> 절 ‘無不等’

‘無不等’이『법화경언해』에서는 절 ‘ᄀᆞᆮ디 아니호미 없다’로 직역되고『월인석보』권13에서는 명사구 ‘ᄒᆞᆫ 가지’로 의역된다는 사실은 동일 원문의 번역인 다음 예문들에서 잘 확인된다.

(3) a. 慈ㅣ ᄒᆞᆫ 가지어시늘 <月十三 38a>
b. 慈ㅣ ᄀᆞᆮ디 아니호미 업거시늘(慈無不等커시늘) <法華三 3a>

<4> 절 ‘合…列’

‘合列’이『법화경언해』에서는 절 ‘버류미 올ᄒᆞ다’로 직역되고『월인석보』권13에서는 명사구 ‘버륧 ᄃᆞ’로 의역된다는 것은 동일 원문의 번역인 다음 예문들에서 잘 확인된다.

(4) a. 大迦葉을 몬져 버륧디어늘 <月十三 3a>
b. 大迦葉을 몬져 버류미 올커늘(合先列大迦葉이어늘)
<法華二 176b>

<5> 절 ‘有所說’

‘有所說’이『법화경언해』에서는 절 ‘닐옴이 잇다’로 직역되고『월인석보』권13에서는 동작동사구 ‘말ᄊᆞᆷ 니ᄅᆞ다’로 의역된다는 사실은 동일 원문의 번역인 다음 예문들에서 잘 확인된다.

(5) a. 말ᄊᆞᆷ 니ᄅᆞ면 <月十三 43a>
b. ᄒᆞ다가 닐오미 이시면(若有所說이면) <法華三 6a>

<6> 절 '宜當'

'宜當'이 『법화경언해』에서는 절 '반드기 V_s + 옴이 맛당ᄒᆞ다'로 직역되고 『월인석보』 권13에서는 동작동사구 'V_s + 아ᅀᅡ ᄒᆞ다'로 의역된다는 사실은 동일 원문의 번역인 다음 예문들에서 잘 확인된다.

(6) a. 法을 體ᄒᆞ야ᅀᅡ ᄒᆞ리라 <月十三 27b>
b. 반ᄃᆞ기 體法호미 맛당호ᄆᆞᆫ(宜當體法은) <法華二 218a>

<7> 절 '有…異'

'有…異'가 『법화경언해』에서는 절 '달옴 잇다'로 직역되고 『월인석보』 권13에서는 상태동사 '다ᄅᆞ다'의 명사형으로 번역된다는 것은 동일 원문의 번역인 다음 예문들에서 잘 확인된다.

(7) a. 種類 名(45a)色이 各各 달오미 <月十三 45b>
b. 種類 名色의 各各 달옴 이쇼ᄆᆞᆫ(有種類名色之各異ᄂᆞᆫ) <法華三 9b>

제4장 語彙的 差異

어휘적 차이는 동일한 漢字와 漢字句가 『월인석보』 권13과 『법화경언해』에서 相異하게 번역되는 경우이다. 어휘적 차이는 여러 가지 유형으로 분류하여 고찰할 수 있다.

1. 名詞類와 名詞類

동일한 漢字와 漢字句가 『월인석보』 권13에서는 名詞類로 번역되고 『법화경언해』에서는 名詞類로 번역된다. 『월인석보』 권13에서 번역되는 명사류에는 名詞句와 代名詞가 있고 『법화경언해』에서 번역되는 명사류에는 名詞, 名詞句 및 代名詞가 있다.

1.1. 名詞句와 名詞類

동일한 漢字와 漢字句가 『월인석보』 권13에서는 名詞句로 번역되고 『법화경언해』에서는 名詞類로 번역된다. 『법화경언해』에서 번역되는 명사류에는 名詞, 名詞句 및 代名詞가 있다.

<1> 化

'化'가 『월인석보』 권13에서는 명사구 '化ᄒᆞ던 일'로 번역되고 『법화경언

해』에서는 명사 '教化'로 번역된다는 것은 동일 원문의 번역인 다음 예문들에서 잘 확인된다.

(1) a. 아랫 因에 化ᄒᆞ던 이롤 볼기샤 <月十三 73b>
b. 이에 아릿 因에 아릿 教化롤 볼기샤(於是예 明曩因에 曾化ᄒᆞ샤 <法華三 83a>

<2> 惡者

'惡者'가『월인석보』권13에서는 명사구 '구즌 일'로 번역되고『법화경언해』에서는 명사 '惡'으로 번역된다는 사실은 동일 원문의 번역인 다음 예문들에서 잘 확인된다. 원문 중 '滅惡者'가 '구즌 일 업게 ᄒᆞ다'로도 번역되고 '惡 滅ᄒᆞ다'로도 번역된다.

(2) a. 人天 善ᄒᆞᆫ ᄡᅵ와 三乘智因이 能히 害를 머리 ᄒᆞ며 구즌 일 업게 호몰 가줄비니 <月十三 38a>
b. 人天 善種과 三乘智因의 能히 害를 머리 ᄒᆞ며 惡 滅ᄒᆞᄂᆞ닐 譬喩ᄒᆞ시니(以喻人天善種과 三乘智因의 能遠害滅惡者ᄒᆞ시니) <法華三 3a>

<3> 小

'小'가『월인석보』권13에서는 명사구 '져근 일'로 번역되고『법화경언해』에서는 명사구 '져근 法'으로 번역된다는 사실은 동일 원문의 번역인 다음 예문들에서 잘 확인된다.

(3) a. 져근 일 즐겨 <月十三 34b>
b. 져근 法 즐겨(樂小ᄒᆞ야) <法華二 229b>

(3) c. 져근 이를 즐기논 젼치라 <月十三 11b>
d. 져근 法 즐교몰 爲훈 젼치라(爲樂小故ㅣ라) <法華二 191b>

(3) e. 믈러가도 져근 이레 머굴워디 아니호미 <月十三 26b>
f. 믈러도 져근 法에 걸이디 아니호미(退不滯小호미)
<法華二 216a>

'小'가 『월인석보』 권13에서는 명사구 '져근 것'으로 번역되고 『법화경언해』에서는 명사구 '져근 法'으로 번역된다는 사실은 동일 원문의 번역인 다음 예문들에서 잘 확인된다.

(3) g. 져근 것 브리고 큰 게 가몰 가줄비니라 <月十三 30b>
h. 져근 法 브리고 큰 法에 가몰 가줄비니라(譬捨小趣大ᄒᆞ니라)
<法華二 224b>

<4> 庸鄙

'庸鄙'가 『월인석보』 권13에서는 명사구 '사오나ᄫᆞᆫ 사ᄅᆞᆷ'으로 번역되고 『법화경언해』에서는 명사구 '샹더러운 것'으로 번역된다는 사실은 동일 원문의 번역인 다음 예문들에서 잘 확인된다.

(4) a. 사오나온 사ᄅᆞ몰 달애샤 <月十三 42b>
b. 샹더려운 것돌ᄒᆞᆯ 달애샤(誘諸庸鄙ᄒᆞ샤) <法華三 4b>

<5> 所應得者

'所應得者'가 『월인석보』 권13에서는 명사구 '得ᄒᆞ얌직ᄒᆞᆫ 것'으로 번역되고 『법화경언해』에서는 명사구 '得ᄒᆞᆯ 껏'으로 번역된다는 사실은 동일 원문의 번역인 다음 예문들에서 잘 확인된다.

(5) a. 佛子ᄋᆡ 得ᄒᆞ얌직ᄒᆞᆫ 거슬 다 ᄒᆞ마 得과이다 <月十三 37a>
b. 佛子ᄋᆡ 得ᄒᆞᆯ ᄭᅥ슬 다 ᄒᆞ마 得과이다(如佛子所應得者ᄅᆞᆯ 皆已得之콰이다) <法華三 232b>

(5) c. 得ᄒᆞ얌직ᄒᆞᆫ 거슨 <月十三 37a>
d. 佛子 得ᄒᆞᆯ ᄭᅥ슨(佛子所應得者ᄂᆞᆫ) <法華二 233a>

<6> 自

'自'가 『월인석보』 권13에서는 명사구 '제 몸'으로 번역되고 『법화경언 해』에서는 대명사 '저'로 번역된다는 사실은 동일 원문의 번역인 다음 예문들에서 잘 확인된다.

(6) a. 죠ᄋᆞᆫ 제 몸 위왇ᄂᆞᆫ 거시오 <月十三 8b>
b. 죵ᄋᆞᆫ 저 위왇ᄂᆞᆫ 거시오(僮僕ᄋᆞᆫ 所以自奉이오) <法華二 187a>

1.2. 代名詞와 代名詞

동일한 漢字가 『월인석보』 권13에서는 代名詞로 번역되고 『법화경언해』에서는 代名詞로 번역된다.

<1> 我

'我'가 『월인석보』 권13에서는 대명사 '우리'로 번역되고 『법화경언해』에서는 대명사 '나'로 번역된다는 사실은 동일 원문의 번역인 다음 예문들에서 잘 확인된다.

(1) a. 부톄 우리 爲ᄒᆞ샤 <月十三 36a>
b. 부톄 날 爲ᄒᆞ샤(佛則爲我ᄒᆞ샤) <法華二 231b>

<2> 自

'自'가 『월인석보』 권13에서는 대명사 '저'로 번역되고 『법화경언해』에서는 대명사 '나'로 번역된다는 사실은 동일 원문의 번역인 다음 예문들에서 잘 확인된다.

(2) a. 저는 이어긔 願ᄒᆞ논 ᄠᅳ디 업다니 <月十三 35b>
b. 나ᄂᆞᆫ 이에 ᄠᅳᆮ 願이 업다니(自於此애 無有志願ᄒᆞ다니) <法華二 231a>

<3> 是

'是'가 『월인석보』 권13에서는 대명사 'ᄀᆞ'로 번역되고 『법화경언해』에서는 대명사 '이'로 번역된다.

(3) a. 너희 比丘와 聲聞弟子ㅣ 긔라 ᄒᆞ샤미라 <月十三 31a>
b. 너희 比丘 聲聞弟子ㅣ라 ᄒᆞ샤미 이오(汝等比丘聲聞弟子ㅣ라 ᄒᆞ샤미 是也ㅣ오) <法華二 225b>

2. 名詞類와 動詞類

동일한 漢字와 漢字句가 『월인석보』 권13에서는 名詞類로 번역되고 『법화경언해』에서는 動詞類로 번역된다. 『월인석보』 권13에서 번역되는 名詞類에는 名詞와 名詞句가 있고 『법화경언해』에서 번역되는 動詞類에는 動作動詞, 動作動詞句 및 狀態動詞가 있다.

2.1. 名詞와 動詞類

동일한 漢字와 漢字句가 『월인석보』 권13에서는 名詞로 번역되고 『법화경언해』에서는 動詞類로 번역된다. 동사류에는 動作動詞, 動作動詞句 및 狀態動詞가 있다.

<1> 背

'背'가 『월인석보』 권13에서는 명사 '뒤ㅎ'로 번역되고 『법화경언해』에서는 동작동사 '背叛ᄒᆞ다'로 번역된다는 것은 동일 원문의 번역인 다음 예문들에서 잘 확인된다.

(1) a. 엇더콴ᄃᆡ 뒤ᄒᆞ로 돌요매 제 일흐며 <月十三 32a>
b. 엇뎨 背叛ᄒᆞ야 ᄃᆞ로매 제 일흐며(奈何自失於背馳ᄒᆞ며)
<法華二 226a>

<2> 滋息

'滋息'이 『월인석보』 권13에서는 명사 '滋息'으로 번역되고 『법화경언해』에서는 동작동사 '부르다'로 번역된다는 사실은 동일 원문의 번역인 다음 예문들에서 잘 확인된다.

(2) a. 敎授滋息을 大千에 너비 니필씨 <月十三 9a>
b. 가ᄅᆞ쳐 심기샤 부르샤 大千을 너비 니피실ᄊᆡ(敎授滋息ᄒᆞ야 廣被大千故로) <法華二 187a>

<3> 利澤

'利澤'이 『월인석보』 권13에서는 명사 '利澤'으로 번역되고 『법화경언해』에서는 동작동사 '利澤ᄒᆞ다'로 번역된다는 사실은 동일 원문의 번역인 다음 예문들에서 잘 확인된다. 그리고 '利澤'의 번역 순서에 차이가 있다는 것도 알 수 있다.

(3) a. 利澤 니르와다 내요믈 모도아 가즐비니라 <月十三9a>
b. 니러나샤 利澤ᄒᆞ샤믈 가즐비니라(總譬出興利澤也ㅣ라)
<法華二 187b>

原文이 『월인석보』 권13과 『법화경언해』에서 어떤 순서로 번역되는가를 보면 다음과 같다.

	總譬	出興	利澤
<月>	3	2	1
<法>	3	1	2

<4> 利

'利'가 『월인석보』 권13에서는 명사 '利'로 번역되고 『법화경언해』에서는 동작동사 '利ᄒᆞ다'로 번역된다는 사실은 동일 원문의 번역인 다음 예문들에서 잘 확인된다. 그리고 '利'의 번역 순서에 차이가 있다는 것도 알 수 있다.

(4) a. 내며 드리며 利 불우미 <月十三 8a>
b. 내며 드리며 부르며 利호미(出入息利ㅣ) <法華二 186a>

原文이 『월인석보』 권13과 『법화경언해』에서 어떤 순서로 번역되는가를 보면 다음과 같다.

	出	入	息	利
<月>	1	2	4	3
<法>	1	2	3	4

<5> 任

'任'이 『월인석보』 권13에서는 명사 '所任'으로 번역되고 『법화경언해』에

서는 동작동사 '지다'로 번역된다는 사실은 동일 원문의 번역인 다음 예문들에서 잘 확인된다. 그리고 '任'의 번역 순서에 차이가 있다는 것도 알 수 있다.

(5) a. 僮ᄋᆞᆫ 所任이 가ᄇᆡ얍고 僕ᄋᆞᆫ 所任이 므거ᄫᅳ니 <月十三 13b>
　　b. 僮ᄋᆞᆫ 가ᄇᆡ야ᄫᆞᆫ 것 지고 僕ᄋᆞᆫ 므거운 것 지ᄂᆞ니(僮은 任輕ᄒᆞ고 僕은 任重ᄒᆞ니) <法華二 196b>

原文 중 '僮任輕'이 『월인석보』 권13과 『법화경언해』에서 어떤 순서로 번역되는가를 보면 다음과 같다.

	僮	任	輕
<月>	1	2	3
<法>	1	3	2

<6> 化

'化'가 『월인석보』 권13에서는 명사 '敎化'로 번역되고 『법화경언해』에서는 동작동사 '化ᄒᆞ다'의 명사형으로 번역된다는 것은 동일 원문의 번역인 다음 예문들에서 잘 확인된다. 원문 중 '示化'가 '敎化ᄅᆞᆯ 뵈다'로도 번역되고 '化호ᄆᆞᆯ 뵈다'로도 번역된다.

(6) a. 닐오ᄃᆡ 釋尊ᄋᆞᆫ 五濁애 敎化ᄅᆞᆯ 뵈샤 <月十三 63b>
　　b. 닐오ᄃᆡ 釋尊은 五濁애 化호ᄆᆞᆯ 뵈샤(日釋尊은 示化五濁ᄒᆞ샤) <法華三 61a>

<7> 澤

'澤'이 『월인석보』 권13에서는 명사 '澤'으로 번역되고 『법화경언해』에서는 동작동사 '젖다'의 명사형으로 번역된다는 것은 동일 원문의 번역인 다음 예문들에서 잘 확인된다. 원문 중 '其澤'이 '그 澤'으로도 번역되고 하고 '그

저줌'으로도 번역된다.

(7) a. 그 澤이 너비 흐웍거든 <月十三 45b>
b. 그 저주미 너비 흐웍ᄒᆞ면(其澤이 普洽ᄒᆞ면) <法華三 10a>

<8> 聾

'聾'이 『월인석보』 권13에서는 명사 '먹뎡이'로 번역되고 『법화경언해』에서는 동작동사구 '귀 먹다'로 번역된다는 사실은 동일 원문의 번역인 다음 예문들에서 잘 확인된다.

(8) a. 이러호ᄆᆞ로 먹뎡이 ᄀᆞᄐᆞ며 버워리 ᄀᆞᄐᆞ야 답다비 모롤씨 <月十三 18b>
b. 일로브터 귀 먹은 ᄃᆞᆺ 입 버운 ᄃᆞᆺᄒᆞ야 닶겨 아디 몯홀씨(由是로 如聾若啞ᄒᆞ야 悶然不解故로) <法華二 202a>

<9> 啞

'啞'가 『월인석보』 권13에서는 명사 '버워리'로 번역되고 『법화경언해』에서는 동작동사구 '입 버우다'로 번역된다는 사실은 동일 원문의 번역인 다음 예문들에서 잘 확인된다.

(9) a. 이러호ᄆᆞ로 먹뎡이 ᄀᆞᄐᆞ며 버워리 ᄀᆞᄐᆞ야 답다비 모롤씨 <月十三 18b>
b. 일로브터 귀 먹은 ᄃᆞᆺ 입 버운 ᄃᆞᆺᄒᆞ야 닶겨 아디 몯홀씨(由是로 如聾若啞ᄒᆞ야 悶然不解故로) <法華二 202a>

<10> 慈

'慈'가 『월인석보』 권13에서는 명사 '慈悲'로 번역되고 『법화경언해』에서

는 동작동사구 '어엿비 너기다'로 번역된다는 사실은 동일 원문의 번역인 다음 예문들에서 잘 확인된다.

(10) a. 부텨 慈悲로 分別ᄒᆞ샤 <月十三 32a>
b. 부텨 어엿비 너기샤 분별ᄒᆞ샤(佛慈憂慮ᄒᆞ샤) <法華二 226a>

<11> 敎授

'敎授'가 『월인석보』 권13에서는 명사 '敎授'로 번역되고 『법화경언해』에서는 동작동사구 '가르쳐 심기다'로 번역된다는 사실은 동일 원문의 번역인 다음 예문들에서 잘 확인된다.

(11) a. 敎授滋息을 大千에 너비 니필씨 <月十三 9a>
b. 가ᄅᆞ쳐 심기샤 부르샤 大千을 너비 니피실씨(敎授滋息ᄒᆞ야 廣被大千故로) <法華二 187a>

<12> 平等

'平等'이 『월인석보』 권13에서는 명사 '平等'으로 번역되고 『법화경언해』에서는 상태동사 '平等ᄒᆞ다'로 번역된다는 사실은 동일 원문의 번역인 다음 예문들에서 잘 확인된다.

(12) a. 聖人ㅅ 平等慈ㅣ <月十三 37a>
b. 聖人ㅅ 平等ᄒᆞ신 慈ㅣ(聖人ㅅ 平等之慈ㅣ) <法華三 3a>

<13> 諸

'諸'가 『월인석보』 권13에서는 의존명사 '둘ᄒᆞ'로 번역되고 『법화경언해』에서는 상태동사 '하다'의 관형사형 '한'으로 번역된다는 사실은 동일 원문의 번역인 다음 예문들에서 잘 확인된다.

(13) a. 婆羅門과 刹利와 居士 ᄃᆞᆯ히 <月十三 11b>
b. 한 婆羅門과 刹利와 居士왜(諸婆羅門과 刹利와 居士왜) <法華二 194a>

2.2. 名詞句와 動詞類

동일한 漢字와 漢字句가 『월인석보』 권13에서는 名詞句로 번역되고 『법화경언해』에서는 動詞類로 번역된다. 동사류에는 動作動詞, 動作動詞句 및 상태동사가 있다.

<1> 犯

'犯'이 『월인석보』 권13에서는 명사구 '犯ᄒᆞᆫ 일'로 번역되고 『법화경언해』에서는 동작동사 '犯ᄒᆞ다'로 번역된다는 사실은 동일 원문의 번역인 다음 예문들에서 잘 확인된다.

(1) a. 내 犯ᄒᆞᆫ 일 업거ᄂᆞᆯ <月十三 16a>
b. 내 서르 犯티 아니커ᄂᆞᆯ(我不相犯이어ᄂᆞᆯ) <法華二 200b>

(1) c. 犯ᄒᆞᆫ 일 업시 자퓨라 호ᄆᆞᆫ <月十三 17a>
d. 犯티 아니호ᄃᆡ 자ᄇᆞ몰 니부믄(不犯而被捉ᄋᆞᆫ) <法華二 202a>

<2> 得

'得'이 『월인석보』 권13에서는 명사구 '어둔 것'으로 번역되고 『법화경언해』에서는 동작동사 '得ᄒᆞ다'로 번역된다는 것은 동일 원문의 번역인 다음 예문들에서 잘 확인된다.

(2) a. 밧긔 가 어ᄃᆞᆫ 거시 아니며 <月十三 31b>
b. 밧글 從ᄒᆞ야 得디 아니ᄒᆞᆯ 씨라(不從外得也ㅣ라)
<法華二 225b>

<3> 念

'念'이『월인석보』권13에서는 명사구 '念ᄒᆞᇙ 것'으로 번역되고『법화경언해』에서는 동작동사 '念ᄒᆞ다'로 번역된다는 것은 동일 원문의 번역인 다음 예문들에서 잘 확인된다.

(3) a. 足히 念ᄒᆞᇙ 거시 아니라 <月十三 5a>
b. 足히 念티 몯ᄒᆞ리라(不足念也ㅣ니라) <法華二 180b>

<4> 所行

'所行'이『월인석보』권13에서는 명사구 '行ᄒᆞᄂᆞᆫ 일'로 번역되고『법화경언해』에서는 동작동사 '行ᄒᆞ다'로 번역된다는 사실은 동일 원문의 번역인 다음 예문들에서 잘 확인된다.

(4) a. 一切 衆生ᄋᆡ 기픈 ᄆᆞᅀᆞᄆᆞ로 行ᄒᆞᄂᆞᆫ 이ᄅᆞᆯ 아라 <月十三 44a>
b. 一切 衆生의 기픈 ᄆᆞᅀᆞ미 行호ᄆᆞᆯ 아라(知一切衆生의 深心所行ᄒᆞ야) <法華三 7b>

(4) c. 衆生 ᄆᆞᅀᆞ미 行ᄒᆞᄂᆞᆫ 거ᄉᆞᆫ <月十三 44a>
d. 衆生 ᄆᆞᅀᆞ미 行호ᄆᆞᆫ(衆心所行ᄋᆞᆫ) <法華三 8a>

(4) e. ᄆᆞᅀᆞ미 行ᄒᆞᄂᆞᆫ 거ᄉᆞᆯ 아디 몯ᄒᆞ시면 <月十三 44b>
f. ᄆᆞᅀᆞ미 行호ᄆᆞᆯ 아디 몯ᄒᆞ시면(不知心之所行ᄒᆞ시면)
<法華三 8a>

<5> 滯

'滯'가 『월인석보』 권13에서는 명사구 '머굴우옛던 일'로 번역되고 『법화경언해』에서는 동작동사 '걸이다'의 명사형으로 번역된다는 사실은 동일 원문의 번역인 다음 예문들에서 잘 확인된다.

(5) a. 權에 머굴우옛던 이ᄅᆞᆯ 펴 니ᄅᆞ니라 <月十三 34b>
b. 權에 걸유믈 펴니라(叙滯權也ㅣ라) <法華二 229b>

<6> 取

'取'가 『월인석보』 권13에서는 명사구 '가졿 ᄠᅳᆮ'으로 번역되고 『법화경언해』에서는 동작동사 '가지다'로 번역된다는 것은 동일 원문의 번역인 다음 예문들에서 잘 확인된다.

(6) a. 잢간도 가졿 ᄠᅳᆮ 업소ᄆᆞᆫ <月十三 28b>
b. 잢간도 求ᄒᆞ야 가지디 아니호ᄆᆞᆫ(略不希取ᄂᆞᆫ) <法華二 219b>

<7> 所得

'所得'이 『월인석보』 권13에서는 명사구 '得ᄒᆞᆫ 것'으로 번역되고 『법화경언해』에서는 동작동사 '得ᄒᆞ다'의 명사형으로 번역된다는 것은 동일 원문의 번역인 다음 예문들에서 잘 확인된다.

(7) a. 得ᄒᆞᆫ 거시 만호라 ᄒᆞ다니 <月十三 31b>
b. 得호미 하라 ᄒᆞ다니(所得이 弘多ㅣ라 ᄒᆞ다니) <法華二 229a>

<8> 所獲

'所獲'이 『월인석보』 권13에서는 명사구 '어든 것'으로 번역되고 『법화경

언해』에서는 동작동사 '얻다'의 명사형으로 번역된다는 것은 동일 원문의 번역인 다음 예문들에서 잘 확인된다.

(8) a. 小果ㅅ 利 어둔 거시 하디 아니호믈 가줄(34b)비니라 <月十三 35a>
   b. 져근 果ㅅ 利의 어두미 하디 아니혼 둘 가줄비니라(譬所果之利의 所獲이 不多ᄒᆞ니라 <法華二 230a>

<9> 來至

'來至'가 『월인석보』 권13에서는 명사구 '온 일'로 번역되고 『법화경언해』에서는 동작동사 '오다'의 명사형으로 번역된다는 것은 동일 원문의 번역인 다음 예문들에서 잘 확인된다.

(9) a. 예 온 이롤 뉘으처 <月十三 12b>
   b. 이에 오몰 뉘으처(悔來至此ᄒᆞ야) <法華二 194b>

<10> 同聲

'同聲'이 『월인석보』 권13에서는 명사구 'ᄒᆞᆫ 소리'로 번역되고 『법화경언해』에서는 동작동사구 'ᄒᆞᆫ 소리 ᄒᆞ다'로 번역된다는 것은 동일 원문의 번역인 다음 예문들에서 잘 확인된다.

(10) a. ᄒᆞᆫ 소리로 偈롤 술보디 <月十三 64a>
   b. 즉재 모다 ᄒᆞᆫ 소리 ᄒᆞ야 술오디(卽共同聲ᄒᆞ야 而說偈言ᄒᆞᄉᆞ오디) <法華三 63b>

<11> 少

'少'가 『월인석보』 권13에서는 명사구 '져근 것'으로 번역되고 『법화경언

해』에서는 상태동사 '젹다'의 명사형으로 번역된다는 사실은 동일 원문의 번역인 다음 예문들에서 잘 확인된다.

(11) a. 그 中에 하며 져근 거슬 <月十三 26b>
b. 그 中에 하며 져곰과(其中多少와) <法華二 216b>

<12> 所畏

'所畏'가 『월인석보』 권13에서는 명사구 '두리본 일'으로 번역되고 『법화경언해』에서는 상태동사 '저프다'의 명사형으로 번역된다는 사실은 동일 원문의 번역인 다음 예문들에서 잘 확인된다.

(12) a. 양지 두리본 일 잇는 ᄃᆞ시 ᄒᆞ야 <月十三 22a>
b. 양ᄌᆞ애 저품 두어(狀有所畏ᄒᆞ야) <法華二 209b>

<13> 有

'有'가 『월인석보』 권13에서는 명사구 '잇논 것'으로 번역되고 『법화경언해』에서는 상태동사 '잇다'의 명사형으로 번역된다는 사실은 동일 원문의 번역인 다음 예문들에서 잘 확인된다.

(13) a. 이제 各別히 잇논 거시 아니라 <月十三 31b>
b. 이제 各別히 이슘미 아니라(非今別有也ㅣ라) <法華二 225b>

<14> 衆

'衆'이 『월인석보』 권13에서는 명사구 '여러 가지'로 번역되고 『법화경언해』에서는 상태동사 '하다'의 관형사형으로 번역된다는 사실은 동일 원문의 번역인 다음 예문들에서 잘 확인된다.

(14) a. 여러 가짓 일훔난 곳 비호ᄆᆞᆫ <月十三 14b>
b. 한 일훔난 곳 비호ᄆᆞᆫ(散衆名華者ᄂᆞᆫ) <法華二 197a>

한편 '衆'이『월인석보』권13과『법화경언해』에서 모두 상태동사 '하다'의 관형사형으로 번역된다는 사실은 동일 원문의 번역인 다음 예문들에서 잘 확인된다.

(14) c. 한 善으로 敎化 ᄂᆞ리오샤ᄆᆞᆯ 가ᄌᆞᆯ빌씨 <月十三 14a>
d. 한 善으로 敎化 ᄂᆞ리오샤ᄆᆞᆯ 가ᄌᆞᆯ빌씨(譬衆善下化故로) <法華二 197a>

3. 名詞類와 冠形詞

동일한 漢字가『월인석보』권13에서는 名詞類로 번역되고『법화경언해』에서는 冠形詞로 번역된다. 명사류에는 名詞句와 代名詞가 있다.

<1> 諸

'諸'가『월인석보』권13에서는 명사구 '여러 가지'로 번역되고『법화경언해』에서는 관형사 '여러'로 번역된다는 것은 동일 원문의 번역인 다음 예문들에서 잘 확인된다. 원문 중 '諸寶華'가 '여러 가짓 寶華'로도 번역되고 '여러 寶華'로도 번역된다.

(1) a. 여러 가짓 寶華ᄅᆞᆯ 비허 <月十三 62b>
b. 여러 寶華ᄅᆞᆯ 흐터(散諸寶華ᄒᆞ야) <法華三 59a>

(1) c. 한 金銀珍寶와 여러 가짓 庫藏ᄋᆞᆯ ᄀᆞᅀᆞᆷ아로ᄃᆡ <月十三 28b>
d. 한 것 金銀珍寶와 여러 庫藏ᄋᆞᆯ 領ᄒᆞ야 아로ᄃᆡ(領知衆物金銀珍寶와 及諸庫藏호ᄃᆡ) <法華二 219b>

(1) e. 여러 가짓 熱惱를 受ᄒᆞ야 <月十三 33a>
f. 여러 熱惱를 受ᄒᆞ야(受諸熱惱ᄒᆞ야) <法華二 227b>

한편 '諸'가 『월인석보』 권13과 『법화경언해』에서 모두 명사구 '여러 가지'로 번역된다는 것은 동일 원문의 번역인 다음 예문들에서 잘 확인된다. 원문 중 '諸憂惱'가 '여러 가짓 시름'으로도 번역되고 '여러 가짓 憂惱'로도 번역된다.

(1) g. 여러 가짓 시르미 날 씨니 <月十三 33a>
h. 여러 가짓 憂惱ㅣ 날 씨니(生諸憂惱ㅣ니) <法華二 228a>

<2> 其

'其'가 『월인석보』 권13에서는 대명사 '저'의 속격으로 번역되고 『법화경언해』에서는 관형사 '그'로 번역된다는 것은 동일 원문의 번역인 다음 예문들에서 잘 확인된다.

(2) a. 제 本來ㅅ 일후믄 <月十三 29b>
b. 그 本來ㅅ 일후믄(其本字ᄂᆞᆫ) <法華二 222b>

4. 名詞와 節

동일한 漢字句가 『월인석보』 권13에서는 名詞로 번역되고 『법화경언해』에서는 節로 번역된다.

<1> 所雨

'所雨'가 『월인석보』 권13에서는 명사 '비'로 번역되고 『법화경언해』에서는 절 '비 오다'로 번역된다는 것은 동일 원문의 번역인 다음 예문들에서 잘 확인된다

확인된다.

(1) a. ᄒᆞᆫ 구룺 비예 大千이 너비 흐웍ᄒᆞᄆᆞᆫ <月十三 46a>
b. ᄒᆞᆫ 구루믜 비 오매 大千이 너비 흐웍ᄒᆞᄆᆞᆫ(一雲所雨에 大千이 普洽은) <法華三 10b>

(1) c. ᄒᆞᆫ 구룸 온 비 種性에 마자 <月十三 46b>
d. ᄒᆞᆫ 구룸의 비 오매 제 種性에 마자(一雲所雨에 稱其種性ᄒᆞ야) <法華三 11b>

5. 動詞類와 動詞類

동일한 漢字와 漢字句가 『월인석보』 권13에서는 動詞類로 번역되고 『법화경언해』에서는 動詞類로 번역된다. 『월인석보』 권13의 동사류에는 動作動詞, 動作動詞句, 狀態動詞 그리고 狀態動詞句가 있다. 『법화경언해』의 동사류에는 동작동사, 동작동사구 및 상태동사가 있다.

5.1. 動作動詞와 動詞類

동일한 漢字와 한자구가 『월인석보』 권13에서는 動作動詞로 번역되고 『법화경언해』에서는 動詞類로 번역된다. 『법화경언해』의 동사류에는 動作動詞, 동작동사구 및 狀態動詞가 있다.

<1> 治

'治'가 『월인석보』 권13에서는 동작동사 '고티다'로 번역되고 『법화경언해』에서는 동작동사 '다ᄉᆞ리다'로 번역된다는 사실은 동일 원문의 번역인 다음 예문들에서 잘 확인된다.

(1) a. 프리 能히 病 고티ᄂᆞ니를 藥草ㅣ라 ᄒᆞᄂᆞ니 <月十三 38a>
b. 프리 能히 病 다ᄉᆞ리ᄂᆞ닐 일후미 藥草ㅣ니(草ㅣ 能治病을 名藥草ㅣ니) <法華三 3a>

<2> 爲

'爲'가 『월인석보』 권13에서는 동작동사 'ᄒᆞ다'로 번역되고 『법화경언해』에서는 동작동사 '삼다'로 번역된다는 사실은 동일 원문의 번역인 다음 예문들에서 잘 확인된다.

(2) a. 제 足호라 ᄒᆞ야 <月十三 34a>
b. 제 足ᄋᆞᆯ 사마(自以爲足ᄒᆞ야) <法華二 229a>

<3> 爲

'爲'가 『월인석보』 권13에서는 동작동사인 자동사 'ᄃᆞ외다'로 번역되고 『법화경언해』에서는 동작동사인 타동사 '밍ᄀᆞᆯ다'로 번역된다는 사실은 동일 원문의 번역인 다음 예문들에서 잘 확인된다. 원문 중 '爲地'가 'ᄯᅡ히 ᄃᆞ외다'로도 번역되고 'ᄯᅡ홀 밍ᄀᆞᆯ다'로도 번역된다.

(3) a. 琉璃 ᄯᅡ히 ᄃᆞ외며 <月十三 62a>
b. 琉璃로 ᄯᅡ홀 밍ᄀᆞᆯ오(琉璃爲地ᄒᆞ고) <法華三 59a>

(3) c. 그 ᄯᅡ히 平正ᄒᆞ야 玻瓈 ᄯᅡ히 ᄃᆞ외오<月十三 66a>
d. 그 ᄯᅡ히 平正코 頗梨로 ᄯᅡ홀 밍ᄀᆞᆯ오(其土ㅣ 平正ᄒᆞ고 頗梨爲地ᄒᆞ고> <法華三 68a>

<4> 至

'至'가 『월인석보』 권13에서는 동작동사 '오다'로 번역되고 『법화경언해』

에서는 동작동사 '니를다'로 번역된다는 것은 동일 원문의 번역인 다음 예문들에서 잘 확인된다.

(4) a. 法王 大寶ㅣ 自然히 오니 <月十三 37a>
b. 法王 大寶ㅣ 自然히 니르러(法王寶ㅣ 自然而至ᄒᆞ야) <法華二 232b>

<5> 莫

'莫'이 『월인석보』 권13에서는 권13에서는 동작동사 '아니ᄒᆞ다'로 번역되고 『법화경언해』에서는 동작동사 '말다'로 번역된다는 것은 동일 원문의 번역인 다음 예문들에서 잘 확인된다.

(5) a. 더브러 말 아니ᄒᆞ니 <月十三 18a>
b. 다시 ᄃᆞ려 말 말라 ᄒᆞ니(莫復與語ᄒᆞ라 ᄒᆞ니) <法華二 203a>

<6> 蘇

'蘇'가 『월인석보』 권13에서는 동작동사 'ᄭᅵ오다'로 번역되고 『법화경언해』에서는 동작동사구 '도로 사ᄅᆞ다'로 번역된다는 사실은 동일 원문의 번역인 다음 예문들에서 잘 확인된다.

(6) a. ᄎᆞᆫ ᄆᆞ리 能히 ᄭᅵ(18b)오ᄆᆞᆫ <月十三 19a>
b. 冷水는 能히 답껴 주그닐 도로 사ᄅᆞᄂᆞ니(冷水ᄂᆞᆫ 能蘇悶絕ᄒᆞᄂᆞ니) <法華二 203a>

<7> 明了

'明了'가 『월인석보』 권13에서는 동작동사 '볼기다'로 번역되고 『법화경언해』에서는 동작동사구 '볼기 알다'로 번역된다는 사실은 동일 원문의 번역인

다음 예문들에서 잘 확인된다.

(7) a. 諸法에 다 ᄇᆞᆯ겨 <月十三 44a>
b. 諸法에 다 ᄇᆞᆯ기 아라(於諸法에 究盡明了ᄒᆞ야) <法華三7b>

<8> 好樂

'好樂'이 『월인석보』 권13에서는 동작동사 '즐기다'로 번역되고 『법화경언해』에서는 상태동사 '즐겁다'로 번역된다는 것은 동일 원문의 번역인 다음 예문들에서 잘 확인된다.

(8) a. ᄒᆞᆫ 念도 즐기논 ᄆᆞᅀᆞᄆᆞᆯ(5b) 아니 내다니 <月十三 5b>
b. ᄒᆞᆫ 念도 즐거운 ᄆᆞᅀᆞᄆᆞᆯ 아니 내다이다(不生一念好樂之心ᄒᆞ다이다) <法華二 181a>

5.2. 動作動詞句와 動詞類

동일한 漢字와 한자구가 『월인석보』 권13에서는 動作動詞句로 번역되고 『법화경언해』에서는 動詞類로 번역된다. 동사류에는 동작동사, 동작동사구 및 상태동사가 있다.

<1> 滅

'滅'이 『월인석보』 권13에서는 동작동사구 '업게 ᄒᆞ다'로 번역되고 『법화경언해』에서는 동작동사인 타동사 '滅ᄒᆞ다'로 번역된다는 사실은 동일 원문의 번역인 다음 예문들에서 잘 확인된다.

(1) a. 人天 善ᄒᆞᆫ ᄡᅵ와 三乘智因이 能히 害를 머리 ᄒᆞ며 구즌 일 업게 호ᄆᆞᆯ 가ᄌᆞᆯ비니 <月十三 38a>

b. 人天 善種과 三乘智因의 能히 害를 머리 ᄒᆞ며 惡 滅ᄒᆞᄂᆞ닐 譬喩ᄒᆞ시니(以喩人天善種과 三乘智因의 能遠害滅惡者ᄒᆞ시니) <法華三 3a>

<2> 明

'明'이『월인석보』권13에서는 동작동사구 '븕기 알다'로 번역되고『법화경언해』에서는 동작동사 '븕기다'로 번역된다는 사실은 동일 원문의 번역인 다음 예문들에서 잘 확인된다.

(2) a. 草木叢林이 제여곰 저주미 ᄀᆞᆮᄒᆞᆫ 돌 븕기 아디 몯ᄒᆞᆯᄊᆡ <月十三 37b>

b. 草木叢林이 分을 조차 저줌 受호미 ᄀᆞᆮᄒᆞᆫ 돌 븕기(2b)디 몯ᄒᆞᆯᄊᆡ (未明…如…草木叢林이 隨分受潤인 돌 ᄒᆞᆯᄊᆡ 故로) <法華三 3a>

<3> 述成

'述成'이『월인석보』권13에서는 동작동사구 'ᄆᆞᄌᆞ 일우다'로 번역되고『법화경언해』에서는 동작동사 '述成ᄒᆞ다'로 번역된다는 사실은 동일 원문의 번역인 다음 예문들에서 잘 확인된다.

(3) a. 中根을 爲ᄒᆞ야 ᄆᆞ(38a)ᄌᆞ 일우실ᄊᆡ <月十三 38b>

b. 中根 爲ᄒᆞ샤 述成ᄒᆞ실ᄊᆡ(爲中根ᄒᆞ샤 述成ᄒᆞ실ᄊᆡ) <法華三 3b>

(3) c. 안 ᄠᅳ들 ᄆᆞᄌᆞ 일우시니 <月十三 37a>

d. 領悟ᄒᆞᆫ ᄠᅳ들 述成ᄒᆞ시니라(述成領悟之意也ᄒᆞ시니라) <法華三 2b>

<4> 名

'名'이 『월인석보』 권13에서는 동작동사구 '일훔 짛다'로 번역되고 『법화경언해』에서는 동작동사 '일훔ᄒᆞ다'로 번역된다는 사실은 동일 원문의 번역인 다음 예문들에서 잘 확인된다.

(4) a. ᄒᆞᆫ갓 藥草로 品 일훔 지호ᄆᆞᆫ <月十三 38a>
b. ᄒᆞ올로 藥草로 品 일훔호ᄆᆞᆫ(獨以藥草로 名品者ᄂᆞᆫ) <法華三 3b>

<5> 号

'号'가 『월인석보』 권13에서는 동작동사구 '일훔 짛다'로 번역되고 『법화경언해』에서는 동작동사 '일훔ᄒᆞ다'로 번역된다는 사실은 동일 원문의 번역인 다음 예문들에서 잘 확인된다. 원문 중 '号名相'이 '名相ᄋᆞᆯ 일훔 짛다'로도 번역되고 '名相이라 일훔ᄒᆞ다'로도 번역된다.

(5) a. 이제 實果ᄅᆞᆯ 證ᄒᆞ야 도ᄅᆞᅘᅧ 名相ᄋᆞᆯ 일훔 지ᄒᆞ니 <月十三 66a>
b. 이제 實果ᄅᆞᆯ 證ᄒᆞ야 도로 名相이라 일훔ᄒᆞ니(今證實果ᄒᆞ야 反号名相ᄒᆞ니) <法華三 67b>

<6> 立名

'立名'이 『월인석보』 권13에서는 동작동사구 '일훔 짛다'로 번역되고 『법화경언해』에서는 동작동사구 '일훔 셰다'로 번역된다는 사실은 동일 원문의 번역인 다음 예문들에서 잘 확인된다.

(6) a. 일훔 지ᄒᆞ시니 <月十三 38b>
b. 일훔 셸 ᄯᆞᄅᆞ미니(立名耳니) <法華三 3b>

<7> 從外

'從外'가 『월인석보』 권13에서는 동작동사구 '밧긔 가다'로 번역되고 『법화경언해』에서는 동작동사구 '밧글 從ᄒᆞ다'로 번역된다는 사실은 동일 원문의 번역인 다음 예문들에서 잘 확인된다.

(7) a. 밧긔 가 어둔 거시 아니며 <月十三 31b>
b. 밧글 從ᄒᆞ야 得디 아니홀 씨라(不從外得也ㅣ라)
<法華二 225b>

<8> 久

'久'가 『월인석보』 권13에서는 동작동사구 '오래 ᄒᆞ다'로 번역되어 他動詞구실을 하고 『법화경언해』에서는 상태동사 '오라다'로 번역된다는 사실은 동일 원문의 번역인 다음 예문들에서 잘 확인된다.

(8) a. 說法 오래 ᄒᆞ시다 호ᄆᆞᆫ <月十三 4b>
b. 法 니ᄅᆞ샤미 ᄒᆞ마 오라ᄆᆞᆫ(說法旣久ᄂᆞᆫ) <法華二 180a>

<9> 親

'親'이 『월인석보』 권13에서는 동작동사구 '親히 ᄒᆞ다'로 번역되고 『법화경언해』에서는 상태동사 '親ᄒᆞ다'로 번역된다는 사실은 동일 원문의 번역인 다음 예문들에서 잘 확인된다.

(9) a. 窮子ㅣ 스믈히 디내야 오라니 漸漸 아비롤 親히 컨마ᄅᆞᆫ
<月十三 26a>
b. 窮子ㅣ 二十年 디나 오라거ᅀᅡ 漸漸 아비게 親호ᄃᆡ(窮子ㅣ 過二十年ᄒᆞ야 久漸親父호ᄃᆡ) <法華二 215b>

<10> 安

'安'이 『월인석보』 권13에서는 동작동사구 '便安히 너기다'로 번역되고 『법화경언해』에서는 상태동사 '便安ᄒᆞ다'로 번역된다는 것은 동일 원문의 번역인 다음 예문들에서 잘 확인된다.

(10) a. 目蓮等이 ᄆᆞᅀᆞ매 제 便安히 몯 너겨 <月十三 64b>
b. 目蓮ᄃᆞᆯ히 ᄆᆞᅀᆞ매 제 便安티 몯호ᄆᆞᆫ(目蓮等이 心不自安은)
<法華三 64a>

5.3. 狀態動詞와 動詞類

동일한 漢字가 『월인석보』 권13에서는 狀態動詞로 번역되고 『법화경언해』에서는 動詞類로 번역된다. 동사류에는 동작동사와 동작동사구가 있다.

<1> 有

'有'가 『월인석보』 권13에서는 상태동사 '잇다'로 번역되고 『법화경언해』에서는 동작동사인 타동사 '두다'로 번역된다는 사실은 동일 원문의 번역인 다음 예문들에서 잘 확인된다. 즉 『월인석보』 권13의 구문은 'NP이 잇다'이고 『법화경언해』의 구문은 'NPᄅᆞᆯ 두다'이다.

(1) a. 양ᄌᆞ 두리본 일 잇ᄂᆞᆫ ᄃᆞ시 ᄒᆞ야 <月十三 22a>
b. 양ᄌᆞ 저품 두어(狀有所畏ᄒᆞ야) <法華二 209b>

(1) c. 내 이제 金銀珍寶 ㅣ 만히 이셔 <月十三 26b>
d. 내 이제 金銀珍寶ᄅᆞᆯ 만히 두어(我今多有金銀珍寶ᄒᆞ야)
<法華二 216b>

(1) e. ᄒᆞ다가 우리 큰 法 즐기ᄂᆞᆫ ᄆᆞᅀᆞ미 잇던댄 <月十三 36a>
f. ᄒᆞ다가 우리 큰 法 즐길 ᄆᆞᅀᆞᄆᆞᆯ 두던댄(若我等이 有樂大之心 ᄒᆞ던댄) <法華二 231b>

<2> 沒

'沒'이 『월인석보』 권13에서는 상태동사 '없다'로 번역되고 『법화경언해』에서는 동작동사 '들다'로 번역된다는 것은 동일 원문의 번역인 다음 예문들에서 잘 확인된다. '沒'은 '나다'로 번역되는 동작동사 '出'과 의미상 대립 관계에 있다.

(2) a. 未來世예 나샤 十二小劫을 겨시다가 업스샤ᄆᆞᆫ <月十三 61b>
b. 未來世예 十二劫을 나 住ᄒᆞ샤 드르샤ᄆᆞᆫ(於未來世예 而出住十二劫而沒者ᄂᆞᆫ) <法華三 58b>

<3> 樂

'樂'이 『월인석보』 권13에서는 상태동사 '즐겁다'의 명사형으로 번역되고 『법화경언해』에서는 동작동사 '즐기다'의 명사형으로 번역된다는 사실은 동일 원문의 번역인 다음 예문들에서 잘 확인된다.

(3) a. 니ᄅᆞ논(33a) 즐거ᄫᅳ믈 몯 ᄆᆞ차셔 <月十三 33a>
b. 닐온 즐규믈 몯 ᄆᆞ차샤(所謂樂未畢ᄒᆞ야셔) <法華二 228a>

<4> 煩

'煩'이 『월인석보』 권13에서는 상태동사 '어즈럽다'로 번역되고 『법화경언해』에서는 동작동사구 '잇비 ᄒᆞ다'로 번역된다는 것은 동일 원문의 번역인 다음 예문들에서 잘 확인된다.

(4) a. 오히려 어즈러버 截剪ᄒᆞ시니 <月十三 63b>
b. 오히려 이긔여 ᄇᆞ료ᄆᆞᆯ 잇비 ᄒᆞ시니(尙煩截剪ᄒᆞ시니)
<法華三 60b>

5.4. 狀態動詞句와 狀態動詞

동일한 漢字句가 『월인석보』 권13에서는 狀態動詞句로 번역되고 『법화경언해』에서는 狀態動詞로 번역된다.

<1> 蕪穢

'蕪穢'가 『월인석보』 권13에서는 상태동사구 '거츨오 더럽다'로 번역되고 『법화경언해』에서는 상태동사 '덦거츨다'(뜻은 '거칠고 더럽다', '무성하다'임)로 번역된다는 사실은 동일 원문의 번역인 다음 예문들에서 잘 확인된다.

(1) a. ᄒᆞᆫ갓 거츨오 더러버 藥草ㅣ 아니라 <月十三 38a>
b. ᄒᆞᆫ갓 덦거츠러 藥草ㅣ 아니라(徒馬蕪穢ᄒᆞ야 非藥草矣라)
<法華三 3b>

6. 動詞類와 名詞類

동일한 漢字와 漢字句가 『월인석보』 권13에서는 動詞類로 번역되고 『법화경언해』에서는 名詞類로 번역된다. 『월인석보』 권13에서 번역되는 동사류에는 動作動詞, 動作動詞句 및 狀態動詞가 있다. 『법화경언해』에서 번역되는 명사류에는 名詞와 名詞句가 있다.

<1> 供

'供'이 『월인석보』 권13에서는 동작동사 '공양ᄒᆞ다'로 번역되고 『법화경언

해』에서는 명사 '供養'으로 번역된다는 것은 동일 원문의 번역인 다음 예문들에서 잘 확인된다. 원문 중 '供具'가 '供養홇 것'으로도 번역되고 '供養앳 것'으로도 번역된다.

(1) a. 여러 가짓 供養홇 거스로 八千億佛을 供養ᄒᆞᅀᆞᄫᅡ 셤기ᅀᆞᄫᅡ <月十三68a>
b. 여러 가짓 供養앳 거스로 八千億佛을 供養ᄒᆞ야 바다 셤겨(以諸供具로 供養奉事八千億佛ᄒᆞ야) <法華三74a>

<2> 意

'意'가 『월인석보』 권13에서는 동작동사 '너기다'로 번역되고 『법화경언해』에서는 명사 'ᄠᅳᆮ'으로 번역된다는 사실은 동일 원문의 번역인 다음 예문들에서 잘 확인된다. 그리고 '意'의 번역 순서에 차이가 있다는 것도 알 수 있다.

(2) a. 네 迷惑ᄒᆞ야 ᄢᅥ디여 ᄀᆞᄅᆞ쵸ᄆᆞᆯ 因ᄒᆞ야 漸漸 ᅘᅧ 正道애 드류ᄆᆞᆯ 너겨 니ᄅᆞ노라 <月十三 9b>
b. ᄠᅳ든 네 몰라 ᄢᅥ디옛다가 ᄀᆞᄅᆞ치샤 漸漸 ᅘᅧ샤ᄆᆞᆯ 因ᄒᆞ야 正道애 드로ᄆᆞᆯ 너기도다(意謂在昔迷淪ᄒᆞ얫다가 因教漸引ᄒᆞ야 遂入正道也ㅣ로다) <法華二 188b>

原文이 『월인석보』 권13과 『법화경언해』에서 어떤 순서로 번역되는가를 보면 다음과 같다.

	意	謂	在昔迷淪	因	教	漸	引	遂入正道也
<月>	7	8	1	3	2	4	5	6
<法>	1	8	2	6	3	4	5	7

<3> 名

'名'이 『월인석보』 권13에서는 동작동사 '(-라) ᄒᆞ다'로 번역되고 『법화경

언해』에서는 명사 '일훔'으로 번역된다는 사실은 동일 원문의 번역인 다음 예문들에서 잘 확인된다.

(3) a. 프리 能히 病 고티ᄂᆞ니를 藥草ㅣ라 ᄒᆞᄂᆞ니 <月十三 38a>
b. 프리 能히 病 다ᄉᆞ리ᄂᆞ닐 일후미 藥草ㅣ니(草ㅣ 能治病을 名藥草ㅣ니) <法華三 3a>

<4> 願

'願'이 『월인석보』 권13에서는 동작동사 '願ᄒᆞ다'로 번역되고 『법화경언해』에서는 명사 '願'으로 번역된다는 사실은 동일 원문의 번역인 다음 예문들에서 잘 확인된다.

(4) a. 願ᄒᆞ논 ᄠᅳ디 업다니 <月十三 35b>
b. ᄠᅳᆮ 願이 업다니(無有志願ᄒᆞ다니) <法華二 231a>

<5> 感

'感'이 『월인석보』 권13에서는 동작동사 '感ᄒᆞ다'의 명사형으로 번역되고 『법화경언해』에서는 명사 '感'으로 번역된다는 것은 동일 원문의 번역인 다음 예문들에서 잘 확인된다. 원문 중 '心感'이 'ᄆᆞᅀᆞ미 感홈'으로도 번역되고 'ᄆᆞᅀᆞ미 感'으로도 번역된다.

(5) a. 便利 조티 아니호ᄆᆞᆫ 더러ᄫᅳᆫ ᄆᆞᅀᆞ미 感호미오 <月十三 62b>
b. 便利 不淨(59b)은 더러운 ᄆᆞᅀᆞ미 感이오(便利不淨은 染心感也ㅣ오) <法華三 60a>

<6> 名

'名'이 『월인석보』 권13에서는 동작동사구 '일훔 짛다'로 번역되고 『법화

경언해』에서는 명사 '일훔'으로 번역된다는 것은 동일 원문의 번역인 다음 예문들에서 잘 확인된다. 원문 중 '不名'이 '일훔 지티 몯ᄒᆞ다'로도 번역되고 '일훔 몯ᄒᆞ다'로도 번역된다.

(6) a. 惡世라 일훔 지티 몯ᄒᆞ리(63b)라 <月十三 64a>
b. 惡世라 일훔 몯ᄒᆞ릴씨니라(不名惡世ㄹ씨니라) <法華三 61a>

<7> 所以者何

'所以者何'가 『월인석보』 권13에서는 동작동사구 '엇뎨어뇨 ᄒᆞ다'로 번역되고 『법화경언해』에서는 명사 '엇뎨'로 번역된다는 사실은 동일 원문의 번역인 다음 예문들에서 잘 확인된다.

(7) a. 엇뎨어뇨 ᄒᆞ란ᄃᆡ <月十三 5b>
b. 엇뎨어뇨(所以者何 ㅣ 어뇨) <法華二 181a>

(7) c. 엇뎨어뇨 ᄒᆞ란ᄃᆡ <月十三 19a>
d. 엇뎨어뇨(所以者何 ㅣ 어뇨) <法華二 204a>

(7) e. 엇뎨어뇨 ᄒᆞ란ᄃᆡ <月十三 35b>
f. 엇뎨어뇨(所以者何ㅣ 어뇨) <法華二 231a>

<8> 覺皇道化

'覺皇道化'가 『월인석보』 권13에서는 동작동사구 '覺皇ᄋᆡ 道理로 敎化ᄒᆞ다'의 명사형으로 번역되고 『법화경언해』에서는 명사 '覺皇道化'로 번역된다는 사실은 동일 원문의 번역인 다음 예문들에서 잘 확인된다.

(8) a. 覺皇ᄋᆡ 道理로 敎化ᄒᆞ샤믄 ᄒᆞᆫ 비 ᄀᆞᆮᄒᆞ니 <月十三 37a>

b. 覺皇道化ᄂᆞᆫ ᄒᆞᆫ 비 ᄀᆞᆮᄒᆞ시니(覺皇道化ᄂᆞᆫ 等如一雨ᄒᆞ시니)
<法華三 3a>

<9> 辛苦

'辛苦'가 『월인석보』 권13에서는 상태동사 '辛苦ᄒᆞ다'의 명사형으로 번역되고 『법화경언해』에서는 명사 '辛苦'로 번역된다는 것은 동일 원문의 번역인 다음 예문들에서 잘 확인된다.

(9) a. 뷔듣녀 辛苦호미 <月十三 29b>
b. 뷔듣녀 辛苦ㅣ(跉跰辛苦ㅣ) <法華二 222b>

<10> 上

'上'이 『월인석보』 권13에서는 상태동사 '爲頭ᄒᆞ다'의 관형사형 '爲頭ᄒᆞᆫ'으로 번역되고 『법화경언해』에서는 명사 '우'로 번역된다는 사실은 동일 원문의 번역인 다음 예문들에서 잘 확인된다. 원문 중 '上衣'가 '爲頭ᄒᆞᆫ 옷'으로도 번역되고 '웃옷'으로도 번역된다.

(10) a. 보ᄃᆞ라ᄫᆞᆫ 爲頭ᄒᆞᆫ 옷과 <月十三 21b>
b. 보ᄃᆞ라온 웃옷과(細軟上服과) <法華二 209b>

<11> 穢

'穢'가 『월인석보』 권13에서는 상태동사 '더럽다'의 명사형으로 번역되고 『법화경언해』에서는 명사구 '더러운 것'으로 번역된다는 것은 동일 원문의 번역인 다음 예문들에서 잘 확인된다.

(11) a. 두듥과 굳과 砂(66a)礫과 荊棘과 便利와 더러ᄫᅮ미 업고
<月十三 66b>

b. 두듥과 굳과 몰애와 돌콰 가ᄉᆡ와(68a) 便利 더러운 것ᄃᆞᆯ히 업고(無諸丘坑沙礫荊棘便利之穢ᄒᆞ고) <法華三 68b>

7. 動作動詞와 副詞類

동일한 漢字와 한자구가 『월인석보』 권13에서는 동작동사로 번역되고 『법화경언해』에서는 副詞類로 번역된다. 부사류에는 부사와 부사구가 있다.

<1> 彌

'彌'가 『월인석보』 권13에서는 동작동사 'ᄎᆞ다'로 번역되고 『법화경언해』에서는 부사 'ᄀᆞᄃᆞ기'로 번역된다는 것은 동일 원문의 번역인 다음 예문들에서 잘 확인된다. 원문 중 '彌布'가 '차 펴디다'로도 번역되고 'ᄀᆞᄃᆞ기 펴다'로도 번역된다.

(1) a. 密雲이 차 펴디며 <月十三 45b>
　　b. 특특ᄒᆞᆫ 구루미 ᄀᆞᄃᆞ기 펴(密雲이 彌布ᄒᆞ야) <法華三 10a>

<2> 顯…故

'顯…故'가 『월인석보』 권13에서는 동작동사 '나토다'의 부사형 '나토실ᄊᆡ'로 번역되고 『법화경언해』에서는 부사구 '나토시니 그럴ᄊᆡ'로 번역된다는 사실은 동일 원문의 번역인 다음 예문들에서 잘 확인된다.

(2) a. 萬物이 제 私情호ᄆᆞᆯ 나토실ᄊᆡ <月十三 37a>
　　b. 萬物이 제 私情ᄒᆞᄂᆞᆫ 다신 ᄃᆞᆯ 나토시니 그럴ᄊᆡ(顯…由萬物之自私ㅣᄃᆞᆯ ᄒᆞ시니 故로 <法華三 3a>

8. 副詞와 副詞類

동일한 漢字가 『월인석보』 권13에서는 副詞로 번역되고 『법화경언해』에서는 副詞類로 번역된다. 부사류에는 부사와 부사어와 副詞語句가 있다.

<1> 然

'然'이 『월인석보』 권13에서는 부사 '그러면'으로 번역되고 『법화경언해』에서는 부사 '그럴씨'로 번역된다는 것은 동일 원문의 번역인 다음 예문들에서 잘 확인된다.

(1) a. 그러면 부톄 實로 大乘으로 教化ᄒᆞ시다ᄉᆞ이다 <月十三 36b>
b. 그럴씨 부톄 實로 大乘으로 教化ᄒᆞ시노소이다(然佛이 實以大乘으로 教化ᄒᆞ시노소이다) <法華二 232b>

<2> 由是

'由是'가 『월인석보』 권13에서는 부사 '이럴씨'로 번역되고 『법화경언해』에서는 부사어 '일로브터'로 번역된다는 사실은 동일 원문의 번역인 다음 예문들에서 잘 확인된다.

(2) a. 이럴씨 受苦 얽ᄆᆡᄋᆞᆫ몰 여희여 <月十三 5a>
b. 일로브터 여러 가짓 受苦 ᄆᆡ요몰 여희여(由是로 離諸苦縛ᄒᆞ야) <法華二 180b>

<3> 是以

'是以'가 『월인석보』 권13에서는 부사 '이럴씨'로 번역되고 『법화경언해』에서는 부사어구 '이런 ᄃᆞ로'로 번역된다는 것은 동일 원문의 번역인 다음 예문들에서 잘 확인된다.

(3) a. 이럴씨 두리여 請ᄒᆞ니라 <月十三 64b>
b. 이런 ᄃᆞ로 두려 請ᄒᆞᅀᆞ오니라(是以로 悚慄而請也ᄒᆞᅀᆞ오니라)
<法華三 64a>

9. 副詞와 名詞類

동일한 漢字가 『월인석보』 권13에서는 副詞로 번역되고 『법화경언해』에서는 名詞類로 번역된다. 명사류에는 名詞와 代名詞가 있다.

<1> 本

'本'이 『월인석보』 권13에서는 부사 '本來'로 번역되고 『법화경언해』에서는 명사 '本'으로 번역된다는 사실은 동일 원문의 번역인 다음 예문들에서 잘 확인된다.

(1) a. 本來 처ᅀᅥᆷ 覺이 眞實ㅅ 父子ㅣ며 <月十三 31b>
b. 本과 始왓 覺이 眞實ㅅ 父子ㅣ며(本始之覺이 眞父子ㅣ며)
<法華二 225b>

<2> 自

'自'가 『월인석보』 권13에서는 부사 '제'로 번역되고 『법화경언해』에서는 대명사 '나'로 번역된다는 사실은 동일 원문의 번역인 다음 예문들에서 잘 확인된다.

(2) a. 기피 제 慶幸ᄒᆞ야 <月十三 6a>
b. 기피 내 慶幸ᄒᆞ야(深自慶幸ᄒᆞ야) <法華二 181b>

(2) c. 제 ᄉᆞ랑ᄒᆞ야 <月十三 10a>
d. 내 ᄉᆞ랑ᄒᆞ야(自思惟ᄒᆞ야) <法華二 189b>

(2) a. 제 念호ᄃᆡ 늙고 <月十三 10a>
f. 내 念호ᄃᆡ 늙고(自念老朽ᄒᆞ고) <法華二 189b>

10. 副詞類와 動詞類

동일한 漢字가 『월인석보』 권13에서는 副詞類로 번역되고 『법화경언해』에서는 動詞類로 번역된다. 부사류에는 副詞와 副詞句가 있고 동사류에는 動作動詞와 狀態動詞가 있다.

<1> 堪

'堪'이 『월인석보』 권13에서는 부사 '어루'로 번역되고 『법화경언해』에서는 동작동사 '이긔다'로 번역된다는 사실은 동일 원문의 번역인 다음 예문들에서 잘 확인된다.

(1) a. 부텨 二乘 아ᄃᆞ리 五道애 오래 ᄢᅥ디여 性 비ᄒᆞ시 어듭고 녇가ᄫᅡ 어루 큰 일 몯니ᄅᆞ리로다 念ᄒᆞ샤ᄆᆞᆯ 가ᄌᆞᆯ비니라
<月十三 10b>
b. 부텨 二乘 아ᄃᆞ리 五道애 오래 ᄢᅲ듀믈 念ᄒᆞ샤ᄃᆡ 性 비ᄒᆞ시 어듭고 녇가와 이긔여 큰 法 니ᄅᆞ디 몯ᄒᆞ샤ᄆᆞᆯ 가ᄌᆞᆯ비니라(譬佛이 念二乘之子ㅣ 久淪五道ᄒᆞ샤ᄃᆡ 性習이 昏淺ᄒᆞ야 未堪說大也ㅣ라) <法華二 190a>

<2> 難

'難'이 『월인석보』 권13에서는 부사 '어려ᄫᅵ'로 번역되고 『법화경언

해』에서는 상태동사 '어렵다'의 명사형 '어려움'으로 번역된다는 사실은 동일 원문의 번역인 다음 예문들에서 잘 확인된다.

(2) a. 나며 드로ᄆᆞᆯ 어려ᄫᅵ 아니컨마ᄅᆞᆫ <月十三 26a>
b. 들며 나미 어려움 업스니(入出無難ᄒᆞ니) <法華二 215a>

(2) c. 들며 나ᄆᆞᆯ 어려ᄫᅵ 아니호미라 <月十三 26b>
d. 이 닐온 들며 나미 어려움 업수미라(是謂入出無難也ㅣ라)
<法華二 216b>

<3> 有如是等

'有如是等'이 『月印釋譜』 권13에서는 부사구 '이 ᄀᆞ티'로 번역되고 『법화경언해』에서는 상태동사 '이러ᄐᆞᆺᄒᆞ다'의 관형사형 '이러ᄐᆞᆺᄒᆞᆫ'으로 번역된다는 사실은 동일 원문의 번역인 다음 예문들에서 잘 확인된다.

(3) a. 이 ᄀᆞ티 種種ᄋᆞ로 싁싀기 ᄭᅮ며 <月十三 12a>
b. 이러ᄐᆞᆺᄒᆞᆫ 種種ᄋᆞ로 싁싀기 ᄭᅮ며(有如是等種種嚴飾ᄒᆞ야)
<法華二 194b>

11. 冠形詞와 冠形詞

동일한 漢字가 『월인석보』 권13에서는 관형사로 번역되고 『법화경언해』에서는 관형사로 번역된다.

<1> 此

'此'가 『월인석보』 권13에서는 관형사 '이런'으로 번역되고 『법화경언해』

에서는 관형사 '이'로 번역된다는 사실은 동일 원문의 번역인 다음 예문들에서 잘 확인된다.

(1) a. 이런 왼 일돌히 <月十三 25a>
b. 이 여러가짓 惡 이슈미(有此諸惡이) <法華二 213b>

<2> 是

'是'가 『월인석보』 권13에서는 관형사 '그'로 번역되고 『법화경언해』에서는 관형사 '이'로 번역된다는 것은 동일 원문의 번역인 다음 예문들에서 잘 확인된다. 원문 중 '是時'가 '그 쁘'로도 번역되고 '이 제'로도 번역된다.

(2) a. 그 쁴 窮子(32a)ㅣ 아비 이 말 듣고 <月十三 32b>
b. 이 제 窮子ㅣ 아비 이 말 듣고(是時窮子ㅣ 聞父此言ᄒᆞ고) <法華二 226b>

<3> 諸

'諸'가 『월인석보』 권13에서는 관형사 '여러'로 번역되고 『법화경언해』에서는 관형사 '諸'로 번역된다는 것은 동일 원문의 번역인 다음 예문들에서 잘 확인된다.

(3) a. ᄒᆞᆫ 眞實ㅅ 境界옛 三界옛 여러 趣ㅣ 달옴 이쇼몰 가줄비시니라 <月十三 45a>
b. ᄒᆞᆫ 眞實ㅅ 境이로ᄃᆡ 三界 諸趣의 달옴 이쇼몰 가줄비시고(譬一眞境이로ᄃᆡ 而有三界趣之別也ᄒᆞ시고) <法華三 9b>

<4> 諸

'諸'가 『월인석보』 권13에서는 관형사 '녀나ᄆᆞᆫ'으로 번역되고 『법화경언

해』에서는 관형사 '諸'로 번역된다는 사실은 동일 원문의 번역인 다음 예문들에서 잘 확인된다.

(4) a. 世尊이 摩訶迦葉과 녀나믄 大弟子ᄃᆞ려 니ᄅᆞ샤ᄃᆡ <月十三 38b>

b. 世尊이 摩訶迦葉과 ᄯᅩ 諸大弟子ᄃᆞ려 니ᄅᆞ샤ᄃᆡ(世尊이 告摩訶迦葉과 及諸大弟子ᄒᆞ샤ᄃᆡ) <法華三 4a>

12. 冠形詞와 名詞句

동일한 漢字와 漢字句가 『월인석보』 권13에서는 冠形詞로 번역되고 『법화경언해』에서는 名詞句로 번역된다.

<1> 諸

'諸'가 『月印釋譜』 권13에서는 관형사 '여러'로 번역되고 『법화경언해』에서는 명사구 '여러 가지'로 번역된다는 것은 동일 원문의 번역인 다음 예문들에서 잘 확인된다. 원문 중 '諸現苦相'이 '여러 現ᄒᆞᆫ 苦相'으로도 번역되고 '여러 가짓 現ᄒᆞᆫ 苦相'으로도 번역된다.

(1) a. 生老病死 여러 現ᄒᆞᆫ 苦相이라 <月十三 33a>

b. 生老病死 여러 가짓 現ᄒᆞᆫ 苦相이라(生老病死諸現苦相이라) <法華二 228a>

한편 '諸'가 『월인석보』 권13과 『법화경언해』에서는 명사구 '여러 가지'로 번역된다는 것은 동일 원문의 번역인 다음 예문들에서 잘 확인된다.

(1) c. 여러 가짓 供養홇 거스로 八千億佛을 供養ᄒᆞᅀᆞᄫᅡ 셤기ᅀᆞᄫᅡ <月十三 68a>

d. 여러 가짓 供養앳 거스로 八千億佛을 供養ᄒᆞ야 바다 셤겨(以諸供具로 供養奉事八千億佛ᄒᆞ야) <法華三 74a>

<2> 諸有

'諸有'가 『월인석보』 권13에서는 관형사 '믈읫'으로 번역되고 『법화경언해』에서는 명사구 '여러 가지'로 번역된다는 사실은 동일 원문의 번역인 다음 예문들에서 잘 확인된다.

(2) a. 믈(23a)읫 求ᄒᆞ논 盆器며 米麵이며 塩醋 둘홀 네 어려ᄫᅵ 너기디 말며 <月十三 23b>

b. 여러가짓 求호맷 盆器 米麵 塩醋 屬ᄋᆞᆯ 네 疑心ᄒᆞ야 어려이 너기디 말라(諸有所須엣 盆器 米麵塩醋之屬을 莫自疑難ᄒᆞ라) <法華二 211b>

13. 冠形詞와 狀態動詞句

동일한 漢字句가 『월인석보』 권13에서는 관형사로 번역되고 『법화경언해』에서는 상태동사구로 번역된다.

<1> 如此

'如此'가 『월인석보』 권13에서는 관형사 '이런'으로 번역되고 『법화경언해』에서는 상태동사구 '이 ᄀᆞᆮᄒᆞ다'의 관형사형 '이 ᄀᆞᆮᄒᆞᆫ'으로 번역된다는 사실은 동일 원문의 번역인 다음 예문들에서 잘 확인된다.

(1) a. ᄂᆞᆷ ᄃᆞ려 이런 이를 잢간도 니르디 아니ᄒᆞ고 <月十三 9b>

b. 잢간도 ᄂᆞᆷ 向ᄒᆞ야 이 ᄀᆞᆮᄒᆞᆫ 이를 니ᄅᆞ디 아니코(未曾有向人ᄒᆞ야 說如此事ᄒᆞ고) <法華二 189b>

14. 繫辭와 動作動詞

동일한 漢字가『월인석보』 권13에서는 繫辭로 번역되고『법화경언해』에서는 動作動詞로 번역된다.

<1> 爲

'爲'가『월인석보』 권13에서는 계사 '이다'로 번역되고『법화경언해』에서는 동작동사 'ᄃᆞ외다'로 번역된다는 사실은 동일 원문의 번역인 다음 예문들에서 잘 확인된다.

(1) a. 平等ᄒᆞᆫ 慈ㅣ 더욱 無量 功德이론 주를 뵈시니 <月十三 43a>

b. 平等ᄒᆞ신 慈ㅣ 더욱 그지 업스신 功德이 ᄃᆞ외신 ᄃᆞᆯ 뵈시니 (明…平等之慈ㅣ 尤爲無量功德인 ᄃᆞᆯ ᄒᆞ시니) <法華三 5a>

(1) c. 大千이 ᄒᆞᆫ ᄯᅡ히로ᄃᆡ <月十三 45a>

d. 大千이 어우러 ᄒᆞᆫ ᄯᅡ히 ᄃᆞ외요ᄃᆡ(大千이 同爲一地로ᄃᆡ) <法華三 9b>

(1) e. 十號롯 알폰 因記오 後는 果記라 <月十三 60b>

f. 十號롯 알폰 因記 ᄃᆞ외시고 後ᄂᆞᆫ 果記 ᄃᆞ외시니라(十號之前은 爲因記시고 後ᄂᆞᆫ爲果記시니라) <法華三 57b>

15. 複數接尾辭와 名詞類

동일한 漢字가『월인석보』 권13에서는 복수접미사로 번역되고『법화경언해』에서는 명사류로 번역된다. 명사류에는 名詞句와 의존명사가 있다.

<1> 諸

'諸'가 『월인석보』 권13에서는 복수접미사 '-돌ㅎ'로 번역되고 『법화경언해』에서는 명사구 '여러 가지'로 번역된다는 것은 동일 원문의 번역인 다음 예문들에서 잘 확인된다. 원문 중 '諸藥草'가 '藥草돌ㅎ'로도 번역되고 '여러 가짓 藥草'로도 번역된다.

(1) a. 藥草돌히 種類 여러 가지며 <月十三 45a>
b. 또 여러 가짓 藥草ㅣ 種類 여러 가지며(及諸藥草ㅣ 種類若干이며) <法華三 9a>

(1) c. 卉木叢林과 藥草돌히 <月十三 46a>
d. 卉(11a)木叢林과 여러 가짓 藥草의(卉木叢林과 及諸藥草의) <法華三 11b>

(1) e. 이런 왼 일돌히 <月十三 25a>
f. 이 여러가짓 惡 이슈미(有此諸惡이) <法華二 213b>

(1) g. 國界 싁싀기 꾸며 더러븐 것돌히 업스며 <月十三 62b>
h. 國界 싁싀기 꾸며 여러 가짓 더러운 거시 업고(國界嚴飾ᄒᆞ야 無諸穢惡ᄒᆞ고) <法華三 60a>

<2> 等

'等'이 『월인석보』 권13에서는 복수접미사 '-돌ㅎ'로 번역되고 『법화경언해』에서는 의존명사 '等'으로 번역된다는 사실은 동일 원문의 번역인 다음 예문들에서 잘 확인된다.

(2) c. 大迦葉돌히 <月十三 37a>
b. 大迦葉等이(大迦葉等이) <法華三 2b>

16. 複數接尾辭와 動詞類

동일한 漢字가 『월인석보』 권13에서는 복수접미사로 번역되고 『법화경언해』에서는 동사류로 번역된다. 동사류에는 동작동사와 상태동사가 있다.

<1> 諸

'諸'가 『월인석보』 권13에서는 복수접미사 '-돌ㅎ'로 번역되고 『법화경언해』에서는 동작동사 '몯다'의 관형사형 '모둔'으로 번역된다는 사실은 동일 원문의 번역인 다음 예문들에서 잘 확인된다.

(1) a. 일ᄒᆞᄂᆞᆫ 사ᄅᆞᆷ돌 더브러 닐오ᄃᆡ <月十三 22a>
b. 모ᄃᆞᆫ 일ᄒᆞᄂᆞᆫ 사ᄅᆞᆷ ᄃᆞ려 닐오ᄃᆡ(語諸作人호ᄃᆡ) <法華二 209b>

<2> 諸

'諸'가 『월인석보』 권13에서는 복수접미사 '-돌ㅎ'로 번역되고 『법화경언해』에서는 상태동사 '하다'의 관형사형 '한'으로 번역된다는 사실은 동일 원문의 번역인 다음 예문들에서 잘 확인된다.

(2) a. 보비돌ᄒᆞᆫ <月十三 8b>
b. 쳔량과 한 보비ᄂᆞᆫ(財寶諸珍은) <法華二 187a>

17. 複數接尾辭와 冠形詞

동일한 漢字가 『월인석보』 권13에서는 복수접미사로 번역되고 『법화경언해』에서는 관형사로 번역된다.

<1> 諸

'諸'가 『월인석보』 권13에서는 복수접미사 '-ᄃᆞᆯㅎ'로 번역되고 『법화경언해』에서는 관형사 '여러'로 번역된다는 것은 동일 원문의 번역인 다음 예문들에서 잘 확인된다. 원문 중 '諸樹木'이 '나모ᄃᆞᆯㅎ'로도 번역되고 '여러 나모'로도 번역된다.

(1) a. 나모ᄃᆞᆯ히 大小ㅣ <月十三 46b>
b. 여러 나모 大小ㅣ(諸樹木大小ㅣ) <法華三 11b>

<2> 諸

'諸'가 『월인석보』 권13에서는 복수접미사 '-ᄃᆞᆯㅎ'로 번역되고 『법화경언해』에서는 관형사 '諸'로 번역된다는 사실은 동일 원문의 번역인 다음 예문들에서 잘 확인된다.

(2) a. 菩薩ᄃᆞᆯ 爲ᄒᆞ야 <月十三 28a>
b. 諸菩薩 爲ᄒᆞ야(爲諸菩薩ᄒᆞ야) <法華二 218a>

(2) c. 菩薩ᄃᆞᆯ 爲(35a)ᄒᆞ야 <月十三 35b>
d. 諸菩薩 爲ᄒᆞ야(爲諸菩薩ᄒᆞ야) <法華二 231a>

(2) e. 菩薩ᄃᆞᆯᄒᆞᆫ <月十三 38b>
f. ᄒᆞ다가 諸菩薩ᄋᆞᆫ(若諸菩薩ᄋᆞᆫ) <法華三 3b>

(2) g. 衆生ᄃᆞᆯ히게 一切 智慧ᄅᆞᆯ 뵈ᄂᆞ니라 <月十三 44a>
h. 諸衆生의게 一切 智慧ᄅᆞᆯ 뵈ᄂᆞ니라(示諸衆生一切智慧ᄒᆞᄂᆞ니라) <法華三 7b>

(2) i. 弟子ᄃᆞᆯ히 부텨 뵈ᅀᆞᄫᆞ미 하며 져구믜 ᄀᆞᆮ디 아니호ᄆᆞᆫ

<月十三 60b>

j. 諸弟子ㅣ 부텨 뵈ᅀᆞ옴 하며 져굼 ᄀᆞᆮ디 아니호ᄆᆞᆫ(諸弟子ㅣ 觀佛多寡之不同은 <法華三 57b>

제5장 飜譯되지 않는 部分

『월인석보』 권13과 『법화경언해』를 대비해 보면 『법화경언해』의 일부분이 『월인석보』 권13에서 번역되지 않는다는 사실을 알 수 있다. 부분적으로 번역되지 않는 것에는 名詞類를 비롯하여 動詞類, 副詞類, 冠形詞, 節 그리고 複數接尾辭가 있다.

1. 飜譯되지 않는 名詞類

『월인석보』 권13에서는 번역되지 않고 『법화경언해』에서는 번역되는 名詞類에는 名詞, 名詞句 및 代名詞가 있다.

1.1. 飜譯되지 않는 名詞

『월인석보』 권13에서는 번역되지 않고 『법화경언해』에서는 번역되는 名詞에는 [+유정물]인 '佛'과 '佛子', [+구체물]인 '手', '財寶' 및 '土', [-구체물]인 '心', '文', '間', '名', '年', '由' 및 '曾'이 있다.

<1> 명사 '佛'

'佛'이 『월인석보』 권13에서는 번역되지 않고 『법화경언해』에서는 명사

‘부텨’로 번역된다는 사실은 동일 원문의 번역인 다음 예문들에서 잘 확인된다.

(1) a. ᄉᆞᆲᄫᅩᄃᆡ <月十三 3b>
b. 부텻긔 ᄉᆞᆲ오ᄃᆡ(白佛言ᄒᆞᅀᆞ오ᄃᆡ) <法華二 177b>

<2> 명사 ‘佛子’

‘佛子’가『월인석보』권13에서는 번역되지 않고『법화경언해』에서는 명사 ‘佛’로 번역된다는 사실은 동일 원문의 번역인 다음 예문들에서 잘 확인된다.

(2) a. 得ᄒᆞ얌직ᄒᆞᆫ 거슨 <月十三 37a>
b. 佛子 得ᄒᆞᆯ 꺼슨(佛子所應得者ᄂᆞᆫ) <法華二 233a>

<3> 명사 ‘手’

‘手’가『월인석보』권13에서는 번역되지 않고『법화경언해』에서는 명사 ‘손’으로 번역된다는 사실은 동일 원문의 번역인 다음 예문들에서 잘 확인된다.

(3) a. 白拂 잡고 <月十三 12a>
b. 소내 白拂 자바(手執白拂ᄒᆞ야) <法華二 194b>

<4> 명사 ‘財寶’

‘財寶’가『월인석보』권13에서는 번역되지 않고『법화경언해』에서는 명사 ‘쳔량’으로 번역된다는 사실은 동일 원문의 번역인 다음 예문들에서 잘 확인된다.

(4) a. 보ᄇᆡᄃᆞᆯᄒᆞᆫ <月十三 8b>
b. 쳔량과 한 보ᄇᆡᄂᆞᆫ(財寶諸珍ᄋᆞᆫ) <法華二 187a>

<5> 명사 '土'

'土'가 『월인석보』 권13에서는 번역되지 않고 『법화경언해』에서는 명사 'ᄒᆞᆰ'으로 번역된다는 사실은 동일 원문의 번역인 다음 예문들에서 잘 확인된다.

(5) a. ᄯᅩᇰ 몬ᄌᆡ 무더 <月十三 21b>
b. ᄯᅩᇰ ᄒᆞᆯ기 듣글 무더(糞土ㅣ 塵坌ᄒᆞ야) <法華二 209a>

<6> 명사 '心'

'心'이 『월인석보』 권13에서는 번역되지 않고 『법화경언해』에서는 명사 'ᄆᆞᅀᆞᆷ'으로 번역된다는 사실은 동일 원문의 번역인 다음 예문들에서 잘 확인된다.

(6) a. 부톄 우리ᄃᆞᆯ히 져근 法 즐기ᄂᆞᆫ ᄃᆞᆯ 아ᄅᆞ시고 <月十三 35b>
b. 부톄 우리의 ᄆᆞᅀᆞ매 小法 즐기ᄂᆞᆫ ᄃᆞᆯ 아ᄅᆞ샤(佛知我等의 心樂小法ᄒᆞ샤) <法華二 230b>

<7> 명사 '文'

'文'이 『월인석보』 권13에서는 번역되지 않고 『법화경언해』에서는 명사 '글'로 번역된다는 사실은 동일 원문의 번역인 다음 예문들에서 잘 확인된다.

(7) a. 아래 닐오ᄃᆡ <月十三 28a>
b. 아랫 그레 닐오ᄃᆡ(下文에 云호ᄃᆡ) <法華二 218a>

<8> 명사 '間'

'間'이 『월인석보』 권13에서는 번역되지 않고 『법화경언해』에서는 명사 'ᄉᆞᅀᅵ'로 번역된다는 사실은 동일 원문의 번역인 다음 예문들에서 잘 확인된다.

(8) a. 疑心이 업서 寶藏ᄋᆞᆯ 즐겨 맛게 ᄒᆞ라 <月十三 28a>
b. 疑心ㅅ ᄉᆞᅀᅵ 업게 ᄒᆞ야 寶藏ᄋᆞᆯ 즐겨 領케 ᄒᆞ니라(使無疑間ᄒᆞ야 而欣領寶藏也케ᄒᆞ니라) <法華二 219a>

<9> 명사 '名'

'名'이 『월인석보』 권13에서는 번역되지 않고 『법화경언해』에서는 명사 '일훔'으로 번역된다는 사실은 동일 원문의 번역인 다음 예문들에서 잘 확인된다.

(9) a. 諸(4b)法이 我와 我所 업슨 둘 볼 씨 空이오 <月十三 5a>
b. 諸法의 我와 我所 업슨 둘 볼 씨 일후미 空이오(以觀諸法의 無我와 我所ㅣ 名空이오 <法華二 180a>

(9) c. 空ᄒᆞᆯ씨 萬法의 ᄒᆞ나히며 다ᄅᆞᆫ 相ᄃᆞᆯᄒᆞᆯ 實로 得디 몯ᄒᆞᆯ 씨 無相이오 <月十三 5a>
d. 空인 젼ᄎᆞ로 萬法의 ᄒᆞ나콰 달옴ᄃᆞᆯ햇 相ᄋᆞᆯ 實로 得디 몯ᄒᆞᆯ 씨 일후미 無相이오(以空故로 萬法의 一異等相을 實不可得이 名無相이오) <法華二 180a>

<10> 명사 '年'

'年'이 『월인석보』 권13에서는 번역되지 않고 『법화경언해』에서는 명사 '나ㅎ'로 번역된다는 사실은 동일 원문의 번역인 다음 예문들에서 잘 확인된다.

(10) a. 내 비록 늘거도 <月十三 15b>
b. 내 비록 나히 늘그나(我雖年朽ᄒᆞ나) <法華二 199a>

한편 '年'이 『월인석보』 권13과 『법화경언해』에서 모두 명사 '나ㅎ'로 번역된다는 것은 동일 원문의 번역인 다음 예문들에서 잘 확인된다.

(10) c. 내 비록 나히 늘고도 <月十三 15b>
d. 내 비록 나히 늘거나(我雖年朽ᄒᆞ나) <法華二 199a>

<11> 명사 '由'

'由'가 『월인석보』 권13에서는 번역되지 않고 『법화경언해』에서는 명사 '닷'으로 번역된다는 사실은 동일 원문의 번역인 다음 예문들에서 잘 확인된다.

(11) a. 萬物이 제 私情호ᄆᆞᆯ 나토실ᄊᆡ <月十三 37a>
b. 萬物이 제 私情ᄒᆞᄂᆞᆫ 다신 ᄃᆞᆯ 나토시니 그럴ᄊᆡ(顯…由萬物之自私ᄂᆞᆫ ᄃᆞᆯ ᄒᆞ시니 故로) <法華三 3a>

<12> 명사 '曾'

'曾'이 『월인석보』 권13에서는 번역되지 않고 『법화경언해』에서는 명사 '아ᄅᆡ'로 번역된다는 사실은 동일 원문의 번역인 다음 예문들에서 잘 확인된다.

(12) a. 아ᄅᆡᆺ 因에 化ᄒᆞ던 이ᄅᆞᆯ ᄇᆞᆯ기샤 <月十三 73b>
b. 이에 아ᄅᆡᆺ 因에 아ᄅᆡᆺ 敎化ᄅᆞᆯ ᄇᆞᆯ기샤(於是예 明曩因에 曾化ᄒᆞ샤) <法華三 83a>

1.2. 飜譯되지 않는 名詞句

『월인석보』 권13에서는 번역되지 않고 『법화경언해』에서는 번역되는 명사구에는 '是念'과 '諸'가 있다.

<1> 명사구 '是念'

'是念'이 『월인석보』 권13에서는 번역되지 않고 『법화경언해』에서는 명사

구 '이 念'으로 번역된다는 사실은 동일 원문의 번역인 다음 예문들에서 잘 확인된다.

(1) a. ᄒᆞ고 ᄲᆞᆯ리 ᄃᆞ라 가거늘 <月十三 13a>
b. 이 念 ᄒᆞ고 ᄲᆞᆯ리 ᄃᆞ라간대(作是念已ᄒᆞ고 疾走而去ᄒᆞᆫ대) <法華二 194b>

<2> 명사구 '諸'

'諸'가 『월인석보』 권13에서는 번역되지 않고 『법화경언해』에서는 명사구 '여러 가지'로 번역된다는 사실은 동일 원문의 번역인 다음 예문들에서 잘 확인된다.

(2) a. 이럴ᄊᆡ 受苦 얽ᄆᆡ요ᄆᆞᆯ 여희여 <月十三 5a>
b. 일로브터 여러 가짓 受苦 ᄆᆡ요ᄆᆞᆯ 여희여(由是로 離諸苦縛ᄒᆞ야) <法華二 180b>

(2) c. 빗난 幡 드리우며 <月十三 12a>
d. 여러 가짓 빗난 幡 드리우며(垂諸華幡ᄒᆞ며) <法華二 194b>

(2) e. 더러ᄫᅳᆫ 瓦礫이며 荊棘이며 便利며 조티 몯ᄒᆞᆫ 거시 업고 <月十三 62a>
f. 여러 가짓 더러운 디새돌콰 가ᄉᆡ와 ᄯᅩᆼ오좀 조티 몯ᄒᆞᆫ 거시 업스며(無諸穢惡瓦礫荊棘과 便利不淨ᄒᆞ며) <法華三 59a>

한편 '諸'가 『월인석보』 권13과 『법화경언해』에서 모두 명사구 '여러 가지'로 번역된다는 것은 동일 원문의 번역인 다음 예문들에서 잘 확인된다.

(2) g. 二乘이 여러 가짓 觀올 지서 더ᄂᆞ니 <月十三 21a>
h. 二乘은 여러 가짓 觀올 지ᅀᅥ 덜오(二乘은 作諸觀以除之ᄒᆞ고) <法華二 207a>

1.3. 飜譯되지 않는 代名詞

『월인석보』 권13에서는 번역되지 않고 『법화경언해』에서는 번역되는 대명사에는 '我'를 비롯하여 '我等', '自', '自', '汝', '此', '是', '其', '彼', '斯' 그리고 '於是'가 있다.

<1> 대명사 '我'

'我'가 『월인석보』 권13에서는 번역되지 않고 『법화경언해』에서는 대명사 '나'로 번역된다는 사실은 동일 원문의 번역인 다음 예문들에서 잘 확인된다.

(1) a. ᄒᆞ(10a)다가 아ᄃᆞᆯ 어더 쳔랴ᇰ올 맛디면 <月十三 10b>
b. 내 ᄒᆞ다가 아ᄃᆞᆯ 어더 財物을 맛디면(我若得子ᄒᆞ야 委付財物ᄒᆞ면) <法華二 189b>

(1) c. 일 시기리로다 <月十三 13a>
d. 긋 나ᄅᆞᆯ 브려 지ᅀᅳ리로다(强使我作ᄒᆞ리로다) <法華二 194b>

(1) e. ᄒᆞ다가 큰 法을 즐기던댄 <月十三 36b>
f. ᄒᆞ다가 내 큰 法 즐기던댄(若我ㅣ 樂大ᄒᆞ던댄) <法華二 232a>

<2> 대명사 '我等'

'我等'이 『월인석보』 권13에서는 번역되지 않고 『법화경언해』에서는 대명

사 ‘우리’로 번역된다는 사실은 동일 원문의 번역인 다음 예문들에서 잘 확인된다.

(2) a. 오ᄂᆞᆯᅀᅡ(35b) 世尊이 부텻 智慧예 앗굠 업스신 ᄃᆞᆯ 처ᅀᅥᆷ 아ᅀᆞᄫᆞ니 <月十三 36a>
b. 오ᄂᆞᆯᅀᅡ 우리 世尊이 부텻 智慧예 앗굠 업스신 ᄃᆞᆯ 처ᅀᅥᆷ 아ᅀᆞᆸ노니(今我等이 方知世尊이 於佛智慧예 無所悋惜ᄒᆞᅀᆞᆸ노니) <法華二 231b>

<3> 대명사 ‘自’

‘自’가 월인석보』 권13에서는 번역되지 않고 『법화경언해』에서는 대명사 ‘나’로 번역된다는 사실은 동일 원문의 번역인 다음 예문들에서 잘 확인된다.

(3) a. ᄒᆞ마 涅槃ᄋᆞᆯ 得ᄒᆞ야 맛ᄃᆞᆯ 이리 업소라 ᄒᆞ고 <月十三 4a>
b. 내 너교ᄃᆡ ᄒᆞ마 涅槃ᄋᆞᆯ 得호라 ᄒᆞ야 이긔여 맛ᄃᆞᆯ ᄭᅥ시 업서(自謂已得涅槃이라ᄒᆞ야 無所堪任ᄒᆞ야) <法華二 178a>

<4> 대명사 ‘自’

‘自’가 『월인석보』 권13에서는 번역되지 않고 『법화경언해』에서는 대명사 ‘너’의 주격으로 번역된다는 사실은 동일 원문의 번역인 다음 예문들에서 잘 확인된다.

(4) a. 이대 ᄠᅳ들 便安히 가지라 <月十三 23b>
b. 됴히 네 ᄠᅳ들 便安히 너기라(好自安意ᄒᆞ라) <法華二 211b>

한편 ‘自’가 『월인석보』 권13과 『법화경언해』에서 모두 ‘너’의 주격으로 번역된다는 사실은 동일 원문의 번역인 다음 예문들에서 잘 확인된다.

(4) c. 네 어려빙 너기디 말며 <月十三 23b>
d. 네 疑心ᄒᆞ야 어려이 너기디 말라(莫自疑難ᄒᆞ라)
<法華二 211b>

<5> 대명사 '汝'

'汝'가 『월인석보』 권13에서는 번역되지 않고 『법화경언해』에서는 대명사 '너'로 번역된다는 사실은 동일 원문의 번역인 다음 예문들에서 잘 확인된다.

(5) a. 우리 둘토 ᄒᆞᆫᄃᆡ 호리라 ᄒᆞ라 <月十三 20b>
b. 우리 두 사ᄅᆞᆷ도 ᄯᅩ 너와 ᄒᆞᆫᄃᆡ 지ᅀᅩ리라 ᄒᆞ라(我等二人도 亦共汝作호리라 ᄒᆞ라) <法華二 206a>

한편 '汝'가 『월인석보』 권13과 『법화경언해』에서 모두 '너'로 번역된다는 사실은 동일 원문의 번역인 다음 예문들에서 잘 확인된다.

(5) c. 너와 ᄒᆞᆫᄃᆡ 호려 ᄒᆞ니 <月十三 21a>
d. ᄯᅩ 너와 ᄒᆞᆫᄃᆡ 지ᅀᅩ리라 닐오ᄆᆞᆫ(云亦共汝作者ᄂᆞᆫ)
<法華二 207a>

<6> 대명사 '此'

'此'가 『월인석보』 권13에서는 번역되지 않고 『법화경언해』에서는 대명사 '이'로 번역된다는 사실은 동일 원문의 번역인 다음 예문들에서 잘 확인된다.

(6) a. 一定ᄒᆞ야 주그리로다 ᄒᆞ야 <月十三 16b>
b. 이 반ᄃᆞ기 一定히 주그리로다 ᄒᆞ야(此ㅣ 必定死ㅣ로다 ᄒᆞ야)
<法華二 200b>

(6) c. 당다이 주그리로다 ᄒᆞ니라 <月十三 18b>
d. 닐오ᄃᆡ 이 반ᄃᆞ기 一定히 주그리로다 ᄒᆞ니(云此ㅣ 必定死ㅣ라 ᄒᆞ니) <法華二 202a>

(6) e. ᄒᆞᄅᆞᆺ 갑ᄉᆞᆯ ᄒᆞ마 得ᄒᆞ고 <月十三 33b>
f. ᄒᆞᄅᆞᆺ 갑ᄉᆞᆯ ᄒᆞ마 이를 得고(一日之價ᄅᆞᆯ 旣得此已ᄒᆞ고) <法華二 229a>

<7> 대명사 '是'

'是'가『월인석보』권13에서는 번역되지 않고『법화경언해』에서는 대명사 '이'로 번역된다는 사실은 동일 원문의 번역인 다음 예문들에서 잘 확인된다.

(7) a. 들며 나ᄆᆞᆯ 어려ᄫᅵ 아니호미라 <月十三 26b>
b. 이 닐온 들며 나미 어려움 업수미라(是謂入出無難也ㅣ라) <法華二 216b>

(7) c. 열여슷 차히ᄂᆞᆫ 나 釋迦ㅣ로라 ᄒᆞ샤미라 <月十三 31a>
d. 곧 第十六은 나 釋迦ㅣ라 ᄒᆞ샤미 이라(卽第十六은 我釋迦ㅣ라 ᄒᆞ샤미 是也ㅣ라) <法華二 225b>

(7) e. 智慧命을 잘 得홀 씨니라 <月十三 3a>
f. 能히 智慧命을 得다 ᄒᆞ샤미 이라(能得智慧命이 是也ㅣ라) <法華二 176b>

<8> 대명사 '其'

'其'가『월인석보』권13에서는 번역되지 않고『법화경언해』에서는 대명사 '저'의 속격인 '제'로 번역된다는 사실은 동일 원문의 번역인 다음 예문들에서 잘 확인된다.

(8) a. 아비 잇ᄂᆞᆫ 城에 다ᄃᆞᄅᆞ니 <月十三 9a>
b. 제 아비 잇논 城에 다ᄃᆞᄅᆞ니(遂到其父의 所止之城ᄒᆞ니)
<法華二 188a>

(8) c. 每常 아ᄃᆞᄅᆞᆯ ᄉᆡᇰ각ᄒᆞ야 <月十三 10a>
d. ᄆᆡ샹 제 아ᄃᆞᄅᆞᆯ ᄉᆡᇰ각ᄒᆞ며(每憶其子ᄒᆞ며) <法華二 189b>

한편 '其'가 『월인석보』 권13과 『법화경언해』에서는 모두 대명사 '저'의 속격인 '제'로 번역된다는 것은 동일 원문의 번역인 다음 예문들에서 잘 확인된다.

(8) e. 제 아비 師子床ᄋᆡ 걸앉고<月十三 11b>
f. 제 아비 師子床애 걸안자(其父ㅣ 踞師子床ᄒᆞ야)
<法華二 194a>

<9> 대명사 '彼'

'彼'가 『월인석보』 권13에서는 번역되지 않고 『법화경언해』에서는 대명사 '뎨'로 번역된다는 사실은 동일 원문의 번역인 다음 예문들에서 잘 확인된다.

(9) a. 네 가 <月十三 20a>
b. 네 뎨 가(汝ㅣ 可詣彼ᄒᆞ야) <法華二 206a>

<10> 대명사 '斯'

'斯'가 『월인석보』 권13에서는 번역되지 않고 『법화경언해』에서는 대명사 '이에'로 번역된다는 사실은 동일 원문의 번역인 다음 예문들에서 잘 확인된다.

(10) a. 어로 맛나 어더 <月十三 32a>
b. 이에 어루 맛나 得ᄒᆞ야(斯可遇會得之ᄒᆞ야) <法華二 226a>

<11> 대명사 '於是'

'於是'가 『월인석보』 권13에서는 번역되지 않고 『법화경언해』에서는 대명사 '이에'로 번역된다는 것은 동일 원문의 번역인 다음 예문들에서 잘 확인된다.

(11) a. 아ᄅᆡᆺ 因에 化ᄒᆞ던 이ᄅᆞᆯ 뵈기샤 <月十三 73b>
b. 이에 아ᄅᆡᆺ 因에 아ᄅᆡᆺ 敎化ᄅᆞᆯ 뵈기샤(於是예 明曩因에 曾化ᄒᆞ샤) <法華二 83a>

2. 飜譯되지 않는 動詞類

『월인석보』 권13에서는 번역되지 않고 『법화경언해』에서는 번역되는 動詞類에는 動作動詞, 動作動詞句, 狀態動詞 및 狀態動詞句가 있다.

2.1. 번역되지 않는 動作動詞

『월인석보』 권13에서는 번역되지 않고 『법화경언해』에서는 동작동사에는 '爲'를 비롯하여 '譬', '謂', '日', '云', '作', '積', '求', '希', '使', '更', '背', '知', '著', '貪', '敍', '堪', '疑', '運', '推', '從', '奉', '居', '侍', '滯', '進', '遊', '趣', '同', '麗', '至' 그리고 '所謂'가 있다.

<1> 동작동사 '爲'

'爲'가 『월인석보』 권13에서는 번역되지 않고 『법화경언해』에서는 동작동사 '爲ᄒᆞ다'로 번역된다는 사실은 동일 원문의 번역인 다음 예문들에서 잘 확인된다.

(1) a. 져근 이롤 즐기논 젼치라 <月十三 11b>
b. 져근 法 즐교몰 爲혼 젼치라(爲樂小故ㅣ라) <法華二 191b>

(1) c. 菩薩올 ᄒᆞ야 頓法 니ᄅᆞ라 ᄒᆞ샤몰 가ᄌᆞᆯ비니 <月十三 16a>
d. 菩薩로 爲ᄒᆞ야 頓法 니ᄅᆞ라 ᄒᆞ샤몰 가ᄌᆞᆯ비니(譬令菩薩로 爲說頓法ᄒᆞ니) <法華二 199b>

(1) e. 이 經을 니ᄅᆞ니라 ᄒᆞ샤미 ᄀᆞᆮᄒᆞ니 <月十三 30b>
f. 이 經을 爲ᄒᆞ야 니ᄅᆞ니라 ᄒᆞ샤미 ᄀᆞᆮᄒᆞ니(如……爲說是經이라 ᄒᆞ샤미니) <法華二 225a>

<2> 동작동사 '譬'

'譬'가 『월인석보』 권13에서는 번역되지 않고 『법화경언해』에서는 동작동사 '가ᄌᆞᆯ비다'로 번역된다는 사실은 동일 원문의 번역인 다음 예문들에서 잘 확인된다.

(2) a. 二乘教롤 브터 結을 그츤 後에 方等教ㅣ 큰 法을 기리거시놀 듣줍고 비웃디 아니ᄒᆞ며 <月十三 26a>
b. 二乘教 브터 結 그츤 後에 方等教 듣ᄌᆞ오몰 가ᄌᆞᆯ비니 큰 法 기리샤ᄃᆡ 비웃디 아니ᄒᆞ며(譬依二乘教ᄒᆞ야 斷結之後에 聞方等教ᄒᆞ니 揚大而不謗ᄒᆞ며) <法華二 215b>

(2) c. 方等 後에 名相올 ᄇᆞ리디 몯ᄒᆞ야 사ᄅᆞ미 法 자ᄇᆞᆫ 病이 하거늘 부텨도 病ᄃᆞᄫᅵ 너기시니라 <月十三 27a>
d. 方等 後에 名相올 ᄇᆞ리디 몯ᄒᆞ야 사ᄅᆞ미 法 자ᄇᆞᆫ 病이 만홀씨 부텨도 ᄯᅩ 病ᄒᆞ샤몰 가ᄌᆞᆯ비니라(譬方等之後에 名相올 未遣ᄒᆞ야 人多法執之病홀씨 佛亦病之니라) <法華二 217b>

<3> 동작동사 '謂'

'謂'가 『월인석보』 권13에서는 번역되지 않고 『법화경언해』에서는 동작동사 '니ᄅ다'로 번역된다는 사실은 동일 원문의 번역인 다음 예문들에서 잘 확인된다.

(3) a. 들며 나몰 어려ᄫᅵ 아니호미라 <月十三 26b>
b. 이 닐온 들며 나미 어려움 업수미라(是謂入出無難也ㅣ라)
<法華二 216b>

(3) c. 이 ᄆᆞᅀᆞ매 서르 體信호미라 <月十三 26a>
d. 이 닐온 ᄆᆞᅀᆞ미 서르 體信호미라(是謂心相體信也ㅣ라)
<法華二 215b>

<4> 동작동사 '日'

'日'이 『월인석보』 권13에서는 번역되지 않고 『법화경언해』에서는 동작동사 '니ᄅ다'로 번역된다는 사실은 동일 원문의 번역인 다음 예문들에서 잘 확인된다.

(4) a. 그럴ᄊᆡ 쉰 ᄒᆡ예 니르다 ᄒᆞ니라 <月十三 7a>
b. 그럴ᄊᆡ 닐오ᄃᆡ 쉰 ᄒᆡ예 니르다 ᄒᆞ니라(故로 日至五十歲라 ᄒᆞ니라) <法華二 183a>

(4) c. 내며 드리며 利 불우미 다ᄅᆞᆫ 나라해 ᄀᆞᄃᆞᆨ다 ᄒᆞ니라
<月十三 9a>
d. 닐오ᄃᆡ 내며 드리며 利호미 다ᄅᆞᆫ 나라해 ᄀᆞᄃᆞᆨ다 ᄒᆞ니(日出入息利乃遍他國이라 ᄒᆞ니) <法華二 187a>

(4) e. 더욱 두리여 것ᄆᆞᄅᆞ 주거 ᄯᅡ해 디다 ᄒᆞ니라 <月十三 18b>

f. 닐오ᄃᆡ 더욱 다시 두려 ᄃᆞᆲ겨 주거 ᄡᅡᄒᆡ 디다 ᄒᆞ니라(日轉更惶怖ᄒᆞ야 悶絶躄地니라) <法華二 202a>

<5> 동작동사 '云'

'云'이 『월인석보』 권13에서는 번역되지 않고 『법화경언해』에서는 동작동사 '니ᄅᆞ다'로 번역된다는 사실은 동일 원문의 번역인 다음 예문들에서 잘 확인된다.

(5) a. 罪 업시 가티노라 ᄒᆞ니라 <月十三 17a>
b. 닐오ᄃᆡ 罪 업시 가툐믈 닙노라 코(云無罪被囚ㅣ라 코) <法華二 202a>

(5) c. 당다이 주그리로다 ᄒᆞ니라 <月十三 18b>
d. 닐오ᄃᆡ 이 반ᄃᆞ기 一定히 주그리로다 ᄒᆞ니(云此ㅣ 必定死ㅣ라 ᄒᆞ니) <法華二 202a>

<6> 동작동사 '作'

'作'이 『월인석보』 권13에서는 번역되지 않고 『법화경언해』에서는 동작동사 '짓다'로 번역된다는 사실은 동일 원문의 번역인 다음 예문들에서 잘 확인된다.

(6) a. 傭賃호미 ᄒᆞᆫ갓 죠고맛 利ᄅᆞᆯ 가져 <月十三 11a>
b. 傭賃ᄒᆞ야 지ᅀᅮ믄 ᄒᆞᆫ갓 져근 利ᄅᆞᆯ 가지논 디라(傭賃而作은 徒取小利라) <法華二 191b>

<7> 동작동사 '積'

'積'이 『월인석보』 권13에서는 번역되지 않고 『법화경언해』에서는 동작동

사 '모도다'로 번역된다는 사실은 동일 원문의 번역인 다음 예문들에서 잘 확인된다.

(7) a. 權乘을 브터 漸漸 기피 나사가몰 니르니라 <月十三 11a>
b. 權乘을 브터 모도아 漸漸 기피 나사가몰 니르니라(謂資藉權乘 ᄒᆞ야 積漸深法也ㅣ라) <法華二 191b>

<8> 동작동사 '求'

'求'가 『월인석보』 권13에서는 번역되지 않고 『법화경언해』에서는 동작동사 '求ᄒᆞ다'로 번역된다는 사실은 동일 원문의 번역인 다음 예문들에서 잘 확인된다.

(8) a. 窮子 어더 <月十三 20b>
b. 즉재 窮子 求ᄒᆞ야 ᄒᆞ마 어더(卽求窮子ᄒᆞ야 旣已得之ᄒᆞ야) <法華二 206b>

<9> 동작동사 '希'

'希'가 『월인석보』 권13에서는 번역되지 않고 『법화경언해』에서는 동작동사 '求ᄒᆞ다'로 번역된다는 사실은 동일 원문의 번역인 다음 예문들에서 잘 확인된다.

(9) a. ᄒᆞᆫ번 슔긇 밥도 가쥻 ᄠᅳ디 업고 <月十三 28b>
b. ᄒᆞᆫ 밥도 求ᄒᆞ야 가졿 ᄠᅳ디 업고(無希取一餐之意ᄒᆞ고) <法華二 219b>

(9) c. 잢간도 가쥻 ᄠᅳᆮ 업소ᄆᆞᆫ <月十三 28b>
d. 잢간도 求ᄒᆞ야 가지디 아니호ᄆᆞᆫ(略不希取ᄂᆞᆫ) <法華二 219b>

<10> 동작동사 '使'

'使'가 『월인석보』 권13에서는 번역되지 않고 『법화경언해』에서는 동작동사 'ᄇᆞ리다'로 번역된다는 사실은 동일 원문의 번역인 다음 예문들에서 잘 확인된다.

(10) a. 그 ᄢᅴ 두 사ᄅᆞ미 <月十三 20b>
b. 그제 두 ᄇᆞ린 사(206a)ᄅᆞ미(時二使人이) <法華二 206b>

<11> 동작동사 '更'

'更'이 『월인석보』 권13에서는 번역되지 않고 『법화경언해』에서는 동작동사 'ᄀᆞᆯ다'로 번역된다는 사실은 동일 원문의 번역인 다음 예문들에서 잘 확인된다.

(11) a. 멀터본 헌 ᄣᅵ 무든 옷 닙고 <月十三 21b>
b. 멀텁고 헌 ᄣᅵ 무든 옷 ᄀᆞ라 니버(更著麤弊垢膩之衣ᄒᆞ야) <法華二 209b>

<12> 동작동사 '背'

'背'가 『월인석보』 권13에서는 번역되지 않고 『법화경언해』에서는 동작동사 '背叛ᄒᆞ다'로 번역된다는 사실은 동일 원문의 번역인 다음 예문들에서 잘 확인된다.

(12) a. 아비 ᄇᆞ료ᄆᆞᆫ 本覺 ᄇᆞ료ᄆᆞᆯ 가ᄌᆞᆯ비고 <月十三 7a>
b. 아비 ᄇᆞ료ᄆᆞᆫ 本覺 ᄇᆞ려 背叛호ᄆᆞᆯ 가ᄌᆞᆯ비니라(捨父는 譬棄背本覺이라) <法華二 183a>

<13> 동작동사 '知'

'知'가『월인석보』 권13에서는 번역되지 않고『법화경언해』에서는 동작동사 '알다'로 번역된다는 사실은 동일 원문의 번역인 다음 예문들에서 잘 확인된다.

(13) a. 한 金銀珍寶와 여러 가짓 庫藏올 ᄀᆞ숨아로ᄃᆡ <月十三 28b>
b. 한 것 金銀珍寶와 여러 庫藏올 領ᄒᆞ야 이로ᄃᆡ(領知衆物金銀珍寶와 及諸庫藏호ᄃᆡ) <法華二 219b>

<14> 동작동사 '著'

'著'이『월인석보』 권13에서는 번역되지 않고『법화경언해』에서는 동작동사 '著ᄒᆞ다'로 번역된다는 사실은 동일 원문의 번역인 다음 예문들에서 잘 확인된다.

(14) a. 져근 法을 즐기다니 <月十三 33a>
b. 져근 法을 즐겨 著다니(樂著小法ᄒᆞ다니) <法華二 227b>

<15> 동작동사 '貪'

'貪'이『월인석보』 권13에서는 번역되지 않고『법화경언해』에서는 동작동사 '貪ᄒᆞ다'로 번역된다는 사실은 동일 원문의 번역인 다음 예문들에서 잘 확인된다.

(15) a. 순지 앗기노라 호(15b)ᄆᆞᆫ <月十三 16a>
b. 순지 녜ᄀᆞ티 貪ᄒᆞ야 앗교ᄆᆞᆫ(猶故貪惜은) <法華二 199a>

<16> 동작동사 '敍'

'敍'가 『월인석보』 권13에서는 번역되지 않고 『법화경언해』에서는 동작동사 '펴다'로 번역된다는 사실은 동일 원문의 번역인 다음 예문들에서 잘 확인된다.

(16) a. 空 안 사ᄅᆞᄆᆞ로 表ᄒᆞ시고 <月十三 3b>
b. 解空人ᄋᆞ로 表ᄒᆞ야 펴시니(以解空人ᄋᆞ로 表敍ᄒᆞ시니)
<法華二 177a>

<17> 동작동사 '堪'

'堪'이 『월인석보』 권13에서는 번역되지 않고 『법화경언해』에서는 동작동사 '이긔다'로 번역된다는 사실은 동일 원문의 번역인 다음 예문들에서 확인된다.

(17) a. ᄒᆞ마 涅槃ᄋᆞᆯ 得ᄒᆞ야 맛들 이리 업소라 ᄒᆞ고 <月十三 4a>
b. 내 너교ᄃᆡ ᄒᆞ마 涅槃ᄋᆞᆯ 得호라 ᄒᆞ야 이긔여 맛ᄃᆞᆯ 꺼시 업서
(自謂已得涅槃이라 ᄒᆞ야 無所堪任ᄒᆞ야) <法華二 178a>

<18> 동작동사 '疑'

'疑'가 『월인석보』 권13에서는 번역되지 않고 『법화경언해』에서는 동작동사 '疑心ᄒᆞ다'로 번역된다는 사실은 동일 원문의 번역인 다음 예문들에서 잘 확인된다.

(18) a. 네 어려ᄫᅵ 너기디 말며 <月十三 23b>
b. 네 疑心ᄒᆞ야 어려이 너기디 말라(莫自疑難ᄒᆞ라)
<法華二 211b>

<19> 동작동사 '運'

'運'이 『월인석보』 권13에서는 번역되지 않고 『법화경언해』에서는 동작동

사 '뮈우다'로 번역된다는 사실은 동일 원문의 번역인 다음 예문들에서 잘 확인된다.

(19) a. 샹네 ᄡᅳᄂᆞᆫ 보며 듣ᄂᆞᆫ 法이 <月十三 31b>
b. 곧 샹녜 뮈워 ᄡᅳᄂᆞᆫ 보며 듣ᄂᆞᆫ 法이(卽平常運用見聞法이)
<法華二 225b>

<20> 동작동사 '推'

'推'가『월인석보』권13에서는 번역되지 않고『법화경언해』에서는 동작동사 '推尋ᄒᆞ다'로 번역된다는 사실은 동일 원문의 번역인 다음 예문들에서 잘 확인된다.

(20) a. 시름ᄒᆞ(29b) 얻니다니 <月十三 30a>
b. 시름 머거 推尋ᄒᆞ야 얻다니(懷憂推覓ᄒᆞ다니) <法華二 222b>

한편 '推'가『월인석보』권13과『법화경언해』에서 모두 번역되지 않는다는 사실은 동일 원문의 번역인 다음 예문들에서 잘 확인된다.

(20) c. 本城에셔 얻니다(31a)가 <月十三 31b>
d. 本城에 얻다가(本城에 推覓ᄒᆞ다가) <法華二 225b>

<21> 동작동사 '從'

'從'이『월인석보』권13에서는 번역되지 않고『법화경언해』에서는 동작동사 '좇다'로 번역된다는 사실은 동일 원문의 번역인 다음 예문들에서 잘 확인된다.

(21) a. 부텨ᄭᅴ <月十三 2b>
b. 부텻긔 좃(175b)ᄌᆞ와(從佛所ᄒᆞᅀᆞ와) <法華二 176a>

<22> 동작동사 '奉'

'奉'이 『월인석보』 권13에서는 번역되지 않고 『법화경언해』에서는 동작동사 '받다'로 번역된다는 것은 동일 원문의 번역인 다음 예문들에서 잘 확인된다.

(22) a. 三百萬億 諸佛世尊올 뵈ᅀᆞᄫᅡ <月十三 69a>
b. 반ᄃᆞ기 三百萬億 諸佛世尊올(56b) 시러 바다 뵈야(當得奉觀三百萬億諸佛世尊ᄒᆞ야) <法華二 203a>

<23> 동작동사 '居'

'居'가 『월인석보』 권13에서는 번역되지 않고 『법화경언해』에서는 동작동사 '살다'로 번역된다는 사실은 동일 원문의 번역인 다음 예문들에서 잘 확인된다.

(23) a. 艱難ᄒᆞᆫ ᄆᆞᅀᆞᆯᄒᆞᆫ 二乘의 져근 道ᄅᆞᆯ 가줄비고 <月十三 14b>
b. 艱難히 사ᄂᆞᆫ ᄆᆞᅀᆞᆯᄒᆞᆫ 二乘의 小道ᄅᆞᆯ 가줄비고(貧居里巷은 譬二乘小道ᄒᆞ고) <法華二 197b>

<24> 동작동사 '侍'

'侍'가 『월인석보』 권13에서는 번역되지 않고 『법화경언해』에서는 동작동사 '侍衛ᄒᆞ다'로 번역된다는 사실은 동일 원문의 번역인 다음 예문들에서 잘 확인된다.

(24) a. 左右에 셔며 <月十三 12a>
b. 左右에 侍衛ᄒᆞ야 셔(194a)며(侍立左右ᄒᆞ며) <法華二 194b>

<25> 동작동사 '滯'

'滯'가 『월인석보』 권13에서는 번역되지 않고 『법화경언해』에서는 동작동

사 '걸이다'로 번역된다는 사실은 동일 원문의 번역인 다음 예문들에서 잘 확인된다.

(25) a. 다른 나라흔 五道애 쩌듀믈 가줄비니 <月十三 7a>
b. 다른 나라흔 五道애 빠디여 걸유믈 가줄비니(他國은 譬淪滯五道ㅣ니) <法華二 183a>

<26> 동작동사 '進'

'進'이 『월인석보』 권13에서는 번역되지 않고 『법화경언해』에서는 동작동사 '낫다'로 번역된다는 사실은 동일 원문의 번역인 다음 예문들에서 잘 확인된다.

(26) a. 阿耨多羅三藐三菩提를 누외야 求티 아니타이다 <月十三 4a>
b. 누외야 阿耨多羅三藐三菩提를 나사 求티 아니흐다이다(不得進求阿耨多羅三藐三菩提흐다이다) <法華二 178a>

<27> 동작동사 '遊'

'遊'가 『월인석보』 권13에서는 번역되지 않고 『법화경언해』에서는 동작동사 '노니다'로 번역된다는 사실은 동일 원문의 번역인 다음 예문들에서 잘 확인된다.

(27) a. 漸漸 든녀 <月十三 7a>
b. 漸漸 노녀 든녀(漸漸遊行흐야) <法華二 183b>

<28> 동작동사 '趣'

'趣'가 『월인석보』 권13에서는 번역되지 않고 『법화경언해』에서는 동작동

사 '가다'의 명사형으로 번역된다는 사실은 동일 원문의 번역인 다음 예문들에서 잘 확인된다.

(28) a. 道果 證호미 各各 다ᄅᆞ니 <月十三 38a>
b. 道果 證ᄒᆞ야 가미 各各 다ᄅᆞ니(道果證趣之各異ᄒᆞ니) <法華三 3a>

<29> 동작동사 '同'

'同'이 『월인석보』 권13에서는 번역되지 않고 『법화경언해』에서는 동작동사 '어울다'로 번역된다는 사실은 동일 원문의 번역인 다음 예문들에서 잘 확인된다.

(29) a. 大千이 ᄒᆞᆫ 짜히로ᄃᆡ <月十三 45a>
b. 大千이 어우러 ᄒᆞᆫ 짜히 ᄃᆞ외요ᄃᆡ(大千이 同爲一地로ᄃᆡ) <法華三 9b>

<30> 동작동사 '麗'

'麗'가 『월인석보』 권13에서는 번역되지 않고 『법화경언해』에서는 동작동사 '빗나다'로 번역된다는 사실은 동일 원문의 번역인 다음 예문들에서 잘 확인된다.

(30) a. 國邑은 盛ᄒᆞ니 <月十三 9b>
b. 國邑은 盛코 빗나니(國邑은 盛麗ᄒᆞ니) <法華二 188b>

<31> 동작동사 '至'

'至'가 『월인석보』 권13에서는 번역되지 않고 『법화경언해』에서는 동작동사 '니르다'로 번역된다는 것은 동일 원문의 번역인 다음 예문들에서 잘 확인

된다. 원문 중 '至佛滅後'가 『월인석보』 권13에서는 '부텨 업스신 後에'로 번역되고 『법화경언해』에서는 '부텨 滅後에 니르다'로 번역된다.

(31) a. 부텨 업스신 後에 燈을 ᅘᅧ며 블구믈 니ᅀᅥ <月十三 61a>
b. 부텨 滅度後에 니르러 燈 ᅘᅧ 블고ᄆᆞᆯ 닛ᄉᆞ오며(至佛滅後ᄒᆞ야 然燈續明ᄒᆞᅀᆞ오며) <法華三 58a>

<32> 동작동사 '所謂'

동작동사 '所謂'가 『월인석보』 권13에서는 번역되지 않고 『법화경언해』에서는 동작동사 '니ᄅᆞ다'의 관형사형 '니ᄅᆞ샨'으로 번역된다는 사실은 동일 원문의 번역인 다음 예문들에서 잘 확인된다.

(32) a. 양ᄌᆡ 가ᄉᆡ요ᄆᆞᆫ 自在ᄒᆞᆫ 힘 ᄀᆞ초(20b)오미오 <月十三 21a>
b. 양ᄌᆡ 시드로ᄆᆞᆫ 곧 니ᄅᆞ샨 自在ᄒᆞᆫ 힘 ᄀᆞ초샤미라(形色憔悴ᄂᆞᆫ 卽所謂隱其自在之力이라) <法華二 207a>

(32) c. 艱難ᄒᆞ니 즐기논 法으로 濟度ᄒᆞ샤미오 <月十三 21a>
d. 곧 니ᄅᆞ샨 艱難ᄒᆞ니 즐기논 法으로 濟度ᄒᆞ샤미니(卽所謂以貧所樂法으로 度之니) <法華二 207a>

2.2. 번역되지 않는 動作動詞句

『월인석보』 권13에서는 번역되지 않고 『법화경언해』에서는 번역되는 동작동사구에는 '悶絕', '得奉', '唱如是言', '雇汝', '謂國王', '謂王之族', '或曰具壽', '戒經云' 그리고 '結上的證 全付家業'이 있다.

<1> 동작동사구 '悶絕'

'悶絕'이 『월인석보』 권13에서는 번역되지 않고 『법화경언해』에서는 동작

동사구 '답쪄 죽다'로 번역된다는 사실은 동일 원문의 번역인 다음 예문들에서 잘 확인된다.

(1) a. ᄎᆞᆫ 므리 能히 ᄢᅵ(18b)오ᄆᆞᆫ <月十三 19a>
b. 冷水는 能히 답ᄶᅧ 주그닐 도로 사ᄅᆞᄂᆞ니(冷水ᄂᆞᆫ 能蘇悶絕ᄒᆞᄂᆞ니) <法華二 203a>

<2> 동작동사구 '得奉'

'得奉'이 『월인석보』 권13에서는 번역되지 않고 『법화경언해』에서는 동작동사구 '시러 받다'로 번역된다는 것은 동일 원문의 번역인 다음 예문들에서 잘 확인된다.

(2) a. 三百萬億 諸佛世尊올 뵈ᅀᆞᄫᅡ <月十三 69a>
b. 반ᄃᆞ기 三百萬億 諸佛世尊올(56b) 시러 바다 뵈ᅀᆞ와(當得奉觀三百萬億諸佛世尊ᄒᆞ야) <法華二 203a>

<3> 동작동사구 '唱如是言'

'唱如是言'이 『월인석보』 권13에서는 번역되지 않고 『법화경언해』에서는 동작동사구 '이 ᄀᆞᄐᆞᆫ 마ᄅᆞᆯ 니ᄅᆞ다'로 번역된다는 것은 동일 원문의 번역인 다음 예문들에서 잘 확인된다.

(3) a. 大衆ᄃᆞ려 니(59b)ᄅᆞ샤ᄃᆡ <月十三 60a>
b. 諸大衆ᄃᆞ려 니ᄅᆞ샤 이 ᄀᆞᄐᆞᆫ 마ᄅᆞᆯ 니ᄅᆞ샤ᄃᆡ(告諸大衆ᄒᆞ샤 唱如是言ᄒᆞ샤ᄃᆡ) <法華三 56b>

<4> 동작동사구 '雇汝'

'雇汝'가 『월인석보』 권13에서는 번역되지 않고 『법화경언해』에서는 동작

동사구 '너를 쓰다'로 번역된다는 사실은 동일 원문의 번역인 다음 예문들에서 잘 확인된다.

(4) a. 똥 츼유리니 <月十三 20b>
b. 너를 뼈 똥 츼유리니(雇汝除糞호리니) <法華二 206a>

<5> 동작동사구 '謂國王'과 '謂王之族'

'謂國王'과 '謂王之族'이 『월인석보』 권13에서는 번역되지 않고 『법화경언해』에서는 동작동사구 '國王올 니르다'와 '王ㅅ 아ᄉᆞ믈 니르다'로 번역된다는 사실은 동일 원문의 번역인 다음 예문들에서 잘 확인된다.

(5) a. 王과 王等과는 法身 報身을 가ᄌᆞ비고 <月十三 14b>
b. 王ᄋᆞᆫ 國王ᄋᆞᆯ 니ᄅᆞ고 王等은 王ㅅ아ᄉᆞ믈 니ᄅᆞ니 法報 二身을 가ᄌᆞ비니라(王은 謂國王이오 王等은 謂王之族이니 譬法報二身也ㅣ라) <法華二 197b>

<6> 동작동사구 '或曰具壽'

'或曰具壽'가 『월인석보』 권13에서는 번역되지 않고 『법화경언해』에서는 동작동사구 '시혹 具壽ㅣ라 니ᄅᆞ다'로 번역된다는 사실은 동일 원문의 번역인 다음 예문들에서 잘 확인된다.

(6) a. 또 慧命이라 ᄒᆞᄂᆞ니 <月十三 3a>
b. 시혹 具壽ㅣ라 니ᄅᆞ며 시혹 慧命이라 니ᄅᆞᄂᆞ니(或曰具壽ㅣ며 或曰慧命이니) <法華二 176a>

<7> 동작동사구 '戒經云'

동사구 '戒經云'이 『월인석보』 권13에서는 번역되지 않고 『법화경언해』에

서는 동작동사구 '戒經에 니ᄅᆞ다'로 번역된다는 사실은 동일 원문의 번역인 다음 예문들에서 잘 확인된다.

(7) a. 이 사ᄅᆞ미 佛法中에 智慧命을 잘 得홇 씨니라 <月十三 3a>
b. 戒經에 니ᄅᆞ샤ᄃᆡ 이 사ᄅᆞ미 佛法中에 能히 智慧命을 得다 ᄒᆞ샤미 이라(戒經에 云ᄒᆞ샤ᄃᆡ 是人이 佛法中에 能得智慧命이 是也ㅣ라) <法華二 176b>

<8> 동작동사구 '結上的證 全付家業'

'結上的證 全付家業'이 『월인석보』 권13에서는 번역되지 않고 『법화경언해』에서는 동작동사구 '우흿 올ᄒᆞᆫ 證을 結ᄒᆞ야 家業을 오로 맛디다'로 번역된다는 사실은 동일 원문의 번역인 다음 예문들에서 잘 확인된다.

(8) a. 이 實로 내 아ᄃᆞ리라 홈ᄃᆞᆯᄒᆞᆫ <月十三 31b>
b. 이 實로 내 아ᄃᆞ리라 홈ᄃᆞᆯᄒᆞᆫ 우흿 올ᄒᆞᆫ 證을 結ᄒᆞ야 家業을 오로 맛디니(此ㅣ 實我子等은 結上的證ᄒᆞ야 全付家業이니) <法華二 225b>

2.3. 번역되지 않는 狀態動詞

『월인석보』 권13에서는 번역되지 않고 『법화경언해』에서는 번역되는 상태동사에는 '有', '顯蒙', '荒', '卑', '下', '如', '壯' 그리고 '盈'이 있다.

<1> 상태동사 '有'

'有'가 『월인석보』 권13에서는 번역되지 않고 『법화경언해』에서는 상태동사 '잇다'로 번역된다는 사실은 동일 원문의 번역인 다음 예문들에서 잘 확인된다.

(1) a. 이런 왼 일ᄃᆞᆯ히 <月十三 25a>
b. 이 여러가짓 惡 이슈미(有此諸惡이) <法華二 213b>

<2> 상태동사 '顓蒙'

'顓蒙'이『월인석보』권13에서는 번역되지 않고『법화경언해』에서는 상태동사 '迷惑ᄒᆞ다'(뜻은 '어리석다'임)로 번역된다는 사실은 동일 원문의 번역인 다음 예문들에서 잘 확인된다.

(2) a. 져무믄 無知호ᄆᆞᆯ 가(6b)ᄌᆞᆯ비고 <月十三 7a>
b. 져무믄 迷惑ᄒᆞ야 아ᄅᆞᆷ 업수믈 가ᄌᆞᆯ비고(幼稚ᄂᆞᆫ 譬顓蒙無知오) <法華二 183a>

<3> 상태동사 '荒'

'荒'이『월인석보』권13에서는 번역되지 않고『법화경언해』에서는 상태동사 '거츨다'로 번역된다는 사실은 동일 원문의 번역인 다음 예문들에서 잘 확인된다.

(3) a. ᄆᆞᅀᆞᆯᄒᆞᆫ 넏가ᄫᆞ니 <月十三 9b>
b. ᄆᆞᅀᆞᆯᄒᆞᆫ 거츨오 녀트니(聚落은 荒淺ᄒᆞ니) <法華二 188b>

<4> 상태동사 '卑'

'卑'가『월인석보』권13에서는 번역되지 않고『법화경언해』에서는 상태동사 'ᄂᆞᆽ갑다'로 번역된다는 사실은 동일 원문의 번역인 다음 예문들에서 잘 확인된다.

(4) a. ᄠᅳ디 ᄉᆞᆫ지 사오나ᄫᆞᆯᄊᆡ <月十三 25b>
b. ᄠᅳ디 ᄉᆞᆫ지 ᄂᆞᆽ가와 사오나올ᄊᆡ(志尙卑劣故로) <法華二 214b>

<5> 상태동사 ‘下’

‘下’가 『월인석보』 권13에서는 번역되지 않고 『법화경언해』에서는 상태동사 ‘ᄂᆞᆽ갑다’로 번역된다는 사실은 동일 원문의 번역인 다음 예문들에서 잘 확인된다.

(5) a. 아비 제 아ᄃᆞᄅᆡ ᄠᅳ디 사오납고 <月十三 19a>
b. 아비 제 아ᄃᆞᄅᆞᆫ ᄠᅳ디 ᄂᆞᆽ가와 사오나오ᄆᆞᆯ 알고(父ㅣ 知其子ᄂᆞᆫ 志意下劣ᄒᆞ고) <法華二 204a>

(5) c. 사오나ᄫᆞᆫ ᄆᆞᅀᆞᄆᆞᆯ <月十三 28b>
d. ᄂᆞᆽ가온 사오나온 ᄆᆞᅀᆞᄆᆞᆯ(下劣之心ᄋᆞᆯ) <法華二 219b>

<6> 상태동사 ‘如’

‘如’가 『월인석보』 권13에서는 번역되지 않고 『법화경언해』에서는 상태동사 ‘ᄀᆞᆮᄒᆞ다’로 번역된다는 사실은 동일 원문의 번역인 다음 예문들에서 잘 확인된다.

(6) a. 옷밥 쉬(12b)ᄫᅵ 어드니만 몯다 <月十三 13a>
b. 옷밥 수이 어드리만 ᄀᆞᆮ디 몯도다(不如…衣食易得이로다) <法華二 194b>

<7> 상태동사 ‘壯’

‘壯’이 『월인석보』 권13에서는 번역되지 않고 『법화경언해』에서는 상태동사 ‘壯ᄒᆞ다’로 번역된다는 사실은 동일 원문의 번역인 다음 예문들에서 잘 확인된다.

(7) a. 너는 져므니 <月十三 24b>

b. 너는 져머 壯ᄒᆞ니(汝ᄂᆞᆫ 少壯ᄒᆞ니) <法華二 213a>

<8> 상태동사 '盈'

'盈'이『법화경언해』에서는 번역되지 않고『월인석보』권13에서는 상태동사 'ᄀᆞᄃᆞᆨᄒᆞ다'로 번역된다는 사실은 동일 원문의 번역인 다음 예문들에서 잘 확인된다.

(8) a. 倉庫애 ᄀᆞᄃᆞᆨᄒᆞ야 넚디니 <月十三 26b>
b. 倉庫애 넚디니(倉庫애 盈溢ᄒᆞ니) <法華二 216b>

(8) c. 倉庫애 ᄀᆞᄃᆞᆨᄒᆞ야 넚듀믈 가줄비니 <月十三 27b>
d. 倉庫ㅣ 넚듀믈 가줄비니(譬倉庫盈溢ᄒᆞ니) <法華二 218a>

한편 '盈'이『월인석보』권13과『법화경언해』에서 모두 'ᄀᆞᄃᆞᆨᄒᆞ다'로 번역된다는 것은 동일 원문의 번역인 다음 예문들에서 잘 확인된다.

(8) e. 倉庫애 다 ᄀᆞᄃᆞᆨᄒᆞ야 넚디며 <月十三 7b>
f. 그 여러 倉庫애 다 ᄀᆞᄃᆞᆨᄒᆞ야 넚디며(其諸倉庫애 悉皆盈溢ᄒᆞ며) <法華二 186a>

2.4. 번역되지 않는 狀態動詞句

『월인석보』권13에서는 번역되지 않고『법화경언해』에서는 번역되는 상태동사구에는 '不淨'이 있다.

<1> 상태동사구 '不淨'

'不淨'이『월인석보』권13에서는 번역되지 않고『법화경언해』에서는 상태

동사구 ‘조티 몯ᄒᆞ다’로 번역된다는 사실은 동일 원문의 번역인 다음 예문들에서 잘 확인된다.

(1) a. ᄇᆞ라니……ᄯᅩᇰ 몬ᄌᆡ 무더 더럽거늘 <月十三 21b>
b. ……ᄯᅩᇰ홀기 듣글 무더 더러워 조티 몯ᄒᆞᆫ ᄃᆞᆯ 머리셔 보고(遙見……糞土ㅣ 塵坌ᄒᆞ야 汚穢不淨ᄒᆞᆫ ᄃᆞᆯ 코) <法華二 209b>

3. 飜譯되지 않는 副詞類

『월인석보』 권13에서는 번역되지 않고 『법화경언해』에서는 번역되는 副詞에는 時間副詞, 樣態副詞, 當爲의 話法副詞, 可能의 話法副詞, 條件의 話法副詞, 限定의 話法副詞, 기타의 副詞, 副詞句 그리고 副詞語가 있다.

3.1. 번역되지 않는 時間副詞

『월인석보』 권13에서는 번역되지 않고, 『법화경언해』에서는 번역되는 時間副詞로 ‘今’을 비롯하여 ‘旣’, ‘旣已’, ‘將’, ‘卽’, ‘便’, ‘復’, ‘更’ 및 ‘曾’이 있다.

<1> 부사 ‘今’

‘今’이 『월인석보』 권13에서는 번역되지 않고 『법화경언해』에서는 부사 ‘이제’와 ‘오늘’로 번역된다는 사실은 동일 원문의 번역인 다음 예문들에서 잘 확인된다.

(1) a. 둘헤 ᄉᆞᄆᆞ차 마ᄀᆞᆫ ᄃᆡ 업스시니 <月十三 44b>
b. 이제 둘헤 ᄉᆞᄆᆞ차 마ᄀᆞᆫ ᄃᆡ 업스시니(今於二者애 通達無礙ᄒᆞ시니) <法華三 8a>

(1) c. 쏘 우리 나히 ᄒᆞ마 늘거 <月十三 5b>
d. 쏘 오ᄂᆞᆯ 우리 나히 ᄒᆞ마 늘글ᄊᆡ(又今에 我等이 年已朽邁ᄒᆞᆯᄊᆡ) <法華二 181a>

<2> 부사 '旣'

'旣'가 『월인석보』 권13에서는 번역되지 않고 『법화경언해』에서는 부사 'ᄒᆞ마'로 번역된다는 사실은 동일 원문의 번역인 다음 예문들에서 잘 확인된다.

(2) a. 世尊이 녜 說法을 오래커시ᄂᆞᆯ <月十三 4a>
b. 世尊이 아러 說法을 ᄒᆞ마 오래커시ᄂᆞᆯ(世尊이 往昔에 說法旣久 ㅣ어시ᄂᆞᆯ) <法華二 179a>

(2) c. 說法 오래 ᄒᆞ시다 호ᄆᆞᆫ <月十三 4b>
d. 法 니ᄅᆞ샤미 ᄒᆞ마 오라ᄆᆞᆫ(說法旣久ᄂᆞᆫ) <法華二 180a>

(2) e. 가줄비건댄 ᄒᆞᆫ 사ᄅᆞ미 나히 져머셔 <月十三 6b>
f. 가줄비건댄 사ᄅᆞ미 나히 ᄒᆞ마 져머(譬若有人이 年旣幼稚ᄒᆞ야) <法華二 182b>

한편 '已'가 『월인석보』 권13과 『법화경언해』에서 모두 부사 'ᄒᆞ마'로 번역된다는 사실은 동일 원문의 번역인 다음 예문들에서 잘 확인된다.

(2) g. 二乘의 ᄒᆞ마 버렛던 法을 가줄비니라 <月十三 24b>
h. 二乘의 ᄒᆞ마 버린 法을 가줄비니(譬二乘의 已陳之法ᄒᆞ니) <法華二 212a>

<3> 부사 '旣已'

'旣已'가 『월인석보』 권13에서는 번역되지 않고 『법화경언해』에서는 부사

'ᄒᆞ마'로 번역된다는 사실은 동일 원문의 번역인 다음 예문들에서 잘 확인된다.

(3) a. 窮子 어더 <月十三 20b>
b. 즉재 窮子 求ᄒᆞ야 ᄒᆞ마 어더(卽求窮子ᄒᆞ야 旣已得之ᄒᆞ야)
<法華二 206b>

<4> 부사 '將'

'將'이 『월인석보』 권13에서는 번역되지 않고 『법화경언해』에서는 부사 '쟝ᄎᆞ'로 번역된다는 사실은 동일 원문의 번역인 다음 예문들에서 잘 확인된다.

(3) a. 아니 오라 주긇 돌 제 아라 <月十三 26b>
b. 쟝ᄎᆞ 주구미 오라디 몯홀 ᄯᆞᆯ 제 아라(自知將死不久ᄒᆞ야)
<法華二 216b>

한편 '將'이 『월인석보』 권13에서는 부사 'ᄒᆞ마'로 번역되고 『법화경언해』에서는 부사 '쟝ᄎᆞ'로 번역된다는 사실은 동일 원문의 번역인 다음 예문들에서 잘 확인된다.

(4) a. ᄒᆞ마 주긇 저긔 寶藏 닐오ᄆᆞᆫ <月十三 27a>
b. 쟝ᄎᆞ 주글 쩨 寶藏 닐오ᄆᆞᆫ(將死而語寶藏ᄋᆞᆫ) <法華二 217b>

<5> 부사 '卽'

'卽'이 『월인석보』 권13에서는 번역되지 않고 『법화경언해』에서는 부사 '즉재'로 번역된다는 사실은 동일 원문의 번역인 다음 예문들에서 잘 확인된다.

(5) a. 窮子 어더 <月十三 20b>
b. 즉재 窮子 구ᄒᆞ야 ᄒᆞ마 어더(卽求窮子ᄒᆞ야 旣已得之ᄒᆞ야)
<法華二 206b>

(5) c. 맛디디 아니호미 곧ᄒᆞ니라 <月十三 27b>
d. 즉재 맛디디 몯ᄃᆞᆺᄒᆞ니라(如…未卽付也ᄃᆞᆺ ᄒᆞ니라)
<法華二 218a>

(5) e. 펴 닐오ᄃᆡ <月十三 29b>
f. 즉재 제 펴 닐오ᄃᆡ(卽自宣言호ᄃᆡ) <法華二 222b>

'卽'이 『월인석보』 권13에서는 번역되지 않고 『법화경언해』에서는 부사 '곧'으로 번역된다는 사실은 동일 원문의 번역인 다음 예문들에서 잘 확인된다.

(5) g. 天人衆에 니ᄅᆞ샤ᄃᆡ <月十三 30b>
h. 곧 天人衆에 니ᄅᆞ샤ᄃᆡ(卽於天人衆에 說ᄒᆞ샤ᄃᆡ)
<法華二 225a>

<6> 부사 '便'

'便'이 『월인석보』 권13에서는 번역되지 않고 『법화경언해』에서는 부사 '곧'으로 번역된다는 사실은 동일 원문의 번역인 다음 예문들에서 잘 확인된다.

(6) a. 닐오ᄃᆡ <月十三 20b>
b. 곧 닐오ᄃᆡ(便可語之호ᄃᆡ) <法華二 206a>

(6) c. 菩薩 聲聞 뫼화 <月十三 30b>
d. 곧 菩薩 聲聞 뫼화(便集菩薩聲聞ᄒᆞ야) <法華二 225a>

(6) e. 닐오ᄃᆡ <月十三 34a>
f. 곧 제 닐오ᄃᆡ(便自謂言호ᄃᆡ) <法華二 229a>

'便'이 『월인석보』 권13에서는 번역되지 않고 『법화경언해』에서는 부사 'ᄆᆞᆫ득'으로 번역된다는 사실은 동일 원문의 번역인 다음 예문들에서 잘 확인된다.

(6) g. 아라 보아 <月十三 15a>
h. 믄득 아라(便識ᄒᆞ야) <法華二 198b>

(6) i. 아ᄃᆞᆯ 보고 아라 보면 <月十三 15b>
j. 아ᄃᆞᆯ 보고 믄득 아로면(見子便識은) <法華二 199a>

한편 '便'이 『월인석보』 권13과 『법화경언해』에서 모두 부사 '곧'으로 번역된다는 사실은 동일 원문의 번역인 다음 예문들에서 잘 확인된다.

(6) k. 곧 ᄇᆞ리샤 <月十三 34a>
l. 곧 ᄇᆞ리샤(便見縱捨ᄒᆞ샤) <法華二 229b>

<7> 부사 '復'

'復'가 『월인석보』 권13에서는 번역되지 않고 『법화경언해』에서는 부사 'ᄂᆞ외'로 번역된다는 사실은 동일 원문의 번역인 다음 예문들에서 잘 확인된다.

(7) a. 다ᄅᆞᆫ ᄃᆡ 가디 말라 <月十三 23a>
b. ᄂᆞ외 년 ᄃᆡ 가디 말라(勿復餘去ᄒᆞ라) <法華二 211b>

'復'가 『월인석보』 권13에서는 번역되지 않고 『법화경언해』에서는 부사 '다시'로 번역된다는 사실은 동일 원문의 번역인 다음 예문들에서 잘 확인된다.

(7) c. 더브러 말 아니ᄒᆞ니 <月十三 18b>
d. 다시 ᄃᆞ려 말 말라 ᄒᆞ니(莫復與語ᄒᆞ라 ᄒᆞ니) <法華二 203a>

<8> 부사 '更'

'更'이 『월인석보』 권13에서는 번역되지 않고 『법화경언해』에서 부사 '다

시'로 번역된다는 사실은 동일 원문의 번역인 다음 예문들에서 잘 확인된다.

(8) a. 더욱 두리여 <月十三 16b>
b. 더욱 다시 두려(轉更惶怖ᄒᆞ야) <法華二 201a>

한편 '更與'가 『월인석보』 권13과 『법화경언해』에서 모두 부사 '다시'로 번역된다는 사실은 동일 원문의 번역인 다음 예문들에서 잘 확인된다.

(8) c. 다시 일훔 지후믄 <月十三 25b>
d. 다시 일훔 지ᅀᅩ믄(更與作字ᄂᆞᆫ) <法華二 214a>

<9> 부사 '曾'

'曾'이 『월인석보』 권13에서는 번역되지 않고 『법화경언해』에서는 부사 '잢간'으로 번역된다는 것은 동일 원문의 번역인 다음 예문들에서 잘 확인된다.

(9) a. 어려ᄫᅮ미 업스리어늘 <月十三 32a>
b. 잢간도 어려우미 업스리어늘(曾無難者ㅣ어늘) <法華二 226a>

3.2. 번역되지 않는 樣態副詞

『월인석보』 권13에서는 번역되지 않고 『법화경언해』에서는 번역되는 양태부사로 '偏', '同', '加' 그리고 '敢'이 있다. 그리고 『법화경언해』에서는 번역되지 않고 『월인석보』 권13에서는 번역되는 양태부사로 '羅'가 있다.

<1> 부사 '偏'

'偏'이 『월인석보』 권13에서는 번역되지 않고 『법화경언해』에서는 부사 '기우루'로 번역된다는 사실은 동일 원문의 번역인 다음 예문들에서 잘 확인

된다.

(1) a. 올흔 엇게 메밧고 <月十三 3b>
b. 올흔 엇게 기우루 메왓고(偏袒右肩ᄒᆞ고) <法華二 177b>

<2> 부사 '同'

'同'이 『월인석보』 권13에서는 번역되지 않고 『법화경언해』에서는 부사 'ᄒᆞᆫ가지로'로 번역된다는 사실은 동일 원문의 번역인 다음 예문들에서 잘 확인된다.

(2) a. 卉木이 ᄒᆞᆫ 짜해 나ᄃᆡ <月十三 45a>
b. 卉木이 ᄒᆞᆫ가지로 ᄒᆞᆫ 짜해 나ᄃᆡ(卉木이 同生一地호ᄃᆡ) <法華三 9b>

<3> 부사 '加'

'加'가 『월인석보』 권13에서는 번역되지 않고 『법화경언해』에서는 부사 '더'로 번역된다는 사실은 동일 원문의 번역인 다음 예문들에서 잘 확인된다.

(3) a. 우리 브즈러니 精進ᄒᆞ야 <月十三 33b>
b. 우리 이 中에 브즈러니 더 精進ᄒᆞ야(我等이 於中에 勤加精進ᄒᆞ야) <法華二 229a>

<4> 敢

'敢'이 『월인석보』 권13에서는 번역되지 않고 『법화경언해』에서는 부사 '놀내'(뜻은 '敢히'임)로 번역된다는 것은 동일 원문의 번역인 다음 예문들에서 잘 확인된다. 원문 중 '敢便食'이 '믄득 먹다'로도 번역되고 '놀내 믄득 먹다'로도 번역된다.

(4) a. 王膳을 맛나 [膳은 차바니라] 믄득 먹디 몯ᄃᆞᆺ ᄒᆞ야 <月十三 64b>

b. 王ㅅ 차반 맛나 놀내 믄득 먹디 몯ᄃᆞᆺ ᄒᆞ니(如逢王膳ᄒᆞ야 未敢便食ᄃᆞᆺ ᄒᆞ니) <法華三 64a>

<5> 부사 '羅'

'羅'가 『월인석보』 권13에서는 부사 '느러니'(뜻은 '줄지어'임)로 번역되고 『법화경언해』에서는 번역되지 않는다는 사실은 동일 원문의 번역인 다음 예문들에서 잘 확인된다. 원문 중 '羅列'이 '느러니 버리다'로도 번역되고 '버리다'로도 번역된다.

(5) a. 보비옛 것 느러니 버리고 <月十三 12a>

b. 寶物 버리고(羅列寶物ᄒᆞ고) <法華二 194b>

한편 부사 '羅'가 『월인석보』 권13과 『법화경언해』에서 모두 번역되지 않는다는 것은 동일 원문의 번역인 다음 예문들에서 잘 확인된다.

(5) c. 보비옛 것 버류믄 <月十三 14b>

d. 寶(197a)物 버류믄(羅列寶物은) <法華二 197b>

<6> 부사 '行'

'行'이 『월인석보』 권13에서는 부사 '느러니'(즉 '줄지어'의 뜻)로 번역되고 『법화경언해』에서는 번역되지 않는다는 사실은 동일 원문의 번역인 다음 예문들에서 잘 확인된다. 원문 중 '行列'이 '느러니 벌다'로도 번엳되고 '벌다'로도 번역된다.

(6) a. 寶樹ㅣ 느러니 벌오 <月十三 62a>

b. 寶樹ㅣ 벌오(寶樹ㅣ 行列ᄒᆞ고) <法華三 59a>

3.3. 번역되지 않는 當爲의 話法副詞

『월인석보』 권13에서는 번역되지 않고 『법화경언해』에서는 번역되는 當爲의 話法副詞로 '必', '當', '定' 및 '强'이 있다.

<1> 부사 '必'

'必'이 『월인석보』 권13에서는 번역되지 않고 『법화경언해』에서는 부사 '반ᄃᆞ기'로 번역된다는 사실은 동일 원문의 번역인 다음 예문들에서 잘 확인된다.

(1) a. 一定ᄒᆞ야 주그리로다 ᄒᆞ야 <月十三 16b>
b. 이 반ᄃᆞ기 一定히 주그리로다 ᄒᆞ야(此ㅣ 必定死ㅣ로다 ᄒᆞ야) <法華二 200b>

<2> 부사 '當'

'當'이 『월인석보』 권13에서는 번역되지 않고 『법화경언해』에서는 부사 '반ᄃᆞ기'로 번역된다는 사실은 동일 원문의 번역인 다음 예문들에서 잘 확인된다.

(2) a. 네 갑ᄉᆞᆯ 더 주리니 <月十三 23a>
b. 반ᄃᆞ기 네 갑ᄉᆞᆯ 더우리니(當加汝價호리니) <法華二 211b>

(2) c. 네 菩薩 위ᄒᆞ야 般若 니ᄅᆞ라 ᄒᆞ시(27b)며 <月十三 28a>
d. 네 반ᄃᆞ기 菩薩 위ᄒᆞ야 般若 니ᄅᆞ라 ᄒᆞ시며(汝ㅣ 當爲菩薩ᄒᆞ야 說般若ᄒᆞ라 ᄒᆞ시며) <法華二 218a>

(2) e. 그듸내 알라 <月十三 29b>
f. 諸君이 반ᄃᆞ기 알라(諸君이 當知ᄒᆞ라) <法華二 222b>

(2) g. 迦葉아 알라 <月十三 43a>
h. 迦葉아 반ᄃᆞ기 알라(迦葉아 當知ᄒᆞ라) <法華三 6a>

(2) i. 三百萬億 諸佛世尊올 뵈ᅀᆞᄫᅡ <月十三 60a>
j. 반ᄃᆞ기 三百萬億 諸佛世尊올(56b) 시러 바다 뵈ᅀᅡ(當得奉觀三百萬億諸佛世尊ᄒᆞ야) <法華三 6a>

(2) k. 法說에 닐오ᄃᆡ 千二百 羅漢이 다 부톄 ᄃᆞ외리라 ᄒᆞ시니 <月十三 64b>
l. 法說에 니ᄅᆞ샤ᄃᆡ 千二百 羅漢이 다 ᄯᅩ 반ᄃᆞ기 부텨 ᄃᆞ외리라 ᄒᆞ시니(法說에 云ᄒᆞ샤ᄃᆡ 千二百 羅漢이 悉亦作佛이라 ᄒᆞ시니) <法華三 64a>

한편 부사 '當'이 『월인석보』 권13과 『법화경언해』에서 모두 번역되지 않는다는 것은 동일 원문의 번역인 다음 예문들에서 잘 확인된다.

(2) m. 네 갑ᄉᆞᆯ 더 주리라 호ᄆᆞᆫ <月十三 24a>
n. 네 갑ᄉᆞᆯ 더우믄(當加汝價ᄂᆞᆫ) <法華二 212a>

<3> 부사 '定'

'定'이 『월인석보』 권13에서는 번역되지 않고 『법화경언해』에서는 부사 '一定히'로 번역된다는 사실은 동일 원문의 번역인 다음 예문들에서 잘 확인된다.

(3) a. 당다이 주그리로다 ᄒᆞ니라 <月十三 18b>
b. 닐오ᄃᆡ 이 반ᄃᆞ기 一定히 주그리로다 ᄒᆞ니(云此ㅣ 必定死ㅣ라 ᄒᆞ니) <法華二 202a>

<4> 부사 '强'

'强'이 『월인석보』 권13에서는 번역되지 않고 『법화경언해』에서는 부사

'굿'으로 번역된다는 사실은 동일 원문의 번역인 다음 예문들에서 잘 확인된다.

(4) a. 일 시기리로다 <月十三 13a>
b. 굿 나를 브려 지스리로다(强使我作ᄒᆞ리로다) <法華二 194b>

3.4. 번역되지 않는 可能의 話法副詞

『월인석보』 권13에서는 번역되지 않고 『법화경언해』에서는 번역되는 可能의 話法副詞에는 '能', '得' 및 '可'가 있다.

<1> 부사 '能'

'能'이 『월인석보』 권13에서는 번역되지 않고 『법화경언해』에서는 부사 '能히'로 번역된다는 사실은 동일 원문의 번역인 다음 예문들에서 잘 확인된다.

(1) a. 부텻 敎化 맛나ᅀᆞᄫᆞᆯ 因ᄒᆞ야 能히 두르혀 ᄉᆞᆯ펴마ᄅᆞᆫ 그러나 ᄀᆞᆺ 向ᄒᆞ고 다ᄃᆞᆮ디 몯호ᄆᆞᆯ 가ᄌᆞᆯ비니라 <月十三 7b>
b. 佛敎 맛나ᅀᆞ오ᄆᆞᆯ 因ᄒᆞ야 能히 두르혀 ᄉᆞᆯ표ᄆᆞᆯ 가ᄌᆞᆯ비니 그러나 ᄀᆞᆺ 何ᄒᆞ고 能히니르디 몯ᄒᆞ니라(譬因遇佛敎ᄒᆞ야 遂能反省이니 然이나 方向之오 未能至也ㅣ니라) <法華二 184a>

(1) c. 正히 드디 몯ᄒᆞ야 <月十三 11b>
d. 能히 正히 드디 몯ᄒᆞ야(不能正入ᄒᆞ야) <法華二 191b>

(1) e. 親히 證티 몯호ᄆᆞᆯ 가ᄌᆞᆯ비고 <月十三 13a>
f. 能히 親히 證티 몯호ᄆᆞᆯ 가ᄌᆞᆯ비고(譬未能親證ᄒᆞ고) <法華二 196b>

(1) g. 사오나ᄫᆞᆫ ᄆᆞᅀᆞᄆᆞᆯ ᄯᅩ ᄇᆞ리디 몯호ᄆᆞᆫ <月十三 29a>
h. 사오나온 ᄆᆞᅀᆞᄆᆞᆯ ᄯᅩ 能히 ᄇᆞ리디 몯호ᄆᆞᆫ(不劣之心을 亦未能捨ᄂᆞᆫ) <法華二 220a>

(1) i. 닐어도 몯 다 니ᄅᆞ리라 <月十三 43a>
j. 닐어도 能히 다 몯ᄒᆞ리라(說不能盡ᄒᆞ리라) <法華三 5a>

(1) k. 구루미 密티 아니ᄒᆞ면 골로 븟디 몯ᄒᆞ며 <月十三 54b>
l. 구루미 특특디 아니ᄒᆞ면 能히 ᄒᆞᆫ가지로 븟디 몯ᄒᆞ고(雲이 不密ᄒᆞ면 則不能澍ᄒᆞ고) <法華三 10b>

(1) m. 慈ㅣ 密티(45b) 아니ᄒᆞ면 너비 利티 몯ᄒᆞ리니 <月十三 46a>
n. 慈ㅣ 특특디 아니ᄒᆞ시면 能히 利티 몯ᄒᆞ시리라(慈ㅣ 不密ᄒᆞ시면 則不能廣利시리라) <法華三 10b>

<2> 부사 '得'

'得'이『월인석보』권13에서는 번역되지 않고『법화경언해』에서는 부사 '시러'로 번역된다는 사실은 동일 원문의 번역인 다음 예문들에서 잘 확인된다.

(2) a. 아니 너기온 오ᄂᆞᆯ 믄득 布有ᄒᆞᆫ 法을 듣ᄌᆞᆸ고 <月十三 6a>
b. 오ᄂᆞᆯ 믄득 布有ᄒᆞᆫ 法 시러 듣ᄌᆞ오ᄆᆞᆯ 너기디 아니ᄒᆞᅀᆞ오니(不謂於今에 忽然得聞布有之法ᄒᆞᅀᆞ오니) <法華二 181b>

(2) c. 方便으로 아ᄃᆞ리게 갓가ᄫᅵ ᄒᆞ니라 <月十三 22a>
d. 方便으로 아ᄃᆞ리게 시러 갓가이 ᄒᆞ고(以方便故로 得近其子ᄒᆞ고) <法華二 209b>

(2) e. 涅槃애 니르러 <月十三 33b>
f. 시러 涅槃애 니르러(得至涅槃ᄒᆞ야) <法華二 229a>

(2) g. 三百萬億 諸佛世尊ᄋᆞᆯ 뵈ᅀᆞᄫᅡ <月十三 60a>
h. 반ᄃᆞ기 三百萬億 諸佛世尊ᄋᆞᆯ(56b) 시러 바다 뵈ᅀᆞᄫᅡ(當得奉觀三百萬億諸佛世尊ᄒᆞ야) <法華三 57a>

<3> 부사 '可'

'可'가 『월인석보』 권13에서는 번역되지 않고 『법화경언해』에서는 부사 '어루'로 번역된다는 사실은 동일 원문의 번역인 다음 예문들에서 잘 확인된다.

(3) a. 一切法이 相 업서 得디 몯ᄒᆞᇙ 돌 아라 <月十三 5a>
b. 一切法의 相 업서 어루 得디 몯ᄒᆞᆯ 똘 아라(知一切法의 無相ᄒᆞ야 不可得인 돌 ᄒᆞ야) <法華二 180a>

3.5. 번역되지 않는 條件의 話法副詞

『월인석보』 권13에서는 번역되지 않고 『법화경언해』에서는 번역되는 條件의 話法副詞에는 '若'과 '或'이 있다.

<1> 부사 '若'

'若'이 『월인석보』 권13에서는 번역되지 않고 『법화경언해』에서는 부사 'ᄒᆞ다가'로 번역된다는 사실은 동일 원문의 번역인 다음 예문들에서 잘 확인된다.

(1) a. 窮子ㅣ옷 그리 호려 커든 <月十三 20b>
b. 窮子ㅣ ᄒᆞ다가 許커든(窮子ㅣ 若許ㅣ어든) <法華二 206b>

(1) c. 四趣의 구즌 ᄡᅵ와 生死業因은 <月十三 38a>
d. ᄒᆞ다가(3a) 四趣惡種과 生死業因은(若四趣惡種과 生死業因은) <法華三 3b>

(1) e. 菩薩돌ᄒᆞᆫ 일후미 큰 남기라 當ᄒᆞᆫ 機 아니라 <月十三 38b>
f. ᄒᆞ다가 諸菩薩ᄋᆞᆫ 이 일후미 大樹ㅣ라 當ᄒᆞᆫ 機ㅣ 아니니(若諸菩薩은 是名大樹ㅣ라 非當機矣니) <法華三 3b>

(1) g. 너희 無量億劫에 <月十三 43a>
h. 너희 ᄒᆞ다가 無量億劫에(汝等이 若於無量億劫에) <法華三 5a>

(1) i. 말ᄉᆞᆷ 니ᄅᆞ면 <月十三 43a>
j. ᄒᆞ다가 닐오미 이시면(若有所說이면) <法華三 6a>

한편 '若'이 『월인석보』 권13과 『법화경언해』에서 모두 부사 'ᄒᆞ다가'로 번역된다는 것은 동일 원문의 번역인 다음 예문들에서 잘 확인된다.

(1) k. ᄒᆞ다가 이에 오래 이시면 <月十三 13a>
l. ᄒᆞ다가 이에 오래 住ᄒᆞ면(若久住此ᄒᆞ면) <法華二 194b>

<2> 부사 '或'

'或'이 『월인석보』 권13에서는 번역되지 않고 『법화경언해』에서 부사 '시혹'으로 번역된다는 사실은 동일 원문의 번역인 다음 예문들에서 잘 확인된다.

(2) a. 열 히 스믈 히 쉰 히예 니르더니 <月十三 6b>
b. 시혹 열 스믈 쉰 히예 니르더니(或十二十至五十歲러니) <法華二 182b>

(2) c. 이 王이어나 王等이로소니 <月十三 12b>
d. 이 시혹 이 王이어나 시혹 이 王等이라(此ㅣ 或是王이어나 或是王等이라) <法華二 194b>

한편 '或'이 『월인석보』 권13과 『법화경언해』에서 모두 부사 '시혹'으로 번역된다는 사실은 동일 원문의 번역인 다음 예문들에서 잘 확인된다.

(2) e. 시혹 우기 눌려 <月十三 13a>
f. 시혹 다와도물 보아(見逼迫ᄒᆞ야) <法華二 194b>

3.6. 번역되지 않는 限定의 話法副詞

『월인석보』 권13에서는 번역되지 않고 『법화경언해』에서는 번역되는 限定의 話法副詞에는 '卽'이 있다.

<1> 부사 '卽'

'卽'이 『월인석보』 권13에서는 번역되지 않고 『법화경언해』에서는 부사 '곧'으로 번역된다는 사실은 동일 원문의 번역인 다음 예문들에서 잘 확인된다.

(1) a. 空 無相 無作ᄋᆞᆫ 小乘 三解脫門이니 <月十三 4b>
b. 空과 無相과 無作ᄋᆞᆫ 곧 小乘의 三解脫門이니(空無相無作은 卽小乘三解脫門也ㅣ니) <法華二 180a>

(1) c. ᄯᅡ해셔 니로ᄆᆞᆫ 迷惑ᄋᆞ로셔 아로미오 <月十三 19b>
d. ᄯᅡ홀 從ᄒᆞ야 니로ᄆᆞᆫ 곧 迷惑ᄋᆞᆯ 從ᄒᆞ야 아로미오(從地而起ᄂᆞᆫ 卽從迷而覺也ㅣ오) <法華二 204b>

(1) e. 열여슷 차이ᄂᆞᆫ 나 釋迦ㅣ로라 ᄒᆞ샤미라 <月十三 31a>
f. 곧 第十六은 나 釋迦ㅣ라 ᄒᆞ샤미 이라(卽第十六은 我釋迦ㅣ라 ᄒᆞ샤미 是也ㅣ라) <法華二 225b>

한편 '卽'이 『월인석보』 권13과 『법화경언해』에서 모두 부사 '곧'으로 번역된다는 사실은 동일 원문의 번역인 다음 예문들에서 명백히 확인된다.

(1) e. 頓敎는 生死ㅣ 곧 涅槃이어늘 <月十三 17a>
f. 頓온 生死ㅣ 곧 涅槃이어늘(頓은 以生死ㅣ 卽涅槃이어늘) <法華二 201b>

3.7. 번역되지 않는 기타의 副詞

『월인석보』 권13에서는 번역되지 않고 『법화경언해』에서는 번역되는 기타의 副詞에는 '自', '相', '亦', '復', '及', '且' 및 '然'이 있다.

<1> 부사 '自'

'自'가 『월인석보』 권13에서는 번역되지 않고 『법화경언해』에서는 부사 '제'로 번역된다는 사실은 동일 원문의 번역인 다음 예문들에서 잘 확인된다.

(1) a. 그지 업슨 보비롤 아니 求ᄒᆞ야셔 얻즙과이다 <月十三 6b>
b. 그지 업슨 보비롤 求티 아니ᄒᆞ야 제 얻즙과이다(無量珍寶ᄅᆞᆯ 不求自得괘이다) <法華二 181b>

(1) c. 五道애 困ᄒᆞ야 四生애 ᄃᆞ녀 목숨 사로물 가ᄌᆞᆯ비고 <月十三 7a>
d. 五道애 困ᄒᆞ며 四生애 디나 제 命을 살오몰 가ᄌᆞᆯ비고(譬困五道ᄒᆞ며 歷四生ᄒᆞ야 以自活命이오) <法華二 184a>

(1) e. 그 제 窮子ㅣ 너교ᄃᆡ <月十三 16b>
f. 그 제 窮子ㅣ 제 念호ᄃᆡ(于時窮子ㅣ 自念호ᄃᆡ) <法華二 200b>

(1) g. 펴 닐오ᄃᆡ <月十三 29b>
h. 즉재 제 펴 닐오ᄃᆡ(卽自宣言호ᄃᆡ) <法華二 222b>

(1) i. 닐오ᄃᆡ <月十三 34a>
j. 곧 제 닐오ᄃᆡ(便自謂言호ᄃᆡ) <法華二 229a>

<2> 부사 '相'

'相'이 『월인석보』 권13에서는 번역되지 않고 『법화경언해』에서는 부사 '서르'로 번역된다는 사실은 동일 원문의 번역인 다음 예문들에서 잘 확인된다.

(2) a. 내 犯혼 일 업거늘 <月十三 16a>
b. 내 서르 犯티 아니커늘(我不相犯이어늘) <法華二 200b>

(2) c. 求ᄒᆞ면 주리니 <月十三 23b>
d. 求ᄒᆞ거든 서르 주리니(須者ㅣ어든 相給호리니)
<法華二 211b>

한편 '相'이 『월인석보』 권13과 『법화경언해』에서 모두 부사 '서르'로 번역된다는 것은 동일 원문의 번역인 다음 예문들에서 잘 확인된다.

(2) e. 煩惱涅槃이 서르 막디 아니홀씨 <月十三 21a>
f. 煩惱涅槃이 서르 막디 아니호ᄃᆡ(煩惱涅槃이 不相留不礙호ᄃᆡ)
<法華二 207a>

<3> 부사 '亦'

'亦'이 『월인석보』 권13에서는 번역되지 않고 『법화경언해』에서는 부사 'ᄯᅩ'로 번역된다는 사실은 동일 원문의 번역인 다음 예문들에서 잘 확인된다.

(3) a. 迦葉일 몬져 ᄒᆞ샤ᄆᆞᆫ <月十三 3b>
b. ᄯᅩ 迦葉일 몬져 ᄒᆞ시니(亦先迦葉ᄒᆞ시니) <法華二 177a>

(3) c. 너와 ᄒᆞᆫᄃᆡ 호려 ᄒᆞ니 <月十三 21a>
d. ᄯᅩ 너와 ᄒᆞᆫᄃᆡ 지ᅀᅩ리라 닐오ᄆᆞᆫ(云亦共汝作者ᄂᆞᆫ) <法華二 207a>

(3) e. 사오나ᄫᆞᆫ ᄆᆞᅀᆞᄆᆞᆯ ᄇᆞ리디 몯더니 <月十三 28b>
f. ᄂᆞᆺ가온 사오나온 ᄆᆞᅀᆞᄆᆞᆯ ᄯᅩ 能히 ᄇᆞ리디 몯더니(不劣之心을 亦未能捨ᄒᆞ더니) <法華二 219b>

(3) g. 우리 둘토 ᄒᆞᆫᄃᆡ 호리라 ᄒᆞ라 <月十三 20b>
h. 우리 두 사ᄅᆞᆷ도 ᄯᅩ 너와 ᄒᆞᆫᄃᆡ 지ᅀᅩ리라 ᄒᆞ라(我等二人도 亦共汝作호리라 ᄒᆞ라) <法華二 206a>

(3) i. 法說에 닐오ᄃᆡ 千二百 羅漢이 다 부텨 ᄃᆞ외리라 ᄒᆞ시니 <月十三 64b>
j. 法說에 니ᄅᆞ샤ᄃᆡ 千二百 羅漢이 다 ᄯᅩ 반ᄃᆞ기 부텨 ᄃᆞ외리라 ᄒᆞ시니(法說에 云ᄒᆞ샤ᄃᆡ 千二百羅漢이 悉亦當作佛이라 ᄒᆞ시니) <法華三 64a>

<4> 부사 '復'

'復'가 『월인석보』 권13에서는 번역되지 않고 『법화경언해』에서 부사 'ᄯᅩ'로 번역된다는 사실은 동일 원문의 번역인 다음 예문들에서 잘 확인된다.

(4) a. 더욱 窮困ᄒᆞ야 <月十三 7a>
b. 더욱 ᄯᅩ 窮困ᄒᆞ야(加復窮困ᄒᆞ야) <法華二 183b>

<5> 부사 '及'

'及'이 『월인석보』 권13에서는 번역되지 않고 『법화경언해』에서는 부사 '또'로 번역된다는 사실은 동일 원문의 번역인 다음 예문들에서 잘 확인된다.

(5) a. 藥草돌히 種類 여러 가지며 <月十三 45a>
b. 또 여러 가짓 藥草ㅣ 種類 여러 가지며(及諸藥草ㅣ 種類若干이며) <法華三 9a>

<6> 부사 '且'

'且'가 『월인석보』 권13에서는 번역되지 않고 『법화경언해』에서는 부사 '안즉'('또'의 뜻임)으로 번역된다는 사실은 동일 원문의 번역인 다음 예문들에서 잘 확인된다.

(6) a. 뎌는 놀라 제 모물 일흐며 <月十三 32a>
b. 뎌 안즉 놀라 몸 일흐며(彼且驚愕而失己ᄒᆞ며) <法華二 226a>

<7> 부사 '然'

'然'이 『월인석보』 권13에서는 번역되지 않고 『법화경언해』에서는 부사 '그러나'로 번역된다는 사실은 동일 원문의 번역인 다음 예문들에서 잘 확인된다.

(7) a. 잇논 짜히 <月十三 28b>
b. 그러나 잇논 딘(然其所止ㅣ) <法華二 219b>

3.8. 번역되지 않는 副詞句

『월인석보』 권13에서는 번역되지 않고 『법화경언해』에서는 번역되는 副詞句에는 '故'와 '卽共'이 있다.

<1> 故

'故'가 『월인석보』 권13에서는 번역되지 않고 『법화경언해』에서는 부사구 '녜 ᄀᆞ티'로 번역된다는 사실은 동일 원문의 번역인 다음 예문들에서 잘 확인된다.

(1) a. ᄉᆞᆫ지 貪ᄒᆞ야 앗기노라 ᄒᆞ고 <月十三 15b>
b. ᄉᆞᆫ지 녜 ᄀᆞ티 貪ᄒᆞ야 앗기노라 코(猶故貪惜ᄒᆞ노라 코)
<法華二 199a>

(1) c. ᄉᆞᆫ지 앗기노라 호(15b)ᄆᆞᆫ <月十三 16a>
d. ᄉᆞᆫ지 녜 ᄀᆞ티 貪ᄒᆞ야 앗교ᄆᆞᆫ(猶故貪惜ᄋᆞᆫ) <法華二 199a>

(1) e. ᄉᆞᆫ지 제 너교ᄃᆡ 客ᄋᆞ로 와 일ᄒᆞᄂᆞᆫ 賤人이로라 ᄒᆞ더니
<月十三 25b>
f. ᄉᆞᆫ지 녜 ᄀᆞ티 소ᄂᆞ로 짓ᄂᆞᆫ 賤人이로라 제 너길ᄊᆡ(猶故自謂客作賤人이로라 홀ᄊᆡ) <法華二 214b>

<2> 卽共

'卽共'이 『월인석보』 권13에서는 번역되지 않고 『법화경언해』에서는 부사구 '즉재 모다'로 번역된다는 사실은 동일 원문의 번역인 다음 예문들에서 잘 확인된다.

(2) a. ᄒᆞᆫ 소리로 偈ᄅᆞᆯ ᄉᆞᆯ보ᄃᆡ <月十三 64a>

b. 즉재 모다 훈 소리 ᄒᆞ야 偈를 술오ᄃᆡ(卽共同聲ᄒᆞ야 而說偈言ᄒᆞᅀᆞ오ᄃᆡ) <法華三 63b>

3.9. 번역되지 않는 副詞語

『월인석보』 권13에서는 번역되지 않고 『법화경언해』에서는 번역되는 副詞語에는 '與', '於中' 및 '是以'가 있다.

<1> 與

'與'가 『월인석보』 권13에서는 번역되지 않고 『법화경언해』에서는 부사어 '뎌와'로 번역된다는 사실은 동일 원문의 번역인 다음 예문들에서 잘 확인된다.

(1) a. 미조차 ᄯᅩᇰ올 츠더니 <月十三 21b>
b. 미조차 뎌와 ᄯᅩᇰ 츠거늘(尋與除糞커늘) <法華二 209a>

<2> 於中

'於中'이 『월인석보』 권13에서는 번역되지 않고 『법화경언해』에서는 부사어 '이 中에'로 번역된다는 사실은 동일 원문의 번역인 다음 예문들에서 잘 확인된다.

(2) a. 우리 브즈러니 精進ᄒᆞ야 <月十三 33b>
b. 우리 이 中에 브즈러니 더 精進ᄒᆞ야(我等이 於中에 勤加精進ᄒᆞ야) <法華二 229a>

<3> 是以

'是以'가 『월인석보』 권13에서는 번역되지 않고 『법화경언해』에서는 부사

어 '이런 ᄃᆞ로'로 번역된다는 사실은 동일 원문의 번역인 다음 예문들에서 잘 확인된다.

(3) a. ᄇᆞᄌᆞ러니 每常 아ᄃᆞᄅᆞᆯ ᄉᆡᇰ각ᄒᆞ야 <月十三 10a>
b. 이런ᄃᆞ로 ᄇᆞᄌᆞ러니 ᄆᆡ샹 제 아ᄃᆞᄅᆞᆯ ᄉᆡᇰ각ᄒᆞ며(是以로 殷勤히 每憶其子ᄒᆞ며) <法華二 189b>

4. 飜譯되지 않는 冠形詞

『월인석보』 권13에서는 번역되지 않고『법화경언해』에서는 번역되는 冠形詞에는 '諸', '其' 및 '是'가 있다.

<1> 관형사 '諸'

'諸'가『월인석보』 권13에서는 번역되지 않고『법화경언해』에서는 관형사 '여러'로 번역된다는 사실은 동일 원문의 번역인 다음 예문들에서 잘 확인된다.

(1) a. 倉庫애 다 ᄀᆞᄃᆞᆨᄒᆞ야 넚디며<月十三 7b>
b. 그 여러 倉庫애 다 ᄀᆞᄃᆞᆨᄒᆞ야 넚디며(其諸倉庫애 悉皆盈溢ᄒᆞ며) <法華二 186a>

(1) c. 三乘根性은 草木ᄋᆞᆯ 가ᄌᆞᆯ비고 <月十三 37b>
d. 三乘根性은 여러 草木ᄋᆞᆯ 가ᄌᆞᆯ비시고(三乘根性은 譬諸草木ᄒᆞ시고) <法華三 3a>

(1) e. 授記文이 다 둘히니 <月十三 60b>
f. 여러 授記文이 다 둘히시니(諸授記文이 皆二시니) <法華三 57b>

'諸'가 『월인석보』 권13에서는 번역되지 않고 『법화경언해』에서는 관형사 '諸'로 번역된다는 사실은 동일 원문의 번역인 다음 예문들에서 잘 확인된다.

(1) g. 大衆ᄃᆞ려 니(59b)ᄅᆞ샤ᄃᆡ<月十三 60a>
h. 諸大衆ᄃᆞ려 니ᄅᆞ샤 이 ᄀᆞᄐᆞᆫ 마ᄅᆞᆯ 니ᄅᆞ샤ᄃᆡ(告諸大衆ᄒᆞ샤 唱如是言ᄒᆞ샤ᄃᆡ) <法華三 56b>

<2> 관형사 '其'

'其'가 『월인석보』 권13에서는 번역되지 않고 『법화경언해』에서는 관형사 '그'로 번역된다는 사실은 동일 원문의 번역인 다음 예문들에서 잘 확인된다. 원문 중 '其身'이 '몸'으로도 번역되고 '그 몸'으로도 번역된다.

(2) a. 倉庫애 다 ᄀᆞᄃᆞᆨᄒᆞ야 넚디며 <月十三 7b>
b. 그 여러 倉庫애 다 ᄀᆞᄃᆞᆨᄒᆞ야 넚디며(其諸倉庫애 悉皆盈溢ᄒᆞ며) <法華二 186a>

(2) c. 모매 莊嚴ᄒᆞ고 <月十三 11b>
d. 그 모ᄆᆞᆯ 莊嚴ᄒᆞ며(莊嚴其身ᄒᆞ며) <法華二 194a>

(2) a. 그 ᄢᅴ 窮子ㅣ 몬져 갑ᄉᆞᆯ 가지고 <月十三 21a>
f. 그 ᄢᅴ 窮子ㅣ 몬져 그 갑ᄉᆞᆯ 가지고(爾時窮子ㅣ 先取其價ᄒᆞ고) <法華二 209a>

(2) g. 本來ㅅ 이루미 아뫼라 홈ᄃᆞᆯᄒᆞᆫ <月十三 31a>
h. 그 本來ㅅ 일후믄 아뫼라 홈ᄃᆞᆯᄒᆞᆫ(其本字某等者ᄂᆞᆫ) <法華二 225a>

(2) i. 니ᄅᆞ논 法이 <月十三 43b>
j. 그 닐온 法이(其所說法이) <法華三 6a>

(2) k. 各各 因行ᄋᆞᆯ 좃ᄂᆞ니라 <月十三 61a>
l. 各各 그 因行ᄋᆞᆯ 좃ᄂᆞ니(各隨其因行也ㅣ니) <法華三 58a>

(2) m. ᄆᆞᅀᆞᆷ 조호ᄆᆞᆯ 조차 <月十三 63a>
n. 그 ᄆᆞᅀᆞ미 조호ᄆᆞᆯ 조차(隨其心淨ᄒᆞ야) <法華三 60a>

'其'가 『월인석보』 권13에서는 관형사 '그'로 번역되고 『법화경언해』에서는 번역되지 않는다는 것은 동일 원문의 번역인 다음 예문들에서 잘 확인된다. 원문 중 '其要'가 '그 要'로도 번역되고 'ᄆᆞᄅᆞ'로도 번역된다.

(2) o. 그 要ᄅᆞᆯ 得디 몯ᄒᆞ야 <月十三 23a>
p. ᄆᆞᄅᆞᆯ 得디 몯ᄒᆞ야(不得其要ᄒᆞ야) <法華二 210b>

한편 '其'가 『월인석보』 권13과 『법화경언해』에서 모두 번역되지 않는다는 사실은 동일 원문의 번역인 다음 예문들에서 잘 확인된다.

(2) q. 아ᄃᆞ리게 갓가ᄫᅵ ᄒᆞ니라 <月十三 22a>
r. 아ᄃᆞ리게 시러 갓가이 ᄒᆞ고(得近其子ᄒᆞ고) <法華二 209b>

(2) s. 몬져 값 가죠ᄆᆞᆫ <月十三 22a>
t. 몬져 값 가죠ᄆᆞᆫ(先取其價ᄂᆞᆫ) <法華二 210a>

<3> 관형사 '是'

'是'가 『월인석보』 권13에서는 번역되지 않고 『법화경언해』에서는 관형사 '이'로 번역된다는 사실은 동일 원문의 번역인 다음 예문들에서 잘 확인된다.

(3) a. 이 王이어나 王等이로소니 <月十三 12b>
b. 이 시혹 王이어나 시혹 이 王等이라(此ㅣ 或是王이어나 或是 王等이라) <法華二 194b>

(3) c. 아ᄃᆞ린 고ᄃᆞᆯ ᄉᆞ외 아로ᄃᆡ <月十三 19a>
d. 이 아ᄃᆞᄅᆞᆯ 仔細히 아로ᄃᆡ(審知是子호ᄃᆡ) <法華二 204a>

(3) e. 우리ᄂᆞᆫ 眞實ㅅ 佛子ㅣᆫ ᄃᆞᆯ 모ᄅᆞ다이다 <月十三 35b>
f. 우리 眞實ㅅ 이 佛子ㅣᆫ ᄃᆞᆯ 아디 몯ᄒᆞ다니(我等이 不知眞是佛子ᄒᆞ다니) <法華二 231a>

(3) g. 일후미 큰 남기라 <月十三 38b>
h. 이 일후미 大樹ㅣ라(是名大樹ㅣ라) <法華三 3b>

(3) i. 如來 諸法엣 王이라 <月十三 43a>
j. 如來ᄂᆞᆫ 이 諸法에 王이라(如來ᄂᆞᆫ 是諸法之王이라)
<法華三 6a>

한편 '是'가 『월인석보』 권13과 『법화경언해』에서 모두 관형사 '이'로 번역된다는 사실은 동일 원문의 번역인 다음 예문들에서 잘 확인된다.

(3) k. 다 이 아ᄃᆞ릐 뒷논 거시라 <月十三 31b>
l. 다 이 아ᄃᆞ릐 둔 거슨(皆是子有者ᄂᆞᆫ) <法華二 225b>

'是'가 『월인석보』 권13과 『법화경언해』에서 모두 번역되지 않는다는 사실은 동일 원문의 번역인 다음 예문들에서 잘 확인된다.

(3) m. 우리 아래 眞實ㅅ 佛子ㅣ로ᄃᆡ <月十三 36a>
n. 우리 녜로 오매 眞實ㅅ 佛子ㅣ로ᄃᆡ(我等이 昔來예 眞是佛子ㅣ로ᄃᆡ) <法華二 231b>

5. 飜譯되지 않는 節

『월인석보』 권13에서는 번역되지 않고 『법화경언해』에서는 번역되는 節에는 '智者謂'가 있다.

<1> 智者謂

'智者謂'가 『월인석보』 권13에서는 번역되지 않고 『법화경언해』에서는 절 '智者ㅣ 니ᄅ다'로 번역된다는 사실은 동일 원문의 번역인 다음 예문들에서 잘 확인된다.

(1) a. 四諦ᄅᆞᆯ 브터 <月十三 4b>
b. 智者ㅣ 닐오ᄃᆡ 四諦ᄅᆞᆯ 브터(智者ㅣ 謂호ᄃᆡ 依四諦ᄒᆞ야) <法華二 180a>

6. 飜譯되지 않는 複數接尾辭

『월인석보』 권13에서 번역되지 않고 『법화경언해』에서는 번역되는 복수접미사에는 '諸'가 있다.

<1> 諸

'諸'가 『월인석보』 권13에서는 번역되지 않고 『법화경언해』에서는 복수접미사 '-ᄃᆞᆯᇂ'로 번역된다는 사실은 동일 원문의 번역인 다음 예문들에서 잘 확인된다.

(1) a. 사오나ᄫᆞᆫ 사ᄅᆞᄆᆞᆯ 달애샤 <月十三 42b>
b. 샤ᇰ더러운 것ᄃᆞᆯᄒᆞᆯ 달애샤(誘諸庸鄙ᄒᆞ샤) <法華三 4b>

제6장 飜譯 順序

번역 순서에 큰 차이가 있다는 사실은『월인석보』권13과『법화경언해』의 對比를 통해 명백히 확인된다. 두 문헌에서 번역 순서에 차이를 보여 주는 것으로 名詞類, 動詞類 및 副詞가 있다. 그리고 分節에도 차이가 있다.

1. 名詞類의 飜譯 順序

『월인석보』권13과『법화경언해』의 대비를 통해 名詞類의 번역 순서에 큰 차이가 있다는 것을 확인할 수 있다. 번역 순서에 차이를 보여 주는 명사류에는 名詞, 名詞句 및 代名詞가 있다. 명사 '相'을 비롯하여 명사 '心', '志', 명사구 '二人' 그리고 대명사 '汝'의 번역 순서에 큰 차이가 있다.

<1> 名詞 '相'

『월인석보』권13과『법화경언해』에서 명사 '相'으로 번역되는 '相'의 번역 순서에 차이가 있다는 것은 동일 원문의 번역인 다음 예문들에서 잘 확인된다.

(1) a. 空홀씨 萬法의 ᄒᆞ나히며 다ᄅᆞᆫ 相ᄃᆞᆯ홀 實로 得디 몯홀 씨 無相이오 <月十三 5a>

b. 空인 젼ᄎᆞ로 萬法의 ᄒᆞ나콰 달옴ᄃᆞᆯ햇 相ᄋᆞᆯ 實로 得디 몯홀 씨 일후미 無相이오(以空故로 萬法의 一異等相을 實不可得이 名

無相이오) <法華二 180a>

原文 중 '一異等相'이 『월인석보』 권13과 『법화경언해』에서 어떤 순서로 번역되는가를 보면 다음과 같다.

	一	異	等	相
<月>	1	2	4	3
<法>	1	2	3	4

<2> 名詞 '心'

『월인석보』 권13과 『법화경언해』에서 명사 'ᄆᆞᅀᆞᆷ'으로 번역되는 '心'의 번역 순서에 차이가 있다는 것은 동일 원문의 번역인 다음 예문들에서 잘 확인된다.

(2) a. 우리 닐오ᄃᆡ 本來 求ᄒᆞ논 ᄆᆞᅀᆞᆷ 업다이다 ᄒᆞ노니 <月十三 37a>

b. 우리 ᄉᆞᆯ오ᄃᆡ ᄆᆞᅀᆞ매 求호미 本來 업다니(我等이 說ᄒᆞᅀᆞ오ᄃᆡ 本無心有所希求ᄒᆞ다니) <法華 232b>

원문 중 '本無心有所希求'가 『월인석보』 권13과 『법화경언해』에서 어떤 순서로 번역되는가를 보면 다음과 같다.

	本	無	心	有	所	希求
<月>	1	6	5	4	3	2
<法>	5	6	1	4	3	2

<3> 名詞 '志'

『월인석보』 권13과 『법화경언해』에서 명사 'ᄠᅳᆮ'으로 번역되는 '志'의 번역

순서에 차이가 있다는 것은 동일 원문의 번역인 다음 예문들에서 잘 확인된다.

(3) a. 求홇 ᄠᅳᆮ 업다니 <月十三 35a>
b. ᄠᅳ데 求호미 업스며(無有志求ᄒᆞ며) <法華 230b>

(3) c. 願ᄒᆞᄂᆞᆫ ᄠᅳ디 업다니 <月十三 35b>
d. ᄠᅳᆮ 願이 업다니(無有志願ᄒᆞ며) <法華二 231a>

원문들이 『월인석보』 권13과 『법화경언해』에서 어떤 순서로 번역되는가를 보면 다음과 같다.

	無	有	志	求
<月>	4	3	2	1
<法>	4	3	1	2

	無	有	志	願
<月>	4	3	2	1
<法>	4	3	1	2

<4> 名詞句 '二人'

『월인석보』 권13과 『법화경언해』에서 명사구 '두 사ᄅᆞᆷ'으로 번역되는 '二人'의 번역 순서에 차이가 있다는 것은 동일 원문의 번역인 다음 예문들에서 잘 확인된다.

(4) a. 양ᄌᆡ ᄉᆡᆼ가ᄉᆡ오 威德 업슨 두 사ᄅᆞᄆᆞᆯ ᄀᆞᄆᆞ니 보내요ᄃᆡ <月十三 20a>
b. ᄀᆞᄆᆞ니 두 사ᄅᆞ미 양ᄌᆡ 시들오 威德 업스닐 보내요ᄃᆡ(密遣二人이 形色이 憔悴ᄒᆞ고 無威德者호ᄃᆡ) <法華二 206a>

원문이『월인석보』권13과『법화경언해』에서 어떤 순서로 번역되는가를 보면 다음과 같다.

	密	遣	二人	形色	憔悴	無	威德	者
<月>	7	8	6	1	2	4	3	5
<法>	1	8	2	3	4	6	5	7

<5> 代名詞 '汝'

『월인석보』권13과『법화경언해』에서 대명사 '너'로 번역되는 '汝'의 번역 순서에 차이가 있다는 사실은 동일 원문의 번역인 다음 예문들에서 잘 확인된다.

(5) a. 이제 나와 너왜 곧 다ᄅᆞ디 아니ᄒᆞ니 <月十三 28a>
b. 이제 내 너와 곧 다ᄅᆞ디 아니케 ᄃᆞ외얫ᄂᆞ니(今我與汝ㅣ 便爲不異ᄒᆞ니) <法華二 218b>

원문 중 '我與汝'가 두 문헌에서 어떤 순서로 번역되는가를 보면 다음과 같다.

	我	與	汝
<月>	1	2	3
<法>	1	3	2

2. 動詞類의 飜譯 順序

『월인석보』권13과『법화경언해』의 대비를 통해 動詞類의 번역 순서에 큰 차이가 있다는 것을 확인할 수 있다. 번역 순서에 차이가 있는 동사류에는 動作動詞, 動作動詞句 및 狀態動詞가 있다.

2.1. 動作動詞의 飜譯 順序

『월인석보』 권13과 『법화경언해』에서 번역 순서에 차이를 보여 주는 동작동사에는 '聞', '知', '譬', '念', '謂', '謂', '云', '說', '爲', '執', '隨', '追', '轉', '有', '使', '所謂', '竛娉', '示' 그리고 '出'이 있다.

<1> 동작동사 '聞'

『월인석보』 권13과 『법화경언해』에서 동작동사 '듣다'로 번역되는 '聞'의 번역 순서에 차이가 있다는 사실은 동일 원문의 번역인 다음 예문들에서 잘 확인된다.

(1) a. 네 업던 法을 듣ᄌᆞᄫᆞ며 世尊(2b)이 舍利弗의게 阿耨多羅三藐三菩提記 심기거시ᄂᆞᆯ <月十三 3a>
b. 未曾有法과 世尊이 舍利弗의게 阿耨多羅三藐三菩提記 심기샤ᄆᆞᆯ 듣ᄌᆞᆸ고(聞未曾有法과 世尊이 授舍利弗阿耨多羅三藐三菩提記ᄒᆞᅀᆞᆸ고) <法華二 176a>

(1) c. 方等教ㅣ 큰 法을 기리거시ᄂᆞᆯ 듣ᄌᆞᆸ고 비웃디 아니ᄒᆞ며 <月十三 26a>
d. 方等教 듣ᄌᆞ오ᄆᆞᆯ 가ᄌᆞᆯ비니 큰 法을 기리샤ᄃᆡ 비웃디 아니ᄒᆞ며(譬…聞方等教ᄒᆞ니 揚大而不謗ᄒᆞ며) <法華二 215b>

(1a)와 (1b)의 원문이 두 문헌에서 어떤 순서로 번역되는가를 보면 다음과 같다.

	聞	未曾有法	世尊舍利弗阿耨多羅三藐三菩提記
<月>	2	1	3
<法>	3	1	2

(1c)와 (1d)의 원문 중 '譬……聞方等敎揚大'가 두 문헌에서 어떤 순서로 번역되는가를 보면 다음과 같다. (1d)에서는 '譬……聞方等敎'에서 分節이 이루어진다.

	譬	……	聞	<u>方等敎</u>	揚	大
<月>			4	1	3	2
<法>	3		2	1	5	4

<2> 동작동사 '知'

『월인석보』 권13과『법화경언해』에서 동작동사 '알다'로 번역되는 '知'의 번역 순서에 차이가 있다는 사실은 동일 원문의 번역인 다음 예문들에서 잘 확인된다.

(2) a. 般若(36a)ㅅ 時節에 불써 오로 맛디고져 ᄒᆞ시던 돌 처엄 아ᅀᆞ보니 <月十三 36b>

b. 처엄 아ᅀᆞ오ᄃᆡ 般若時예 ᄒᆞ마 오로 맛디고져 ᄒᆞ야신마ᄅᆞᆫ(始知般若之時예 已欲全付ㅣ어신마ᄅᆞᆫ) <法華二 232a>

원문 중 '知般若之時 已欲全付'가 두 문헌에서 어떤 순서로 번역되는가를 보면 다음과 같다. 즉 '知'는『월인석보』 권 13에서는 맨 마지막에 번역되고『법화경언해』에서는 맨 처음에 번역된다.

	知	<u>般若之時</u>	<u>已欲全付</u>
<月>	3	1	2
<法>	1	2	3

<3> 동작동사 '譬'

『월인석보』 권13과『법화경언해』에서 동작동사 '가졸비다'로 번역되는

'譬'의 번역 순서에 차이가 있다는 사실은 동일 원문의 번역인 다음 예문들에서 잘 확인된다. 번역 순서의 차이는 分節의 相違에 기인한다. 즉 『법화경언해』에서는 '譬因遇佛教 遂能反省'에서 分節된다.

(3) a. 부텻 敎化 맛나ᅀᆞᄫᆞᆷ ᄋᆞᆯ 因ᄒᆞ야 能히 두르혀 ᄉᆞᆯ펴마ᄅᆞᆫ 그러나 곧 向ᄒᆞ고 다ᄃᆞᆮ디 몯호ᄆᆞᆯ 가ᄌᆞᆯ비니라 <月十三 7b>
b. 佛教 맛나ᅀᆞ오ᄆᆞᆯ 因ᄒᆞ야 能히 두르혀 ᄉᆞᆯ표ᄆᆞᆯ 가ᄌᆞᆯ비니 그러나 곧 向ᄒᆞ고 能히 니르디 몯ᄒᆞ니라(譬因遇佛教ᄒᆞ야 遂能反省이니 然이나 方向之오 未能至也ㅣ니라) <法華二 184a>

원문이 두 문헌에서 어떤 순서로 번역되는가를 보면 다음과 같다. 즉 '譬'가 『월인석보』 권13에서는 맨 마지막에 번역되고 『법화경언해』에서는 중간에 번역된다.

	譬	因遇佛教	遂能反省	然方向之	未能至也
<月>	5	1	2	3	4
<法>	3	1	2	4	5

<4> 동작동사 '念'

『월인석보』 권13과 『법화경언해』에서 동작동사 '念ᄒᆞ다'로 번역되는 '念'의 번역 순서에 차이가 있다는 사실은 동일 원문의 번역인 다음 예문들에서 잘 확인된다. (4b)는 分節에 차이를 보이는데 '念二乘之子 久淪五道'에서 分節이 이루어진다.

(4) a. 부톄 二乘 아ᄃᆞ리 五道애 오래 ᄲᅥ디여 性 비ᄒᆞ시 어득고 녇가ᄫᅡ 어루 큰 일 몯 니르리로다 念ᄒᆞ샤ᄆᆞᆯ 가ᄌᆞᆯ비니라 <月十三 10a>
b. 부톄 二乘 아ᄃᆞ리 五道애 오래 ᄢᅥ듀믈 念ᄒᆞ샤ᄃᆡ 性 비ᄒᆞ시 어듭고 녇가와 이긔여 큰 法 니ᄅᆞ디 몯ᄒᆞ샤ᄆᆞᆯ 가ᄌᆞᆯ비니라(譬佛念

二乘之子ㅣ 久淪五道ᄒᆞ샤ᄃᆡ 性習이 昏淺ᄒᆞ야 未堪說大也ㅣ 라) <法華二 190a>

(4) c. 제 念호ᄃᆡ 늘구라 홈ᄃᆞᆯᄒᆞᆫ <月十三 10b>
d. 늘구믈 제 念홈ᄃᆞᆯᄒᆞᆫ(自念老朽等者ᄂᆞᆫ) <法華二 190a>

原文들이 『월인석보』 권13과 『법화경언해』에서 어떤 순서로 번역되는가를 보면 다음과 같다.

	譬	佛	念	二乘之子	久淪五道	性習昏淺	未堪說大也
<月>	7	1	6	2	3	4	5
<法>	7	1	4	2	3	5	6

	自	念	老朽	等者
<月>	1	2	3	4
<法>	2	3	1	4

<5> 동작동사 '謂'

『월인석보』 권13과 『법화경언해』에서 동작동사 '너기다'로 번역되는 '謂'의 번역 순서에 차이가 있다는 사실은 동일 원문의 번역인 다음 예문들에서 잘 확인된다. 동작동사 '謂'는 『월인석보』 권13에서 (5a)의 경우 마지막에 번역되고 (5c)의 경우 먼저 번역된다. 또 『법화경언해』에서 (5b)의 경우 먼저 번역되고 (5d)의 경우 마지막에 번역된다.

(5) a. ᄒᆞ마 涅槃ᄋᆞᆯ 得ᄒᆞ야 맛들 이리 업소라 ᄒᆞ고 <月十三 4a>
b. 내 너교ᄃᆡ ᄒᆞ마 涅槃ᄋᆞᆯ 得호라 ᄒᆞ야 이긔여 맛ᄃᆞᆯ 꺼시 업서(自謂已得涅槃이라 ᄒᆞ야 無所堪任ᄒᆞ야) <法華二 178a>

(5) c. 손지 제 너교ᄃᆡ 客ᄋᆞ로 와 일ᄒᆞᄂᆞᆫ 賤人이로라 ᄒᆞ더니 <月十三 25b>

d. 손지 네 ᄀᆞᄐᆡ 소ᄂᆞ로 짓ᄂᆞᆫ 賤人이로라 제 너길ᄊᆡ(猶故自謂客作賤人이로라 홀ᄊᆡ) <法華二 214b>

(5a)와 (5b)의 원문이『월인석보』권13과『법화경언해』에서 어떤 순서로 번역되는가를 보면 다음과 같다.

	<u>自謂</u>	已	得	<u>涅槃</u>	無	所	<u>堪任</u>
<月>	7	1	3	2	6	5	4
<法>	1	2	4	3	7	6	5

(5c)와 (5d)의 원문 중 '謂客作賤人'이 두 문헌에서 어떤 순서로 번역되는가를 보면 다음과 같다.

	謂	客	作	<u>賤人</u>
<月>	1	2	3	4
<法>	4	1	2	3

<6> 동작동사 '謂'

『월인석보』권13과『법화경언해』에서 동작동사 '니르다/니ᄅᆞ다'로 번역되는 '謂'의 번역 순서에 차이가 있다는 사실은 동일 원문의 번역인 다음 예문들에서 잘 확인된다. 동작동사 '謂'는『월인석보』권13에서는 마지막에 번역되는데『법화경언해』에서는 처음에 번역된다.

(6) a. 비록 부텻 敎化ᄅᆞᆯ 깃거도 ᄠᅳ디 손지 사오나ᄫᆞᆯᄊᆡ 안족 二乘法中에 十使煩惱 ᄯᅩᆯ올그처 덜에 ᄒᆞ샤ᄆᆞᆯ 니르니라 <月十三 25b>

b. 닐오ᄃᆡ 佛化ᄅᆞᆯ 즐기ᅀᆞ오나 ᄠᅳ디 손지 ᄂᆞᆽ가와 사오나올ᄊᆡ 안족 二乘法中에 十使煩惱 ᄯᅩᆯ올 그처 덜에 ᄒᆞ시니라(謂雖欣佛化ᄒᆞ

ᄉᆞ오나 而志尙卑劣故로 且令於二乘法中에 斷除十使煩惱之糞也ㅣ라) <法華二 214b>

(6) c. 世間 다ᄉᆞ리ᄂᆞᆫ 말와 資生ᄒᆞᄂᆞᆫ 業ᄃᆞᆯ히 다 正法을 順ᄒᆞᄂᆞ니라 니ᄅᆞ샤미니 <月十三 14a>

d. 니ᄅᆞ샨 世間 다ᄉᆞ룔 말와 資生ᄒᆞ욜 業ᄃᆞᆯ히 다 正法을 順타 ᄒᆞ샤미라(所謂治世語言과 資生業等이 皆順正法이시니라) <法華二 197a>

原文들이 『월인석보』 권13과 『법화경언해』에서 어떤 순서로 번역되는가를 보면 다음과 같다.

	謂	雖欣佛	而化志尙卑劣故	且令於二乘法中 斷除十使煩惱之糞也
<月>	4	1	2	3
<法>	1	2	3	4

	所	謂	治世語言	資生業等	皆順正法
<月>	5	4	1	2	3
<法>	5	1	2	3	4

<7> 동작동사 '云'

『월인석보』 권13과 『법화경언해』에서 동작동사 '니ᄅᆞ다'로 번역되는 '云'의 번역 순서에 차이가 있다는 사실은 동일 원문의 번역인 다음예문들에서 잘 확인된다. 동작동사 '云'은 『월인석보』 권13에서는 마지막에 번역되고 『법화경언해』에서는 먼저 번역된다.

(7) a. ᄂᆞᆷᄃᆞ려 이 내 아ᄃᆞ리라 니ᄅᆞ디 아니코 <月十三 19a>

b. 다ᄅᆞᆫ 사ᄅᆞᆷᄃᆞ려 닐오ᄃᆡ 이 내 아ᄃᆞ리라 아니코(不語他人云是我子코) <法華二 204a>

原文이 『월인석보』 권13과 『법화경언해』에서 어떤 순서로 번역되는가를 보면 다음과 같다.

	不	語	<u>他人</u>	云	是	<u>我子</u>
<月>	6	2	1	5	3	4
<法>	6	2	1	3	4	5

<8> 동작동사 '說'

『월인석보』 권13과 『법화경언해』에서 동작동사 '니ᄅᆞ다'로 번역되는 '說'의 번역 순서에 차이가 있다는 것은 동일 원문의 다음 예문들에서 잘 확인된다.

(8) a. 如來 샹녜 우리ᄅᆞᆯ 아ᄃᆞ리(32b)라 니ᄅᆞ시ᄂᆞ니이다 <月十三 33a>
b. 如來ㅣ 샹녜 우릴 니ᄅᆞ샤ᄃᆡ 아ᄃᆞ리라 ᄒᆞ시ᄂᆞ니이다(如來ㅣ 常說我等爲子ㅣ라 ᄒᆞ시ᄂᆞ니이다) <法華二 227a>

원문 중 '說我等爲子'가 두 문헌에서 어떤 순서로 번역되는가를 보면 다음과 같다.

	說	<u>我等</u>	<u>爲子</u>
<月>	3	1	2
<法>	2	1	3

<9> 동작동사 '爲'

『월인석보』 권13과 『법화경언해』에서 동작동사 '爲ᄒᆞ다'로 번역되는 '爲'의 번역 순서에 차이가 있다는 사실은 동일 원문의 번역인 다음 예문들에서 잘 확인된다.

(9) a. 般若ᄅᆞᆯ 爲ᄒᆞ야 니ᄅᆞ샤 <月十三 27a>
　　b. 爲ᄒᆞ샤 般若 니ᄅᆞ샤(爲說般若ᄒᆞ샤) <法華二 217b>

원문이『월인석보』권13과『법화경언해』에서 어떤 순서로 번역되는가를 보면 다음과 같다.

	爲	說	般若
<月>	2	3	1
<法>	1	3	2

『월인석보』권13에서는 동작동사 '니ᄅᆞ다'로 번역되고『법화경언해』에서는 동작동사 '爲ᄒᆞ다'로 번역되는 '爲'의 번역 순서에 차이가 있다는 것은 동일 원문의 번역인 다음 예문들에서 잘 확인된다.

(9) c. 너희ᄃᆞᆯ히 如來ㅅ 知見寶藏앳 分(34a)을 당다이 두리라 ᄒᆞ야 ᄀᆞᆯ희야 니ᄅᆞ디 아니ᄒᆞ시고 <月十三 34b>
　　d. 爲ᄒᆞ야 ᄀᆞᆯ희샤 너희 반ᄃᆞ기 如來ㅅ 知見寶藏分을 뒷ᄂᆞ니라 아니ᄒᆞ시고(不爲分別ᄒᆞ샤 汝等이 當有如來ㅅ 知見寶藏之分이라 ᄒᆞ시고) <法華二 229b>

원문이『월인석보』권13과『법화경언해』에서 어떤 순서로 번역되는가를 보면 다음과 같다.

	不	爲	分別	汝等	當	有	如來ㅅ 知見宝藏之分
<月>	7	6	5	1	3	4	2
<法>	7	1	2	3	4	6	5

<10> 동작동사 '執'

『월인석보』권13과『법화경언해』에서 동작동사 '잡다'로 번역되는 '執'의

번역 순서에 차이가 있다는 것은 동일 원문의 번역인 다음 예문들에서 잘 확인된다.

(10) a. 使(16a)者ㅣ 더욱 急히 자바 <月十三 16b>
b. 使者ㅣ 자보ᄃᆡ 더 急히 ᄒᆞ야(使者ㅣ 執之逾急ᄒᆞ야)
<法華二 200b>

원문 중 '執之逾急'이 두 문헌에서 어떤 순서로 번역되는가를 보면 다음과 같다. 동작동사 '執'은 『월인석보』 권13에서는 마지막에 번역되는데 『법화경언해』에서는 먼저 번역된다.

	執之	逾	急
<月>	3	1	2
<法>	1	2	3

<11> 동작동사 '隨'

『월인석보』 권13과 『법화경언해』에서 동작동사 '좇다'로 번역되는 '隨'의 번역 순서에 차이가 있다는 사실은 동일 원문의 번역인 다음 예문들에서 잘 확인된다.

(11) a. 내 이제 너를 놀노니 ᄠᅳ들(19a) 조차 가라 <月十三 19b>
b. 내 이제 너를 노하 ᄠᅳ데 갈 ᄯᅡ롤 좃노라 ᄒᆞᆫ대(我今放汝ᄒᆞ야 隨意所趣ᄒᆞ노라 ᄒᆞᆫ대) <法華二 204a>

(11) c. ᄠᅳ들 조차 가라 호ᄆᆞᆫ <月十三 19b>
d. ᄠᅳ데 갈 ᄯᅡ 조초ᄆᆞᆫ(隨意所趣ᄂᆞᆫ) <法華二 204b>

原文들 중 '隨意所趣'가 두 문헌에서 어떤 순서로 번역되는가를 보면 다음과 같다.

	隨	意	所	趣
<月>	2	1	4	3
<法>	4	1	3	2

<12> 동작동사 '追'

『월인석보』 권13에서는 동작동사 '잡다'로 번역되고 『법화경언해』에서는 동작동사 '좇다'로 번역되는 '追'의 번역 순서에 차이가 있다는 것은 동일 원문의 번역인 다음 예문들에서 잘 확인된다.

(12) a. 샐리 자바 도라오라 ᄒᆞ시니 <月十三 32a>
b. 時急히 브려 조차 도ᄅᆞ시니(急使追復ᄒᆞ시니) <法華二 226a>

원문 중 '使追復'이 두 문헌에서 어떤 순서로 번역되는가를 보면 다음과 같다.

	使	追	復
<月>	3	1	2
<法>	1	2	3

<13> 동작동사 '轉'

『월인석보』 권13과 『법화경언해』에서 동작동사 '옮기다'로 번역되는 '轉'의 번역 순서에 차이가 있다는 것은 동일 원문의 번역인 다음 예문들에서 잘 확인된다.

(13) a. 이ᄂᆞᆫ 菩薩ᄋᆞᆯ 옮겨 ᄀᆞᄅᆞ치라 ᄒᆞ샤ᄆᆞᆯ 가졸비니라 <月十三 27b>
b. 이ᄂᆞᆫ 옮겨 菩薩 ᄀᆞᄅᆞ치게 ᄒᆞ샨 가졸뵤미라(此ᄂᆞᆫ 令轉教菩薩之譬也ㅣ라) <法華二 200b>

원문 중 '令轉教菩薩之譬'가 이 두 문헌에서 어떤 순서로 번역되는가를 보면 다음과 같다.

	令	轉	教	菩薩之譬	
<月>	4	2	3	1	5
<法>	4	1	3	2	5

<14> 동작동사 '有'

『월인석보』 권13과 『법화경언해』에서 동작동사 '두다'로 번역되는 '有'의 번역 순서에 차이가 있다는 것은 동일 원문의 번역인 다음 예문들에서 잘 확인된다.

(14) a. 功올 제 몯 두니 <月十三 11a>
  b. 功이 제 둘 꺼시 아니니(功非己有 ㅣ 니) <法華二 191b>

原文이 『월인석보』 권13과 『법화경언해』에서 어떤 순서로 번역되는가를 보면 다음과 같다.

	功	非	己	有
<月>	1	3	2	4
<法>	1	4	2	3

<15> 동작동사 '使'

『월인석보』 권13에서는 동작동사 '브리다'로 번역되고 『법화경언해』에서는 'Vs +-게 ᄒᆞ다'로 번역되는 '使'의 번역 순서에 차이가 있다는 것은 동일 원문의 번역인 다음 예문들에서 잘 확인된다. 또 分節에 차이가 있음도 발견할 수 있다. 즉 『월인석보』 권13에서는 '使秘菩薩行者'에서 分節된다.

(15) a. 菩薩行 ᄀᆞ촌 사ᄅᆞᆷ 브리샤 二乘法 뵈샤미오 <月十三 20b>
b. 菩薩行 ᄀᆞ촌 사ᄅᆞᄆᆞ로 二乘法 뵈에 ᄒᆞ샤미라(使秘菩薩行者로 示二乘法也 ㅣ라) <法華二 200b>

原文이 두 문헌에서 어떤 순서로 번역되는가를 보면 다음과 같다.

	使	秘菩薩行者	示	二乘法也
<月>	2	1	4	3
<法>	4	1	3	2

<16> 동작동사 '所謂'

『월인석보』 권13에서는 동작동사 '니ᄅᆞ다'의 명사형으로 번역되고『법화경언해』에서는 동작동사 '니ᄅᆞ다'의 관형사형으로 번역되는 '所謂'의 번역 순서에 차이가 있다는 것은 동일 원문의 번역인 다음 예문들에서 잘 확인된다.

(16) a. 世間 다ᄉᆞ리ᄂᆞᆫ 말와 資生ᄒᆞᄂᆞᆫ 業돌히 다 正法을 順ᄒᆞᄂᆞ니라 니ᄅᆞ샤미니 <月十三 14a>
b. 니ᄅᆞ샨 世間 다ᄉᆞ룔 말와 資生ᄒᆞ욜 業돌히 다 正法을 順타 ᄒᆞ샤미라(所謂治世語言과 資生業等이 皆順正法이시니라) <法華二 177a>

원문이 두 문헌에서 어떤 순서로 번역되는가를 보면 다음과 같다. 즉 '所謂'가『월인석보』권13에서는 맨 마지막에 번역되고『법화경언해』에서는 제일 먼저 번역된다.

	所謂	治世語言	資生業等	皆順正法
<月>	4	1	2	3
<法>	1	2	3	4

<17> 동작동사 '竛竮'

『월인석보』 권13에서는 동작동사 '뷔듣니다'(뜻은 '비틀거리다'임)로 번역되고 『법화경언해』에서는 동작동사 '竛竮ᄒᆞ다'로 번역되는 '竛竮'의 번역 순서에 차이가 있다는 것은 동일 원문의 번역인 다음 예문들에서 잘 확인된다.

(17) a. 乃終내 四生五道애 뷔듣녀 窮困ᄒᆞ리니 <月十三 32a>
b. 내ᄌᆞᇰ애 竛竮ᄒᆞ야 四生五道애 窮困ᄒᆞ리러니(終則竛竮ᄒᆞ야 窮困於四生五道ᄒᆞ리러니) <法華二 226a>

원문 중 '竛竮窮困於四生五道'가 두 문헌에서 어떤 순서로 번역되는가를 보면 다음과 같다.

	竛竮	窮困	於四生五道
<月>	2	3	1
<法>	1	3	2

<18> 동작동사 '示'

『월인석보』 권13과 『법화경언해』에서 동작동사 '뵈다'로 번역되는 '示'의 번역 순서에 큰 차이가 있다는 것은 동일 원문의 번역인 다음 예문들에서 잘 확인된다.

(18) a. 空ᄋᆞᆯ 브터 아라 空ᄋᆞᆯ 브터 實 證케 호ᄆᆞᆯ 뵈샤미라 <月十三 67b>
b. 空ᄋᆞᆯ 因ᄒᆞ야 아ᄅᆞ샤ᄆᆞᆯ 뵈샤 空ᄋᆞᆯ 브터 實을 證케 ᄒᆞ샤미라(示因空悟解ᄒᆞ샤 使由空證實也ㅣ라) <法華三 69a>

원문이 『월인석보』 권13과 『법화경언해』에서 어떤 순서로 번역되는가를 보면 다음과 같다. 『월인석보』 권13에서는 동작동사 '示'가 맨 마지막에 번역되고 『법화경언해』에서는 分節이 '示因空悟解'에서 이루어진다.

	示	因	空	悟解	使	由	空	證	實
<月>	9	2	1	3	8	5	4	7	6
<法>	4	2	1	3	9	6	5	8	7

<19> 동작동사 '出'

『월인석보』 권13과 『법화경언해』에서 동작동사 '나다'로 번역되는 '出'의 번역 순서에 차이가 있다는 것은 동일 원문의 번역인 다음 예문들에서 잘 확인된다.

(19) a. 未來世예 나샤 十二小劫을 겨시다가 업스샤ᄆᆞᆫ <月十三 61b>

b. 未來世예 十二劫을 나 住ᄒᆞ샤 드르샤ᄆᆞᆫ(於未來世예 而出住十二劫而沒者ᄂᆞᆫ) <法華三 58b>

원문 중 '出住十二劫'이 『월인석보』 권13과 『법화경언해』에서 어떤 순서로 번역되는가를 보면 다음과 같다.

	出	住	十二劫
<月>	1	3	2
<法>	2	3	1

2.2. 動作動詞句의 飜譯 順序

『월인석보』 권13과 『법화경언해』에서 번역 순서에 차이를 보여 주는 동작동사구에는 '遙見', '入出', '受勤苦' 그리고 '羸瘦憔悴'가 있다.

<1> 동작동사구 '遙見'

『월인석보』 권13에서는 동작동사 'ᄇᆞ라다'로 번역되고 『법화경언해』에서는 동작동사구 '머리셔 보다'로 번역되는 '遙見'의 번역 순서에 차이가 있다는 것은 동일 원문의 번역인 다음 예문들에서 잘 확인된다.

(1) a. ᄇᆞ라니 아ᄃᆞ리 시드러 여위고 ᄯᅩᇰ 몬지 무더 더럽거늘 <月十三 21b>

b. 아ᄃᆞ리 모미 여위오 시들며 ᄯᅩᇰ홁기 듣글 무더 더러워 조티 몯ᄒᆞᆫ 돌 머리셔 보고(遙見子身이 羸瘦憔悴ᄒᆞ며 糞土ㅣ 塵坌ᄒᆞ야 汚穢不淨ᄒᆞᆫ돌 코) <法華二 209b>

원문이 두 문헌에서 어떤 순서로 번역되는가를 보면 다음과 같다. '遙見'이 『월인석보』 권13에서는 맨 먼저 번역되고 『법화경언해』에서는 맨 마지막에 번역된다.

	遙見	子身	羸瘦憔悴	糞土	塵	坌	汚穢不淨
<月>	1	2	3	4	5	6	7
<法>	7	1	2	3	4	5	6

<2> 동작동사구 '入出'

『월인석보』 권13에서는 동작동사구 '나며 들다'로 번역되고 『법화경언해』에서는 동작동사구 '들며 나다'로 번역되는 '入出'의 번역 순서에 차이가 있다는 사실은 동일 원문의 번역인 다음 예문들에서 잘 확인된다.

(2) a. 나며 드로ᄆᆞᆯ 어려ᄫᅵ 아니컨마론 <月十三 26a>

b. 들며 나미 어려움 업스니(入出無難ᄒᆞ니) <法華二 215a>

원문이 두 문헌에서 어떤 순서로 번역되는가를 보면 다음과 같다. '入出'의 '出'이 『월인석보』 권13에서는 먼저 번역되고 『법화경언해』에서는 나중에 번역된다.

	入	出	無	難
<月>	2	1	4	3
<法>	1	2	4	3

한편 두 문헌에서 동작동사구 '들며 나다'의 명사형으로 번역되는 '入出'의 번역 순서가 같다는 사실은 동일 원문의 번역인 다음 예문들에서 잘 확인된다.

(2) c. 들며 나몰 어려ᄫᅵ 아니호미라 <月十三 26b>
d. 이 닐온 들며 나미 어려움 업수미라(是謂入出無難也ㅣ라) <法華二 216b>

<3> 동작동사구 '受勤苦'

『월인석보』 권13에서는 동작동사구 '브즈러니 受苦ᄒᆞ다'로 번역되고 『법화경언해』에서는 동작동사구 '勤苦 受ᄒᆞ다'로 번역되는 '受勤苦'의 번역 순서에 차이가 있다는 것은 동일 원문의 번역인 다음 예문들에서 잘 확인된다.

(3) a. 佛道ㅣ 길오 머러 오래 受苦홀까 分別호몰 가졸비니라 <月十三 15a>
b. 佛道ㅣ 길오 머러 오래 勤苦 受홀까 분별호몰 가졸비니라(譬慮佛道ㅣ 長遠ᄒᆞ야 久受勤苦ᄒᆞ니라) <法華二 197b>

원문 중 '受勤苦'가 두 문헌에서 어떤 순서로 번역되는가를 보면 다음과 같다.

	受	勤	苦
<月>	2	1	3
<法>	3	1	2

<4> 동작동사구 '羸瘦憔悴'

『월인석보』 권13에서는 동작동사구 '시드러 여위다'로 번역되고 『법화경언해』에서는 동작동사구 '여위오 시들다'로 번역되는 '羸瘦憔悴'의 번역 순서에 차이가 있다는 사실은 동일 원문의 번역인 다음 예문들에서 잘 확인된다.

(4) a. 아드릐 모미 시드러 여위오 <月十三 21b>
b. 아드릐 모미 여위오 시들며(子身이 羸瘦憔悴ᄒᆞ며)
<法華二 209b>

원문이 『월인석보』 권13과 『법화경언해』에서 어떤 순서로 번역되는가를 보면 다음과 같다.

	子	身	<u>羸瘦</u>	<u>憔悴</u>
<月>	1	2	4	3
<法>	1	2	3	4

2.3. 狀態動詞의 飜譯 順序

『월인석보』 권13과 『법화경언해』에서 번역 순서에 차이를 보여 주는 상태동사에는 '煩'이 있다.

<1> 상태동사 '煩'

『월인석보』 권13에서는 상태동사 '어즈럽다'로 번역되고 『법화경언해』에

서는 동작동사구 '잇비 ᄒᆞ다'로 번역되는 '煩'의 번역 순서에 차이가 있다는 것은 동일 원문의 번역인 다음 예문들에서 잘 확인된다.

(1) a. 오히려 어즈러ᄫᅥ 戱剪ᄒᆞ시니 <月十三 63b>
 b. 오히려 어긔여 ᄇᆞ료ᄆᆞᆯ 잇비 ᄒᆞ시니(尙煩戱剪ᄒᆞ시니) <法華三 60b>

원문 중 '煩戱剪'이 『월인석보』 권13과 『법화경언해』에서 어떤 순서로 번역되는가를 보면 다음과 같다.

	煩	戱剪
<月>	1	2
<法>	2	1

3. 副詞의 飜譯 順序

『월인석보』 권13과 『법화경언해』의 대비를 통해 副詞의 번역 순서에 차이가 있다는 것을 발견할 수 있다. 번역 순서에 차이를 보여 주는 부사에는 時間副詞, 樣態副詞, 當爲의 話法副詞, 可能의 話法副詞 그리고 기타의 부사가 있다.

3.1. 時間副詞의 번역 순서

『월인석보』 권13과 『법화경언해』에서 번역 순서에 차이를 보여 주는 時間副詞에는 '初', '始', '先', '曾', '方', '遇' 그리고 '復'가 있다.

<1> 부사 '初'

『월인석보』 권13과 『법화경언해』에서 부사 '처섬'으로 번역되는 '初'의 번역 순서에 차이가 있다는 사실은 동일 원문의 번역인 다음 예문들에서 잘 확인된다. 즉 부사 '처섬'은 『월인석보』 권13에서는 동작동사 '듣다' 바로 앞에 오고 『법화경언해』에서는 文頭에 온다.

(1) a. 佛果앳 萬德種智ㅅ 이롤 처섬 듣고 <月十三 13a>
b. 처섬 佛果萬德種智ㅅ 일 듣즙고(初聞佛果萬德種智之事ᄒᆞ고) <法華二 196b>

한편 두 문헌에서 부사 '처섬'으로 번역되는 부사 '初'의 번역 순서가 같다는 것은 동일 원문의 번역인 다음 예문들에서 잘 확인된다. 즉 '처섬'이 목적어 '華嚴' 바로 앞에 온다.

(1) c. 二乘이 처섬 華嚴 듣즙고 頓教說法에 怯호몰 가즐비니라 <月十三 16b>
d. 二乘이 처섬 華嚴 듣즙고 頓說 怯호몰 가즐비니(譬二乘이 初聞華嚴ᄒᆞ고 怯其頓說ᄒᆞ니) <法華二 201b>

<2> 부사 '始'

『월인석보』 권13과 『법화경언해』에서 부사 '처섬'으로 번역되는 '始'의 번역 순서에 차이가 있다는 사실은 동일 원문의 번역인 다음 예문들에서 잘 확인된다. 즉 부사 '처섬'은 『월인석보』 권13에서는 동작동사 '一定ᄒᆞ다' 바로 앞에 오고 『법화경언해』에서는 文頭에 온다.

(2) a. 父子롤 처섬 一定ᄒᆞ야 <月十三 30a>
b. 처섬 父子 一定ᄒᆞ야(始定父子ᄒᆞ야) <法華二 224b>

원문이 『월인석보』 권13과 『법화경언해』에서 어떤 순서로 번역되는가를 보면 다음과 같다.

	始	定	父子
<月>	2	3	1
<法>	1	3	2

<3> 부사 '先'

『월인석보』 권13과 『법화경언해』에서 부사 '몬져'로 번역되는 '先'의 번역 순서에 차이가 있다는 사실은 동일 원문의 번역인 다음 예문들에서 잘 확인된다. 즉 부사 '몬져'는 『월인석보』 권13에서는 동작동사 '알다' 바로 앞에 오고 『법화경언해』에서는 文頭에 온다.

(3) a. 우리ᄃᆞᆯ히 ᄆᆞᅀᆞ미 헌 欲ᄋᆞᆯ 著ᄒᆞ야 져근 法 즐기ᄂᆞᆫ ᄃᆞᆯ 몬져 아ᄅᆞ샤 <月十三 34a>

b. 몬져 우리의 ᄆᆞᅀᆞ미 弊欲애 著ᄒᆞ야 小法에 즐기ᄂᆞᆫ ᄃᆞᆯ 아ᄅᆞ샤 (先知我等의 心著弊欲ᄒᆞ야 樂於小法ᄒᆞᄂᆞᆫ ᄃᆞᆯ ᄒᆞ야) <法華二 229b>

원문 중 '先知…樂於小法'이 두 문헌에서 어떤 순서로 번역되는가를 보면 다음과 같다.

	先	知…	樂於小法
<月>	2	3	1
<法>	1	3	2

<4> 부사 '曾'

『월인석보』 권13과 『법화경언해』에서 부사 '잢간'으로 번역되는 '曾'의 번

역 순서에 차이가 있다는 사실은 동일 원문의 번역인 다음 예문들에서 잘 확인된다. 즉 '잢간'은 『월인석보』 권13에서는 동작동사 'ᄂᆞ니ᄅᆞ다' 바로 앞에 오고 『법화경언해』에서는 文頭에 온다.

(4) a. ᄂᆞᆷ ᄃᆞ려 이런 이ᄅᆞᆯ 잢간도 니ᄅᆞ디 아니ᄒᆞ고 <月十三 9b>
b. 잢간도 ᄂᆞᆷ 向ᄒᆞ야 이 ᄀᆞᄐᆞᆫ 이ᄅᆞᆯ 니ᄅᆞ디 아니코(未曾向人ᄒᆞ야 說如此事ᄒᆞ고) <法華二 189b>

<5> 부사 '方'

『월인석보』 권13과 『법화경언해』에서 부사 'ᄀᆞᆺ'으로 번역되는 '方'의 번역 순서에 차이가 있다는 사실은 동일 원문의 번역인 다음 예문들에서 잘 확인된다. 즉 부사 'ᄀᆞᆺ'은 『월인석보』 권13에서는 동작동사 '니ᄅᆞ다' 바로 앞에 오고 『법화경언해』에서는 文頭에 온다.

(5) a. 寶藏ᄋᆞᆯ ᄀᆞᆺ 니ᄅᆞ고 맛디디 아니호미 ᄀᆞᄐᆞ니라 <月十三 27b>
b. ᄀᆞᆺ 寶藏 니ᄅᆞ고 즉재 맛디디 몯ᄃᆞᆺ ᄒᆞ니라(如方語之寶藏ᄒᆞ고 未卽付也ᄃᆞᆺ ᄒᆞ니라) <法華二 218a>

한편 두 문헌에서 부사 '처섬'으로 번역되는 '方'의 번역 순서가 같다는 사실은 동일 원문의 번역인 다음 예문들에서 잘 확인된다. 즉 두 문헌에서 '처섬'이 동작동사 '알다' 바로 앞에 온다.

(5) c. 오ᄂᆞᆯ사(35b) 世尊이 부텻 智慧예 앗굠 업스신 ᄃᆞᆯ 처섬 아ᅀᆞᄫᆞ니 <月十三 36a>
d. 오ᄂᆞᆯ사 우리 世尊이 부텻 智慧예 앗굠 업스신 ᄃᆞᆯ 처섬 아ᅀᆞᆸᄂᆞ니(今我等이 方知世尊이 於佛智慧예 無所悋惜ᄒᆞᅀᆞᆸᄂᆞ니) <法華二 231b>

<6> 부사 '遇'

『월인석보』 권13과 『법화경언해』에서 부사 '마초아'로 번역되는 '遇'의 번역 순서에 차이가 있다는 사실은 동일 원문의 번역인 다음 예문들에서 잘 확인된다. 즉 부사 '마초아'는 『월인석보』 권13에서는 文頭에 오고 『법화경언해』에서는 동작동사 '다돋다' 바로 앞에 온다.

(6) a. 마초아 아비 지븨 다ᄃᆞ라 <月十三 11a>
b. 아비 지븨 마초아 다ᄃᆞ라(遇到父舍ᄒᆞ고) <法華二 191a>

한편 두 문헌에서 부사 '마초아'로 번역되는 '遇'의 번역 순서가 같다는 것은 동일 원문의 번역인 다음 예문들에서 잘 확인된다. 즉 '마초아'가 동작동사 '向ᄒᆞ다' 바로 앞에 온다.

(6) c. 믿나라ᄒᆞᆯ 마초아 向ᄒᆞ니 <月十三 7a>
d. 믿나라해 마초아 向ᄒᆞ니(遇向本國ᄒᆞ니) <法華二 183b>

<7> 부사 '復'

『월인석보』 권13과 『법화경언해』 두 문헌에서 부사 'ᄂᆞ외야'로 번역되는 '復'의 번역 순서에 차이가 있다는 사실은 동일 원문의 번역인 다음 예문들에서 잘 확인된다. 즉 'ᄂᆞ외야'는 『월인석보』 권13에서는 동작동사 '求ᄒᆞ다' 바로 앞에 오고 『법화경언해』에서는 文頭에 온다.

(7) a. 阿耨多羅三藐三菩提ᄅᆞᆯ ᄂᆞ외야 求티 아니ᄒᆞ다이다
<月十三 4a>
b. ᄂᆞ외야 阿耨多羅三藐三菩提ᄅᆞᆯ 나ᅀᅡ 求티 아니ᄒᆞ다이다(不復進求阿耨多羅三藐三菩提ᄒᆞ다이다) <法華二 178a>

한편 두 문헌에서 부사 'ᄂᆞ외야'로 번역되는 '復'의 번역 순서가 동일하다는 것은 동일 원문의 번역인 다음 예문들에서 잘 확인된다. 즉 'ᄂᆞ외야'가 文頭에 온다.

(7) c. ᄂᆞ외야 三有ㅅ生死業을 짓디 아니ᄒᆞᆯ 씨 無作이니 <月十三 5a>

d. ᄂᆞ외야 三(180a)有엣 生死業을 짓디 아니ᄒᆞᆯ 씨 일후미 無作이며(不復造作三有生死之業이 名無作이며) <法華二 180b>

3.2. 樣態副詞의 번역 순서

『월인석보』 권13과 『법화경언해』에서 번역 순서에 차이를 보여 주는 樣態副詞에는 '同', '漸', '密', '徐', '多', '本' 그리고 '妄'이 있다.

<1> 부사 '同'

『월인석보』 권13과 『법화경언해』에서 부사 'ᄒᆞᆫᄃᆡ'로 번역되는 '同'의 번역 순서에 차이가 있다는 사실은 동일 원문의 번역인 다음 예문들에서 잘 확인된다. 즉 부사 'ᄒᆞᆫᄃᆡ'는 『월인석보』 권13에서는 동사 'ᄒᆞ다' 바로 앞에 오고 『법화경언해』에서는 목적어 '일' 바로 앞에 온다.

(1) a. 일 ᄒᆞᆫᄃᆡ 호ᄆᆞ로 ᄀᆞᄅᆞ치실 씨라 <月十三 21a>

b. ᄒᆞᆫᄃᆡ 일 호ᄆᆞ로 자ᄇᆞ실 씨라(以同事로 攝也ㅣ라) <法華二 207a>

한편 『월인석보』 권13과 『법화경언해』에서 부사 'ᄒᆞᆫᄃᆡ'로 번역되는 '共'의 번역 순서가 같다는 사실은 동일 원문의 번역인 다음 예문들에서 잘 확인된다. 즉 '作'의 번역인 동작동사 'ᄒᆞ다'와 '짓다' 바로 앞에 온다.

(1) c. 너와 ᄒᆞᆫᄃᆡ 호려 ᄒᆞ니<月十三 21a>
d. ᄯᅩ 너와 ᄒᆞᆫᄃᆡ 지ᅀᅩ리라 닐오ᄆᆞᆫ(云亦共作者ᄂᆞᆫ) <法華二 207a>

<2> 부사 '漸'

『월인석보』 권13과 『법화경언해』에서 부사 '漸漸'으로 번역되는 '漸'의 번역 순서에 차이가 있다는 사실은 동일 원문의 번역인 다음 예문들에서 잘 확인된다. 즉 '漸漸'은 『월인석보』 권13에서는 文頭에 오고 『법화경언해』에서는 동작동사 '向ᄒᆞ다' 바로 앞에 온다.

(2) a. 漸漸 本國 向(7a)호ᄆᆞᆫ <月十三 7b>
b. 本國에 漸漸 向호ᄆᆞᆫ(漸向本國은) <法華二 184a>

한편 두 문헌에서 부사 '漸漸'으로 번역되는 '漸'의 번역 순서가 같다는 사실은 동일 원문의 번역인 다음 예문들에서 잘 확인된다. 즉 '漸漸'이 文頭에 온다.

(2) c. 漸漸 ᄃᆞᆫ녀 <月十三 7a>
d. 漸漸 노녀 ᄃᆞᆫ녀(漸漸遊行ᄒᆞ야) <法華二 183b>

(2) e. 漸漸 아비를 親히 컨마론 <月十三 26a>
f. 漸漸 아비게 親호ᄃᆡ(漸親父호ᄃᆡ) <法華二 215b>

<3> 부사 '密'

『월인석보』 권13과 『법화경언해』에서 부사 'ᄀᆞᄆᆞ니'로 번역되는 '密'의 번역 순서에 차이가 있다는 사실은 동일 원문의 번역인 다음 예문들에서 잘 확인된다. 즉 부사 'ᄀᆞᄆᆞ니'는 『법화경언해』에서는 文頭에 오고 『월인석보』 권13에서는 동작동사 '보내다' 바로 앞에 온다.

(3) a. 양지 셩가싀오 威德 업슨 두 사ᄅᆞᄆᆞᆯ ᄀᆞᄆᆞ니 보내요ᄃᆡ <月十三 20a>

b. ᄀᆞᄆᆞ니 두 사ᄅᆞ미 양지 시들오 威德 업스닐 보내요ᄃᆡ(密遣二人이 形色이 憔悴ᄒᆞ고 無威德者호ᄃᆡ) <法華二 206a>

(3) c. 두 사ᄅᆞᆷ ᄀᆞᄆᆞ니 보내요ᄆᆞᆫ <月十三 20b>

d. ᄀᆞᄆᆞ니 두 사ᄅᆞᆷ 보내요ᄆᆞᆫ(密遣二人者ᄂᆞᆫ) <法華二 207a>

(3a)와 (3b)의 原文이 두 문헌에서 어떤 순서로 번역되는가를 보면 다음과 같다.

	密	遣	二人	形色	憔悴	無	威德	者
<月>	7	8	6	1	2	4	3	5
<法>	1	8	2	3	4	6	5	7

한편 두 문헌에서 부사 'ᄀᆞᄆᆞ니'로 번역되는 '潛'의 번역 순서가 같다는 사실은 동일 원문의 번역인 다음 예문들에서 잘 확인된다. 즉 'ᄀᆞᄆᆞ니'는 두 문헌에서 동작동사 '펴다' 바로 앞에 온다.

(3) e. 秘密ᄒᆞᆫ 敎化ᄅᆞᆯ ᄀᆞᄆᆞ니 펴샤 <月十三 22b>

f. 秘密ᄒᆞᆫ 化ᄅᆞᆯ ᄀᆞᄆᆞ니 펴샤(潛施密化ᄒᆞ샤) <法華二 210b>

<4> 부사 '徐'

『월인석보』 권13과 『법화경언해』에서 부사 'ᄌᆞᄂᆞᆨᄌᆞᄂᆞ기'로 번역되는 '徐'의 번역 순서에 차이가 있다는 사실은 동일 원문의 번역인 다음 예문들에서 잘 확인된다. 즉 부사 'ᄌᆞᄂᆞᆨᄌᆞᄂᆞ기'가 『월인석보』 권13에서는 文頭에 오고 『법화경언해』에서는 동작동사 '니ᄅᆞ다' 바로 앞에 온다.

(4) a. 네 가 ᄌᆞ녹ᄌᆞᄂᆞ기 窮子ᄃᆞ려 닐오ᄃᆡ <月十三 20a>
b. 네 뎨 가 窮子ᄃᆞ려 ᄌᆞ녹ᄌᆞᄂᆞ기 닐오ᄃᆡ(汝 ㅣ 可詣彼ᄒᆞ야 徐語窮子호ᄃᆡ) <法華二 206a>

원문 중 '徐語窮子'가 두 문헌에서 어떤 순서로 번역되는가를 보면 다음과 같다.

	徐	語	窮子
<月>	1	3	2
<法>	2	3	1

<5> 부사 '多'

『월인석보』 권13과 『법화경언해』에서 부사 '만히'로 번역되는 '多'의 번역 순서에 차이가 있다는 사실은 동일 원문의 번역인 다음 예문들에서 잘 확인된다. 즉 부사 '만히'는 『월인석보』 권13에서는 文頭에 오고 『법화경언해』에서는 동작동사 '밍ᄀᆞᆯ다' 바로 앞에 온다.

(5) a. 만히 方便을 펴<月十三 22b>
b. 方便을 만히 밍ᄀᆞᄅᆞ샤(多設方便ᄒᆞ야) <法華二 210a>

<6> 부사 '本'

『월인석보』 권13과 『법화경언해』에서 부사 '本來'로 번역되는 '本'의 번역 순서에 차이가 있다는 것은 동일 원문의 번역인 다음 예문들에서 잘 확인된다. 즉 부사 '本來'가 『월인석보』 권13에서는 文頭에 오고 『법화경언해』에서는 상태동사 '없다' 바로 앞에 온다.

(6) a. 우리 닐오ᄃᆡ 本來 求ᄒᆞ논 ᄆᆞᅀᆞᆷ 업다이다 ᄒᆞ노니
<月十三 37a>

b. 우리 슬오디 ᄆᆞᅀᆞ매 求호미 本來 업다니(我等이 說ᄒᆞᅀᆞ오디 本無心有所希求ᄒᆞ다니) <法華二 232b>

원문 중 '本無心有所希求'가 두 문헌에서 어떤 순서로 번역되는가를 보면 다음과 같다.

	本	無	心	有	所	希求
<月>	1	6	5	4	3	2
<法>	5	6	1	4	3	2

<7> 부사 '妄'

『월인석보』 권13과 『법화경언해』에서 '虛妄하게'의 뜻을 가진 부사 '거츠리'로 번역되는 '妄'의 번역 순서에 차이가 있다는 것은 동일 원문의 번역인 다음 예문들에서 잘 확인된다. 즉 부사 '거츠리'는 『월인석보』 권13에서는 목적어 '惑染' 앞에 오고 『법화경언해』에서는 동작동사 '니ᄅᆞ왇다' 바로 앞에 온다.

(7) a. 一切法에 거츠리 惑染을 니ᄅᆞ와다 <月十三 34b>

b. 一切法에 惑染을 거츠리 니ᄅᆞ와다(於一切法에 妄起惑染ᄒᆞ야) <法華二 230a>

원문 중 '妄起惑染'이 두 문헌에서 어떤 순서로 번역되는가를 보면 다음과 같다.

	妄	起	惑染
<月>	1	3	2
<法>	2	3	1

3.3. 當爲의 話法副詞의 번역 순서

『월인석보』 권13과 『법화경언해』에서 번역 순서에 차이를 보여 주는 當爲의 話法副詞에는 '當'이 있다.

<1> 부사 '當'

『월인석보』 권13과 『법화경언해』에서 각각 '당다이'와 '반ᄃᆞ기'로 번역되는 부사 '當'의 번역 순서에 차이가 있다는 사실은 동일 원문의 번역인 다음 예문들에서 잘 확인된다. 즉 『월인석보』 권13에서 부사 '당다이'는 동작동사 '두다' 바로 앞에 오고 『법화경언해』에서 부사 '반ᄃᆞ기'는 목적어 '如來ㅅ 知見寶藏分' 앞에 온다.

(1) a. 너희ᄃᆞᆯ히 如來ㅅ 知見寶藏앳 分(34a)을 당다이 두리라 ᄒᆞ야 <月十三 34b>
b. 너희 반ᄃᆞ기 如來ㅅ 知見寶藏分을 뒷ᄂᆞ니라(汝等이 當有如來ㅅ 知見寶藏之分이라) <法華二 229b>

원문 중 '當有如來ㅅ 知見寶藏之分'이 두 문헌에서 어떤 순서로 번역되는가를 보면 다음과 같다.

	當	有	如來ㅅ 知見寶藏之分
<月>	2	3	1
<法>	1	3	2

3.4. 可能의 話法副詞의 번역 순서

『월인석보』 권13과 『법화경언해』에서 번역 순서에 차이를 보여 주는 可能의 話法副詞에는 '能'이 있다.

<1> 부사 '能'

『월인석보』 권13에서는 부사 '잘'로 번역되고 『법화경언해』에서는 부사 '能히'로 번역되는 '能'의 번역 순서에 차이가 있다는 것은 동일 원문의 번역인 다음 예문들에서 잘 확인된다. 즉 부사 '잘'은 『월인석보』 권13에서는 동작동사 '得ᄒᆞ다' 앞에 오고 부사 '能히'는 『법화경언해』에서는 文頭에 온다.

(1) a. 智慧命을 잘 得홀씨니라 <月十三 3a>
b. 能히 智慧命을 得다 ᄒᆞ샤미 이라(能得智慧命이 是也ㅣ라) <法華二 176b>

3.5. 기타의 副詞의 번역 순서

『월인석보』 권13과 『법화경언해』에서 번역 순서에 차이를 보여 주는 기타의 부사에는 '自'가 있다.

<1> 부사 '自'

『월인석보』 권13과 『법화경언해』에서 부사 '제'로 번역되는 '自'의 번역 순서에 차이가 있다는 사실은 동일 원문의 번역인 다음 예문들에서 잘 확인된다. 즉 '제'가 『월인석보』 권13에서는 동작동사구 '더러ᄫᅵ 너기다' 바로 앞에 오고 『법화경언해』에서는 文頭에 온다.

(1) a. 아랫 ᄆᆞᅀᆞᆷ 제 더러ᄫᅵ 너교ᄆᆞᆫ <月十三 30b>
b. 제 알ᄑᆡᆺ ᄆᆞᅀᆞᄆᆞᆯ 더러이 너교ᄆᆞᆫ(自鄙先心은) <法華二 224b>

원문이 『월인석보』 권13과 『법화경언해』에서 어떤 순서로 번역되는가를 보면 다음과 같다.

	自	鄙	先心
<月>	2	3	1
<法>	1	3	2

한편 부사 '제'로 번역되는 '自'의 번역 순서가 두 문헌에서 같다는 사실은 동일 원문의 번역인 다음 예문들에서 잘 확인된다. 즉 '제'는 두 문헌에서 동작동사 '알다' 바로 앞에 온다.

(1) c. 如來 涅槃홇 時節 다ᄃᆞᄅᆞᆫ ᄃᆞᆯ 제 알오 <月十三 15a>
d. 如來ㅣ 涅槃홀 時節 다ᄃᆞᄅᆞᆫ ᄃᆞᆯ 제 알면(如來ㅣ 自知涅槃時到ᄒᆞ면 <法華二 225a>

4. 分節의 差異

『월인석보』 권13과 『법화경언해』를 대조 비교해 보면 分節 즉 끊어 읽기의 차이로 文脈과 意味가 달라지는 경우를 발견할 수 있다.

<1> 不謂於今忽然得聞希有之法

동일 원문의 번역인 다음 예문들에서 分節에 차이가 있음을 발견할 수 있다. 즉 『월인석보』 권13에서는 '不謂於今'에서 끊어 읽는다.

(1) a. 아니 너기온 오ᄂᆞᆯ 믄득 希有ᄒᆞᆫ 法을 듣ᄌᆞᆸ고 <月十三 6a>
b. 오ᄂᆞᆯ 믄득 希有ᄒᆞᆫ 法 시러 듣ᄌᆞ오ᄆᆞᆯ 너기디 아니ᄒᆞᅀᆞ오니(不謂於今에 忽然得聞希有之法ᄒᆞᅀᆞ오니) <法華二 181b>

原文이 『월인석보』 권13과 『법화경언해』에서 어떤 순서로 번역되는가를 보면 다음과 같다.

	不	謂	於今	忽然	得聞	希有之法
<月>	1	2	3	4	6	5
<法>	6	5	1	2	4	3

<2> 譬因遇佛敎遂能反省然方向之未能至也

동일 원문의 번역인 다음 예문들에서 끊어 읽기에 차이가 있음을 발견할 수 있다. 즉 『법화경언해』에서는 '譬因遇佛敎 遂能反省'에서 끊어 읽는다.

(2) a. 부텻 敎化 맛나ᅀᆞᄫᆞᆯ 因ᄒᆞ야 能히 두르ᅘᅧ 술편마ᄅᆞᆫ 그러나 ᄀᆞᆺ 向ᄒᆞ고 다ᄃᆞᆮ디 몯호ᄆᆞᆯ 가ᄌᆞᆯ비니라 <月十三 7b>
b. 佛敎 맛나ᅀᆞ오ᄆᆞᆯ 因ᄒᆞ야 能히 두르ᅘᅧ 술표ᄆᆞᆯ 가ᄌᆞᆯ비니 그러나 ᄀᆞᆺ 向ᄒᆞ고 能히 니르디 몯ᄒᆞ니라(譬因遇佛敎ᄒᆞ야 遂能反省이니 然이나 方向之오 未能至也 ㅣ니라) <法華二 184a>

원문이 『월인석보』 권13과 『법화경언해』에서 어떤 순서로 번역되는가를 보면 다음과 같다.

	譬	因遇佛敎	遂能反省	然方向之	未能至也
<月>	5	1	2	3	4
<法>	3	1	2	4	5

<3> 因敎漸引

동일 원문의 번역인 다음 예문들에서 끊어 읽기에 차이가 있음을 발견할 수 있다. 즉 (3a)의 '因敎漸引'는 '引敎'에서 끊어 읽는다.

(3) a. 네 迷惑ᄒᆞ야 ᄢᅥ디여 ᄀᆞᄅᆞ쵸ᄆᆞᆯ 因ᄒᆞ야 漸漸 ᅘᅧ 正道애 드류ᄆᆞᆯ 너겨 니ᄅᆞ니라 <月十三 9b>
b. ᄠᅳ든 네 몰라 ᄢᅡ디옛다가 ᄀᆞᄅᆞ치샤 漸漸 ᅘᅧ샤ᄆᆞᆯ 因ᄒᆞ야 正道

애 드로몰 너기도다(意謂在昔迷淪ᄒᆞ얫다가 引敎漸引ᄒᆞ야 遂入正道也 ㅣ로다) <法華二 188b>

원문 중 '因敎漸引'이 두 문헌에서 어떤 순서로 번역되는가를 보면 다음과 같다.

	因	敎	漸	引
<月>	2	1	3	4
<法>	4	1	2	3

<4> 譬佛念二乘之子久淪五道性習昏淺未堪說大也

동일 원문의 번역인 다음 예문들에서 끊어 읽기에 차이가 있음을 발견할 수 있다. 즉『법화경언해』에서는 '念二乘之子 久淪五道'에서 끊어 읽는다.

(4) a. 부톄 二乘 아ᄃᆞ리 五道애 오래 ᄲᅧ디여 性 ᄇᆡᄒᆞ시 어득고 녇가ᄫᅡ 어루 큰 일 몯니르리로다 念ᄒᆞ샤ᄆᆞᆯ 가ᄌᆞᆯ비니라 <月十三 10a>

b. 부톄 二乘 아ᄃᆞ리 五道애 오래 ᄲᅡ듀믈 念ᄒᆞ샤ᄃᆡ 性 ᄇᆡᄒᆞ시 어듭고 녇가와 이긔여 큰 法 니ᄅᆞ디 몯ᄒᆞ샤ᄆᆞᆯ 가ᄌᆞᆯ비니라(譬佛念二乘之子ㅣ 久淪五道ᄒᆞ샤ᄃᆡ 性習이 昏淺ᄒᆞ야 未堪說大也ㅣ라) <法華二 190a>

原文이『월인석보』권13과『법화경언해』에서 어떤 순서로 번역되는가를 보면 다음과 같다.

	譬	佛	念	二乘之子	久淪五道	性習昏淺	未堪說大也
<月>	7	1	6	2	3	4	5
<法>	7	1	4	2	3	5	6

제7장 文法的 差異

두 문헌 즉 『월인석보』 권13과 『법화경언해』의 대비에서 발견되는 주목할 만한 文法的 차이에는 格의 差異를 비롯하여 動詞類의 格支配, 語尾의 差異, 合成의 差異, 節 構成의 差異, 否定法의 差異 그리고 使動의 差異가 있다.

1. 格의 差異

名詞類 즉 명사와 대명사가 두 문헌에서 상이한 격을 취한다는 것을 두 문헌의 대비를 통해 알 수 있는데, 격의 차이는 몇 가지로 유형으로 분류하여 고찰할 수 있다.

1.1. zero 主格과 主格

두 문헌의 대비를 통해 동일한 명사가 zero 주격과 주격 '-ㅣ'를 취한다는 것을 알 수 있다. 즉 동일한 명사가 『월인석보』 권13에서는 zero 주격을 취하고 『법화경언해』에서는 주격 '-ㅣ'를 취한다.

<1> 명사 '如來'

두 문헌에서 명사 '如來'로 번역되는 '如來'가 『월인석보』 권13에서는

zero 主格을 취하고 『법화경언해』에서는 주격 '-ㅣ'를 취한다는 사실은 동일 원문의 번역인 다음 예문들에서 잘 확인된다. 『법화경언해』의 번역은 原文의 口訣과 일치한다.

(1) a. 如來 샹녜 우리롤 아ᄃᆞ리(32b)라 니ᄅᆞ시ᄂᆞ니이다 <月十三 33a>
b. 如來ㅣ 샹녜 우릴 니ᄅᆞ샤ᄃᆡ 아ᄃᆞ리라 ᄒᆞ시ᄂᆞ니이다(如來ㅣ 常說我等爲子ㅣ라 ᄒᆞ시ᄂᆞ니이다) <法華二 227a>

(1) c. 如來 쏘 無量無邊 阿僧祇(42b) 功德을 뒷ᄂᆞ니 <月十三 43a>
d. 如來ㅣ 쏘 無量無邊 阿僧祇 功德을 뒷ᄂᆞ니(如來ㅣ 復有無量無邊阿僧祇功德ᄒᆞ니 <法華三 5a>

(1) e. 如來 一切諸法의 歸趣를 보아 알며 <月十三 43b>
f. 如來ㅣ 一切諸法의 간 ᄃᆡᆯ 보아 알며(如來ㅣ 觀知一切諸法之所歸趣ᄒᆞ며) <法華三 7b>

<2> 명사 '須菩提'

두 문헌에서 명사 '須菩提'로 번역되는 '須菩提'가 『월인석보』 권13에서는 zero 主格을 취하고 『법화경언해』에서는 주격 '-ㅣ'를 취한다는 사실은 동일 원문의 번역인 다음 예문들에서 잘 확인된다. 『법화경언해』의 번역은 原文의 口訣과 일치한다.

(2) a. 須菩提 녜 空ᄋᆞᆯ 아라 일훔 업스며 相 업스니 <月十三 66a>
b. 須菩提ㅣ 아래 空ᄋᆞᆯ 아라 일훔 업스며 相 업스니(須菩提ㅣ昔者애 解空ᄒᆞ야 無名無相ᄒᆞ니) <法華三 67b>

<3> 명사 '機'

두 문헌에서 명사 '機'로 번역되는 '機'가 『월인석보』 권13에서는 zero

主格을 취하고 『법화경언해』에서는 주격 '-ㅣ'를 취한다는 사실은 동일 원문의 번역인 다음 예문들에서 잘 확인된다. 『법화경언해』의 번역은 原文의 口訣과 일치한다.

(3) a. 이젯 機 큰 게 믈로ᄆᆞᆯ 애와티샤미라 <月十三 10b>
b. 오ᄂᆞᆳ 機ㅣ 큰 게 믈루믈 ᄎᆞ기 너기실 씨라(恨今之機ㅣ 退大也ㅣ라) <法華二 190a>

(3) c. 機 ᄂᆞᆯ카ᄫᆞ니 무듸니 이실씨 <月十三 38a>
d. 機ㅣ ᄂᆞᆯ카ᄫᆞ며 鈍ᄒᆞ미 이실씨(機有鈍故로) <法華三 3a>

(3) e. 다 法이 ᄒᆞ나히로ᄃᆡ 機 다ᄅᆞᆯ씨 <月十三 73b>
f. 다 法은 ᄒᆞ나히로ᄃᆡ 機ㅣ 다ᄅᆞᆯ씨(皆以法一而機異ᄒᆞᆯᄉᆡ) <法華三 83a>

1.2. zero 主格과 主題格

두 문헌의 대비를 통해 동일한 명사가 zero 주격과 주제격을 취한다는 것을 알 수 있다. 즉 동일한 명사가 『월인석보』 권13에서는 zero 주격을 취하고 『법화경언해』에서는 주제격을 취한다.

<1> 명사 '如來'

두 문헌에서 명사 '如來'로 번역되는 '如來'가 『월인석보』 권13에서는 zero 주격을 취하고 『법화경언해』에서는 주제격을 취한다는 사실은 동일 원문의 번역인 다음 예문들에서 잘 확인된다.

(1) a. 如來 諸法엣 王이라 <月十三 43a>

b. 如來ᄂᆞᆫ 이 靑法에 王이라(如來ᄂᆞᆫ 是諸法之王이라)
<法華三 6a>

1.3. 主格과 屬格

두 문헌의 대비를 통해 동일한 명사와 대명사가 主格 그리고 屬格 '-ㅅ'과 '-ᄋᆡ/의'를 취한다는 것을 알 수 있다. 즉 동일한 명사와 대명사가 『월인석보』 권13에서는 주격을 취하고 『법화경언해』에서는 속격을 취한다.

<1> 명사 '佛'

두 문헌에서 명사 '부텨'로 번역되는 '佛'이 『월인석보』 권13에서는 主格 '-ㅣ'를 취하고 『법화경언해』에서는 屬格 '-ㅅ'을 취한다는 사실은 동일 원문의 번역인 다음 예문들에서 잘 확인된다.

(1) a. 부톄 勝身ᄋᆞᆯ 숨기시고 劣身ᄋᆞᆯ 나토샤 <月十三 39a>
b. 부텻 勝ᄋᆞᆯ 숨기시고 劣ᄋᆞᆯ 나토샤(佛ㅅ 隱勝現劣하샤)
<法華三 4b>

<2> 명사 '父'

두 문헌에서 명사 '아비'로 번역되는 '父'가 『월인석보』 권13에서는 zero 주격을 취하고 『법화경언해』에서는 속격 '-의'를 취한다는 사실은 동일 원문의 번역인 다음 예문들에서 잘 확인된다.

(2) a. 窮子ㅣ 아비 큰 力勢 잇거늘 보고 <月十三 12b>
b. 窮子ㅣ 아비의 큰 力勢 이슈믈 보고(窮子ㅣ 見父의 有大力勢ᄒᆞ고) <法華二 194b>

<3> 명사 '法'

두 문헌에서 명사 '法'으로 번역되는 '法'이 『월인석보』 권13에서는 主格 '-이'를 취하고 『법화경언해』에서는 屬格 '-의'를 취한다는 사실은 동일 원문의 번역인 다음 예문들에서 잘 확인된다.

(3) a. 諸(4b)法이 我와 我所 업슨 둘 볼 씨 空이오 <月十三 5a>
b. 諸法의 我와 我所 업슨 둘 볼 씨 일후미 空이오(以觀諸法의 無我와 我所ㅣ 名空이오) <法華二 180a>

(3) c. 一切法이 相 업서 得디 몯홇 둘 아라 <月十三 5a>
d. 一切法의 相 업서 어루 得디 몯홀 뚤 아라(知一切法의 無相ᄒᆞ야 不可得인 둘 ᄒᆞ야) <法華二 180a>

<4> 명사 '二乘'

두 문헌에서 명사 '二乘'으로 번역되는 '二乘'이 『월인석보』 권13에서는 主格 '-이'를 취하고 『법화경언해』에서는 속격 '-의'를 취한다는 사실은 동일 원문의 번역인 다음 예문들에서 잘 확인된다.

(4) a. 二乘이 佛果앳 萬德種智ㅅ 이룰 처섬 듣고 져근 이레 迷惑ᄒᆞ야 큰 일 두류믈 가ᄌᆞᆯ비니라 <月十三 13a>
b. 二乘의 처섬 佛果萬德種智ㅅ 일 듣ᄌᆞᆸ고 小애 迷惑ᄒᆞ야 大예 두료ᄆᆞᆯ 가ᄌᆞᆯ비니라(譬二乘의 初聞佛果萬德種智之事ᄒᆞ고 而迷小怖大也ᄒᆞ니라) <法華二 196b>

(4) c. 二乘이 煩惱ᄅᆞᆯ 降服히(22b)와 그초ᄃᆡ <月十三 23a>
d. 二乘의 煩惱 굿블여 그추ᄃᆡ(二乘의 伏斷煩惱호ᄃᆡ)
<法華二 210b>

<5> 명사 '利'

두 문헌에서 명사 '利'로 번역되는 '利'가 『월인석보』 권13에서는 zero 주격을 취하고 『법화경언해』에서는 속격 '-의'를 취한다는 사실은 동일 원문의 번역인 다음 예문들에서 잘 확인된다.

(5) a. 小果ㅅ 利 어둔 거시 하디 아니호ᄆᆞᆯ 가ᄌᆞᆯ(34b)비니라
<月十三 35a>
b. 져근 果ㅅ 利의 어두미 하디 아니ᄒᆞᆫ ᄃᆞᆯ 가ᄌᆞᆯ비니라(譬小果之利의 所獲이 不多ᄒᆞ니라) <法華二 230a>

<6> 명사 '志'

두 문헌에서 명사 'ᄠᅳᆮ'으로 번역되는 '志'가 『월인석보』 권13에서는 主格 '-이'를 취하고 『법화경언해』에서는 속격 '-의'를 취한다는 사실은 동일 원문의 번역인 다음 예문들에서 잘 확인된다.

(6) a. ᄠᅳ디 사오나ᄫᅡ 大乘 이긔디 몯호ᄆᆞᆯ 아ᄅᆞ실ᄊᆡ 權으로 쉬우샤ᄆᆞᆯ 가ᄌᆞᆯ비니라 <月十三 19b>
b. ᄠᅳ디 사오나와 大乘을 難히 이길 ᄯᆞᆯ 아ᄅᆞ실ᄊᆡ 權으로 쉬우샤ᄆᆞᆯ 가ᄌᆞᆯ비니라(譬知其志劣ᄒᆞ야 難堪大乘故로 權息之也ᄒᆞ니라)
<法華二 204b>

<7> 명사 '功用'

두 문헌에서 명사 '功用'으로 번역되는 '功用'이 『월인석보』 권13에서는 主格 '-이'를 취하고 『법화경언해』에서는 속격 '-의'를 취한다는 사실은 동일 원문의 번역인 다음 예문들에서 잘 확인된다.

(7) a. 부텨 셤기ᅀᆞᆸᄂᆞᆫ 功用이 ᄀᆞᆮ디 아니호ᄆᆞᆫ <月十三 61a>

b. 부텨 셤기ᅀᆞ옴 功用의 ᄀᆞᆮ디 아니호ᄆᆞᆫ(事佛功用之不同은)
<法華三 57b>

<8> 명사 '果號'

두 문헌에서 명사 '果號'로 번역되는 '果號'가 『월인석보』 권13에서는 主格 '-ㅣ'를 취하고 『법화경언해』에서는 속격 '-ᄋᆡ'를 취한다는 사실은 동일 원문의 번역인 다음 예문들에서 잘 확인된다.

(8) a. 부텨 ᄃᆞ외논 果號ㅣ ᄀᆞᆮ디 아니호ᄆᆞᆫ <月十三 61a>
b. 成佛果號ᄋᆡ ᄀᆞᆮ디 아니호ᄆᆞᆫ(成佛果號之不同은) <法華三 57b>

<9> 대명사 '我'

두 문헌에서 대명사 '나'로 번역되는 '我'가 『월인석보』 권13에서는 主格 '-ㅣ'를 취하고 『법화경언해』에서는 속격 '-ᄋᆡ'를 취한다는 사실은 동일 원문의 번역인 다음 예문들에서 잘 확인된다.

(9) a. 내 傭力ᄒᆞ야 物 어둟 ᄶᅡ히 아니니 <月十三 12b>
b. 내ᄋᆡ 傭力ᄒᆞ야 物 어둘 ᄶᅡ히 아니로소니(非我의 傭力ᄒᆞ야 得物之處ㅣ로소니) <法華二 194b>

<10> 대명사 '汝'

두 문헌에서 대명사 '너'로 번역되는 '汝'가 『월인석보』 권13에서는 主格 '-ㅣ'를 취하고 『법화경언해』에서는 속격 '-의'를 취한다는 사실은 동일 원문의 번역인 다음 예문들에서 잘 확인된다.

(10) a. 네 이런 왼 일돌히 녀느 일훔 사ᄅᆞᆷ ᄀᆞᆮ(24b)호ᄆᆞᆯ 잢간도 몯 보리로소니 <月十三 25a>

<5> 명사 '利'

두 문헌에서 명사 '利'로 번역되는 '利'가 『월인석보』 권13에서는 zero 주격을 취하고 『법화경언해』에서는 속격 '-의'를 취한다는 사실은 동일 원문의 번역인 다음 예문들에서 잘 확인된다.

(5) a. 小果ㅅ 利 어둔 거시 하디 아니호믈 가줄(34b)비니라 <月十三 35a>

b. 져근 果ㅅ 利의 어두미 하디 아니혼 둘 가줄비니라(譬小果之利의 所獲이 不多ᄒᆞ니라) <法華二 230a>

<6> 명사 '志'

두 문헌에서 명사 '뜯'으로 번역되는 '志'가 『월인석보』 권13에서는 主格 '-이'를 취하고 『법화경언해』에서는 속격 '-의'를 취한다는 사실은 동일 원문의 번역인 다음 예문들에서 잘 확인된다.

(6) a. 쁘디 사오나ᄫᅡ 大乘 이긔디 몯호믈 아ᄅᆞ실씨 權으로 쉬우샤믈 가줄비니라 <月十三 19b>

b. 쁘디 사오나와 大乘을 難히 이길 똘 아ᄅᆞ실시 權으로 쉬우샤믈 가줄비니라(譬知其志劣ᄒᆞ야 難堪大乘故로 權息之也ᄒᆞ니라) <法華二 204b>

<7> 명사 '功用'

두 문헌에서 명사 '功用'으로 번역되는 '功用'이 『월인석보』 권13에서는 主格 '-이'를 취하고 『법화경언해』에서는 속격 '-의'를 취한다는 사실은 동일 원문의 번역인 다음 예문들에서 잘 확인된다.

(7) a. 부텨 셤기숩ᄂᆞᆫ 功用이 ᄀᆞᆮ디 아니호ᄆᆞᆫ <月十三 61a>

b. 부텨 셤기ᄉᆞ옴 功用의 ᄀᆞᆮ디 아니호ᄆᆞᆫ(事佛功用之不同ᄋᆞᆫ) <法華三 57b>

<8> 명사 '果號'

두 문헌에서 명사 '果號'로 번역되는 '果號'가 『월인석보』 권13에서는 主格 '-ㅣ'를 취하고 『법화경언해』에서는 속격 '-ᄋᆡ'를 취한다는 사실은 동일 원문의 번역인 다음 예문들에서 잘 확인된다.

(8) a. 부텨 ᄃᆞ외논 果號ㅣ ᄀᆞᆮ디 아니호ᄆᆞᆫ <月十三 61a>
b. 成佛果號ᄋᆡ ᄀᆞᆮ디 아니호ᄆᆞᆫ(成佛果號之不同ᄋᆞᆫ) <法華三 57b>

<9> 대명사 '我'

두 문헌에서 대명사 '나'로 번역되는 '我'가 『월인석보』 권13에서는 主格 '-ㅣ'를 취하고 『법화경언해』에서는 속격 '-ᄋᆡ'를 취한다는 사실은 동일 원문의 번역인 다음 예문들에서 잘 확인된다.

(9) a. 내 傭力ᄒᆞ야 物 어둟 싸히 아니니 <月十三 12b>
b. 내ᄋᆡ 傭力ᄒᆞ야 物 어둘 싸히 아니로소니(非我의 傭力ᄒᆞ야 得物之處 ㅣ로소니) <法華二 194b>

<10> 대명사 '汝'

두 문헌에서 대명사 '너'로 번역되는 '汝'가 『월인석보』 권13에서는 主格 '-ㅣ'를 취하고 『법화경언해』에서는 속격 '-의'를 취한다는 사실은 동일 원문의 번역인 다음 예문들에서 잘 확인된다.

(10) a. 네 이런 왼 일ᄃᆞᆯ히 녀느 일ᄒᆞᇙ 사ᄅᆞᆷ ᄀᆞᆮ(24b)호ᄆᆞᆯ 잢간도 몯 보리로소니 <月十三 25a>

b. 너의 이 여러 가짓 惡 이슈미 녀나몬 짓는 사름 곧호몰 다 몯 보노니(都不見汝의有此諸惡이 如餘作人ᄒᆞ노니)
<法華二 213b>

<11> 대명사 '我等'

두 문헌에서 대명사 '우리돌ㅎ'과 '우리'로 번역되는 '我等'이 『월인석보』 권13에서는 主格 '이'를 취하고 『법화경언해』에서는 속격 '-의'를 취한다는 사실은 동일 원문의 번역인 다음 예문들에서 잘 확인된다.

(11) a. 부톄 우리돌히 져근 法 즐기는 돌 아ᄅᆞ시고 <月十三 35b>
b. 부톄 우리의 ᄆᆞᄉᆞ매 小法 즐기는 돌 아ᄅᆞ샤(佛知我等의 心樂小法ᄒᆞ샤) <法華二 230b>

<12> 명사구 '諸趣'

두 문헌에서 명사구 '여러 趣'와 명사 '諸趣'로 번역되는 '諸趣'가 『월인석보』 권13에서는 主格 '-ㅣ'를 취하고 『법화경언해』에서는 속격 '-의'를 취한다는 사실은 동일 원문의 번역인 다음 예문들에서 잘 확인된다.

(12) a. ᄒᆞᆫ 眞實ㅅ 境界옛 三界옛 여러 趣ㅣ 달옴 이쇼몰 가줄비니라
<月十三 45a>
b. ᄒᆞᆫ 眞實ㅅ 境이로ᄃᆡ 三界 諸趣의 달옴 이쇼몰 가줄비시고(譬一眞境이로ᄃᆡ 而有三界諸趣之別也ᄒᆞ시고) <法華三 9b>

<13> 명사구 '三乘智因'

두 문헌에서 명사구 '三乘智因'으로 번역되는 '三乘智因'이 『월인석보』 권13에서는 主格 '이'를 취하고 『법화경언해』에서는 속격 '-의'를 취한다는 사실은 동일 원문의 번역인 다음 예문들에서 잘 확인된다.

(13) a. 人天 善ᄒᆞᆫ ᄡᅵ와 三乘智因이 能히 害를 머리 ᄒᆞ며 구즌 일 업게 호ᄆᆞᆯ 가ᄌᆞᆯ비니 <月十三 38a>

b. 人川 善種과 三乘智因의 能히 害를 머리 ᄒᆞ며 惡 滅ᄒᆞᄂᆞ닐 譬喩ᄒᆞ시니(以喩人天善種과 三乘智因의 能遠害滅惡者ᄒᆞ시니) <法華三 3a>

1.4. 主格과 對格

두 문헌의 대비를 통해 동일한 명사가 主格과 對格을 취한다는 것을 발견할 수 있다. 즉 동일한 명사가 『월인석보』 권13에서는 주격을 취하고 『법화경언해』에서는 대격을 취한다.

<1> 명사 '財物'

두 문헌에서 명사 '쳔랴ᇰ'과 '財物'로 번역되는 '財物'이 主格과 對格을 취한다는 사실은 동일 원문의 번역인 다음 예문들에서 잘 확인된다. 즉 '財物'은 『월인석보』 권13에서 즉 (1a)에서 '쳔랴ᇰ'으로 번역되어 主語 구실을 하고 『법화경언해』에서 즉 (1b)에서 '財物'로 번역되어 目的語 구실을 한다.

(1) a. 쳔랴ᇰ이 만ᄒᆞ야 <月十三 10a>

b. 財物을 만히 두어(多有財物ᄒᆞ야) <法華二 189b>

<2> 명사 '心'

두 문헌에서 명사 'ᄆᆞᅀᆞᆷ'으로 번역되는 '心'이 『월인석보』 권13에서는 主格 '-이'를 취하고 『법화경언해』에서는 對格 '-ᄋᆞᆯ'을 취한다는 사실은 동일 원문의 번역인 다음 예문들에서 잘 확인된다.

(1) a. ᄒᆞ다가 우리 큰 法 즐기논 ᄆᆞᅀᆞ미 잇던댄 <月十三 36a>
b. ᄒᆞ다가 우리 큰 法 즐길 ᄆᆞᅀᆞᄆᆞᆯ 두던댄(若我等이 有樂大之心ᄒᆞ던댄) <法華二 231b>

1.5. 主題格과 主格

두 문헌의 대비를 통해 동일한 대명사가 主題格과 主格을 취한다는 것을 발견할 수 있다. 즉 동일한 명사가 『월인석보』 권13에서는 主題格을 취하고 『법화경언해』에서는 주격을 취한다

<1> 대명사 '我等'

두 문헌에서 대명사 '우리'로 번역되는 '我等'이 『월인석보』 권13에서는 주제격 '-ᄂᆞᆫ'을 취하고 『법화경언해』에서는 zero 주격을 취한다는 사실은 동일 원문의 번역인 다음 예문들에서 잘 확인된다.

(1) a. 우리ᄂᆞᆫ 眞實ㅅ 佛子ㅣᆫ 둘 모ᄅᆞ다이다 <月十三 35b>
b. 우리 眞實ㅅ 이 佛子ㅣᆫ 둘 아디 몯ᄒᆞ다니(我等이 不知眞是佛子ᄒᆞ다니) <法華二 231a>

<2> 대명사 '自'

두 문헌에서 대명사 '저'로 번역되는 '自'가 『월인석보』 권13에서는 주제격 '-ᄂᆞᆫ'을 취하고 『법화경언해』에서는 주격 '-ㅣ'를 취한다는 사실은 동일 원문의 번역인 다음 예문들에서 잘 확인된다.

(2) a. 저ᄂᆞᆫ 求티 아니호미라 <月十三 35b>
b. 제 求티 아니ᄒᆞ니라(自不希也ㅣ라) <法華二 231a>

1.6. 對格과 主格

두 문헌의 대비를 통해 동일한 명사가 對格과 主格을 취한다는 것을 알 수 있다. 즉 동일한 명사가 『월인석보』 권13에서는 대격을 취하고 『법화경언해』에서는 주격을 취한다.

<1> 명사 '庫藏'

'我財物庫藏'의 명사 '庫藏'이 『월인석보』 권13에서는 對格 '-을'을 취하고 『법화경언해』에서는 主格 '-이'를 취한다는 사실은 동일 원문의 번역인 다음 예문들에서 잘 확인된다.

(1) a. 내 천량 庫藏ᄋᆞᆯ 이제 맛듏 ᄃᆡ 잇거다 <月十三 15a>
b. 내 財物 庫藏이 이제 맛듈 ᄣᅵ 잇도다(我財物庫藏이 今有所付ㅣ로다) <法華二 198b>

한편 유사한 구문 '財物有付'의 '財物'이 두 문헌에서 모두 명사 '천량'으로 번역되어 主格 '-이'를 취한다는 사실은 동일 원문의 번역인 다음 예문들에서 잘 확인된다.

(1) c. 천랴이 맛듏 ᄃᆡ 이슈믄 <月十三 15b>
d. 천량이 맛듈 ᄣᅵ 이쇼ᄆᆞᆫ(財物有付ᄂᆞᆫ) <法華二 199a>

<2> 명사 '功'

두 문헌에서 명사 '功'으로 번역되는 '功'이 『월인석보』 권13에서는 對格 '-을'을 취하고 『법화경언해』에서는 主格 '-이'를 취한다는 사실은 동일 원문의 번역인 다음 예문들에서 잘 확인된다.

(2) a. 功ᄋᆞᆯ 제 몯 두니 <月十三 11a>
b. 功이 제 둘 꺼시 아니니(功非己有 ㅣ니) <法華二 191b>

<3> 명사 '說法'

'說法'이 『월인석보』 권13에서는 명사 '說法'으로 번역되어 目的語 구실을 하는데 『법화경언해』에서는 명사형 '法 니르샴'으로 번역되어 主格 '-이'를 취한다는 사실은 동일 원문의 번역인 다음 예문들에서 잘 확인된다. 그리고 '久'는 『월석보』 권13에서는 '오래 ᄒᆞ다'로 번역되어 他動詞 구실을 하고 『법화경언해』에서는 상태동사 '오라다'로 번역된다.

(3) a. 說法 오래 ᄒᆞ시다 호ᄆᆞᆫ <月十三 4b>
b. 法 니ᄅᆞ샤미 ᄒᆞ마 오라ᄆᆞᆫ(說法旣久ᄂᆞᆫ) <法華二 180a>

두 문헌에서 모두 명사 '說法'으로 번역되는 '說法'이 모두 對格 '-을'을 취한다는 사실은 동일 원문의 번역인 다음 예문들에서 잘 확인된다.

(3) c. 世尊이 녜 說法을 오래커시ᄂᆞᆯ <月十三 4a>
d. 世尊이 아릐 說法을 ᄒᆞ마 오래커시ᄂᆞᆯ(世尊이 往昔에 說法旣久ㅣ 어시ᄂᆞᆯ) <法華二179a>

1.7. 對格과 具格

두 문헌의 대비를 통해 동일한 명사가 對格과 具格을 취한다는 것을 알 수 있다. 즉 동일한 명사가 『월인석보』 권13에서는 대격을 취하고 『법화경언해』에서는 구격을 취한다.

<1> 명사 '菩薩'

長形 사동법의 경우 『월인석보』 권13에서는 'NP롤 ᄒᆞ야 Vs + -라 ᄒᆞ다'로 번역되고 『법화경언해』에서는 'NP로 Vs + -라 ᄒᆞ다'로 번역된다는 사실은 동일 원문의 번역인 다음 예문들에서 잘 확인된다. 다시 말하면 명

사 '菩薩'로 번역되는 '菩薩'이 『월인석보』 권13에서는 대격 '-올'을 취하고 『법화경언해』에서는 구격 '-로'를 취한다.

(1) a. 菩薩올 ᄒᆞ야 頓法 니ᄅᆞ라 ᄒᆞ샤ᄆᆞᆯ 가ᄌᆞᆯ비니 <月十三 16a>
b. 菩薩로 爲ᄒᆞ야 頓法 니ᄅᆞ라 ᄒᆞ샤ᄆᆞᆯ 가ᄌᆞᆯ비니(譬令菩薩로 爲說頓法ᄒᆞ니) <法華二 199b>

<2> 대명사 '我等'

長形 사동법의 경우 『월인석보』 권13에서는 'NP를 Vs + -게 ᄒᆞ다'로 번역되고 『법화경언해』에서는 'NP로 Vs + -게 ᄒᆞ다'로 번역된다는 사실은 동일 원문의 번역인 다음 예문들에서 잘 확인된다. 다시 말하면 대명사 '우리'로 번역되는 '我等'이 『월인석보』 권13에서는 대격 '-를' 취하고 『법화경언해』에서는 구격 '-로'를 취한다.

(2) a. 世尊이 우리를 三界예 나 涅槃證올 得케 ᄒᆞ시며 <月十三 5b>
b. 世尊이 우리돌ᄒᆞ로 三界예 나 涅槃證을 得케 ᄒᆞ시며(世尊이 令我等으로 出於三界ᄒᆞ야 得涅槃證케 ᄒᆞ시며) <法華二 181a>

(2) c. 世尊이 우리를 諸法 戱論앳 ᄯᅩᇰ올 ᄉᆞ랑ᄒᆞ야 덜에 ᄒᆞ실ᄊᆡ <月十三 33b>
d. 世尊이 우리로 諸法 롱담 議論앳 ᄯᅩᇰ올 ᄉᆞ랑ᄒᆞ야 덜에 ᄒᆞ실ᄊᆡ (世尊이 令我等으로 思惟蠲諸法戱論之糞ᄒᆞ실ᄊᆡ <法華二 229a>

1.8. 屬格과 屬格

『월인석보』 권13과 『법화경언해』의 대비를 통해 동일한 명사가 屬格과 속격을 취한다는 것을 알 수 있다.

<1> 명사 '三聖'

『월인석보』 권13에서는 명사 '三聖'으로 번역되고 『법화경언해』에서는 명사구 '세 聖人'으로 번역되는 '三聖'이 속격 '-의'와 '-ㅅ'을 취한다는 사실은 동일 원문의 번역인 다음 예문들에서 잘 확인된다.

(1) a. 三聖의 記ᄂᆞᆫ 아니 닐어도 어루 아롫디어늘 <月十三 64a>
b. 세 聖人ㅅ 記ᄂᆞᆫ 니ᄅᆞ디 아니ᄒᆞ야도 어루 아ᅀᆞ오리어늘(則三聖之記ᄂᆞᆫ 不言可論ㅣ어ᄂᆞᆯ) <法華二 64a>

1.9. 屬格과 主格

두 문헌의 대비를 통해 동일한 명사가 속격과 主格을 취한다는 것을 알 수 있다. 즉 동일한 명사가 『월인석보』 권13에서는 속격을 취하고 『법화경언해』에서는 주격을 취한다.

<1> 명사 '諸弟子'

『월인석보』 권13에서는 명사 '弟子돌ㅎ'로 번역되고 『법화경언해』에서는 명사 '諸弟子'로 번역되는 '諸弟子'가 『월인석보』 권13에서는 속격 '-ᄋᆡ'를 취하고 『법화경언해』에서는 주격 '-ㅣ'를 취한다는 사실은 동일 원문의 번역인 다음 예문들에서 잘 확인된다.

(1) a. 弟子돌ᄒᆡ 부텨 뵈ᅀᆞ보미 하며 져구믜 ᄀᆞᆮ디 아니호ᄆᆞᆫ <月十三 60a>
b. 諸弟子ㅣ 부텨 뵈ᅀᆞ옴 하며 져곰 ᄀᆞᆮ디 아니호ᄆᆞᆫ(諸弟子ㅣ觀佛多寡之不同ᄋᆞᆫ) <法華三 57b>

1.10. 屬格과 主題格

두 문헌의 대비를 통해 동일한 명사가 屬格과 主題格을 취한다는 것을 알 수 있다. 즉 동일한 명사가 『월인석보』 권13에서는 속격을 취하고 『법화경언해』에서는 주제격을 취한다.

<1> 명사 '子'

두 문헌에서 명사 '아둘'로 번역되는 '子'가 『월인석보』 권13에서는 'NP + -이 + NP + -이'의 구성으로 속격 '-이'를 취하는데 『법화경언해』에서는 'NP + -는 + NP + -이'의 구성으로 主題格 '-은'을 취한다는 사실은 동일 원문의 번역인 다음 예문들에서 잘 확인된다.

(1) a. 아비 제 아드릐 쁘디 사오납고 <月十三 19a>
b. 아비 제 아드룬 쁘디 눗가와 사오나오몰 알고(父ㅣ 知其子는 志意下劣ᄒᆞ고) <法華二 204a>

1.11. 處格과 複合格 '-엣'

두 문헌의 對比를 통해 동일한 명사가 속격과 複合格 '-엣'을 취한다는 것을 알 수 있다. 즉 동일한 명사가 『월인석보』 권13에서는 속격을 취하고 『법화경언해』에서는 복합격 '-엣'을 취한다. '-엣'은 처격 '-에'와 속격 '-ㅅ'의 결합이다.

<1> 명사 '三有'

두 문헌에서 명사 '三有'로 번역되는 '三有'가 『월인석보』 권13에서는 속격 '-ㅅ'을 취하고 『법화경언해』에서는 복합격 '-엣'을 취한다는 사실은 동일 원문의 번역인 다음 예문들에서 잘 확인된다.

(1) a. ᄂᆞ외야 三有ㅅ 生死業을 짓디 아니ᄒᆞᆯ ᄊᆡ 無作이니
<月十三 27a>
b. ᄂᆞ외야 三(180a)有엣 生死業을 짓디 아니ᄒᆞᆯ ᄊᆡ 일후미 無作이며(不復造作三有生死之業이 名無作이며) <法華二 180a>

1.12. 處格과 主格

두 문헌의 대비를 통해 동일한 명사가 處格과 主格을 취한다는 것을 알 수 있다. 즉 동일한 명사가『월인석보』권13에서는 처격을 취하고『법화경언해』에서는 주격을 취한다.

<1> 명사 '倉庫'

두 문헌에서 명사 '倉庫'로 번역되는 '倉庫'가『월인석보』권13에서는 處格 '-에'를 취하고『법화경언해』에서는 主格 '-ㅣ'를 취한다는 사실은 동일 원문의 번역인 다음 예문들에서 잘 확인된다.

(1) a. 倉庫에 ᄀᆞᄃᆞᆨᄒᆞ야 넚듀믈 가ᄌᆞᆯ비니 <月十三 27b>
b. 倉庫ㅣ 넚듀믈 가ᄌᆞᆯ비니(譬倉庫盈溢ᄒᆞ니) <法華二 218a>

<2> 명사 '心'

두 문헌에서 명사 'ᄆᆞᅀᆞᆷ'으로 번역되는 '心'이『월인석보』권13에서는 처격 '-애'를 취하고『법화경언해』에서는 주격 '-이'를 취한다는 사실은 동일 원문의 번역인 다음 예문들에서 잘 확인된다.

(2) a. 이 ᄆᆞᅀᆞ매 서르 體信호미라 <月十三 26b>
b. 이 닐온 ᄆᆞᅀᆞ미 서르 體信호미라(是謂心相體信호미라)
<法華二 215b>

1.13. 複合格 '-읫'과 屬格

두 문헌의 대비를 통해 동일한 명사가 복합격 '-읫'과 속격을 취한다는 것을 알 수 있다. 즉 동일한 명사가 『월인석보』 권13에서는 복합격 '-읫'을 취하고 『법화경언해』에서는 속격을 취한다. '읫'은 처격 '-의'와 속격 '-ㅅ'의 결합이다.

<1> 명사 '草'

두 문헌에서 명사 '플'로 번역되는 '草'가 『월인석보』 권13에서는 복합격 '-읫'을 취하고 『법화경언해』에서는 속격 '-ㅅ'을 취한다는 사실은 동일 원문의 번역인 다음 예문들에서 잘 확인된다.

(1) a. 프릣 ᄋᆞᆺ드믄 莖이라 ᄒᆞᄂᆞ니 <月十三 47a>
b. 픐 ᄋᆞᆺ드믈 닐오ᄃᆡ 莖이니(草質曰莖이니) <法華三 12b>

1.14. '-(이)며'와 '-과/와'

두 문헌의 對比를 통해 並列과 接續을 뜻하는 助詞에 차이가 있다는 것은 동일 원문의 번역인 다음 예문들에서 잘 확인된다. 『월인석보』 권13에서는 '-(이)며'가 쓰이고 『법화경언해』에서는 '과/와'가 쓰인다. 『월인석보』 권13에서의 구성은 'NP$_1$ 이며 NP$_2$ 이며 NP$_3$'이고 『법화경언해』에서의 구성은 'NP$_1$ 과 NP$_2$ 와 NP$_3$'이다.

(1) a. 더러본 瓦礫이며 荊棘이며 便利며 조티 몯ᄒᆞᆫ 거시 업고
<月十三 62a>
b. 여러 가짓 더러운 디새돌콰 가ᄉᆡ와 ᄯᅩᇰ오좀 조티 몯ᄒᆞᆫ 거시 업스며(無諸穢惡瓦礫荊棘과 便利不淨ᄒᆞ며) <法華三 59a>

(1) c. 죵이며 臣(7b)下ㅣ며 百姓이 만ᄒᆞ며 <月十三 8a>
　　d. 죵과 臣佐吏民이 만ᄒᆞ며(多有僮僕과 臣佐吏民ᄒᆞ며)
<法華二 186a>

2. 動詞類의 格支配

두 문헌 즉 『월인석보』 권13과 『법화경언해』의 대비를 통해 동사류의 격 지배에 큰 차이가 있다는 것을 알 수있다. 동사류에는 동작동사와 상태동사가 있다. 격 지배의 차이는 몇 가지 유형으로 나누어 고찰할 수 있다.

2.1. 主格과 對格의 支配

두 문헌의 대비를 통해 동일한 동작동사가 自動詞로서 主格을 支配하고 他動詞로서 對格을 支配한다는 것을 알 수 있다.

<1> 동작동사 '利'

두 문헌에서 동작동사 '利ᄒᆞ다'로 번역되는 '利'가 자동사(의미는 '利롭다'임)로서 주격을 지배하고 타동사(의미는 '利롭게 하다'임)로서 대격을 지배한다는 사실은 동일 원문의 번역인 다음 예문들에서 잘 확인된다.

(1) a. ᄌᆞ개 利ᄒᆞ시고 ᄂᆞᆷ 利ᄒᆞ시논 이ᄅᆞᆯ 가ᄌᆞᆯ비니라 <月十三 8b>
　　b. ᄌᆞ개 利ᄒᆞ시고 ᄂᆞᆷ 利ᄒᆞ시논 이ᄅᆞᆯ 가ᄌᆞᆯ비니라(譬自利利他也 ㅣ니라) <法華二 187a>

(1) c. 시혹 가져 제 利ᄒᆞ며 시혹 주어 ᄂᆞᄆᆞᆯ 利ᄒᆞ라 ᄒᆞ시니
<月十三 27b>
　　d. 시혹 가져 제 利ᄒᆞ며 시혹 주어 ᄂᆞᆷ 利ᄒᆞᄂᆞ니라(或取以自利ᄒᆞ

며 或與以利他ㅣ니라) <法華二 218a>

<2> 동작동사 '和同'

두 문헌에서 동작동사 '和同ᄒᆞ다'로 번역되는 '和同'이 『월인석보』 권13에서는 자동사로서 主格 '-이'를 지배하고 『법화경언해』에서는 他動詞로서 對格 '-을'을 지배한다는 사실은 동일 원문의 다음 예문들에서 잘 확인된다.

(2) a. 父子 ᄠᅳ디 和同ᄒᆞ야 <月十三 28a>
b. 父子ㅅ ᄠᅳ들 和同ᄒᆞ야(和同父子之情ᄒᆞ야) <法華二 219a>

2.2. 對格과 具格의 支配

두 문헌의 대비를 통해 동일한 동작동사가 對格과 具格을 지배한다는 것을 알 수 있다. 즉 동일한 동작동사가 『월인석보』 권13에서는 대격을 지배하고 『법화경언해』에서는 구격을 지배한다.

<1> 동작동사 '爲'

두 문헌에서 동작동사 '삼다'로 번역되는 '爲'가 『월인석보』 권13에서는 對格 '-ᄅᆞᆯ'을 지배하고 『법화경언해』에서는 具格 '-로'를 지배한다는 사실은 동일 원문의 번역인 다음 예문들에서 잘 확인된다. 『월인석보』 권13에서의 구성은 'NPᄅᆞᆯ NPᄅᆞᆯ 삼다'이고 『법화경언해』에서의 구성은 'NP로 NPᄅᆞᆯ 삼다'이다.

(1) a. 二乘은 煩惱ᄅᆞᆯ 怨讐ㅅ 盜賊 사ᄆᆞᆯᄊᆡ <月十三 17a>
b. 二乘은 煩惱로 寃讐ㅅ 도ᄌᆞᆨ 사ᄆᆞᆯᄊᆡ(二乘은 以煩惱로 爲寃賊故로) <法華二 201b>

(1) c. 二乘은 生死를 受苦 얽믹유믈 사믈씨 <月十三 17a>
d. 二乘은 生死로 受(201b)苦 믹요믈 사믈씨(二乘은 以生死로 爲苦縛故로) <法華二 202a>

한편 동작동사 '삼다'로 번역되는 '爲'가 두 문헌에서 동일한 구성 즉 'NP로 NP를 삼다'를 가진다는 것은 동일 원문의 번역인 다음 예문들에서 명백히 확인된다.

(1) e. 二乘은 三界로 獄올 사믈씨 <月十三 17a>
f. 二乘은 三界로 牢獄올 사믈씨(二乘은 以三界로 爲牢獄故로) <法華二 202a>

<2> 동작동사 '灑'

두 문헌에서 동작동사 '쓰리다'로 번역되는 '灑'가 『월인석보』 권13에서는 대격 '-를'을 지배하고 『법화경언해』에서는 구격 '-로'를 지배한다는 사실은 동일 원문의 번역인 다음 예문들에서 잘 확인된다.

(2) a. 香水를 짜해 쓰리고 한 일훔난 곳 비흐며 <月十三 12a>
b. 香믈로 짜해 쓰리고 한 일훔난 곳 비흐며(香水灑地ᄒᆞ고 散衆名華ᄒᆞ며) <法華二 194b>

한편 두 문헌에서 동작동사 '쓰리다'로 번역되는 '灑'가 모두 구격 '-로'를 지배한다는 사실은 동일 원문의 번역인 다음 예문들에서 잘 확인된다.

(2) c. 香水로 짜해 쓰료믄 <月十三 14a>
d. 香믈로 짜해 쓰료믄(香水灑地者ᄂᆞᆫ) <法華二 197a>

(2) e. 촌 믈로 ᄂᆞ치 쓰려 씨에 ᄒᆞ고 <月十三 18b>

f. ᄎᆞᆫ 믈로 ᄂᆞᄎᆡ ᄲᅳ려 ᄭᆡ에 코(以冷水로 灑面ᄒᆞ야 令得醒悟케코)
<法華二 203a>

<3> 동작동사 '坌'

두 문헌에서 동작동사 '무티다'로 번역되는 '坌'이 『월인석보』 권13에서는 對格(생략되어 있음)을 지배하고 『법화경언해』에서는 具格 '-로'를 지배한다는 사실은 동일 원문의 번역인 다음 예문들에서 잘 확인된다.

(3) a. 드틀 모매 무티고 <月十三 22a>
b. 듣글로 모매 무티고(塵土로 坌身ᄒᆞ고) <法華二 209b>

2.3. 對格과 處格의 支配

두 문헌의 대비를 통해 동일한 동작동사가 對格과 處格을 지배한다는 것을 알 수 있다. 즉 동일한 동작동사가 『월인석보』 권13에서는 대격을 지배하고 『법화경언해』에서는 처격을 지배한다.

<1> 동작동사 '喜樂'

두 문헌에서 동작동사 '즐기다'로 번역되는 '喜樂'이 『월인석보』 권13에서는 對格 '-ᄋᆞᆯ/을'을 지배하고 『법화경언해』에서는 處格 '-애'를 지배한다는 사실은 동일 원문의 번역인 다음 예문들에서 잘 확인된다.

(1) a. 菩薩法을 ᄆᆞᅀᆞ매 즐기디 아니ᄒᆞ거늘 <月十三 3b>
b. 菩薩法에 ᄆᆞᅀᆞ매 즐기디 아니타가(於菩薩法에 心不喜樂ᄒᆞ다가) <法華二 177a>

(1) c. 大法大行애 ᄆᆞᅀᆞᄆᆞᆯ 즐기디 아니ᄒᆞ니라 <月十三 5b>

d. 大法大行애 ᄆᆞᅀᆞ매 즐기디 아니ᄒᆞ니라(於大法大行애 心不喜樂ㅣ니라) <法華二 180b>

<2> 동작동사 '樂'

두 문헌에서 동작동사 '즐기다'로 번역되는 '樂'이 『월인석보』 권13에서는 대격(생략되어 있음)을 지배하고 『법화경언해』에서는 처격 '-에'을 지배한다는 사실은 동일 원문의 번역인 다음 예문들를에서 잘 확인된다. 원문 중 '樂於小法'이 '져근 法 즐기다'로도 번역되고 '小法에 즐기다'로도 번역된다.

(2) a. 져근 法 즐기ᄂᆞᆫ 둘 몬져 아ᄅᆞ샤 <月十三 34a>
b. 몬져…小法에 즐기ᄂᆞᆫ 둘 아ᄅᆞ샤(先知…樂於小法ᄒᆞᄂᆞᆫ 둘 ᄒᆞ샤) <法華二 229b>

<3> 동작동사 '向'

두 문헌에서 동작동사 '向ᄒᆞ다'로 번역되는 '向'이 『월인석보』 권13에서는 對格 '-ᄋᆞᆯ'을 支配하고 『법화경언해』에서는 處格 '-애/에'를 支配한다는 사실은 동일 원문의 번역인 다음 예문들에서 잘 확인된다.

(3) a. 믿나라ᄒᆞᆯ 마초아 向ᄒᆞ니 <月十三 7a>
b. 믿나라해 마초아 向ᄒᆞ니(遇向本國ᄒᆞ니) <法華二 183b>

(3) c. 漸漸 本國 向(7a)호ᄆᆞᆫ <月十三 7b>
d. 本國에 漸漸 向호ᄆᆞᆫ(漸向本國은) <法華二 184a>

<4> 동작동사 '怖'

두 문헌에서 동작동사 '두리다'로 번역되는 '怖'가 『월인석보』 권13에서

는 對格(생략되어 있음)을 지배하고 『법화경언해』에서는 처격 '-예'를 지배한다는 사실은 동일 원문의 번역인 다음 예문들에서 잘 확인된다. 원문 중 '怖大'가 '큰 일 두 리다'로도 번역되고 '大예 두리다'로도 번역된다.

(4) a. 져근 이레 迷惑ᄒᆞ야 큰 일 두류믈 가ᄌᆞᆯ비니라 <月十三 13a>
b. 小애 迷惑ᄒᆞ야 大예 두료ᄆᆞᆯ 가ᄌᆞᆯ비니라(譬……迷小怖大也ᄒᆞ니라) <法華二 196b>

(4) c. 져근 이레 迷惑ᄒᆞ야 큰 일 두리ᄂᆞᆫ 이리라 <月十三 14b>
d. 小애 迷惑ᄒᆞ야 大예 두리ᄂᆞᆫ 이리라(卽迷小怖大之事ㅣ라) <法華二 197b>

<5> 동작동사 '著'

두 문헌에서 동작동사 '著ᄒᆞ다'로 번역되는 '著'이 『월인석보』 권13에서는 대격 '-ᄋᆞᆯ'을 지배하고 『법화경언해』에서는 처격 '-애'를 지배한다는 것은 동일 원문의 번역인 다음 예문들에서 잘 확인된다. 원문 중 '著幣欲'이 '헌 欲ᄋᆞᆯ 著ᄒᆞ다'로도 번역되고 '幣欲애 著ᄒᆞ다'로도 번역된다.

(5) a. 우리ᄃᆞᆯ히 ᄆᆞᅀᆞ미 헌 欲ᄋᆞᆯ 著ᄒᆞ야 <月十三 34a>
b. 우리의 ᄆᆞᅀᆞ미 幣欲애 著ᄒᆞ야(我等의 心著幣欲ᄒᆞ야) <法華二 229b>

2.4. 對格과 與格의 支配

두 문헌의 대비를 통해 동일한 동작동사가 對格과 與格을 지배한다는 것을 알 수 있다. 즉 동일한 동작동사가 『월인석보』 권13에서는 대격을 지배하고 『법화경언해』에서는 여격을 지배한다

<1> 동작동사 '示'

두 문헌에서 동작동사 '뵈다'로 번역되는 '示'가 『월인석보』 권13에서는 대격 '-ᄋᆞᆯ'을 지배하고 『법화경언해』에서는 여격 '-의게'를 지배한다는 사실은 동일 원문의 번역인 다음 예문들에서 잘 확인된다. 즉 『월인석보』 권13의 구성은 'NP_1 ᄋᆞᆯ NP_2 ᄅᆞᆯ 뵈다'이고 『법화경언해』의 구성은 'NP_1 의게 NP_2 ᄅᆞᆯ 뵈다'이다

(1) a. 衆生ᄋᆞᆯ 一切智慧ᄅᆞᆯ 여러 뵈샤 <月十三 44b>
b. 衆生의게 一切智慧ㄹ 여러 뵈샤(以開示衆生一切智慧ᄒᆞ샤)
<法華三 8a>

한편 두 문헌에서 동작동사 '뵈다'로 번역되는 '示'가 여격 '-ᄋᆡ게/-의게'를 지배한다는 사실은 동일 원문의 번역인 다음 예문들에서 잘 확인된다.

(1) c. 衆生ᄃᆞᆯ히게 一切智慧ᄅᆞᆯ 뵈ᄂᆞ니라 <月十三 44a>
d. 諸衆生의게 一切智慧ᄅᆞᆯ 뵈ᄂᆞ니라(示諸衆生一切智慧ᄒᆞᄂᆞ니라)
<法華三 7b>

2.5. 處格과 對格의 支配

두 문헌의 대비를 통해 동일한 동작동사가 處格과 對格을 지배한다는 것을 알 수 있다. 즉 동일한 동작동사가 『월인석보』 권13에서는 처격을 지배하고 『법화경언해』에서는 대격을 지배한다.

<1> 동작동사 '領悟'

두 문헌에서 동작동사 '알다'로 번역되는 '領悟'가 『월인석보』 권13에서는 처격 '-에'를 지배하고 『법화경언해』에서는 대격 '-을'을 지배한다는 사

실은 동일 원문의 번역인 다음 예문들에서 잘 확인된다. 원문 중 ‘領悟喩說’이 ‘喩說에 알다’로도 번역되고 ‘喩說을 알다’로도 번역된다.

(1) a. 大迦葉等이 喩說에 아라 <月十三 58a>
b. 大迦葉ᄃᆞᆯ히 喩說을 아ᅀᆞ와(大迦葉等이 領悟喩說ᄒᆞᅀᆞ와) <法華三 55a>

한편 두 문헌에서 동작동사 ‘알다’로 번역되는 ‘領悟’가 모두 처격 ‘-에’를 지배한다는 사실은 동일 원문의 번역인 다음 예문들에서 잘 확인된다.

(1) c. 迦葉이 喩說에 아라 <月十三 39a>
d. 迦葉이 喩說에 아ᅀᆞ와(迦葉이 領悟喩說ᄒᆞᅀᆞ와) <法華三 4b>

<2> 동작동사 ‘莊嚴’

두 문헌에서 동작동사 ‘莊嚴ᄒᆞ다’로 번역되는 ‘莊嚴’이 『월인석보』 권13에서는 處格 ‘-애’를 지배하고 『법화경언해』에서는 對格 ‘-ᄋᆞᆯ’을 지배한다는 사실은 동일 원문의 번역인 다음 예문들에서 잘 확인된다. 원문 중 ‘莊嚴其身’이 ‘모매 ‘莊嚴ᄒᆞ다’로도 번역되고 ‘그 모ᄆᆞᆯ 莊嚴ᄒᆞ다’로도 번역된다.

(2) a. 眞珠瓔珞이 갑시 千萬이 ᄊᆞ니로 모매 莊嚴ᄒᆞ고 <月十三 11b>
b. 眞珠瓔珞이 갑시 千萬이 ᄊᆞ니로 그 모ᄆᆞᆯ 莊嚴ᄒᆞ며(以眞珠瓔珞이 價直千萬으로 莊嚴其身ᄒᆞ며) <法華二 194a>

한편 두 문헌에서 동작동사 ‘莊嚴ᄒᆞ다’로 번역되는 ‘莊嚴’이 모두 대격 ‘-ᄋᆞᆯ’을 지배한다는 사실은 동일 원문의 번역인 다음 예문들에서 잘 확인된다.

(2) c. 眞珠瓔珞ᄋᆞ로 모ᄆᆞᆯ 莊嚴ᄒᆞ니 <月十三 13b>
d. 眞珠瓔珞ᄋᆞ로 그 모ᄆᆞᆯ 莊嚴ᄒᆞ니(以眞珠瓔珞으로 莊嚴其身ᄒᆞ니) <法華二 196b>

<3> 동작동사 '怯'

두 문헌에서 동작동사 '怯ᄒᆞ다'로 번역되는 '怯'이 『월인석보』 권13에서는 처격 '-에'를 지배하고 『법화경언해』에서는 대격(생략되어 있음)을 지배한다는 사실은 동일 원문의 번역인 다음 예문들에서 잘 확인된다. 원문 중 '怯其頓說'이 '頓敎說法'에 怯ᄒᆞ다로도 번역되고 '頓說 怯ᄒᆞ다'로도 번역된다.

(3) a. 二乘이 처섬 華嚴 듣ᄌᆞᆸ고 頓敎說法에 怯호ᄆᆞᆯ 가ᄌᆞᆯ비니라 <月十三 16b>
b. 二乘이 처섬 華嚴 듣ᄌᆞᆸ고 頓說 怯호ᄆᆞᆯ 가ᄌᆞᆯ비니(譬二乘이 初聞華嚴ᄒᆞ고 怯其頓說ᄒᆞ니) <法華二 201b>

2.6. 副詞形語尾 '-디'와 主格의 支配

두 문헌의 대비를 통해 동일한 상태동사가 副詞形語尾와 主格을 지배한다는 것을 알 수 있다. 즉 동일한 상태동사가 『월인석보』 권13에서는 부사형어미 '-디'를 지배하고 『법화경언해』에서는 주격을 지배한다.

<1> 상태동사 '難'

두 문헌에서 상태동사 '어렵다'로 번역되는 '難'이 『월인석보』 권13에서는 부사형어미 '-디'를 지배하고 『법화경언해』에서는 주격 '-이'를 지배한다는 사실은 동일 원문의 번역인 다음 예문들에서 잘 확인된다. 원문중 '難證'이 '證티 어렵다'로도 번역되고 '證호미 어렵다'로도 번역된다.

(1) a. 큰 法 證티 어려ᄫᅳᆷ ᄆᆞᆯ 가ᄌᆞᆯ비고 <月十三 15a>
b. 大法 證호미 어려운 ᄃᆞᆯ 가ᄌᆞᆯ비고(譬大法難證ᄒᆞ고) <法華二 197b>

한편 두 문헌에서 상태동사 '어렵다'로 번역되는 '難'이 모두 주격 '-이'를 지배한다는 것은 동일 원문의 번역인 다음 예문들에서 잘 확인된다. 원문 중 '難…度'가 모두 '濟度호미 어렵다'로 번역된다.

(1) c. ᄆᆞᅀᆞᆷ 濟度호미 어려ᄫᅳ며 <月十三 44b>
d. ᄆᆞᅀᆞᆷ 濟度호미 어려우시며(難以度心이시며) <法華三 8a>

(1) e. 說法호미 어려ᄫᅳ니 <月十三 44b>
f. 法 니ᄅᆞ샤미 어렵거시ᄂᆞᆯ(難以說法이어시ᄂᆞᆯ) <法華三 8a>

3. 語尾의 差異

『월인석보』 권13과 『법화경언해』 대비를 통해 語尾에 큰 차이가 있다는 것을 발견할 수 있다. 語尾의 차이에는 終結語尾의 차이, 副詞形語尾의 차이, '-ㄹ씨'와 '-ㄴ뎐ᄎᆞ로' 그리고 先語末語尾 '-오/우-'의 有無가 있다.

3.1. 終結語尾의 差異

『월인석보』 권13과 『법화경언해』 대비를 통해 疑問을 뜻하는 종결어미에 차이가 있다는 것을 발견할 수 있다.

『월인석보』 권13에서는 '-ㄴ다'로 번역되고 『법화경언해』에서는 '-ㄴ고'로 번역된다는 것은 동일 원문의 번역인 다음 예문들에서 잘 확인된다. 원문 중 '何爲見捉'이 '엇뎨 잡는다'로도 번역되고 '엇뎨 자보ᄆᆞᆯ 보ᄂᆞᆫ고'로도 번역된다.

(1) a. 내 犯혼 일 업거늘 엇뎨 잡는다 <月十三 16a>
b. 내 서르 犯티 아니커늘 엇뎨 자보ᄆᆞᆯ 보ᄂᆞᆫ고 커ᄂᆞᆯ(我不相犯이어ᄂᆞᆯ 何爲見捉고 커ᄂᆞᆯ) <法華二 200a>

3.2. 副詞形語尾의 差異

『월인석보』 권13과『법화경언해』 對比를 통해 부사형어미에 차이가 있다는 것을 발견할 수 있다.

<1> '-디비'와 '-언뎡'

'耳'『월인석보』 권13에서는 'ᄯᆞᄅᆞ미디비'로 번역되고『법화경언해』에서는 'ᄯᆞᄅᆞ미언뎡'으로 번역된다는 것은 동일 원문의 번역인 다음 예문들에서 잘 확인된다.

(1) a. 衆生ᄋᆡ 機感ᄋᆞᆯ 조차 盛ᄒᆞ며 衰ᄒᆞᆯ ᄯᆞᄅᆞ미디비 佛身(61b) 法性은 本來 그 ᄉᆞᅀᅵ예 더으며 듀미 업스니라 <月十三 62a>
b. 衆生 機의 感을 조ᄎᆞ샤 盛ᄒᆞ며 衰ᄒᆞ실 ᄯᆞᄅᆞ미언뎡 부텻 몸 法(58b)性은 本來 그 ᄉᆞᅀᅵ예 더으며 損호미 업스니라(隨衆生機感ᄒᆞ샤 而隆替耳시건뎡 佛身法性은 固無加損於其間ᄒᆞ시니라 <法華三 59a>

<2> '-면'과 '-거든'

'者'가『월인석보』 권13에서는 '-면'으로 번역되고『법화경언해』에서는 '-거든'으로 번역된다는 사실은 동일 원문의 번역인 다음 예문들에서 잘 확인된다.

(2) a. 求ᄒᆞ면 주리니 <月十三 23b>
b. 求ᄒᆞ거든 서르 주리니(須者 ㅣ어든 相給호리니) <法華二 211b>

<3> '-거든'과 '-면'

상태동사 '治'이『월인석보』 권13에서는 '흐웍거든'으로 번역되고『법화경

언해』에서는 '흐웍ᄒᆞ면'으로 번역된다는 사실은 동일 원문의 번역인 다음 예문들에서 잘 확인된다.

(3) a. 그 澤이 너비 흐웍거든 <月十三 45b>
b. 그 저주미 너비 흐웍ᄒᆞ면(其澤이 普洽ᄒᆞ면) <法華三 10a>

<4> '면'과 '-ㄴ댄'

조건과 가정을 나타내는 '儻'과 '設'이 『월인석보』 권13에서는 'ᄒᆞ다가 … -면'으로 번역되고 『법화경언해』에서는 'ᄒᆞ다가 … -ㄴ댄'으로 번역된다는 사실은 동일 원문의 번역인 다음 예문들에서 잘 확인된다.

(4) a. ᄒᆞ다가 能히 ᄆᆞᅀᆞ매 서르 體信ᄒᆞ면 <月十三 32a>
b. ᄒᆞ다가 能히 ᄆᆞᅀᆞ매 서르 體信ᄒᆞᅀᆞᆸ던댄(儻能心相體信ᄒᆞᅀᆞᆸ던댄) <法華二 226a>

(4) c. ᄒᆞ다가 眞慈로 여러 가지로 이대 달애디 아니ᄒᆞ시면 <月十三 32a>
d. ᄒᆞ다가 眞慈로 한 方便으로 이대 달애디 아니ᄒᆞ시던댄(設非眞慈로 多方善誘ㅣ시던댄) <法華二 226a>

3.3. '-ㄹᄊᆡ'와 '-ㄴ 젼ᄎᆞ로'

<1> '以…故'의 번역

'以…故'가 『월인석보』 권13에서는 '-ㄹᄊᆡ'로 번역되고 『법화경언해』에서는 '-ㄴ 젼ᄎᆞ로'로 번역된다는 사실은 동일 원문의 번역인 다음 예문들에서 잘 확인된다.

(1) a. 空홀씨 萬法의 ᄒᆞ나히며 다ᄅᆞᆫ 相돌홀 實로 得디 몯홀 씨 無相이오 <月十三 5a>
b. 空인 젼ᄎᆞ로 萬法의 ᄒᆞ나콰 달옴돌햇 相올 實로 得디 몯홀 씨 일후미 無相이오(以空故로 萬法의 一異等相을 實不可得이 名無相이오) <法華二 180a>

한편 '以…故'가 두 문헌에서 모두 '-ㄹ씨'로 번역된다는 것은 동일 원문의 번역인 다음 예문들에서처럼 잘 확인된다.

(1) c. 萬行올 因ᄒᆞ야 萬德을 일우실씨 <月十三 13b>
d. 萬行올 因ᄒᆞ야 萬德을 일우실씨(因萬行ᄒᆞ야 以成萬德故로) <法華二 196b>

<2> '由…故'의 번역

'由…故'가 『월인석보』 권13에서는 '-ㄹ씨'로 번역되고 『법화경언해』에서는 '젼ᄎᆞ로'로 번역된다는 사실은 동일 원문의 번역인 다음 예문들에서 잘 확인된다.

(2) a. 이럴씨 <月十三 25b>
b. 이 젼ᄎᆞ로(由是之故로) <法華二 214b>

3.4. 先語末語尾 '-오/우-'의 有無

『월인석보』 권13과 『법화경언해』의 對比를 통해 선어말어미 '-오/우-'의 有無를 확인할 수 있다.

『월인석보』 권13에는 선어말어미 '-오'가 있고 『법화경언해』에는 선어말어미 '-오'가 없다는 사실은 동일 원문의 번역인 다음 예문들에서 잘 확인된다. 원문 중 '會歸之實'이 뫼화 가게 ᄒᆞ시논 '實'로도 번역되고 '모도아 가게 ᄒᆞ

신 實'로도 번역된다.

(1) a. 비록 맛당호물 조ᄎᆞ시논(37a) 權과 뫼화 가게 ᄒᆞ시논 實을 아나 <月十三 37b>

b. 비록 隨宜ᄒᆞ신 權과 모도아 가게 ᄒᆞ신 實을 아ᅀᆞ오나(雖領隨宜之權과 會歸之實ᄒᆞᅀᆞ오나) <法華三 2b>

『월인석보』 권13에는 선어말어미 '-오'가 없고 『법화경언해』에는 선어말어미 '-오'가 있다는 사실은 동일 원문의 번역인 다음 예문들에서 잘 확인된다. 원문 중 '所止'가 '잇는 城'으로도 번역되고 '잇논 ᄃᆡ'로도 번역된다.

(1) c. 아비 잇는 城은 <月十三 9b>

d. 아비 잇논 ᄃᆡ(其父所止ᄂᆞᆫ) <法華二 188b>

4. 合成의 差異

『월인석보』 권13과 『법화경언해』의 對比를 통해 合成에 차이가 있다는 것을 발견 할 수 있다. 『월인석보』 권13의 합성은 非統辭的 합성이고 『법화경언해』의 합성은 統辭的 합성이다.

<1> '出入'의 번역

'出入'이 『월인석보』 권13에서는 非統辭的 合成인 '나들다'로 번역되고 『법화경언해』에서는 통사적 합성인 '나며 들다'로 번역된다는 사실은 동일 원문의 번역인 다음 예문들에서 잘 확인된다. 즉 『월인석보』 권13에서의 구성은 'Vs + Vs + -다'이고 『법화경언해』에서의 구성은 'Vs + -며 + Vs +-다'이다.

(1) a. 菩薩ᄋᆞᆫ 塵勞애 나들어시ᄂᆞᆯ <月十三 17a>
b. 菩薩ᄋᆞᆫ 塵勞애 나며 들며 커시ᄂᆞᆯ(菩薩은 出入塵勞ㅣ 어시ᄂᆞᆯ) <法華二 202a>

5. 節 構成의 差異

『월인석보』 권13과 『법화경언해』의 對比를 통해 節 즉 目的節과 主節을 구성하는 데 큰 차이가 있다는 것을 발견할 수 있다.

5.1. '-거늘/거ᄂᆞᆯ'과 명사형어미 '-옴/움'

<1> 동작동사 '聞'의 목적절

두 문헌에서 동작동사 '듣다'로 번역되는 '聞'의 目的節을 구성할 때 『월인석보』 권13에서는 '-거ᄂᆞᆯ'이 사용되고 『법화경언해』에서는 명사형어미 즉 '-옴/움'이 사용된다는 사실은 동일 원문의 번역인 다음 예문들에서 잘 확인된다. 『월인석보』 권13의 구성은 'Vs+-거ᄂᆞᆯ 듣다'이고 『법화경언해』의 구성은 'Vs+-옴/움+-을 듣다'이다.

(1) a. 우리 오ᄂᆞᆯ 부텻 알ᄑᆡ 聲聞을 阿耨多羅三藐三菩提記 심기거시ᄂᆞᆯ 듣ᄌᆞᆸ고 <月十三 6a>
b. 우리 오ᄂᆞᆯ 부텻 알ᄑᆡ 聲聞을 阿耨多羅三藐三菩提記 심기샤ᄆᆞᆯ 듣ᄌᆞᆸ고(我等이 於佛前에 聞授聲聞阿耨多羅三藐三菩提記ᄒᆞᅀᆞᆸ고) <法華二 181b>

<2> 동작동사 '見'의 목적절

두 문헌에서 동작동사 '보다'로 번역되는 '見'의 目的節을 구성할 때 『월

인석보』 권13에서는 '-거늘/거놀'이 사용되고 『법화경언해』에서는 명사형어미 '-움'이 사용된다는 사실은 동일 원문의 번역인 다음 예문들에서 잘 확인된다. 『월인석보』 권13의 구성은 'Vs+-거늘/거놀 보다'이고 『법화경언해』의 구성은 'Vs+-움+-을 보다'이다.

(2) a. 窮子ㅣ 아비 큰 力勢 잇거늘 보고 <月十三 12b>
b. 窮子ㅣ 아비의 큰 力勢 이슘을 보고(窮子ㅣ 見父의 有大力勢ᄒᆞ고) <法華二 194b>

(2) c. 놀라 것ᄆᆞᄅᆞ 죽거놀 보고 <月十三 18b>
d. 놀라 주구믈 보고(見其驚急悶絕ᄒᆞ고) <法華二 203a>

5.2. 명사형어미 '-옴'과 '-ㄴ 이'

<1> 동작동사 '喩'의 목적절

『월인석보』 권13에서는 동작동사 '가즐비다'로 번역되고 『법화경언해』에서는 동작동사 '譬喩ᄒᆞ다'로 번역되는 '喩'의 목적절을 구성할 때 『월인석보』 권13에서는 명사형어미 '옴'이 사용되고 『법화경언해』에서는 '-ㄴ 이'가 사용된다는 사실을 동일 원문의 번역인 다음 예문들에서 잘 확인된다. 『월인석보』 권13의 구성은 'Vs+-옴+-을 가즐비다'이고 『법화경언해』의 구성은 '-ㄴ 이+-ㄹ 譬喩ᄒᆞ다'이다.

(1) a. 人天 善ᄒᆞᆫ 씨와 三乘智因이 能히 害를 머리 ᄒᆞ며 구즌 일 업게 호ᄆᆞᆯ 가즐비니 <月十三 38a>
b. 人天 善種과 三乘智因의 能히 害를 머리 ᄒᆞ며 惡 滅ᄒᆞᄂᆞ닐 譬喩ᄒᆞ시니 (以喩人天善種과 三乘智因의 能遠害滅惡者ᄒᆞ시니) <法華三 3a>

5.3. 명사형어미 '-옴/움'과 '-ㄴ/ㄹ ᄃᆞ'

<1> 동작동사 '譬'의 목적절

『월인석보』 권13과 『법화경언해』에서 동작동사 '가ᄌᆞᆯ비다'로 번역되는 '譬'의 목적절을 구성할 때 『월인석보』 권13에서는 명사형어미 '-옴/움'이 사용되고 『법화경언해』에서는 '-ㄴ ᄃᆞ'가 사용된다는 사실은 동일 원문의 번역인 다음 예문들에서 잘 확인된다. 『월인석보』 권13의 구성은 'Vs+-옴/움+-을 가ᄌᆞᆯ비다'이고 『법화경언해』의 구성은 'Vs+-ㄴ ᄃᆞ+-ㄹ 가ᄌᆞᆯ비다'이다.

(1) a. 어둔 거시 하디 아니호ᄆᆞᆯ 가ᄌᆞᆯ(34b) 비니라 <月十三 35a>
b. 어두미 하디 아니ᄒᆞᆫ ᄃᆞᆯ 가ᄌᆞᆯ비니라(譬…所獲이 不多ᄒᆞ니라) <法華二 230a>

(1) c. 큰 法 證티 어려ᄫᅮᄆᆞᆯ 가ᄌᆞᆯ비고 <月十三 15a>
d. 大法 證호미 어려운 ᄃᆞᆯ 가ᄌᆞᆯ비고(譬大法難證) <法華二 197b>

<2> 동작동사 '知'의 목적절

『월인석보』 권13과 『법화경언해』에서 동작동사 '알다'로 번역되는 '知'의 목적절을 구성할 때 『월인석보』 권13에서는 명사형어미 '-옴'이 사용되고 『법화경언해』에서는 '-ㄹ ᄃᆞ'가 사용된다는 사실은 동일 원문의 번역인 다음 예문들에서 잘 확인된다. 『월인석보』 권13의 구성은 'Vs+-옴/-을 알다'이고 『법화경언해』의 구성은 'Vs+-ㄹ ᄃᆞ+ㄹ 알다'이다.

(1) e. ᄠᅳ디 사오나ᄫᅡ 大乘 이긔디 몯호ᄆᆞᆯ 아ᄅᆞ실ᄊᆡ <月十三 19b>
f. ᄠᅳ듸 사오나와 大乘을 難히 이긜 ᄃᆞᆯ 아ᄅᆞ실ᄊᆡ(知其志劣ᄒᆞ야 難堪大乘故로) <法華二 204b>

5.4. '-ㄴ ᄃᆞ'와 명사형어미 '-옴/움'

<1> 동작동사 '知'의 목적절

『월인석보』 권13과 『법화경언해』에서 동작동사 '알다'로 번역되는 '知'의 목적절을 구성할 때 『월인석보』 권13에서는 '-ㄴ ᄃᆞ'가 사용되고 『법화경언해』에서는 명사형어미 '-옴'이 사용된다는 사실은 동일 원문의 번역인 다음 예문 들에서 잘 확인된다. 『월인석보』 권13의 구성은 'Vs+-ㄴ ᄃᆞ+-ㄹ 알다'이고 『법화경언해』의 구성은 'Vs+-옴+-을 알다'이다.

(1) a. 如來 涅槃홇 時節 다ᄃᆞᄅᆞᆫ ᄃᆞᆯ 제 알오 <月十三 30b>
　b. 如來ㅣ 涅槃홀 時節 다ᄃᆞ로ᄆᆞᆯ 제 알면(如來ㅣ自知涅槃時到ᄒᆞ면) <法華二 225a>

<2> 동작동사 '譬'의 목적절

『월인석보』 권13과 『법화경언해』에서 동작동사 '가ᄌᆞᆯ비다'로 번역되는 '譬'의 목적절을 구성할 때 『월인석보』 권13에서는 '-ㄴ ᄃᆞ'가 사용되고 『법화경언해』에서는 명사형어미 '-움'이 사용된다는 사실은 동일 원문의 번역인 다음 예문들에서 잘 확인된다. 『월인석보』 권13의 구성은 'Vs+-ㄴ ᄃᆞ+-ㄹ 가ᄌᆞᆯ비다'이고 『법화경언해』의 구성은 'Vs+-움+-을 가ᄌᆞᆯ비다'이다.

(2) a. 녯 緣이 ᄒᆞ마 니근 ᄃᆞᆯ 가ᄌᆞᆯ비고 <月十三 15b>
　b. 녯 緣 ᄒᆞ마 니구믈 가ᄌᆞᆯ비고(譬昔緣이 已熟이오)
<法華二 199a>

<3> 동작동사 '憂'의 목적절

『월인석보』 권13과 『법화경언해』에서 동작동사 '시름ᄒᆞ다'로 번역되는 '憂'의 목적절을 구성할 때 『월인석보』 권13에서는 '-ㄴ ᄃᆞ'가 사용되고 『법

화경언해』에서는 명사형어미 '-움'이 사용된다는 사실은 동일 원문의 번역인 다음 예문들에서 잘 확인된다. 『월인석보』 권13의 구성은 'Vs+-ㄴ ᄃ+-ㄹ 시름ᄒ다'이고 『법화경언해』의 구성은 'Vs+-움+-을 시름ᄒ다'이다.

(3) a. 부텻 목숨 니ᅀ리 업슨 ᄃᆯ 시름ᄒ샤미라 <月十三 10b>
b. 부텻 壽命 니ᅀ리 업수믈 시름ᄒ실 씨라(憂其無以續佛壽命也ㅣ라) <法華二 190a>

5.5. '-ㄴ 이'와 명사형어미 '-옴'

<1> 동작동사 '有'의 主節

『월인석보』 권13과 『법화경언해』에서 상태동사 '잇다'로 번역되는 '有'의 주절을 구성할 때 『월인석보』 권13에서는 '-ㄴ이'가 사용되고 『법화경언해』에서는 명사형어미 '-옴'이 사용된다는 사실은 동일 원문의 번역인 다음 예문들에서 잘 확인된다. 『월인석보』 권13의 구성은 'Vs+-ㄴ 이+zero 주격 잇다'이고 『법화경언해』의 구성은 'Vs+-옴+-이 잇다'이다. '무듸니'는 '무듸-+-ㄴ #이+Ø'으로 분석될 수 있다.

(1) a. 機 늘카ᄫᆞ니 무듸니 이실씨 <月十三 38a>
b. 機ㅣ 늘카오며 鈍호미 이실씨(機有利鈍故로) <法華三 3a>

6. 否定法의 差異

『월인석보』 권13과 『법화경언해』의 대비를 통해 否定法에 큰 차이가 있다는 것을 발견할 수 있다. 『월인석보』 권13의 부정은 短形 否定이고 『법화경언해』의 부정은 長形 부정이다. 즉 『월인석보』 권13의 부정은 '아니' 인데 『법화경언해』의 부정은 '-디 아니ᄒ-/몯ᄒ'이고 『월인석보』 권13의 부정은 '몯'인데『법화경언해』의 부정은 '-디 몯ᄒᆞ-'이다.

6.1. '아니'와 '-디 아니ᄒᆞ-/몯ᄒᆞ-'

<1> 동작동사 '求'의 否定

두 문헌에서 동작동사 '求ᄒᆞ다'로 번역되는 求의 否定인 '不'이『월인석보』권13에서는 '아니'로 번역되고『법화경언해』에서는 '-디 아니ᄒᆞ-'로 번역된다는 사실은 동일 원문의 번역인 다음 예문들에서 잘 확인된다. 원문 중 '不求'가 '아니 求ᄒᆞ다'로도 번역되고 '求티 아니ᄒᆞ다'로도 번역된다.

(1) a. 그지 업슨 보비ᄅᆞᆯ 아니 求ᄒᆞ야셔 얻ᄌᆞᆸ과이다 <月十三 6b>
b. 그지 업슨 보비ᄅᆞᆯ 求티 아니ᄒᆞ야 제 得과이다(無量珍寶ᄅᆞᆯ 不求自得괘이다) <法華二 181b>

한편 두 문헌에서 동작동사 '求ᄒᆞ다'로 번역되는 '求'의 否定인 '不'이 두 문헌에서 모두 '-디 아니ᄒᆞ-'로 번역된다는 사실은 동일 원문의 번역인 다음 예문들에서 명백히 확인된다.

(1) c. 求티 아니커늘 구틔여 教化ᄒᆞ샤ᄆᆞᆯ 가ᄌᆞᆯ비고 <月十三 17a>
d. 求티 아니커늘 굿 化ᄒᆞ샤ᄆᆞᆯ 가ᄌᆞᆯ비고(譬不求而强化ᄒᆞ고) <法華二 202a>

<2> 동작동사 '謂'의 부정

두 문헌에서 동작동사 '너기다'로 번역되는 '謂'의 否定인 '不이'『월인석보』권13에서는 '아니'로 번역되고『법화경언해』에서는 '-디 아니ᄒᆞ-'로 번역된다는 사실은 동일 원문의 번역인 다음 예문들에서 잘 확인된다. 원문 중 '不謂'가 '아니 너기다'로도 번역되고 '너기디 아니ᄒᆞ다'로도 번역된다.

(2) a. 아니 너기온 오놀 믄득 希有흔 法을 듣줍고 <月十三 6a>
b. 오늘 믄득 希有흔 法 시러 듣즈오몰 너기디 아니흐숙오니(不謂於今에 忽然得聞希有之法흐숙오니) <法華二 181b>

<3> 동작동사 '言'의 부정

두 문헌에서 동작동사 '니르다'로 번역되는 '言'의 부정인 '不'이 『월인석보』 권13에서는 '아니'로 번역되고 『법화경언해』에서는 '-디 아니흐-'로 번역된다는 사실은 동일 원문의 번역인 다음 예문들에서 잘 확인된다. 원문 중 '不言'이 '아니 니르다'로도 번역되고 '니르디 아니흐다'로도 번역된다.

(3) a. 三聖의 記는 아니 닐어도 어루 아롫디어늘 <月十三 64b>
b. 세 聖人ㅅ 記는 니르디 아니흐야도 어루 아숙오리어늘(則三聖之記는 不言可諭ㅣ어늘) <法華三 64a>

<4> 동작동사 '云'의 부정

두 문헌에서 동작동사 '니르다'로 번역되는 '云'의 否定인 '不'이 『월인석보』 권13에서는 '아니'로 번역되고 『법화경언해』에서는 '-디 아니흐-'로 번역된다는 사실은 동일 원문의 번역인 다음 예문들에서 잘 확인된다. 원문 중 '不云'이 '아니 니르다'로도 번역되고 '니르디 아니흐다'로도 번역된다.

(4) a. 내 아드리라 아니 닐오믄 <月十三 19b>
b. 내 아드리라 니르디 아니호믄(不云我子는) <法華二 204b>

<5> 상태동사 '久'의 부정

두 문헌에서 상태동사 '오라다'로 번역되는 '久'의 否定인 '不'이 『월인석보』 권13에서는 '아니'로 번역되고 『법화경언해』에서는 '-디 몯흐-'로 번역된다는 사실은 동일 원문의 번역인 다음 예문들에서 잘 확인된다. 원문

중 '不久'가 '아니 오라다'로도 번역되고 '오라디 몯ᄒᆞ다'로도 번역된다.

(5) a. 아니 오라 주긇 ᄃᆞᆯ 제 아라 <月十三 26b>
b. 쟝ᄎᆞ 주구미 오라디 몯ᄒᆞᇙ ᄯᆞᆯ 제 아라(自知將死不久ᄒᆞ야)
<法華二 216b>

6.2. '몯'과 '-디 몯ᄒᆞ-'

<1> 동작동사 '說'의 否定

『월인석보』 권13에서는 동작동사 '니르다'로 번역되고 『법화경언해』에서는 동작동사 '니ᄅᆞ다'로 번역되는 '說'의 否定 '未'가 『월인석보』 권13에서는 '몯'으로 번역되고 『법화경언해』에서는 '-디 몯ᄒᆞ-'로 번역된다는 사실은 동일 원문의 번역인 다음 예문들에서 확인된다. 원문 중 '未…說'이 '몯 니르다'로도 번역되고 '니ᄅᆞ다 몯ᄒᆞ다'로도 번역된다

(1) a. 부톄 二乘 아ᄃᆞ리 五道애 오래 ᄲᅥ디여 性 ᄇᆡᄒᆞ시 어득고 녇가ᄫᅡ 어루 큰 일 몯 니르리로다 念ᄒᆞ샤ᄆᆞᆯ 가ᄌᆞᆯ비니라
<月十三 10b>
b. 부톄 二乘 아ᄃᆞ리 五道애 오래 ᄲᅡ듀믈 念ᄒᆞ샤ᄃᆡ 性 ᄇᆡᄒᆞ시 어듭고 녇가와 이긔여 큰 法 니ᄅᆞ디 몯ᄒᆞ샤ᄆᆞᆯ 가ᄌᆞᆯ비니라(譬佛이 念二乘之子ㅣ 久淪五道ᄒᆞ샤ᄃᆡ 性習이 昏淺ᄒᆞ야 未堪說大也ㅣ라) <法華二 190a>

한편 두 문헌에서 동작동사 '얻다'로 번역되는 '得'의 否定 '不'이 두 문헌에서 다 '몯'으로 번역되고 두 문헌에서 동작동사 '得ᄒᆞ다'로 번역되는 '得'의 부정 '不'이 두 문헌에서 모두 '-디 몯ᄒᆞ-'로 번역된다는 사실은 동일 원문의 번역인 다음 예문들에서 잘 확인된다.

(1) c. 아둘 求ᄒᆞ다가 몯 어더 <月十三 7b>
d. 아둘 求ᄒᆞ다가 몯 어더(求子不得ᄒᆞ야) <法華二 186a>

(1) e. 그 要ᄅᆞᆯ 得디 몯ᄒᆞ야 <月十三 23a>
f. ᄆᆞᄅᆞᆯ 得디 몯ᄒᆞ야(不得其要ᄒᆞ야) <法華二 210b>

7. 使動의 差異

使動形을 만드는 경우 『월인석보』 권13에서는 短形 사동형 '-우'가 사용되고 『법화경언해』에서는 長形 사동형 '-게 ᄒᆞ-'가 사용된다는 사실은 동일 원문의 번역인 다음 예문들에서 잘 확인된다. 다시 말하면 '쉬다'의 사동형이 『월인석보』 권13에서는 '쉬우다'이고 『법화경언해』에서는 '쉬에 ᄒᆞ다'이다.

(1) a. 안즉 쉬우믄 <月十三 18b>
b. 안즉 쉬에 호ᄆᆞᆫ(今姑息之ᄂᆞᆫ) <法華二 203a>

제8장 結論

지금까지『月印釋譜』卷十三과『法華經諺解』의 飜譯 양상에 대하여 논의해 왔다. 두 문헌의 對比를 통해 확인할 수 있는 두드러진 번역 양상으로 原文의 對比, 意譯, 語彙的 差異, 飜譯되지 않는 部分, 飜譯 順序 및 文法的 差異를 들 수 있다.

제2장에서는 原文의 對比가 논의된다.『월인석보』권13과『법화경언해』를 대비해 보면『월인석보』권13에는『법화경언해』의 원문의 상당 부분이 번역되어 있지 않다는 것을 발견할 수 있다. 원문 중 번역되지 않는 것에는 첫째로 大文의 註釋文이 있고 둘째로 偈頌의 大文과 註釋文이 있다. 註釋이『월인석보』에만 있는 것이 있고『법화경언 해』에만 있는 것이 있다.

『월인석보』권13과『법화경언해』의 대비를 통해『법화경언해』의 大文의 註釋文이『월인석보』권13에서 번역되지 않는다는 것을 알 수 있다.

『월인석보』권13과『법화경언해』의 對比를 통해『법화경언해』의 偈頌의 大文과 註釋文이 번역되어 있지 않다는 것을 발견할 수 있다.

註釋은 크게 둘로 나누어 고찰할 수 있다. 첫째는『法華經諺解』에는 없고『월인석보』권13에만 부연되어 있는 주석이다. 둘째는『월인석보』권13에는 없고『법화경언해』에만 부연되어 있는 주석이다.

信解品 第四의 序 "信解者ᄂᆞᆫ 因聞喩說ᄒᆞ야(174a)……次第敷陳也ᄒᆞ니<法華二 174b>"는『月印釋譜』卷十二의 末尾에 번역되어 있고 化城喩品 第七의 序 "化城이 本無ㅣ어늘(82b) …… 使無退墮ᄒᆞ야 而遂捨化城ᄒᆞ고 趨寶所也케 ᄒᆞ시니<法華三 83a>"는『月印釋譜』卷十三의 末尾에 번역되어 있다.

제3장에서는 意譯이 논의된다. 두 문헌을 대조 비교해 보면『법화경언해』

에서는 直譯되는 것이 『월인석보』 권13에서는 意譯된다는 것을 발견할 수 있다. 첫째는 名詞類의 의역이다. 의역되는 명사류에는 名詞, 名詞句 및 數詞가 있다. 둘째는 動詞類의 의역이다. 의역되는 동사류에는 動作動詞, 動作動詞句 및 狀態動詞句가 있다. 셋째는 副詞의 의역이고 넷째는 節의 의역이다.

첫째로 두 문헌의 대비를 통해 名詞類 즉 名詞, 名詞句및 數詞가 의역되는 경우를 발견할 수 있다. 名詞類가 『法華經諺解』에서는 直譯되는데 『월인석보』 권13에서는 의역된다.

『법화경언해』에서는 직역되는 명사가 『월인석보』 권13에서는 명사와 명사구로 의역된다. 『법화경언해』에서 직역되는 명사에는 '勝'을 비롯하여 '劣', '所', '方', '性欲', '辛苦', '成佛', '己', '大', '小' 그리고 '屬'이 있다.

『법화경언해』에서는 직역되는 명사구가 『월인석보』 권13에서는 名詞와 명사구로 의역된다. 『법화경언해』에서 직역되는 명사구에는 '有'와 '一餐'이 있다.

『법화경언해』에서는 직역되는 수사가 『월인석보』 권13에서는 명사구로 의역된다. 『법화경언해』에서 직역되는 수사에는 '十 二十'이 있다.

둘째로 두 문헌의 對比를 통해 動詞類 즉 動作動詞, 動作動詞句 및 狀態動詞句가 의역된다는 것을 발견할 수 있다. 동사류가 『법화경언해』에서 직역되는데 『월인석보』 권13에서는 의역된다. 동사류의 의역 중 動作動詞句의 의역이 압도적으로 많다.

『법화경언해』에서는 직역되는 동작동사가 『월인석보』 권13에서는 동작동사, 동작동사구, 상태동사 그리고 명사구로 의역된다. 『법화경언해』에서 직역되는 동작동사에는 '作'을 비롯하여 '作', '加', '叙', '中止', '成佛' 및 '恐怖'가 있다.

『법화경언해』에서는 직역되는 동작동사구가 『월인석보』 권13에서는 동작동사, 동작동사구, 상태동사, 상태동사구, 부사, 부사어 그리고 節로 의역된다. 『법화경언해』에서 직역되는 동작동사에는 '作是念'을 비롯하여 '見捉', '爲樂', '懷憂', '受潤', '及授記', '著地', '被促', '被囚', '遙見', '廣宣', '不知', '不解', '受勤苦', '與述成', '見逼迫', '被囚執', '使…作', '使作', '展轉', '難堪', '不…盡', '可爲長嘆', '多有', '隨分', '昔來', '設方便', '從地',

'從迷', '臨…時', 그리고 '得成爲佛'이 있다.

『법화경언해』에서는 직역되는 상태동사구가 『월인석보』 권13에서는 상태동사, 상태동사구 및 동작동사구로 의역된다. 『법화경언해』에서 직역되는 상태동사구에는 '如是', '居僧之首' 및 '如是'가 있다.

셋째로 두 문헌의 대비를 통해 副詞가 의역된다는 것을 발견할 수 있다. 『법화경언해』에서 직역되는 부사가 『월인석보』 권13에서는 동작동사구로 의역된다. 『법화경언해』에서 직역되는 부사에는 '當'이 있다.

넷째로 『월인석보』 권13과 『법화경언해』의 대비를 통해 節의 의역을 확인할 수 있다. 『법화경언해』에서 직역되는 절이 『월인석보』 권13에서는 절, 명사, 명사구, 동작동사구 및 상태동사로 의역된다. 『법화경언해』에서 직역되는 절에는 '爲子所難', '有差別', '無不等', '合…列', '有所說', '宜當' 그리고 '有…異'가 있다.

제4장에서는 語彙的 差異가 논의된다. 어휘적 차이는 동일한 漢字와 漢字句가 두 문헌에서 相異하게 번역되는 경우이다. 어휘적 차이는 여러 가지 유형으로 분류할 수 있다.

첫째로 동일한 漢字와 漢字句가 『월인석보』 권13에서는 名詞類로 번역되고 『법화경언해』에서는 名詞類로 번역된다. 『월인석보』 권13에서 번역되는 명사류에는 名詞句와 代名詞가 있고 『법화경언해』에서 번역되는 명사류에는 名詞, 名詞句 및 代名詞가 있다.

동일한 漢字와 漢字句가 『월인석보』 권13에서는 名詞句로 번역되고 『법화경언해』에서는 名詞類로 번역된다. 『법화경언해』에서 번역되는 명사류에는 名詞, 名詞句 및 代名詞가 있다.

동일한 漢字가 『월인석보』 권13에서는 代名詞로 번역되고 『법화경언해』에서는 代名詞로 번역된다.

둘째로 동일한 漢字와 漢字句가 『월인석보』 권13에서는 名詞類로 번역되고 『법화경언해』에서는 動詞類로 번역된다. 『월인석보』 권13에서 번역되는 名詞類에는 名詞와 名詞句가 있고 『법화경언해』에서 번역되는 動詞類에는 動作動詞, 動作動詞句 및 狀態動詞가 있다.

동일한 漢字와 漢字句가 『월인석보』 권13에서는 名詞로 번역되고 『법화경언해』에서는 動詞類로 번역된다. 동사류에는 動作動詞, 動作動詞句 및

狀態動詞가 있다.

동일한 漢字와 漢字句가『월인석보』권13에서는 名詞句로 번역되고『법화경언해』에서는 動詞類로 번역된다. 동사류에는 動作動詞, 動作動詞句 및 상태동사가 있다.

셋째로 동일한 漢字가『월인석보』권13에서는 名詞類로 번역되고『법화경언해』에서는 冠形詞로 번역된다. 명사류에는 名詞句와 代名詞가 있다.

넷째로 동일한 漢字句가『월인석보』권13에서는 名詞로 번역되고『법화경언해』에서는 節로 번역된다.

다섯째로 동일한 漢字와 漢字句가『월인석보』권13에서는 動詞類로 번역되고『법화경언해』에서는 動詞類로 번역된다.『월인석보』권13의 동사류에는 動作動詞, 動作動詞句, 狀態動詞 그리고 狀態動詞句가 있다.『법화경언해』의 동사류에는 동작동사, 동작동사구 및 상태동사가 있다.

동일한 漢字와 한자구가『월인석보』권13에서는 動作動詞로 번역되고『법화경언해』에서는 動詞類로 번역된다.『법화경언해』의 동사류에는 動作動詞, 동작동사구 및 狀態動詞가 있다.

동일한 漢字와 한자구가『월인석보』권13에서는 動作動詞句로 번역되고『법화경언해』에서는 動詞類로 번역된다. 동사류에는 동작동사, 동작동사구 및 상태동사가 있다.

동일한 漢字가『월인석보』권13에서는 狀態動詞로 번역되고『법화경언해』에서는 動詞類로 번역된다. 동사류에는 동작동사와 동작동사구가 있다.

동일한 漢字句가『월인석보』권13에서는 狀態動詞句로 번역되고『법화경언해』에서는 狀態動詞로 번역된다.

여섯째로 동일한 漢字와 漢字句가『월인석보』권13에서는 動詞類로 번역되고『법화경언해』에서는 名詞類로 번역된다.『월인석보』권13에서 번역되는 동사류에는 動作動詞, 動作動詞句 및 狀態動詞가 있다.『법화경언해』에서 번역되는 명사류에는 名詞와 名詞句가 있다.

일곱째로 동일한 漢字와 한자구가『월인석보』권13에서는 동작동사로 번역되고『법화경언해』에서는 副詞類로 번역된다. 부사류에는 부사와 부사구가 있다.

여덟째로 동일한 漢字가『월인석보』권13에서는 副詞로 번역되고『법화경언해』에서는 副詞類로 번역된다. 부사류에는 부사와 부사어와 副詞語句가 있다.

아홉째로 동일한 漢字가 『월인석보』 권13에서는 副詞로 번역되고 『법화경언해』에서는 名詞類로 번역된다. 명사류에는 名詞와 代名詞가 있다.

열째로 동일한 漢字가 『월인석보』 권13에서는 副詞類로 번역되고 『법화경언해』에서는 動詞類로 번역된다. 부사류에는 副詞와 副詞句가 있고 동사류에는 動作動詞와 狀態動詞가 있다.

열한째로 동일한 漢字가 『월인석보』 권13에서는 관형사로 번역되고 『법화경언해』에서는 관형사로 번역된다.

열두째로 동일한 漢字와 漢字句가 『월인석보』 권13에서는 冠形詞로 번역되고 『법화경언해』에서는 名詞句로 번역된다.

열셋째로 동일한 漢字句가 『월인석보』 권13에서는 관형사로 번역되고 『법화경언해』에서는 상태동사구로 번역된다.

열넷째로 동일한 漢字가 『월인석보』 권13에서는 繫辭로 번역되고 『법화경언해』에서는 動作動詞로 번역된다.

열다섯째로 동일한 漢字가 『월인석보』 권13에서는 복수접미사로 번역되고 『법화경언해』에서는 명사류로 번역된다. 명사류에는 名詞句와 의존명사가 있다.

열여섯째로 동일한 漢字가 『월인석보』 권13에서는 복수접미사로 번역되고 『법화경언해』에서는 동사류로 번역된다. 동사류에는 동작동사와 상태동사가 있다.

열일곱째로 동일한 漢字가 『월인석보』 권13에서는 복수접미사로 번역되고 『법화경언해』에서는 관형사로 번역된다.

제5장에서는 飜譯되지 않는 部分이 논의된다. 『월인석보』 권13과 『법화경언해』를 대비해 보면 『법화경언해』의 일부분이 『월인석보』 권13에서 번역되지 않는다는 사실을 알 수 있다. 부분적으로 번역되지 않는 것에는 名詞類를 비롯하여 動詞類, 副詞類, 冠形詞, 節 그리고 複數接尾辭가 있다.

첫째로 『월인석보』 권13에서는 번역되지 않고 『법화경언해』에서는 번역되는 名詞類에는 名詞, 名詞句 및 代名詞가 있다.

『월인석보』 권13에서는 번역되지 않고 『법화경언해』에서는 번역되는 名詞

에는 [+유정물]인 '佛'과 '佛子', [+구체물]인 '手', '財寶' 및 '土', [-구체물]인 '心', '文', '間', '名', '年', '由' 및 '曾'이 있다.

『월인석보』 권13에서는 번역되지 않고『법화경언해』에서는 번역되는 명사구에는 '是念'과 '諸'가 있다.

『월인석보』 권13에서는 번역되지 않고『법화경언해』에서는 번역되는 대명사에는 '我'를 비롯하여 '我等', '自', '自', '汝', '此', '是', '其', '彼', '斯' 그리고 '於是'가 있다.

둘째로『월인석보』 권13에서는 번역되지 않고『법화경언해』에서는 번역되는 動詞類에는 動作動詞, 動作動詞句, 狀態動詞 및 狀態動詞句가 있다.

『월인석보』 권13에서는 번역되지 않고『법화경언해』에서는 동작동사에는 '爲'를 비롯하여 '譬', '謂', '日', '云', '作', '積', '求', '希', '使', '更', '背', '知', '著', '貪', '敍', '堪', '疑', '運', '推', '從', '奉', '居', '侍', '滯', '進', '遊', '趣', '同', '麗', '至' 그리고 '所謂'가 있다.

『월인석보』 권13에서는 번역되지 않고『법화경언해』에서는 번역되는 동작동사구에는 '悶絕', '得奉', '唱如是言', '雇汝', '謂國王', '謂王之族', '或日具壽', '戒經云' 그리고 '結上的證 全付家業'이 있다.

『월인석보』 권13에서는 번역되지 않고『법화경언해』에서는 번역되는 상태동사에는 '有', '顓蒙', '荒', '卑', '下', '如', '壯' 그리고 '盈'이 있다.

『월인석보』 권13에서는 번역되지 않고『법화경언해』에서는 번역되는 상태동사구에는 '不淨'이 있다.

셋째로『월인석보』 권13에서는 번역되지 않고『법화경언해』에서는 번역되는 副詞에는 時間副詞, 樣態副詞, 當爲의 話法副詞, 可能의 話法副詞, 條件의 話法副詞, 限定의 話法副詞, 기타의 副詞, 副詞句 그리고 副詞語가 있다.

『월인석보』 권13에서는 번역되지 않고,『법화경언해』에서는 번역되는 時間副詞로 '今'을 비롯하여 '旣', '旣已', '將', '卽', '便', '復', '更' 및 '曾'이 있다.

『월인석보』 권13에서는 번역되지 않고『법화경언해』에서는 번역되는 양태부사로 '偏', '同', '加' 그리고 '敢'이 있다. 그리고『법화경언해』에서는 번역되지 않고『월인석보』 권13에서는 번역되는 양태부사로 '羅'가 있다.

『월인석보』 권13에서는 번역되지 않고『법화경언해』에서는 번역되는 當爲의 話法副詞로 '心', '當', '定' 및 '强'이 있다.

『월인석보』 권13에서는 번역되지 않고 『법화경언해』에서는 번역되는 可能의 話法副詞에는 '能', '得' 및 '可'가 있다.

『월인석보』 권13에서는 번역되지 않고 『법화경언해』에서는 번역되는 條件의 話法副詞에는 '若'과 '或'이 있다.

『월인석보』 권13에서는 번역되지 않고 『법화경언해』에서는 번역되는 限定의 話法副詞에는 '卽'이 있다.

『월인석보』 권13에서는 번역되지 않고 『법화경언해』에서는 번역되는 기타의 副詞에는 '自', '相', '亦', '復', '及', '且' 및 '然'이 있다.

『월인석보』 권13에서는 번역되지 않고 『법화경언해』에서는 번역되는 副詞句에는 '故'와 '卽共'이 있다.

『월인석보』 권13에서는 번역되지 않고 『법화경언해』에서는 번역되는 副詞語에는 '與', '於中' 및 '是以'가 있다.

넷째로 『월인석보』 권13에서는 번역되지 않고 『법화경언해』에서는 번역되는 冠形詞에는 '諸', '其' 및 '是'가 있다.

다섯째로 『월인석보』 권13에서는 번역되지 않고 『법화경언해』에서는 번역되는 節에는 '智者謂'가 있다.

여섯째로 『월인석보』 권13에서 번역되지 않고 『법화경언해』에서는 번역되는 복수접미사에는 '諸'가 있다.

제6장에서는 飜譯 順序가 논의된다. 번역 순서에 큰 차이가 있다는 사실은 『월인석보』 권13과 『법화경언해』의 對比를 통해 명백히 확인된다. 두 문헌에서 번역 순서에 차이를 보여 주는 것으로 名詞類, 動詞類 및 副詞가 있다. 그리고 分節에도 차이가 있다.

첫째로 『월인석보』 권13과 『법화경언해』의 대비를 통해 名詞類의 번역 순서에 큰 차이가 있다는 것을 확인할 수 있다. 번역 순서에 차이를 보여 주는 명사류에는 名詞, 名詞句 및 代名詞가 있다. 명사 '相'을 비롯하여 명사 '心', '志', 명사구 '二人' 그리고 대명사 '汝'의 번역 순서에 큰 차이가 있다.

둘째로 『월인석보』 권13과 『법화경언해』의 대비를 통해 動詞類의 번역 순서에 큰 차이가 있다는 것을 확인할 수 있다. 번역 순서에 차이가 있는 동사류에는 動作動詞, 動作動詞句 및 狀態動詞가 있다.

『월인석보』 권13과 『법화경언해』에서 번역 순서에 차이를 보여 주는 동작동사에는 '聞', '知', '譬', '念', '謂', '謂', '云', '說', '爲', '執', '隨', '追', '轉', '有', '使', '所謂', '竛竮', '示' 그리고 '出'이 있다.

『월인석보』 권13과 『법화경언해』에서 번역 순서에 차이를 보여 주는 동작 동사구에는 '遙見', '入出', '受勤苦' 그리고 '羸瘦憔悴'가 있다.

『월인석보』 권13과 『법화경언해』에서 번역 순서에 차이를 보여 주는 상태 동사에는 '煩'이 있다.

셋째로 『월인석보』 권13과 『법화경언해』의 대비를 통해 副詞의 번역 순서에 차이가 있다는 것을 발견할 수 있다. 번역 순서에 차이를 보여 주는 부사에는 時間副詞, 樣態副詞, 當爲의 話法副詞, 可能의 話法副詞 그리고 기타의 부사가 있다.

『월인석보』 권13과 『법화경언해』에서 번역 순서에 차이를 보여 주는 時間副詞에는 '初', '始', '先', '曾', '方', '遇' 그리고 '復'가 있다.

『월인석보』 권13과 『법화경언해』에서 번역 순서에 차이를 보여 주는 樣態副詞에는 '同', '漸', '密', '徐', '多', '本' 그리고 '妄'이 있다.

『월인석보』 권13과 『법화경언해』에서 번역 순서에 차이를 보여 주는 當爲의 話法副詞에는 '當'이 있다.

『월인석보』 권13과 『법화경언해』에서 번역 순서에 차이를 보여 주는 可能의 話法副詞에는 '能'이 있다.

『월인석보』 권13과 『법화경언해』에서 번역 순서에 차이를 보여 주는 기타의 부사에는 '自'가 있다.

넷째로 『월인석보』 권13과 『법화경언해』를 대조 비교해 보면 分節 즉 끊어 읽기의 차이로 文脈과 意味가 달라지는 경우를 발견할 수 있다.

제7장에서는 文法的 差異가 논의된다. 두 문헌 즉 『월인석보』 권13과 『법화경언해』의 대비에서 발견되는 주목할 만한 文法的 차이에는 格의 差異를 비롯하여 動詞類의 格支配, 語尾의 差異, 合成의 差異, 節 構成의 差異, 否定法의 差異 그리고 使動의 差異가 있다.

첫째로 名詞類 즉 명사와 대명사가 두 문헌에서 상이한 격을 취한다는 것을 두 문헌의 대비를 통해 알 수 있는데, 격의 차이는 몇 가지로 유형으로 분류하여 고찰할 수 있다.

둘째로 두 문헌 즉 『월인석보』 권13과 『법화경언해』의 대비를 통해 동사류의 격 지배에 큰 차이가 있다는 것을 알 수 있다. 동사류에는 동작동사와 상태동사가 있다. 격 지배의 차이는 몇 가지 유형으로 나누어 고찰할 수 있다.

셋째로 『월인석보』 권13과 『법화경언해』 대비를 통해 語尾에 큰 차이가 있다는 것을 발견할 수 있다. 語尾의 차이에는 終結語尾의 차이, 副詞形語尾의 차이, '-ㄹ씨'와 '-ㄴ젼ᄎᆞ로' 그리고 先語末語尾 '-오/우-'의 有無가 있다.

넷째로 『월인석보』 권13과 『법화경언해』의 對比를 통해 合成에 차이가 있다는 것을 발견 할 수 있다. 『월인석보』 권13의 합성은 非統辭的 합성이고 『법화경언해』의 합성은 統辭的 합성이다.

다섯째로 『월인석보』 권13과 『법화경언해』의 對比를 통해 節 즉 目的節과 主節을 구성하는 데 큰 차이가 있다는 것을 발견할 수 있다.

여섯째로 『월인석보』 권13과 『법화경언해』의 대비를 통해 否定法에 큰 차이가 있다는 것을 발견할 수 있다. 『월인석보』 권13의 부정은 短形 否定이고 『법화경언해』의 부정은 長形 부정이다. 즉 『월인석보』 권13의 부정은 '아니'인데 『법화경언해』의 부정은 '-디 아니ᄒᆞ-/몯ᄒᆞ'이고 『월인석보』 권13의 부정은 '몯'인데 『법화경언해』의 부정은 '-디 몯ᄒᆞ-'이다.

일곱째로 『월인석보』 권13과 『법화경언해』의 대비를 통해 使動法에 큰 차이가 있다는 것을 발견할 수 있다. 『월인석보』 권13에서는 사동접사 '-우'가 사용되고 『법화경언해』에서는 長形 사동형 '-게 ᄒᆞ-'가 사용된다

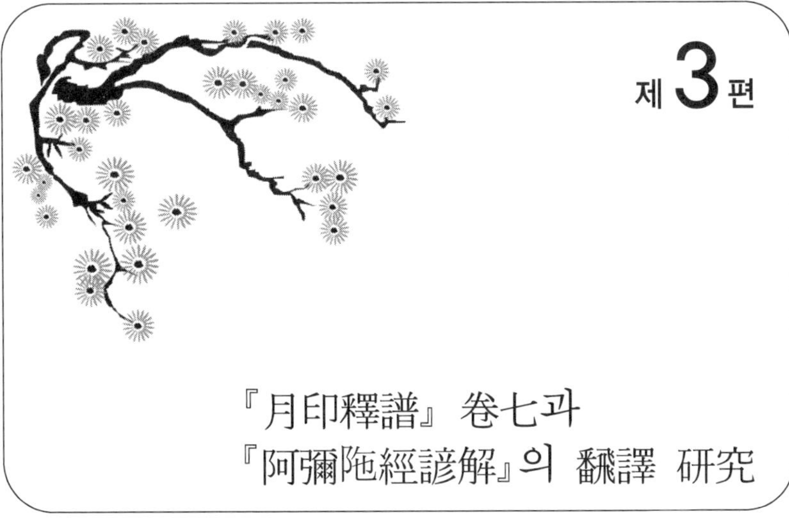

제 3 편

『月印釋譜』 卷七과 『阿彌陀經諺解』의 飜譯 研究

제1장 序論

1. 研究 目的과 範圍

이 論文은 『月印釋譜』 卷7(1459)과 『阿彌陁經諺解』(1464)의 飜譯을 두 문헌의 對比를 통해 實證的으로 밝혀 보려는 데 목적이 있다.

『月印釋譜』 卷7의 경우 뒷 부분 즉 61b부터 77b까지는 『阿彌陁經諺解』와 內容이 동일하다. 그것은 두 문헌이 동일한 底本 『阿彌陁經』의 번역이기 때문이다.

이 논문에서 논의되고 있는 것은 原文의 對比를 비롯하여 註釋의 對比, 意譯, 語彙的 差異, 飜譯되지 않는 部分 그리고 飜譯 順序이다.

2. 先行 研究

『月印釋譜』 卷7과 『阿彌陀經諺解』를 비교한 선행 연구에는 이영림(1991)이 있다. 이영림(1991)에서는 두 문헌의 어휘, 형태 및 통사 구조의 비교가 논의되고 있다.

이와 유사한 선행 연구로 南星祐(1996), 朴瞬緖(1998) 및 權和淑(2003)을 들 수 있다. 南星祐(1996)는 『月印釋譜』 卷13과 『法華經諺解』의 번역 양상을 고찰한 것이고, 朴瞬緖(1998)는 『月印釋譜』 卷12와 『法華經諺解』를 대비 연구한 것이고, 權和淑(2003)은 『月印釋譜』 卷15와 『法華經諺解』를 비교 연구한 것이다.

제2장 原文의 對比

『月印釋譜』 卷7과 『阿彌陁經諺解』를 對比해 보면 『月印釋譜』 卷7에는 『阿彌陁經諺解』의 원문이 많이 번역되어 있지 않다는 것을 발견할 수 있다. 『月印釋譜』 卷7에 번역되어 있지 않은 『阿彌陁經諺解』의 原文은 다음과 같다.

(1) 如是我聞ᄒᆞᅀᆞᄫᆞ니 一時 <阿彌 1a>

(2) 摩訶俱絺羅와 離婆多와 周利槃陀伽와 難陀와 阿難陀와 羅睺羅와 憍梵波提와 賓頭盧頗羅墮와 迦樓陀夷와 摩訶劫賓那와 薄拘羅와 阿㝹樓駄와 <阿彌 3a>

(3) 各於其國에 出廣長舌相ᄒᆞ샤 徧覆三千大千世界ᄒᆞ샤 說誠實言ᄒᆞ시ᄂᆞ니 汝等衆生이 當信是稱讚不可思議功德이니 一切諸佛所護念経이라 <阿彌 18b>

(4) 各於其國에(19b) 出廣長舌相ᄒᆞ샤 徧覆三千大千世界ᄒᆞ샤 說誠實言ᄒᆞ시ᄂᆞ니 汝等衆生이 當信是稱讚不可思議功德이니 一切諸佛所護念経이라 <阿彌 20a>

(5) 各於其國에(20b) 出廣長舌相ᄒᆞ샤 徧覆三千大千世界ᄒᆞ샤 說誠實言ᄒᆞ시ᄂᆞ니 汝等衆生이 當信是稱讚不可思議功德이니 一切諸佛

所護念経이라 <阿彌 21a>

(6) 各於其國에(21b) 出廣長舌相ᄒᆞ샤 徧覆三千大千世界ᄒᆞ샤 說誠實言ᄒᆞ시ᄂᆞ니 汝等衆生이 當信是稱讚不可思議功德이니 一切諸佛所護念経이라 <阿彌 22a>

(7) 各於其國에(22b) 出廣長舌相ᄒᆞ샤 徧覆三千大千世界ᄒᆞ샤 說誠實言ᄒᆞ시ᄂᆞ니 汝等衆生이 當信是稱讚不可思議功德이니 一切諸佛所護念経이라 <阿彌 23a>

(8) 是諸善男子善女人이 <阿彌 24a>

(9) 是諸人等이 <阿彌 26b>

(10) 劫濁見濁煩惱濁衆生濁命濁 <阿彌 27a>

(11) 佛說此經已ᄒᆞ야시ᄂᆯ 舍利弗와 及諸比丘와 一切世(28b)間天人阿修羅等이 聞佛所說ᄒᆞᅀᆸ고 歡喜信受ᄒᆞᅀᆞ바 作禮而去ᄒᆞ니라 <阿彌 29a>

제3장 註釋의 對比

『月印釋譜』 卷7과 『阿彌陁經諺解』의 對比를 통해 註釋에 다음과 같은 차이가 있다는 것을 발견할 수 있다. 첫째로 『月印釋譜』 卷7에만 있는 주석이 있고, 둘째로 『阿彌陁經諺解』에만 있는 주석이 있고, 셋째로 相異한 주석이 있다.

1. 『月印釋譜』 卷7에만 있는 주석

(1) 白鶴ᄋᆞᆫ ᄒᆡᆫ 두루미라 <月七 66a>

(2) 不可思議功德은 阿彌陁佛ㅅ 功德이시니라 <月七 75a>

2. 『阿彌陁經諺解』에만 있는 주석

(1) 大ᄂᆞᆫ 클 씨라 阿羅漢ᄋᆞᆫ 殺賊이라 혼 ᄠᅳ디니 殺ᄋᆞᆫ 주길 씨니 煩惱盜賊 주길 씨라 不生이라 ᄒᆞᄂᆞ니 나디 아니탓 ᄠᅳ디니 ᄂᆞ외야 生死ㅅ 果報애 타 나디 아니홀 씨라 ᄯᅩ 應供이라 ᄒᆞᄂᆞ니 應ᄋᆞᆫ 맛당홀 씨니 人天ㅅ 供養ᄋᆞᆯ 바도미 맛당타 ᄒᆞ논 마리라 <阿彌 3a>

(2) 長老ᄂᆞᆫ 德이 놉고 나히 늘글 씨라 <阿彌 3a>

(3) 阿僧祇ᄂᆞᆫ 그지 업슨 數ㅣ라 ᄒᆞᆫ 마리오 劫은 時節이라 ᄒᆞᆫ 마리라 <阿彌 13b>

(4) 聲聞은 소리 드를 씨니 ᄂᆞᄆᆡ 말 드러ᅀᅡ 알 씨라 <阿彌 14a>

(5) 一生ᄋᆞᆫ ᄒᆞᆫ 번 날 씨니 ᄒᆞᆫ 번 다ᄅᆞᆫ 地位예 난 後ㅣ면 妙覺地位예 오ᄅᆞᆯ 씨니 等覺位ᄅᆞᆯ 니르니라 等覺애셔 金剛乾慧예 ᄒᆞᆫ 번 나면 後에 妙覺애 오ᄅᆞᄂᆞ니 나다 ᄒᆞ논 마ᄅᆞᆫ 사라 나다 ᄒᆞ논 마리 아니라 부텻 지븨 나다 ᄒᆞ논 ᄠᅳ디라 補ᄂᆞᆫ 보탈 씨오 處ᄂᆞᆫ 고디니 부텻 고대 와 보탈 씨라 <阿彌 15b>

(6) 三千大千世界의 주석
一千 나라히 小千界오 一千 小千界 中千界오 一千 中千界 大千界라 <阿彌 19a>

(7) 阿耨多羅三藐三菩提의 주석
阿ᄂᆞᆫ 업다 ᄒᆞᆫ 마리오 耨多羅ᄂᆞᆫ 우히오 三ᄋᆞᆫ 正이오 藐ᄋᆞᆫ 等이오 菩提ᄂᆞᆫ 覺이니 우 업슨 正히 等ᄒᆞᆫ 正覺이라 ᄒᆞᆫ 마리니 眞實ㅅ 性을 니르니라 <阿彌 25b>

(8) 娑婆ᄂᆞᆫ 受苦ᄅᆞᆯ 겻ᄂᆞ다 ᄒᆞ논 ᄠᅳ디라 <阿彌 28a>

3. 相異한 註釋

『月印釋譜』 卷7과 『阿彌陁經諺解』의 對比를 통해 相異한 註釋이 있다는 것을 발견할 수 있다.

(1) a. 香潔은 옷곳ᄒᆞ고 조ᄒᆞᆯ 씨라 <月七 65a>
b. 潔은 조ᄒᆞᆯ 씨라 <阿彌 8a>

(2) a. 衣裓은 곳 담ᄂᆞᆫ 거시니 오ᄌᆞ락 ᄀᆞᄐᆞᆫ 거시라 <月七 65b>
b. 衣裓은 곳 담ᄂᆞᆫ 그르시라 <阿彌 9a>

(3) a. 誠實ᄋᆞᆫ 거츠디 아니ᄒᆞ야 實ᄒᆞᆯ 씨니 誠實ᄒᆞᆫ 마ᄅᆞᆫ 阿彌陁 기리ᅀᆞᆸᄂᆞᆫ 마리라 <月七 74b>
b. 誠實ᄋᆞᆫ 거츠디 아니ᄒᆞ야 實ᄒᆞᆯ 씨라 <阿彌 19b>

제4장 意譯

『月印釋譜』 卷7과 『阿彌陁經諺解』를 대조·비교해 보면 『阿彌陁經諺解』에서는 直譯되는 것이 『月印釋譜』 卷7에서는 意譯된다는 것을 알 수 있다. 意譯되는 것에 名詞句, 動詞類 그리고 節이 있다.

1. 名詞句의 意譯

『월인석보』 권7과 『아미타경언해』를 대비해 보면 『아미타경언해』에서는 名詞句로 직역되는 것이 『월인석보』 권7에서는 意譯된다는 것을 알 수 있다.

<1> 명사구 '一心'

'一心'이 『阿彌陁經諺解』에서는 명사구 'ᄒᆞᆫ ᄆᆞᅀᆞᆷ'으로 직역되고 『月印釋譜』 卷7에서는 동작동사구 'ᄆᆞᅀᆞᄆᆞᆯ 고ᄌᆞ기 먹다'로 의역된다는 것은 동일 원문의 번역인 다음 예문들에서 잘 확인된다.

(1) a. ᄆᆞᅀᆞᄆᆞᆯ 고ᄌᆞ기 머거 섯디 아니ᄒᆞ면 <月七 71a>
b. ᄒᆞᆫ ᄆᆞᅀᆞᄆᆞ로 섯디 아니ᄒᆞ면(一心不亂ᄒᆞ면) <阿彌 17b>

<2> 명사구 '何故'

'何故'가 『阿彌陁經諺解』에서는 명사구 '엇던 젼ᄎᆞ'로 직역되고 『月印釋譜』 卷7에서는 부사 '엇뎨'로 의역된다는 것은 동일 원문의 번역인 다음 예문들에서 잘 확인된다. 원문 중 '何故名爲'가 '엇뎨 -이라 ᄒᆞ다'로도 번역되고 '엇던 젼ᄎᆞ로 -이라 ᄒᆞ다'로도 번역된다.

(2) a. 엇뎨 一切諸佛 護念ᄒᆞ시ᇙ 經이라 ᄒᆞᄂᆞ뇨 <月七 75a>
b. 엇던 젼ᄎᆞ로 一切諸佛 護念ᄒᆞ시ᇙ 經이라 ᄒᆞ거뇨(何故로 名爲 一切諸佛所護念経이어뇨) <阿彌 25a>

2. 動詞類의 意譯

『월인석보』 권7과 『아미타경언해』의 對比를 통해 動詞類가 『월인석보』 권7에서는 意譯되고 『아미타경언해』에서는 直譯된다는 것을 알 수 있다. 의역되는 동사류에는 동작동사와 동작동사구가 있고 상태동사와 상태동사구가 있다.

2.1. 動作動詞의 意譯

『아미타경언해』에서는 직역되는 동작동사가 『월인석보』 권7에서는 상태동사로 의역된다.

<1> 동작동사 '會'

'會'가 『阿彌陁經諺解』에서는 동작동사 '몯다'로 직역되고 『月印釋譜』 卷7에서는 상태동사 '잇다'로 의역된다는 것은 동일 원문의 번역인 다음 예문들에서 잘 확인된다. 원문 중 '俱會一處'가 'ᄒᆞᆫᄃᆡ 잇다'로도 번역되고 'ᄒᆞᆫᄃᆡ 몯다'로도 번역된다.

(1) a. 이러ᄒᆞᆫ 뭇 어딘 사ᄅᆞᆷᄃᆞᆯ콰 ᄒᆞᆫᄃᆡ 이시릴씨니라 <月七 75a>
b. 이 ᄀᆞᄐᆞᆫ 뭇 어딘 사ᄅᆞᆷᄃᆞᆯ콰 ᄒᆞᆫᄃᆡ 모ᄃᆞ릴씨니라(得與如是諸上善人과 俱會一處ㄹ씨니라) <阿彌 16b>

<2> 동작동사 '顚倒'

'顚倒'가『阿彌陁經諺解』에서는 동작동사 '가ᄭᆞᆯ다'로 직역되고『月印釋譜』卷7에서는 상태동사 '어즐ᄒᆞ다'로 의역된다는 것은 동일 원문의 번역인 다음 예문들에서 잘 확인된다. 원문 중 '心…顚倒'가 'ᄆᆞᅀᆞ미 어즐ᄒᆞ다'로도 번역되고 'ᄆᆞᅀᆞ미 가ᄭᆞᆯ다'로도 번역된다.

(2) a. 이 사ᄅᆞᆷ 命終ᄒᆞᇙ 저긔 ᄆᆞᅀᆞ미 어즐티 아니ᄒᆞ야 <月七 71b>
b. 이 사ᄅᆞᆷ 命終ᄒᆞᇙ 제 ᄆᆞᅀᆞ미 가ᄭᆞᆯ디 아니ᄒᆞ야(是人終時예 心不顚倒ᄒᆞ야) <阿彌 17b>

2.2. 動作動詞句의 意譯

『아미타경언해』에서는 직역되는 동작동사구가『월인석보』권7에서는 동작동사와 동작동사구로 의역된다.

<1> 동작동사구 '作是言'

'作是言'이『阿彌陁經諺解』에서는 동작동사구 '이 말 ᄒᆞ다'로 직역되고『月印釋譜』卷7에서는 동작동사 '니ᄅᆞ다'로 의역된다는 것은 동일 원문의 번역인 다음 예문들에서 잘 확인된다.

(1) a. 諸佛도(76b)…니ᄅᆞ샤ᄃᆡ <月七 77a>
b. 뎌 諸佛도(27b)…이 말 ᄒᆞ샤ᄃᆡ(彼諸佛等도…作是言ᄒᆞ샤ᄃᆡ) <阿彌 27b>

<2> 동작동사구 '得佛退轉'

'得佛退轉'이 『阿彌陁經諺解』에서는 동작동사구 '믈리그우디 아니호몰 得ᄒᆞ다'로 직역되고 『月印釋譜』 卷7에서는 동작동사구 'ᄆᆞᄅᆞ디 아니ᄒᆞ다'로 의역된다는 것은 동일 원문의 번역인 다음 예문들에서 잘 확인된다.

(2) a. 다 阿耨多羅三藐三菩提예 ᄆᆞᄅᆞ디 아니ᄒᆞ리라 <月七 75b>
b. 다 阿耨多羅三藐三菩提예 믈리그우디 아니호몰 得ᄒᆞ리니(皆得不退轉於阿耨多羅三藐三菩提ᄒᆞ리니) <阿彌 25b>

<3> 동작동사구 '欲令…宣流'

'欲令…宣流'가 『阿彌陁經諺解』에서는 동작동사구 '펴게 코져 ᄒᆞ다'로 직역되고 『月印釋譜』 卷7에서는 동작동사구 '펴리라 ᄒᆞ다'로 의역된다는 것은 동일 원문의 번역인 다음 예문들에서 잘 확인된다. 원문 중 '欲令法音宣流'가 '法音을 펴리라 ᄒᆞ다'로도 번역되고 '法音을 펴게 코져 ᄒᆞ다'로도 번역된다.

(3) a. 이(67a) 새돌ᄒᆞᆫ 다 阿彌陁佛이 法音을 펴리라 ᄒᆞ샤 變化로 지ᅀᅳ시니라 <月七 67b>
b. 이 새돌ᄒᆞᆫ 다 阿彌陁佛이 法音을 펴게 코져 ᄒᆞ샤 變化로 지ᅀᅳ샨 겨시라(是諸衆鳥ᄂᆞᆫ 皆是阿彌陁佛이 欲令法音을 宣流ᄒᆞ샤 變化所作이시니라) <阿彌 11b>

2.3. 狀態動詞와 狀態動詞句의 意譯

『아미타경언해』에서는 직역되는 상태동사와 상태동사구가 『월인석보』 권7에서는 상태동사구로 의역된다.

<1> 상태동사 '希有'

'希有'가 『阿彌陁經諺解』에서는 상태동사 '希有ᄒᆞ다'로 직역되고 『月印釋譜』 卷7에서는 상태동사구 '쉽디 몯ᄒᆞ다'로 의역된다는 것은 동일 원문의 번역인 다음 예문들에서 잘 확인된다. 원문 중 '希有之事'가 '쉽디 몯ᄒᆞᆫ 일'로도 번역되고 '希有ᄒᆞᆫ 일'로도 번역된다.

(1) a. 甚히 껄븐 쉽디 몯ᄒᆞᆫ 이ᄅᆞᆯ 잘ᄒᆞ야 <月七 77a>
b. 甚히 껄븐(27b) 稀有ᄒᆞᆫ 이ᄅᆞᆯ 잘ᄒᆞ샤(能爲甚難之事ᄒᆞ샤)
<阿彌 28a>

<2> 상태동사구 '如是'

'如是'가 『阿彌陁經諺解』에서는 상태동사구 '이 ᄀᆞᆮᄒᆞ다'로 직역되고 『月印釋譜』 卷7에서는 상태동사구 '이 ᄀᆞ티 ᄒᆞ다'로 의역된다는 것은 동일 원문의 번역인 다음 예문들에서 잘 확인된다. 원문 중 '亦復如是'가 'ᄯᅩ 이 ᄀᆞ티 ᄒᆞ다'로도 번역되고 'ᄯᅩ 이 ᄀᆞᆮᄒᆞ다'로도 번역된다.

(2) a. 筭ᄋᆞ로 몯내 혜여 알리며 菩薩衆도 ᄯᅩ 이 ᄀᆞ티 ᄒᆞ니
<月七 69a>
b. 筭數(14a)의 能히 아롤 디 아니며 諸菩薩衆도 ᄯᅩ 이 ᄀᆞᆮᄒᆞ니(非是筭數之所能知며 諸菩薩衆도 亦復如是ᄒᆞ니) <阿彌 14b>

3. 節의 意譯

『월인석보』 권7과 『아미타경언해』의 對比를 통해 『아미타경언해』에서는 節로 직역되는 것이 『월인석보』 권7에는 동작동사구로 의역된다는 것을 알 수 있다.

<1> 절 '爲…所護念'

'爲…所護念'이 『阿彌陁經諺解』에서는 절 '護念ᄒᆞ샤미 ᄃᆞ외다'로 직역되고 『月印釋譜』 卷7에서는 동작동사구 '護持ᄒᆞ야 닛디 아니ᄒᆞ다'로 의역된다는 것은 동일 원문의 번역인 다음 예문들에서 잘 확인된다.

(1) a. 다 一切諸佛이 護持ᄒᆞ야 닛디 아니ᄒᆞ야 <月七 75a>
b. 다 一切諸佛이 護念ᄒᆞ샤미 ᄃᆞ외야(皆爲一切諸佛之所護念ᄒᆞ야) <阿彌 25b>

<2> 절 '非是筭數之所能知'

'非是筭數之所能知'가 『阿彌陁經諺解』에서는 절 '筭數의 能히 아롤 디 아니다'로 직역되고 『月印釋譜』 卷7에서는 동작동사구 '筭ᄋᆞ로 몯내 혜여 알다'로 의역된다는 것은 동일 원문의 번역인 다음 예문들에서 잘 확인된다.

(2) a. 筭ᄋᆞ로 몯내 혜여 알리며 菩薩衆도 ᄯᅩ 이 ᄀᆞ티 하니 <月七 69a>
b. 筭數(14a)의 能히 아롤 디 아시며 諸菩薩衆도 ᄯᅩ 이 ᄀᆞᄐᆞ니(非是筭數之所能知며 諸菩薩衆도 亦復如是ᄒᆞ니) <阿彌 14b>

<3> 절 '非是筭數所能知之'

'非是筭數所能知之'가 『阿彌陁經諺解』에서는 절 '筭數의 能히 아롤 디 아니다'로 직역되고 『月印釋譜』 卷7에서는 동작동사구 '몯내 알다'로 의역된다는 것은 동일 원문의 번역인 다음 예문들에서 잘 확인된다.

(3) a. 그 數ㅣ 筭ᄋᆞ로 몯내 알오 <月七 70a>
b. 그 數ㅣ 甚히 하 筭數의 能히 아롤 디 아니오(其數ㅣ 甚多非ᄒᆞ야 非是筭數의 所能知之오) <阿彌 15b>

제5장 語彙的 差異

어휘적 차이는 동일한 漢字와 漢字句가 『月印釋譜』 卷7과 『阿彌陁經諺解』에서 相異하게 번역되는 경우이다. 이 차이는 여러 가지 유형으로 분류하여 고찰할 수 있다.

1. 名詞類와 名詞類

동일한 漢字와 한자구가 『月印釋譜』 卷七에서는 名詞類로 번역되고 『阿彌陀經諺解』에서는 명사류로 번역된다. 『月印釋譜』 권7에서는 번역되는 명사류에는 名詞와 名詞句가 있고 『아미타경언해』에서 번역되는 명사류에는 명사와 명사구가 있다.

<1> 所說

'所說'이 『月印釋譜』 卷7에서는 명사 '말'로 번역되고 『阿彌陁經諺解』에서는 명사구 '니르샨 말'로 번역된다는 것은 동일 원문의 번역인 다음 예문들에서 잘 확인된다. 원문 중 '諸佛所說'이 '諸佛ㅅ 말'로도 번역되고 '諸佛 니르샨 말'로도 번역된다.

(1) a. 너희돌히 내 말와 諸佛ㅅ 마롤 信ᄒᆞ야ᅀᅡ ᄒᆞ(75b)리라

<月七 76a>

b. 너희돌히 내 말와 諸佛 니르샨 마롤 信受홇디니라(汝等이 皆當信受我語와 及諸佛所說이니라) <阿彌 25b>

<2> '實'

'實'이『月印釋譜』卷7에서는 명사구 '眞實ㅅ 새'로 번역되고『阿彌陁經諺解』에서는 명사 '眞實'로 번역된다.

(2) a. ᄒᆞ물며 眞實ㅅ 새 이시리여 <月七 67a>
b. ᄒᆞ물며 眞實이(11a) 이시리여(何況有實아) <阿彌 11b>

2. 名詞와 狀態動詞句

동일한 한자구가『월인석보』권7에서는 名詞로 번역되고『아미타경언해』에서는 상태동사구로 번역된다.

<1> 如是等

'如是等'이『月印釋譜』卷7에서는 의존명사 '等'으로 번역되고『阿彌陁經諺解』에서는 상태동사구 '이 ᄀᆞᆮ다'의 관형사형으로 번역된다는 것은 동일 원문의 번역인 다음 예문들에서 잘 확인된다.

(1) a. 如須彌山佛 等 恒河沙數諸佛이 <月七 74a>
b. 如須彌山佛 이 ᄀᆞᄐᆞ신 恒河沙數諸佛이(如須彌山佛如是等恒河沙數諸佛이) <阿彌 24b>

(1) c. 妙音佛 等 恒河沙數諸佛와 <月七 72b>
d. 妙音佛 이 ᄀᆞᄐᆞ신 恒河沙數諸佛이(妙音佛如是等恒河沙數諸佛이) <阿彌 19a>

3. 動詞類와 動詞類

동일한 한자와 한자구가 『월인석보』 권7에서는 動詞類로 번역되고 『아미타경언해』에서는 動詞類로 번역된다. 『월인석보』 권7에서 번역되는 동사류에는 動作動詞句와 상태동사가 있다. 『아미타경언해』에서 번역되는 동사류에는 動作動詞와 상태동사구가 있다.

<1> 號

'號'가 『月印釋譜』 卷7에서는 동작동사구 '號ᄅᆞᆯ… ᄒᆞ다'로 번역되고 『阿彌陁經諺解』에서는 동작동사 '일훔ᄒᆞ다'로 번역된다는 것은 동일 원문의 번역인 다음 예문들에서 잘 확인된다. 원문 중 '號阿彌陀'가 '號ᄅᆞᆯ 阿彌陁ㅣ시다 ᄒᆞ다'로도 번역되고 '阿彌陀ㅣ시다 일훔ᄒᆞ다'로도 번역된다.

(1) a. 뎌 부톄 엇던 젼ᄎᆞ로 號ᄅᆞᆯ 阿彌陁ㅣ시다 ᄒᆞ거뇨 <月七 68a>
   b. 뎌 부텨ᄅᆞᆯ 엇던 젼ᄎᆞ로 阿彌陀ㅣ시다 일훔ᄒᆞ거시뇨(彼佛을 何故로 號阿彌陀ㅣ어시뇨) <阿彌 13a>

<2> 圍遶

'圍遶'가 『月印釋譜』 卷7에서는 동작동사구 '둘어 범글다'로 번역되고 『阿彌陁經諺解』에서는 동작동사 '두르다'로 번역된다.

(2) a. 두루 둘어 범그러 이실씨 <月七 64a>
   b. 두루 둘어실씨 이런 젼ᄎᆞ로(周帀圍遶홀씨 是故로) <阿彌 7a>

<3> 如是

'如是'가 『月印釋譜』 卷7에서는 상태동사 '이러ᄒᆞ다'로 번역되고 『阿彌陁經諺解』에서는 상태동사구 '이 ᄀᆞᆮ다'로 번역된다는 것은 동일 원문의 번역인 다음 예문들에서 잘 확인된다. 원문 중 '如是諸上善人'이 '이러ᄒᆞᆫ 못 어딘 사ᄅᆞᆷ돌ㅎ'로도 번역되고 '이 ᄀᆞᄐᆞᆫ 못 어딘 사ᄅᆞᆷ돌ㅎ'로도 번역된다.

(3) a. 이러ᄒᆞᆫ 못 어딘 사ᄅᆞᆷ돌콰 ᄒᆞᆫᄃᆡ 이시릴씨니라 <月七 70b>
b. 이 ᄀᆞᄐᆞᆫ 못 어딘 사ᄅᆞᆷ돌콰 ᄒᆞᆫᄃᆡ 모ᄃᆞ릴씨니라(得與如是諸上善人과 俱會一處ㄹ씨니라) <阿彌 16b>

4. 動詞類와 名詞類

동일한 漢字와 한자구가 『월인석보』 권7에서는 動詞類로 번역되고 『아미타경언해』에서는 名詞類로 번역된다. 『월인석보』 권7에서 번역되는 동사류에는 동작동사와 동작동사구가 있다. 그리고 『아미타경언해』에서 번역되는 명사류에는 名詞와 명사구가 있다.

<1> 所作

'所作'이 『月印釋譜』 卷7에서는 동작동사 '짓다'로 번역되고 『阿彌陁經諺解』에서는 명사구 '지ᅀᆞ샨 겻'으로 번역된다.

(1) a. 이(67a) 새돌ᄒᆞᆫ 다 阿彌陁佛이 法音을 펴리라 ᄒᆞ샤 變化로 지ᅀᆞ시니라 <月七 67b>
b. 이 새돌ᄒᆞᆫ 다 阿彌陀佛이 法音을 펴게 코져 ᄒᆞ샤 變化로 지ᅀᆞ샨 겨시라(是諸衆鳥ᄂᆞᆫ 皆是阿彌陀佛이 欲令法音을 宣流ᄒᆞ샤 變化所作이시니라) <阿彌 11b>

<2> 所以者何

'所以者何'가 『月印釋譜』 卷7에서는 동작동사구 '엇뎨어뇨 ᄒᆞ다'로 번역되고 『阿彌陁經諺解』에서는 명사 '엇뎨'로 번역된다.

(2) a. 엇뎨어뇨 ᄒᆞ란ᄃᆡ <月七 67a>
b. 엇뎨어뇨(所以者何 ㅣ 어뇨) <阿彌 11a>

(2) c. 엇뎨어뇨 ᄒᆞ란ᄃᆡ <月七 70b>
d. 엇뎨어뇨(所以者何 ㅣ 어뇨) <阿彌 16b>

<3> 名

'名'이 『月印釋譜』 卷7에서는 동작동사구 '일후믈… ᄒᆞ다'로 번역되고 『阿彌陁經諺解』에서는 명사 '일훔'으로 번역된다는 것은 동일 원문의 번역인 다음 예문들에서 잘 확인된다.

(3) a. 일후믈 阿彌陀 ㅣ 시다 ᄒᆞᄂᆞ니 <月七 68b>
b. 일후미 阿彌陀 ㅣ 시니(名阿彌陀 ㅣ 시니) <阿彌 13b>

<4> 罪報所生

'罪報所生'이 『月印釋譜』 卷7에서는 동작동사구 '罪 지순 果報로 나다'로 번역되고 『阿彌陁經諺解』에서는 명사구 '罪 지손 果報ᄋᆡ 난 것'으로 번역된다.

(4) a. 네 이 새ᄅᆞᆯ 罪 지순 果報로 나다 너기디 말라 <月七 67a>
b. 네 이 새ᄅᆞᆯ 實로 罪 지손 果報ᄋᆡ 난 거시라 너기디 말라(汝 ㅣ 勿謂此鳥ᄅᆞᆯ 實是罪報所生이라 ᄒᆞ라) <阿彌 11a>

<5> 應當

'應當'이 『月印釋譜』 卷7에서는 동작동사구 '-야ᅀᅡ ᄒᆞ리라'로 번역되고 『阿彌陁經諺解』에서는 명사구 '-ㄹㆆ ᄃᆞ'로 번역된다는 것은 동일 원문의 번역인 다음 예문들에서 잘 확인된다. 원문 중 '應當發願'이 '發願ᄒᆞ야ᅀᅡ ᄒᆞ리라'

로도 번역되고 '發願홇디니라'로도 번역된다.

(5) a. 이 말 드른 衆生ᄋᆞᆫ 뎌 나라(71b)해 나고져 發願ᄒᆞ야ᅀᅡ ᄒᆞ리라 <月七 72a>

b. 衆生이 이 말 드르니ᄂᆞᆫ 뎌 나라해 나고져 發願홇디니라(若有衆生이 聞是說者ᄂᆞᆫ 應當發願生彼國土ㅣ니라) <阿彌 18a>

(5) c. 善男子 善女人이 信ᄒᆞ리 잇거든 뎌 나라해 나고져 發願ᄒᆞ야ᅀᅡ ᄒᆞ리라 <月七 76b>

d. 善男子 善女人이 信ᄒᆞ리 잇거든 뎌 나라해 나고져 發願홇디니라(諸善男子善女人이 若有信者ㅣ어든 應當發願生彼國土ㅣ니라) <阿彌 26b>

<6> 當

'當'이 『月印釋譜』 卷7에서는 동작동사구 '-야ᅀᅡ ᄒᆞ리라'로 번역되고 『阿彌陁經諺解』에서는 명사구 '-ㄹㆆ ᄃᆞ'로 번역된다는 것은 동일 원문의 번역인 다음 예문들에서 잘 확인된다. 원문 중 '當信受'가 '信ᄒᆞ야ᅀᅡ ᄒᆞ리라'로도 번역되고 '信受홇디니라'로도 번역된다.

(6) a. 너희돌히 내 말와 諸佛ㅅ 마ᄅᆞᆯ 信ᄒᆞ야ᅀᅡ ᄒᆞ(75b)리라 <月七 76b>

b. 너희돌히 말와 諸佛 니르샨 마ᄅᆞᆯ 信受홇디니라(汝等이 皆當信受我語와 及諸佛所說이니라) <阿彌 25b>

5. 動作動詞와 繫辭

동일한 漢字가 『월인석보』 권7에서는 動作動詞로 번역되고 『아미타경언해』에서는 繫辭로 번역된다.

<1> 爲

'爲'가 『月印釋譜』 卷7에서는 동작동사 'ᄒᆞ다'로 번역되고 『阿彌陁經諺解』에서는 계사 '이다'로 번역된다는 것은 동일 원문의 번역인 다음 예문들에서 잘 확인된다. 원문 중 '爲阿彌陀'가 '阿彌陁ㅣ시다 ᄒᆞ다'로도 번역되고 '阿彌陀ㅣ다'로도 번역된다.

(1) a. 號ᄅᆞᆯ 阿彌陁ㅣ시다 ᄒᆞᄂᆞ니라 <月七 68b>
b. 이런 젼ᄎᆞ로 號ㅣ 阿彌陀ㅣ시니라(是故로 號爲阿彌陀ㅣ시니라) <阿彌 13b>

6. 動作動詞와 助詞

동일한 漢字가 『월인석보』 권7에서는 動作動詞로 번역되고 『아미타경언해』에서는 助詞로 번역된다.

<1> 與

'與'가 『月印釋譜』 卷7에서는 동작동사 'ᄃᆞ리다'로 번역되고 『阿彌陁經諺解』에서는 조사 '-과로'로 번역된다는 것은 동일 원문의 번역인 다음 예문들에서 잘 확인된다. 원문 중 '與諸聖衆'이 '聖衆 ᄃᆞ리다'로도 번역되고 '聖衆돌콰로'로도 번역된다.

(1) a. 阿彌陁佛이 聖衆 ᄃᆞ리시고 알ᄑᆡ 와 뵈시리니 <月七 71b>
b. 阿彌陀佛이 聖衆돌콰로 알ᄑᆡ 와 뵈시리니(阿彌陀佛이 與諸聖衆으로 現在其前ᄒᆞ시리니) <阿彌 17b>

7. 冠形詞와 冠形詞

동일한 漢字가 『월인석보』 권7에서는 冠形詞로 번역되고 『아미타경언해』에서는 冠形詞로 번역된다.

<1> 是

'是'가 『月印釋譜』 卷7에서는 관형사 '이런'으로 번역되고 『阿彌陁經諺解』에서는 관형사 '이'로 번역된다는 것은 동일 원문의 번역인 다음 예문들에서 잘 확인된다.

(1) a. 이런 여러 새돌히 <月七 66a>
b. 이 여러 새돌히(是諸衆鳥ㅣ) <阿彌 10b>

<2> 此

'此'가 『月印釋譜』 卷7에서는 관형사 '이런'으로 번역되고 『阿彌陁經諺解』에서는 관형사 '이'로 번역된다는 것은 동일 원문의 번역인 다음 예문들에서 잘 확인된다. 원문 중 '此難事'가 '이런 어려본 일'로도 번역되고 '이 어려본 일'로도 번역된다.

(2) a. 이런 어려본 이롤 行ᄒᆞ야 <月七 77b>
b. 이 어(28)려본 이롤 行ᄒᆞ야(行此難事ᄒᆞ야) <阿彌 28b>

<3> 其

'其'가 『月印釋譜』 卷7에서는 관형사 '뎌'로 번역되고 『阿彌陁經諺解』에서는 관형사 '그'로 번역된다는 것은 동일 원문의 번역인 다음 예문들에서 잘 확인된다. 원문 중 '其佛國土'가 '뎌 나라ㅎ'로도 번역되고 '그 부텻 나라ㅎ'로도 번역된다.

(3) a. 뎌 나라해 惡道ㅅ 일훔도 업거니 <月七 67a>
b. 그 부텻 나라해 惡道ㅅ 일훔도 오히려 업거니(其佛國土애 尙無惡道之名커니) <阿彌 11a>

8. 副詞와 副詞句

동일한 漢字句가 『월인석보』 권7에서는 副詞로 번역되고 『아미타경언해』에서는 副詞句로 번역된다.

<1> 如是

'如是'가 『月印釋譜』 卷7에서는 부사 '이러히'로 번역되고 『阿彌陁經諺解』에서는 부사구 '이 ᄀᆞ티'로 번역된다는 것은 동일 원문의 번역인 다음 예문들에서 잘 확인된다. 원문 중 '成就如是'가 '이러히 이러 잇다'로도 번역되고 '이 ᄀᆞ티 이러 잇다'로도 번역된다.

(1) a. 極樂國土ㅣ 이러히 功德莊嚴이 이러 잇ᄂᆞ니라 <月七 65a>
b. 極樂國土ㅣ 이 ᄀᆞ티(8a) 功德莊嚴이 이러 잇ᄂᆞ니라(極樂國土ㅣ 成就如是功德莊嚴ᄒᆞ니라) <阿彌 8b>

(1) c. 그 부텻 國土ㅣ 이러히 功德莊嚴이 이러 잇ᄂᆞ니라 <月七 68a>
d. 그 부텻 國土ㅣ 이 ᄀᆞ티 功德莊嚴이 이러 잇ᄂᆞ니라(其佛國土ㅣ 成就如是功德莊嚴ᄒᆞ니라) <阿彌 12a>

9. 連結語尾와 名詞

동일한 漢字가 『월인석보』 권7에서는 連結語尾로 번역되고 『아미타경언

解』에서는 名詞로 번역된다.

<1> 者

'者'가 『月印釋譜』 卷7에서는 연결어미 '-면'과 '-어든'으로 번역되고 『阿彌陀經諺解』에서는 [者] 즉 '사람'의 뜻을 가진 의존명사 '이'로 번역된다는 것은 동일 원문의 번역인 다음 예문들에서 잘 확인된다. 원문 중 '聞…者'가 '드르면'으로도 번역되고 '드르니'로도 번역된다. 그리고 '聞者'가 '드러든'으로도 번역되고 '드르니'로도 번역된다. '드르니'는 '들+은#이'로 분석될 수 있다.

(1) a. 이 소리 드르면 <月七 67b>
b. 이 소리 드르닌(聞是音者ᄂᆞᆫ) <阿彌 12b>

(2) a. 衆生이 드러든 <月七 70b>
b. 衆生이 드르닌(衆生聞者ᄂᆞᆫ) <阿彌 16b>

제6장 飜譯되지 않는 部分

『月印釋譜』 卷7과『阿彌陀經諺解』를 비교해 보면『阿彌陀經諺解』의 일부분이『月印釋譜』 卷7에서 번역되지 않는다는 사실을 발견할 수 있다. 부분적으로 번역되지 않는 것에는 名詞類, 動詞類, 副詞 그리고 冠形詞가 있다.

1. 飜譯되지 않는 名詞類

『월인석보』 권7에서는 번역되지 않고『아미타경언해』에서는 번역되는 名詞類에는 명사와 명사구가 있다.

<1> 명사 '佛'

'佛'이『月印釋譜』 卷7에서는 번역되지 않고『阿彌陀經諺解』에서는 명사 '부텨'로 번역된다는 것은 동일 원문의 번역인 다음 예문들에서 잘 확인된다. 원문 중 '彼佛國土'가『月印釋譜』 卷7에서는 '뎌 나라ㅎ'로 번역되고『阿彌陀經諺解』에서는 '뎌 부텻 나라ㅎ'로 번역된다.

(1) a. 뎌 나라해 샹녜 하늜 풍류 ᄒᆞ고 <月七 65a>
b. 뎌 부텻 나라해 샹녜 하늜 풍류 ᄒᆞ고(彼佛國土애 常作天樂ᄒᆞ고) <阿彌 9a>

(1) c. 뎌 나라해 三惡道ㅣ 업스니 <月七 67a>
d. 그 부텻 나라해 三惡道ㅣ 업스니(彼佛國土애 無三惡道ᄒᆞ니)
<阿彌 11a>

<2> 명사 '長老'

'長老'가 『月印釋譜』 卷7에서는 번역되지 않고 『阿彌陁經諺解』에서는 명사 '長老'로 번역된다는 것은 동일 원문의 번역인 다음 예문들에서 잘 확인된다. 원문 중 '長老舍利弗'이 『월인석보』 권7에서는 '舍利弗'로 번역되고 『아미타경언해』에서는 '長老 舍利弗'로도 번역된다.

(2) a. 舍利(61b)弗 目揵連 <月七 62a>
b. 長老 舍利弗와 摩訶目揵連과(長老舍利弗와 摩訶目犍連과)
<阿彌 3a>

(2) c. 부톄 舍利弗ᄃᆞ려 니ᄅᆞ샤ᄃᆡ <月七 62b>
d. 그 ᄢᅴ 부톄 長老 舍利弗ᄃᆞ려 니ᄅᆞ(5a)샤ᄃᆡ(爾時佛이 告長老舍利弗ᄒᆞ샤ᄃᆡ) <阿彌 5b>

<3> 명사 '舍衛國'

'舍衛國'이 『月印釋譜』 卷7에서는 번역되지 않고 『阿彌陁經諺解』에서는 명사 '舍衛國'으로 번역된다는 것은 동일 원문의 번역인 다음 예문들에서 잘 확인된다.

(3) a. 祇樹給孤獨園에 겨샤 <月七 61b>
b. 舍衛國 祇樹給孤獨園에 겨샤(在舍衛國祇樹給孤獨園ᄒᆞ샤)
<阿彌 2a>

<4> 명사 '寶'

'寶'가『月印釋譜』卷7에서는 번역되지 않고『阿彌陁經諺解』에서는 '보ᄇᆡ'로 번역된다는 것은 동일 원문의 번역인 다음 예문들에서 잘 확인된다. 원문 중 '諸寶行樹와 寶羅網'이『月印釋譜』卷7에서는 '行樹羅網'으로 번역되고『阿彌陁經諺解』에서는 '보ᄇᆡ옛 行樹와 보ᄇᆡ옛 羅網'으로 번역된다.

(4) a. ᄀᆞᄆᆞᆫᄒᆞᆫ ᄇᆞᄅᆞ미 行樹羅網ᄋᆞᆯ 불면 微妙ᄒᆞᆫ 소리 나ᄃᆡ <月七 67b>

b. ᄀᆞᄆᆞᆫᄒᆞᆫ ᄇᆞᄅᆞ미 부러 뮈우면 보ᄇᆡ옛 行樹와 보ᄇᆡ옛 羅網애 微妙ᄒᆞᆫ 소리 나ᄃᆡ(微風이 吹動ᄒᆞ면 諸寶行樹와 寶羅網애 出微妙音호ᄃᆡ) <阿彌 12a>

<5> 명사구 '彼國'

'彼國'이『月印釋譜』卷7에서는 번역되지 않고『阿彌陁經諺解』에서는 명사구 '뎌 나라ㅎ'로 번역된다는 것은 동일 원문의 번역인 다음 예문들에서 잘 확인된다. 원문 중 '彼國名爲極樂'이『월인석보』권7에서는 '일후믈 極樂이라 ᄒᆞ다'로 번역되고『아미타경언해』에서는 '뎌 나라ᄒᆞᆯ 極樂이라 일훔ᄒᆞ다'로 번역된다.

(5) a. 일후믈 極樂이라 ᄒᆞᄂᆞ니라 <月七 64a>

b. 뎌 나라ᄒᆞᆯ 極樂이라 일훔ᄒᆞᄂᆞ니라(彼國을 名爲極樂이니라) <阿彌 7a>

<6> 명사구 '爾時'

'爾時'가『月印釋譜』卷7에서는 번역되지 않고『阿彌陁經諺解』에서는 명사구 '그 ᄢᅴ'로 번역된다는 것은 동일 원문의 번역인 다음 예문들에서 잘 확인된다. 원문 중 '爾時佛'이『월인석보』권7에서는 '부텨'로 번역되고『아미타경언해』에서는 '그 쁴 부텨'로 번역된다. '그 쁴'는 '그#ᄣᅳ+의'로 분석될 수 있다.

(6) a. 부톄 舍利弗ᄃᆞ려 니ᄅᆞ샤ᄃᆡ <月七 62b>
　b. 그 쁴 부톄 長老 舍利弗ᄃᆞ려 니ᄅᆞ(5a)샤ᄃᆡ(爾時佛이 告長老舍利弗ᄒᆞ샤ᄃᆡ) <阿彌 5b>

<7> 명사구 '其中'

'其中'이 『月印釋譜』 卷7에서는 번역되지 않고 『阿彌陀經諺解』에서는 명사구 '그 中'으로 번역된다는 것은 동일 원문의 번역인 다음 예문들에서 잘 확인된다. 원문 중 '充滿其中'이 『월인석보』 권7에서는 'ᄀᆞᄃᆞᆨᄒᆞ다'로 번역되고 『아미타경언해』에서는 '그 中에 ᄀᆞᄃᆞᆨᄒᆞ다'로 번역된다.

(7) a. 八功德水 ᄀᆞᄃᆞᆨᄒᆞ고 <月七 64a>
　b. 八功德水 그 中에 ᄀᆞᄃᆞᆨᄒᆞ고(八功德水充滿其中ᄒᆞ고) <阿彌 7b>

<8> 명사구 '是故'

'是故'가 『月印釋譜』 卷7에서는 번역되지 않고 『阿彌陀經諺解』에서는 명사구 '이런 젼ᄎᆞ'로 번역된다는 것은 동일 원문의 번역인 다음 예문들에서 잘 확인된다.

(8) a. 號ᄅᆞᆯ 阿彌陁ㅣ시다 ᄒᆞᄂᆞ니라 <月七 68b>
　b. 이런 젼ᄎᆞ로 號ㅣ 阿彌陀ㅣ시니라(是故로 號爲阿彌陀ㅣ시니라) <阿彌 13b>

2. 飜譯되지 않는 動詞類

『월인석보』 권7에서는 번역되지 않고『아미타경언해』에서는 번역되는 動詞類에는 동작동사, 동작동사구, 상태동사 및 상태동사구가 있다.

<1> 동작동사 '動'

'動'이『月印釋譜』卷7에서는 번역되지 않고『阿彌陁經諺解』에서는 동작동사 '뮈우다'로 번역된다는 것은 동일 원문의 번역인 다음 예문들에서 잘 확인된다. 원문 중 '吹動'이『月印釋譜』卷7에서는 '불다'로 번역되고『阿彌陁經諺解』에서는 '부러 뮈우다'로 번역된다.

(1) a. ᄀᆞᄆᆞᆫᄒᆞᆫ ᄇᆞᄅᆞ미 行樹羅網ᄋᆞᆯ 불면 微妙ᄒᆞᆫ 소리 나ᄃᆡ <月七 67b>
b. ᄀᆞᄆᆞᆫᄒᆞᆫ ᄇᆞᄅᆞ미 부러 뮈우면 보ᄇᆡ옛 行樹와 보ᄇᆡ옛 羅網애 微妙ᄒᆞᆫ 소리 나ᄃᆡ(微風이 吹動ᄒᆞ면 諸寶行樹와 寶羅網애 出微妙音호ᄃᆡ) <阿彌 12a>

<2> 동작동사 '譬'

'譬'가『月印釋譜』卷7에서는 번역되지 않고『阿彌陁經諺解』에서는 동작동사 '가ᄌᆞᆯ비다'로 번역된다는 것은 동일 원문의 번역인 다음 예문들에서 잘 확인된다. 원문 중 '譬如'가『월인석보』 권7에서는 'ᄃᆞᆺᄒᆞ다'로 번역되고『아미타경언해』에서는 '가ᄌᆞᆯ비건댄 …ᄃᆞᆺᄒᆞ다'로 번역된다.

(2) a. 百千 가짓 풍류 ᄒᆞᆫᄢᅴ ᄒᆞᄂᆞᆫ ᄃᆞᆺᄒᆞ니 <月七 67b>
b. 가ᄌᆞᆯ비건댄(12a) 百千 가짓 풍류 ᄒᆞᆫᄢᅴ ᄒᆞᄂᆞᆫ ᄃᆞᆺᄒᆞ니(譬如百千種樂이 同時俱作ᄒᆞ니) <阿彌 12a>

<3> 동작동사 '轉'

'轉'이 『月印釋譜』 卷7에서는 번역되지 않고 『阿彌陁經諺解』에서는 동작동사 '그울다'로 번역된다는 것은 동일 원문의 번역인 다음 예문들에서 잘 확인된다. 원문 중 '不退轉'이 『月印釋譜』 卷7에서는 '므르디 아니ᄒᆞ다'로 번역되고 『阿彌陁經諺解』에서는 '믈리그우디 아니ᄒᆞ다'로 번역된다.

(3) a. 다 阿耨多羅三藐三菩提예 므르디 아니ᄒᆞ리라 <月七 75b>
b. 다 阿耨多羅三藐三菩提예 믈리그우디 아니호ᄆᆞᆯ 得ᄒᆞ리니(皆得不退轉於阿耨多羅三藐三菩提ᄒᆞ리니) <阿彌 25b>

<4> 동작동사구 '聞說'

'聞說'이 『月印釋譜』 卷7에서는 번역되지 않고 『阿彌陁經諺解』에서는 동작동사구 '닐오ᄆᆞᆯ 듣다'로 번역된다는 것은 동일 원문의 번역인 다음 예문들에서 잘 확인된다.

(4) a. 阿彌陁佛ㅅ 일후믈 디니ᅀᆞᄫᅡ <月七 71a>
b. 阿(17a)阿彌陀佛 닐오ᄆᆞᆯ 듣ᄌᆞᆸ고 일후믈 디니ᅀᆞᄫᅡ(聞說阿彌陀佛 ᄒᆞᅀᆞᆸ고 執持名號ᄒᆞᅀᆞᄫᅡ) <阿彌 17a>

<5> 상태동사 '有'

'有'가 『月印釋譜』 卷7에서는 번역되지 않고 『阿彌陁經諺解』에서는 상태동사 '잇다'로 번역된다는 것은 동일 원문의 번역인 다음 예문들에서 잘 확인된다. 원문 중 '有…共命鳥'가 『月印釋譜』 卷7에서는 '共命鳥ㅣ'로 번역되고 『阿彌陁經諺解』에서는 '共命鳥ㅣ 잇다'로 번역된다.

(5) a. 샹녜 갓갓 奇妙ᄒᆞᆫ 雜色鳥ㅣ…共命鳥ㅣ <月七 66a>
b. 샹녜 갓갓 奇(10a)妙ᄒᆞᆫ 雜色새…共命鳥ㅣ 잇ᄂᆞ니(常有種種奇

妙雜色之鳥ㅣ…共命鳥ᄒᆞ니) <阿彌 10a>

<6> 상태동사구 '甚多'

'甚多'가 『月印釋譜』 卷7에서는 번역되지 않고 『阿彌陁經諺解』에서는 상태동사구 '甚히 하다'로 번역된다는 것은 동일 원문의 번역인 다음 예문들에서 잘 확인된다. 원문 중 '其數甚多'가 『月印釋譜』 卷7에서는 '그 數ㅣ'로 번역되고 『阿彌陁經諺解』에서는 '그 數ㅣ 甚히 하다'로 번역된다.

(6) a. 그 數ㅣ 筭ᄋᆞ로 몯내 알리오 <月七 70a>
b. 그 數ㅣ 甚히 하 筭數의 能히 아롫 디 아니오(其數ㅣ 甚多ᄒᆞ야 非是筭數의 所能知之오) <阿彌 15b>

3. 飜譯되지 않는 副詞

『월인석보』 권7에서는 번역되지 않고 『아미타경언해』에서는 번역되는 부사어에는 '實', '尙', '并', '及' 및 '皆'가 있다.

<1> 부사 '實'

'實'이 『月印釋譜』 卷7에서는 번역되지 않고 『阿彌陁經諺解』에서는 부사 '實로'로 번역된다는 것은 동일 원문의 번역인 다음 예문들에서 잘 확인된다.

(1) a. 네 이 새롤 罪 지순 果報로 나다 너기디 말라 <月七 67a>
b. 네 이 새롤 實로 罪 지손 果報의 난 거시라 너기디 말라(汝ㅣ 勿謂此鳥롤 實是罪報所生이라 ᄒᆞ라) <阿彌 11a>

<2> 부사 '尙'

'尙'이 『月印釋譜』 卷7에서는 번역되지 않고 『阿彌陁經諺解』에서는 부사 '오히려'로 번역된다는 것은 동일 원문의 번역인 다음 예문들에서 잘 확인된다. 원문 중 '尙無'가 『月印釋譜』 卷7에서는 '없다'로 번역되고 『阿彌陁經諺解』에서는 '오히려 없다'로 번역된다.

(2) a. 뎌 나라해 惡道ㅅ 일훔도 업거니 <月七 67a>
b. 그 부텻 나라해 惡道ㅅ 일훔도 오히려 업거니(彼佛國土애 尙無惡道之名커니) <阿彌 11a>

<3> 부사 '并'

'并'이 『月印釋譜』 卷7에서는 번역되지 않고 『阿彌陁經諺解』에서는 부사 'ᄯᅩ'로 번역된다는 것은 동일 원문의 번역인 다음 예문들에서 잘 확인된다.

(3) a. 菩薩摩訶薩 文殊師利 法王子 <月七 62a>
b. ᄯᅩ 菩薩摩訶薩 文殊師利(4a) 法王子와(并諸菩薩摩訶薩文殊師利法王子와) <阿彌 4b>

<4> 부사 '及'

'及'이 『月印釋譜』 卷7에서는 번역되지 않고 『阿彌陁經諺解』에서는 부사 'ᄯᅩ'로 번역된다는 것은 동일 원문의 번역인 다음 예문들에서 잘 확인된다.

(4) a. 釋提桓因等 無量諸天大衆과 ᄒᆞᆫᄃᆡ 잇더시니 <月七 62b>
b. ᄯᅩ 釋提桓因等 無量諸天大衆과 ᄒᆞᆫᄃᆡ 잇더시니(及釋提桓因等無量諸天大衆과 俱ᄒᆞ얫더니) <阿彌 5a>

<5> 부사 '皆'

'皆'가 『月印釋譜』 卷7에서는 번역되지 않고 『阿彌陁經諺解』에서는 부사 '다'로 번역된다는 것은 동일 원문의 번역인 다음 예문들에서 잘 확인된다.

(5) a. 念佛(67b) 念法 念僧홀 ᄆᆞᅀᆞᄆᆞᆯ 내ᄂᆞ니 <月七 68a>
b. 다 念佛 念法 念僧홀 ᄆᆞᅀᆞᄆᆞᆯ 내ᄂᆞ니(皆生念佛念法念僧之心ᄒᆞᄂᆞ니) <阿彌 12b>

4. 飜譯되지 않는 冠形詞

『월인석보』 권7에서는 번역되지 않고 『아미타경언해』에서는 번역되는 관형사에는 '彼'와 '諸'가 있다.

<1> 관형사 '彼'

'彼'가 『月印釋譜』 卷7에서는 번역되지 않고 『阿彌陁經諺解』에서는 관형사 '뎌'로 번역된다는 것은 동일 원문의 번역인 다음 예문들에서 잘 확인된다. 원문 중 '彼諸佛等'이 '諸佛'로도 번역되고 '뎌 諸佛'로도 번역된다.

(1) a. 諸佛도(76b)…니ᄅᆞ샤ᄃᆡ <月七 77a>
b. 뎌 諸佛도(27b)…이 말 ᄒᆞ샤ᄃᆡ(彼諸佛等도…作是言ᄒᆞ샤ᄃᆡ) <阿彌 27b>

<2> 관형사 '諸'

'諸'가 『月印釋譜』 卷7에서는 번역되지 않고 『阿彌陁經諺解』에서는 관형사 '諸'로 번역된다는 것은 동일 원문의 번역인 다음 예문들에서 잘 확인

된다. 원문 중 '諸菩薩衆'이 『月印釋譜』 卷7에서는 '菩薩衆'으로 번역되고 『阿彌陁經諺解』에서는 '諸菩薩衆'으로 번역된다.

(2) a. 筭으로 몯내 혜여 알리며 菩薩衆도 또 이 ᄀᆞ티 하니

<月七 69a>

b. 筭數(14a)의 能히 아롫 디 아니며 諸菩薩衆도 또 이 ᄀᆞᆮᄒᆞ니(非是筭數之所能知며 諸菩薩衆도 亦復如是ᄒᆞ니) <阿彌 14b>

그리고 '諸'가 『月印釋譜』 卷7에서는 번역되지 않고 『阿彌陁經諺解』에서는 복수접미사 '-둘ㅎ'로 번역된다는 것은 동일 원문의 번역인 다음 예문들에서 잘 확인된다. 원문 중 '諸聖衆'이 『月印釋譜』 卷7에서는 '聖衆'으로 번역되고 『阿彌陁經諺解』에서는 '聖衆둘ㅎ'로 번역된다.

(2) c. 阿彌陀佛이 聖衆 ᄃᆞ리시고 <月七 69a>

d. 阿彌陀佛이 聖衆둘콰로(阿彌陀佛이 與諸聖衆으로)

<阿彌 17b>

제7장 飜譯 順序

『月印釋譜』 卷7과 『阿彌陀經諺解』의 對比를 통해 번역 순서에 큰 차이가 있다는 것을 확인할 수 있다. 번역 순서에 차이를 보여 주는 것으로 名詞句와 動詞類가 있다.

1. 名詞句의 번역 순서

<1> 명사구 '衆生生者'

『月印釋譜』 卷7에서는 명사구 '난 衆生'으로 번역되고 『阿彌陀經諺解』에서는 명사구 '衆生 나니'로 번역되는 '衆生生者'의 번역 순서에 차이가 있다는 것은 동일 원문의 번역인 다음 예문들에서 잘 확인된다.

(1) a. 極樂國土애 난 衆生ᄋᆞᆫ 다 阿鞞跋致니 <月七 69b>
b. 極樂國土애 衆生 나니ᄂᆞᆫ 다 阿鞞跋致니(極樂國土애 衆生生者ᄂᆞᆫ 皆是阿鞞跋致니) <阿彌 15a>

원문 중 '衆生生者'가 두 문헌에서 어떤 순서로 번역되는가를 보면 다음과 같다. 명사 '衆生'이 『月印釋譜』 卷7에서는 맨 나중에 번역되고 『阿彌陀

經諺解』에서는 맨 처음에 번역된다.

	衆生	生	者
<月>	3	1	2
<阿彌>	1	2	3

<2> 명사구 '衆生聞是說者'

『月印釋譜』 卷7에서는 명사구 '이 말 드른 衆生'으로 번역되고 『阿彌陁經諺解』에서는 명사구 '衆生이 이 말 드르니'로 번역되는 '衆生聞是說者'의 번역 순서에 차이가 있다는 것은 동일 원문의 번역인 다음 예문들에서 잘 확인된다.

(1) a. 이 말 드른 衆生ᄋᆞᆫ <月七 71b>
b. 衆生이 이 말 드르니ᄂᆞᆫ(若有衆生이 聞是說者ᄂᆞᆫ) <阿彌 18a>

원문 중 '衆生聞是說者'가 두 문헌에서 어떤 순서로 번역되는가를 보면 다음과 같다. 명사 '衆生'이 『月印釋譜』 卷7에서는 맨 나중에 번역되고 『阿彌陁經諺解』에서는 맨 처음에 번역된다.

	衆生	聞	是	說	者
<月>	5	3	1	2	4
<阿彌>	1	4	2	3	5

2. 動詞類의 번역 순서

<1> 동작동사구 '吹動'

『月印釋譜』 卷7에서는 동작동사 '불다'로 번역되고 『阿彌陁經諺解』에서

는 동작동사구 '부러 뮈우다'로 번역되는 '吹動'의 번역 순서에 차이가 있다는 것은 동일 원문의 번역인 다음 예문들에서 잘 확인된다.

(1) a. ᄀᆞᄂᆞᆫ ᄇᆞᄅᆞ미 行樹羅網ᄋᆞᆯ 불면 微妙ᄒᆞᆫ 소리 나ᄃᆡ

<月七 67b>

b. ᄀᆞᄂᆞᆫ ᄇᆞᄅᆞ미 부러 뮈우면 보ᄇᆡ옛 行樹와 보ᄇᆡ옛 羅網애 微妙ᄒᆞᆫ 소리 나ᄃᆡ(微風이 吹動ᄒᆞ면 諸寶行樹와 寶羅網애 出微妙音호ᄃᆡ) <阿彌 12a>

원문 중 '微風吹動諸寶行樹寶羅網'이 두 문헌에서 어떤 순서로 번역되는가를 보면 다음과 같다.

	微風	吹動	諸寶行樹	寶羅網
<月>	1	4	2	3
<阿彌>	1	2	3	4

제8장 結論

지금까지 『月印釋譜』 卷7과 『阿彌陁經諺解』의 飜譯 양상에 대하여 논의해 왔다. 두 문헌의 對比를 통해 확인할 수 있는 두드러진 번역 양상으로 原文의 對比, 註釋의 對比, 意譯, 語彙的 差異, 飜譯되지 않는 部分 그리고 飜譯 順序가 있다.

제2장에서는 原文의 對比가 논의된다. 『月印釋譜』 卷7과 『阿彌陁經諺解』를 對比해 보면 『月印釋譜』 卷7에는 『阿彌陁經諺解』의 원문이 많이 번역되어 있지 않다는 것을 발견할 수 있다.

제3장에서는 註釋의 對比가 논의된다. 『月印釋譜』 卷7과 『阿彌陁經諺解』의 對比를 통해 註釋에 다음과 같은 차이가 있다는 것을 발견할 수 있다. 첫째로 『月印釋譜』 卷7에만 있는 주석이 있고, 둘째로 『阿彌陁經諺解』에만 있는 주석이 있고, 셋째로 相異한 주석이 있다.

제4장에서는 意譯이 논의된다. 『月印釋譜』 卷7과 『阿彌陁經諺解』를 대조·비교해 보면 『阿彌陁經諺解』에서는 直譯되는 것이 『月印釋譜』 卷7에서는 意譯된다는 것을 알 수 있다. 意譯되는 것에 名詞句, 動詞類 그리고 節이 있다.

『월인석보』 권7과 『아미타경언해』를 대비해 보면 『아미타경언해』에서는 名詞句로 직역되는 것이 『월인석보』 권7에서는 意譯된다는 것을 알 수 있다.

『월인석보』 권7과 『아미타경언해』의 對比를 통해 動詞類가 『월인석보』 권7에서는 意譯되고 『아미타경언해』에서는 直譯된다는 것을 알 수 있다. 의역되는 동사류에는 동작동사와 동작동사구가 있고 상태동사와 상태동사구가 있다.

『아미타경언해』에서는 직역되는 동작동사가 『월인석보』 권7에서는 상태동사로 의역된다. 의역되는 동작동사로 '會'와 '顚倒'가 있다.

『아미타경언해』에서는 직역되는 동작동사구가 『월인석보』 권7에서는 동작동사와 동작동사구로 의역된다. 의역되는 동작동사구로 '作是言', '得不退轉' 및 '欲令…宣流'가 있다.

『아미타경언해』에서는 직역되는 상태동사와 상태동사구가 『월인석보』 권7에서는 상태동사구로 의역된다. 의역되는 상태동사로 '希有'가 있고 의역되는 상태동사구로 '如是'가 있다.

『월인석보』 권7과 『아미타경언해』의 對比를 통해 『아미타경언해』에서는 節로 직역되는 것이 『월인석보』 권7에는 동작동사구로 의역된다는 것을 알 수 있다.

제5장에서는 語彙的 差異가 논의된다. 어휘적 차이는 동일한 漢字와 漢字句가『月印釋譜』卷7과『阿彌陁經諺解』에서 相異하게 번역되는 경우이다. 이 차이는 여러 가지 유형으로 분류하여 고찰할 수 있다.

동일한 漢字와 한자구가『月印釋譜』卷七에서는 名詞類로 번역되고『阿彌陀經諺解』에서는 명사류로 번역된다.『月印釋譜』권7에서는 번역되는 명사류에는 名詞와 名詞句가 있고『아미타경언해』에서 번역되는 명사류에는 명사와 명사구가 있다.

동일한 한자구가『월인석보』권7에서는 名詞로 번역되고『아미타경언해』에서는 상태동사구로 번역된다.

동일한 한자와 한자구가『월인석보』권7에서는 動詞類로 번역되고『아미타경언해』에서는 動詞類로 번역된다.『월인석보』권7에서 번역되는 동사류에는 動作動詞句와 상태동사가 있다.『아미타경언해』에서 번역되는 동사류에는 動作動詞와 상태동사구가 있다.

동일한 漢字와 한자구가『월인석보』권7에서는 動詞類로 번역되고『아미타경언해』에서는 名詞類로 번역된다.『월인석보』권7에서 번역되는 동사류에는 동작동사와 동작동사구가 있다. 그리고『아미타경언해』에서 번역되는 명사류에는 名詞와 명사구가 있다.

동일한 漢字가『월인석보』권7에서는 動作動詞로 번역되고『아미타경언해』에서는 繫辭로 번역된다.

동일한 漢字가 『월인석보』 권7에서는 動作動詞로 번역되고 『아미타경언해』에서는 助詞로 번역된다.

동일한 漢字가 『월인석보』 권7에서는 冠形詞로 번역되고 『아미타경언해』에서는 冠形詞로 번역된다.

동일한 漢字句가 『월인석보』 권7에서는 副詞로 번역되고 『아미타경언해』에서는 副詞句로 번역된다.

동일한 漢字가 『월인석보』 권7에서는 連結語尾로 번역되고 『아미타경언해』에서는 名詞로 번역된다.

제6장에서는 飜譯되지 않는 부분이 논의된다. 『月印釋譜』 卷7과 『阿彌陁經諺解』를 비교해 보면 『阿彌陁經諺解』의 일부분이 『月印釋譜』 卷7에서 번역되지 않는다는 사실을 발견할 수 있다. 부분적으로 번역되지 않는 것에는 名詞類, 動詞類, 副詞 그리고 冠形詞가 있다.

『월인석보』 권7에서는 번역되지 않고 『아미타경언해』에서는 번역되는 名詞類에는 명사와 명사구가 있다. 『월인석보』 권7에서 번역되지 않는 명사에는 '佛', '長老', '舍衛國' 및 '寶'가 있고 번역되지 않는 명사구에는 '彼國', '爾時', '其中' 및 '是故'가 있다.

『월인석보』 권7에서는 번역되지 않고 『아미타경언해』에서는 번역되는 動詞類에는 동작동사, 동작동사구, 상태동사 및 상태동사구가 있다.

『월인석보』 권7에서는 번역되지 않는 동작동사에는 '動', '譬', '轉'이 있고 번역되지 않는 동작동사구에는 '聞說'이 있고 번약되지 않는 상태동사에는 '有'가 있고 번역되지 않는 상태동사구에는 '甚多'가 있다.

『월인석보』권7에서는 번역되지 않고 『아미타경언해』에서는 번역되는 부사어에는 '實', '尙', '并', '及' 및 '皆'가 있다.

『월인석보』 권7에서는 번역되지 않고 『아미타경언해』에서는 번역되는 관형사에는 '彼'와 '諸'가 있다.

제7장에서는 飜譯 順序가 논의된다. 『月印釋譜』 卷7과 『阿彌陁經諺解』의 對比를 통해 번역 순서에 큰 차이가 있다는 것을 확인할 수 있다. 번역 순서에 차이를 보여 주는 것으로 名詞句와 動詞類가 있다.

『월인석보』 권7과 『아미타경언해』에서 번역 순서에 차이를 보여 주는 명사구에는 '衆生生者'와 '衆生聞是說者'가 있다.

『월인석보』 권7과『아미타경언해』에서 번역 순서에 차이를 보여 주는 동사류에는 '吹動'이 있다.

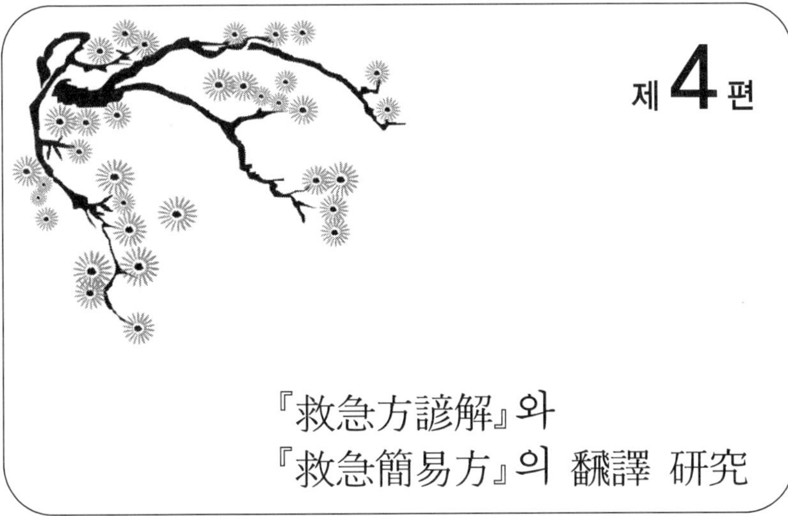

제 4 편

『救急方諺解』와 『救急簡易方』의 飜譯 硏究

제1장 序論

1. 硏究 目的과 方法

이 論文은 『救急方諺解』(1466)와 『救急簡易方』(1489)의 번역 중 原文이 동일한 것의 번역을 對比하여 두 문헌의 번역 양상을 實證的으로 고찰하는 데 목적이 있다.

두 문헌의 번역상의 차이는 동일 원문의 번역을 대비해 봄으로써 克明하게 밝혀진다. 그리고 두 문헌은 간행 연도에 약 20여 년 간의 시간적 격차가 있으므로 번역상에 현저한 차이를 보여 준다.

두 문헌의 번역 양상은 意譯, 語彙的 差異, 飜譯되지 않는 部分, 飜譯 順序 그리고 文法的 差異로 대별하여 고찰할 수 있다.

조선 초기 世宗代와 世祖代에는 佛書의 諺解가 大宗을 이루는 가운데 醫書의 언해는 世祖 12년(1466)에 간행된 『구급방언해』가 唯一한 것이고 최초이었다. 田光鉉(1982: 518)은 이러한 관점에서 『구급방언해』가 諺解史的으로 매우 중요한 가치를 가지고 있다고 하였다.

『구급방언해』는 세조 12년(1466)에 간행되었고 『구급간이방』은 성종 20년(1489)에 간행되었다. 김지용(1975: 390)에 의하면 『구급간이방』은 『구급방언해』를 증보한 것이다. 『구급방언해』는 上下卷으로 되어 있고 『구급간이방』은 全八卷으로 되어 있으며 현재 缺卷으로 보이는 것은 卷之四, 五, 八이다.

『구급방언해』는 上卷에 19 門, 下卷에 17 門 총 36 門이 있고 『구급간이방』은 卷之一 15 門, 卷之二 14 門, 卷之三 37 門, 卷之四 12 門, 卷之五 14 門, 卷之六 22 門, 卷之七 13 門, 卷之八 20 門 모두 127 門의 항목을

보여 준다.

『구급간이방』은 각 門目마다 언해를 붙였으나 『구급방언해』는 언해가 없다. 『구급간이방』에는 原文 중에 있는 藥材名에 대해 언해명을 註記해 놓았으나 『구급방언해』는 원문에는 전혀 언해된 註記가 없다.

필자는 『구급방언해』와 『구급간이방』의 번역 양상을 연구하기 위해 두 문헌에서 原文이 동일한 것들을 찾아내어 그것들의 번역이 어떤 차이를 보여주는가를 고찰하였다. 이 과정에서 필자는 意譯, 語彙的 差異, 번역되지 않는 부분, 번역 순서 그리고 文法的 差異를 발견할 수 있었다.

2. 先行 硏究

지금까지 『救急方諺解』와 『救急簡易方』에 대해 어떤 선행 연구가 있었나를 살펴보기로 한다.

『구급방언해』에 대한 선행 연구에는 김지용(1971), 김영신(1976), 김영신(1978) 그리고 元順玉(1996)이 있다. 김지용(1975)은 『구급방언해』의 국어학적 자료로서의 가치에 관해 언급하고 있다. 김영신(1976)은 『구급방언해』의 어휘를 전면적으로 고찰하고 있고 또 김영신(1978)은 『구급방언해』에 나타난 순굴곡론과 준굴곡론을 상세히 정리한 것으로 『구급방언해』의 굴곡론을 정밀하게 기술하고 있다. 원순옥(1996)은 『구급방언해』의 희귀어를 단일어와 복합어로 나누어 고찰하고 있다.

『救急簡易方』에 관한 선행 연구에는 李基文(1959)과 田光鉉(1982)이 있다. 李基文(1959)은 『구급간이방』 권1(1959년 당시에는 권1만 존재했음)의 言語 事實을 音韻的으로 그리고 形態論的으로 고찰하고 『구급간이방』 권1의 語彙에 대하여 언급하고 있다. 田光鉉(1982)은 『구급간이방』 권1과 권2의 表記法과 音韻 현상을 기술하고 있다.

『구급방언해』와 『구급간이방』에 관한 先行 硏究의 고찰에서 알 수 있듯이 지금까지 두 문헌의 번역 양상을 연구한 논문이 없었다. 그래서 이 논문은 『구급방언해』와 『구급간이방』의 번역에 대한 실증적이고 본격적인 연구라는 데 큰 의의가 있다.

이 논문에서 사용된 문헌은 다음과 같다.

略號	文獻名
<救方>	救急方諺解(1466) : 한글학회 영인본(1975)
<救간>	救急簡易方(1489)
	卷1, 2 : 檀國大學校 東洋學硏究所 영인본(1982)
	卷3, 6 : 弘文閣 영인본(1997)
	卷7 : 故 金完燮氏 所藏

제2장 意譯

『救急方諺解』와 『救急簡易方』의 대비를 통해 『구급방언해』에서는 直譯되는 것이 『구급간이방』에서는 의역되는 경우가 아주 많다는 것을 알 수 있다. 첫째는 名詞類의 意譯이다. 의역되는 명사류에는 名詞와 명사구가 있다. 둘째는 動詞類의 意譯이다. 의역되는 동사류에는 動作動詞, 動作動詞句, 狀態動詞 그리고 상태동사구가 있다. 셋째는 副詞類의 意譯이다. 의역되는 부사류에는 副詞, 부사구 및 부사어가 있다. 넷째는 節의 意譯이다.

1. 名詞類의 意譯

『구급방언해』와 『구급간이방』의 대비를 통해 『구급방언해』에서는 直譯되는 名詞類가 『구급간이방』에서는 名詞類, 動詞類, 및 節로 意譯된다는 것을 발견할 수 있다. 『구급방언해』에서 직역되는 명사류에는 名詞와 명사구가 있다. 『구급간이방』에서 의역되는 名詞類에는 名詞와 명사구가 있고 의역되는 동사류에는 動作動詞句와 상태동사구가 있다.

1.1. 名詞의 意譯

『구급방언해』와 『구급간이방』의 대비를 통해 『구급방언해』에서는 名詞로 直譯되는 것이 『구급간이방』에서는 名詞類, 동작동사 및 節로 의역된다는 것을 알 수 있다. 『구급방언해』에서 직역되는 명사류에는 有情名詞, 具體名詞 및 抽象名詞가 있다. 직역되는 유정명사에는 '臘月猪'가 있다. 직역되는 구체명사 중 신체와 관련 있는 명사에는 '鼻'를 비롯하여 '人中', '人中穴', '腹', '四肢', '孔', '冠', '毛'가 있고 물건과 관련 있는 명사에는 '細辛', '防風', '墼' 및 '末'이 있고 물과 관련 있는 명사에는 '汁', '生薑汁', '漿水' '地漿' 및 '酒'가 있다. '病'과 관련 있는 명사에는 '尸厥'이 있고 數量과 관련 있는 명사에는 '半'이 있고 方位와 관련 있는 명사에는 '中'과 '上'이 있다. 직역되는 抽象名詞에는 '魂'과 '虛實'이 있다.

<1> 臘月猪

'臘月猪'가 『구급방언해』에서는 명사 '臘月猪'로 직역되고 『구급간이방』에서는 명사구 '섯ᄃᆞ래 자ᄇᆞᆫ 돝'으로 의역된다는 것은 동일 원문의 번역인 다음 예문들에서 잘 확인된다.

(1) a. 臘月猪 기름 ᄒᆞᆫ 兩ᄋᆞᆯ(臘月猪脂一兩) <救方下 2a>
b. 섯ᄃᆞ래 자ᄇᆞᆫ 도틔 기름 ᄒᆞᆫ 량과ᄅᆞᆯ(臘月猪脂一兩) <救간六 23b>

(1) c. 臘月ㅅ 도틔 기르메 ᄆᆞ라(以臘月猪膏和) <救方下 68b>
d. 섯ᄃᆞ래 자ᄇᆞᆫ 도틔 기르메 ᄆᆞ라(以臘月猪膏和) <救간六 42b>

<2> 鼻

'鼻'가 『救急方諺解』에서는 명사 '곻'로 직역되고 『救急簡易方』에서는 명사구 '곳 구무'로 의역된다는 것은 동일 원문의 번역인 다음 예문들에서 잘 확인된다.

(2) a. 皂角ㅅ ᄀᆞᄅᆞᆯ 고해 불라(用皂角末吹鼻) <救方上 19b>
b. 조(50a)각 ᄀᆞᄅᆞᆫ ᄀᆞᄅᆞᆯ 곳굼긔 불며(皂角末吹鼻) <救간一 50b>

<3> 人中

'人中'이 『救急方諺解』에서는 명사 '人中'으로 직역되고 『救急簡易方』에서는 명사구 '고 아래 입시울 우희 오목ᄒᆞᆫ ᄃᆡ'로 의역된다는 것은 동일 원문의 번역인 다음 예문들에서 잘 확인된다.

(3) a. 人中을 針호ᄃᆡ(針人中) <救方上 40a>
b. 고 아래 입시울 우희 오목ᄒᆞᆫ ᄃᆡ 침호ᄃᆡ(針人中) <救간一 55a>

(3) c. ᄯᅩ 人中을 손토ᄇᆞ로 오래 ᄢᅵᆯ어시며(又云爪刺人中良久) <救方上 40a>
d. ᄯᅩ 고 아래 입시울 우희 오목ᄒᆞᆫ ᄃᆡ ᄉᆞᆫ톱으로 오래 ᄢᅵᆯ어시며(又云爪刺人中良久) <救간一 55a>

(3) e. 人中을 七壯ᄋᆞᆯ ᄯᅳ고(炙鼻人中七壯) <救方上 40a>
f. 고 아래 입시울 우희 오목ᄒᆞᆫ ᄃᆡᆯ 닐굽 붓글 ᄯᅳ고(炙鼻人中七壯) <救간一 55a>

<4> 人中穴

'人中穴'이 『구급방언해』에서는 명사 '人中穴'로 직역되고 『구급간이방』에서는 명사구 '고 아래 입시울 우희 오목ᄒᆞᆫ ᄃᆡ'로 의역된다는 것은 동일 원문의 번역인 다음 예문들에서 잘 확인된다.

(4) a. 人中穴와(於人中穴及) <救方上 74a>
b. 고 아래 입시울 우희 오목ᄒᆞᆫ ᄃᆡ와(於人中穴及) <救간一 77b>

<5> 腹

'腹'이 『救急方諺解』에서는 명사 'ᄇᆡ'로 직역되고 『救急簡易方』에서는

명사구 'ᄇᆡ 안ㅎ'으로 의역된다는 것은 동일 원문의 번역인 다음 예문들에서 잘 확인된다.

(5) a. 그 腸이 ᄇᆡ예… 잇ᄂᆞ(32b)니(其腸…在腹) <救方上 33a>
b. 챵ᄌᆡ…ᄇᆡ 안해 이쇼ᄆᆞᆫ(其腸…在腹) <救간二 46a>

<6> 四肢

'四肢'가 『救急方諺解』에서는 명사 '四肢'로 직역되고 『救急簡易方』에서는 명사구 '손과 발'로 의역된다는 것은 동일 원문의 번역인 다음 예문들에서 잘 확인된다.

(6) a. 四肢 ᄎᆞ닐 고툐ᄃᆡ(治…四肢逆冷) <救方上 27a>
b. 손과 발왜 ᄎᆞ거든(四肢逆冷) <救간二 26b>

<7> 孔

'孔'이 『구급방언해』에서는 명사 '구무'로 직역되고 『구급간이방』에서는 명사구 '그 구무'로 의역된다는 것은 동일 원문의 번역인 다음 예문들에서 잘 확인된다.

(7) a. 病ᄒᆞᆫ 사ᄅᆞᄆᆞ로 입 버려 굼긔 다혀(令患人開口置孔) <救方上 52a>
b. 병ᄒᆞᆫ 사ᄅᆞᄆᆞ로 입 버려 그 굼긔 다혀(令患人開口置孔) <救간六 12b>

<8> 冠

'冠'이 『구급방언해』에서는 명사 'ᄇᆞᆽ'과 'ᄇᆞᆺ'으로 직역되고 『구급간이방』에서는 명사구 '머리 ᄇᆞᆺ'으로 의역된다는 것은 동일 원문의 번역인 다음 예문

들에서 잘 확인된다.

(8) a. ᄃᆞᆯᄀᆡ 벼츨 ᄣᅵᆯ어 피 내야(刺鷄冠血出) <救方上 75b>
b. ᄃᆞᆰ의 머리 벼셋 피ᄅᆞᆯ(刺鷄冠血) <救간一 59b>

(8) c. ᄃᆞᆯᄀᆡ 벼ᄉᆞᆯ 베혀 피ᄅᆞᆯ(刺鷄冠血) <救方下 17b>
d. ᄃᆞᆯᄀᆡ 머리 벼셋 피ᄅᆞᆯ(刺鷄冠血) <救간六 71a>

<9> 毛

‘毛’가『구급방언해』에서는 명사 ‘터럭’으로 직역되고『구급간이방』에서는 명사구 ‘버믜 터리’로 의역된다는 것은 동일 원문의 번역인 다음 예문들에서 잘 확인된다.

(9) a. 터러글 吐ᄒᆞ리라(吐毛) <救方下 64a>
b. 버믜 터리ᄅᆞᆯ 토ᄒᆞ리라(吐毛出) <救간六 31b>

<10> 細辛

‘細辛’이『구급방언해』에서는 명사 ‘細辛’으로 직역되고『구급간이방』에서는 명사구 ‘셰ᄉᆡᆫ 불휘’로 의역된다는 것은 동일 원문의 번역인 다음 예문들에서 잘 확인된다.

(10) a. ᄆᆡ온 細辛와(辣細辛) <救方上 1b>
b. ᄆᆡ온 셰ᄉᆡᆫ 불휘와(辣細辛) <救간一 2a>

(10) c. 皁莢과 細辛ㅅ ᄀᆞᄅᆞᆯ 디허(擣皁莢細辛屑) <救方上 75b>
d. 조협과 셰ᄉᆡᆫ 불휘와 디흔 ᄀᆞᄅᆞ(擣皁莢細辛屑) <救간一 62a>

<11> 防風

'防風'이『구급방언해』에서는 명사 '防風'으로 직역되고『구급간이방』에서는 명사구 '방퓽 불휘'로 의역된다는 것은 동일 원문의 번역인 다음 예문들에서 잘 확인된다.

(11) a. 天南星과 防風ᄋᆞᆯ ᄀᆞᆮ게 ᄂᆞᆫ호아(天南星 防風右等分)
<救方下 73a>
b. 두야머주저깃 불휘와 방퓽 불휘와ᄅᆞᆯ ᄀᆞᆮ게 ᄂᆞᆫ화(天南星 防風右等分) <救간六 42a>

<12> 㽉

'㽉'이『구급방언해』에서는 명사 '㽉'으로 직역되고『구급간이방』에서는 명사구 '그 그릇'으로 의역된다는 것은 동일 원문의 번역인 다음 예문들에서 잘 확인된다.

(12) a. 죠ᄒᆡ 젼 ᄒᆞᆫ 주믈 ᄉᆞ라 㽉 안해 녀코(以紙錢一把燒放㽉中)
<救方上 74b>
b. 죠ᄒᆡ 젼 ᄒᆞᆫ 줌을 그(74b) 그릇 안해 ᄉᆞᆯ라(以紙錢一把燒放㽉中) <救간一 75a>

(12) c. 죠ᄒᆡ 젼을 ᄉᆞ라 㽉 안해 녀허(燒紙錢於㽉內) <救方上 74b>
d. 죠ᄒᆡ 젼을 그 그릇 안해 ᄉᆞ라(燒紙錢於㽉內) <救간一 75a>

<13> 末

'末'이『救急方諺解』에서는 명사 'ᄀᆞᄅᆞ'로 직역되고『救急簡易方』에서는 명사구 'ᄀᆞᄅᆞᆫ ᄀᆞᄅᆞ'로 의역된다는 것은 동일 원문의 번역인 다음 예문들에서 잘 확인된다.

(13) a. 皂角ㅅ ᄀᆞᆯᄋᆞᆯ 고해 불라(用皂角末吹鼻) <救方上 19b>
b. 조(50a)각 ᄀᆞᄅᆞᆫ ᄀᆞᆯ을 곳굼긔 불며(皂角末吹鼻) <救간一 50b>

<14> 汁

'汁'이 『救急方諺解』에서는 명사 '汁'으로 직역되고 『救急簡易方』에서는 명사구 '그 즙'으로 의역된다는 것은 동일 원문의 번역인 다음 예문들에서 잘 확인된다.

(14) a. 生뵈로 汁을 ᄧᅡ(以生布絞汁) <救方上 3a>
b. ᄉᆡᆼ뵈로 ᄧᅡ 그 즙을(以生布絞汁) <救간一 18b>

(14) c. 汁을 머기며(汁飮之) <救方下 66b>
d. 그 즙을 머그라(汁飮之) <救간六 35a>

<15> 生薑汁

'生薑汁'이 『구급방언해』에서는 명사 '生薑汁'으로 직역되고 『구급간이방』에서는 명사구 'ᄉᆡᆼ앙 즛두드려 ᄧᅩᆫ 믈'로 의역된다는 것은 동일 원문의 번역인 다음 예문들에서 잘 확인된다.

(15) a. 生薑汁에 ᄆᆞ라(生薑汁調) <救方下 76b>
b. ᄉᆡᆼ앙 즛두드려 ᄧᅩᆫ 므레 섯거 ᄆᆞ라(生薑汁調) <救간六 59b>

<16> 漿水

'漿水'가 『救急方諺解』에서는 명사 '漿水'로 직역되고 『救急簡易方』에서는 명사구 'ᄡᆞᆯ 글힌 믈'로 의역된다는 것은 동일 원문의 번역인 다음 예문들에서 잘 확인된다.

(16) a. 漿水예 프러 머교ᄃᆡ(漿水和飮之) <救方上 40b>
b. ᄡᆞᆯ 글힌 므레 프러 머교ᄃᆡ(漿水和飮之) <救간一 54b>

(16) c. 漿水로 모ᄆᆞᆯ 시ᅀᅳᆫ 後에(用漿水洗身) <救方上 63a>
d. ᄡᆞᆯ 글힌 믈로 모ᄆᆞᆯ 시ᅀᅳᆫ 후에(用漿水洗身) <救간六 32a>

(16) e. 漿水와 부룻 불휘ᄅᆞᆯ(漿水萵苣根) <救方下 75a>
f. ᄡᆞᆯ 글힌 믈와 부룻 불휘ᄅᆞᆯ(漿水萵苣根) <救간六 48a>

<17> 地漿

'地漿'이 『救急方諺解』에서는 명사 '地漿'으로 직역되고 『救急簡易方』에서는 명사구 '딜ᄒᆞᆰ ᄯᅡ홀 ᄑᆞ고 믈 브ᅀᅥ 홍ᄃᆞᆼ인 믈'로 의역된다는 것은 동일 원문의 번역인 다음 예문들에서 잘 확인된다.

(17) a. 重ᄒᆞ니란 地漿ᄋᆞ로 브ᅀᅳ면 ᄭᆡᄂᆞ니(輕者以地漿灌則醒) <救方上 10b>
b. 듕ᄒᆞ닌란 딜ᄒᆞᆰ ᄑᆞ고 믈 브ᅀᅥ 홍ᄃᆞᆼ인 므를 브ᅀᅳ면 ᄭᆡᄂᆞ니(輕 者以地漿灌則醒) <救간一 38b>

<18> 尸厥

'尸厥'이 『救急方諺解』에서는 명사 '尸厥'로 직역되고 『救急簡易方』에서는 명사구 'ᄆᆡᆨᄋᆞᆫ 잇고 긔운 업스니'로 의역된다는 것은 동일 원문의 번역인 다음 예문들에서 잘 확인된다.

(18) a. 尸厥을 고티ᄂᆞ니라(治尸厥) <救方上 24b>
b. ᄆᆡᆨᄋᆞᆫ 잇고 긔운 업스니도 고티ᄂᆞ니라(治尸厥) <救간一 43a>

<19> 半

'半'이 『구급방언해』에서는 명사 '半'으로 직역되고 『구급간이방』에서는 명사구 '닷 홉'으로 의역된다는 것은 동일 원문의 번역인 다음 예문들에서 잘 확인된다.

(19) a. 즈블 ᄒᆞᆫ 잔 半ᄋᆞᆯ(汁一盞半) <救方上 48a>
b. ᄒᆞᆫ 되 닷 홉을(汁一盞半) <救간六 7a>

<20> 中

'中'이 『구급방언해』에서는 명사 '솝'으로 직역되고 『구급간이방』에서는 명사 '구무'로 의역된다는 것은 동일 원문의 번역인 다음 예문들에서 잘 확인된다.

(20) a. 곳 소배 녀흐면(納鼻中) <救方下 95a>
b. 곳 굼긔 녀흐면(納鼻中) <救간七 64b>

<21> 上

'上'이 『구급방언해』에서는 명사 '우ㅎ'로 직역되고 『구급간이방』에서는 명사구 '헌 ᄃᆡ'로 의역된다는 것은 동일 원문의 번역인 다음 예문들에서 잘 확인된다.

(21) a. 우희 조쳐 ᄇᆞᆯ로ᄃᆡ(兼傳上) <救方下 66b>
b. 헌 ᄃᆡ 브툐ᄆᆞᆯ(兼傳上) <救간六 35a>

<22> 魂

'魂'이 『救急方諺解』에서는 명사 '넋'으로 직역되고 『救急簡易方』에서는

명사구 '주그늬 일훔'으로 의역된다는 것은 동일 원문의 번역인 다음 예문들에서 잘 확인된다.

(22) a. 집 우희 올아 넉슬 브르고(上屋喚魂) <救方上 36a>
b. 집 우희 올아 주그늬 일후믈 브르며(上屋喚魂) <救간二 61a>

<23> 酒

'酒'가 『구급방언해』에서는 명사 '술'로 직역되고 『구급간이방』에서는 동작동사구 '수레 플다'의 부사형으로 의역된다는 것은 동일 원문의 번역인 다음 예문들에서 잘 확인된다.

(23) a. 수레 方寸匕 수를 머구디 ᄒᆞᄅᆞ 세 적곰 ᄒᆞ라(酒服方寸匕日三) <救方下 64a>
b. ᄒᆞᆫ 술옴 수레 프러 ᄒᆞᄅᆞ 세 번곰 머그라(酒服方寸匕日三) <救간六 32b>

(23) c. 수레 머그라(酒服之) <救方下 67b>
d. 수레 프러 머그라(酒服之) <救간六 36b>

<24> 上

'上'이 『구급방언해』에서는 명사 '우ㅎ'로 직역되고 『구급간이방』에서는 동작동사구 '우희 올이다'로 의역된다는 것은 동일 원문의 번역인 다음 예문들에서 잘 확인된다.

(24) a. 산 사ᄅᆞᄆᆞ로 長床 우희 젓바 뉘이고(以活人於長板欖上) <救方上 71a>

b. 산 사ᄅᆞᄆᆞᆯ 댱상 우희 올여 젓바 뉘이고(以活人於長板凳上)
<救간一 72a>

<25> 末

'末'이 『구급방언해』에서는 명사 'ᄀᆞᄅᆞ'로 직역되고 『구급간이방』에서는 절 'ᄀᆞᆯ이 ᄃᆞ외다'로 의역된다는 것은 동일 원문의 번역인 다음 예문들에서 잘 확인된다.

(25) a. 무근 ᄇᆞᄅᆞᄆᆡᆺ ᄒᆞᆰ ᄀᆞᆯᄋᆞ로(有用陳壁土末) <救方上 73b>
b. ᄇᆞᄅᆞᄆᆡᆺ 오란 ᄒᆞᆰ을 ᄇᆞ(67a)ᅀᅡ ᄀᆞᆯ이 ᄃᆞ외어든(有用陳壁土末)
<救간一 67b>

<26> 虛實

'虛實'이 『구급방언해』에서는 명사 '虛實'로 직역되고 『구급간이방』에서는 절 '긔운이 허커나 실커나 ᄒᆞ다'로 의역되고 것은 동일 원문의 번역인 다음 예문들에서 잘 확인된다.

(26) a. 虛實을 혜오(量虛實) <救方上 70b>
b. 긔운이 허커나 실커나 호ᄆᆞᆯ 혜아려(量虛實) <救간三 71b>

1.2. 名詞句의 意譯

『구급방언해』와 『구급간이방』의 대비를 통해 『구급방언해』에서 名詞句로 直譯되는 것이 『구급간이방』에서는 名詞, 名詞句, 動作動詞句, 상태동사구 그리고 節로 의역된다는 것을 알 수 있다.

『구급방언해』에서 直譯되는 名詞句에는 有情名詞句, 具體名詞句 및 抽象名詞句가 있다. 직역되는 유정명사구에는 '强者'와 '輕者'가 있다. 직역되는 구체명사구 중 身體와 관련 있는 것에는 '七孔', '瘡', '瘡口', '瘡中', '四肢岐'가 있고 물건과 관련 있는 것에는 '月經衣', '魚網', '桂皮末', '一小盞' 및 '椒…目'이 있고 물과 관련 있는 것에는 '新汲井花水'와 '春酒'가 있고 病과 관련 있는 것에는 '尸厥', '猘犬毒' 및 '中惡之類'가 있고 수량과 관련 있는 것에는 '六銖'가 있고 方位와 관련 있는 것에는 '東南'이 있고 의역되는 추상명사구에는 '輕重冷熱'이 있다.

<1> 强者

'强者'가 『救急方諺解』에서는 명사구 '强ᄒᆞ니'로 직역되고 『救急簡易方』에서는 명사 '얼운'으로 의역된다는 것은 동일 원문의 번역인 다음 예문들에서 잘 확인된다. '强ᄒᆞ니'는 '强ᄒᆞ+니#이'로 분석될 수 있다.

(1) a. 强ᄒᆞ닌 다 먹고(强者頓服) <救方上 30a>
b. 얼운은 ᄒᆞᆫ 번에 ᄆᆞᆫ득 먹고(强者頓服) <救간二 31b>

<2> 輕者

'輕者'가 『救急方諺解』에서는 명사구 '輕ᄒᆞ니'으로 직역되고 『救急簡易方』에서는 명사구 '병이 경ᄒᆞ니'로 의역된다는 것은 동일 원문의 번역인 다음 예문들에서 잘 확인된다. '輕ᄒᆞ니'는 '輕ᄒᆞ+니#이'로 분석될 수 있다.

(2) a. 輕ᄒᆞ니란 半 돈이오(輕者半錢) <救方上 4b>
b. 병이 경ᄒᆞ니란 반 돈(5b)만 ᄒᆞ고(輕者半錢) <救간一 6a>

<3> 七孔

'七孔'이 『구급방언해』에서는 명사구 '닐굽 구무'로 직역되고 『구급간이방』에서는 명사구 '눈과 코콰 귀와 입'으로 의역된다는 것은 동일 원문의 번역인 다음 예문들에서 잘 확인된다.

(3) a. 닐굽 굼글 여러(開七孔) <救方上 72a>
b. 눈과 고콰 귀와 입과를 여러 두어(開七孔) <救간一 70b>

<4> 瘡

'瘡'이 『구급방언해』에서는 명사구 '헌 ᄃᆡ'로 직역되고 『구급간이방』에서는 명사구 '믈인 ᄃᆡ'로 의역된다는 것은 동일 원문의 번역인 다음 예문들에서 잘 확인된다.

(4) a. 헌 ᄃᆡ 시스라(洗瘡) <救方下 63a>
b. 믈인 ᄃᆡ 시스라(洗瘡) <救간六 31a>

(4) c. 헌 ᄃᆡ 브툐ᄃᆡ ᄒᆞᄅᆞ 세 적곰 ᄒᆞ라(傳瘡日三) <救方下 68b>
d. 믈인 ᄃᆡ ᄒᆞᄅᆞ 세 번(42b)곰 ᄇᆞᄅᆞ라(傳瘡日三) <救간六 43a>

한편 '瘡'이 『구급방언해』와 『구급간이방』에서 모두 명사구 '헌 ᄃᆡ'로 번역된다는 것은 동일 원문의 번역인 다음 예문들에서 잘 확인된다.

(4) e. 헌 ᄃᆡᆯ 싯고(洗瘡) <救方下 65a>
f. 헌 ᄃᆡ 싯고(洗瘡) <救간六 33a>

(4) g. 헌 ᄃᆡ 됴커든 말라(瘡愈止) <救方下 66b>
h. 헌 ᄃᆡ 됴커든 말라(瘡愈止) <救간六 35b>

<5> 瘡口

'瘡口'가 『구급방언해』에서는 명사구 '헌 구무'로 직역되고 『구급간이방』에서는 명사구 '헌 ᄃᆡ'로 의역된다는 것은 동일 원문의 번역인 다음 예문들에서 잘 확인된다.

(5) a. 헌 굼글 쇠면(燻瘡口) <救方下 63b>
b. 헌 ᄃᆡ ᄡᅬ면(燻瘡口) <救간六 33b>

한편 '瘡口'가 『구급방언해』와 『구급간이방』에서 모두 명사구 '헌 ᄃᆡ'로 번역된다는 것은 동일 원문의 번역인 다음 예문들에서 잘 확인된다.

(5) c. 헌 ᄃᆡᆯ 시스면(洗瘡口) <救方下 64a>
d. 헌 ᄃᆡ 시소미 (洗瘡口) <救간六 32a>

<6> 瘡中

'瘡中'이 『구급방언해』에서는 명사구 '헌 ᄃᆡ'로 직역되고 『구급간이방』에서는 명사구 'ᄆᆞᆯ 믈인 ᄃᆡ'와 '믈인 ᄃᆡ'로 의역된다는 것은 동일 원문의 번역인 다음 예문들에서 잘 확인된다.

(6) a. 헌 ᄃᆡ와 브슨 우ᄒᆞᆯ ᄯᅳ면(灸瘡中及腫上) <救方下 17a>
b. ᄆᆞᆯ 믈인 ᄃᆡ와 브슨 ᄃᆡ와ᄅᆞᆯ ᄯᅳ면(灸瘡中及腫上) <救간六 74b>

(6) c. 헌 ᄃᆡ ᄇᆞᄅᆞ라(塗瘡中) <救方下 69a>
d. 믈인 ᄃᆡ ᄇᆞᄅᆞ라(塗瘡中) <救간六 43a>

(6) e. 헌 ᄃᆡ ᄡᅵ코(粉瘡中) <救方下 68a>
f. 믈인 굼긔 ᄇᆞᄅᆞ고(粉瘡中) <救간六 42b>

(6) g. 헌 ᄃᆡ 녀흐라(內瘡中) <救方下 68b>
h. 믈인 굼긔 녀흐라(內瘡中) <救간六 43a>

(6) i. 헌 ᄃᆡ 브ᅀᅳ라(灌瘡中) <救方下 68b>
j. 믈인 굼긔 브ᅀᅳ라(灌瘡中) <救간六 43a>

<7> 四肢岐

'四肢岐'가 『구급방언해』에서는 명사구 '四肢ㅅ 가락'으로 직역되고 『구급간이방』에서는 명사구 '솑가락 밧가락'으로 의역된다는 것은 동일 원문의 번역인 다음 예문들에서 잘 확인된다.

(7) a. 아홉 구무와 四肢ㅅ 가락 ᄉᆞᅀᅵ예(九竅四肢岐間)
<救方上 63b>
b. 아홉 구무와 솑가락 밧가락 ᄧᅵ메(九竅四肢岐間)
<救간二 114b>

<8> 月經衣

'月經衣'가 『구급방언해』에서는 명사구 '月經ᄒᆞᆫ 옷'으로 직역되고 『구급간이방』에서는 명사구 '겨지븨 월경슈 무든 것'으로 의역된다는 것은 동일 원문의 번역인 다음 예문들에서 잘 확인된다.

(8) a. 月經ᄒᆞᆫ 옷 ᄉᆞ론 ᄀᆞᄅᆞᆯ(月經衣燒末) <救方下 64a>
b. 겨지븨 월경슈 무든 거ᄉᆞᆯ ᄉᆞ라(月經衣燒末) <救간六 32b>

<9> 魚網

'魚網'이 『救急方諺解』에서는 명사구 '고깃 그믈'로 직역되고 『救急簡易方』에서는 명사구 '고기 잡ᄂᆞᆫ 그믈'로 의역된다는 것은 동일 원문의 번역인 다음 예문들에서 잘 확인된다.

(9) a. 고깃 그므를 머리예 두프면(以魚網覆頭) <救方上 49a>
b. 고기 잡ᄂᆞᆫ 그므ᄅᆞᆯ 가져다가 머리예 무룹스면(以魚網覆頭)
<救간六 4a>

<10> 桂皮末

'桂皮末'이 『救急方諺解』에서는 명사구 '桂皮 ᄀᆞᄅᆞ'로 직역되고 『救急簡易方』에서는 명사구 '계피 갓근 솝 ᄀᆞ론 ᄀᆞᄅᆞ'로 의역된다는 것은 동일 원문의 번역인 다음 예문들에서 잘 확인된다.

(10) a. 桂皮 ᄀᆞᄅᆞ도 ᄯᅩ 됴ᄒᆞ니라(桂心末亦得) <救方上 19b>
b. 계피 갓근 솝 ᄀᆞ론 ᄀᆞᄅᆞ도 됴ᄒᆞ니라(桂心末亦得) <救간一 48a>

<11> 一小盞

'一小盞'이 『구급방언해』에서는 명사구 'ᄒᆞᆫ 져근 잔'으로 직역되고 『구급간이방』에서는 명사구 '서 홉'으로 의역된다는 것은 동일 원문의 번역인 다음 예문들에서 잘 확인된다.

(11) a. 醋 ᄒᆞᆫ 져근 자내 녀허(入醋一小盞) <救方下 90b>
b. 초 서홉에 녀허(入醋一小盞) <救간七 50b>

<12> 椒…目

'椒…目'이 『구급방언해』에서는 명사구 '川椒…눈'으로 직역되고 『구급간이방』에서는 명사구 '죠핏 여름 가온딧 가문 ᄡᅵ'로 의역된다는 것은 동일 원문의 번역인 다음 예문들에서 잘 확인된다.

(12) a. 生ᄒᆞᆫ 川椒 석 兩 눈 아ᅀᆞ니와(生椒三兩去目) <救方下 76a>
b. ᄂᆞᆯ조핏 여름 가온딧 가문 ᄡᅵ 아ᅀᆞ니 석 량과(生椒三兩去目) <救간六 54b>

<13> 新汲井花水

'新汲井花水'가 『구급방언해』에서는 명사구 'ᄀᆞᆺ 기룬 井花水'와 'ᄀᆞᆺ 기룬 우믌 가온딧 믈'로 직역되고 『구급간이방』에서는 명사구 '새배 ᄂᆞᆷ 아니 기려셔 몬져 기론 우믌 믈'과 '새배 몬져 기론 믈'로 의역된다는 것은 동일 원문의 번역인 다음 예문들에서 잘 확인된다.

(13) a. ᄀᆞᆺ 기룬 井花水예 프로ᄃᆡ(新汲井花水調) <救方上 59b>
b. 새배 ᄂᆞᆷ 아니 기려셔 몬져 기론 우믌 므레 프(111b)러(新汲 井花水調) <救간二 112a>

(13) c. ᄀᆞᆺ 기룬 우믌 가온딧 므(81b)레 ᄉᆞᆷᄭᅵ라(新汲井花水呑下) <救方下 82a>
d. 새배 몬져 기론 므레 머그라(新汲井花水呑之) <救간七 45b>

그리고 『구급간이방』의 번역이 의역이라는 사실은 '新汲井花水'의 다음과 같은 字釋에서 명백히 확인된다.

(13) e. 新汲井花水: 새배 ᄂᆞᆷ 아니 기려셔 몬져 기론 우믌 믈 <救간二 111a>
f. 新汲井花水: 새배 ᄂᆞᆷ 아니 기려 제 몬져 기론 우믌 믈 <救간七 45b>

<14> 春酒

'春酒'가 『구급방언해』에서는 명사구 '봆 술'로 직역되고 『구급간이방』에서는 명사구 '보미 비즌 술'로 의역된다는 것은 동일 원문의 번역인 다음 예문들에서 잘 확인된다.

(14) a. 됴ᄒᆞᆫ 봆 수를(以上好春酒) <救方下 77b>

b. ᄀᆞ장 됴ᄒᆞᆫ 보ᄆᆡ 비즌 수를(以上好春酒) <救간六 66b>

<15> 尸厥

'尸厥'이 『救急方諺解』에서는 명사구 '尸厥ᄒᆞ니'로 직역되고 『救急簡易方』에서는 명사구 'ᄆᆡᆨ은 잇고 긔운 업스니'로 의역된다는 것은 동일 원문의 번역인 다음 예문들에서 잘 확인된다. '尸厥ᄒᆞ니'는 '尸厥ᄒᆞ+ㄴ#이'로 분석될 수 있다.

(15) a. 尸厥ᄒᆞ니를(尸厥) <救方上 24b>
b. ᄆᆡᆨ은 잇고 긔운이 업스닐(尸厥) <救간一 45a>

<16> 猘犬毒

'猘犬毒'이 『구급방언해』에서는 명사구 '미친 가히 毒'으로 직역되고 『구급간이방』에서는 명사구 '미친 가히 믈인 독'으로 의역된다는 것은 동일 원문의 번역인 다음 예문들에서 잘 확인된다.

(16) a. 미친 가히 毒ᄋᆞᆯ 고툐미(治猘犬毒) <救方下 66a>
b. 미친 가히 믈인 독에(猘犬毒) <救간六 34b>

<17> 中惡之類

'中惡之類'가 『救急方諺解』에서는 명사구 '中惡ㅅ 類'로 직역된고 『救急簡易方』에서는 명사구 '모딘 긔운 마ᄌᆞ니와 ᄒᆞᆫ가지'로 의역된다는 것은 동일 원문의 번역인 다음 예문들에서 잘 확인된다.

(17) a. 客忤ᄂᆞᆫ 中惡ㅅ 類니(客忤者中惡之類也) <救方上 18a>
b. 옷긔드닌 모딘 긔운 마ᄌᆞ니와 ᄒᆞᆫ가지니(客忤者中惡之類也) <救간一 51a>

<18> 六銖

'六銖'가 『구급방언해』에서는 명사구 '여슷 銖'로 직역되고 『구급간이방』에서는 명사구 '반 돈 남즉ᄒᆞ니'로 의역된다는 것은 동일 원문의 번역인 다음 예문들에서 잘 확인된다. 『석보상절』 권20의 주석 '一百 기자이 ᄒᆞᆫ 銖ㅣ오 여슷 銖ㅣ ᄒᆞᆫ 分이오 네 分이 ᄒᆞᆫ 兩이라 <9a>'와 『월인석보』 권18의 주석 '二十四銖ㅣ ᄒᆞᆫ 兩이라 <29a>'에서 '銖'가 '1/24兩'이니 '六銖'는 '1/4兩'이라는 것을 알 수 있다.

(18) a. 當歸 두 兩과 白礬 여슷 銖(66a)와(當歸二兩 礬石六銖) <救方上 66b>

b. 숭암촛 불휘 두 량과 ᄇᆡᆨ번 반 돈 남즉ᄒᆞ니와(當歸二兩 礬石六銖) <救간二 119a>

<19> 産難

'産難'이 『구급방언해』에서는 명사구 '産生 어려우니'로 직역되고 『구급간이방』에서는 명사구 '아기 ᄂᆞᆫ득 몯 낟ᄂᆞ니'로 의역된다는 것은 동일 원문의 번역인 다음 예문들에서도 잘 확인된다.

(19) a. 産生 어려우니와 半(86b)만 나커나(産難或半生) <救方下 87a>

b. 아기 ᄂᆞᆫ득 몯 낟ᄂᆞ니와 반만 나거나(産難或半生) <救간七 27b>

<20> 東南

'東南'이 『구급방언해』에서는 명사구 '東南 녁'으로 직역되고 『구급간이방』에서는 동작동사구 '동남 녀그로 벋다'의 관형사형으로 의역된다는 것은 동일 원문의 번역인 다음 예문들에서 잘 확인된다.

(20) a. 복셩화 나모 東南 녁 가지 힌 것 ᄒᆞᆫ 우후믈(桃東南枝白皮 一握) <救方下 67b>

b. 복셩화 동남 녁으로 버든 가짓 힌 거플 ᄒᆞᆫ 줌을(桃東南枝白皮 一握) <救간六 36a>

<21> 二味

'二味'가 『구급방언해』에서는 명사구 '두 가짓 것'으로 직역되고 『구급간이방』에서는 동사구 '두 가짓 약을 섯거 ᄆᆞᆯ다'의 부사형으로 의역된다는 것은 동일 원문의 번역인 다음 예문들에서도 잘 확인된다.

(21) a. 알퓃 두 가짓 거슬 丸 ᄆᆡᇰᄀᆞ로ᄃᆡ(却前二味爲丸) <救方下 88a>

b. 우흿 두 가짓 약을 섯거 ᄆᆞ라 환 지소ᄃᆡ(却前二味爲丸) <救간七 48b>

<22> 氣欲絕

'氣欲絕'이 『구급방언해』에서는 명사구 '氣分 긋고져 ᄒᆞ리'로 직역되고 『구급간이방』에서는 동사구 '주글 ᄃᆞᆺᄒᆞ다'로 의역된다는 것은 동일 원문의 번역인 다음 예문들에서 잘 확인된다.

(22) a. 氣分 긋고져 ᄒᆞ릴 고튜ᄃᆡ(治…氣欲絕者) <救方下 87a>

b. 주글 ᄃᆞᆺ거든(氣欲絕者) <救간七 28a>

<23> 輕重冷熱

'輕重冷熱'이 『구급방언해』에서는 명사구 '輕重과 冷熱'로 직역되고 『구급간이방』에서는 상태동사구 '그 병증의 경ᄒᆞ며 듕ᄒᆞ며 랭ᄒᆞ며 셜ᄒᆞ다'의 명사형으로 의역된다는 것은 동일 원문의 번역인 다음 예문들에서 잘 확인된다.

(23) a. 사ᄅᆞ미 輕重과 冷熱을 斟酌ᄒᆞ야(人斟酌輕重冷熱)

<救方上 73b>

b. 사ᄅᆞ미 그 병증의 경ᄒᆞ며 듕ᄒᆞ며 ᄅᆡᆼᄒᆞ며 셜호ᄆᆞᆯ 짐작ᄒᆞ야(人斟酌輕重冷熱) <救간一 68a>

<24> 甚者

‘甚者’가 『구급방언해』에서는 명사구 ‘甚ᄒᆞ니’로 직역된다는 『구급간이방』에서는 절 ‘병이 ᄃᆞ외다’로 의역된다는 것은 동일 원문의 번역인 다음 예문들에서 잘 확인된다. ‘甚ᄒᆞ니’ᄂᆞᆫ ‘甚ᄒᆞ+ㄴ#이’로 분석될 수 있다.

(24) a. 甚ᄒᆞ닌 바ᄆᆡ 두 적곰 머구ᄆᆞᆯ 더ᄒᆞ라(甚者夜加二服)

<救方下 62b>

b. 병이 되어든 바ᄆᆡ 두 번 머그라(甚者夜加二服)

<救간六 30a>

2. 動詞類의 意譯

『구급방언해』와 『구급간이방』의 대비를 통해 『구급방언해』에서는 직역되는 동사류가 『구급간이방』에서는 動作動詞, 동작동사구, 狀態動詞, 계사 및 節로 의역된다는 것을 알 수 있다. 『구급방언해』에서 직역되는 동사류에는 動作動詞, 동작동사구, 狀態動詞 및 상태동사구가 있다.

2.1. 動作動詞의 意譯

『구급방언해』에서는 직역되는 動作動詞가 『구급간이방』에서는 動作動詞, 동작동사구, 狀態動詞, 계사 및 節로 의역된다는 것을 두 문헌의 대비를 통해 확인할 수 있다. 『구급방언해』에서 직역되는 동작동사에는 他動詞와 自動詞가 있다.

<1> 壅

'壅'이 『구급방언해』에서는 타동사 '둪다'로 직역되고 『구급간이방』에서는 타동사 '묻다'로 의역된다는 것은 동일 원문의 번역인 다음 예문들에서 잘 확인된다.

(1) a. 모ᄆᆞᆯ 두프면(壅身) <救方上 72a>
b. 모ᄆᆞᆯ 무도ᄃᆡ(壅身) <救간一 73a>

<2> 爲

'爲'가 『구급방언해』에서는 타동사 '밍ᄀᆞᆯ다'로 직역되고 『구급간이방』에서는 타동사 'ᄀᆞᆯ다'로 의역된다는 것은 동일 원문의 번역인 다음 예문들에서 잘 확인된다. 원문 중 '爲末'이 'ᄀᆞᄅᆞ 밍ᄀᆞᆯ다'로도 번역되고 'ᄀᆞᄅᆞᆫ ᄀᆞᄅᆞ'로도 번역된다.

(2) a. 겁질와 빗복과 아ᅀᅡ ᄀᆞᄅᆞ 밍ᄀᆞᆯ오(去皮臍爲末) <救方下 88a>
b. 거플와 브르도ᄃᆞᆫ 것 앗고 ᄀᆞᄅᆞᆫ ᄀᆞᄅᆞ와(去皮臍爲末) <救간七 48b>

(2) c. 乾漆 半 兩ᄋᆞᆯ ᄀᆞᄅᆞ 밍ᄀᆞ라(乾漆半兩爲末) <救方下 88a>
d. ᄆᆞᄅᆞᆫ 옻 반 량 ᄀᆞᄅᆞᆫ ᄀᆞᄅᆞ와(乾漆半兩爲末) <救간七 48b>

<3> 傷

'傷'이 『구급방언해』에서는 타동사 '헐다'로 직역되고 『구급간이방』에서는 자동사 '믈이다'로 의역된다는 것은 동일 원문의 번역인 다음 예문들에서 잘

확인된다.

(3) a. 헌 듸 브티면(傅傷處) <救方下 76a>
b. 믈인 듸 브티면(傅傷處) <救간六 54b>

<4> 取

'取'가 『救急方諺解』에서는 타동사 '取ᄒᆞ다'로 직역되고 『救急簡易方』에서는 자동사 'ᄃᆞ외다'와 'ᄒᆞ다'로 의역된다는 것은 동일 원문의 번역인 다음 예문들에서 잘 확인된다. 원문 중 '取一升'이 'ᄒᆞᆫ 되를 取ᄒᆞ다'로도 번역되고 'ᄒᆞᆫ 되ᄃᆞ외다'로도 번역된다. 그리고 '取二升'이 '두 되를 取ᄒᆞ다'로도 번역되고 '두 되만 ᄒᆞ다'로도 번역된다.

(4) a. ᄒᆞᆫ 되를 取ᄒᆞ야(取一升) <救方上 30a>
b. ᄒᆞᆫ 되 ᄃᆞ외어든(取一升) <救간二 34a>

(4) c. 두 되를 取ᄒᆞ야(取二升) <救方上 33b>
d. 두 되 ᄃᆞ외어든(取二升) <救간二 62a>

(4) e. 여듧 호ᄇᆞᆯ 取ᄒᆞ야(取八合) <救方上 30a>
f. 여듧 홉이 ᄃᆞ외어든(取八合) <救간二 31b>

(4) g. ᄒᆞᆫ 잔ᄋᆞᆯ 取ᄒᆞ야(取一盞) <救方上 29a>
h. ᄒᆞᆫ 되 ᄃᆞ외어든(取一盞) <救간二 39b>

(4) i. 두 되를 取ᄒᆞ야(取二升) <救方上 70a>
j. 두 되만 커든(取二升) <救간三 71a>

한편 '取'가 『구급방언해』와 『구급간이방』에서 모두 자동사 'ᄃᆞ외다'로 번역된다는 사실은 동일 원문의 번역인 다음 예문들에서 잘 확인된다.

(4) k. 두 되 ᄃᆞ외어든 ᄂᆞᆫ화(取二升分) <救方下 87a>

l. 두 되 ᄃᆞ외어든(取二升分) <救간七 28a>

<5> 飮

'飮'이『救急方諺解』에서는 타동사 '마시다'로 직역되고『救急簡易方』에서는 동작동사구 '프러 먹다'로 의역된다는 것은 동일 원문의 번역인 다음 예문들에서 잘 확인된다.

(5) a. ᄢᅮᆯ ᄒᆞᆫ 分과 믈 두 分을 마쇼미(以蜜一分水二分飮之) <救方上 28a>

b. ᄢᅮᆯ ᄒᆞᆫ 분과 믈 두 분과 프러 머거도(以蜜一分水二分飮之) <救간二 29b>

<6> 伸

'伸'이『救急方諺解』에서는 타동사 '펴다'로 직역되고『救急簡易方』에서는 동작동사구 '길 조치로 펴 놓다'로 의역된다는 것은 동일 원문의 번역인 다음 예문들에서 잘 확인된다.

(6) a. 두 ᄇᆞᆯᄒᆞᆯ 펴고(伸兩臂) <救方上 36a>

b. 두 ᄇᆞᆯᄒᆞᆯ 길 조치로 펴 노코(伸兩臂) <救간二 61a>

<7> 擦

'擦'이『救急方諺解』에서는 타동사 'ᄡᅵ비다'로 직역되고『救急簡易方』에서는 동작동사구 '니예 ᄡᅳᆺ다'로 의역된다는 것은 동일 원문의 번역인 다음 예문들에서 잘 확인된다.

(7) a. ᄌᆞ조 ᄡᅵ비면(頻擦) <救方上 2a>

b. ᄌᆞ조 니예 ᄲᅳᆺ츠면(頻擦) <救간一 3a>

<8> 搗

'搗'가 『救急方諺解』에서는 타동사 'ᄃᆞᆼ다'로 직역되고 『救急簡易方』에서는 동작동사구 'ᄆᆞ르 ᄃᆞᆼ다'로 의역된다는 것은 동일 원문의 번역인 다음 예문들에서 잘 확인된다.

(8) a. 디호ᄃᆡ 니균 ᄒᆞᆰᄀᆞ티 ᄒᆞ야(不以多少搗爛如泥) <救方上 47a>
b. 하나 져그나 ᄆᆞ르 디허 ᄒᆞᆰᄀᆞ티 니겨(不以多少搗爛如泥) <救간六 11a>

<9> 剉

'剉'가 『구급방언해』에서는 타동사 '사홀다'로 직역되고 『구급간이방』에서는 동작동사구 '대도히 사홀다'로 의역된다는 것은 동일 원문의 번역인 다음 예문들에서 잘 확인된다.

(9) a. 사ᄒᆞ라 ᄂᆞᆫ화 두 服애 ᄆᆡᆼᄀᆞ라(剉散分作二服) <救方上 1b>
b. 대도히 사ᄒᆞ라 두 복애 ᄂᆞᆫ화 ᄆᆡᆼᄀᆞ라(剉散分作二服) <救간一 2b>

<10> 針

'針'이 『救急方諺解』에서는 타동사 '針ᄒᆞ다'로 직역되고 『救急簡易方』에서는 동작동사구 '침으로 ᄧᅵ르다'로 의역된다는 것은 동일 원문의 번역인 다음 예문들에서 잘 확인된다.

(10) a. 손발 열 가락 그틀 針ᄒᆞ야(針手足十指頭) <救方上 28b>
b. 손발 열 가락 그틀 침으로 ᄧᅵᆯ어(針手足十指頭) <救간二 40b>

<11> 炮

'炮'가 『救急方諺解』에서는 타동사 '炮ᄒᆞ다'로 직역되고 『救急簡易方』에서는 동작동사구 '죠히예 빠 믈 저져 브레 굽다'로 의역된다는 것은 동일 원문의 번역인 다음 예문들에서 잘 확인된다.

(11) a. 附子 므긔 닐굽 돈 남ᄌᆞᆺᄒᆞ닐 炮ᄒᆞ야 니겨(附子重七錢許炮熟) <救方上 38b>
b. 부ᄌᆞ 므긔 닐굽 돈만 ᄒᆞ닐 죠히예 빠 믈 저져 브레 구어(附子重七 錢許炮熟) <救간一 53b>

<12> 炮

'炮'가 『구급방언해』에서는 타동사 '굽다'로 직역되고 『구급간이방』에서는 동작동사구 '죠히예 빠 믈 저져 뻐디게 굽다'로 의역된다는 것은 동일 원문의 번역인 다음 예문들에서 잘 확인된다.

(12) a. 大附子 ᄒᆞᆫ 나촐 구워(大附子一枚炮) <救方下 88a>
b. 큰 부ᄌᆞ ᄒᆞᆫ 나촐 죠히예 빠 믈 저져 뻐디게 구워(大附子一枚炮) <救간七 48b>

<13> 嚥下

'嚥下'가 『救急方諺解』에서는 타동사 'ᄂᆞ리오다'로 직역되고 『救急簡易方』에서는 동작동사구 '시버 숨씨다'로 의역된다는 것은 동일 원문의 번역인 다음 예문들에서 잘 확인된다.

(13) a. 추므로 ᄂᆞ리오라(津液嚥下) <救方上 45a>
b. 추메 시버 숨씨라(津液嚥下) <救간二 75a>

<14> 灌

'灌'이 『구급방언해』에서는 타동사 '붓다'로 직역되고 『구급간이방』에서는 동작동사구 '이베 붓다'로 의역된다는 것은 동일 원문의 번역인 다음 예문들에서 잘 확인된다.

(14) a. ᄃᆞ시 ᄒᆞ야 브ᅀᅥ 머기고(溫灌與服) <救方上 38a>
b. ᄃᆞᄉᆞ닐 이베 브ᅀᅥ 머기고(溫灌與服) <救간一 6a>

(14) c. 믈 네 보ᅀᆞ애 ᄒᆞᆫ 보ᅀᆡ ᄃᆞ외에 글혀 브ᅀᅳ라(水四椀煎一椀灌服) <救方上 42a>
d. 믈 네 사발애 달혀 ᄒᆞᆫ 사바리어든 이베 브ᅀᅳ라(水四椀煎一椀灌服) <救간二 79a>

(14) e. 즈블 取ᄒᆞ야 브ᅀᅳ라(取汁灌之) <救方上 79a>
f. 므를 이베 브ᅀᅳ면(汁灌之) <救간一 62a>

<15> 灌下

'灌下'가 『救急方諺解』에서는 타동사 '붓다'로 직역되고 『救急簡易方』에서는 동작동사구 '이베 붓다'로 의역된다는 것은 동일 원문의 번역인 다음 예문들에서 잘 확인된다.

(15) a. 蘇合圓 세 丸ᄋᆞᆯ 프러 브ᅀᅩᄃᆡ(調蘇合香圓三圓灌下) <救方上 2a>
b. 소합원 세 환ᄋᆞᆯ 프러 이베 브ᅀᅩᄃᆡ(調蘇合香圓三圓灌下) <救간二 2b>

(15) c. 세 돈ᄋᆞᆯ ᄃᆞᄉᆞᆫ 므레 프러 브ᅀᅥ(三錢匕溫水調灌下) <救方上 4b>

d. 세 돈을 ᄃᆞᄉᆞᆫ 므레 프러 이베 브ᅀᅥ(三錢匕溫水調灌下)
<救간一 6a>

<16> 送下

'送下'가 『구급방언해』에서는 타동사 'ᄂᆞ리오다'로 직역되고 『구급간이방』에서는 동작동사구 '프러 먹다'로 의역된다는 것은 동일 원문의 번역인 다음 예문들에서 잘 확인된다.

(16) a. ᄃᆞᄉᆞᆫ 수레 ᄂᆞ리오ᄃᆡ(溫酒送下) <救方下 7b>
b. ᄃᆞᄉᆞᆫ 수레 프러 머그라(溫酒送下) <救간六 21a>

<17> 蒸

'蒸'이 『구급방언해』에서는 타동사 'ᄧᅵ다'로 직역되고 『구급간이방』에서는 동작동사구 'ᄌᆞ마 뒷다가 ᄧᅵ다'로 의역된다는 것은 동일 원문의 번역인 다음 예문들에서 잘 확인된다.

(17) a. 大黃 ᄒᆞᆫ 兩 수래 ᄧᅵ니와(大黃一兩酒蒸) <救方下 30b>
b. 대황 ᄒᆞᆫ 량을 수레 ᄌᆞ마 뒷다가 ᄧᅵ고(大黃一兩酒蒸
<救간六 21a>

<18> 熏

'熏'이 『구급방언해』에서는 타동사 '쐬다'로 직역되고 『구급간이방』에서는 동작동사구 '그 ᄂᆡ 뾔다'의 명사형으로 의역된다는 것은 동일 원문의 번역인 다음 예문들에서 잘 확인된다.

(18) a. 쐬면 됴ᄒᆞ니라(熏之妙) <救方下 63a>
b. 그 ᄂᆡ 뾔요미 됴ᄒᆞ니라(熏之妙) <救간六 30b>

<19> 抵

'抵'가 『구급간이방』에서는 타동사 '다히다'로 직역되고 『구급간이방』에서는 동작동사구 '브텨 다히다'로 의역된다는 것은 동일 원문의 번역인 다음 예문들에서 잘 확인된다.

(19) a. 산 사ᄅᆞ미 모매 서르 다혀(相抵活人身) <救方上 71a>
b. 산 사ᄅᆞ미 모매 서르 브텨 다혀(相抵活人身) <救간一 72a>

<20> 調

'調'가 『구급방언해』에서는 타동사 'ᄆᆞᆯ다'로 직역되고 『구급간이방』에서는 동작동사구 '섯거 ᄆᆞᆯ다'로 의역된다는 것은 동일 원문의 번역인 다음 예문들에서 잘 확인된다.

(20) a. 生薑汁에 ᄆᆞ라(生薑汁調) <救方下 76b>
b. 싱앙 즛두드려 ᄧᆞᆫ 므레 섯거 ᄆᆞ라(生薑汁調) <救간六 59b>

<21> 洗

'洗'가 『구급방언해』에서는 타동사 '싯다'로 직역되고 『구급간이방』에서는 동작동사구 '믄 ᄃᆡ 싯다'로 의역된다는 것은 동일 원문의 번역인 다음 예문들에서 잘 확인된다.

(21) a. 시ᅀᅳᆫ 後에(洗之後) <救方下 76b>
b. 믄 ᄃᆡ 시ᅀᅳᆫ 후에(洗之後) <救간六 60a>

<22> 捺

'捺'이 『구급방언해』에서는 타동사 '누르다'의 부사형으로 직역되고 『구급

간이방』에서는 동작동사구 '소ᄂᆞ로 누르다'로 의역된다는 것은 동일 원문의 번역인 다음 예문들에서 잘 확인된다.

(22) a. 돌파니ᄅᆞᆯ 눌러(取蝸牛捺) <救方下 77a>
　　 b. 돌팡이ᄅᆞᆯ 소ᄂᆞ로 눌러(蝸牛捺) <救간六 60a>

<23> 合

'合'이 『구급방언해』에서는 타동사 '마고믈다'로 직역되고 『구급간이방』에서는 동작동사구 '벙으디 아니ᄒᆞ다'로 의역된다는 것은 동일 원문의 번역인 다음 예문들에서 잘 확인된다.

(23) a. 입 마고믄 젼쵸 두 兩과(合口椒二兩) <救方下 74a>
　　 b. 부리 벙으디 아니ᄒᆞᆫ 젼쵸 두 량과(合口椒二兩) <救간六 52b>

<24> 舒伸

'舒伸'이 『구급방언해』에서는 타동사 '펴다'로 직역되고 『구급간이방』에서는 동작동사구 '모몰 펴닐다'로 의역된다는 것은 동일 원문의 번역인 다음 예문들에서 잘 확인된다.

(24) a. 펴디 몯ᄒᆞ며 ᄃᆞᆮ닐 제(不肯舒伸行動) <救方下 81b>
　　 b. 모몰 펴 니러 ᄃᆞᆮ니디 아니ᄒᆞ야(不肯舒伸行動) <救간七 45b>

<25> 過

'過'가 『구급방언해』에서는 타동사 '넘다'로 직역되고 『구급간이방』에서는 동작동사구 '너무 먹다'로 의역된다는 것은 동일 원문의 번역인 다음 예문들에서 잘 확인된다.

(25) a. 두 服애 넘디 아니ᄒᆞ야셔 즉재 긋ᄂᆞ니라(不過二服卽止)
<救方上 59b>
b. 두 번 너무 먹디 아니ᄒᆞ야셔 즉재 그츠리라(不過二服卽止)
<救간二 112a>

(25) c. 두 服애 넘디 아니ᄒᆞ야셔 됸ᄂᆞ니라(不過二服效)
<救方上 60a>
d. 두 번 너무 먹디 아니ᄒᆞ야셔 됴ᄒᆞ리라(不過二服效)
<救간二 112b>

<26> 通

'通'이 『구급방언해』에서는 자동사 '通ᄒᆞ다'로 직역되고 『구급간이방』에서는 타동사 '누다'로 의역된다는 것은 동일 원문의 번역인 다음 예문들에서 잘 확인된다.

(26) a. 通티 몯거든(如未通) <救方上 70b>
b. 그려도 누디 몯ᄒᆞ거든(如未通) <救간三 71b>

<27> 至

'至'가 『救急方諺解』에서는 자동사 '니르다'로 직역되고 『救急簡易方』에서는 자동사 'ᄃᆞ외다'로 의역된다는 것은 동일 원문의 번역인 다음 예문들에서 잘 확인된다.

(27) a. ᄒᆞᆫ 盞애 니르거든(至一盞) <救方上 14a>
b. ᄒᆞᆫ 되 ᄃᆞ외어든(至一盞) <救간一 40a>

(27) c. ᄒᆞᆫ 잔애 니르거든(至一盞) <救方上 38b>
d. ᄒᆞᆫ 되 ᄃᆞ외어든(至一盞) <救간一 53b>

(27) e. ᄒᆞᆫ 자내 니르거든(至一盞) <救方上 27a>
f. ᄒᆞᆫ 되 ᄃᆞ외어든(至一盞) <救간二 27a>

<28> 悟

'悟'가 『救急方諺解』에서는 자동사 'ᄭᅵ다'로 직역되고 『救急簡易方』에서는 동작동사구 'ᄀᆞ오눌여 ᄭᅵ다'로 의역된다는 것은 동일 원문의 번역인 다음 예문들에서 잘 확인된다.

(28) a. 자다가 ᄭᅵ디 몯ᄒᆞ닐 고툐ᄃᆡ(療臥忽不悟) <救方上 24a>
b. 자다가 ᄀᆞ오눌여 ᄭᅵ디 몯거든(臥忽不悟) <救간一 83a>

<29> 死

'死'가 『구급방언해』에서는 자동사 '죽다'로 직역되고 『구급간이방』에서는 동작동사구 '므레 죽다'로 의역된다는 것은 동일 원문의 번역인 다음 예문들에서 잘 확인된다.

(29) a. 주근 사ᄅᆞᆷ올 두푸ᄃᆡ(覆死人) <救方上 73a>
b. 므레 주근 사ᄅᆞᆷ올 더퍼(覆死人) <救간一 75a>

(29) c. 時急히 주근 사ᄅᆞ미 옷 밧기고(急解去死人衣) <救方上 71a>
d. 므레 주근 사ᄅᆞᆷ올 ᄲᆞᆯ리 옷 밧기고(急解去死人衣帶) <救간一 76a>

<30> 取

'取'가 『구급방언해』에서는 타동사 '取ᄒᆞ다'로 직역되고 『구급간이방』에서는 계사 '이다'로 의역된다는 사실은 동일 원문의 번역인 다음 예문들에서 알 수 있다.

(30) a. 서 호블 取ᄒᆞ야(取三合) <救方上 65b>
b. 서 홉이어든(取三合) <救간二 117b>

(30) c. ᄒᆞᆫ 잔올 半올 取ᄒᆞ야(取一盞半) <救方上 29a>
d. ᄒᆞᆫ 되 半이어든(取一盞半) <救간二 39b>

(30) e. 半올 取ᄒᆞ야(取其半) <救方上 2a>
f. 바니어든(取其半) <救간一 2b>

<31> 至

'至'가 『구급방언해』에서는 자동사 '니르다'로 직역되고 『구급간이방』에서는 상태동사 '남죽ᄒᆞ다'로 의역된다는 것은 동일 원문의 번역인 다음 예문들에서 잘 확인된다.

(31) a. 여슷 分에 니르거든(至六分) <救方上 63b>
b. 반 남즉거든(至六分) <救간二 115a>

<32> 至

'至'가 『구급방언해』에서는 자동사 '니르다'로 직역되고 『구급간이방』에서는 계사 '이다'로 의역된다는 것은 동일 원문의 번역인 다음 예문들에서 잘 확인된다.

(32) a. ᄒᆞᆫ 盞 半애 니르거든(至一盞半) <救方上 35a>
b. ᄒᆞᆫ 되 반이어든(至一盞半) <救간二 55b>

<33> 脫出

'脫出'이 『구급방언해』에서는 자동사 '빠디다'로 직역되고 『구급간이방』

에서는 절 '그 음란이 드리디여 나다'로 의역된다는 것은 동일 원문의 번역인 다음 예문들에서 잘 확인된다.

(33) a. ᄆᆞ리 사ᄅᆞ미 불알홀 므러 ᄈᆞ디거든 고튜ᄃᆡ(治馬咬人陰卵脫出方) <救方下 16b>
b. ᄆᆞ리 사ᄅᆞ미 음란을 므러 그 음란이 드리디여 나거든(馬齧人陰卵脫出) <救간六 72a>

2.2. 動作動詞句의 意譯

『구급방언해』에서는 직역되는 동작동사구가 『구급간이방』에서는 動作動詞, 動作動詞句, 狀態動詞, 副詞 그리고 副詞語句로 의역된다는 것은 두 문헌의 대비를 통해 잘 확인된다. 한편 『구급간이방』에서는 직역되는 동작동사구가 『구급방언해』에서는 타동사로 의역되는 경우가 있는데 예는 많지 않다(예를 들면, 不省).

<1> 爲末/爲…末

'爲末/爲…末'이 『救急方諺解』에서는 동작동사구 'ᄀᆞᄅᆞ ᄆᆡᇰᄀᆞᆯ다'와 'ᄀᆞᆯ올 ᄆᆡᇰᄀᆞᆯ다'로 직역되고 『救急簡易方』에서는 타동사 'ᄀᆞᆯ다'로 의역된다는 것은 동일 원문의 번역인 다음 예문들에서 잘 확인된다.

(1) a. 南木香ᄋᆞᆯ ᄀᆞᄅᆞ ᄆᆡᇰᄀᆞ라(南木香爲末) <救方上 13b>
b. 목향을 ᄀᆞ라(南木香爲末) <救간一 39b>

(1) c. 쥐ᄯᅩᇰᄋᆞᆯ ᄀᆞᄅᆞ ᄆᆡᇰᄀᆞ라(鼠屎爲末) <救方下 68b>
d. 쥐ᄯᅩᇰᄋᆞᆯ ᄀᆞ라(鼠屎爲末) <救간六 42b>

(1) e. ᄀᆞ히 ᄭᅩ릴 ᄉᆞ라 ᄀᆞᄅᆞ ᄆᆡᆼᄀᆞ라(燒犬尾爲末) <救方下 68b>
f. ᄀᆞ히 ᄭᅩ리ᄅᆞᆯ ᄉᆞ라 ᄀᆞ라(燒犬尾爲末) <救간六 42b>

(1) g. ᄀᆞ놀에 ᄀᆞᄅᆞ ᄆᆡᆼᄀᆞ라(爲細末) <救方下 73a>
h. ᄀᆞᄂᆞ리 ᄀᆞ라(爲細末) <救간六 42a>

(1) i. ᄀᆞᄂᆞ리 ᄀᆞᄅᆞ ᄆᆡᆼᄀᆞ라(爲細末) <救方下 89a>
j. ᄀᆞᄂᆞ리 ᄀᆞ라(爲細末) <救간七 50a>

(1) k. ᄯᅩ ᄀᆞᆯ올 ᄆᆡᆼᄀᆞ라(亦可爲末) <救方下 66b>
l. ᄯᅩ ᄀᆞ라(亦可爲末) <救간六 35a>

한편 '爲末'이 『구급방언해』와 『구급간이방』에서 'ᄀᆞᄅᆞ ᄆᆡᆼᄀᆞᆯ다'와 'ᄀᆞᆯ올 ᄆᆡᆼᄀᆞᆯ다'로 번역된다는 것은 동일 원문의 번역인 다음 예문들에서 잘 확인된다.

(1) m. 됴ᄒᆞᆫ 누루글 ᄀᆞᄅᆞ ᄆᆡᆼᄀᆞ라(神麴爲末) <救方下 96a>
n. 됴ᄒᆞᆫ 누룩을 ᄀᆞᆯ올 ᄆᆡᆼᄀᆞ라(神麴爲末) <救간七 65b>

(1) o. ᄀᆞᆯ올 ᄆᆡᆼᄀᆞ라(爲末) <救方下 95a>
p. ᄀᆞᆯ올 ᄆᆡᆼᄀᆞ라(爲末) <救간七 64b>

<2> 作線

'作線'이 『구급방언해』에서는 동작동사구 '실 ᄆᆡᆼᄀᆞᆯ다'로 직역되고 『구급간이방』에서는 타동사 'ᄢᅵ다'로 의역된다는 것은 동일 원문의 번역인 다음 예문들에서 잘 확인된다.

(2) a. ᄀᆞᄂᆞ리 실 ᄆᆡᆼᄀᆞ라 ᄒᆞ고(細作線縫之) <救方下 16b>
b. ᄀᆞᄂᆞ리 ᄢᅵ야 ᄒᆞ고(細作線縫之) <救간六 72a>

<3> 令熟

'令熟'이 『구급방언해』에서는 동작동사구 '닉게 ᄒᆞ다'로 직역되고 『구급간이방』에서는 자동사 '닉다'로 의역된다는 것은 동일 원문의 번역인 다음 예문들에서 잘 확인된다.

(3) a. ᄒᆞᆫ 호볼 봇가 닉게 ᄒᆞ야(一合炒令熟) <救方下 90b>
b. ᄒᆞᆫ 호볼 봇가 닉거든(一合炒令熟) <救간七 50b>

<4> 令…醉

'令…醉'가 『구급방언해』에서 동작동사구 '醉케 ᄒᆞ다'로 번역되고 『구급간이방』에서는 자동사 '취ᄒᆞ다'로 의역된다는 것은 동일 원문의 번역인 다음 예문들에서 잘 확인된다.

(4) a. 수를 마셔 댱샹 ᄀᆞ장 醉케 ᄒᆞ면(飮酒常令大醉) <救方下 64a>
b. 샹녜 술 머거 ᄀᆞ장 취ᄒᆞ면(飮酒常令大醉) <救간六 31b>

<5> 因 … 損

'因 … 損'이 『구급방언해』에서는 동작동사구 '損호ᄆᆞᆯ 因ᄒᆞ다'로 직역되고 『구급간이방』에서는 자동사 '샹ᄒᆞ다'로 의역된다는 것은 동일 원문의 번역인 다음 예문들에서 잘 확인된다.

(5) a. 안히 損호ᄆᆞᆯ 因커나(因內損) <救方上 59b>
b. 안히 샹커나(因內損) <救간二 111b>

<6> 不省

'不省'이 『救急簡易方』에서는 동작동사구 '몯 ᄎᆞ리다'로 직역되고 『救急

方諺解』에서는 타동사 ‘모ᄅᆞ다’로 의역된다는 것은 동일 원문의 번역인 다음 예문들에서 잘 확인된다.

(6) a. 人事 모ᄅᆞ고(不省人事) <救方上 3b>
b. ᄉᆡᆫᄭᅴ 몯 ᄎᆞ료ᄆᆞᆫ(不省人事) <救간一 10b>

<7> 分解

‘分解’가 『救急方諺解』에서는 동작동사구 ‘ᄂᆞᆫ화 노기다’로 직역되고 『救急簡易方』에서는 동작동사구 ‘펴게 ᄒᆞ다’로 의역된다는 것은 동일 원문의 번역인 다음 예문들에서 잘 확인된다.

(7) a. 그 氣分을 ᄂᆞᆫ화 노기며(分解其氣) <救方上 12b>
b. 그 긔운을 펴게 ᄒᆞ며(分解其氣) <救간一 39a>

<8> 畏風

‘畏風’이 『구급방언해』에서는 동작동사구 ‘ᄇᆞᄅᆞ몰 므싀다’로 직역되고 『구급간이방』에서는 동작동사구 ‘ᄇᆞᄅᆞᆷ 들다’로 의역된다는 것은 동일 원문의 번역인 다음 예문들에서 잘 확인된다.

(8) a. ᄇᆞᄅᆞ몰 므싀디 아니ᄒᆞ며(不畏風) <救方下 65b>
b. ᄇᆞᄅᆞᆷ 드디 아니ᄒᆞ며(不畏風) <救간六 32b>

<9> 溺水

‘溺水’가 『구급방언해』에서는 동작동사구 ‘므레 빠디다’로 직역되고 『구급간이방』에서는 동작동사구 ‘므레 죽다’로 의역된다는 것은 동일 원문의 번역인 다음 예문들에서 잘 확인된다.

(9) a. 믈읫 사ᄅᆞ미 므레 ᄲᅡ디닐 救호ᄃᆡ(凡有人溺水者救)
<救方上 71a>

b. 므레 주근 사ᄅᆞ미 잇거든 살오ᄃᆡ(凡有人溺水者救)
<救간一 71b>

(9) c. 므레 ᄲᅡ딘 사ᄅᆞᄆᆞ로(却令溺水人) <救方上 71a>

d. ᄯᅩ 므레 주근 사ᄅᆞᄆᆞᆯ(却令溺水人) <救간一 72a>

(9) e. 므레 ᄲᅡ딘 사ᄅᆞᄆᆡ ᄂᆞᄎᆡ나(溺水人面上) <救方上 74b>

f. 므레 주근 사ᄅᆞᄆᆡ ᄂᆞᆾ과(溺水人面上) <救간一 75a>

<10> 勿怪

'勿怪'가 『구급방언해』에서는 동작동사구 '疑心 말다'로 직역되고 『구급간이방』에서는 동작동사구 '므더니 너기다'로 의역된다는 것은 동일 원문의 번역인 다음 예문들에서 잘 확인된다. '勿怪'의 '怪'는 '의심하다'라는 뜻을 가진다.

(10) a. ᄯᆞᆷ 나거든 疑心 말라(汗出勿怪) <救方上 68a>

b. ᄯᆞᆷ 나도 므더니 너(64a)기라(汗出勿怪) <救간三 64b>

<11> 加減服之

'加減服之'가 『구급방언해』에서는 동작동사구 '더으명 더러 먹다'로 직역되고 『구급간이방』에서는 동작동사구 '더 머그며 덜 먹다'로 의역된다는 것은 동일 원문의 번역인 다음 예문들에서 잘 확인된다.

(11) a. 더으명 더러 머그라(加減服之) <救方上 70b>

b. 더 머그며 덜 머그라(加減服之) <救간三 71b>

<12> 不會飮酒

'不會飮酒'가 『구급방언해』에서는 동작동사구 '술 머구믈 모ᄅᆞ다'로 직역되고 『구급간이방』에서는 동작동사구 '술 몯 먹다'로 의역된다는 것은 동일 원문의 번역인 다음 예문들에서 잘 확인된다. 『구급방언해』의 '不會'가 동작동사 '모ᄅᆞ다'로 번역된 것은 의역이다.

(12) a. 술 머구믈 모ᄅᆞ거든(如不會飮酒) <救方下 86b>
b. 술 몯 먹거든(如不會飮酒) <救간七 40a>

<13> 以諸治皆至

'以諸治皆至'가 『救急方諺解』에서는 동작동사구 '여러 가짓 고툐ᄆᆞᆯ 다ᄒᆞ다'로 직역되고 『救急簡易方』에서는 동작동사구 '여러 가지로 고티다'로 의역된다는 것은 동일 원문의 번역인 다음 예문들에서 잘 확인된다.

(13) a. 여러 가짓 고툐ᄆᆞᆯ 다호ᄃᆡ(以諸治皆至) <救方上 36a>
b. 여러 가짓 고툐ᄃᆡ(以諸治皆至) <救간二 61b>

<14> 令匀

'令匀'이 『구급방언해』에서는 동작동사구 '고ᄅᆞ게 ᄒᆞ다'로 직역되고 『구급간이방』에서는 동작동사구 '골오 셧다'로 의역된다는 것은 동일 원문의 번역인 다음 예문들에서 잘 확인된다.

(14) a. 고ᄅᆞ게 ᄒᆞ야 ᄇᆞ티면(令匀傅之) <救方下 74b>
b. 골오 섯거 ᄇᆞ티면(令匀傅之) <救간六 53b>

<15> 令赤

'令赤'이 『구급방언해』에서는 동작동사구 '븕게 ᄒᆞ다'로 직역되고 『구급간

이방』에서는 상태동사 '븕다'로 의역된다는 것은 동일 원문의 번역인 다음 예문들에서 잘 확인된다.

(15) a. 모돌 ᄉᆞ라 븕게 ᄒᆞ야(燒釘令赤) <救方 上 66b>
b. 모돌 ᄉᆞ라 븕거든(燒釘令赤) <救간二 119b>

(15) c. 도놀 ᄉᆞ라 븕게 ᄒᆞ야(燒錢令赤) <救方下 85b>
d. 도놀 ᄉᆞ라 븕거든(燒錢令赤) <救간七 46a>

<16> 令黑

'令黑'이 『구급방언해』에서는 동작동사구 '검게 ᄒᆞ다'로 직역되고 『구급간이방』에서는 상태동사 '검다'로 의역된다는 것은 동일 원문의 번역인 다음 예문들에서 잘 확인된다.

(16) a. 술곳 ᄌᆞᄉᆞ 닷 호볼 봇가 검게 ᄒᆞ야(熬杏仁五合令黑)
<救方下 68a>
b. 술고씨 솝 닷 홉 검게 봇가(熬杏仁五合令黑) <救간六 41b>

<17> 令焦黑

'令焦黑'이 『구급방언해』에서는 동작동사구 '검게 ᄒᆞ다'로 직역되고 『구급간이방』에서는 상태동사 '거머ᄒᆞ다'로 의역된다는 것은 동일 원문의 번역인 다음 예문들에서 잘 확인된다.

(17) a. 새용 안해 봇가 검게 ᄒᆞ고(銚內炒令焦黑) <救方上 51b>
b. 새용 안해 봇가 거머커든(銚內炒令焦黑) <救간六 12a>

<18> 令濃

'令濃'이 『구급방언해』에서는 동작동사구 '딛게 ᄒᆞ다'로 직역되고 『구급간

이방』에서는 부사 '디투'로 의역된다는 것은 동일 원문의 번역인 다음 예문들에서 잘 확인된다. 원문 중 '煮鐵令濃'이 '쇠롤 글혀 딛게 ᄒᆞ다'로도 번역되고 '쇠롤 디투 글히다'로도 번역된다.

(18) a. 쇠롤 그려 딛게 ᄒᆞ야 헌ᄃᆡ 시스라(煮鐵令濃洗瘡)
<救方下 63a>
b. 쇠롤 디투 글혀 그 믈로 믈인 ᄃᆡ 시스라(煮鐵令濃洗瘡)
<救간六 31a>

<19> 隨所能

'隨所能'이 『구급방언해』에서는 동작동사구 '能히 홀 양ᄌᆞ롤 좇다'의 부사형으로 직역되고 『구급간이방』에서는 부사어구 '수이 머글 양으로'로 의역된다는 것은 동일 원문의 번역인 다음 예문들에서 잘 확인된다.

(19) a. 能히 홀 양ᄌᆞ롤 조차 머기라(可隨所能服之) <救方下 87a>
b. 수이 머글 양으로 머그라(可隨所能服之) <救간七 28a>

<20> 因事

'因事'가 『救急方諺解』에서는 동작동사구 '이롤 因ᄒᆞ다'의 부사형으로 직역되고 『救急簡易方』에서는 부사어구 '아못 일릐나'로 의역된다는 것은 동일 원문의 번역인 다음 예문들에서 잘 확인된다.

(20) a. 사ᄅᆞ미 이롤 因ᄒᆞ야(人因事) <救方上 12a>
b. 사ᄅᆞ미 아못 일릐나(人因事) <救간一 44a>

2.3. 狀態動詞의 意譯

『구급방언해』에서는 직역되는 상태동사가 『구급간이방』에서는 동작동사구와 節로 의역된다는 것은 『구급방언해』와 『구급간이방』의 對比에서 명백히 확인된다.

<1> 靑

'靑'이 『구급방언해』에서는 상태동사 '프르다'로 직역되고 『구급간이방』에서는 동작동사구 '쳥믈 들다'로 의역된다는 것은 동일 원문의 번역인 다음 예문들에서 잘 확인된다. 원문 중 '靑布'가 '프른 뵈'로도 번역되고 '쳥믈 든 뵈'로도 번역된다.

(1) a. 프른 뵈롤 되오 ᄆᆞ라(靑布急卷) <救方下 63a>
b. 쳥믈 든 뵈롤 되오 ᄆᆞ라(靑布急卷) <救간六 30b>

한편 '靑'이 두 문헌에서 모두 상태동사 '프르다'로 번역된다는 것은 동일 원문의 번역인 다음 예문들에서 잘 확인된다. 원문 중 '靑布'가 『구급방언해』와 『구급간이방』에서 '프른 뵈'로 번역된다.

(1) c. 프른 뵈롤 ᄉᆞ라(燒靑布) <救方下 63b>
d. 프른 뵈롤 블브터(燒靑布) <救간六 33b>

<2> 無

'無'가 『救急方諺解』에서는 상태동사 '아니ᄒᆞ다'로 직역되고 『救急簡易方』에서는 동작동사구 '알히디 아니ᄒᆞ다'로 의역된다는 것은 동일 원문의 번역인 다음 예문들에서 잘 확인된다.

(2) a. 믄득 귓것 틴 病을 어더 漸漸 아니ᄒᆞ야(卒得鬼擊之病無漸) <救方上 18b>
b. 믄득 귓것 티인 병을 어더 졈졈 알히디 아니ᄒᆞ야(卒得鬼擊之病無漸) <救간一 56b>

<3> 甚

'甚'이 『구급방언해』에서는 상태동사 '甚ᄒᆞ다'로 직역되고 『구급간이방』에서는 절 '병이 되다'로 의역된다는 것은 동일 원문의 번역인 다음 예문들에서 잘 확인된다.

(3) a. 甚ᄒᆞ닌(甚者) <救方下 62b>
b. 병이 되어든(甚者) <救간六 30a>

<4> 冷

'冷'이 『구급방언해』에서는 상태동사 'ᄎᆞ다'로 직역되고 『구급간이방』에서는 절 '그르시 ᄎᆞ다'로 의역된다는 것은 동일 원문의 번역인 다음 예문들에서 잘 확인된다.

(4) a. ᄎᆞ거든(冷則) <救方上 74b>
b. 그르시 ᄎᆞ거든(冷則) <救간一 75a>

2.4. 狀態動詞句의 意譯

『구급방언해』에서는 직역되는 상태동사구가 『구급간이방』에서는 상태동사구, 동작동사 및 節로 의역된다는 것을 『구급방언해』와 『구급간이방』의 對比를 통해 알 수 있다.

<1> 在下

'在下'가 『구급방언해』에서는 상태동사구 '아래 잇다'로 직역되고 『구급간이방』에서는 상태동사구 '허리록 아래 잇다'로 의역된다는 것은 동일 원문의 번역인 다음 예문들에서 잘 확인된다.

(1) a. 아래 잇거든 食後에 머구리니(在下食後服) <救方下 7b>
 b. 허리록 아래 잇거든 밥 머근 후에 머그라(在下食後服) <救간六 21a>

<2> 如雷鳴

'如雷鳴'이 『救急方諺解』에서는 상태동사구 '울에 ᄀᆞᆮᄒᆞ다'로 직역되고 『救急簡易方』에서는 동작동사 '우르다'로 의역된다는 것은 동일 원문의 번역인 다음 예문들에서 잘 확인된다.

(2) a. ᄇᆡ 안해 氣分이 ᄃᆞᆫᄂᆞᆫᄃᆡ 울에 ᄀᆞᆮᄒᆞ니(腹中氣走如雷鳴) <救方上 38a>
 b. ᄇᆡ 안히 우르거든(腹中氣走如雷鳴) <救간一 53a>

<3> 在上

'在上'이 『구급방언해』에서는 상태동사구 '우희 잇다'로 직역되고 『구급간이방』에서는 절 '가ᄉᆡ 허리록 우희 잇다'로 의역된다는 것은 동일 원문의 번역인 다음 예문들에서 잘 확인된다.

(3) a. 우희 잇거든(在上) <救方下 7b>
 b. 가ᄉᆡ 허리록 우희 잇거든(在上) <救간六 21a>

3. 副詞類의 意譯

『구급방언해』에서는 직역되는 부사류가 『구급간이방』에서는 부사구, 부사어구, 명사구 및 동작동사구로 의역된다는 것은 두 문헌의 대비를 통해 명백히 확인된다. 『구급방언해』에서 직역되는 부사류에는 副詞, 부사구, 副詞語 및 부사어구가 있다.

<1> 頓

'頓'이 『救急方諺解』에서는 부사 '다'로 직역되고 『救急簡易方』에서는 부사구 'ᄒᆞᆫ 번에 믄득'으로 의역된다는 것은 동일 원문의 번역인 다음 예문들에서 잘 확인된다.

(1) a. 强ᄒᆞ닌 다 먹고(强者頓服) <救方上 30a>
b. 얼운은 ᄒᆞᆫ 번에 믄득 먹고(强者頓服) <救간二 31b>

<2> 各

'各'이 『구급방언해』에서는 부사 '各各'으로 직역되고 『구급간이방』에서는 명사구 '두 녁'으로 의역된다는 것은 동일 원문의 번역인 다음 예문들에서 잘 확인된다.

(2) a. 各各 세 다ᄉᆞᆺ 壯을 ᄯᅳ면(各灸三五壯) <救方上 74a>
b. 두 녁을 세 붓기어나 다ᄉᆞᆺ 붓기(77a)어나 ᄯᅳ면(各灸三五壯) <救간一 77b>

<3> 如前法

'如前法'이 『구급방언해』에서는 부사구 '알ᄑᆡᆺ 法 ᄀᆞ티'로 직역되고 『구급간이방』에서는 부사어구 '몬져 ᄒᆞ던 양으로'로 의역된다는 것은 동일 원문의

번역인 다음 예문들에서 잘 확인된다.

(3) a. 알ᄑᆡᆺ 法 ᄀᆞ티(如前法) <救方上 71a>
  b. 몬져 ᄒᆞ던 야ᇰ으로(如前法) <救간一 72a>

<4> 於大便中

'於大便'이 『구급방언해』에서는 부사어 '大便에'로 직역되고 『구급간이방』에서는 부사어구 '큰믈 볼 제'로 의역된다는 것은 동일 원문의 번역인 다음 예문들에서 잘 확인된다.

(4) a. 大便에 ᄧᅳ려 나ᄂᆞ니라(裹於大便中出) <救方上 51a>
  b. 큰믈 볼 제 ᄡᅵ여 나리라(裹於大便中出) <救간六 14b>

<5> 以葛根汁

'以葛根汁'이 『구급방언해』에서는 부사어구 'ᄎᆞᆰ 불휫 汁으로'로 직역되고 『구급간이방』에서는 동작동사구 '제 즙에 플다'의 부사형으로 의역된다는 것은 동일 원문의 번역인 다음 예문들에서 잘 확인된다.

(5) a. ᄎᆞᆰ불휫 汁으로(以葛根汁) <救方下 62b>
  b. 제 즙에 프러(以葛根汁) <救간六 30a>

4. 節의 意譯

『구급방언해』에서는 節로 직역되는 것이 『구급간이방』에서는 節, 명사구, 동작동사구 그리고 副詞로 의역된다는 것은 두 문헌의 대비를 통해 잘 확인된다.

<1> 脉動

'脉動'이 『救急方諺解』에서는 절 '脉이 뮈다'로 직역되고 『救急簡易方』에서는 절 '믹은 잇다'로 의역된다는 것은 동일 원문의 번역인 다음 예문들에서 잘 확인된다.

(1) a. 脉이 뮈유더 氣分이 업스며(脉動而無氣) <救方上 39a>
b. 믹은 잇고 긔운이 업스며(脉動而無氣) <救간一 54a>

<2> 激挫忿怒盛氣

'激挫忿怒盛氣'가 『救急方諺解』에서는 절 '긔발ᄒᆞ야 것기여 忿怒ᄒᆞ야 氣分이 盛ᄒᆞ다'로 직역되고 『救急簡易方』에서는 명사구 'ᄀᆞ장 노ᄒᆞᆫ 긔운'으로 의역된다는 것은 동일 원문의 번역인 다음 예문들에서 잘 확인된다.

(2) a. 긔발ᄒᆞ야 것기여 忿怒ᄒᆞ야 氣分이 盛호더(激挫忿怒盛氣) <救方上 12a>
b. ᄀᆞ장 노ᄒᆞᆫ 긔운을(激挫忿怒盛氣) <救간一 38b>

<3> 存性

'存性'이 『救急方諺解』에서는 절 '性이 잇게 ᄒᆞ다'로 직역되고 『救急簡易方』에서는 동작동사구 'ᄉᆞ히디 아니ᄒᆞ다'로 의역된다는 것은 동일 원문의 번역인 다음 예문들에서 잘 확인된다.

(3) a. 누에 난 죠히롤 ᄉᆞ로더 性이 잇게 ᄒᆞ야(用蠶退紙燒存性) <救方上 44b>
b. 누에 낸 죠히롤 ᄉᆡ히디 아니케 ᄉᆞ라(用蠶退紙燒存性) <救간二 79b>

(3) c. 酸醋ᄅᆞᆯ ᄉᆞ로ᄃᆡ 性이 잇게 ᄒᆞ야(酸棗燒在性) <救方下 7b>
d. 예초 ᄉᆞ히디 아니케 ᄉᆞ론 ᄌᆡᄅᆞᆯ((酸棗燒灰在性) <救간六 21a>

<4> 移時

'移時'가 『구급방언해』에서는 절 '時刻이 옮다'로 직역되고 『구급간이방』에서는 부사 '이슥고'로 의역된다는 것은 동일 원문의 번역인 다음 예문들에서 잘 확인된다.

(4) a. 時刻이 올ᄆᆞ면 그 돈이 즉재 녹ᄂᆞ니라(移時其錢卽化)
<救方上 53a>
b. 이(19a)슥고 그 도니 노가디ᄂᆞ니라(移時其錢卽化)
<救간六 19b>

제3장 語彙的 差異

어휘적 차이는 동일한 漢字와 漢字句가 『구급방언해』와 『구급간이방』에서 상이하게 번역되는 경우이다. 어휘적 차이는 여러 가지 유형으로 분류하여 고찰할 수 있다. 『구급방언해』에서 名詞類, 動詞類, 副詞, 冠形詞 그리고 補助詞로 번역되는 것이 『구급간이방』에서 번역되는 것과 상당한 차이를 보여 준다.

1. 名詞類

『구급방언해』에서 명사류로 번역되는 한자와 한자구가 『구급간이방』에서는 名詞類, 動詞類, 冠形詞, 副詞, 接尾辭, 語尾 그리고 節로 번역된다는 것은 두 문헌의 대비를 통해 잘 입증된다.

1.1. 名詞類와 名詞類

『구급방언해』에서는 명사류로 번역되는 한자와 한자구가 『구급간이방』에서는 명사류로 번역된다. 『구급방언해』에서 번역되는 명사류에는 名詞와 명사구가 있다. 『구급간이방』에서 번역되는 名詞類에는 명사, 명사구 및 수사가 있다.

<1> 臍

'臍'가 『救急方諺解』에서는 명사 '빗복'으로 번역되고 『救簡易急方』에서는 명사 '비'로 번역된다는 것은 동일 원문의 번역인 다음 예문들에서 잘 확인된다.

(1) a. 빗복 우희 두퍼(覆…臍上) <救方上 74b>
b. 비예 업프라(覆…臍上) <救간一 75a>

그리고 '臍'가 『구급방언해』에서는 명사 '빗복'으로 번역되고 『구급간이방』에서는 명사구 '브르도둔 것'으로 번역된다는 것은 동일 원문의 번역인 다음 예문들에서 잘 확인된다. 현재 '臍'는 명사 '배꼽'의 뜻과 명사구 '배꼽처럼 볼록한 곳'의 뜻을 가지고 있다.

(1) c. 것과 빗보골 앗고(去皮臍) <救方上 38b>
d. 거플와 브르도둔 것 앗고(去皮臍) <救간一 53b>

(1) e. 겁질와 빗복과 아사(去皮臍) <救方下 88a>
f. 거플와 브르도둔 것 앗고(去皮臍) <救간七 48b>

<2> 鬚

'鬚'가 『구급방언해』에서는 명사 '거웃'으로 번역되고 『구급간이방』에서는 명사 '불휘'로 번역된다는 것은 동일 원문의 번역인 다음 예문들에서 잘 확인된다. '鬚'는 문맥상 '파의 뿌리'를 뜻한다. '파의 뿌리'가 '수염'같이 생겼으므로 『구급방언해』의 '거웃'은 多義的으로 사용되어 '뿌리'를 뜻한다.

(2) a. 파 힌 믿 열 줄기롤 거웃 조쳐(葱白十莖并鬚) <救方下 91a>
b. 팟 믿 힌 디 열 줄기롤 불휘 조쳐(葱白十莖并鬚) <救간七 51a>

<3> 車

'車'가 『구급방언해』에서는 명사 '술위'로 번역되고 『구급간이방』에서는 명사 '술위통'으로 번역된다는 것은 동일 원문의 번역인 다음 예문들에서 잘 확인된다.

(3) a. 술윗 기르믈 메오ᄃᆡ(塡車脂) <救方上 6a>
b. 술위통앳 기름을 몃고ᄃᆡ(塡車脂) <救간六 26b>

(3) c. 술위옛 기름ᄋᆞ로 ᄆᆞ라(以車脂調) <救方下 7a>
d. 술위통앳 기르메 ᄆᆞ라(以車脂調) <救간六 21a>

<4> 汁

'汁'이 『구급방언해』에서는 명사 '汁'으로 번역되고 『구급간이방』에서는 명사 '믈'로 번역된다는 것은 동일 원문의 번역인 다음 예문들에서 잘 확인된다.

(4) a. ᄑᆞᆺ 글ᄒᆞᆫ 汁을 머구미(取黑豆煮汁服之) <救方下 70a>
b. 거믄 콩 글힌 믈 머고미(黑豆煮汁服之) <救간六 39b>

(4) c. 汁 내야(取汁) <救方下 77a>
d. 므를 ᄧᅡ(取汁) <救간六 60a>

<5> 日

'日'이 『구급방언해』에서는 명사 '낮'으로 번역되고 『구급간이방』에서는 명사 'ᄒᆞᄅᆞ'로 번역된다는 것은 동일 원문의 번역인 다음 예문들에서 잘 확인된다. 현재 '日'은 '하루'와 '낮'의 뜻을 가지고 있다.

(5) a. 方寸만 수를 머구디 나지 다숫 적곰 ᄒᆞ고(服方寸匕日五)
<救方下 62b>
b. ᄒᆞᆫ 술옴 ᄒᆞ야 ᄒᆞᄅᆞ 다숫 번 머고디(服方寸匕日五)
<救간六 30a>

<6> 腦

'腦'가『救急方諺解』에서는 명사 '骨髓'로 번역되고『救急簡易方』에서는 명사구 '머리옛 골슈'로 번역된다는 것은 동일 원문의 번역인 다음 예문들에서 잘 확인된다.

(6) a. 믄 가히를 주겨 骨(67b)髓를 내야(殺所哽犬取腦) <救方下 68a>
b. 믄 가히를 주겨 머리옛 골슈 내야(殺所哽犬取腦)
<救간六 40a>

<7> 皮膚

'皮膚'가『구급방언해』에서는 명사 '갗'으로 번역되고『구급간이방』에서는 명사구 '갗과 ᄉᆞᆲㅎ'로 번역된다는 것은 동일 원문의 번역인 다음 예문들에서 잘 확인된다.

(7) a. 바ᄂᆞ리 가치 들어든(針入皮膚) <救方下 7a>
b. 바ᄂᆞ리 갓과 ᄉᆞᆯ해 드렛거든(針入皮膚) <救간六 21a>

<8> 鯁

'鯁'이『救急方諺解』에서는 명사 'ᄲᅧ'로 번역되고『救急簡易方』에서는 명사구 '거렛ᄂᆞᆫ 것'으로 번역된다는 것은 동일 원문의 번역인 다음 예문들에서 잘 확인된다. '鯁'은 '생선의 뼈'와 '생선뼈가 목에 걸리다'라는 뜻을 가지고 있다.

(8) a. ᄡᅧ 히메 바(49a)켜(鯁着筋) <救方上 49b>
b. 거렛ᄂᆞᆫ 거시 히메 브터(鯁着筋) <救간六 10b>

<9> 黑豆

'黑豆'가 『구급방언해』에서는 명사 'ᄑᆞᆺ'으로 번역되고 『구급간이방』에서는 명사구 '거믄 콩'으로 번역된다는 것은 동일 원문의 번역인 다음 예문들에서 잘 확인된다.

(9) a. ᄑᆞᆺ 글ᄒᆞᆫ 汁을 머구미(取黑豆煮汁服之) <救方下 70a>
b. 거믄 콩 글힌 믈 머고미(黑豆煮汁服之) <救간六 39b>

<10> 尖

'尖'이 『구급방언해』에서는 명사 'ᄀᆞᄉᆞ라기'로 번역되고 『구급간이방』에서는 명사구 'ᄲᅭ론ᄒᆞᆫ 부리'로 번역된다는 것은 다음 예문들에서 잘 확인된다.

(10) a. 볏 ᄀᆞᄉᆞ라기로 밠바당 딜오미 더욱 됴ᄒᆞ니라(用稻尖刺脚心尤妙) <救方下 82a>
b. 우켓 ᄲᅭ론ᄒᆞᆫ 부리로 밧바당올 ᄧᅵᆯ옴도 됴ᄒᆞ니라(用稻尖刺脚 心尤妙) <救간七 46a>

<11> 白

'白'이 『구급방언해』에서는 명사 '밑'으로 번역되고 『구급간이방』에서는 명사구 '믿 ᄒᆡᆫ ᄃᆡ'로 번역된다는 것은 동일 원문의 번역인 다음 예문들에서 잘 확인된다. 원문 중 '蔥白'이 '팟 밑'으로도 번역되고 '팟 믿 ᄒᆡᆫ ᄃᆡ'로도 번역된다.

(11) a. 팟 미틀 ᄀᆞᄂᆞ리 ᄀᆞ라(蔥白細硏) <救方下 29b>
b. 팟 믿 흰 더룰 ᄀᆞᄂᆞ리 ᄀᆞ라(蔥白細硏) <救간一 79b>

<12> 竈

'竈'가 『救急方諺解』에서는 명사 '브ᅀᅥᆸ'으로 번역되고 『救急簡易方』에서는 명사구 '가마 밑'으로 번역된다는 것은 동일 원문의 번역인 다음 예문들에서 잘 확인된다.

(12) a. 브ᅀᅥ븻 검듸영을 彈子만 ᄒᆞ닐 가져(取竈中墨如彈丸)
<救方上 40b>
b. 가마 미틧 거믜영 탄ᄌᆞ만 ᄒᆞ닐(取竈中墨如彈丸)
<救간一 54b>

<13> 大蒜

'大蒜'이 『救急方諺解』에서는 명사구 '굴근 마놀'로 번역되고 『救急簡易方』에서는 명사 '마놀'로 번역된다는 것은 동일 원문의 번역인 다음 예문들에서 잘 확인된다.

(13) a. 굴근 마ᄂᆞᆯ 밠바다애 ᄡᅵᄇᆡ여(用大蒜磨脚心) <救方上 32b>
b. 마ᄂᆞᆯ 밧바당애 ᄡᅵᄇᆡ여(大蒜磨脚心) <救간二 62b>

한편 '大蒜'이 『구급방언해』와 『구급간이방』에서 모두 '굴근 마놀'로 번역된다는 것은 원문의 번역인 다음 예문들에서 잘 확인된다.

(13) c. 굴근 마ᄂᆞᆯ 디허(大蒜搗 <救方下 65a>
d. 굴근 마놀 디허(大蒜擣) <救간六 33a>

<14> 苦酒

'苦酒'가 『구급방언해』에서는 명사구 'ᄡᅳᆫ 술'로 번역되고 『구급간이방』에서는 명사 '초'로 번역된다는 것은 동일 원문의 번역인 다음 예문들에서 잘 확인된다.

(14) a. ᄡᅳᆫ 수레 ᄌᆡᄅᆞᆯ 프러(以苦酒和灰) <救方下 69a>
b. 청에 ᄌᆡᄅᆞᆯ ᄆᆞ라(苦酒和灰) <救간六 43a>

<15> 脚心

'脚心'이 『구급방언해』에서는 명사구 '밠바당 가온ᄃᆡ'로 번역되고 『구급간이방』에서는 명사구 '밧바당'으로 번역된다는 것은 동일 원문의 번역인 다음 예문들에서 잘 확인된다.

(15) a. 아ᄀᆡ 밠바당 가온ᄃᆡ 서너 저글 디ᄅᆞ고(於小兒脚心刺三五) <救方下82a>
b. 아ᄀᆡ 밧바당ᄋᆞᆯ 세 번 다ᄉᆞᆺ 번만 ᄢᅵᄅᆞ고(於小兒脚心刺三五) <救간七 46a>

한편 '脚心'이 『구급방언해』와 『구급간이방』에서 각각 명사구 '밠바당'과 '밧바당'으로 번역된다는 것은 동일 원문의 번역인 다음 예문들에서 잘 확인된다.

(15) c. 밠바당 딜오미(刺脚心) <救方下 82a>
d. 밧바당 ᄣᅵᆯ옴도(刺脚心) <救간七 46a>

<16> 湯

'湯'이 『구급방언해』에서는 명사구 '더운 믈'로 번역되고 『구급간이방』에

서는 명사구 '글힌 믈'로 번역된다는 것은 동일 원문의 번역인 다음 예문들에서 잘 확인된다.

(16) a. 더운 믈 조쳐 머그면(并湯食之) <救方上 16b>
b. 글힌 믈 조쳐 머그면(并湯食之) <救간六 73b>

<17> 屋漏水

'屋漏水'가 『구급방언해』에서는 명사구 '집 웃 기슭 믈'로 번역되고 『구급간이방』에서는 명사구 '지븨 비 신 믈'로 번역된다는 것은 동일 원문의 번역인 다음 예문들에서 잘 확인된다.

(17) a. 집 웃 기슭 믈로 시스라(屋漏水洗之) <救方上 63b>
b. 지븨 비 신 믈로 시스라(屋漏水洗之) <救간六 75a>

<18> 屋霤中泥

'屋霤中泥'가 『구급방언해』에서는 명사구 '집 中央앳 즌홁'으로 번역되고 『구급간이방』에서는 명사구 '집 외촘 믈 디는 홁'으로 번역된다는 것은 동일 원문의 번역인 다음 예문들에서 잘 확인된다.

(18) a. 집 中央앳 즌홀골 ᄇᆞᄅᆞ라(屋霤中泥塗之) <救方上 63b>
b. 집 외촘 믈 디는 딧 홁을 ᄇᆞᄅᆞ라(屋霤中泥塗之)
<救간六 75a>

<19> 三五壯

'三五壯'이 『구급방언해』에서는 명사구 '세 다ᄉᆞᆺ 壯'으로 번역되고 『구급간이방』에서는 명사구 '세 븟기어나 다ᄉᆞᆺ 븟'으로 번역역된다는 것은 동일 원문의 번역인 다음 예문들에서 잘 확인된다.

(19) a. 各各 세 다숫 壯을 쓰면(各灸三五壯) <救方上 74a>
b. 두 녁을 세 붓기어나 다숫 붓기(77a)어나 쓰면(各灸三五壯) <救간一 77b>

<20> 三五沸

'三五沸'이 『구급방언해』에서는 명사구 '세 다숫 소솜'으로 번역되고 『구급간이방』에서는 명사구 '세 소솜이어나 다숫 소솜'으로 번역된다는 것은 동일 원문의 번역인 다음 예무들에서 잘 확인된다.

(20) a. 세 다숫 소소몰 글혀(煎三五沸) <救方下 75a>
b. 세 소솜이어나 다숫 소솜이어나 글혀(煎三五沸) <救간六 48a>

<21> 須臾

'須臾'가 『구급방언해』에서는 명사구 '잢간 ᄉᆞᅀᅵ'로 번역되고 『구급간이방』에서는 명사구 '져근 덛'으로 번역된다는 것은 동일 원문의 번역인 다음 예문들에서 잘 확인된다.

(21) a. 잢간 ᄉᆞᅀᅵ롤 救티 아니ᄒᆞ면(須臾不救) <救方下 81b>
b. 져근 덛 고티디 아니ᄒᆞ면(須臾不救) <救간七 45b>

<22> 撮

'撮'이 『구급방언해』에서는 명사구 '자보니'로 번역되고 『구급간이방』에서는 명사구 '지보니'로 번역된다는 것은 동일 원문의 번역인 다음 예문들에서 잘 확인된다. '자보니'는 '잡+오+ㄴ#이'로 분석될 수 있고 '지보니'는 '집+오+ㄴ#이'로 분석될 수 있는데 '이'는 의존명사이다.

(22) a. 세 손가락으로 자보니만 스라(燒三指撮) <救方上 78a>
b. 스로니 세 손가락으로 지보니롤(燒三指撮) <救간一 63a>

<23> 去

'去'가 『구급방언해』에서는 명사구 '버히니'로 번역되고 『구급간이방』에서는 명사구 '업게 ᄒᆞ니'로 번역된다는 것은 원문의 번역인 다음 예문들에서 잘 확인된다. 명사구 '버히니'는 '버히+ㄴ#이'로 분석될 수 있다.

(23) a. 人蔘 ᄒᆞᆫ 兩 머리 버히니와(人蔘一兩去蘆) <救方下 2a>
b. 심 ᄒᆞᆫ 량을 머리 업게 ᄒᆞ니와(人蔘一兩去蘆頭)
<救간六 23a>

<24> 一枚

'一枚'가 『구급방언해』에서는 명사구 'ᄒᆞᆫ 낯'으로 번역되고 『구급간이방』에서는 수사 'ᄒᆞ나'로 번역된다는 것은 동일 원문의 번역인 다음 예문들에서 잘 확인된다.

(24) a. 쥐 ᄒᆞᆫ 나출 스라 징 ᄃᆞ외에 ᄒᆞ야(鼠一枚燒爲灰) <救方下 63a>
b. 쥐 ᄒᆞ나 스론 징롤(鼠一枚燻爲灰) <救간六 32a>

(24) e. 괴 머리 ᄒᆞᆫ 나출 (猫頭一枚) <救方下 64b>
b. 괴 머리 ᄒᆞ나 (猫頭一枚) <救간六 76b>

1.2. 名詞類와 動詞類

『구급방언해』에서는 명사류로 번역되는 것이 『구급간이방』에서는 동사류로 번역된다. 『구급방언해』에서 번역되는 명사류에는 명사와 명사구가 있다.

『구급간이방』에서 번역되는 動詞類에는 동작동사, 동작동사구 및 상태동사가 있다.

1.2.1. 名詞와 動詞類

<1> 末

'末'이 『救急方諺解』에서는 명사 'ᄀᆞᄅᆞ'로 번역되고 『救急簡易方』에서는 동작동사 'ᄀᆞᆯ다'로 번역된다는 것은 동일 원문의 번역인 다음 예문들에서 잘 확인된다.

(1) a. 梅花ㅅ ᄡᅵᆺ ᄀᆞᆯᄋᆞᆯ(梅子末) <救方下 67a>
b. ᄆᆡ시ᄅᆞᆯ ᄀᆞ라(梅子末) <救간六 36b>

(1) c. 乾薑ㅅ ᄀᆞᆯᄋᆞᆯ(用乾薑末) <救方下 70a>
d. ᄆᆞᄅᆞᆫ 싱앙ᄋᆞᆯ ᄀᆞ라(用乾薑末) <救간六 39a>

<2> 被刺

'被刺'가 『구급방언해』에서는 명사 '가싀'로 번역되고 『구급간이방』에서는 동작동사 'ᄧᅵᆯ이다'의 부사형으로 번역된다는 것은 동일 원문의 번역인 다음 예문들에서 잘 확인된다. 현재 '刺'는 동사 '찌르다'의 뜻과 명사 '가시'의 뜻을 가지고 있다.

(2) a. 가싀 ᄉᆞᆯ해 들며(被刺入肉) <救方下 2a>
b. ᄧᅵᆯ여 ᄉᆞᆯ해 든 거시(被刺入肉) <救간六 23b>

<3> 側

'側'이 『구급방언해』에서는 명사 '겿'으로 번역되고 『구급간이방』에서는

동작동사 '기우리혀다'의 부사형으로 번역된다는 것은 동일 원문의 번역인 다음 예문들에서 잘 확인된다. '側'은 명사 '곁'과 동사 '기우리다'의 뜻을 가지고 있다.

(3) a. 실을 지 우희 겨트로 노코(以甑側安著灰上) <救方上 71b>
b. 실을 지 우희 기우리혀 노코(以甑側著灰上) <救간一 72b>

<4> 服

'服'이『구급방언해』에서는 명사 '服'과 명사구 'ᄒᆞᆫ 服'으로 번역되고『구급간이방』에서는 동작동사 '먹다'로 번역된다는 것은 동일 원문의 번역인 다음 예문들에서 잘 확인된다.

(4) a. 두 服애 넘디 아니ᄒᆞ야셔(不過二服) <救方上 59b>
b. 두 번 너무 먹디 아니ᄒᆞ야셔(不過二服) <救간二 112a>

(4) c. ᄒᆞᆫ 服애 열 丸곰 ᄒᆞᄅᆞ 세 번 머그라(米飮服十丸日三服) <救方上 67a>
d. ᄡᆞᆯ 글힌 므레 열 환곰 머고ᄃᆡ ᄒᆞᄅᆞ 세 번 머그라(米飮服十丸日三服) <救간二 120a>

<5> 吐

'吐'가『救急方諺解』에서는 명사 '吐'로 번역되고『救急簡易方』에서는 동작동사 '토ᄒᆞ다'의 명사형으로 번역된다는 것은 동일 원문의 번역인 다음 예문들에서 잘 확인된다.

(5) a. 吐ᄅᆞᆯ 그치디 몯ᄒᆞ야(吐不止) <救方上 35b>
b. 토호미 긋디 아니코(吐不止) <救간二 55b>

<6> 刺

'刺'가 『구급방언해』에서는 명사 '가ᄉᆡ'로 번역되고 『구급간이방』에서는 동작동사구 '가시 들다'의 관형사형으로 번역된다는 것은 동일 원문의 번역인 다음 예문들에서 잘 확인된다.

(6) a. 가ᄉᆡ 우희 브티면(傅之刺上) <救方下 6a>
b. 가시 든 우희 브티면(傅之刺上) <救간六 25a>

<7> 淸

'淸'이 『구급방언해』에서는 명사 '믈'로 번역되고 『구급간이방』에서는 상태동사 'ᄆᆞᆰ다'의 관형사형으로 번역된다는 것은 동일 원문의 번역인 다음 예문들에서 잘 확인된다. 현재 '淸'은 상태동사 '맑다'와 명사 '음료'의 뜻을 가지고 있다.

(7) a. 醬ㅅ 므를 ᄇᆞᆯ로ᄃᆡ ᄒᆞᄅᆞ 서너 적곰 ᄒᆞ라(豆醬淸塗之日三四) <救方下 68a>
b. ᄆᆞᆯᄀᆞᆫ 쟝을 ᄒᆞᄅᆞ 서너 번곰 ᄇᆞᄅᆞ라(豆醬淸塗之日三四) <救간六 36b>

1.2.2. 名詞句와 動作動詞句

<1> 一宿

'一宿'이 『구급방언해』에서는 명사구 'ᄒᆞᄅᆺ 밤'으로도 번역되고 『구급간이방』에서는 동작동사구 'ᄒᆞᄅᆺ 밤 재다'의 부사형으로 번역된다는 것은 동일 원문의 번역인 다음 예문들에서 잘 확인된다.

(1) a. 술 ᄒᆞᆫ 되예 ᄒᆞᄅᆺ 바ᄆᆞᆯ ᄃᆞᆷ가(酒一升浸一宿) <救方上 50b>

b. 술 ᄒᆞᆫ 되예 ᄃᆞᆷ가 ᄒᆞᄅᆞᆺ 밤 재야(酒一升浸一宿) <救간六 19b>

1.3. 名詞와 冠形詞

『구급방언해』에서는 명사로 번역되는 것이 『구급간이방』에서는 관형사로 번역된다는 것은 두 문헌의 대비를 통해 잘 확인된다.

<1> 方寸

'方寸'이 『구급간이방』에서는 명사 '方寸'으로 번역되고 『구급방언해』에서는 관형사 'ᄒᆞᆫ'으로 번역된다는 것은 동일 원문의 번역인 다음 예문들에서 잘 확인된다.

(1) a. 츩 불휘 汁으로 方寸만 수를 머구디 다ᄉᆞᆺ 적곰 ᄒᆞ고(以葛根汁服方寸日五) <救方下 62b>
b. 제 즙에 프러 ᄒᆞᆫ 술옴 ᄒᆞ야 ᄒᆞᄅᆞ 다ᄉᆞᆺ 번 머고디(以葛根汁服方寸日五) <救간六 30a>

(1) c. 수레 方寸만 수를 머구디 ᄒᆞᄅᆞ 세 적곰 ᄒᆞ라(酒服方寸匕日三) <救方下 64a>
d. ᄒᆞᆫ 술만 수레 프러 ᄒᆞᄅᆞ 세 번곰 머그라(酒服方寸匕日三) <救간六 32b>

(1) e. 方寸만 수를 머구디 ᄒᆞᄅᆞ 세 적곰 ᄒᆞ고(服方寸匕日三) <救方下 66b>
f. ᄒᆞᆫ 술옴 ᄒᆞ야 ᄒᆞᄅᆞ 세 번 먹고(服方寸匕日三) <救간六 35a>

(1) g. 方寸만 수를 머그라(服方寸匕) <救方下 66b>
h. ᄒᆞᆫ 수를 머그라(服方寸匕) <救간六 35b>

1.4. 名詞와 副詞

『구급방언해』에서는 명사로 번역되는 것이 『구급간이방』에서는 부사로 번역된다는 것은 두 문헌의 대비를 통해 잘 확인된다.

<1> 新

'新'이 『救急方諺解』에서는 명사 '올히'로 번역되고 『救急簡易方』에서는 부사 '새로'로 번역된다는 것은 동일 원문의 번역인 다음 예문들에서 잘 확인된다. '新'은 명사 '새해'의 뜻과 부사 '새로'의 뜻을 가진다.

(1) a. 올히 난 회홧 가지(新生槐枝) <救方上 30a>
b. 새로 도든 회홧나못 가지(新生槐枝) <救간二 34a>

1.5. 名詞와 接尾辭

『구급방언해』에서는 명사로 번역되는 것이 『구급간이방』에서는 접미사로 번역된다는 것은 두 문헌의 대비를 통해 잘 확인된다.

<1> 等

'等'이 『구급방언해』에서는 의존명사 '等'으로 번역되고 『구급간이방』에서는 복수 접미사 '-돌ㅎ'로 번역된다는 것은 동일 원문의 번역인 다음 예문들에서 잘 확인된다.

(1) a. 虛弱혼 等엣 證을(虛怯等證) <救方上 14a>
b. 허약혼 증(39b)돌해(虛怯等證) <救간一 40a>

1.6. 名詞와 語尾

『구급방언해』에서는 名詞로 번역되는 것이 『구급간이방』에서는 語尾로 번역된다는 것은 두 문헌의 대비를 통해 잘 확인된다.

<1> 者

'者'가 『구급방언해』에서는 의존명사 '이'로 번역되고 『구급간이방』에서는 연결어미 '-거든'으로 번역된다는 것은 동일 원문의 번역인 다음 예문들에서 잘 확인된다. '者'는 의존명사 '것'과 연결어미 '-면'의 뜻을 가지고 있다. 『구급방언해』의 '나릴'과 'ᄒᆞ릴'은 각각 '나+ㄹ#이+ㄹ'과 'ᄒᆞ+ㄹ#이+ㄹ'로 분석될 수 있고 여기서 의존명사 '이'의 존재가 확인된다.

(1) a. 어미 ᄒᆞ마 주거 子息이 아니 나릴 고툐ᄃᆡ(治母已死子不出者) <救方下 82b>

b. 어미ᄂᆞᆫ 죽고 ᄌᆞ식ᄋᆞᆫ 몯 낫거든(母已死子不出者) <救간七 40b>

(1) c. 氣分 긋고져 ᄒᆞ릴 고튜ᄃᆡ(治…氣欲絶者) <救方下 87a>

d. 주글 ᄃᆞᆺ거든(氣欲絶者) <救간七 28a>

1.7. 名詞와 節

『구급방언해』에서는 명사로 번역되는 것이 『구급간이방』에서는 節로 번역된다는 것은 두 문헌의 대비를 통해 잘 확인된다.

<1> 血

'血'이 『구급간이방』에서는 명사 '피'로 번역되고 『구급방언해』에서는 절

'피 나다'로 번역된다는 것은 동일 원문의 번역인 다음 예문들에서 잘 확인된다.

(1) a. 피 믈 심ᄃᆞᆺ ᄒᆞ야(血如湧泉) <救方上 59b>
b. 피 나미 믈 심ᄃᆞᆺ ᄒᆞ야(血如湧泉) <救간二 111b>

(1) c. 핏 굼긔 고ᄌᆞ면(注孔血中) <救方上 66b>
d. 피 나ᄂᆞᆫ 굼긔 고ᄌᆞ면(注孔血中) <救간二 119b>

2. 動詞類

『구급방언해』에서는 동사류로 번역되는 것이 『구급간이방』에서는 動詞類, 名詞句, 副詞, 繫辭, 助詞 그리고 節로 번역된다는 것은 두 문헌의 대비에 의해 잘 확인된다.

2.1. 動詞類와 動詞類

『구급방언해』에서는 동작동사로 번역되는 것이 『구급간이방』에서는 동작동사와 동작동사구로 번역되고 『구급방언해』에서는 동작동사구로 번역되는 것이 『구급간이방』에서는 동작동사, 동작동사구 및 상태동사로 번역된다. 그리고 『구급방언해』에서는 상태동사로 번역되는 것이 『구급간이방』에서는 상태동사, 동작동사 및 동작동사구로 번역된다.

2.1.1. 動作動詞와 動詞類

『구급방언해』에서는 동작동사로 번역되는 것이 『구급간이방』에서는 동작동사, 동작동사구 및 상태동사로 번역된다는 것은 두 문헌의 대비를 통해 잘 확인된다.

<1> 飮

'飮'이『구급방언해』에서는 동작동사 '머기다'로 번역되고『구급간이방』에서는 동작동사 '먹다'로 번역된다는 것은 동일 원문의 번역인 다음 예문들에서 잘 확인된다.

(1) a. ᄒᆞᆫ 잔ᄋᆞᆯ 머규ᄃᆡ(飮一杯) <救方下 66a>
b. ᄒᆞᆫ 잔만 머고ᄃᆡ(飮一杯) <救간六 34b>

(1) c. 므레 글혀 汁을 머기며(以水煮汁飮之) <救方下 66b>
d. 므레 글혀 그 즙을 머그라(以水煮汁飮之) <救간六 35a>

<2> 服

'服'이『구급방언해』에서는 동작동사 '머기다'로 번역되고『구급간이방』에서는 동작동사 '먹다'로 번역된다는 것은 동일 원문의 번역인 다음 예문들에서 잘 확인된다.

(2) a. ᄃᆞ시 ᄒᆞ야 머기라(溫服) <救方上 43b>
b. ᄃᆞᄉᆞ닐 먹고(溫服) <救간一 74b>

(2) c. ᄒᆞ다가 … 조쳐 머기고져 커든(若欲兼服) <救方上 73b>
d. 조쳐 먹고져 ᄒᆞ린댄 (若欲兼服) <救간一 67b>

(2) e. 蘇合香元을 머귤디니(宜服蘇合香圓) <救方上 73b>
f. 소합향원 머고미 맛(67b)당커니와(宜服和劑方蘇合香圓) <救간一 68a>

<3> 進

'進'이『구급방언해』에서는 동작동사 '머기다'로 번역되고『구급간이방』에

서는 동작동사 '먹다'로 번역된다는 것은 동일 원문의 번역인 다음 예문들에서 잘 확인된다.

(3) a. 닛우 두ᅀᅥ 服을 머기라(連進二三服) <救方上 60b>
　 b. 닛워 두ᅀᅥ 번을 머그라(連進二三服) <救간二 112b>

<4> 投

'投'가 『구급방언해』에서는 동작동사 '머기다'로 번역되고 『구급간이방』에서는 동작동사 'ᄡᅳ다'로 번역된다는 것은 동일 원문의 번역인 다음 예문들에서 잘 확인된다.

(4) a. 머교매 잇ᄂᆞ니라(在…投之) <救方上 73b>
　 b. ᄡᅳ라(在…投之) <救간一 68a>

<5> 呑

'呑'이 『구급방언해』에서는 동작동사 '먹다'로 번역되고 『구급간이방』에서는 동작동사 'ᄉᆞᆷ기다'로 번역된다는 것은 동일 원문의 번역인 다음 예문들에서 잘 확인된다.

(5) a. 그 부릴 어더 머그면 ᄆᆞᆺ 됴ᄒᆞ니라(得呑其嗉最效) <救方上 53a>
　 b. 그 산몌을 어더 ᄉᆞᆷ교미 ᄀᆞ장 됴ᄒᆞ니라(得呑其嗉最效) <救간六 2b>

<6> 粉

'粉'이 『구급방언해』에서는 동작동사 'ᄡᅵᇂ다'로 번역되고 『구급간이방』에서는 동작동사 'ᄇᆞᄅᆞ다'로 번역된다는 것은 동일 원문의 번역인 다음 예문들에

서 잘 확인된다.

(6) a. 헌 ᄃᆡ ᄲᅵᇂ고 (粉瘡中) <救方下 68b>
b. 믈인 굼긔 ᄇᆞᄅᆞ고(粉瘡中) <救간六 42b>

<7> 取

'取'가 『구급방언해』에서는 동작동사 '내다'로 번역되고 『구급간이방』에서는 동작동사 'ᄧᅡ다'로 번역된다는 것은 동일 원문의 번역인 다음 예문들에서 잘 확인된다.

(7) a. 汁 내야(取汁) <救方下 77a>
b. 므를 ᄧᅡ(取汁) <救간六 60a>

그리고 '取'가 『구급방언해』에서는 동작동사 '앗다'로 번역되고 『구급간이방』에서는 동작동사구 '업게 ᄒᆞ다'로 번역된다는 것은 동일 원문의 번역인 다음 예문들에서 잘 확인된다.

(7) c. 춤 아ᅀᆞ며(取涎) <救方上 12a>
d. 춤 업게 ᄒᆞ며(取涎) <救간一 39a>

<8> 收

'收'가 『救急方諺解』에서는 동작동사 '거두다'로 번역되고 『救急簡易方』에서 동작동사 'ᄡᅳ다'로 번역된다는 것은 동일 원문의 번역인 다음 예문들에서 잘 확인된다.

(8) a. 四肢를 거두디 몯ᄒᆞ고(四肢不收) <救方上 13b>
b. 네 활기 ᄡᅳ디 몯ᄒᆞ고(四肢不收) <救간一 39b>

(8) c. 네 활개ᄅᆞᆯ 거두디 몯ᄒᆞ며(四肢不收) <救方上 13b>
d. 네 활기ᄅᆞᆯ 몯 ᄡᅳ며(四肢不收) <救간一 5b>

<9> 和

'和'가 『구급방언해』에서는 동작동사 '플다'로 번역되고 『구급간이방』에서는 동작동사 'ᄆᆞᆯ다'로 번역된다는 것은 동일 원문의 번역인 다음 예문들에서 잘 확인된다.

(9) a. ᄡᅳᆫ 수레 ᄌᆡᄅᆞᆯ 프러(以苦酒和灰) <救方下 69a>
b. 초에 ᄌᆡᄅᆞᆯ ᄆᆞ라(苦酒和灰) <救간六 43a>

'和'가 『구급방언해』에서는 동작동사 '플다'로 번역되고 『구급간이방』에서는 동작동사 '섞다'로 번역된다는 것은 동일 원문의 번역인 다음 예문들에서 잘 확인된다.

(9) c. 디코 처 프러(擣篩合和) <救方上 5b>
d. ᄧᅵ허 처 ᄒᆞᆫᄃᆡ 섯거(搗篩合和) <救간一 14b>

<10> 覆

'覆'가 『구급방언해』에서는 동작동사 '둪다'로 번역되고 '覆'이 『구급간이방』에서는 동작동사 '엎다'로 번역된다는 것은 동일 원문의 번역인 다음 예문들에서 잘 확인된다. 현재 '覆'의 의미는 '덮다'와 '뒤집다'가 있고 '覆'의 독음이 달라서 '덮다'인 경우에는 '부'이고 '뒤집다'인 경우에는 '복'이다.

(10) a. ᄇᆡᆺ복 우희 두퍼(覆…臍上) <救方上 74b>
b. ᄇᆡ예 업프라(覆…臍上) <救간一 75a>

<11> 爲

'爲'가 『구급방언해』에서는 타동사 '밍ᄀᆞᆯ다'로 번역되고 『구급간이방』에서는 자동사 'ᄃᆞ외다'로 번역된다는 것은 동일 원문의 번역인 다음 예문들에서 잘 확인된다. 현재 '爲'는 '만들다'의 뜻과 '되다'의 뜻을 가지고 있다.

(11) a. ᄶᅵ허 散 밍ᄀᆞ라(擣爲散) <救方下 62b>
b. 디허 ᄀᆞᆯ이 ᄃᆞ외어든(擣爲散) <救간六 30a>

그리고 '爲'가 『구급방언해』에서는 동작동사 '밍ᄀᆞᆯ다'로 번역되고 『구급간이방』에서는 동작동사구 'ᄃᆞ외에 ᄒᆞ다'로 번역된다는 것은 동일 원문의 번역인 다음 예문들에서 잘 확인된다. 원문 중 '爲末'이 『구급방언해』에서는 'ᄀᆞᄅᆞ 밍ᄀᆞᆯ다'의 부사형으로 번역되고 『구급간이방』에서는 'ᄀᆞᆯ이 ᄃᆞ외에 ᄒᆞ다'의 부사형으로 번역된다.

(11) c. 오로 ᄉᆞ론 ᄌᆡᄅᆞᆯ ᄀᆞᄅᆞ 밍ᄀᆞ라(全燒灰爲末) <救方下 64b>
d. 오로 ᄉᆞ론 ᄌᆡᄅᆞᆯ ᄀᆞᆯ이 ᄃᆞ외에 ᄒᆞ야(全燒灰爲末) <救간六 76b>

<12> 咬

'咬'가 『구급방언해』에서는 동작동사 '믈다'로 번역되고 『구급간이방』에서는 동작동사 '믈이다'로 번역된다는 것은 동일 원문의 번역인 다음 예문들에서 잘 확인된다.

(12) a. 지네 믄 ᄃᆡ(蜈蚣咬) <救方下 76b>
b. 지네 믈인 ᄃᆡ(蜈蚣咬) <救간六 59b>

(12) c. 거믜 므러(蜘蛛咬) <救方下 77a>
d. 거믜 믈여(蜘蛛咬) <救간六 66b>

한편 '咬'가 『구급방언해』와 『구급간이방』에서 모두 동작동사 '믈다'로 번역된다는 것은 동일 원문의 번역인 다음 예문들에서 잘 확인된다.

(12) e. 믄 ᄯᅡ해 브티면(塗咬處) <救方下 76b>
f. 믄 ᄃᆡ ᄇᆞᄅᆞ면(塗咬處) <救간六 59b>

<13> 螫

'螫'이 『구급방언해』에서는 동작동사 '소다'로 번역되고 『구급간이방』에서는 동작동사 '믈이다'로 번역된다는 것은 동일 원문의 번역인 다음 예문들에서 잘 확인된다.

(13) a. ᄇᆡ얌 소아(蛇螫) <救方下 74a>
b. ᄇᆡ얌 믈여(蛇螫) <救간六 53a>

(13) c. 손 ᄯᅡ해 브튜미(傳螫處) <救方下 74a>
d. 믈인 ᄃᆡ 브툐미(傳螫處) <救간六 53a>

한편 螫이 『구급방언해』에서는 동작 동사 '소다'의 피동형 '쇠다'로 번역되고 『구급간이방』에서는 동사 '믈다'의 피동형 '믈이다'로 번역된다는 것은 동일 원문의 번역인 다음 예문들에서 잘 확인된다.

(13) e. 쇤 ᄯᅡ해 노코(安螫處) <救方下 75a>
f. 믈인 ᄃᆡ 노코(安螫處) <救간六 57a>

<14> 熟

'熟'이 『구급방언해』에서는 동작동사 '닉다'로 번역되고 『구급간이방』에서는 동작동사 '딕다'로 번역된다는 것은 동일 원문의 번역인 다음 예문들에서 잘 확인된다.

(14) a. 니근 ᄡᅮᆨ그로 몃구고 ᄯᅳ면(熟艾塡灸) <救方下 65b>
b. 디흔 ᄡᅮᆨ글 몃(32a)그고 ᄯᅳ면(以熟艾塡灸) <救간六 32b>

<15> 合

'合'이 『구급방언해』에서는 동작동사 '어울다'로 번역되고 『구급간이방』에서는 동작동사 '들다'로 번역된다는 것은 동일 원문의 번역인 다음 예문들에서 잘 확인된다. 두 동작동사 '어울다'와 '들다'는 '버리다'와 의미상 대립 관계에 있다.

(15) a. 버리고 어우디 아니ᄒᆞ닐(開張不合) <救方上 79a>
b. 버리고 드디 아니커든(開張不合) <救간三 10a>

<16> 下

'下'가 『구급방언해』에서는 동작동사 '나다'로 번역되고 『구급간이방』에서는 동작동사 'ᄂᆞ리다'로 번역된다는 것은 동일 원문의 번역인 다음 예문들에서 잘 확인된다.

(16) a. ᄲᅧ 저 나ᄂᆞ니라(骨自下) <救方上 52a>
b. ᄲᅧ 절로 ᄂᆞ리리라(骨自下) <救간六 12b>

<17> 潰

'潰'가 『구급방언해』에서는 동작동사 '허여디다'로 번역되고 『구급간이방』에서는 동작동사 '곪다'로 번역된다는 것은 동일 원문의 번역인 다음 예문들에서 잘 확인된다. '허여디다'는 '헐다'와 '문드러지다'의 뜻을 가진다.

(17) a. 붓디 아니ᄒᆞ며 허여디디 아니ᄒᆞ며(不腫不潰) <救方下 65b>
b. 붓디 아니ᄒᆞ며 곪디 아니ᄒᆞ며(不腫不潰) <救간六 32b>

<18> 著

'著'이 『구급방언해』에서는 동작동사 '바키다'로 번역되고 『구급간이방』에서는 동작동사 '븥다'로 번역된다는 것은 동일 원문의 번역인 다음 예문들에서 잘 확인된다.

(18) a. 뼈 히메 바(49a)켜(鯁著筋) <救方上 49b>
b. 거렛는 거시 히메 브터(鯁著筋) <救간六 10b>

<19> 泄

'泄'이 『구급방언해』에서는 동작동사 'ᄉᆞᄆᆞᆾ다'로 번역되고 『구급간이방』에서는 동작동사 '나다'로 번역된다는 것은 동일 원문의 번역인 다음 예문들에서 잘 확인된다. '泄'은 현재 동사 '흘러 나오다'와 '통하다'의 뜻을 가지고 있다.

(19) a. 氣分이 ᄉᆞᄆᆞᆺ디 아니케 ᄒᆞ고(勿令泄氣) <救方下 95b>
b. 기미 나디 몯게 ᄒᆞ고(勿令泄氣) <救간七 65a>

<20> 螫著

'螫著'이 『구급방언해』에서는 동작동사 '쇠다'의 관형사형으로 번역되고 『구급간이방』에서는 동작동사 '믈이다'의 관형사형으로 번역된다는 것은 동일 원문의 번역인 다음 예문들에서 잘 확인된다.

(20) a. ᄇᆡ얌 쇤 ᄢᅴ(蛇螫著之時) <救方下 75a>
b. ᄇᆡ얌 믈인 ᄢᅴ(蛇螫著之時) <救간六 48a>

<21> 被螫

'被螫'이 『구급방언해』에서는 동작동사 '쇠다'로 번역되고 『구급간이방』

에서는 동작동사 '믈이다'로 번역된다는 것은 동일 원문의 번역인 다음 예문들에서 잘 확인된다.

(21) a. 쉰 ᄯᅡ해 브티라(傳被螫處) <救方下 74a>
b. 믈인 ᄃᆡ 브티라(傳被螫處) <救간六 53b>

<22> 封

'封'이 『구급방언해』에서는 동작동사 '브티다'로 번역되고 『구급간이방』에서는 동작동사구 'ᄲᅡ ᄆᆡ다'로 번역된다는 것은 동일 원문의 번역인 다음 예문들에서 잘 확인된다.

(22) a. 믄 ᄯᅡ해 브티면(封…於咬處) <救方下 76b>
b. 믄 ᄃᆡ ᄲᅡ ᄆᆡ면(封…於咬處) <救간六 60a>

'封'이 『구급방언해』에서는 동작동사 '막다'로 번역되고 『구급간이방』에서는 동작동사구 'ᄲᅡ ᄆᆡ다'로 번역된다는 것은 동일 원문의 번역인 다음 예문들에서 잘 확인된다.

(22) c. 瓶ㅅ 이플 ᄉᆞ외 마가(密封瓶口) <救方下 95b>
d. 볐 부릴 ᄲᅡ 구디 ᄆᆡ야(密封瓶口) <救간七 65a>

<23> 滴入

'滴入'이 『구급방언해』에서는 동작동사 'ᄎᆞᆺ들이다'로 번역되고 『구급간이방』에서는 동작동사구 '처디여 들에 ᄒᆞ다'로 번역된다는 것은 동일 원문의 번역인 다음 예문들에서 잘 확인된다.

(23) a. 汁 내야 믄 ᄯᅡ해 ᄎᆞᆺ들이면(取汁滴入咬處) <救方下 77a>
b. 므를 ᄲᅡ 믄 ᄃᆡ 처디(60a)여 들에 ᄒᆞ면(取汁滴入咬處) <救간六 60b>

<24> 搨

'搨'이 『구급방언해』에서는 동작동사 '놓다'로 번역되고 『구급간이방』에서는 동작동사구 '펴 놓다'로 번역된다는 것은 동일 원문의 번역인 다음 예문들에서 잘 확인된다.

(24) a. 새 뵈로 알폰 짜해 노코(以新布搨患處) <救方下 29a>
b. 새 뵈로 알폰 짜해 펴 노코(以新布搨患處) <救간一79a>

<25> 入

'入'이 『救急方諺解』에서는 동작동사 '녛다'로 번역되고 『救急簡易方』에서는 동작동사구 '들에 ᄒᆞ다'로 번역된다는 것은 동일 원문의 번역인 다음 예문들에서 잘 확인된다.

(25) a. 져근 대롱ᄋᆞ로 부러 모기 녀흐라(以小管子吹入喉) <救方上 44b>
b. 져근 대롱으로 부러 모기 들에 ᄒᆞ라(以小管子吹入喉) <救간二 75a>

<26> 散

'散'이 『구급방언해』에서는 동작동사 '흩다'로 번역되고 『구급간이방』에서는 동작동사구 '플게 ᄒᆞ다'로 번역된다는 것은 동일 원문의 번역인 다음 예문들에서 잘 확인된다.

(26) a. 막딜여 미요물 흐트면(散其壅結) <救方上 12b>
b. 미친 ᄆᆞᅀᆞ몰 플게 ᄒᆞ면(散其壅結) <救간一 39a>

<27> 絞

'絞'가 『구급방언해』에서는 동작동사 '쌔다'의 부사형 '쌔'로 번역되고 『구급간이방』에서는 동작동사구 '뷔트러 ᄧᅡ다'의 부사형 '뷔트러 ᄧᅡ'로 번역된다는 것은 동일 원문의 번역인 다음 예문들에서 잘 확인된다.

(27) a. 즈블 쌔 머그라(絞汁飮之) <救方上 62b>
b. 뷔트(116a)러 ᄧᅡ 즙을 마시라(絞汁飮之) <救간二 116b>

<28> 燒

'燒'가 『구급방언해』에서는 동작동사 'ᄉᆞᆯ다'로 번역되고 『구급간이방』에서는 동작동사구 '블 브티다'로 번역된다는 것은 동일 원문의 번역인 다음 예문들에서 잘 확인된다.

(28) a. 프른 뵈ᄅᆞᆯ ᄉᆞ라(燒青布) <救方下 63b>
b. 프른 뵈ᄅᆞᆯ 블 브텨(燒青布) <救간六 33b>

<29> 鍼

'鍼'이 『구급방언해』에서는 동작동사 '鍼ᄒᆞ다'로 번역되고 『구급간이방』에서는 동작동사구 '침 주다'로 번역된다는 것은 동일 원문의 번역인 다음 예문들에서 잘 확인된다.

(29) a. 鍼ᄒᆞ고 ᄯᅳ면(鍼灸) <救方上 78b>
b. 침 주고 ᄯᅳ면(鍼灸) <救간一 63b>

<30> 轉動

'轉動'이 『구급방언해』에서는 동작동사 '돌다'로 번역되고 『구급간이방』

에서는 동작동사구 '도라 나다'로 번역된다는 것은 동일 원문의 번역인 다음 예문들에서 잘 확인된다.

(30) a. 그 아기 빗 소배 이셔 도디 몯홀시(其兒在腹中不得轉動) <救方下 81b>
b. 그 아기 비 안해셔 도라 나디 몯ᄒᆞ야(其兒在腹中不得轉動) <救간七 45b>

<31> 去

'去'가 『구급방언해』에서는 타동사 '앗다'로 번역되고 『구급간이방』에서는 상태동사 '없다'로 번역된다는 것은 동일 원문의 번역인 다음 예문들에서 잘 확인된다.

(31) a. 므를 아ᅀᆞ면(去水) <救方上 75a>
b. 믈읏 업스면(去水) <救간一 75a>

<32> 乾

'乾'이 『구급방언해』에서는 타동사 '몰오다'로 번역되고 『구급간이방』에서는 상태동사 '특특ᄒᆞ다'로 번역된다는 것은 동일 원문의 번역인 다음 예문들에서 잘 확인된다.

(32) a. 술와 醋애 봇가 몰오고(酒醋熬乾) <救方下 88a>
b. 술와 초애 고아 특특거든(酒醋熬乾) <救간七 48b>

<33> 不

'不'이 『구급방언해』에서는 보조동사 '아니ᄒᆞ다'로 번역되고 『구급간이방』에서는 보조동사 '몯ᄒᆞ다'로 번역된다는 것은 동일 원문의 번역인 다음 예문

들에서 잘 확인된다.

(33) a. 氣分이 ᄉᆞᄆᆞᆺ디 아니케 ᄒᆞ고(勿令泄氣) <救方下 95b>
b. 기미 나디 몯게 ᄒᆞ고(勿令泄氣) <救간七 65a>

'不'이『구급방언해』에서는 보조동사 '몯ᄒᆞ다'로 번역되고『구급간이방』에서는 보조동사 '아니ᄒᆞ다'로 번역된다는 것은 동일 원문의 번역인 다음 예문들에서 잘 확인된다.

(33) c. 펴디 몯ᄒᆞ며 ᄃᆞᆮ닐 제(不肯舒伸行動) <救方下 81b>
d. 모몰 펴 니러 ᄃᆞᆮ니디 아니ᄒᆞ야(不肯舒伸行動) <救간七 45b>

'不'이『구급방언해』에서는 보조동사 '아니ᄒᆞ다'로 번역되고『구급간이방』에서는 보조동사 '말다'로 번역된다는 것은 동일 원문의 번역인 다음 예문들에서 잘 확인된다.

(33) e. ᄇᆡ야미라 니ᄅᆞ디 아니ᄒᆞ고(不應言蛇) <救方下 73b>
f. ᄇᆡ야미라 니ᄅᆞ디 말오(不應言蛇) <救간六 47b>

<34> 勿

'勿'이『구급방언해』에서는 보조동사 '몯ᄒᆞ다'로 번역되고『구급간이방』에서는 보조동사 '아니ᄒᆞ다'로 번역된다는 것은 동일 원문의 번역인 다음 예문들에서 잘 확인된다.

(34) a. 두 그틀 구디 자바 氣分이 通티(77b) 몯게 ᄒᆞ야(緊把兩頭勿令通氣) <救方下 78a>
b. ᄀᆡ운이 나디 아니케 두 그틀 구디 자바(緊把兩頭勿令通氣) <救간六 67b>

2.1.2. 動作動詞句와 動詞類

『구급방언해』에서는 동작동사구로 번역되는 것이 『구급간이방』에서는 동사류 즉 동작동사, 동작동사구 및 상태동사로 번역된다는 것은 두 문헌의 대비를 통해 잘 확인된다.

<1> 丸

'丸'이 『구급방언해』에서는 동작동사구 '丸 밍골다'로 번역되고 『구급간이방』에서는 동작동사 '비븨다'로 번역된다는 것은 동일 원문의 번역인 다음 예문들에서 잘 확인된다.

(1) a. 뿔로 梧桐子만케 丸 밍ᄀ라(蜜丸梧子大) <救方上 67a>
b. 뿌레 ᄆ라 머귀 여름만케 비븨여(蜜丸梧子大) <救간二 120a>

<2> 末

'末'이 『구급방언해』에서는 동작동사구 'ᄀᄅ 밍골다'로 번역되고 『구급간이방』에서는 동작동사 '골다'로 번역된다는 것은 동일 원문의 번역인 다음 예문들에서 잘 확인된다.

(2) a. 디허 ᄀᄂ리 ᄀᄅ 밍ᄀ라(擣細末) <救方下 96a>
b. 디허 ᄀᄂ리 ᄀ라(擣細末) <救간七 65b>

<3> 罨

'罨'이 『구급방언해』에서는 동작동사구 '마고 브티다'로 번역되고 『구급간이방』에서는 동작동사 '브티다'로 번역된다는 것은 동일 원문의 번역인 다음 예문들에서 잘 확인된다.

(3) a. 마고 브티면 즉재 나ᄂᆞ니라(罨之卽出) <救方下 6a>
b. 브티면 즉재 나리라(罨之卽出) <救간六 25b>

<4> 灸

'灸'가 『구급방언해』에서는 동작동사구 '브레 ᄠᅳ다'로 번역되고 『구급간이방』에서는 동작동사 '노기다'로 번역된다는 것은 동일 원문의 번역인 다음 예문들에서 잘 확인된다.

(4) a. 미롤 브레 ᄠᅳ이(灸蠟) <救方下 68b>
b. 미롤 노겨(灸蠟) <救간六 43a>

<5> 封

'封'이 『구급방언해』에서는 동작동사구 '마고 브티다'로 번역되고 『구급간이방』에서는 동작동사구 'ᄡᅡ 믹다'로 번역된다는 것은 동일 원문의 번역인 다음 예문들에서 잘 확인된다.

(5) a. ᄀᆞᄂᆞ리 사ᄒᆞ라 마고 브튜리니(細剉以封之) <救方下 16b>
b. ᄀᆞᄂᆞ리 사ᄒᆞ라 ᄡᅡ 믹오(細剉以封之) <救간六 72a>

<6> 沸

'沸'이 『救急方諺解』에서는 합성동사 'ᄉᆞᆺ긇다'로 번역되고 『救急簡易方』에서 동작동사구 '소솜 긇다'와 '소솜 글히다'로 번역된다는 것은 동일 원문의 번역인 다음 예문들에서 잘 확인된다.

(6) a. 一百 번 ᄉᆞᆺ글커든(百沸) <救方上 38b>
b. 일빅 번 소솜 글커든(百沸) <救간一 54a>

(6) c. 一百 번 솟글흔 므레 프러 머기라(百沸湯點服) <救方上 31b>
d. 일빅 소솜 글힌 므레 프러 머그라(百沸湯點服) <救간二 61b>

<7> 一分

'一分'이 『구급방언해』에서는 동작동사구 'ᄒᆞᆫ 分곰 ᄒᆞ다'로 번역되고 『구급간이방』에서는 동작동사구 'ᄀᆞᆮ게 ᄂᆞᆫ호다'로 번역된다는 것은 동일 원문의 번역인 다음 예문들에서 잘 확인된다. '一'이 『구급방언해』에서는 관형사 'ᄒᆞᆫ'으로 번역되고 『구급간이방』에서는 상태동사 'ᄀᆞᇀ다'로 번역된다. 그리고 '分'이 『구급방언해』에서는 명사 '分'으로 번역되고 『구급간이방』에서는 타동사 'ᄂᆞᆫ호다'로 번역된다.

(7) a. ᄒᆞᆫ 分곰 ᄒᆞ야(一分) <救方下 74b>
b. ᄀᆞᆮ게 ᄂᆞᆫ화(一分) <救간六 53b>

<8> 不識人

'不識人'이 『구급방언해』에서는 동작동사구 '사ᄅᆞᄆᆞᆯ 모ᄅᆞ다'로 번역되고 『구급간이방』에서는 동작동사구 'ᄉᆡᆫᄭᅴ 몯 ᄎᆞ리다'로 번역된다는 것은 동일 원문의 번역인 다음 예문들에서 잘 확인된다.

(8) a. 毒이 ᄆᆞᅀᆞ매 드러 닶가와 사ᄅᆞᄆᆞᆯ 모ᄅᆞ거든(毒入心悶絕不識人) <救方下 70a>
b. 도기 ᄆᆞᅀᆞ매 드러 답답ᄒᆞ야 ᄉᆡᆫᄭᅴ 몯 ᄎᆞ리거든(毒入心悶絕不識人) <救간六 39b>

<9> 安

'安'이 『구급방언해』에서는 동작동사구 '便安케 ᄒᆞ다'로 번역되고 『구급간이방』에서는 상태동사 '편안ᄒᆞ다'로 번역된다는 것은 동일 원문의 번역인

다음 예문들에서 잘 확인된다.

(9) a. ᄆᆞᅀᆞᄆᆞᆯ 便安케 ᄒᆞ고 氣分을 모도ᄂᆞᆫ 藥을(安心神收斂神氣之藥) <救方上 73b>
b. ᄆᆞᅀᆞᆷ 편ᄒᆞ며 긔운 뫼홀 약을(安心神收斂神氣之藥) <救간一 67b>

<10> 溫

'溫'이 『구급방언해』에서는 동작동사구 'ᄃᆞ시 ᄒᆞ다'로 번역되고 『구급간이방』에서는 상태동사 'ᄃᆞᄉᆞ다'의 관형사형으로 번역된다는 것은 동일 원문의 번역인 다음 예문들에서 잘 확인된다.

(10) a. 汁을 ᄃᆞ시 ᄒᆞ야 머그면(取汁溫服) <救方下 88b>
b. ᄃᆞᄉᆞᆫ 즙을 머기면(取汁溫服) <救간七 49a>

<11> 針

'針'이 『구급방언해』에서는 동작동사구 '바늘 ᄀᆞ티 ᄒᆞ다'의 부사형으로 번역되고 『구급간이방』에서는 상태동사 'ᄲᅩᄅᆞᆯ다'의 부사형으로 번역된다는 것은 동일 원문의 번역인 다음 예문들에서 잘 확인된다.

(11) a. 깁 오롤 쟉게 비븨여 바늘 ᄀᆞ티 ᄒᆞ야(用小絹針) <救方下 82a>
b. 기블(45b) ᄲᅩᄅᆞᆯ게 비븨여(用小絹針) <救간七 46a>

<12> 須臾

'須臾'가 『구급방언해』에서는 동작동사구 '아니한 덛 ᄒᆞ다'의 부사형으로 번역되고 『구급간이방』에서는 상태동사 '이슥ᄒᆞ다'의 부사형으로 번역된다는

것은 동일 원문의 번역인 다음 예문들에서 잘 확인된다.

(12) a. 아니한 덛 ᄒᆞ야 ᄯᅩ ᄒᆞᆫ 적 먹고(須臾又進一服) <救方下 88b>
b. 이슥ᄒᆞ야 ᄯᅩ ᄒᆞᆫ 번 머겨(須臾又進一服) <救간七 49b>

2.1.3. 狀態動詞와 動詞類

『구급방언해』에서는 상태동사로 번역되는 것이 『구급간이방』에서는 동사류 즉 동작동사와 동작동사구로 번역된다는 것은 두 문헌의 대비를 통해 잘 확인된다.

<1> 有

'有'가 『구급방언해』에서는 상태동사 '잇다'로 번역되고 『구급간이방』에서는 동작동사 '두다'로 번역된다는 것은 동일 원문의 번역인 다음 예문들에서 잘 확인된다. '잇다'는 주격과 共起하고 '두다'는 대격과 공기한다.

(1) a. 아라 우희 몰애 잇고(上下有沙) <救方上 73a>
b. 아라 우희 몰애ᄅᆞᆯ 두ᄃᆡ(上下有沙) <救간一 75a>

<2> 急

'急'이 『구급방언해』에서는 상태동사 '急ᄒᆞ다'로 번역되고 『구급간이방』에서는 자동사 '븗바티다'로 번역된다는 것은 동일 원문의 번역인 다음 예문들에서 잘 확인된다.

(2) a. 氣分이 急ᄒᆞ면(氣急) <救方上 77b>
b. 긔우니 븗(62b)바티면(氣急) <救간一 63a>

<3> 靑

'靑'이 『구급방언해』에서는 상태동사 '프르다'로 번역되고 『구급간이방』에서는 동작동사구 '쳥믈 들다'로 번역된다는 것은 동일 원문의 번역인 다음 예문들에서 잘 확인된다.

(3) a. 프른 뵈롤 되오 ᄆᆞ라(靑布急卷) <救方下 63a>
b. 쳥믈 든 뵈롤 되오 ᄆᆞ라(靑布急卷) <救간 六 30b>

한편 '靑'이 『구급방언해』와 『구급간이방』에서 모두 상태동사 '프르다'로 번역된다는 동일 원문의 번역인 다음 예문들에서 잘 확인된다.

(3) c. 프른 뵈롤 ᄉᆞ라(燒靑布) <救方下 63b>
d. 프른 뵈롤 블 브텨(燒靑布) <救간六 33b>

2.2. 動詞類와 名詞句

『구급방언해』에서는 동사류 즉 동작동사와 동작동사구로 번역되는 것이 『구급간이방』에서는 명사구로 번역된다는 것은 두 문헌의 대비를 통해 잘 확인된다.

<1> 挼

'挼'가 『救急方諺解』에서는 동작동사 '플다'로 번역되고 『救急簡易方』에서는 명사구 'ᄧᅩ니'로 번역된다는 것은 동일 원문의 번역인 다음 예문들에서 잘 확인된다. 명사구 'ᄧᅩ니'는 'ᄧ+오+ㄴ#이'로 분석될 수 있고 '이'는 의존명사이다.

(1) a. ᄒᆞᆫ 자내 프러 브ᅀᅳ라(挼一盞灌服) <救方上 42a>
b. ᄡᅩ니 ᄒᆞᆫ 잔을 브ᅀᅳ라(挼一盞灌服) <救간二 79a>

<2> 溫

'溫'이 『救急方諺解』에서는 동작동사구 'ᄃᆞ시 ᄒᆞ다'로 번역되고 『救急簡易方』에서 명사구 'ᄃᆞᄉᆞ니'로 번역된다는 것은 동일 원문의 번역인 다음 예문들에서 잘 확인된다. 명사구 'ᄃᆞᄉᆞ니'는 'ᄃᆞᄉᆞ+ㄴ#이'로 분석될 수 있고 '이'는 의존명사이다.

(2) a. ᄃᆞ시 ᄒᆞ야 머기라(溫服) <救方上 43b>
b. ᄃᆞᄉᆞ닐 먹고(溫服) <救간二 74b>

(2) c. ᄃᆞ시 ᄒᆞ야 브ᅀᅥ 머기고(溫灌與服) <救方上 38a>
d. ᄃᆞᄉᆞ닐 이베 브ᅀᅥ 머기고(溫灌與服) <救간一 53a>

(2) e. ᄃᆞ시ᄒᆞ야 세 버네 머그라(分溫三服) <救方上 35a>
f. ᄃᆞᄉᆞ닐 세 번에 ᄂᆞᆫ화 머그라(分溫三服) <救간二 55b>

(2) g. ᄂᆞᆫ화 ᄃᆞ시 ᄒᆞ야 세 저글 머그라(分溫三服) <救方下 90b>
h. ᄂᆞᆫ화 ᄃᆞᄉᆞ닐 세 번에 머그라(分溫三服) <救간七 50b>

<3> 壅結

'壅結'이 『救急方諺解』에서는 동작동사구 '막딜여 ᄆᆡ이다'의 명사형으로 번역되고 『救急簡易方』에서는 명사구 'ᄆᆡ친 ᄆᆞᅀᆞᆷ'으로 번역된다는 것은 동일 원문의 번역인 다음 예문들에서 잘 확인된다.

(3) a. 막딜여 ᄆᆡ요ᄆᆞᆯ 흐트면(散其壅結) <救方上 12b>
b. ᄆᆡ친 ᄆᆞᅀᆞᄆᆞᆯ 플게 ᄒᆞ면(散其壅結) <救간一 39a>

<4> 生

'生'이 『구급방언해』에서는 상태동사 '生ᄒᆞ다'의 관형사형으로 번역되고 『구급간이방』에서는 명사 'ᄂᆞᆯ'로 번역된다는 것은 동일 원문의 번역인 다음 예문들에서 잘 확인된다.

(4) a. 生ᄒᆞᆫ 川椒(生椒) <救方下 76a>
b. ᄂᆞᆯ 조핏 여름(生椒) <救간六 54b>

(4) c. 白礬과 甘草ᄅᆞᆯ 生ᄒᆞ닐 ᄡᅮᄃᆡ(白礬 甘草生用) <救方下 74b>
d. 빅번과 ᄂᆞᆯ 감초(白礬 甘草生用) <救간六 48a>

2.3. 動詞類와 副詞

『구급방언해』에서는 동사류 즉 동작동사와 동작동사구로 번역되는 漢字가 『구급간이방』에서는 부사로 번역된다는 것은 두 문헌의 대비를 통해 잘 확인된다.

<1> 都

'都'가 『구급방언해』에서는 타동사 '뫼호다'로 번역되고 『구급간이방』에서는 부사 'ᄒᆞᆫᄃᆡ'로 번역된다는 것은 동일 원문의 번역인 다음 예문들에서 잘 확인된다.

(1) a. 뫼화 ᄀᆞ라(都研) <救方下 74b>
b. ᄒᆞᆫᄃᆡ ᄀᆞ라(都研) <救간六 53b>

<2> 更

'更'이 『구급방언해』에서는 동작동사 'ᄀᆞᆯ다'로 번역되고 『구급간이방』에서

는 부사 '다시'로 번역된다는 것은 동일 원문의 번역인 다음 예문들에서 잘 확인된다. '更'은 동사 '고치다, 바꾸다'의 뜻과 부사 '다시'의 뜻을 가지고 있다.

(2) a. ᄀᆞ라 半 날만 ᄒᆞ면(更易半日) <救方上 72a>
b. 다시 ᄀᆞ라 반 날만 ᄒᆞ면(更易半日) <救간一 75b>

<3> 令濃

'令濃'이 『구급방언해』에서는 동작동사구 '딛게 ᄒᆞ다'의 부사형으로 번역되고 『구급간이방』에서는 부사 '디투'로 번역된다는 것은 동일 원문의 번역인 다음 예문들에서 잘 확인된다. '딛게'의 기본형은 '딛다'이다.

(3) a. 쇠ᄅᆞᆯ 글혀 딛게 ᄒᆞ야(煮鐵令濃) <救方下 63a>
b. 쇠ᄅᆞᆯ 디투 글혀(煮鐵令濃) <救간六 31a>

<4> 斯須

'斯須'가 『구급방언해』에서는 동작동사구 '아니한 덛 ᄒᆞ다'로 번역되고 『구급간이방』에서는 부사 '이슥고'로 번역된다는 것은 동일 원문의 번역인 다음 예문들에서 잘 확인된다.

(4) a. 아니한 덛 ᄒᆞ고 거믜 삿기(斯須蜘蛛兒) <救方下 77b>
b. 이슥고 삿기 거믜(斯須蜘蛛兒) <救간六 66b>

2.4. 動作動詞와 繫辭

『구급방언해』에서는 동작동사로 번역되는 것이 『구급간이방』에서는 계사로 번역된다는 것은 두 문헌의 대비를 통해 잘 확인된다.

<1> 取

'取'가 『구급방언해』에서는 자동사 'ᄃᆞ외다'로 번역되고 『구급간이방』에서는 계사 '이다'로 번역된다는 것은 동일 원문의 번역인 다음 예문들에서 잘 확인된다.

(1) a. 믈 두 되 ᄒᆞᆫ 되 ᄃᆞ외게 글혀(以水二升煮取一升) <救方下 67b>
b. 믈 두 되예 글(35b)혀 ᄒᆞᆫ 되어든(以水二升煮取一升) <救간六 36a>

(1) c. 믈 두 되 ᄒᆞᆫ 되 ᄃᆞ외게 글혀(水二升煮取一升) <救方下 67b>
d. 믈 두 되예 글혀 ᄒᆞᆫ 되어든(水二升煮取一升) <救간六 36a>

<2> 至

'至'가 『구급방언해』에서는 자동사 'ᄃᆞ외다'로 번역되고 『구급간이방』에서는 계사 '이다'로 번역된다는 것은 동일 원문의 번역인 다음 예문들에서 잘 확인된다.

(2) a. ᄒᆞᆫ 자니 ᄃᆞ외어든(至一盞) <救方下 84a>
b. ᄒᆞᆫ 되어든(至一盞) <救간七 43b>

(2) c. ᄒᆞᆫ 자니 ᄃᆞ외에 글혀(煎至一盞) <救方下 91a>
d. 달혀 ᄒᆞᆫ 되어든(煎至一盞) <救간七 51a>

2.5. 動作動詞와 助詞

『구급방언해』에서는 동작동사로 번역되는 漢字가 『구급간이방』에서는 조사로 번역된다는 것은 두 문헌의 대비를 통해 잘 확인된다.

<1> 并

'并'이 『구급방언해』에서는 동사 '조치다'의 부사형 '조쳐'로 번역되고 『구급간이방』에서는 조사 '-와'로 번역된다는 것은 동일 원문의 번역인 다음 예문들에서 잘 확인된다. 현재 '并'은 동사 '어우르다'의 뜻과 부사 '함께'의 뜻을 가진다.

(1) a. 牛膝을 닙 조쳐(牛膝并葉) <救方上 69b>
b. 쇠무룹불휘와 닙과롤(牛膝并葉) <救간三 77a>

2.6. 動詞類와 節

『구급방언해』에서는 동사류 즉 동작동사와 동작동사구로 번역되는 것이 『구급간이방』에서는 節로 번역된다는 사실은 두 문헌의 대비를 통해 잘 확인된다.

<1> 氣絕

'氣絕'이 『구급방언해』에서는 동작동사 '氣絕ᄒᆞ다'로 번역되고 『구급간이방』에서 節 '긔운이 긏다'로 번역된다는 사실은 동일 원문의 번역인 다음 예문들에서 잘 확인된다.

(1) a. 氣絕ᄒᆞ야 죽ᄂᆞ닐 아니 고티리 업스니(氣絕欲死無不治之) <救方下 30b>
b. 긔운이 그처 죽ᄂᆞ닐 몯 고티리 업스니(氣絕欲死無不治之) <救간一 80b>

<2> 爲末

'爲末'이 『구급방언해』에서는 동작동사구 'ᄀᆞᄅᆞ 밍ᄀᆞᆯ다'로 번역되고 『구급간이방』에서는 절 'ᄀᆞᆯ이 ᄃᆞ외에 ᄒᆞ다'로 번역된다는 것은 동일 원문의 번역인 다음 예문들에서 잘 확인된다.

(2) a. 괴 머리 ᄒᆞᆫ 나ᄎᆞᆯ 오로 사ᄅᆞᆫ ᄌᆡᄅᆞᆯ ᄀᆞᄅᆞ 밍ᄀᆞ라(猫頭一枚全燒灰爲末) <救方下 64b>
b. 괴 머리 ᄒᆞ나 오로 사ᄅᆞᆫ ᄌᆡᄅᆞᆯ ᄀᆞᆯ이 ᄃᆞ외에 ᄒᆞ야(猫頭一枚全燒灰爲末) <救간六 76a>

3. 副詞

『구급방언해』에서는 부사로 번역되는 것이 『구급간이방』에서는 副詞, 名詞句 그리고 狀態動詞로 번역된다는 것은 두 문헌의 대비를 통해 잘 확인된다.

3.1. 副詞와 副詞

『구급방언해』에서는 부사로 번역되는 것이 『구급간이방』에서는 부사로 번역된다는 것은 두 문헌의 대비를 통해 잘 확인된다.

<1> 大

'大'가 『구급방언해』에서는 부사 '하'로 번역되고 『구급간이방』에서는 부사 '너무'로 번역된다는 것은 동일 원문의 번역인 다음 예문들에서 잘 확인된다. 부사 '하'는 상태동사 '하다'에서 파생된 것이고 부사 '너무'는 동작동사 '넘다'에서 파생된 것이다. 현재 '大'는 '크다', '많다' 그리고 '넘다'의 뜻을 가지고 있다.

(1) a. 하 덥게 ᄒᆞ야 가치 헐에 말라(勿令大熱恐破肉) <救方下 36b>
b. 너무 덥게 말라 술히 헐가 저헤니(勿令大熱恐破肉) <救간一 80b>

<2> 須臾

'須臾'가 『구급방언해』에서는 부사 '즉재'로 번역되고 『구급간이방』에서는 부사 '이슥고'로 번역된다는 것은 동일 원문의 번역인 다음 예문들에서 잘 확인된다.

(2) a. 즉재 됻ᄂᆞ니라(須臾自差) <救方下 77a>
b. 이슥고 됴ᄒᆞ리라(須臾自差) <救간六 60b>

<3> 不

'不'이 『구급방언해』에서는 부사 '아니'로 번역되고 『구급간이방』에서는 부사 '몯'으로 번역된다는 것은 동일 원문의 번역인 다음 예문들에서 잘 확인된다.

(3) a. 氣絕ᄒᆞ야 죽ᄂᆞ닐 아니 고티리 업스니(氣絕欲死無不治之) <救方下 30b>
b. 긔운이 그처 죽ᄂᆞ닐 몯 고티리 업스니(氣絕欲死無不治之) <救간一 80b>

3.2. 副詞와 名詞句

『구급방언해』에서는 부사로 번역되는 것이 『구급간이방』에서는 명사구로 번역된다는 사실은 두 문헌의 대비를 통해 잘 확인된다.

<1> 溫

'溫'이 『구급방언해』에서는 부사 'ᄃᆞ시'로 번역되고 『구급간이방』에서는 명사구 'ᄃᆞᄉᆞ니'로 번역된다는 것은 동일 원문의 번역인 다음 예문들에서 잘 확인된다. 『구급방언해』의 'ᄃᆞ시'는 상태동사 'ᄃᆞᆺᄒᆞ다'에서 파생된 부사로 'ᄃᆞᆺ- + -이'로 분석될 수 있고, 『구급간이방』의 'ᄃᆞᄉᆞ니'는 상태동사 'ᄃᆞᄉᆞ다'의 관형사형에 의존명사 '이'가 결합된 것으로 'ᄃᆞᄉᆞ- + -ㄴ#이'로 분석될 수 있다.

(1) a. ᄃᆞ시 두 보ᅀᆞᄅᆞᆯ 머그면(溫服二椀) <救方下 89b>
b. ᄃᆞᄉᆞ니 두 사바ᄅᆞᆯ 머그면(溫服二椀) <救간七 50b>

3.3. 副詞와 狀態動詞

『구급방언해』에서는 부사로 번역되는 것이 『구급간이방』에서는 狀態動詞로 번역된다는 것은 두 문헌의 대비를 통해 잘 확인된다.

<1> 如

'如'가 『구급방언해』에서는 부사 'ᄒᆞ다가'로 번역되고 『구급간이방』에서는 상태동사 'ᄃᆞᆺᄒᆞ다'로 번역된다는 것은 동일 원문의 번역인 다음 예문들에서 잘 확인된다.

(1) a. ᄒᆞ다가 ᄢᅵ어든 (如醒) <救方上 71a>
b. ᄢᅵᆫ ᄃᆞᆺ거든(如醒) <救간一 72a>

4. 冠形詞

『구급방언해』에서는 冠形詞로 번역되는 것이 『구급간이방』에서는 名詞로 번역된다는 것은 두 문헌의 대비를 통해 잘 확인된다.

<1> 一

'一'이 『구급방언해』에서는 관형사 'ᄒᆞᆫ'으로 번역되고 『구급간이방』에서는 명사 'ᄒᆞ녁'으로 번역된다는 것은 동일 원문의 번역인 다음 예문들에서 잘 확인된다.

(1) a. ᄒᆞ녁 그틀 블 브텨(燒一頭) <救方下 63a>
b. ᄒᆞᆫ 그테 블 브텨(燒一頭) <救간六 30b>

5. 補助詞

『구급방언해』에서는 보조사로 번역되는 것이 『구급간이방』에서는 보조사로 번역된다는 사실은 두 문헌의 대비를 통해 잘 확인된다.

<1> 任

'任'이 『구급방언해』에서는 보조사 '-조초'로 번역되고 『구급간이방』에서는 보조사 '-다히'로 번역된다는 것은 동일 원문의 번역인 다음 예문들에서 잘 확인된다.

(1) a. 됴ᄒᆞᆫ 봆 수를 ᄆᆞᅀᆞᆷ조초 머거(以上好春酒任意飮之) <救方下 77a>
b. ᄀᆞ장 됴ᄒᆞᆫ 보ᄆᆡ 비즌 수를 ᄆᆞᅀᆞᆷ다히 머거(以上好春酒任意飮之) <救간六 66b>

제4장 飜譯되지 않는 部分

『救急方諺解』와 『救急簡易方』의 對比를 통해 『구급방언해』에서는 번역되고 『구급간이방』에서는 번역되지 않는 부분이 많다는 것을 알 수 있다. 한편 『구급간이방』에서는 번역되고 『구급방언해』에서는 번역되지 않는 부분이 있다는 사실도 발견할 수 있다.

『구급간이방』에서 번역되지 않는 부분에는 名詞類, 動詞類, 副詞類, 冠形詞 그리고 節이 있다. 『구급방언해』에서 번역되지 않는 부분에는 名詞類, 動詞類, 副詞 그리고 助詞가 있다.

1. 飜譯되지 않는 名詞類

『구급방언해』에서는 명사류로 번역되는 것이 『구급간이방』에서는 번역되지 않고 반대로 『구급간이방』에서는 명사류로 번역되는 것이 『구급방언해』에서는 번역되지 않는다. 이와 같은 사실은 두 문헌의 대비를 통해 극명하게 드러난다.

1.1. 『救急簡易方』에서 번역되지 않는 명사류

『구급방언해』에서는 번역되고 『구급간이방』에서는 번역되지 않는 명사류에는 명사, 명사구 및 대명사가 있다.

<1> 人

'人'이 『救急簡易方』에서는 번역되지 않고 『救急方諺解』에서는 명사 '사ᄅᆞᆷ'으로 번역된다는 것은 동일 원문의 번역인 다음 예문들에서 잘 확인된다.

(1) a. 미친 가히 사ᄅᆞᄆᆞᆯ 므러(猘犬咬人) <救方下 69b>
b. 미친 가히 믈여(猘犬咬人) <救간六 38b>

<2> 形體

'形體'가 『救急簡易方』에서는 번역되지 않고 『救急方諺解』에서는 명사 '몸'으로 번역된다는 것은 동일 원문의 번역인 다음 예문들에서 잘 확인된다.

(2) a. 모미 어즐코 닶가와(形體昏悶) <救方上 4b>
b. 답답고(形體昏悶) <救간一 5b>

<3> 汁

'汁'이 『救急簡易方』에서는 번역되지 않고 『救急方諺解』에서는 명사 '汁'으로 번역된다는 것은 동일 원문의 번역인 다음 예문들에서 잘 확인된다.

(3) a. 즈블 ᄒᆞᆫ 잔 半ᄋᆞᆯ 세 服애 논화(汁一盞半分三服) <救方上 48a>
b. ᄒᆞᆫ 되 닷 홉을 세헤 논화(汁一盞半分三服) <救간六 7a>

(3) c. 즙이 두텁게 글히고(煎濃汁) <救方上 52a>
b. 디투 달히고(煎濃汁) <救간六 12a>

<4> 末

'末'이 『구급간이방』에서는 번역되지 않고 『구급방언해』에서는 명사 'ᄀᆞ

ᄅᆞ'로 번역된다는 것은 동일 원문의 번역인 다음 예문들에서 잘 확인된다.

(4) a. 月經ᄒᆞᆫ 옷 ᄉᆞ론 ᄀᆞᆯ올(月經衣燒末) <救方下 64a>
b. 겨지븨 월경슈 무든 거슬 ᄉᆞ라(月經衣燒末) <救간六 32b>

<5> 上

'上'이 『救急簡易方』에서는 번역되지 않고 『救急方諺解』에서는 명사 '우ㅎ'로 번역된다는 것은 동일 원문의 번역인 다음 예문들에서 잘 확인된다.

(5) a. 가ᄉᆞᆷ 우희 다혀(著心上) <救方上 10a>
b. 가ᄉᆞ매 다혀(著心上) <救간一 35a>

(5) c. 쇼ᄅᆞᆯ 잇거 고 우희 다혀(牽牛臨鼻上) <救方上 24a>
d. 쇼ᄅᆞᆯ 잇거 고해 다혀(牽牛臨鼻上) <救간一 43a>

(5) e. 쇠둥 우희 ᄀᆞᄅᆞ 업데우고(橫覆相抵在牛背上) <救方上 71a>
f. 쇠둥의 서르 다혀 걸티고(橫覆相抵在牛背上) <救간一 71b>

(5) g. 빗복 우희 두퍼(覆…臍上) <救方上 74b>
h. 빈예 업프라(覆…臍上) <救간一 75a>

(5) i. 솑가락 우희 미샹 두리니(大長在指上) <救方下 6a>
j. 솑가락(26a)을 소아(套在指上) <救간六 26b>

<6> 中

'中'이 『救急簡易方』에서는 번역되지 않고 『救急方諺解』에서는 명사 '안ㅎ'으로 번역된다는 것은 동일 원문의 번역인 다음 예문들에서 잘 확인된다.

(6) a. 半 돈 남ᄌᆞ시 입 안해 녀허셔(每以半錢許入口中) <救方上 45a>
b. 반 돈곰 이베 녀허셔(每以半錢許入口中) <救간二 75a>

(6) c. 입 안해 녀코(納口中) <救方上 75b>
d. 이베(61a) 녀허(納口中) <救간一 61b>

<7> 自然

'自然'이 『救急簡易方』에서는 번역되지 않고 『救急方諺解』에서는 명사 '自然'으로 번역된다는 것은 동일 원문의 번역인 다음 예문들에서 잘 확인된다.

(7) a. 生薑 自然汁 半잔올(生薑 自然汁半盞) <救方上 38b>
b. 싱앙즙 닷 홉을(生薑 自然汁半盞) <救간一 54a>

<8> 等

'等'이 『구급간이방』에서는 번역되지 않고 『구급방언해』에서는 의존명사 '돌ㅎ'로 번역된다는 것은 동일 원문의 번역인 다음 예문들에서 잘 확인된다.

(8) a. 시혹 바눌와 가싀와 대와 나모 돌히(或是針棘竹大等) <救方下 2a>
b. 바ᄂᆞ리어나 가싀어나 대어나 남기어나(或是針棘竹大等) <救간六 23b>

<9> 每服

'每服'이 『救急簡易方』에서는 번역되지 않고 『救急方諺解』에서는 명사구 'ᄒᆞᆫ 服'으로 번역된다는 것은 동일 원문의 번역인 다음 예문에서 잘 확인된다.

(9) a. ᄒᆞᆫ 服애 두 돈곰 ᄃᆞᄉᆞᆫ ᄆᆞ레 프러 머기라(每服二錢以溫水調下)
<救方上 26b>
b. 돈곰 ᄃᆞᄉᆞᆫ ᄆᆞ레 프러 머그라(每服二錢以溫水調下)
<救간一 52a>

(9) c. ᄒᆞᆫ 服애 ᄒᆞᆫ 큰 돈ᄋᆞᆯ 一百 번 솟글흔 ᄆᆞ레 프러 머기라(每服一大錢百沸點服) <救方上 31b>
d. ᄒᆞᆫ 돈곰 일ᄇᆡᆨ 소솜 글힌 ᄆᆞ레 프러 머그라(每服一大錢百沸點服) <救간二 61b>

(9) e. ᄒᆞᆫ 服애 ᄒᆞᆫ 돈곰ᄒᆞ야(每服一錢) <救方上 96a>
f. ᄒᆞᆫ 돈곰ᄒᆞ야(每服一錢) <救간七 65b>

(9) g. ᄒᆞᆫ 服애 두 돈곰ᄒᆞ야(每服二錢) <救方上 59b>
h. 두 돈곰ᄒᆞ야(每服二錢) <救간二 111b>

(9) I. ᄒᆞᆫ 服애 두 돈곰(每服二錢) <救方上 70a>
j. 두 돈곰(每服二錢) <救간三 71a>

(9) k. ᄒᆞᆫ 服애 세 돈곰(每服三錢) <救方上 60b>
l. 서 돈곰(每服三錢) <救간二 112b>

<10> 只是氣中

'只是氣中'이 『救急簡易方』에서는 번역되지 않고 『救急方諺解』에서는 명사구 '곧 이 氣中'으로 번역된다는 것은 동일 원문의 번역인 다음 예문들에서 잘 확인된다.

(10) a. 이 證이 곧 이 氣中이니(此證只是氣中) <救方上 12a>
b. 이 중에(此證只是氣中) <救간一 39a>

<11> 一物

'一物'이 『구급간이방』에서는 번역되지 않고 『구급방언해』에서는 대명사 '그것'으로 번역된다는 것은 동일 원문의 번역인 다음 예문들에서 잘 확인된다.

(11) a. 그것ᄲᅳᆫ ᄒᆞ녁 그틀 블 브텨(止一物燒一頭) <救方下 63a>
b. ᄒᆞᆫ 그테 블 브텨(止一物燒一頭) <救간六 30b>

1.2. 『救急方諺解』에서 번역되지 않는 명사류

『구급간이방』에서는 번역되고 『구급방언해』에서는 번역되지 않는 명사류에는 명사와 명사구가 있다. 『구급간이방』에서 번역되는 명사에는 '珠'를 비롯하여 '帶', '湯', '色' 등이 있다.

<1> 牙

'牙'가 『구급방언해』에서는 번역되지 않고 『구급간이방』에서는 명사 '니'로 번역된다는 것은 다음 예문들에서 잘 확인된다. 원문 중 '熊爪牙'가 '고ᄆᆡ 발톱'으로도 번역되고 '고믜 톱과 니'로도 번역된다.

(1) a. 고ᄆᆡ 발토배 헐여 毒氣 아ᄑᆞᆫ 싸홀 고튜ᄃᆡ(治熊爪牙傷毒痛)
<救方下 63b>
b. 고믜 톱과 니와애 허러 도 드러 알ᄑᆞ거든(熊爪牙傷毒痛)
<救간六 33b>

(1) c. 버믜 믈며 토배 헐인 굼글 고툐ᄃᆡ(治虎咬爪牙所傷瘡孔)
<救方下 65b>
d. 버믜 톱과 니와 들런 헌 굼긔(爪牙所傷之孔) <救간六 32a>

<2> 珠

‘珠’가 『구급방언해』에서는 번역되지 않고 『구급간이방』에서는 명사 ‘구슬’로 번역된다는 것은 동일 원문의 번역인 다음 예문들에서 잘 확인된다.

(2) a. 水精도 쏘 됴ᄒᆞ니(水精珠亦佳) <救方上 50a>
b. 슈쳥 구슬도 됴ᄒᆞ니(水精珠亦佳) <救간六 15a>

<3> 帶

‘帶’가 『구급방언해』에서는 번역되지 않고 『구급간이방』에서는 명사 ‘띄’로 번역된다는 것은 동일 원문의 번역인 다음 예문들에서 잘 확인된다.

(3) a. 옷 밧고(解衣帶) <救方上 52b>
b. 옷과 띄와롤 밧고(解衣帶) <救간六 3a>

<4> 塵

‘塵’이 『救急方諺解』에서는 번역되지 않고 『救急簡易方』에서 명사 ‘몬지’로 번역된다는 것은 동일 원문의 번역인 다음 예문들에서 잘 확인된다.

(4) a. 길헷 더운 홀ᄀᆞ로(取道上熱塵土) <救方上 9b>
b. 길헷 더운 몬지 홁을(取道上熱塵土) <救간一 36b>

<5> 子

‘子’가 『구급방언해』에서는 번역되지 않고 『구급간이방』에서 명사 ‘여름’으로 번역된다는 것은 동일 원문의 번역인 다음 예문들에서 잘 확인된다.

(5) a. 구스리나 율믜나 긴헤 뻬여(以珠瑠若薏苡子輩穿貫著線) <救方上 50a>

b. 구스리어나 율믯 여름 트(14b)렛 거슬 들워 긴헤 뻬여(以珠瑠若薏苡子 輩穿貫著線) <救간六 15a>

<6> 湯

'湯'이 『구급방언해』에서는 번역되지 않고 『구급간이방』에서는 명사 '믈'로 번역된다는 것은 동일 원문의 번역인 다음 예문들에서 잘 확인된다.

(6) a. 뿌글 두터이 글혀(濃煎艾湯) <救方上 50b>

b. 디투 달힌 뿍므롤(濃煎艾湯) <救간六 19b>

<7> 色

'色'이 『救急方諺解』에서는 번역되지 않고 『救急簡易方』에서는 명사 '빛'으로 번역된다는 것은 동일 원문의 번역인 다음 예문들에서 잘 확인된다.

(7) a. ᄂᆞ치 <u>프르고</u>(面色青) <救方上 27a>

b. ᄂᆞᆾ 비치 <u>프르고</u>(面色青) <救간二 26b>

<8> 中

'中'이 『救急方諺解』에서는 번역되지 않고 『救急簡易方』에서는 명사 '구무'로 번역된다는 것은 동일 원문의 번역인 다음 예문들에서 잘 확인된다.

(8) a. 염굣 즈블 ᄀᆞ라 귀예 븟고(研韭汁灌耳中) <救方上 19b>

b. 염굣 즙을 귓 굼긔 븟고(研韭汁灌耳中) <救간一 50b>

(8) c. ᄀᆞᆯ로 부러 두 고해 녀흐라(以蘆管吹入兩鼻中) <救方上 23a>
d. ᄀᆞᆳ대예 녀허 두 곳 굼귀 불라(以蘆管吹入兩鼻中)
<救간一 84a>

그리고 '中'이 『구급방언해』에서는 번역되지 않고 『구급간이방』에서는 명사 '가온ᄃᆡ'로 번역된다는 것은 동일 원문의 번역인 다음 예문들에서 잘 확인된다.

(8) e. 소고ᄆᆞᆯ 빗보개 녀코(用塩納臍中) <救方上 33a>
f. 소고ᄆᆞᆯ 빗복 가온ᄃᆡ 녀코(塩納臍中) <救간二 61b>

(8) g. 빗보ᄀᆞᆯ ᄯᅳ면(灸臍中) <救方上 33a>
h. 빗복 가(76a)온ᄃᆡᆯ ᄯᅳ면(灸臍中) <救간一 76b>

한편 '中'이 『구급방언해』와 『구급간이방』에서 모두 '구무'로 번역된다는 것은 동일 원문의 번역인 다음 예문들에서 잘 확인된다.

(8) i. 두 곳 굼긔 불라(吹兩鼻中) <救方上 75b>
j. 두 곳 굼긔 불라(吹兩鼻中) <救간一 62a>

<9> 上

'上'이 『救急方諺解』에서는 번역되지 않고 『救急簡易方』에서는 명사 '우ㅎ'로 번역된다는 것은 동일 원문의 번역인 다음 예문들에서 잘 확인된다.

(9) a. 혀에 鬼ㅈ 字ᄅᆞᆯ ᄉᆞ고(於舌上書鬼字) <救方上 16b>
b. 혀 우희 귓것 귀ᄍᆞᄅᆞᆯ ᄉᆞ고(於舌上書鬼字) <救간一 49a>

(9) c. 믌고깃 ᄲᅧᄅᆞᆯ 머리예 연ᄌᆞ면(以魚骨安於頭上) <救方上 52b>
d. 고깃 ᄲᅧᄅᆞᆯ 머리 우희 연저 이시면(魚骨安於頭上) <救간六 3a>

<10> 米飮

'米飮'이 『구급방언해』에서는 번역되지 않고 『구급간이방』에서는 명사구 '쌀 글힌 믈'로 번역된다는 것은 동일 원문의 번역인 다음 예문들에서 잘 확인된다.

(10) a. ᄒᆞᆫ 服애 열 丸곰 ᄒᆞᄅᆞ 세 번 머그라(米飮服十丸日三服) <救方上 67a>
b. ᄡᆞᆯ 글힌 므레 열 丸곰 머고ᄃᆡ ᄒᆞᄅᆞ 세 번 머그라(米飮服十丸日三服) <救간二 120a>

한편 '米飮'이 『구급방언해』와 『구급간이방』에서 모두 명사구 'ᄡᆞᆯ 글힌 믈'로 번역된다는 것은 동일 원문의 번역인 다음 예문들에서 잘 확인된다.

(10) c. ᄡᆞᆯ 글힌 므레 쉰 여쉰 丸을 머그면(米飮下五六十丸) <救方上 62b>
d. ᄡᆞᆯ 글힌 므레 쉰 환이어나 여슌 환이어나 머그면(米飮下五六十丸) <救간二 116a>

<11> 七厚片

'七厚片'이 『救急方諺解』에서는 번역되지 않고 『救急簡易方』에서는 명사구 '두터운 닐굽 편'으로 번역된다는 것은 동일 원문의 번역인 다음 예문들에서 잘 확인된다.

(11) a. 生薑(1b) 혀 半올 取ᄒᆞ야(生薑七厚片煎取其半) <救方上 2a>
b. ᄉᆡᆼ앙 두터운 닐굽 편 조쳐 글효니 바니어든(生薑七厚片煎取其半) <救간一 2b>

<12> 物

'物'이 『救急方諺解』에서는 번역되지 않고 『救急簡易方』에서는 명사구 '아못 것'으로 번역된다는 것은 동일 원문의 번역인 다음 예문들에서 잘 확인된다.

(12) a. 두 귀 막고(以物塞兩耳) <救方上 75b>
b. 아못 거소릐나 두 귀를 막고(以物塞兩耳) <救간一 61a>

<13> 諸

'諸'가 『구급방언해』에서는 번역되지 않고 『구급간이방』에서는 명사구 '아모 것'으로 번역된다는 것은 동일 원문의 번역인 다음 예문들에서 잘 확인된다.

(13) a. 구든 거슬 ᄀᆞ라(諸堅實物磨) <救方上 50a>
b. 아모 거(15a)시나 구든 거슬 ᄀᆞ라(諸堅實物磨) <救간六 15b>

<14> 輩

'輩'가 『구급방언해』에서는 번역되지 않고 『구급간이방』에서는 명사구 '트렛 것'으로 번역된다는 것은 동일 원문의 번역인 다음 예문들에서 잘 확인된다.

(14) a. 구스리나 율믜나 긴헤 ᄢᅦ여(以珠瑠若薏苡子輩穿貫著線)
<救方上 50a>
b. 구스리어나 율믯 여름 트(14b)렛 거슬 들워 긴헤 ᄢᅦ여(以珠瑠若薏苡子 輩穿貫著線) <救간六 15a>

2. 飜譯되지 않는 動詞類

『구급방언해』에서는 동사류로 번역되는 것이 『구급간이방』에서는 번역되지 않고 반대로 『구급간이방』에서는 동사류로 번역되는 것이 『구급방언해』에서는 번역되지 않는다. 이와 같은 사실은 두 문헌의 대비를 통해 잘 확인된다.

2.1. 『구급간이방』에서 번역되지 않는 동사류

『구급방언해』에서는 번역되고 『구급간이방』에서는 번역되지 않는 동사류에는 동작동사, 동작동사구 및 상태동사가 있다.

<1> 用

'用'이 『救急簡易方』에서는 번역되지 않고 『救急方諺解』에서는 동작동사 '쓰다'로 번역된다는 것은 동일 원문의 번역인 다음 예문들에서 잘 확인된다.

(1) a. 白礬과 甘草를 生ᄒᆞ닐 ᄡᅳ디(白礬 甘草生用) <救方下 74b>
b. 빅번과 ᄂᆞᆯ 감초(白礬 甘草生用) <救간六 48a>

<2> 取

'取'가 『救急簡易方』에서는 번역되지 않고 『救急方諺解』에서는 동작동사 '가지다'의 부사형 '가져'와 동작동사 '取하다'의 부사형 '取ᄒᆞ야'로 번역된다는 것은 동일 원문의 번역인 다음 예문들에서 잘 확인된다.

(2) a. 브ᅀᅥᆸ빗 검듸영을 彈子만 ᄒᆞ닐 가져(取竈中墨如彈丸) <救方上 40b>
b. 가마 미틧 거믜영을 탄ᄌᆞ만 ᄒᆞ닐(取竈中墨如彈丸) <救간一 54b>

(2) c. 엿귀를 두터이 글혀 汁을 取(9a)ᄒᆞ야(濃煮蓼取汁)
<救方上 9b>
d. 료화 디투 글힌 즙(濃煮蓼取汁) <救간一 34a>

(2) e. 부치 불휘를 디허 自然汁을 取ᄒᆞ야(用韭根擣取自然汁)
<救方上 24a>
f. 염곳 불휘를 디허 뽄 즙을(用韭根搗取自然汁) <救간一 83a>

(2) g. 댓 거프를 取ᄒᆞ야(取竹茹) <救方上 66a>
h. 대 골고니(取竹茹) <救간二 118a>

(2) I. 져기 取ᄒᆞ야 헌 우희 브티면(取少許傅瘡上) <救方下 2a>
j. 젹젹 헌 우희 브티면(取少許傅瘡上) <救간六 23b>

한편 '取'가 『救急方諺解』와 『救急簡易方』에서 모두 번역되지 않는 경우가 있는데 그것은 동일 원문의 번역인 다음 예문들에서 잘 확인된다.

(2) k. 밀ᄀᆞᄅᆞ ᄒᆞᆫ 兩을(取麵一兩) <救方上 9b>
I. 밀ᄀᆞᄅᆞ ᄒᆞᆫ 량을(取麪一兩) <救간一 34b>

<3> 與

'與'가 『救急簡易方』에서는 번역되지 않고 『救急方諺解』에서는 동작동사 '주다'의 부사형 '주어'로 번역된다는 것은 동일 원문의 번역인 다음 예문들에서 잘 확인된다.

(3) a. 젹젹 주어 머기면(少少與服) <救方上 3a>
b. 젹젹 머그면(少少與服) <救간一 18b>

한편 '與'가 『救急方諺解』와 『救急簡易方』에서 모두 번역되지 않는 경우가 있는데 그것은 동일 원문의 번역인 다음 예문들에서 잘 확인된다.

(3) c. 어루 ᄃᆞᄉᆞᆫ 수를 머기며(可與溫酒服) <救方上 8b>
d. ᄃᆞᄉᆞᆫ 수를 머기며(可與溫酒服) <救간一 88a>

<4> 放

'放'이 『救急簡易方』에서는 번역되지 않고 『救急方諺解』에서는 동작동사 '녛다'로 번역된다는 것은 동일 원문의 번역인 다음 예문들에서 잘 확인된다.

(4) a. 죠ᄒᆡ 젼 ᄒᆞᆫ 주믈 ᄉᆞ라 壜 안해 녀코(以紙錢一把燒放壜中) <救方上 74b>
b. 죠ᄒᆡ 젼 ᄒᆞᆫ 줌을 그(74b)릇 안해 ᄉᆞᆯ라(以紙錢一把燒放壜中) <救간一 75a>

<5> 研

'研'이 『救急簡易方』에서는 번역되지 않고 『救急方諺解』에서는 동작동사 'ᄀᆞᆯ다'의 부사형 'ᄀᆞ라'로 번역된다는 것은 동일 원문의 번역인 다음 예문들에서 잘 확인된다.

(5) a. 염곶 즈블 ᄀᆞ라 귀예 븟고(研韮汁灌耳中) <救方上 19b>
b. 염곶 즙을 귓 굼긔 븟고(研韮汁灌耳中) <救간一 50b>

<6> 候

'候'가 『救急簡易方』에서는 번역되지 않고 『救急方諺解』에서는 동작동사 '기드리다'로 번역된다는 것은 동일 원문의 번역인 다음 예문들에서 잘 확인된다.

(6) a. 믈 ᄃᆞ외요ᄆᆞᆯ 기드려(候化爲水) <救方下 78a>
b. 므리 ᄃᆞ외어든(候化爲水) <救간六 67b>

<7> 割

'割'이 『救急簡易方』에서는 번역되지 않고 『救急方諺解』에서는 동작동사 '베히다'로 번역된다는 것은 동일 원문의 번역인 다음 예문들에서 잘 확인된다.

(7) a. ᄃᆞᆯᄀᆡ 벼ᄉᆞᆯ 베혀 피ᄅᆞᆯ(割雞冠血) <救方下 17b>
b. ᄃᆞᆯᄀᆡ 머리 벼셋 피ᄅᆞᆯ(割雞冠血) <救간六 71a>

<8> 刺

'刺'가 『救急簡易方』에서는 번역되지 않고 『救急方諺解』에서는 동작동사 'ᄣᅵ르다'의 부사형 'ᄣᅵᆯ어'로 번역된다는 것은 동일 원문의 번역인 다음 예문들에서 잘 확인된다.

(8) a. ᄃᆞᆯᄀᆡ 벼ᄎᆞᆯ ᄣᅵᆯ어 피 내야(刺雞冠血出) <救方上 75b>
b. ᄃᆞᆰ의 머리 벼셋 피ᄅᆞᆯ(刺雞冠血) <救간一 59b>

<9> 傷

'傷'이 『구급방언해』에서는 번역되지 않고 『구급간이방』에서는 동작동사 '샹ᄒᆞ다'로 번역된다는 것은 동일 원문의 번역인 다음 예문들에서 잘 확인된다.

(9) a. 사ᄅᆞᄆᆡ 숝가라ᄀᆞᆯ 그르(79a) 믈까 저프니라(恐誤嚙傷人指也) <救方上 79b>
b. 사ᄅᆞᄆᆡ 숝가라ᄀᆞᆯ 그르 므러 샹ᄒᆞᆯ가 저프니라(恐誤嚙傷人指也) <救간三 10b>

<10> 熟

'熟'이 『救急簡易方』에서는 번역되지 않고 『救急方諺解』에서는 동작동사 '니기다'의 부사형 '니겨'로 번역된다는 것은 동일 원문의 번역인 다음 예문들에서 잘 확인된다.

(10) a. 附子 므긔 닐굽 돈 남짓ᄒᆞ닐 炮ᄒᆞ야 니겨(附子重七錢許炮熟) <救方上 38b>
b. 부ᄌᆞ 므긔 닐굽 돈만 죠희예 빠 믈 저져 브레 구어(附子重七錢許炮熟) <救간一 53b>

<11> 匀

'匀'이 『救急簡易方』에서는 번역되지 않고 『救急方諺解』에서는 동작동사 '고ᄅᆞ다'의 부사형 '골아'로 번역된다는 것은 동일 원문의 번역인 다음 예문들에서 잘 확인된다.

(11) a. 골아 바ᄂᆞᆳ 瘡口에 브티면(匀貼在針瘡口上) <救方下 7a>
b. 바ᄂᆞᆯ 든 우희 브티면(匀貼在針瘡口上) <救간六 21b>

<12> 覺

'覺'이 『救急簡易方』에서는 번역되지 않고 『救急方諺解』에서는 동작동사 '알다'로 번역된다는 것은 동일 원문의 번역인 다음 예문들에서 잘 확인된다.

(12) a. 니마 ᄇᆞ라오몰 알면(覺額痒) <救方下 7b>
b. 니마히 ᄇᆞ라오면(覺額痒) <救간六 21a>

<13> 兼

'兼'이 『救急簡易方』에서는 번역되지 않고 『救急方諺解』에서는 동작동

사 '조치다'로 번역된다는 것은 동일 원문의 번역인 다음 예문들에서 잘 확인된다.

(13) a. 우희 조쳐 블로ᄃᆡ(兼傳上) <救方下 66b>
b. 헌 ᄃᆡ 브툐ᄆᆞᆯ(兼傳上) <救간六 35a>

<14> 爲

'爲'가『구급간이방』에서는 번역되지 않고『구급방언해』에서는 동작동사구 'ᄃᆞ외에 ᄒᆞ다'로 번역된다는 것은 동일 원문의 번역인 다음 예문들에서 잘 확인된다. 원문 중 '燒爲灰'가 'ᄉᆞ라 ᄌᆡ ᄃᆞ외에 ᄒᆞ다'로도 번역되고 'ᄉᆞ론 ᄌᆡ'로도 번역된다.

(14) a. 쥐 ᄒᆞᆫ 나ᄎᆞᆯ ᄉᆞ라 ᄌᆡ ᄃᆞ외에 ᄒᆞ야 ᄀᆞᄂᆞ리 ᄀᆞᆯ오(鼠一枚燒爲灰細研) <救方下 63a>
b. 쥐 ᄒᆞ나 ᄉᆞ론 ᄌᆡᄅᆞᆯ ᄀᆞᄂᆞ리 ᄀᆞ라(鼠一枚燒爲灰細研) <救간六 32a>

<15> 爲散

'爲散'이『救急簡易方』에서는 번역되지 않고『救急方諺解』에서는 동작동사구 '散 밍ᄀᆞᆯ다'의 부사형으로 번역된다는 것은 동일 원문의 번역인 다음 예문들에서 잘 확인된다.

(15) a. ᄀᆞᄂᆞ리 ᄎᆡ 散 밍ᄀᆞ라(細羅爲散) <救方下 75a>
b. ᄀᆞᄂᆞ리 ᄎᆡ(細羅爲散) <救간六 48a>

<16> 横覆

'横覆'이『구급간이방』에서는 번역되지 않고『구급방언해』에서는 동작동

사구 'ᄀᆞᄅᆞ 업데우다'로 번역된다는 것은 동일 원문의 번역인 다음 예문들에서 잘 확인된다.

(16) a. 쇠둥 우희 ᄀᆞᄅᆞ 업데우고(橫覆相抵在牛背上) <救方上 71a>
b. 쇠둥의 서르 다혀 걸티고(橫覆相抵在牛背上) <救간一 71b>

<17> 反生他病

'反生他病'이 『救急簡易方』에서는 번역되지 않고 『救急方諺解』에서는 동작동사구 '도ᄅᆞ혀 다ᄅᆞᆫ 病 나긔 ᄒᆞ다'로 번역된다는 것은 동일 원문의 번역인 다음 예문들에서 잘 확인된다.

(17) a. 간대로 춤 아ᅀᆞ며(12a) ᄯᆞᆷ 내욤돌햇 藥ᄋᆞᆯ ᄡᅥ 도ᄅᆞ혀 다ᄅᆞᆫ 病 나긔호미 몯ᄒᆞ리니(不可妄投取涎發汗等藥而反生他病)
<救方上 12b>
b. 춤 업게 ᄒᆞ며 ᄯᆞᆷ 낼 약돌홀 간대로 ᄡᅳ디 마오(不可妄投取涎發汗等藥而 反生他病)<救간一 39a>

<18> 生於…逆氣上行

'生於…逆氣上行'이 『救急簡易方』에서는 번역되지 않고 『救急方諺解』에서는 節이 포함되어 있는 동작동사구 '氣分이 거스러 우흐로 올오매 나다'의 부사형으로 번역된다는 것은 동일 원문의 번역인 다음 예문들에서 잘 확인된다.

(18) a. 해 豪貴ᄒᆞᆫ 사ᄅᆞ미…펴돌 몯ᄒᆞ야 氣分이 거스러 우흐로 올오매 나(多生於驕貴之人…不得宣泄逆氣上行) <救方上 12a>
b. 호화ᄒᆞᆫ 사ᄅᆞ미…펴디 몯ᄒᆞ야(多生於驕貴之人…不得宣泄逆氣上行) <救간一 38b>

<19> 大

'大'가 『救急簡易方』에서는 번역되지 않고 『救急方諺解』에서는 상태동사 '크다'의 관형사형 '큰'으로 번역된다는 것은 동일 원문의 번역인 다음 예문들에서 잘 확인된다.

(19) a. ᄒᆞᆫ 服애 ᄒᆞᆫ 큰 돈ᄋᆞᆯ(每服一大錢) <救方上 31b>
b. ᄒᆞᆫ 돈곰(每服一大錢) <救간二 61b>

(19) c. 漿水 두 큰 잔ᄋᆞ로 글혀(以漿水二大盞錢) <救方上 64b>
d. ᄡᆞᆯ 글힌 믈 두 되예 달혀(以漿水二大盞錢) <救간二 119a>

<20> 小

'小'가 『救急簡易方』에서는 번역되지 않고 『救急方諺解』에서는 상태동사 '햑다'의 관형사형으로 번역된다는 것은 동일 원문의 번역인 다음 예문들에서 잘 확인된다.

(20) a. 햐ᄀᆞᆫ 조ᄡᆞᆯ ᄀᆞᆮᄒᆞ니 절로 다 나면(小如粟米自出盡) <救方下 77b>
b. 조ᄡᆞᆯ ᄀᆞᆮᄒᆞᆫ 거시 절로 다 나면(小如粟米自出盡) <救간二 61b>

<21> 急

'急'이 『救急簡易方』에서는 번역되지 않고 『救急方諺解』에서는 상태동사 'ᄲᆞᄅᆞ다'의 연결형 'ᄲᆞᄅᆞ면'으로 번역된다는 것은 동일 원문의 번역인 다음 예문들에서 잘 확인된다.

(21) a. 서르 사하 ᄲᆞᄅᆞ면(相搏急) <救方上 9a>
b. 서르 다이저(相搏急) <救간一 88a>

<22> 昏

'昏'이 『救急簡易方』에서는 번역되지 않고 『救急方諺解』에서는 상태동사 '어즐ᄒᆞ다'의 연결형 '어즐코'로 번역된다는 것은 동일 원문의 번역인 다음 예문들에서 잘 확인된다.

(22) a. 모미 어즐코 닶가와(形體昏悶) <救方上 4b>
b. 답답고(形體昏悶) <救간一 5b>

<23> 昏昧

'昏昧'가 『救急簡易方』에서는 번역되지 않고 『救急方諺解』에서는 상태동사 '아득ᄒᆞ다'의 부사형 '아득ᄒᆞ야'로 번역된다는 것은 동일 원문의 번역인 다음 예문들에서 잘 확인된다.

(23) a. 믄득 ᄀᆞ오누르여 ᄎᆞ림 몯ᄒᆞ거든(卒魘昏昧不覺) <救方上 23a>
b. 믄득 ᄀᆞ오눌여 아득ᄒᆞ야 ᄭᅵ디 몯ᄒᆞ거든(卒魘昏魅不覺) <救간二 61b>

2.2. 『구급방언해』에서 번역되지 않는 동사류

『구급간이방』에서는 번역되고 『구급방언해』에서는 번역되지 않는 동사류에는 동작동사, 동작동사구 그리고 상태동사구가 있다.

<1> 服

'服'이 『구급방언해』에서는 번역되지 않고 『구급간이방』에서는 동작동사 '먹다'로 번역된다는 것은 동일 원문의 번역인 다음 예문들에서 잘 확인된다.

(1) a. 믈 즈츼는 藥이(服利水) <救方上 73b>
b. 믈 즈츼여 ᄇᆞ릴 약을 머굴디니(服利水) <救간一 67b>

<2> 取

'取'가 『구급방언해』에서는 번역되지 않고 『구급간이방』에서는 동작동사 '가지다'의 부사형 '가져다가'로 번역된다는 것은 동일 원문의 번역인 다음 예문들에서 잘 확인된다.

(2) a. 나ᄆᆞᆫ ᄲᅧ롤(仍取所餘骨) <救方上 52b>
b. 나ᄆᆞᆫ ᄲᅧ롤 가져다가(仍取所餘骨) <救간六 3a>

<3> 碎

'碎'가 『救急方諺解』에서는 번역되지 않고 『救急簡易方』에서는 동작동사 'ᄇᆞᇫ다'의 부사형 'ᄇᆞᅀᅡ'로 번역된다는 것은 동일 원문의 번역인 다음 예문들에서 잘 확인된다.

(3) a. 넉 兩올 사ᄒᆞ라(四兩剉碎) <救方上 42a>
b. 넉 량올 사ᄒᆞ라 ᄇᆞᅀᅡ(四兩剉碎) <救간二 79a>

<4> 刺

'刺'가 『救急方諺解』에서는 번역되지 않고 『救急簡易方』에서는 동작동사 'ᄢᅵ르다'의 부사형 'ᄢᅵᆯ어'로 번역된다는 것은 동일 원문의 번역인 다음 예문들에서 잘 확인된다.

(4) a. 針으로 허러(用針刺破) <救方上 46a>
b. 침으로 ᄢᅵᆯ어 헐워(用針刺破) <救간二 76a>

<5> 穿

'穿'이 『救急方諺解』에서는 번역되지 않고 『救急簡易方』에서는 동작동사 '듧다'의 부사형 '들워'로 번역된다는 것은 동일 원문의 번역인 다음 예문들에서 잘 확인된다.

(5) a. 구스리나 율믜나 긴혜 ᄢᅦ여(以珠瑠若薏苡子輩穿貫著線) <救方上 50a>
　　b. 구스리어나 율믯 여름 트(14b)랫 거슬 들워 긴혜 ᄢᅦ여(以珠瑠若薏苡子 輩穿貫著線) <救간六 15a>

<6> 入

'入'이 『救急方諺解』에서는 번역되지 않고 『救急簡易方』에서는 동작동사 '드리다'의 부사형 '드려'로 번역된다는 것은 동일 원문의 번역인 다음 예문들에서 잘 확인된다.

(6) a. 고ᇫ 굼긔 부러(吹入鼻中) <救方上 2a>
　　b. 고ᇫ 굼긔 부러 드려(吹入鼻中) <救간一 3a>

<7> 分

'分'이 『救急方諺解』에서는 번역되지 않고 『救急簡易方』에서는 동작동사 'ᄂᆞᆫ호다'의 부사형 'ᄂᆞᆫ화'로 번역된다는 것은 동일 원문의 번역인 다음 예문들에서 잘 확인된다.

(7) a. ᄃᆞ시 ᄒᆞ야 세 버네 머그라(分溫三服) <救方上 35a>
　　b. ᄃᆞᄉᆞ닐 세 번에 ᄂᆞᆫ화 머그라(分溫三服) <救간二 55b>

<8> 汲

'汲'이 『救急方諺解』에서는 번역되지 않고 『救急簡易方』에서는 동작동사 '긷다'의 관형사형 '기론'으로 번역된다는 것은 동일 원문의 번역인 다음 예문들에서 잘 확인된다.

(8) a. 새 므레 ᄀᆞ라(新汲水磨) <救方上 45a>
b. ᄀᆞᆺ 기론 므레 ᄀᆞ라(新汲水磨) <救간二 79b>

<9> 相抵在

'相抵在'가 『救急方諺解』에서는 번역되지 않고 『救急簡易方』에서 동작동사구 '서르 다혀 걸티다'로 번역된다는 것은 동일 원문의 번역인 다음 예문들에서 잘 확인된다.

(9) a. 쇠둥 우희 ᄀᆞᄅᆞ 업데우고(橫覆相抵在牛背上) <救方上 71a>
b. 쇠둥의 서르 다혀 걸티고(橫覆相抵在牛背上) <救간一 71b>

<10> 爲散

'爲散'이 『救急方諺解』에서는 번역되지 않고 『救急簡易方』에서는 동작동사구 'ᄀᆞᆯ올 ᄆᆡᆼᄀᆞᆯ다'의 부사형으로 번역된다는 것은 동일 원문의 번역인 다음 예문들에서 잘 확인된다.

(10) a. 디허 ᄀᆞᄂᆞ리 처(擣細羅爲散) <救方上 49b>
b. 디허 ᄀᆞᄂᆞ리 처 ᄀᆞᆯ올 ᄆᆡᆼᄀᆞ라(擣細羅爲散) <救간六 6b>

<11> 淸

'淸'이 『구급방언해』에서는 번역되지 않고 『구급간이방』에서는 상태동사

‘ᄆᆞᆰ다’의 관형사형 ‘ᄆᆞᆯᄀᆞᆫ’으로 번역된다는 것은 동일 원문의 번역인 다음 예문들에서 잘 확인된다.

(11) a. 粥 므레 두 돈곰 프러 머그라(以淸粥飮調下二錢)
<救方上 64a>
b. ᄆᆞᆯᄀᆞᆫ 쥭 므레 두 돈곰 프러 머그라(以淸粥飮調下二錢)
<救간二 113a>

<12> 熱

‘熱’이 『구급방언해』에서는 번역되지 않고 『구급간이방』에서는 상태동사 ‘덥다’의 관형사형으로 번역된다는 것은 동일 원문의 번역인 다음 예문들에서 잘 확인된다.

(12) a. 므레 글혀(熱水烹之) <救方下 91a>
b. 더운 므레 글혀(熱水烹之) <救간七 51b>

한편 ‘熱’이 『구급방언해』와 『구급간이방』에서 모두 상태동사 ‘덥다’의 관형사형으로 번역된다는 것은 동일 원문의 번역인 다음 예문들에서 잘 확인된다.

(12) c. 더운 므레 두 돈ᄋᆞᆯ 프러 머그라(熱水調下二錢) <救方下 96a>
d. 더운 므레 두 돈만 프러 머그라(熱水調下二錢) <救간七 65b>

<13> 不以多少

‘不以多少’가 『救急方諺解』에서는 번역되지 않고 『救急簡易方』에서는 상태동사구 ‘하나 젹다’로 번역된다는 것은 동일 원문의 번역인 다음 예문들에서 잘 확인된다.

(13) a. 디호ᄃᆡ 니균 ᄒᆞᆰ ᄀᆞ티 ᄒᆞ야(不以多少搗爛如泥) <救方上 47a>

b. 하나 져그나 므르 디허 홁 ᄀᆞ티 니겨(不以多少擣爛如泥) <救간六 11a>

(13) c. 貫衆을 두터이 글혀(貫衆不以多少煎濃) <救方上 48a>
d. 회초밋 불휘롤 하나 져그나 디투 달혀(貫衆不以多少煎濃) <救간六 7a>

(13) e. 牛膝을 닙 조쳐 수레 글혀 머그면(牛膝并葉不以多少酒煮飮之) <救方上 69b>
f. 쇠무릅불휘와 닙과롤 하나 져그나 수레 달혀 머그면(牛膝并葉不以多少 酒煮飮之) <救간三 77a>

한편 '不以多少'가 『救急方諺解』에서는 상태동사구 '하거나 적다'로 번역되고 『救急簡易方』에서는 상태동사구 '하나 젹다'로 번역된다는 것은 동일 원문의 번역인 다음 예문들에서 잘 확인된다.

(13) g. 하거나 젹거나(不以多少) <救方下 95a>
h. 하나 져그나(不以多少) <救간七 64b>

3. 飜譯되지 않는 副詞類

『구급방언해』에서는 부사류로 번역되는 것이 『구급간이방』에서는 번역되지 않고 반대로 『구급간이방』에서는 부사로 번역되는 것이 『구급방언해』에서는 번역되지 않는다.

3.1. 『구급간이방』에서 번역되지 않는 副詞類

『구급방언해』에서는 번역되고 『구급간이방』에서는 번역되지 않는 부사류가 있다는 사실은 두 문헌의 대비를 통해 잘 확인된다. 『구급방언해』에서 번역되는 부사류에는 부사와 부사구가 있다.

<1> 卽

'卽'이 『救急簡易方』에서는 번역되지 않고 『救急方諺解』에서는 부사 '즉재'와 '곧'으로 번역된다는 것은 동일 원문의 번역인 다음 예문들에서 잘 확인된다.

(1) a. 즉재 ᄀᆞᆯ라(卽更易) <救方上 8b>
b. ᄀᆞ라(87b)곰 하야(卽更易) <救간一 88a>

(1) c. 쇠 곧 할ᄂᆞ니라(牛卽肯舐) <救方上 24b>
d. 쇠 할ᄒᆞ리라(牛卽肯舐) <救간一 43a>

(1) e. 곧 사디 몯ᄒᆞᄂᆞ니라(卽不活也) <救方上 9a>
f. 사디 몯ᄒᆞ리라(卽不活也) <救간一 88a>

<2> 立

'立'이 『救急簡易方』에서는 번역되지 않고 『救急方諺解』에서는 부사 '즉재'로 번역된다는 것은 동일 원문의 번역인 다음 예문들에서 잘 확인된다.

(2) a. 즉재 둍(2b)ᄂᆞ니라(立愈) <救方上 3a>
b. 됴ᄒᆞ리라(立愈) <救간一 31a>

<3> 每

'每'가 『救急簡易方』에서는 번역되지 않고 『救急方諺解』에서 부사 '미샹'으로 번역된다는 것은 동일 원문의 번역인 다음 예문들에서 잘 확인된다.

(3) a. ᄆᆡ샹 ᄡᅳᆯ 제(每用時) <救方下 2a>
b. ᄡᅳᆯ 제(每用時) <救간六 23b>

<4> 多是

'多是'가 『救急簡易方』에서는 번역되지 않고 『救急方諺解』에서는 부사 '댱샹'으로 번역된다는 것은 동일 원문의 번역인 다음 예문들에서 잘 확인된다.

(4) a. 댱샹 허릴 고피며(多是曲腰) <救方下 81b>
b. 허리ᄅᆞᆯ 구피고(多是曲腰) <救간七 45b>

<5> 已

'已'가 『救急簡易方』에서는 번역되지 않고 『救急方諺解』에서는 부사 'ᄒᆞ마'로 번역된다는 것은 동일 원문의 번역인 다음 예문들에서 잘 확인된다.

(5) a. 霍亂ᄒᆞ야 ᄒᆞ마 죽거든(霍亂已死) <救方上 36a>
b. 도와리ᄒᆞ야 죽거든(霍亂已死) <救간二 61a>

(5) c. ᄒᆞ마 數百人을 디내요니(已試數百人) <救方上 36b>
d. 수ᄇᆡᆨ신을 시험ᄒᆞ니(已試數百人) <救간二 61a>

(5) e. 시혹 ᄒᆞ마 주그닐 고툐ᄃᆡ(治…或已絕者) <救方上 29a>
f. 주것거나 ᄒᆞ거든(或已絕者) <救간二 39b>

(5) g. 어미 ᄒᆞ마 주거(母已死) <救方下 82b>
h. 어미ᄂᆞᆫ 죽고(母已死) <救간七 40b>

한편 '已'가 『구급방언해』와 『구급간이방』에서 모두 'ᄒᆞ마'로 번역된다는 것은 동일 원문의 번역인 다음 예들에서 잘 확인된다.

(5) i. 毒氣 ᄒᆞ마 나ᄂᆞ니(此毒已出) <救方下 72b>
j. 독ᄒᆞᆫ 긔우니 ᄒᆞ마 나ᄂᆞ니(此毒已出) <救간六 41a>

(5) k. ᄒᆞ마 주거(已死) <救方下 36b>
l. ᄒᆞ마 주거(已死) <救간一 80b>

<6> 能

'能'이 『救急簡易方』에서는 번역되지 않고 『救急方諺解』에서는 부사 '能히'로 번역된다는 것은 동일 원문의 번역인 다음 예문들에서 잘 확인된다.

(6) a. 즉재 能히 말ᄒᆞᄂᆞ니라(卽能廻語) <救方上 26a>
b. 즉재 말ᄒᆞ리라(卽能廻語) <救간一 44a>

<7> 可

'可'가 『救急簡易方』에서는 번역되지 않고 『救急方諺解』에서는 부사 '어루'로 번역된다는 것은 동일 원문의 번역인 다음 예문들에서 잘 확인된다.

(7) a. 어루 ᄃᆞᄉᆞᆫ 수를 머기며(可與溫酒服) <救方上 8b>
b. ᄃᆞᄉᆞᆫ 수를 머기며(可與溫酒服) <救간一 88a>

(7) c. 어루 불리라(可吹之) <救方上 23a>
d. 불라(可吹之) <救간一 83b>

<8> 當

'當'이 『救急簡易方』에서는 번역되지 않고 『救急方諺解』에서는 부사 '반ᄃᆞ기', '모로매' 및 '당다이'로 번역된다는 것은 동일 원문의 번역인 다음 예문들에서 잘 확인된다.

(8) a. 반ᄃᆞ기 말ᄒᆞ리라(當語) <救方上 3a>
b. 말ᄒᆞ리라(當語) <救간一 18b>

(8) c. 반ᄃᆞ기 므를 吐ᄒᆞ리니(卽當吐水) <救方上 72a>
d. 즉재 므를 토ᄒᆞ리니(卽當吐水) <救간一 72b>

(8) e. 모로매 그 솑가라ᄀᆞᆯ 섈리 내욜디니(當疾出其指) <救方上 79a>
f. 섈리 그 솑가라ᄀᆞᆯ 내욜디니(當疾出其指) <救간三 10b>

(8) g. 당다이 터러글 吐ᄒᆞ리라(當吐毛) <救方下 64a>
h. 버믜 터리ᄅᆞᆯ 토ᄒᆞ리라(當吐毛) <救간六 31b>

<9> 凡

'凡'이 『救急簡易方』에서는 번역되지 않고 『救急方諺解』에서는 부사 '믈읫'으로 번역된다는 것은 동일 원문의 번역인 다음 예문들에서 잘 확인된다.

(9) a. 믈읫 사ᄅᆞ미 므레 ᄡᅡ디닐 救호ᄃᆡ(凡有人溺水者救)
<救方上 71a>
b. 므레 주근 사ᄅᆞ미 잇거든 살오ᄃᆡ(凡有人溺水者救)
<救간一 71b>

<10> 皆

'皆'가 『救急簡易方』에서는 번역되지 않고 『救急方諺解』에서는 부사 '다'로 번역된다는 것은 동일 원문의 번역인 다음 예문들에서 잘 확인된다.

(10) a. 다 벌에와(73b) ᄯᅡ햇 노히라 닐어(皆言蟲及地索)
<救方下 74a>
b. 벌에와 ᄯᅡ햇 노히라 니ᄅᆞ고(皆言蟲及地索) <救간六 47b>

<11> 猶

‘猶’가 『救急簡易方』에서는 번역되지 않고 『救急方諺解』에서는 부사 ‘ᄉᆞᆫ지’로 번역된다는 것은 동일 원문의 번역인 다음 예문들에서 잘 확인된다.

(11) a. ᄉᆞᆫ지 됴티 아니커든(猶不差) <救方上 36a>
b. 됴티 아니커든(猶不差) <救간二 61b>

<12> 稍稍

‘稍稍’가 『救急簡易方』에서는 번역되지 않고 『救急方諺解』에서는 부사 ‘漸漸’으로 번역된다는 것은 동일 원문의 번역인 다음 예문들에서 잘 확인된다.

(12) a. 粥 므를 漸漸 ᄉᆞᆷ기면(粥淸稍稍嚥之) <救方上 8b>
b. 죽믈도 ᄉᆞᆷᄭᅵ면(粥淸稍稍嚥之) <救간一 88a>

<13> 尤

‘尤’가 『救急簡易方』에서는 번역되지 않고 『救急方諺解』에서는 부사 ‘더욱’으로 번역된다는 것은 동일 원문의 번역인 다음 예문들에서 잘 확인된다.

(13) a. 볏 ᄀᆞᅀᆞ라기로 밠바당 딜오미 더욱 됴ᄒᆞ니라(用稻尖刺脚心尤妙) <救方下 82a>
b. 우켓 ᄲᅩ론ᄒᆞᆫ 부리로 밧바당ᄋᆞᆯ ᄧᅵᆯ옴도 됴ᄒᆞ니라(用稻尖刺脚心尤妙) <救간七 46a>

<14> 相

‘相’이 『救急簡易方』에서는 번역되지 않고 『救急方諺解』에서는 부사 ‘서르’로 번역된다는 것은 동일 원문의 번역인 다음 예문들에서 잘 확인된다.

(14) a. 韭菜ㅅ 불휘 各(69b) ᄒᆞᆫ 兩올 서르 섯거(韭根各一兩 右相和) <救方下 70a>
b. 염굣 불휘 ᄒᆞᆫ 량과롤 섯거(韭根一兩 相和) <救간六 38b>

<15> 若

'若'이 『救急簡易方』에서는 번역되지 않고 『救急方諺解』에서는 부사 'ᄒᆞ다가'로 번역된다는 것은 동일 원문의 번역인 다음 예문들에서 잘 확인된다.

(15) a. ᄒᆞ다가 프르니 업거든(如無靑者) <救方上 62a>
b. 프르니 업거든(如無靑者) <救간二 115b>

(15) c. ᄒᆞ다가 남지니 病커든(若男病) <救方上 28a>
d. 남진 병ᄒᆞ니란(若男子病者) <救간二 29a>

(15) e. ᄒᆞ다가 겨지비 病커든(若女病) <救方上 28a>
f. 겨집 병ᄒᆞ니(29a)란(若婦人病者) <救간二 29b>

(15) g. ᄒᆞ다가 …조쳐 머기고져 커든(若欲兼服) <救方上 73b>
h. 조쳐 먹고져 ᄒᆞ린댄(若欲兼服) <救간一 67b>

(15) I. ᄒᆞ다가 큰 ᄆᆞ리어든(若大馬) <救方下 17b>
j. 큰 ᄆᆞ리어든(若大馬) <救간六 71b>

<16> 或

'或'이 『救急簡易方』에서는 번역되지 않고 『救急方諺解』에서는 부사 '시혹'으로 번역된다는 것은 동일 원문의 번역인 다음 예문들에서 잘 확인된다.

(16) a. 시혹 ᄒᆞ마 주그닐 고툐ᄃᆡ(治…或已絕者) <救方上 29a>
b. 주것거나 ᄒᆞ거든(或已絕者) <救간二 39b>

(16) c. 시혹 ᄯᅡ해 그울며 시혹 닐며 시혹 업더디여(或展轉在地或起或仆) <救方上 32b>
d. 그우러 ᄯᅡ해셔 닐락 업더디락 ᄒᆞ야(或展轉在地或起或仆) <救간二 46a>

(16) e. 시혹 吐커나 시혹 吐티 아니커나(或吐或不吐) <救方上 42a>
f. 토커나 토티 아니커나(或吐或不吐) <救간二 79a>

(16) g. 버믜 ᄯᅩᆼ이나 시혹 일희 ᄯᅩᆼ이나(以虎糞或狼糞) <救方上 49b>
h. 버믜 ᄯᅩᆼ이어나 일희 ᄯᅩᆼ이어나(以虎糞或狼糞) <救간六 6b>

(16) i. 버믜 ᄲᅨ나 시혹 ᄉᆞᆯ긔 ᄲᅨ나(以虎骨或狸骨) <救方上 49b>
j. 버믜 ᄲᅧ어나 ᄉᆞᆯ기 ᄲᅨ어나(以虎骨或狸骨) <救간六 6b>

(16) k. 시혹 心肺脈이 ᄒᆞ야디여(或心肺脈破) <救方上 59b>
l. 심폐ᄆᆡᆨ이 샹커나(或心肺脈破) <救간二 111b>

(16) m. 므레 ᄲᅡ딘 사ᄅᆞ미 ᄂᆞ치나 시혹 빗복 우희 두퍼(覆溺水人面上或臍上) <救方上 74a>
n. 므레 주근 사ᄅᆞ미 ᄂᆞᆾ과 ᄇᆡ예 업프라(覆溺水人面上或臍上) <救간一 75a>

(16) o. 시혹 바ᄂᆞᆯ와 가ᄉᆡ와 대와 나모ᄃᆞᆯ히(或是針棘竹木等) <救方下 2a>
p. 바ᄂᆞ리어나 가ᄉᆡ어나 대어나 남기어나(或是針棘竹木等) <救간六 23b>

<17> 亦

'亦'이 『救急簡易方』에서는 번역되지 않고 『救急方諺解』에서는 부사 '쏘'로 번역된다는 것은 동일 원문의 번역인 다음 예문들에서 잘 확인된다.

(17) a. 셜흔 힋라도 쏘 됴ᄒᆞ리라(三十年者亦瘥) <救方下 36b>
b. 셜흔 힋라도 됴ᄒᆞ리(80b)라(三十年者亦瘥) <救간一 81a>

<18> 無故

'無故'가 『救急簡易方』에서는 번역되지 않고 『救急方諺解』에서 부사구 '젼ᄎᆞ 업시'로 번역된다는 것은 동일 원문의 번역인 다음 예문들에서 잘 확인된다.

(18) a. 혜 젼ᄎᆞ 업시 피 나거든(舌無故出血) <救方上 67b>
b. 혜 피 나거든(舌無故出血)<救간二 121a>

3.2. 『구급방언해』에서 번역되지 않는 副詞

『구급간이방』에서는 번역되고 『구급방언해』에서는 번역되지 않는 부사가 있다는 사실은 두 문헌의 대비를 통해 잘 확인된다.

<1> 卽

'卽'이 『救急方諺解』에서는 번역되지 않고 『救急簡易方』에서는 부사 '즉재'로 번역된다는 것은 동일 원문의 번역인 다음 예문들에서 잘 확인된다.

(1) a. 반ᄃᆞ기 므를 吐ᄒᆞ리니(卽當吐水) <救方上 72a>
b. 즉재 므를 吐ᄒᆞ리니(卽當吐水) <救간一 72b>

(1) c. 처ᅀᅥᆷ 든 고도로 나ᄂᆞ니라(卽從元入處出) <救方下 7b>
d. 즉재 처ᅀᅥᆷ 든 ᄃᆡ로 나리라(卽從元入處出) <救간六 21a>

<2> 便

'便'이 『救急方諺解』에서는 번역되지 않고 『救急簡易方』에서는 부사 '가그기'로 번역된다는 것은 동일 원문의 번역인 다음 예문들에서 잘 확인된다.

(2) a. 브를 ᄢᅬ면 즉재 죽ᄂᆞ니라(便持火炙卽死) <救方上 74a>
b. 가그기 브레 ᄢᅬ면 즉재 주그리라(便將火炙卽死) <救간一 77a>

<3> 先

'先'이 『救急方諺解』에서는 번역되지 않고 『救急簡易方』에서는 부사 '몬져'로 번역된다는 것은 동일 원문의 번역인 다음 예문들에서 잘 확인된다.

(3) a. 그 ᄆᆞᅀᆞᄆᆞᆯ ᄃᆞᆺ게 아니코(不先溫其心) <救方上 8b>
b. 몬져 그 ᄆᆞᅀᆞᆷᄧᅳᆨ으란 ᄃᆞ시 아니ᄒᆞ고(不先溫其心) <救간一 88a>

<4> 須臾

'須臾'가 『救急方諺解』에서는 번역되지 않고 『救急簡易方』에서는 부사 '이슥고'로 번역된다는 것은 동일 원문의 번역인 다음 예문들에서 잘 확인된다.

(4) a. 헌 ᄃᆡ 브티면 즉재 됸ᄂᆞ니라(傅傷處須臾卽差) <救方下 76a>
b. 믈인 ᄃᆡ 브티면 이슥고 즉재 됴ᄒᆞ리라(傅傷處須臾卽差) <救간六 54b>

<5> 能

'能'이 『救急方諺解』에서는 번역되지 않고 『救急簡易方』에서는 부사

‘수이’로 번역된다는 것은 동일 원문의 번역인 다음 예문들에서 잘 확인된다.

(5) a. 다ᄅᆞᆫ 藥이 고티디 몯 ᄒᆞᄂᆞ닌(他藥不能治之者) <救方上 63b>
b. 녀느 약으로 수이 고티디 몯 ᄒᆞᄂᆞ닐(他藥不能治之者) <救간二 116b>

<6> 并

‘并’이『救急方諺解』에서는 번역되지 않고『救急簡易方』에서 부사 ‘다’로 번역된다는 것은 동일 원문의 번역인 다음 예문들에서 잘 확인된다.

(6) a. 고콰 입과 눈과 귀와에 오좀 누고(尿鼻口眼耳中并) <救方上 76a>
b. 고콰 입과 눈과 귀예 다 오좀 누고(尿鼻口眼耳中并) <救간一 62b>

<7> 合

‘合’이『救急方諺解』에서는 번역되지 않고『救急簡易方』에서는 부사 ‘ᄒᆞᆫᄃᆡ’로 번역된다는 것은 동일 원문의 번역인 다음 예문들에서 잘 확인된다.

(7) a. 디코 처 프러(擣篩合和) <救方上 5b>
b. ᄣᅵ허 처 ᄒᆞᆫᄃᆡ 섯거(搗篩合和) <救간一 14b>

<8> 各

‘各’이『救急方諺解』에서는 번역되지 않고『救急簡易方』에서는 부사 ‘각각’으로 번역된다는 것은 동일 원문의 번역인 다음 예문들에서 잘 확인된다.

(8) a. 等分ᄒᆞ야(各等分) <救方上 65b>

b. 각각 곧게 논화(各等分) <救간二 117b>

<9> 上

'上'이 『救急方諺解』에서는 번역되지 않고 『救急簡易方』에서는 부사 'ᄀᆞ장'으로 번역된다는 것은 동일 원문의 번역인 다음 예문들에서 잘 확인된다.

(9) a. 됴ᄒᆞᆫ 指南石이(上好磁石) <救方上 50b>
b. ᄀᆞ장 됴ᄒᆞᆫ 지남셕을(上好磁石) <救간六 13b>

(9) c. 됴ᄒᆞᆫ 봆 수를 ᄆᆞᅀᆞᆷ조초 머거(以上好春酒任意飮之) <救方下 77b>
d. ᄀᆞ장 됴ᄒᆞᆫ 보ᄆᆡ 비즌 수를 ᄆᆞᅀᆞᆷ다히 머거(以上好春酒任意飮之) <救간六 66b>

<10> 却

'却'이 『救急方諺解』에서는 번역되지 않고 『救急簡易方』에서는 부사 'ᄯᅩ'로 번역된다는 것은 동일 원문의 번역인 다음 예문들에서 잘 확인된다.

(10) a. 므레 ᄲᅡ딘 사ᄅᆞᄆᆞ로(却令溺水人) <救方上 71a>
b. ᄯᅩ 므레 주근 사ᄅᆞᄆᆞᆯ(却令溺水人) <救간一 72a>

<11> 如

'如'가 『救急方諺解』에서는 번역되지 않고 『救急簡易方』에서는 부사 '그려도'로 번역된다는 것은 동일 원문의 번역인 다음 예문들에서 잘 확인된다.

(11) a. 通티 몯거든(如未通) <救方上 70b>
b. 그려도 누디 몯ᄒᆞ거든(如未通) <救간三 71b>

4. 飜譯되지 않는 冠形詞

『구급방언해』에서는 번역되고 『구급간이방』에서는 번역되지 않는 관형사로 지시 관형사 '其'와 '此'가 있다.

<1> 其

'其'가 『救急簡易方』에서는 번역되지 않고 『救急方諺解』에서 관형사 '그'로 번역된다는 것은 동일 원문의 번역인 다음 예문들에서 잘 확인된다.

(1) a. 그 腸이(其腸) <救方上 32b>
    b. 챵지(其腸) <救간二 46a>

(1) c. 그 니예 ᄲᅮ츠라(穄其齒) <救方上 71a>
    d. 니예 ᄲᅮ츠라(穄其齒) <救간一 72a>

한편 '其'가 『구급방언해』에서는 번역되지 않고 『구급간이방』에서는 관형사 '그'로 번역된다는 것은 동일 원문의 번역인 다음 예문들에서 잘 확인된다.

(1) e. 므리 나게 ᄒᆞ면(聽其水出) <救方上 71a>
    f. 그 므리 나게 ᄒᆞ면(聽其水出) <救간一 72a>

(1) g. 바ᄂᆞ리 제 나ᄂᆞ니라(其針自出) <救方下 7a>
    h. 그 바ᄂᆞ리 절로 나리라(其針自出) <救간六 21b>

<2> 此

'此'가 『구급방언해』와 『구급간이방』에서 모두 번역되지 않는다는 것은 동일 원문의 번역인 다음 예문들에서 잘 확인된다. 원문 중 '此毒'이 『구급방언해』에서는 '毒氣'로 번역되고 『구급간이방』에서는 '독ᄒᆞᆫ 긔운'으로 번역된다.

(2) a. 毒氣 ᄒᆞ마 나ᄂᆞ니(此毒已出) <救方下 72b>
b. 독ᄒᆞᆫ 긔우니 ᄒᆞ마 나ᄂᆞ니(此毒已出) <救간六 41a>

5. 飜譯되지 않는 節

『구급방언해』에서는 節로 번역되는 것이 『구급간이방』에서는 번역되지 않는다는 사실은 두 문헌의 대비를 통해 잘 확인된다.

<1> 氣走

'氣走'가 『救急簡易方』에서는 번역되지 않고 『救急方諺解』에서 節 '氣分이 ᄃᆞᆫ니다'로 번역된다는 것은 동일 원문의 번역인 다음 예문들에서 잘 확인된다.

(1) a. ᄇᆡ 안해 氣分이 ᄃᆞᆫ뇨ᄃᆡ 울에 ᄀᆞᆮᄒᆞ니(腹中氣走如雷鳴) <救方上 38a>
b. ᄇᆡ 안히 우르거든(腹中氣走如雷鳴) <救간一 53a>

6. 飜譯되지 않는 助詞

『구급간이방』에서는 助詞로 번역되는 것이 『구급방언해』에서는 번역되지 않는다는 사실은 두 문헌의 대비를 통해 잘 확인된다.

<1> 每

'每'가 『救急方諺解』에서는 번역되지 않고 『救急簡易方』에서 조사 '-마다'로 번역된다는 것은 동일 원문의 번역인 다음 예문들에서 잘 확인된다.

(1) a. 食後에 ᄃᆞ시 ᄒᆞ야 머그라(每於食後溫服) <救方上 63b>
b. 밥 머근 후마다 ᄃᆞᄉᆞ니 머그라(每於食後溫服) <救간二 115a>

제5장 飜譯 順序

『救急方諺解』와 『救急簡易方』의 對比를 통해 두 문헌의 번역 순서에 큰 차이가 있다는 것이 명백히 확인된다. 번역 순서에 큰 차이를 보여 주는 것으로 名詞類, 動詞類 및 副詞類가 있다. 그리고 分節 즉 끊어 읽기의 차이로 문맥과 의미가 달라진다는 것을 알 수 있다.

1. 名詞類의 번역 순서

『救急方諺解』와 『救急簡易方』에서 번역 순서에 차이를 보여 주는 명사류에는 명사와 명사구가 있다.

1.1. 名詞의 번역 순서

『救急方諺解』에서는 명사로 번역되고 『救急簡易方』에서는 명사류와 복수접미사로 번역되는 것의 번역 순서에 차이가 있다는 사실은 두 문헌의 대비를 통해 잘 확인된다.

<1> 兒

『救急方諺解』와 『救急簡易方』에서 모두 명사 '삿기'로 번역되는 '兒'의

번역 순서에 차이가 있다는 것은 동일 원문의 번역인 다음 예문들에서 잘 확인된다.

(1) a. 거믜 삿기(蜘蛛兒) <救方下 77b>
b. 삿기 거믜(蜘蛛兒) <救간六 66b>

원문이『구급방언해』와『구급간이방』에서 어떤 순서로 번역되는가를 보면 다음과 같다.

	蜘蛛	兒
<救方>	1	2
<救간>	2	1

<2> 生

『救急方諺解』와『救急簡易方』에서 모두 명사 'ᄂᆞᆯ'로 번역되는 '生'의 번역 순서에 차이가 있다는 것은 동일 원문의 번역인 다음 예문들에서 잘 확인된다.

(2) a. 半만 ᄂᆞ리오 半만 니그닐 디허(半生半熟擣) <救方上 70a>
b. ᄂᆞᆯ 반 니기니 반을 디허(半生半熟擣) <救간三 71a>

원문이『구급방언해』와『구급간이방』에서 어떤 순서로 번역되는가를 보면 다음과 같다.

	半	生	半	熟	擣
<救方>	1	2	3	4	5
<救간>	2	1	4	3	5

<3> 內

『救急方諺解』에서는 명사 '안'으로 번역되고 『救急簡易方』에서는 명사 '안녁'으로 번역되는 '內'의 번역 순서에 차이가 있다는 것은 동일 원문의 번역인 다음 예문들에서 잘 확인된다.

(3) a. 두 밠 엄지가랈 앉 밠토ᄇᆞ로셔(兩脚大母趾內離甲)

<救方上 74a>

b. 두 발 엄지가락 톱 안녁 ᄀᆞᅀᆞ로(兩脚大母趾內離甲)

<救간一 77a>

원문 중 '內離甲'이 두 문헌에서 어떤 순서로 번역되는가를 보면 다음과 같다.

	內	離	甲
<救方>	1	3	2
<救간>	2	3	1

<4> 腹

『救急方諺解』에서는 명사 'ᄇᆡ'로 번역되고 『救急簡易方』에서는 명사구 'ᄇᆡ 안ㅎ'으로 번역되는 '腹'의 번역 순서에 차이가 있다는 것은 동일 원문의 번역인 다음 예문들에서 잘 확인된다.

(4) a. 그 腸이 ᄇᆡ예 뷔트러 움주쥐여 잇ᄂᆞ(32b)니(其腸絞縮在腹)

<救方上 33a>

b. 챵지 뷔트리혀 거두쥐ᄂᆞᆫ 듯ᄒᆞ야 ᄇᆡ 안해 이쇼ᄆᆞᆫ(其腸絞縮在腹)

<救간二 46a>

원문이 『구급방언해』와 『구급간이방』에서 어떤 순서로 번역되는가를 보면 다음과 같다.

	其 腸	絞	縮	在	腹
<救方>	1	3	4	5	2
<救간>	1	2	3	5	4

<5> 等

'等'이 『구급방언해』에서는 의존명사 '等'으로 번역되고 『구급간이방』에서는 복수접미사 'ᄃᆞᆯㅎ'로 번역되는 '等'의 번역 순위에 차이가 있다는 것은 동일 원문의 번역인 다음 예문들에서 잘 확인된다.

(5) a. 虛弱ᄒᆞᆫ 等엣 證을(虛怯等證) <救方上 14a>
b. 허약ᄒᆞᆫ 즁(39b)ᄃᆞᆯ해(虛怯等證) <救간一 40a>

원문이 『구급방언해』와 『구급간이방』에서 어떤 순위로 번역되는가를 보면 다음과 같다.

	虛怯	等	證
<救方>	1	2	3
<救간>	1	3	2

1.2. 名詞句의 번역 순서

『救急方諺解』에서는 명사구로 번역되고 『救急簡易方』에서는 명사구와 동작동사로 번역되는 것의 번역 순서에 차이가 있다는 사실은 두 문헌의 대비를 통해 잘 확인된다.

<1> 一錢

『救急方諺解』와 『救急簡易方』에서 모두 명사구 'ᄒᆞᆫ 돈'으로 번역되는 '一錢'의 번역 순서에 차이가 있다는 것은 동일 원문의 번역인 다음 예문들에서 잘 확인된다.

(1) a. ᄒᆞᆫ 돈ᄋᆞᆯ 므레 프러(以水調一錢) <救方上 49b>
b. 므레 ᄒᆞᆫ 돈만 프러(以水調一錢) <救간六 6b>

원문이 『구급방언해』와 『구급간이방』에서 어떤 순서로 번역되는가를 보면 다음과 같다.

	以 水	調	一 錢
<救方>	2	3	1
<救간>	1	3	2

<2> 五寸

『救急方諺解』에서는 명사구 '다ᄉᆞᆺ 寸'으로 번역되고 『救急簡易方』에서는 명사구 '반 자'로 번역되는 '五寸'의 번역 순서에 차이가 있다는 것은 동일 원문의 번역인 다음 예문들에서 잘 확인된다.

(2) a. ᄯᅡ해 ᄭᆞ로ᄃᆡ 두틔 다ᄉᆞᆺ 寸이에 코(布地令厚五寸) <救方上 71b>
b. ᄯᅡ해 반 잣 둗긔만 ᄭᆞᆯ오(布地令厚五寸) <救간一 72b>

원문이 『구급방언해』와 『구급간이방』에서 어떤 순서로 번역되는가를 보면 다음과 같다.

	布	地	令	厚	五 寸
<救方>	2	1	5	3	4
<救간>	5	1	(4)	3	2

<3> 一兩

『救急方諺解』와 『救急簡易方』에서 각각 명사구 'ᄒᆞᆫ 兩'과 'ᄒᆞᆫ 량'으로 번역되는 '一兩'의 번역 순서에 차이가 있다는 것은 동일 원문의 번역인 다음 예문들에서 잘 확인된다.

(3) a. 生地黃 ᄒᆞᆫ 兩ᄋᆞᆯ ᄀᆞᄂᆞ리 사홀오(生地黃一兩細切)
<救方上 63b>

b. ᄂᆞᆯ디황 불휘 ᄀᆞᄂᆞ리 사ᄒᆞ로니 ᄒᆞᆫ 량과(生地黃一兩細切)
<救간二 115a>

원문 중 '一兩細切'이 두 문헌에서 어떤 순서로 번역되는가를 보면 다음과 같다.

	一 兩	細	切
<救方>	1	2	3
<救간>	3	1	2

<4> 三兩의 번역 순서

『救急方諺解』와 『救急簡易方』에서 각각 명사구 '석 兩'과 명사구 '석 량'으로 번역되는 '三兩'의 번역 순서에 차이가 있다는 것은 동일 원문의 번역인 다음 예문들에서 잘 확인된다.

(4) a. 生ᄒᆞᆫ 川椒 석 兩 눈 아ᅀᅩ니와(生椒三兩去目) <救方下 76a>

b. ᄂᆞᆯ조핏 여름 가온딧 가ᄆᆞᆫ ᄢᅵ 아ᅀᆞ니 석 량과(生椒三兩去目)
<救간六 54b>

원문 중 '三兩去目'이 두 문헌에서 어떤 순서로 번역되는가를 보면 다음과 같다.

	三 兩	去	目
<救方>	1	3	2
<救간>	3	2	1

<5> 三五滴

『救急方諺解』에서는 명사구 '세 다숫 번'으로 번역되고 『救急簡易方』에서는 명사구 '세 번이어나 다숫 번'으로 번역되는 '三五滴'의 번역 순서에 차이가 있다는 것은 동일 원문의 번역인 다음 예문들에서 잘 확인된다.

(5) a. 세 다숫 버늘 헌 딕 처디요딕(瀝著瘡中三五滴) <救方下 17b>
b. 헌 딕 세 번이어나 다(71a)숫 번이어나 처디요딕(瀝著瘡中三五滴) <救간六 71b>

원문이 『구급방언해』와 『구급간이방』에서 어떤 순서로 번역되는가를 보면 다음과 같다.

	瀝 著	瘡 中	三 五 滴
<救方>	3	2	1
<救간>	3	1	2

<6> 二七遇

『救急方諺解』에서는 명사구 '두 닐굽 적'으로 번역되고 『救急簡易方』에서는 명사구 '두 닐굽 번'으로 번역되는 '二七遇'의 번역 순서에 차이가 있다는 것은 동일 원문의 번역인 다음 예문들에서 잘 확인된다.

(6) a. 샤옹이 겨지븨 이베 두닐굽 저글 춤 바ᄐᆞ면(令夫唾婦口中二七遇) <救方下 87a>
b. 제 남진이 겨지븨 이베 추믈 두닐곱 번 바ᄐᆞ면(令夫唾婦口中二七遇) <救간七 39a>

원문 중 '令唾二七遇'가 두 문헌에서 어떤 순서로 번역되는가를 보면 다음과 같다.

	令	唾	二 七 遇
<救方>	3	2	1
<救간>	3	1	2

<7> 熟

『救急方諺解』에서는 명사구 '니그니'로 번역되고 『救急簡易方』에서는 명사구 '니기니'로 번역되는 '熟'의 번역 순서에 차이가 있다는 것은 동일 원문의 번역인 다음 예문들에서 잘 확인된다. 명사구 '니그니'는 '닉+은#이'로 분석되고 명사구 '니기니'는 '니기+ㄴ#이'로 분석될 수 있다.

(7) a. 半만 ᄂᆞ리오 半만 니그닐 디허(半生半熟擣) <救方上 70a>
b. ᄂᆞᆯ 반 니기니 반을 디허(半生半熟擣) <救간三 71a>

원문이 『구급방언해』와 『구급간이방』에서 어떤 순서로 번역되는가를 보면 다음과 같다.

	半	生	半	熟	擣
<救方>	1	2	3	4	5
<救간>	2	1	4	3	5

<8> 泥

『救急方諺解』에서는 명사구 '니균 것'으로 번역되고 『救急簡易方』에서는 동작동사 '딓다'의 관형사형으로 번역되는 '泥'의 번역 순서에 차이가 있다는 것은 동일 원문의 번역인 다음 예문들에서 잘 확인된다.

(8) a. ᄌᆞ葱 니균 거슬 믄 짜해 브티면(封胡葱泥於咬處) <救方下 76b>

b. 디흔 파로 믄 딕 빠 미면(封胡葱泥於咬處) <救간六 60a>

원문 중 '胡葱泥'가 두 문헌에서 어떤 순서로 번역되는가를 보면 다음과 같다.

	胡葱	泥
<救方>	1	2
<救간>	2	1

<9> '收'의 번역 순서

『救急方諺解』에서는 명사구 '자뱃던 것'으로 번역되고 『救急簡易方』에서는 동작동사 '잡다'의 관형사형으로 번역되는 '收'의 번역 순서에 차이가 있다는 것은 동일 원문의 번역인 다음 예문들에서 잘 확인된다.

(9) a. 지네 ᄒᆞᆫ 나치 수릿나래 발 블그니로 자뱃던 거슬(蜈蚣一枚端午日收赤足者) <救方下74a>

b. 수릿날 자ᄇᆞᆫ 발 블근 지네(53a) ᄒᆞᆫ 낫과롤(蜈蚣一枚端午日收赤足者) <救간六 53b>

원문이 『구급방언해』와 『구급간이방』에서 어떤 순서로 번역되는가를 보면 다음과 같다.

	蜈蚣	一枚	端午日	收	赤足者
<救方>	1	2	3	5	4
<救간>	4	5	1	2	3

2. 動詞類의 번역 순서

『구급방언해』에서는 動詞類로 번역되고 『구급간이방』에서는 동사류, 名詞句, 副詞 및 助詞로 번역되는 것이 번역 순서에 차이를 보여 준다는 사실은 두 문헌의 대비를 통해 잘 확인된다. 『구급방언해』와 『구급간이방』에서 번역상의 차이를 보여 주는 동사류에는 동작동사, 동작동사구 그리고 상태동사가 있다.

2.1. 動作動詞의 번역 순서

『구급방언해』에서는 동작동사로 번역되고 『구급간이방』에서는 動詞類, 名詞句 및 助詞로 번역되는 것이 번역 순서에 차이를 보여 준다는 사실은 두 문헌의 대비를 통해 잘 확인된다. 구급간이방에서 번역되는 동사류애는 동작동사, 동작동사구 및 상태동사가 있다. 번역 순서의 차이는 分節의 차이에 기인하는 수도 있다.

<1> 飮

『救急方諺解』와 『救急簡易方』에서 모두 동작동사 '먹다'로 번역되는 '飮'의 번역 순서에 차이가 있다는 것은 동일 원문의 번역인 다음 예문들에서 잘 확인된다. 分節의 차이를 발견할 수 있는데 『구급방언해』에서는 分節이 '飮一升'에서 이루어진다.

(1) a. ᄒᆞᆫ 되ᄅᆞᆯ 머구ᄃᆡ ᄒᆞᄅᆞ 세 적곰 ᄒᆞ야(飮一升日三) <救方下 66b>
b. ᄒᆞᆫ 되옴 ᄒᆞᄅᆞ 세 번 먹고(飮一升日三) <救간六 35b>

원문이 『구급방언해』와 『구급간이방』에서 어떤 순서로 번역되는가를 보면 다음과 같다.

	飮	一升	日	三
<救方>	2	1	3	4
<救간>	4	1	2	3

<2> 服

『救急方諺解』와 『救急簡易方』에서 모두 동작동사 '먹다'로 번역되는 '服'의 번역 순서에 차이가 있다는 것은 동일 원문의 번역인 다음 예문들에서 잘 확인된다. 分節의 차이를 발견할 수 있는데 『구급방언해』에서는 分節이 '服方寸匕'에서 이루어진다.

(2) a. 方寸만 수를 머구ᄃᆡ 나지 다ᄉᆞᆺ 적곰 ᄒᆞ고(服方寸匕日五)
<救方下 62b>
b. ᄒᆞᆫ 술옴 ᄒᆞ야 ᄒᆞᄅᆞ 다ᄉᆞᆺ 번 머고ᄃᆡ(服方寸匕日五)
<救간六 30a>

(2) c. 수레 方寸만 수를 머구ᄃᆡ ᄒᆞᄅᆞ 세 적곰 ᄒᆞ라(酒服方寸匕日三)
<救方下 64a>
d. ᄒᆞᆫ 술만 수레 프러 ᄒᆞᄅᆞ 세 번곰 머그라(酒服方寸匕日三)
<救간六 32b>

(2) e. 方寸만 수를 머구ᄃᆡ ᄒᆞᄅᆞ 세 적곰 ᄒᆞ고(服方寸匕日三)
<救方下 66b>
f. ᄒᆞᆫ 술옴 ᄒᆞ야 ᄒᆞᄅᆞ 세 번 먹고(服方寸匕日三) <救간六 35a>

원문 중 '服方寸匕日五'와 '服方寸匕日三'이 『구급방언해』와 『구급간이방』에서 어떤 순서로 번역되는가를 보면 다음과 같다.

	服	方寸	匕	日	五
<救方>	3	1	2	4	5
<救간>	5	1	2	3	4

	服	方寸	匕	日	三
<救方>	3	1	2	4	5
<救간>	5	1	2	3	4

<3> 煮

『救急方諺解』와 『救急簡易方』에서 모두 동작동사 '글히다'의 부사형으로 번역되는 '煮'의 번역 순서에 차이가 있다는 것은 동일 원문의 번역인 다음 예문들에서 잘 확인된다.

(3) a. 믈 세 잔ᄋᆞ로 ᄒᆞᆫ 잔 ᄃᆞ외에 글혀(用水三盞煮一盞)
<救方上 43b>
b. 믈 세 되예 글혀 ᄒᆞᆫ 잔 ᄃᆞ외어든(用水三盞煮一盞)
<救간二 74b>

(3) c. 믈 두 되 ᄒᆞᆫ 되 ᄃᆞ외게 글혀(以水二升煮取一升) <救方下 67b>
d. 믈 두 되예 글(35b)혀 ᄒᆞᆫ 되어든(以水二升煮取一升)
<救간六 36a>

(3) e. 쇠ᄅᆞᆯ 글혀 딘게 ᄒᆞ야 헌ᄃᆡ 시스라(煮鐵令濃細瘡)
<救方下 63a>
f. 쇠ᄅᆞᆯ 디투 그려 그 믈로 믈인 ᄃᆡ 시스라(煮鐵令濃細瘡)
<救간六 31a>

원문 중 '煮一盞', '煮取一升' 및 '煮鐵令濃'이 『구급방언해』와 『구급간이방』에서 어떤 순서로 번역되는가를 보면 다음과 같다.

	煮	一盞
<救方>	2	1
<救간>	1	2

	煮	取	一升
<救方>	3	2	1
<救간>	1	3	2

	煮	鐵	令濃
<救方>	2	1	3
<救간>	3	1	2

<4> 煎

『救急方諺解』에서는 동작동사 '글히다'의 부사형으로 번역되고 『救急簡易方』에서는 동작동사 '달히다'의 부사형과 관형사형으로 번역되는 '煎'의 번역 순서에 차이가 있다는 것은 동일 원문의 번역인 다음 예문들에서 잘 확인된다.

(4) a. 믈 네 보ᅀᆞ애 ᄒᆞᆫ 보ᅀᆡ ᄃᆞ외에 글혀 브ᅀᅳ라(水四椀煎一椀灌服) <救方上 42a>

b. 믈 네 사발애 달혀 ᄒᆞᆫ 사바리어든 이베 브ᅀᅳ라(水四椀煎一椀灌服) <救간二 79a>

(4) c. ᄡᅮ글 두터이 글혀(濃煎艾湯) <救方上 50b>

d. 디투 달힌 ᄡᅮᆨ ᄆᆞᄅᆞᆯ(濃煎艾湯) <救간六 19b>

원문 중 '水四椀煎一椀'과 '濃煎艾湯'이 『구급방언해』와 『구급간이방』에서 어떤 순서로 번역되는가를 보면 다음과 같다.

	水 四 椀	煎	一 椀
<救方>	1	3	2
<救간>	1	2	3

	濃	煎	艾 湯
<救方>	2	3	1
<救간>	1	2	3

<5> '灸'의 번역 순서

『救急方諺解』와 『救急簡易方』에서 모두 동작동사 '쓰다'로 번역되는 '灸'의 번역 순서에 차이가 있다는 것은 동일 원문의 번역인 다음 예문들에서 잘 확인된다.

(5) a. 밠 엄지가락 아랫 ᄀᆞ론 그믈 ᄯᅮᄃᆡ 나 마초 ᄒᆞ면(灸足大趾下橫文隨年壯) <救方上 2b>
b. 밠 엄지가락 아랫 ᄀᆞ론 금을 ᄯᅮᄃᆡ 나 마초 쓰면(灸足大趾下橫文隨年壯) <救간一 31a>

원문이 『구급방언해』와 『구급간이방』에서 어떤 순서로 번역되는가를 보면 다음과 같다.

	灸	足 大 趾 下 橫 文	隨 年 壯
<救方>	2	1	3
<救간>	3	1	2

<6> 熬

『救急方諺解』에서는 동작동사 '봇다'의 부사형과 관형사형으로 번역되고 『救急簡易方』에서는 동사 '봇다'의 부사형으로 번역되는 '熬'의 번역 순서에 차이가 있다는 것은 동일 원문의 번역인 다음 예문들에서 잘 확인된다.

(6) a. 술곳 ᄌᆞᅀᆞ 닷 호블 봇가 검게 ᄒᆞ야(熬杏仁五合令黑) <救方上 68a>
b. 술고ᄲᅵ 솝 닷 홉 검게 봇가(熬杏仁五合令黑) <救간六 41b>

(6) c. 더운 ᄒᆞᆰ과 봇ᄀᆞᆫ 더운 ᄌᆡ로(以熱土及熬熱灰土) <救方上 9a>
d. 더운 ᄒᆞᆰ과 ᄌᆡ를 봇가(以熱土及熬熱灰土) <救간一 33b>

원문 중 '熬杏仁五合令黑'과 '以熱土及熬灰土'가 두 문헌에서 어떤 순서로 번역되는가를 보면 다음과 같다.

	熬	杏 仁	五 合	令 黑
<救方>	3	1	2	4
<救간>	4	1	2	4

	以	熱 土	及	熬	灰 土
<救方>	5	1	2	3	4
<救간>	(1)	2	3	5	4

<7> 燒

『救急方諺解』와 『救急簡易方』에서 모두 동작동사 '술다'로 번역되는 '燒'의 번역 순서에 차이가 있다는 것은 동일 원문의 번역인 다음 예문들에서 잘 확인된다. '燒'가 『구급방언해』에서는 맨 먼저 번역되고 『구급간이방』에서는 맨 마지막에 번역된다.

(7) a. 죠ᄒᆡ 젼 ᄒᆞᆫ 주믈 ᄉᆞ라 壜 안해 녀코(以紙錢一把燒放壜中)
<救方上 74b>

b. 죠ᄒᆡ 젼 ᄒᆞᆫ 줌을 그(74b) 그릇 안해 ᄉᆞᆯ라(以紙錢一把燒放壜中)
<救간一 75a>

(7) c. 죠ᄒᆡ 젼을 ᄉᆞ라 壜 안해 녀허(燒紙錢於壜內) <救方上 74b>

d. 죠ᄒᆡ 젼을 그 그릇 안해 ᄉᆞ라(燒紙錢於壜內) <救간一 75a>

e. 누에 ᄡᅵ 난 죠ᄒᆡ롤 ᄉᆞ로ᄃᆡ 性이 잇게 ᄒᆞ야(用蠶退紙燒存性)
<救方上 44b>

f. 누에 ᄡᅵ 낸 죠ᄒᆡ롤 ᄉᆞ히디 아니케 ᄉᆞ라(蠶退紙燒存性)
<救간二 79b>

원문 중 '燒放壜中'과 '燒…於壜內' 그리고 '燒存性'이 『구급방언해』와 『구급간이방』에서 어떤 순서로 번역되는가를 보면 다음과 같다.

	燒	放	壜	中
<救方>	1	4	2	3
<救간>	4	(3)	1	2

	燒	…	於	壜	內
<救方>	1		4	2	3
<救간>	4		3	1	2

	燒	存性
<救方>	1	2
<救간>	2	1

그리고 『救急方諺解』에서는 동작동사 '술다'의 부사형으로 번역되고 『救急簡易方』에서는 동작동사 '술다'의 관형사형과 명사구로 번역되는 '燒'의

번역 순서에 차이가 있다는 것은 동일 원문의 번역인 다음 예문들에서 잘 확인된다. '燒'가 『구급방언해』에서는 맨 마지막에 번역되고 『구급간이방』에서는 맨 먼저 번역된다.

(7) g. 짓 ᄉᆞ라 細末ᄒᆞ야(燒灰爲末) <救方上 37a>
h. ᄉᆞ론 지ᄅᆞᆯ ᄀᆞ라(燒灰爲末) <救간二 48a>

(7) i. 짓 ᄉᆞ라 ᄀᆞᄂᆞ리 ᄀᆞ라(燒灰細研) <救方上 49b>
j. ᄉᆞ론 지ᄅᆞᆯ ᄀᆞᄂᆞ리 ᄀᆞ라(燒灰細研) <救간二 6b>

(7) k. 말채ᄅᆞᆯ 짓 ᄉᆞ라 브티라(用馬鞭燒灰貼之) <救方下 15a>
l. 말채 ᄉᆞ론 지ᄅᆞᆯ 브티라(馬鞭燒灰貼之) <救간六 71b>

원문 중 '燒灰'가 『구급방언해』와 『구급간이방』에서 두 문헌에서 어떤 순서로 번역되는가를 보면 다음과 같다.

	燒	灰
<救方>	2	1
<救간>	1	2

<8> 研

『救急方諺解』와 『救急簡易方』에서 모두 동작동사 'ᄀᆞᆯ다'로 번역되는 '研'의 번역 순서에 차이가 있다는 것은 동일 원문의 번역인 다음 예문들에서 잘 확인된다.

(8) a. ᄀᆞᄂᆞ리 粉 ᄀᆞ티 ᄀᆞ라(細研如粉) <救方上 60a>
b. ᄀᆞᄂᆞ리 ᄀᆞ라 분 ᄀᆞ티 ᄒᆞ야(細研如粉) <救간二 112b>

원문 중 '硏如粉'이 두 문헌에서 어떤 순서로 번역되는가를 보면 다음과 같다.

	硏	如	粉
<救方>	3	2	1
<救간>	1	3	2

<9> 爲

『救急方諺解』에서는 동작동사 '밍ᄀᆞᆯ다'로 번역되고 『救急簡易方』에서는 동작동사 'ᄀᆞᆯ다'의 관형사형으로 번역되는 '爲'의 번역 순서에 차이가 있다는 것은 동일 원문의 번역인 다음 예문들에서 잘 확인된다.

(9) a. 겁질와 빗복과 아ᅀᆞ ᄀᆞᄅᆞ 밍ᄀᆞᆯ오(去皮臍爲末) <救方下 88a>
b. 거플와 브르도ᄃᆞᆫ 것 앗고 ᄀᆞ론 ᄀᆞᄅᆞ와(去皮臍爲末)
<救간七 48b>

(9) c. 乾漆 半 兩ᄋᆞᆯ ᄀᆞᄅᆞ 밍ᄀᆞ라(乾漆半兩爲末) <救方下 88a>
d. ᄆᆞ론 옷 반 량 ᄀᆞ론 ᄀᆞᄅᆞ와(乾漆半兩爲末) <救간七 48b>

원문 중 '爲末'이 두 문헌에서 어떤 순서로 번역되는가를 보면 다음과 같다.

	爲	末
<救方>	2	1
<救간>	1	2

<10> 擣

『救急方諺解』에서는 동작동사 '딯다'의 부사형으로 번역되고 『구급간이방』에서는 동작동사 '딯다'의 관형사형으로 번역되는 '擣'의 번역 순서에 차

이가 있다는 것은 동일 원문의 번역인 다음 예문들에서 잘 확인된다.

(10) a. 皀莢과 細辛ㅅ ᄀᆞᄅᆞᆯ 디허(擣皀莢細辛屑) <救方上 75b>
　　b. 조협과 셰싞 불휘와 디흔 ᄀᆞᄅᆞ(擣皀莢細辛屑) <救간一 62a>

원문이 『구급방언해』와 『구급간이방』에서 어떤 순서로 번역되는가를 보면 다음과 같다. 『구급간이방』에서는 分節이 '細辛'에서 이루어진다.

	擣	皀莢	細辛	屑
<救方>	4	1	2	3
<救간>	3	1	2	4

<11> 搗

『구급방언해』와 『구급간이방』에서는 동작동사 '딯다'의 연결형으로 번역되고 구급간이방에서는 동작동사 '딯다'의 부사형으로 번역되는 '搗'의 번역 순서에 차이가 있다는 것은 동일 원문의 번역인 다음 예문들에서 잘 확인된다.

(11) a. ᄌᆞ葱 ᄒᆞᆫ 우후믈 즌ᄒᆞᆰ ᄀᆞᆮ게 디코(胡葱一握搗如泥) <救方下 76b>
　　b. 파 ᄒᆞᆫ 줌을 디허 즌ᄒᆞᆰ ᄀᆞᆮ게 ᄒᆞ고(胡葱一握搗如泥) <救간六 60a>

원문 중 '搗如泥'가 『구급방언해』와 『구급간이방』에서 어떤 순서로 번역되는가를 보면 다음과 같다.

	搗	如	泥
<救方>	3	2	1
<救간>	1	3	2

<12> 爛

『救急方諺解』와 『救急簡易方』에서 각각 동작동사 'ᄂᆞ기다'의 관형사형과 부사형으로 번역되는 '爛'의 번역 순서에 차이가 있다는 것은 동일 원문의 번역인 다음 예문들에서 잘 확인된다.

(12) a. 디호ᄃᆡ 니균 ᄒᆞᆰ ᄀᆞ티 ᄒᆞ야(搗爛如泥) <救方上 47a>
b. 므르 디허 ᄒᆞᆰ ᄀᆞ티 니겨(搗爛如泥) <救간六 11a>

원문 중 '爛如泥'가 두 문헌에서 어떤 순서로 번역되는가를 보면 다음과 같다.

	爛	如	泥
<救方>	1	3	2
<救간>	3	2	1

<13> 絞

『救急方諺解』와 『구급간이방』에서 동작동사 'ᄧᆞ다'의 부사형으로 번역되는 '絞'의 번역 순서에 차이가 있다는 것은 동일 원문의 번역인 다음 예문들에서 잘 확인된다.

(13) a. 生뵈로 汁을 ᄧᅡ(以生布絞汁) <救方上 3a>
b. ᄉᆡᆼ뵈로 ᄧᅡ 그 즙을(以生布絞汁) <救간一 18b>

원문 중 '絞汁'이 『구급방언해』와 『구급간이방』에서 어떤 순서로 번역되는가를 보면 다음과 같다. '絞'가 『구급방언해』에서는 마지막에 번역되고 『구급간이방』에서는 먼저 번역된다.

	絞	汁
<救方>	2	1
<救간>	1	2

<14> 絞取

『救急方諺解』에서는 동작동사 'ᄧᆞ다'의 부사형 'ᄧᅡ'로 번역되고 『救急簡易方』에서는 동작동사 'ᄧᆞ다'의 관형사형 'ᄧᆞᆫ'으로 번역되는 '絞取'의 번역 순서에 차이가 있다는 것은 동일 원문의 번역인 다음 예문들에서 잘 확인된다.

(14) a. 地楡ᄅᆞᆯ ᄶᅵ허 즙을 ᄧᅡ(擣地楡絞取汁) <救方下 66b>
b. 외ᄂᆞ믌 불휘 디허 ᄧᆞᆫ 즙을(擣地楡絞取汁) <救간六 35a>

(14) c. 韭菜ᄅᆞᆯ ᄶᅵ허 즙을 ᄧᅡ(擣韭絞取汁) <救方下 66b>
d. 염교 디허 ᄧᆞᆫ 즙(擣韭絞取汁) <救간六 35b>

원문 중 '絞取汁'이 『구급방언해』와 『구급간이방』에서 어떤 순서로 번역되는가를 보면 다음과 같다. '絞取'가 『구급방언해』에서는 마지막에 번역되고 『구급간이방』에서는 먼저 번역된다.

	絞取	汁
<救方>	2	1
<救간>	1	2

<15> 和

『救急方諺解』와 『救急簡易方』에서 모두 동작동사 '플다'로 번역되는 '和'의 번역 순서에 차이가 있다는 것은 동일 원문의 번역인 다음 예문들에서 잘 확인된다.

(15) a. ᄂᆞᆯ콩 ᄭᆞᄅᆞᆯ 수레 프로ᄃᆡ ᄒᆞᆫ 수(33b)를 머그라(生大豆屑酒和服方寸匕) <救方上 34a>

b. ᄂᆞᆯ콩ㅅ ᄀᆞᄅᆞᆯ 수레 ᄒᆞᆫ 수를 프러 머그라(生大豆屑酒和服方寸匕) <救간二 62a>

원문 중 '和服方寸匕'가 『구급방언해』와 『구급간이방』에서 어떤 순서로 번역되는가를 보면 다음과 같다.

	和	服	方寸匕
<救方>	1	3	2
<救간>	2	3	1

<16> 調

『救急方諺解』와 『救急簡易方』에서 모두 동작동사 '플다'로 번역되는 '調'의 번역 순서에 차이가 있다는 것은 동일 원문의 번역인 다음 예문들에서 잘 확인된다.

(16) a. 므레 두 도ᄂᆞᆯ 프러 머구미(以水調下二錢) <救方下 70a>

b. 므레 프러 두 돈을 머그면(以水調下二錢) <救간二 39a>

원문이 『구급방언해』와 『구급간이방』에서 어떤 순서로 번역되는가를 보면 다음과 같다.

	以水	調	下	二錢
<救方>	1	3	4	2
<救간>	1	2	4	3

<17> 塗

『救急方諺解』와 『救急簡易方』에서 모두 동작동사 'ᄇᆞᄅᆞ다'로 번역되는

'塗'의 번역 순서에 차이가 있다는 것은 동일 원문의 번역인 다음 예문들에서 잘 확인된다.

(17) a. 醬ㅅ 므를 ᄇᆞᆯ로ᄃᆡ ᄒᆞᄅᆞ 서너 적곰 ᄒᆞ라(豆醬淸塗之日三四) <救方下 68a>

b. ᄆᆞᆯᄀᆞᆫ 쟝을 ᄒᆞᄅᆞ 서너 번곰 ᄇᆞᄅᆞ라(豆醬淸塗之日三四) <救간六 36b>

원문 중 '塗之日三四'가 두 문헌에서 어떤 순서로 번역되는가를 보면 다음과 같다.

	塗 之	日	三 四
<救方>	1	2	3
<救간>	3	1	2

<18> 傅

『救急方諺解』에서는 동작동사 '브티다'로 번역되고 『구급간이방』에서는 동작동사 'ᄇᆞᄅᆞ다"로 번역되는 '傅'의 번역 순서에 차이가 있다는 것은 동일 원문의 번역인 다음 예문들에서 잘 확인된다.

(18) a. 헌 ᄃᆡ 브툐ᄃᆡ ᄒᆞᄅᆞ 세 적곰 ᄒᆞ라(傅瘡日三) <救方下 68b>

b. 믈인 ᄃᆡ ᄒᆞᄅᆞ 세 번(42b)곰 ᄇᆞᄅᆞ라(傅瘡日三) <救간六 43a>

원문이 『구급방언해』와 『구급간이방』에서 어떤 순서로 번역되는가를 보면 다음과 같다.

	傅	瘡	日	三
<救方>	2	1	3	4
<救간>	4	1	2	3

<19> 布

『救急方諺解』와 『救急簡易方』에서 모두 동작동사 'ᄭᆞᆯ다'로 번역되는 '布'의 번역 순서에 차이가 있다는 것은 동일 원문의 번역인 다음 예문들에서 잘 확인된다.

(19) a. ᄯᅡ해 ᄭᆞ로ᄃᆡ 두틔 다ᄉᆞᆺ 寸이에 코(布地令厚五寸) <救方上 71b>
b. ᄯᅡ해 반 잣 둗긔만 ᄭᆞᆯ오(布地令厚五寸) <救간一 72b>

원문 중 '布地令厚五寸'이 두 문헌에서 어떤 순서로 번역되는가를 보면 다음과 같다.

	布	令	厚	五寸
<救方>	1	4	2	3
<救간>	4	3	(2)	1

<20> 浸

『救急方諺解』와 『救急簡易方』에서 모두 동작동사 'ᄃᆞᆷ그다'의 부사형으로 번역되는 '浸'의 번역 순서에 차이가 있다는 것은 동일 원문의 번역인 다음 예문들에서 잘 확인된다.

(20) a. 술 ᄒᆞᆫ 되예 ᄒᆞ롯 바ᄆᆞᆯ ᄃᆞᆷ가(酒一升浸一宿) <救方上 50b>
b. 술 ᄒᆞᆫ 되예 ᄃᆞᆷ가 ᄒᆞ롯 밤 재야(酒一升浸一宿) <救간六 19b>

원문 중 '浸一宿'이 두 문헌에서 어떤 순서로 번역되는가를 보면 다음과 같다.

	浸	一 宿
<救方>	2	1
<救간>	1	2

<21> 担

『救急方諺解』와 『救急簡易方』에서 모두 동작동사 '잡다'의 부사형으로 번역되는 '担'의 번역 순서에 차이가 있다는 것은 동일 원문의 번역인 다음 예문들에서 잘 확인된다. 두 문헌의 번역에서 分節의 차이가 있다는 것을 발견할 수 있는데 『구급방언해』에서는 分節이 '緊担兩頭'에서 이루어진다.

(21) a. 두 그틀 구디 자바 氣分이 通티(77b) 몯게 ᄒᆞ야(緊担兩頭勿令通氣) <救方下 78a>

b. 긔운이 나디 아니케 두 그틀 구디 자바(緊担兩頭勿令通氣) <救간六 67b>

원문이 『구급방언해』와 『구급간이방』에서 어떤 순서로 번역되는가를 보면 다음과 같다.

	緊	担	兩 頭	勿 令	通	氣
<救方>	2	3	1	6	5	4
<救간>	5	6	4	3	2	1

<22> 分

『救急方諺解』와 『救急簡易方』에서 모두 동작동사 'ᄂᆞᆫ호다'의 부사형으로 번역되는 '分'의 번역 순서에 차이가 있다는 것은 동일 원문의 번역인 다음 예문들에서 잘 확인된다.

(22) a. ᄂᆞᆫ화 두 버네 머그라(分再服) <救方上 70a>

b. 둘헤 ᄂᆞᆫ화 머그라(分再服) <救간三 71a>

원문 중 '分再'가 『구급방언해』와 『구급간이방』에서 어떤 순서로 번역되는가를 보면 다음과 같다.

	分	再
<救方>	1	2
<救간>	2	1

<23> 散分

『救急方諺解』와 『救急簡易方』에서 모두 동작동사 'ᄂᆞᆫ호다'의 부사형으로 번역되는 '散分'의 번역 순서에 차이가 있다는 것은 동일 원문의 번역인 다음 예문들에서 잘 확인된다.

(23) a. 사ᄒᆞ라 ᄂᆞᆫ화 두 服애 ᄆᆡᆼᄀᆞ라(剉散分作二服) <救方上 1b>

b. 대도히 사ᄒᆞ라 두 복애 ᄂᆞᆫ화 ᄆᆡᆼᄀᆞ라(剉散分作二服) <救간一 2b>

원문 중 '散分作二服'이 두 문헌에서 어떤 순서로 번역되는가를 보면 다음과 같다.

	散分	作	二服
<救方>	1	3	2
<救간>	2	3	1

<24> 分作

『救急方諺解』와 『救急簡易方』에서 모두 동작동사 'ᄂᆞᆫ호다'의 부사형으로 번역되는 '分作'의 번역 순서에 차이가 있다는 것은 동일 원문의 번역인

다음 예문들에서 잘 확인된다.

(24) a. 논호아 두 적 머그라(分作二服) <救方下 84a>
b. 두 번에 논화 머그라(分作二服) <救간七 43b>

원문 중 '分作二'가 두 문헌에서 어떤 순서로 번역되는가를 보면 다음과 같다.

	分作	二
<救方>	1	2
<救간>	2	1

<25> '眠'의 번역 순서

『救急方諺解』와 『救急簡易方』에서 모두 동작동사 'ᄌᆞ올다'의 부사형으로 번역되는 '分作'의 번역 순서에 차이가 있다는 것은 동일 원문의 번역인 다음 예문들에서 잘 확인된다.

(25) a. ᄌᆞ올어나 눕거나 ᄒᆞ야(眠臥) <救方下 81b>
b. 누워 ᄌᆞ올며(眠臥) <救간七 45b>

원문이 『구급방언해』와 『구급간이방』에서 어떤 순서로 번역되는가를 보면 다음과 같다.

	眠	臥
<救方>	1	2
<救간>	2	1

<26> 不

『救急方諺解』에서는 보조동사 '몯ᄒᆞ다'로 번역되고 『救急簡易方』에서

보조동사 '아니ᄒᆞ다'로 번역되는 '不'의 번역 순서에 차이가 있다는 것은 동일 원문의 번역인 다음 예문들에서 잘 확인된다. 두 문헌의 번역에서 分節의 차이를 발견할 수 있다. 즉 『구급방언해』에서는 분절이 '不肯舒伸'에서 이루어진다.

(26) a. 펴디 몯ᄒᆞ며 ᄃᆞᆫ닐 제(不肯舒伸行動) <救方下 81b>
b. 모뢸 펴 니러 ᄃᆞᆫ니디 아니ᄒᆞ야(不肯舒伸行動) <救간七 45b>

원문 중 '不舒伸行動'이 두 문헌에서 어떤 순서로 번역되는가를 보면 다음과 같다.

	不	舒伸	行動
<救方>	2	1	3
<救간>	3	1	2

<27> 絞

『구급방언해』에서는 동작동사 'ᄧᆞ다'의 부사형으로 번역되고 『구급간이방』에서는 동작동사구 '뷔트러 ᄧᆞ다'의 부사형으로 번역되는 '絞'의 번역 순서에 차이가 있다는 것은 동일 원문의 번역인 다음 예문들에서 잘 확인된다.

(27) a. 즈블 ᄧᅡ 머그라(絞汁飮之) <救方上 62b>
b. 뷔트(116a)러 ᄧᅡ 즙을 마시라(絞汁飮之) <救간二 116b>

원문 중 '絞汁'이 『구급방언해』와 『구급간이방』에서 어떤 순서로 번역되는가를 보면 다음과 같다.

	絞	汁
<救方>	2	1
<救간>	1	2

<28> 挼

『救急方諺解』에서는 동작동사 '플다'의 부사형으로 번역되고 『救急簡易方』에서는 명사구 'ᄧᅩ니'로 번역되는 '挼'의 번역 순서에 차이가 있다는 것은 동일 원문의 번역인 다음 예문들에서 잘 확인된다. 명사구 'ᄧᅩ니'는 'ᄧ+오+ㄴ#이'로 분석될 수 있고 '이'는 의존명사이다.

(28) a. ᄒᆞᆫ 자내 프러 브ᅀᅳ라(挼一盞灌服) <救方上 42a>
b. ᄧᅩ니 ᄒᆞᆫ 잔을 브ᅀᅳ라(挼一盞灌服) <救간二 79a>

원문 중 '挼一盞'이 『구급방언해』와 『구급간이방』에서 어떤 순서로 번역되는가를 보면 다음과 같다.

	挼	一 盞
<救方>	2	1
<救간>	1	2

<29> '陳'의 번역 순서

『救急方諺解』에서는 자동사 '묵다'로 번역되고 『구급간이방』에서는 상태동사 '오라다'로 번역되는 '陳'의 번역 순서에 차이가 있다는 것은 동일 원문의 번역인 다음 예문들에서 잘 확인된다.

(29) a. 무근 ᄇᆞᄅᆞ맷 ᄒᆞᆰ ᄀᆞᆯᄋᆞ로(有用陳壁土末) <救方上 73b>
b. ᄇᆞᄅᆞ맷 오란 ᄒᆞᆰ을 ᄇᆞ(67a)ᅀᅡ ᄀᆞᆯ이 ᄃᆞ외어든(有用陳壁土末) <救간一 67b>

원문 중 '陳壁土'가 두 문헌에서 어떤 순서로 번역되는가를 보면 다음과 같다.

	陳	壁	土
<救方>	1	2	3
<救간>	2	1	3

<30> 燒

『구급방언해』에서는 동작동사 'ᄉᆞᆯ다'의 부사형으로 번역되고『구급간이방』에서는 名詞句 'ᄉᆞ로니'로 번역되는 '燒'의 번역 순서에 차이가 있다는 것은 동일 원문의 번역인 다음 예문들에서 잘 확인된다. 'ᄉᆞ로니'는 'ᄉᆞᆯ+오+ㄴ#이'로 분석될 수 있다.

(30) a. 세 소ᇇ가락으로 자보니만 ᄉᆞ라(燒三指撮) <救方上 78a>
　　b. ᄉᆞ로니 세 소ᇇ가락으로 지보니ᄅᆞᆯ(燒三指撮) <救간一 63a>

원문이『구급방언해』와『구급간이방』에서 어떤 순서로 번역되는가를 보면 다음과 같다.

	燒	三 指	撮
<救方>	3	1	2
<救간>	1	2	3

<31> 并

『救急方諺解』에서는 동작동사 '조치다'의 부사형 '조쳐'로 번역되고『救急簡易方』에서는 조사 '-와'로 번역되는 '并'의 번역 순서에 차이가 있다는 것은 동일 원문의 번역인 다음 예문들에서 잘 확인된다.

(31) a. 牛膝을 닙 조쳐(牛膝并葉) <救方上 69b>
　　b. 쇠무릅불휘와 닙과ᄅᆞᆯ(牛膝并葉) <救간三 77a>

원문이 『구급방언해』와 『구급간이방』에서 어떤 순서로 번역되는가를 보면 다음과 같다.

	牛膝	并	葉
<救方>	1	3	2
<救간>	1	2	3

2.2. 動作動詞句의 번역 순서

『구급방언해』에서는 동작동사구로 번역되고 『구급간이방』에서는 동작동사구, 상태동사 그리고 부사로 번역되는 것이 번역 순서에 차이를 보여 준다는 사실은 두 문헌의 대비를 통해 잘 확인된다.

<1> 孕

『救急方諺解』에서는 동작동사구 '아기 비다'의 관형사형으로 번역되고 『救急簡易方』에서는 동작동사구 '아기 비다'의 부사형으로 번역되는 '孕'의 번역 순서에 차이가 있다는 것은 동일 원문의 번역인 다음 예문들에서 잘 확인된다.

(1) a. 아기 빈 겨지비(孕婦) <救方下 81b>
b. 겨지비 아기 비여셔(孕婦) <救간七 45b>

원문이 『구급방언해』와 『구급간이방』에서 어떤 순서로 번역되는가를 보면 다음과 같다.

	孕	婦
<救方>	1	2
<救간>	2	1

<2> 針

『救急方諺解』에서는 동작동사구 'ᄇᆞ늘 ᄀᆞ티 ᄒᆞ다'의 부사형으로 번역되고 『救急簡易方』에서는 상태동사 'ᄲᅭ론다'의 부사형으로 번역되는 '針'의 번역 순서에 차이가 있다는 것은 동일 원문의 번역인 다음 예문들에서 잘 확인된다.

(2) a. 깁 오ᄅᆞᆯ 쟈게 비븨여 바늘 ᄀᆞ티 ᄒᆞ야(用小絹針) <救方下 82a>
b. 기블(45b) ᄲᅭ론게 비븨여(用小絹針) <救간七 46a>

원문이 『구급방언해』와 『구급간이방』에서 어떤 순서로 번역되는가를 보면 다음과 같다.

	用	小	絹	針
<救方>	3	2	1	4
<救간>	4	(2)	1	3

<3> 溫

『救急方諺解』에서는 동작동사구 'ᄃᆞ시 ᄒᆞ다'의 부사형으로 번역되고 『救急簡易方』에서는 상태동사 'ᄃᆞᄉᆞ다'의 관형사형으로 번역되는 '溫'의 번역 순서에 차이가 있다는 것은 동일 원문의 번역인 다음 예문들에서 잘 확인된다.

(3) a. 汁을 ᄃᆞ시 ᄒᆞ야 머그면(取汁溫服) <救方下 88b>
b. ᄃᆞᄉᆞᆫ 즙을 머기면(取汁溫服) <救간七 49a>

원문 중 '取汁溫'이 두 문헌에서 어떤 순서로 번역되는가를 보면 다음과 같다.

	取	汁	溫
<救方>	2	1	3
<救간>	3	2	1

<4> 令濃

『救急方諺解』에서는 동작동사구 '딛게 ᄒᆞ다'의 부사형으로 번역되고 『救急簡易方』에서는 부사 '디투'로 번역되는 '令濃'의 번역 순서에 차이가 있다는 것은 동일 원문의 번역인 다음 예문들에서 잘 확인된다.

(4) a. 쇠로 글혀 딛게 ᄒᆞ야(煮鐵令濃) <救方下 63a>
b. 쇠로 디투 글혀(煮鐵令濃) <救간六 31a>

원문이 『구급방언해』와 『구급간이방』에서 어떤 순서로 번역되는가를 보면 다음과 같다.

	煮	鐵	<u>令 濃</u>
<救方>	2	1	3
<救간>	3	1	2

2.3. 狀態動詞의 번역 순서

『구급방언해』와 『구급간이방』에서 상태동사로 번역되는 것이 번역 순서에 차이를 보여 준다는 것은 두 문헌의 대비를 통해 잘 확인된다.

<1> '大'의 번역 순서

『救急方諺解』와 『救急簡易方』에서 모두 상태동사 '크다'의 관형사형으로 번역되는 '大'의 번역 순서에 차이가 있다는 것은 동일 원문의 번역인 다음 예문들에서 잘 확인된다.

(1) a. 믈 세 큰 盞애 글혀(以水三大盞煎) <救方上 35a>
b. 믈 큰 서 되예 달혀(以水三大盞煎) <救간二 55b>

(1) c. 믈 ᄒᆞᆫ 큰 잔ᄋᆞ로 글혀(以水一大盞煎) <救方上 63b>
　　b. 믈 큰 ᄒᆞᆫ 되예 달혀(以水一大盞煎) <救간二 115a>

원문 중 '三大盞'과 '一大盞'이 두 문헌에서 어떤 순서로 번역되는가를 보면 다음과 같다.

	三	大	盞
<救方>	1	2	3
<救간>	2	1	3

	一	大	盞
<救方>	1	2	3
<救간>	2	1	3

3. 副詞類의 번역 순서

『구급방언해』와 『구급간이방』에서 부사류로 번역되는 것이 번역 순서에 차이를 보여 준다는 사실은 두 문헌의 대비를 통해 잘 확인된다. 『구급방언해』와 『구급간이방』에서 번역상의 차이를 보여 주는 부사류에는 부사와 부사어가 있다.

<1> 疾

『救急方諺解』와 『救急簡易方』에서 모두 부사 '섈리'로 번역되는 '疾'의 번역 순서에 차이가 있다는 것은 동일 원문의 번역인 다음 예문들에서 잘 확인된다. 부사의 위치에 차이가 있는데 부사 '섈리'가 『구급방언해』에서는 동작동사 '내다' 앞에 있고 『구급간이방』에서는 文頭에 있다.

(1) a. 그 솏가라ᄀᆞᆯ 섈리 내욜디니(疾出其指) <救方上 79a>

b. 섈리 그 솏가라ᄀᆞᆯ 내욜디니(疾出其指) <救간三 10b>

원문이 『구급방언해』와 『구급간이방』에서 어떤 순서로 번역되는가를 보면 다음과 같다.

	疾	出	其	指
<救方>	3	4	1	2
<救간>	1	4	2	3

<2> 急

『救急方諺解』에서는 부사 '時急히'로 번역되고 『救急簡易方』에서는 부사 '섈리'로 번역되는 '急'의 번역 순서에 차이가 있다는 것은 동일 원문의 번역인 다음 예문들에서 잘 확인된다. 부사의 위치에 차이가 있는데 『구급방언해』의 부사 '時急히'는 文頭에 있고 『구급간이방』의 부사 '섈리'는 동작동사구 '옷 밧기다' 앞에 있다.

(2) a. 時急히 주근 사ᄅᆞ미 옷 밧기고(急解去死人衣) <救方上 71a>
b. 므레 주근 사ᄅᆞᄆᆞᆯ 섈리 옷 밧기고(急解去死人衣帶) <救간一 76a>

원문이 『구급방언해』와 『구급간이방』에서 어떤 순서로 번역되는가를 보면 다음과 같다.

	急	解去	死人	衣(帶)
<救方>	1	4	2	3
<救간>	2	4	1	3

<3> 常

『救急方諺解』에서는 부사 '댱샹'으로 번역되고 『救急簡易方』에서는 부

사 ‘샹녜’로 번역되는 ‘常’의 번역 순서에 차이가 있다는 것은 동일 원문의 번역인 다음 예문들에서 잘 확인된다.

(3) a. 수를 마셔 댱샹 ᄀᆞ장 醉케 ᄒᆞ면(飮酒常令大醉) <救方下 64a>
b. 샹녜 술 머거 ᄀᆞ장 취ᄒᆞ면(飮酒常令大醉) <救간六 31b>

원문이『구급방언해』와『구급간이방』에서 어떤 순서로 번역되는가를 보면 다음과 같다.

	飮	酒	常	令	大	醉
<救方>	2	1	3	6	4	5
<救간>	3	2	1	(6)	4	5

<4> 妄

『救急方諺解』와『救急簡易方』에서 모두 부사 ‘간대로’로 번역되는 ‘妄’의 번역 순서에 차이가 있다는 것은 동일 원문의 번역인 다음 예문들에서 잘 확인된다. ‘妄’의 번역인 ‘간대로’가『救急方諺解』에서는 文頭에 있고『救急簡易方』에서는 동작동사 ‘쓰다’ 바로 앞에 있다.

(4) a. 간대로 춤 아ᅀᆞ며(12a) ᄯᆞᆷ 내욤돌햇 藥ᄋᆞᆯ ᄡᅥ(妄投取涎發汗等藥) <救方上 12b>
b. 춤 업게 ᄒᆞ며 ᄯᆞᆷ 낼 약돌ᄒᆞᆯ 간대로 ᄡᅳ디(妄投取涎發汗等藥) <救간一 39a>

원문이『구급방언해』와『구급간이방』에서 어떤 순서로 번역되는가를 보면 다음과 같다.

	妄	投	取	涎	發	汗	等	藥
<救方>	1	8	3	2	5	4	6	7
<救간>	7	8	2	1	4	3	6	5

<5> '在地'의 번역 순서

『救急方諺解』에서는 부사어 '짜해'로 번역되고 『救急簡易方』에서는 부사어 '짜해셔'로 번역되는 '在地'의 번역 순서에 차이가 있다는 것은 동일 원문의 번역인 다음 예문들에서 잘 확인된다.

(5) a. 시혹 짜해 그울며 시혹 닐며 시혹 업더디여(或展轉在地或起或仆) <救方上 32b>
b. 구으러 짜해셔 닐락 업더디락 ᄒᆞ야(或展轉在地或起或仆) <救간二 46a>

원문 중 '展轉在地'가 『구급방언해』와 『구급간이방』에서 어떤 순서로 번역되는가를 보면 다음과 같다.

	展 轉	在 地
<救方>	2	1
<救간>	1	2

4. 分節의 差異

『구급방언해』와 『구급간이방』의 대비를 통해 分節 즉 끊어 읽기의 차이로 문맥과 의미가 달라진다는 것을 알 수 있다.

<1> 溫酒調下一錢

동일 원문의 번역인 다음 예문들에서 分節에 차이가 있다는 것을 발견할 수 있다. 즉 『救急方諺解』에서는 '溫酒調'에서 分節이 이루어진다.

(1) a. ᄃᆞᄉᆞᆫ 수레 프러 ᄒᆞᆫ 돈을 머그라(溫酒調下一錢) <救方上 61b>
b. ᄃᆞᄉᆞᆫ 수레 ᄒᆞᆫ 돈을 머그라(溫酒調下一錢) <救간二 102b>

원문이 『구급방언해』와 『구급간이방』에서 어떤 순서로 번역되는가를 보면 다음과 같다.

	溫	酒	調	下	一	錢
<救方>	1		2	4	3	
<救간>	1		3	4	2	

<2> 末覆之

동일 원문의 번역인 다음 예문들에서 分節에 차이가 있다는 것을 발견할 수 있다. 즉 『救急方諺解』에서는 '覆之'에서 分節이 이루어지고 『구급간이방』에서는 '末'에서 분절이 이루어진다.

(2) a. 무근 ᄇᆞᄅᆞ맷 ᄒᆞᆰ ᄀᆞᆯᄋᆞ로 둡ᄂᆞ니라(有用陳壁土末覆之死者)
<救方上 73b>

b. ᄇᆞᄅᆞ맷 오란 ᄒᆞᆰ을 ᄇᆞ(67a)ᅀᅡ ᄀᆞᆯ이 ᄃᆞ외어든 주근 사ᄅᆞᄆᆞᆯ 덥고 (有用陳壁土末覆之死者) <救간一 67b>

원문 중 『구급방언해』의 '末覆之死者'와 『구급간이방』의 '末覆之死'가 어떤 순서로 번역되는가를 보면 다음과 같다.

	末	覆	之	死	者
<救方>	1	2		3	

	末	覆	之	死
<救간>	1	3		2

<3> 勿令大熱恐破肉

동일 원문의 번역인 다음 예문들에서 分節에 차이가 있다는 것을 발견할 수 있다.

수 있다. 즉 『救急方諺解』에서는 分節이 '恐破肉'에서 이루어지고 『구급간이방』에서는 분절이 '勿令大熱'에서 분절이 이루어진다.

(3) a. 하 덥게 ᄒᆞ야 가치 헐에 말라(勿令大熱恐破肉) <救方下 36b>
b. 너무 덥게 말라 술히 헐가 저헤니(勿令大熱恐破肉)
<救간一 80b>

원문이 『구급방언해』와 『구급간이방』에서 어떤 순서로 번역되는가를 보면 다음과 같다.

	勿	令	大	熱	恐	破	肉
<救方>	7	3	1	2	(6)	5	4
<救간>	4	3	1	2	7	6	5

<4> 勿令透氣兩時

동일 원문의 번역인 다음 예문들에서 分節에 차이가 있다는 것을 발견할 수 있다. 즉 『救急方諺解』에서는 '兩時'에서 分節이 이루어지고 『구급간이방』에서는 '透氣'에서 분절이 이루어진다.

(4) a. 氣分이 ᄉᆞᄆᆞᆺ디 아니케 두 時刻을 ᄒᆞ면(勿令透氣兩時)
<救方上 77b>
b. 긔운이 ᄉᆞᄆᆞᆺ디 아니케 ᄒᆞ라 두 시극만 ᄒᆞ야(勿令透氣兩時)
<救간一 62b>

<5> 飮酒常令大醉

동일 원문의 번역인 다음 예문들에서 分節에 차이가 있다는 것을 발견할 수 있다. 즉 『구급방언해』에서는 分節이 '飮酒'에서 이루어지고 『구급간이방』에서는 分節이 '飮酒常'에서 이루어진다.

(5) a. 수를 마셔 댱샹 ᄀᆞ장 醉케 ᄒᆞ면(飮酒常令大醉) <救方下 64a>
b. 샹녜 술 머거 ᄀᆞ장 취ᄒᆞ면(飮酒常令大醉) <救간六 31b>

원문이 『구급방언해』와 『구급간이방』에서 어떤 순서로 번역되는가를 보면 다음과 같다.

	飮	酒	常	令	大	醉
<救方>	2	1	3	6	4	5
<救간>	3	2	1	(6)	4	5

<6> 不肯舒伸行動

동일 원문의 번역인 다음 예문들에서 分節에 차이가 있다는 것을 발견할 수 있다. 즉 『구급방언해』에서는 分節이 '舒伸'에서 이루어진다.

(6) a. 펴디 몯ᄒᆞ며 ᄃᆞᆫ닐 제(不肯舒伸行動) <救方下 81b>
b. 모ᄆᆞᆯ 펴 니러 ᄃᆞᆫ니디 아니ᄒᆞ야(不肯舒伸行動) <救간七 45b>

원문이 『구급방언해』와 『구급간이방』에서 어떤 순서로 번역되는가를 보면 다음과 같다.

	不	肯	舒伸	行動
<救文方>	3	1	2	4
<救간>	4	1	2	3

제6장 文法的 差異

『구급방언해』와 『구급간이방』의 對比에서 발견되는 주목할 만한 문법적 차이에는 格의 差異, 動詞類의 格支配, 語尾의 差異, 否定法의 差異 그리고 使動의 差異가 있다.

1. 格의 差異

『구급방언해』와 『구급간이방』의 對比를 통해 동일한 명사가 相異한 格을 취한다는 것을 알 수 있다. 격의 차이에는 主格과 對格, 屬格과 對格, 造格과 主格, 造格과 對格 그리고 格 省略과 '-옛'이 있다.

1.1. 主格과 對格

『구급방언해』와 『구급간이방』의 對比를 통해 동일한 명사가 主格과 對格을 취한다는 것을 알 수 있다.

<1> 명사 '人'

두 문헌에서 명사 '사람'으로 번역되는 '人'이 『救急方諺解』에서는 主格 '-이'를 취하고 『救急簡易方』에서는 對格 '-올'을 취한다는 것은 동일 원문

의 번역인 다음 예문들에서 잘 확인된다.

(1) a. 사ᄅᆞ미 죽게 ᄒᆞᄂᆞ니(令人死) <救方上 33a>
b. 사ᄅᆞᄆᆞᆯ 죽게 ᄒᆞᄂᆞ니(令人死) <救간二 46a>

1.2. 屬格과 對格

두 문헌의 대비를 통해 동일한 명사가『救急方諺解』에서는 속격을 취하고『구급간이방』에서는 대격을 취한다는 것을 알 수 있다.

<1> 명사 '人'

두 문헌에서 명사 '사ᄅᆞᆷ'으로 번역되는 '人'이『구급방언해』에서는 속격 '-ᄋᆡ'를 취하고『구급간이방』에서는 대격 '-ᄋᆞᆯ' 취한다는 것은 다음 예문들에서 잘 확인된다. 원문 중 '死人衣'가 '주근 사ᄅᆞᄆᆡ 옷'으로 번역되고 '死人衣帶'가 '주근 사ᄅᆞᄆᆞᆯ 옷'으로 번역된다.『구급방언해』의 구성은 'NP_1 ᄋᆡ NP_2'이고『구급간이방』의 구성은 'NP_1 ᄋᆞᆯ NP_2'이다.

(1) a. 時急히 주근 사ᄅᆞᄆᆡ 옷 밧기고(急解去死人衣) <救方上 71a>
b. ᄆᆞ레 주근 사ᄅᆞᄆᆞᆯ ᄠᆡ리 옷 밧기고(急解去死人衣帶) <救간一 76a>

1.3. 造格과 主格

『구급방언해』와『구급간이방』의 대비를 통해 동일한 명사가 造格과 主格을 취한다는 것을 알 수 있다.

<1> 명사 '人'

두 문헌에서 명사 '사람'으로 번역되는 '人'이 『救急方諺解』에서는 造格 '-ᄋᆞ로'를 취하고 『救急簡易方』에서는 主格 '-이'를 취한다는 것은 동일 원문의 번역인 다음 예문들에서 잘 확인된다.

(1) a. 두 사ᄅᆞᄆᆞ로 ᄆᆡ이 불오(使兩人痛吹之) <救方上 75b>
b. 두 사ᄅᆞ미 ᄆᆡ이 부로ᄃᆡ(使兩人痛吹之) <救간一 61b>

(1) c. 사ᄅᆞᄆᆞ로 가슴 ᄇᆡ 알ᄑᆞ며 ᄐᆡᇰ만ᄒᆞ야(令人心腹絞痛脹滿) <救方上 18a>
d. 사ᄅᆞ미 가슴 ᄇᆡ 알ᄑᆞ며 ᄐᆡᇰ만ᄒᆞ야(令人心腹絞痛脹滿) <救간一 51a>

1.4. 造格과 對格

『구급방언해』와 『구급간이방』의 대비를 동일한 명사가 造格과 對格을 취한다는 것을 알 수 있다.

<1> 명사 '病人'

『救急方諺解』에서 명사 '病人'으로 번역되는 '病人'이 造格 '-으로'를 취하고 『救急簡易方』에서 명사구 '병ᄒᆞᆫ 사ᄅᆞᆷ'으로 번역되는 '病人'이 對格 '-ᄋᆞᆯ'을 취한다는 것은 동일 원문의 번역인 다음 예문들에서 잘 확인된다.

(1) a. 病人으로 이페 안치고(令病人當戶坐) <救方上 28a>
b. 병ᄒᆞᆫ 사ᄅᆞᄆᆞᆯ 문 바ᄅᆞ 안쵸ᄃᆡ(令病人當戶坐) <救간二 29a>

1.5. 格 省略과 '-옛'

名詞句 形式에 관여하는 格이 『구급방언해』와 『구급간이방』에서 相異하다는 것을 두 문헌의 對比를 통해 확인할 수 있다. 『구급방언해』의 구성은 'NP_1 +Ø # NP_2'이고 『구급간이방』의 구성은 'NP_1 +-옛 # NP_2'이다. '-옛'은 처격 '-예'와 속격 '-ㅅ'의 결합이다.

<1> 명사구 '頭垢'

『구급방언해』에서는 명사구 '머리 ᄣᅵ로 번역되고 『구급간이방』에서는 명사구 '머리옛 ᄣᅵ'로 번역되는 '頭垢'의 구성이 相異하다는 것은 동일 원문의 번역인 다음 예문들에서 잘 확인된다. 『구급방언해』의 구성은 '머리 + Ø # ᄣᅵ'이고 『구급간이방』의 구성은 '머리 + 옛#ᄣᅵ'이다.

(1) a. 머리 ᄣᅵ롤 젹젹 헌 ᄃᆡ 녀흐라(以頭垢小小內瘡中)

<救方下 68b>

b. 머리옛 ᄣᅵ롤 젹젹 믈인 굼긔 녀흐라(頭垢小小內瘡中)

<救간六 43a>

2. 動詞類의 格支配

『구급방언해』와 『구급간이방』의 대비를 통해 동사류의 격 지배에 큰 차이가 있다는 것을 알 수 있다. 격 지배에 차이를 보여 주는 동사류에는 動作動詞와 동작동사구가 있다.

2.1. 處格과 對格의 支配

『구급방언해』와 『구급간이방』의 對比를 통해 동일한 동작동사가 處格과

對格을 지배한다는 것을 알 수 있다. 동일한 동작동사가 『구급방언해』에서는 처격을 지배하고 『구급간이방』에서는 대격을 지배한다.

<1> 동작동사 '塞'

두 문헌에서 동작동사 '막다'로 번역되는 '塞'이 『救急方諺解』에서는 처격 '-의'를 지배하고 『구급간이방』에서는 대격 '-을'을 지배한다는 사실은 동일 원문의 번역인 다음 예문들에서 잘 확인된다. 원문 중 '塞鼻中'이 '곳 굼긔 막다'로도 번역되고 '곳 굼글 막다'로도 번역된다.

(1) a. 乾姜ᄋᆞᆯ 連子만케 갓가 곳 굼긔 마ᄀᆞ면(用乾姜削如蓮子大塞鼻中) <救方上 64a>
b. ᄆᆞ론 ᄉᆡᇰ앙ᄋᆞᆯ 갓가 년ᄌᆞ 만케 ᄒᆞ야 곳 굼글 마그면(乾薑削如蓮子大塞鼻中) <救간二 96a>

2.2. 造格과 對格의 支配

『구급방언해』와 『구급간이방』의 對比를 통해 동일한 동사류가 造格과 對格을 지배한다는 것을 알 수 있다. 동일한 동작류가 『구급방언해』에서는 조격을 지배하고 『구급간이방』에서는 대격을 지배한다.

<1> 동작동사 '灌'

두 문헌에서 동작동사 'ᄡᅳ리다'로 번역되는 '灌'이 『구급방언해』에서는 조격 '-으로'를 지배하고 『구급간이방』에서는 대격 '-을'을 지배한다는 사실은 다음 예문들에서 잘 확인된다. 원문 중 '用小便灌'이 '小便으로 ᄡᅳ리다'로 번역되고 '小便灌'이 오좀을 'ᄡᅳ리다'로 번역된다.

(1) a. 小便으로 ᄂᆞ치 ᄲᅳ리면(用小便灌其面) <救方上 26a>
b. 오좀을 ᄂᆞ치 ᄲᅳ리면(小便灌其面) <救간一 44a>

<2> 동작동사 '潠'

두 문헌에서 동작동사 'ᄲᅱᆷ다'로 번역되는 '潠'이 『구급방언해』에서는 조격 '-로'를 지배하고 『구급간이방』에서는 대격 '-ᄅᆞᆯ'을 지배한다는 사실은 동일 원문의 번역인 다음 예문들에서 잘 확인된다. 원문 중 '以醋潠'이 '醋로 ᄲᅱᆷ다'로도 번역되고 '초ᄅᆞᆯ ᄲᅱᆷ다'로도 번역된다.

(1) a. 醋로 ᄂᆞ치 ᄲᅱᆷ고(以醋潠面) <救方下 94b>
b. 초ᄅᆞᆯ ᄂᆞ치 ᄲᅱᆷ고(以醋潠面) <救간七 64a>

<2> 동작동사구 '滿'

두 문헌에서 동작동사구 'ᄀᆞᄃᆞ기 븟다'로 번역되는 '滿'이 『구급방언해』에서는 조격 '-로'를 지배하고 『구급간이방』에서는 대격 '-을'을 지배한다는 것은 동일 원문의 번역인 다음 예문들에서 잘 확인된다. 원문 중 '以水滿'이 '믈로 ᄀᆞᄃᆞ기 븟다'로도 번역되고 '므를 구데 ᄌᆞᆺ다'로도 번역된다.

(1) a. 믈로 구데 ᄀᆞᄃᆞ기 븟고(以水滿坑中) <救方上 28b>
b. 므를 구데 ᄀᆞᄃᆞ기 브ᅀᅥ(以水滿坑中) <救간二 62b>

2.3. 造格과 處格의 支配

『구급방언해』와 『구급간이방』의 對比를 통해 동일한 동작동사구가 造格과 處格을 지배한다는 것을 알 수 있다. 동일한 동작동사구가 『구급방언해』에서는 조격을 지배하고 『구급간이방』에서는 처격을 지배한다.

<1> 동작동사구 '火'

두 문헌에서 동작동사구 '블 담다'로 번역되는 '火'가 『救急方諺解』에서는 조격 '-로'를 지배하고 『구급간이방』에서는 처격 '-예'를 지배한다는 사실은 동일 원문의 번역인 다음 예문들에서 잘 확인된다.

(1) a. 다리우리로 블 다마 다려(以熨斗火熨) <救方上 34b>
b. 다리우리예 블 다마 울ᄒᆞ야(以熨斗火熨) <救간二 62b>

3. 語尾의 差異

『구급방언해』와 『구급간이방』의 대비를 통해 어미에 큰 차이가 있다는 것을 알 수 있다. 어미의 차이에는 부사형어미 '-돌'과 '-디'를 비롯하여 連結語尾 '-으면'과 名詞形語尾 '-옴', 名詞形語尾 '-움'과 連結語尾 '-으면', 접미사 '우'와 부사형 어미 '-어' 그리고 '-ㄹ ᄉᆞ장'과 '-ᄃᆞ록'이 있다.

<1> 부사형어미 '-돌'과 '-디'

'宣泄'이 『救急方諺解』에서는 동작동사 '펴다'의 부사형 '펴돌'로 번역되고 『救急簡易方』에서는 동작동사 '펴다'의 부사형 '펴디'로 번역된다는 것은 동일 원문의 번역인 다음 예문들에서 잘 확인된다. 부사형어미가 『救急方諺解』에서는 '-돌'이고 『救急簡易方』에서는 '-디'이다.

(1) a. 豪貴ᄒᆞᆫ 사ᄅᆞ미 이를 因ᄒᆞ야 ᄀᆡ발ᄒᆞ야 것기여 忿怒ᄒᆞ야 氣分이 盛호ᄃᆡ 펴돌 몯ᄒᆞ야(驕貴之人因事激挫忿怒盛氣不得宣泄) <救方上 12a>
b. 호귀ᄒᆞᆫ 사ᄅᆞ미 아뭇 일뢰나 ᄀᆞ장 노ᄒᆞᆫ 긔운을 펴디 몯ᄒᆞ야(驕貴之人 因事激挫忿怒盛氣不得宣泄) <救간一 38b>

<2> 連結語尾 '-으면'과 名詞形語尾 '-옴'

'洗'가 『救急方諺解』에서는 동작동사 '싯다'의 연결형 '시스면'으로 번역되고 『救急簡易方』에서는 명사형 '시솜'으로 번역된다는 것은 동일 원문의 번역인 다음 예문들에서 잘 확인된다.

(2) a. 헌 ᄃᆡᆯ 시스면 ᄀᆞ장 됴ᄒᆞ니라(洗瘡口神妙) <救方上 64a>
b. 헌 ᄃᆡᆯ 시소미 ᄀᆞ장 됴ᄒᆞ니라(洗瘡口甚妙) <救간六 32a>

<3> 名詞形語尾 '-움'과 連結語尾 '-으면'

'下'가 『救急方諺解』에서는 동작동사 '먹다'의 명사형 '머굼'으로 번역되고 『救急簡易方』에서는 연결형 '머그면'으로 번역된다는 것은 동일 원문의 번역인 다음 예문들에서 잘 확인된다.

(3) a. 므레 두 도ᄂᆞᆯ 프러 머구미 됴ᄒᆞ니라(以水調下二錢良) <救方下 70a>
b. 므레 프러 두 돈을 머그면 됴ᄒᆞ리라(以水調下二錢良) <救간六 39a>

<4> 접미사 '-우'와 부사형어미 '-어'

'連'과 '繼'가 『救急方諺解』에서는 전성부사 '닛우'로 번역되고 『救急簡易方』에서는 동작동사 'ᄂᆡᇫ우다'의 부사형 'ᄂᆡᇫ워'로 번역된다는 것은 동일 원문의 번역인 다음 예문들에서 잘 확인된다. '닛우'는 어근 '닛-'과 부사 형성 접미사 '-우'의 결합이고 'ᄂᆡᇫ워'는 어간 'ᄂᆡᇫ우-'와 부사형 어미 '-어'의 결합이다.

(4) a. 七氣湯ᄋᆞᆯ 닛우 머기면(七氣湯連進) <救方上 12b>
b. 칠긔탕을 ᄂᆡᇫ워 머기면(七氣湯連進) <救간一 39a>

(4) c. 서르 닛우 져기 덥게 ᄒᆞ야(相繼稍熱) <救方上 47a>
d. 서르 닝워 잢간 덥게 ᄒᆞ야(相繼稍熱) <救간二 76b>

<5> '-ㄹ ᄭᆞ장'과 '-ᄃᆞ록'

'差爲度'가 『救急方諺解』에서는 '됴흘ᄭᆞ장 ᄒᆞ라'로 번역되고 『救急簡易方』에서는 '됴ᄐᆞ록 ᄒᆞ라'로 번역된다는 것은 동일 원문의 번역인 다음 예문들에서 잘 확인된다. 다시 말하면 '爲度'가 『救急方諺解』에서는 '-ㄹ ᄭᆞ장 ᄒᆞ라'로 번역되고 『救急簡易方』에서는 '-ᄃᆞ록 ᄒᆞ라'로 번역된다.

(5) a. 춤 솜ᄭᅵ디 됴흘 ᄭᆞ장 ᄒᆞ라(嚥津以差爲度) <救方上 46a>
b. 추믈 솜ㅅ 교디 됴ᄐᆞ록 ᄒᆞ라(嚥津以差爲度) <救간二 76b>

4. 否定法의 差異

『구급방언해』와 『구급간이방』의 대비를 통해 否定法에 큰 차이가 있다는 것을 발견할 수 있다.

<1> '-디 몯ᄒᆞ-'와 '몯'

『구급방언해』에서는 '-디 몯ᄒᆞ-'가 쓰이고 『구급간이방』에서는 부정을 뜻하는 부사 '몯'이 쓰인다는 것은 동일 원문의 번역인 다음 예문들에서 잘 확인된다.

(1) a. 人事ᄅᆞᆯ ᄎᆞ리디 몯ᄒᆞ고(不省人事) <救方上 12a>
b. 싄ᄭᅴ 몯 ᄎᆞ리고(不省人事) <救간一 38b>

(1) c. 네 활개 거두디 몯ᄒᆞ며(四肢不收) <救方上 5b>
d. 네 활기 몯 ᄡᅳ며(四肢不收) <救간一 5b>

<2> '-디 아니ᄒᆞ-'와 '아니'

『구급방언해』에서는 '-디 아니ᄒᆞ-'가 쓰이고 『구급간이방』에서는 부정을 뜻하는 부사 '아니'가 쓰인다는 것은 동일 원문의 번역인 다음 예문들에서 잘 확인된다.

(2) a. 됴티 아니ᄒᆞ리 업스니라(無不愈者) <救方上 62b>
b. 아니 됴ᄒᆞ리 업스리라(無不愈者) <救간二 116a>

5. 使動의 差異

사동형을 만드는 경우 『救急方諺解』에서는 사동접사 '-이'가 사용되고 『救急簡易方』에서는 長形 사동형 '-게 ᄒᆞ-'가 사용된다는 사실은 동일 원문의 번역인 다음 예문들에서 잘 확인된다. 다시 말하면 동작동사 '들다'로 번역되는 '入'의 사동형이 『救急方諺解』에서는 파생적 층위인 '드리다'이고 『救急簡易方』에서는 통사적 층위인 '들에 ᄒᆞ다'이다.

(1) a. 목 안해 드류미 됴ᄒᆞ니라(入喉中爲佳) <救方上 42b>
b. 목 안해 들에 호미 됴ᄒᆞ니라(入喉中爲佳) <救간二 74a>

제7장 結論

지금까지 『救急方諺解』(1466)와 『구급간이방』(1489)의 번역을 고찰해 왔는데 그 내용을 요약하면 다음과 같다.

제1장에서는 硏究 目的과 方法 그리고 先行 硏究가 논의된다. 이 論文은 『救急方諺解』(1466)와 『救急簡易方』(1489)의 번역 중 原文이 동일한 것의 번역을 對比하여 두 문헌의 번역 양상을 實證的으로 고찰하는 데 목적이 있다.

두 문헌의 대비를 통해 확인할 수 있는 두드러진 번역 양상으로 意譯, 語彙的 差異, 飜譯되지 않는 部分, 飜譯 順序 그리고 文法的 差異가 있다.

『구급방언해』에 대한 선행 연구에는 김지용(1971), 김영신(1976), 김영신(1978) 그리고 元順玉(1996)이 있다. 그리고 『救急簡易方』에 관한 선행 연구에는 李基文(1959), 田光鉉(1982)이 있다.

제2장에서는 意譯이 논의된다. 『救急方諺解』와 『救急簡易方』의 대비를 통해 『구급방언해』에서는 直譯되는 것이 『구급간이방』에서는 의역되는 경우가 아주 많다는 것을 알 수 있다. 첫째는 名詞類의 意譯이다. 의역되는 명사류에는 名詞와 명사구가 있다. 둘째는 動詞類의 意譯이다. 의역되는 동사류에는 動作動詞, 動作動詞句, 狀態動詞 그리고 상태동사구가 있다. 셋째는 副詞類의 意譯이다. 의역되는 부사류에는 副詞, 부사구 및 부사어가 있다. 넷째는 節의 意譯이다.

첫째는 名詞類의 의역이다. 『구급방언해』와 『구급간이방』의 대비를 통해 『구급방언해』에서는 直譯되는 名詞類가 『구급간이방』에서는 名詞類, 動詞類, 및 節로 意譯된다는 것을 발견할 수 있다. 『구급방언해』에서 직역되는 명사류에는 名詞와 명사구가 있다. 『구급간이방』에서 의역되는 名詞類에는 名

詞와 명사구가 있고 의역되는 동사류에는 動作動詞句와 상태동사구가 있다.

『구급방언해』와 『구급간이방』의 대비를 통해 『구급방언해』에서는 名詞로 直譯되는 것이 『구급간이방』에서는 名詞類, 동작동사 및 節로 의역된다는 것을 알 수 있다. 『구급방언해』에서 직역되는 명사류에는 有情名詞, 具體名詞 및 抽象名詞가 있다. 직역되는 유정명사에는 '臘月猪'가 있다. 직역되는 구체명사 중 신체와 관련 있는 명사에는 '鼻'를 비롯하여 '人中', '人中穴', '腹', '四肢', '孔', '冠', '毛'가 있고 물건과 관련 있는 명사에는 '細辛', '防風', '壚' 및 '末'이 있고 물과 관련 있는 명사에는 '汁', '生薑汁', '漿水' '地漿' 및 '酒'가 있다. '病'과 관련 있는 명사에는 '尸厥'이 있고 數量과 관련 있는 명사에는 '半'이 있고 方位와 관련 있는 명사에는 '中'과 '上'이 있다. 직역되는 抽象名詞에는 '魂'과 '虛實'이 있다.

『구급방언해』와 『구급간이방』의 대비를 통해 『구급방언해』에서 名詞句로 直譯되는 것이 『구급간이방』에서는 名詞, 名詞句, 動作動詞句, 상태동사구 그리고 節로 의역된다는 것을 알 수 있다.

『구급방언해』에서 直譯되는 名詞句에는 有情名詞句, 具體名詞句 및 抽象名詞句가 있다. 직역되는 유정명사구에는 '强者'와 '輕者'가 있다. 직역되는 구체명사구 중 身體와 관련 있는 것에는 '七孔', '瘡', '瘡口', '瘡中', '四肢岐'가 있고 물건과 관련 있는 것에는 '月經衣', '魚網', '桂皮末', '一小盞' 및 '椒…目'이 있고 물과 관련 있는 것에는 '新汲井花水'와 '春酒'가 있고 病과 관련 있는 것에는 '尸厥', '猘犬毒' 및 '中惡之類'가 있고 수량과 관련 있는 것에는 '六銖'가 있고 方位와 관련 있는 것에는 '東南'이 있고 의역되는 추상명사구에는 '輕重冷熱'이 있다.

둘째는 動詞類의 의역이다. 『구급방언해』와 『구급간이방』의 대비를 통해 『구급방언해』에서는 직역되는 동사류가 『구급간이방』에서는 動作動詞, 동작동사구, 狀態動詞, 계사 및 節로 의역된다는 것을 알 수 있다. 『구급방언해』에서 직역되는 동사류에는 動作動詞, 동작동사구, 狀態動詞 및 상태동사구가 있다.

『구급방언해』에서는 직역되는 動作動詞가 『구급간이방』에서는 動作動詞, 동작동사구, 狀態動詞, 계사 및 節로 의역된다는 것을 두 문헌의 대비를 통해 확인할 수 있다. 『구급방언해』에서 직역되는 동작동사에는 他動詞와 自

動詞가 있다.

『구급방언해』에서는 직역되는 동작동사구가 『구급간이방』에서는 動作動詞, 動作動詞句, 狀態動詞, 副詞 그리고 副詞語句로 의역된다는 것은 두 문헌의 대비를 통해 잘 확인된다. 한편 『구급간이방』에서는 직역되는 동작동사구가 『구급방언해』에서는 타동사로 의역되는 경우가 있는데 예는 많지 않다(예를 들면, 不省).

『구급방언해』에서는 직역되는 상태동사가 『구급간이방』에서는 동작동사구와 節로 의역된다는 것은 『구급방언해』와 『구급간이방』의 對比에서 명백히 확인된다.

『구급방언해』에서는 직역되는 상태동사구가 『구급간이방』에서는 상태동사구, 동작동사 및 節로 의역된다는 것을 『구급방언해』와 『구급간이방』의 對比를 통해 알 수 있다.

셋째는 副詞類의 의역이다. 『구급방언해』에서는 직역되는 부사류가 『구급간이방』에서는 부사구, 부사어구, 명사구 및 동작동사구로 의역된다는 것은 두 문헌의 대비를 통해 명백히 확인된다. 『구급방언해』에서 직역되는 부사류에는 副詞, 부사구, 副詞語 및 부사어구가 있다.

넷째는 節의 의역이다. 『구급방언해』에서는 節로 직역되는 것이 『구급간이방』에서는 節, 명사구, 동작동사구 그리고 副詞로 의역된다는 것은 두 문헌의 대비를 통해 잘 확인된다.

제3장에서는 語彙的 差異가 논의된다. 어휘적 차이는 동일한 漢字와 漢字語가 『구급방언해』와 『구급간이방』에서 상이하게 번역되는 경우이다. 어휘적 차이는 여러 가지 유형으로 분류하여 고찰할 수 있다. 『구급방언해』에서 名詞類, 動詞類, 副詞 그리고 補助詞로 번역되는 것이 『구급간이방』에서 번역되는 것과 상당한 차이를 보여 준다.

첫째로 『구급방언해』에서 명사류로 번역되는 한자와 한자구가 『구급간이방』에서는 名詞類, 動詞類, 冠形詞, 副詞, 接尾辭, 語尾 그리고 節로 번역된다는 것은 두 문헌의 대비를 통해 잘 입증된다.

『구급방언해』에서는 명사류로 번역되는 한자와 한자구가 『구급간이방』에서는 명사류로 번역된다. 『구급방언해』에서 번역되는 명사류에는 名詞와 명사구가 있다. 『구급간이방』에서 번역되는 名詞類에는 명사, 명사구 및 수사가 있다.

『구급방언해』에서는 명사류로 번역되는 것이 『구급간이방』에서는 동사류로 번역된다. 『구급방언해』에서 번역되는 명사류에는 명사와 명사구가 있다. 『구급간이방』에서 번역되는 動詞類에는 동작동사, 동작동사구 및 상태동사가 있다.

『구급방언해』에서는 명사로 번역되는 것이 『구급간이방』에서는 관형사로 번역된다는 것은 두 문헌의 대비를 통해 잘 확인된다.

『구급방언해』에서는 명사로 번역되는 것이 『구급간이방』에서는 부사로 번역된다는 것은 두 문헌의 대비를 통해 잘 확인된다.

『구급방언해』에서는 명사로 번역되는 것이 『구급간이방』에서는 접미사로 번역된다는 것은 두 문헌의 대비를 통해 잘 확인된다.

『구급방언해』에서는 名詞로 번역되는 것이 『구급간이방』에서는 語尾로 번역된다는 것은 두 문헌의 대비를 통해 잘 확인된다.

『구급방언해』에서는 명사로 번역되는 것이 『구급간이방』에서는 節로 번역된다는 것은 두 문헌의 대비를 통해 잘 확인된다.

둘째로 『구급방언해』에서는 동사류로 번역되는 것이 『구급간이방』에서는 動詞類, 名詞句, 副詞, 繫辭, 助詞 그리고 節로 번역된다는 것은 두 문헌의 대비에 의해 잘 확인된다.

『구급방언해』에서는 동작동사로 번역되는 것이 『구급간이방』에서는 동작동사와 동작동사구로 번역되고 『구급방언해』에서는 동작동사구로 번역되는 것이 『구급간이방』에서는 동작동사, 동작동사구 및 상태동사로 번역된다. 그리고 『구급방언해』에서는 상태동사로 번역되는 것이 『구급간이방』에서는 상태동사, 동작동사 및 동작동사구로 번역된다.

『구급방언해』에서는 동사류 즉 동작동사와 동작동사구로 번역되는 것이 『구급간이방』에서는 명사구로 번역된다는 것은 두 문헌의 대비를 통해 잘 확인된다.

『구급방언해』에서는 동사류 즉 동작동사와 동작동사구로 번역되는 漢字가 『구급간이방』에서는 부사로 번역된다는 것은 두 문헌의 대비를 통해 잘 확인된다.

『구급방언해』에서는 동작동사로 번역되는 것이 『구급간이방』에서는 계사로 번역된다는 것은 두 문헌의 대비를 통해 잘 확인된다.

『구급방언해』에서는 동작동사로 번역되는 漢字가 『구급간이방』에서는 조사로 번역된다는 것은 두 문헌의 대비를 통해 잘 확인된다.

『구급방언해』에서는 동사류 즉 동작동사와 동작동사구로 번역되는 것이 『구급간이방』에서는 節로 번역된다는 사실은 두 문헌의 대비를 통해 잘 확인된다.

셋째로 『구급방언해』에서는 부사로 번역되는 것이 『구급간이방』에서는 副詞, 名詞句 그리고 狀態動詞로 번역된다는 것은 두 문헌의 대비를 통해 잘 확인된다.

『구급방언해』에서는 부사로 번역되는 것이 『구급간이방』에서는 부사로 번역된다는 것은 두 문헌의 대비를 통해 잘 확인된다.

『구급방언해』에서는 부사로 번역되는 것이 『구급간이방』에서는 명사구로 번역된다는 사실은 두 문헌의 대비를 통해 잘 확인된다.

『구급방언해』에서는 부사로 번역되는 것이 『구급간이방』에서는 狀態動詞로 번역된다는 것은 두 문헌의 대비를 통해 잘 확인된다.

넷째로 『구급방언해』에서는 冠形詞로 번역되는 것이 『구급간이방』에서는 名詞로 번역된다는 사실은 두 문헌의 대비를 통해 잘 확인된다.

다섯째로 『구급방언해』에서는 보조사로 번역되는 것이 『구급간이방』에서는 보조사로 번역된다는 사실은 두 문헌의 대비를 통해 잘 확인된다.

제4장에서는 飜譯되지 않는 部分이 논의된다. 『救急方諺解』와 『救急簡易方』의 對比를 통해 『구급방언해』에서는 번역되고 『구급간이방』에서는 번역되지 않는 부분이 많다는 것을 알 수 있다. 한편 『구급간이방』에서는 번역되고 『구급방언해』에서는 번역되지 않는 부분이 있다는 사실도 발견할 수 있다.

『구급간이방』에서 번역되지 않는 부분에는 名詞類, 動詞類, 副詞類, 冠形詞 그리고 節이 있다. 『구급방언해』에서 번역되지 않는 부분에는 名詞類, 動詞類, 副詞 그리고 助詞가 있다.

첫째로 『구급방언해』에서는 명사류로 번역되는 것이 『구급간이방』에서는 번역되지 않고 반대로 『구급간이방』에서는 명사류로 번역되는 것이 『구급방언해』에서는 번역되지 않는다. 이와 같은 사실은 두 문헌의 대비를 통해 극명하게 드러난다.

『구급방언해』에서는 번역되고 『구급간이방』에서는 번역되지 않는 명사류에는 명사, 명사구 및 대명사가 있다.

『구급간이방』에서는 번역되고 『구급방언해』에서는 번역되지 않는 명사류에는 명사와 명사구가 있다. 『구급간이방』에서 번역되는 명사에는 '珠'를 비롯하여 '帶', '湯', '色' 등이 있다.

둘째로 『구급방언해』에서는 동사류로 번역되는 것이 『구급간이방』에서는 번역되지 않고 반대로 『구급간이방』에서는 동사류로 번역되는 것이 『구급방언해』에서는 번역되지 않는다. 이와 같은 사실은 두 문헌의 대비를 통해 잘 확인된다.

『구급방언해』에서는 번역되고 『구급간이방』에서는 번역되지 않는 동사류에는 동작동사, 동작동사구 및 상태동사가 있다.

『구급간이방』에서는 번역되고 『구급방언해』에서는 번역되지 않는 동사류에는 동작동사, 동작동사구 그리고 상태동사구가 있다.

셋째로 『구급방언해』에서는 부사류로 번역되는 것이 『구급간이방』에서는 번역되지 않고 반대로 『구급간이방』에서는 부사로 번역되는 것이 『구급방언해』에서는 번역되지 않는다.

『구급방언해』에서는 번역되고 『구급간이방』에서는 번역되지 않는 부사류가 있다는 사실은 두 문헌의 대비를 통해 잘 확인된다. 『구급방언해』에서 번역되는 부사류에는 부사와 부사구가 있다.

『구급간이방』에서는 번역되고 『구급방언해』에서는 번역되지 않는 부사가 있다는 사실은 두 문헌의 대비를 통해 잘 확인된다.

넷째로 『구급방언해』에서는 번역되고 『구급간이방』에서는 번역되지 않는 관형사로 지시 관형사 '其'와 '此'가 있다.

다섯째로 『구급방언해』에서는 節로 번역되는 것이 『구급간이방』에서는 번역되지 않는다는 사실은 두 문헌의 대비를 통해 잘 확인된다.

여섯째로 『구급간이방』에서는 助詞로 번역되는 것이 『구급방언해』에서는 번역되지 않는다는 사실은 두 문헌의 대비를 통해 잘 확인된다.

제5장에서는 飜譯 順序가 논의된다. 『救急方諺解』와 『救急簡易方』의 對比를 통해 두 문헌의 번역 순서에 큰 차이가 있다는 것이 명백히 확인된다. 번역 순서에 큰 차이를 보여 주는 것으로 名詞類, 動詞類 및 副詞類가

있다. 그리고 分節 즉 끊어 읽기의 차이로 문맥과 의미가 달라진다는 것을 알 수 있다.

첫째로 『救急方諺解』와 『救急簡易方』에서 번역 순서에 차이를 보여 주는 명사류에는 명사와 명사구가 있다.

『救急方諺解』에서는 명사로 번역되고 『救急簡易方』에서는 명사류와 복수접미사로 번역되는 것의 번역 순서에 차이가 있다는 사실은 두 문헌의 대비를 통해 잘 확인된다.

『救急方諺解』에서는 명사구로 번역되고 『救急簡易方』에서는 명사구와 동작동사로 번역되는 것의 번역 순서에 차이가 있다는 사실은 두 문헌의 대비를 통해 잘 확인된다.

둘째로 『구급방언해』에서는 動詞類로 번역되고 『구급간이방』에서는 동사류, 名詞句, 副詞 및 助詞로 번역되는 것이 번역 순서에 차이를 보여 준다는 사실은 두 문헌의 대비를 통해 잘 확인된다. 『구급방언해』와 『구급간이방』에서 번역상의 차이를 보여 주는 동사류에는 동작동사, 동작동사구 그리고 상태동사가 있다.

『구급방언해』에서는 동작동사로 번역되고 『구급간이방』에서는 動詞類, 名詞句 및 助詞로 번역되는 것이 번역 순서에 차이를 보여 준다는 사실은 두 문헌의 대비를 통해 잘 확인된다. 구급간이방에서 번역되는 동사류애는 동작동사, 동작동사구 및 상태동사가 있다. 번역 순서의 차이는 分節의 차이에 기인하는 수도 있다.

『구급방언해』에서는 동작동사구로 번역되고 『구급간이방』에서는 동작동사구, 상태동사 그리고 부사로 번역되는 것이 번역 순서에 차이를 보여 준다는 사실은 두 문헌의 대비를 통해 잘 확인된다.

『구급방언해』와 『구급간이방』에서 상태동사로 번역되는 것이 번역 순서에 차이를 보여 준다는 것은 두 문헌의 대비를 통해 잘 확인된다.

셋째로 『구급방언해』와 『구급간이방』에서 부사류로 번역되는 것이 번역 순서에 차이를 보여 준다는 사실은 두 문헌의 대비를 통해 잘 확인된다. 『구급방언해』와 『구급간이방』에서 번역상의 차이를 보여 주는 부사류에는 부사와 부사어가 있다.

넷째로 『구급방언해』와 『구급간이방』의 대비를 통해 分節 즉 끊어 읽기의 차이로 문맥과 의미가 달라진다는 것을 알 수 있다.

제6장에서는 文法的 差異가 논의된다. 『구급방언해』와 『구급간이방』의 對比에서 발견되는 주목할 만한 문법적 차이에는 格의 差異, 動詞의 格支配, 語尾의 差異, 否定法의 差異 그리고 使動의 差異가 있다.

첫째로 『구급방언해』와 『구급간이방』의 대비를 통해 동일한 명사가 相異한 格을 취한다는 것을 알 수 있다. 격의 차이에는 主格과 對格, 屬格과 對格, 造格과 主格, 造格과 對格 그리고 格 省略과 '-옛'이 있다.

둘째로 『구급방언해』와 『구급간이방』의 대비를 통해 동사의 격 지배에 큰 차이가 있다는 것을 알 수 있다. 격 지배에 차이를 보여 주는 동사류에는 動作動詞와 동작동사구가 있다.

셋째로 『구급방언해』와 『구급간이방』의 대비를 통해 어미에 큰 차이가 있다는 것을 알 수 있다. 어미의 차이에는 부사형어미 '-ᄃᆞᆯ'과 '-디'를 비롯하여 連結語尾 '-으면'과 名詞形語尾 '-옴', 名詞形語尾 '-움'과 連結語尾 '-으면', 접미사 '-우'와 부사형어미 '-어' 그리고 '-ㄹᄉᆞ장'과 '-ᄃᆞ록'이 있다.

넷째로 『구급방언해』와 『구급간이방』의 대비를 통해 否定法에 큰 차이가 있다는 것을 발견할 수 있다.

다섯째로 『구급방언해』와 『구급간이방』의 대비를 통해 使動法에 큰 차이가 있다는 것을 발견할 수 있다. 『구급방언해』에서는 사동접사 '-이'가 사용되고 『구급간이방』에서는 長形 사동형 '-게 ᄒᆞ다'가 사용된다.

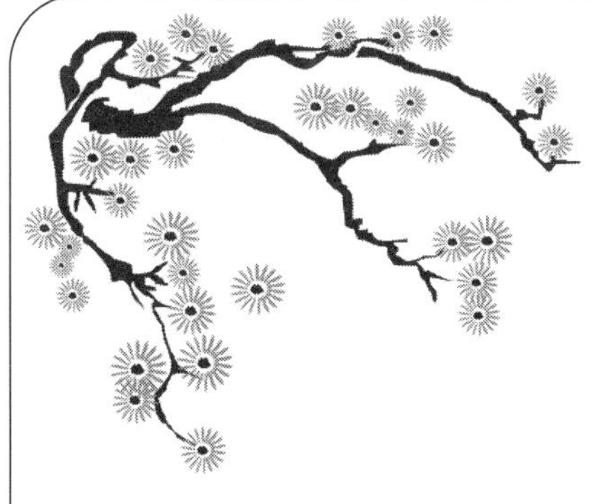

제 5 편

『飜譯小學』 卷六과 『小學諺解』 卷五의 飜譯 硏究

제1장 序論

이 論文은『飜譯小學』(1518)과『小學諺解』(1588)의 飜譯을 두 文獻의 對比를 通해 實證的으로 밝혀 보려는 데 그 목적이 있다.

두 문헌의 번역 양상은 意譯, 語彙的 差異, 飜譯되지 않는 部分, 飜譯 順序, 文法的 差異 그리고 口訣과 諺解로 大別하여 고찰할 수 있다. 두 문헌은 간행 연도에 약 70년 간의 시간적 격차가 있으므로 語彙와 文法에서 현저한 차이를 보여 준다.

『飜譯小學』은 中宗 13年 戊寅(1518)에『小學集成』을 底本으로 하여 金詮, 崔淑生 등 16명이 諺解하여 10卷 10冊으로 刊行되었고 現存本은 3, 4, 6, 7, 8, 9, 10 일곱 권이다.『小學諺解』는 선조 21年(1588)『小學集註』를 저본으로 하여 李山海 등 31명이 諺解하여 6卷 4冊으로 간행되었다.『飜譯小學』 권3은『小學諺解』 권2의 36a-78a와 내용이 같고『번역소학』 권4는『小學諺解』 권3과 내용이 같다.『飜譯小學』 권6, 7, 8은『小學諺解』 권5와 내용이 같고 권9, 10은『小學諺解』 권6과 내용이 같다. 다음 도표에서 보듯이『번역소학』 권6은『소학언해』 권5의 1a부터 34b까지의 부분과 內容이 같다.

飜譯小學	小學諺解
三	卷之二 36a-78a
四	卷之三
六	卷之五 1a-34b
七	卷之五 34b-82a
八	卷之五 82a-121a
九	卷之六 1a-100b
十	卷之六 101a-133a

두 문헌의 번역상의 차이는『小學諺解』의 凡例에 잘 나타나 있다. 戊寅本 즉『飜譯小學』은 '欲人易曉ᄒᆞ야 字義之外예 并入註語爲解'(사람이 쉽게 알고자 하여 字 뜻 밖에 註의 말을 아울러 들여 새겼다)로 되어 있어서 意譯임을 알 수 있다.『小學諺解』는 '一依大文ᄒᆞ야 逐字作解호ᄃᆡ 有解不通處則分註解之ᄒᆞ니라'(한결같이 大文에 의거하여 字를 좇아서 새기되 새겨 통하지 못할 곳이 있으면 갈라 註 내어 새긴 것이다)라고 되어 있어서 直譯임을 알 수 있다.

『飜譯小學』과『小學諺解』를 비교 연구한 先行 論著로 李崇寧(1973), 李英愛(1986), 林旻奎(1987), 李賢熙(1988), 南星祐(1997) 및 梁尙淳(1998)이 있다.

李崇寧(1973)은『飜譯小學』 권8, 9와『小學諺解』 권5, 6의 비교를 통해 語彙 交替의 進行 그리고 活用形의 形態와 文章 構造를 고찰한다.

李英愛(1986)는『飜譯小學』과『小學諺解』의 비교를 통해 表記와 音韻의 변화, 語彙의 변화 그리고 문법 형태의 변화를 논의한다.

林旻奎(1987)는『飜譯小學』과『小學諺解』의 비교를 통해 表記法과 言語 現象을 고찰한다.

李賢熙(1988)는『飜譯小學』과『小學諺解』의 비교를 통해 구결문에서의 몇 가지 차이와 번역문에서의 형태 통사적 차이를 고찰한다.

南星祐(1997)는『번역소학』 권6과『소학언해』 권5의 對比를 통해 意譯, 語彙的 差異, 飜譯되지 않는 部分, 飜譯 順序, 文法的 差異 그리고 口訣과 諺解를 고찰한다.

梁尙淳(1998)은『번역소학』 권9과『소학언해』 권6의 比較를 통해 意譯, 어휘적 차이, 文法的 차이, 飜譯 순서 및 번역되지 않는 부분을 고찰한다.

이 논문에서 사용한 문헌은 다음과 같다.

『飜譯小學』 권6, 7(홍문각 영인본, 1984).

『小學諺解』 附索引(단국대학교 퇴계학연구소, 1991).

제2장 意譯

『飜譯小學』 권6과『小學諺解』 권5의 대비를 통해『번역소학』 권6에는 意譯되는 부분이 아주 많다는 것을 알 수 있다. 첫째는 名詞類가 의역되는 경우이고 둘째는 動詞類가 의역되는 경우이고 셋째는 副詞語句가 의역되는 경우이고 넷째는 節이 의역되는 경우이다.

1. 名詞類의 意譯

『飜譯小學』 권6과『小學諺解』 권5의 대비를 통해 名詞類가 의역되는 경우를 발견할 수 있다. 名詞類들이『소학언해』 권5에서는 直譯되는데『번역소학』 권6에서는 의역된다. 의역되는 名詞類에는 名詞, 名詞句 및 代名詞가 있다.

1.1. 名詞의 意譯

『소학언해』 권5에서는 직역되는 名詞가『번역소학』 권6에서는 명사, 名詞句 및 動作動詞句로 의역된다는 사실은 두 문헌의 對比를 통해 잘 확인된다. 의역되는 명사에는 固有名詞, 有情名詞, 具體名詞 및 抽象名詞가 있다.

1.1.1. 固有名詞의 意譯

『소학언해』 권5에서는 직역되고 『번역소학』 권6에서는 의역되는 固有名詞에는 人名과 地名이 있다. 人名에는 '漢昭烈', '龍伯高' 및 '杜季良'이 있고 地名에는 '交趾'와 '仙居'가 있다.

<1> 漢昭烈

人名 '漢昭烈'이 『소학언해』 권5에서는 명사 '漢昭烈'로 直譯되고 『번역소학』 권6에서는 명사구 '漢나랏 昭烈이란 님금'으로 意譯된다는 것은 동일 원문의 번역인 다음 예문들에서 잘 확인된다.

(1) a. 漢나랏 昭烈이란 님금이 업스실 제(漢昭烈이 將終ᄒᆞ실시) <번小六 15b>
b. 漢昭烈 [蜀漢 님금이라]이 쟝ᄎᆞᆺ 죽을 제(漢昭烈이 將終애) <小언五 14b>

<2> 龍伯高

인명 '龍伯高'가 『소학언해』 권5에서는 명사 '龍伯高'로 直譯되고 『번역소학』 권6에서는 명사구 '龍伯高ㅣ란 사ᄅᆞᆷ'으로 意譯된다는 것은 동일 원문의 다음 예문들에서 잘 확인된다.

(2) a. 龍伯高ㅣ란 사ᄅᆞ믄(龍伯高ᄂᆞᆫ) <번小六 13b>
b. 龍伯高ᄂᆞᆫ(龍伯高ᄂᆞᆫ) <小언五 12b>

<3> 杜季良

人名 '杜季良'이 『소학언해』 권5에서는 명사 '杜季良'으로 直譯되고 『번역소학』 권6에서는 명사구 '杜季良이란 사ᄅᆞᆷ'으로 意譯된다는 것은 동일 원

문의 번역인 다음 예문들에서 잘 확인된다.

(3) a. 杜季良이란 사ᄅᆞ믄(杜季良은) <번小六 14a>
b. 杜季良은(杜季良은) <小언五 13a>

<4> 交趾

地名 '交趾'가『소학언해』권5에서는 명사 '交趾'로 直譯되고『번역소학』권6에서는 명사구 '交趾 ᄯᅡㅎ'로 意譯된다는 것은 동일 원문의 번역인 다음 예문들에서 잘 확인된다.

(4) a. 交趾 ᄯᅡ히 가셔(在交趾ᄒᆞ야) <번小六 12b>
b. 交趾예 이셔(在交趾ᄒᆞ야) <小언五 12a>

<5> 仙居

地名 '仙居'가『소학언해』권5에서는 명사 '仙居'로 直譯되고『번역소학』권6에서는 명사구 '仙居ㅅ ᄀᆞ올'으로 意譯된다는 것은 동일 원문의 번역인 다음 예문들에서 잘 확인된다.

(5) a. 古靈ᄡᅵᆺ 陳先生이 仙居ㅅ ᄀᆞ올 원이 ᄃᆞ외여셔(古靈陳先生이 爲仙居令하야) <번小六 36a>
b. 古靈 陳先生(33b)이 仙居ㅅ 원이 되여셔(古靈陳先生이 爲仙居令하야) <小언五 34a>

1.1.2. 有情名詞의 意譯

『소학언해』권5에서는 직역되고『번역소학』권6에서는 의역되는 有情名詞에는 '어딘 사ᄅᆞᆷ'으로 의역되는 '君子'를 비롯하여 '주근 어버이'로 의역되는 '先' 그리고 '져믄 아히'로 의역되는 '童穉'가 있다.

<1> 君子

'君子'가 『소학언해』 권5에서는 명사 '君子'로 직역되고 『번역소학』 권6에서는 명사구 '어딘 사름'으로 의역된다는 것은 동일 원문의 번역인 다음 예문들에서 잘 확인된다.

(1) a. 어딘 사름 도의디 아니호미(如此而不爲君子ᄂᆞᆫ) <번小六 32b>
b. 이러ᄐᆞᆺᄒᆞ고 君子ㅣ 되디 아니홈ᄋᆞᆫ(如此而不爲君子ᄂᆞᆫ) <小언五 30b>

(1) c. 그듸내 엇뎨 어딘 사름 도의디 아니ᄒᆞᄂᆞ니오(諸君은 何不爲 君子오) <번小六 32b>
d. 그듸내ᄂᆞᆫ 엇디 君子ㅣ 되디 아니ᄒᆞᄂᆞ뇨(諸君은 何不爲君子오) <小언五 30b>

(1) e. 이러콕 어딘 사름 도의디 아니ᄒᆞ리 잇디 아니ᄒᆞ며(如此而不 爲君子ㅣ 未之有也ㅣ며) <번小六 33b>
f. 이러ᄐᆞᆺᄒᆞ고 君子되디 몯ᄒᆞ리 잇디 아니ᄒᆞ고(如此而不爲君子ㅣ 未之有也ㅣ오) <小언五 31a>

<2> 先

'先'이 『소학언해』 권5에서는 명사 '션셰'로 직역되고 『번역소학』 권6에서는 명사구 '주근 어버이'로 의역된다는 것은 동일 원문의 번역인 다음 예문들에서 잘 확인된다.

(1) a. 주근 어버이를 욕도이 ᄒᆞ며 지블 배아미(辱先喪家ㅣ) <번小六 17b>
b. 션셰를 슈욕ᄒᆞ며 집을 배암이(辱先喪家ㅣ) <小언五 16a>

<3> 童穉

'童穉'가 『소학언해』 권5에서는 명사 '아ᄒᆡ'로 직역되고 『번역소학』 권6에서는 명사구 '져믄 아ᄒᆡ'로 의역된다는 것은 동일 원문의 번역인 다음 예문들에서 잘 확인된다.

(3) a. 져믄 아ᄒᆡ ᄇᆡ호ᄆᆞᆫ(童穉之學은) <번小六 4b>
b. 아ᄒᆡ ᄇᆡ호ᄆᆞᆫ(童穉之學은) <小언五 4a>

1.1.3. 具體名詞의 의역

『소학언해』 권5에서는 직역되고 『번역소학』 권6에서는 의역되는 具體名詞에는 身體와 관련 있는 명사, 書物과 관련 있는 명사 그리고 病과 관련 있는 명사가 있다. 身體와 관련 있는 명사로 '身'과 '己'가 있고 書物과 관련 있는 명사로 '詩', '經' 및 '家訓'이 있으며 病과 관련 있는 명사로 '病', '蘧篨' 및 '戚施'가 있다.

<1> 身

'身'이 『소학언해』 권5에서는 명사 '몸'으로 직역되고 『번역소학』 권6에서는 명사구 '제 몸'과 '내 몸'으로 의역된다는 것은 동일 원문의 번역인 다음 예문들에서 잘 확인된다.

(1) a. 제 모미 ᄒᆞ마 아논 이리 져고ᄃᆡ(身旣寡知호ᄃᆡ) <번小六 18b>
b. 몸이 이믜 알옴이 젹고(身旣寡知오) <小언五 17a>

(1) c. 내 몸 위호ᄃᆡ 빗나며 샤치호믈 됴히 녀겨(奉身好華侈ᄒᆞ야)
<번小六 26a>

d. 몸 봉양홈을 빗나며 샤치홈올 됴히 너기논 디라(奉身好華侈라) <小언五 24a>

<2> 己

‘己’가 『소학언해』 권5에서는 명사 ‘몸’으로 직역되고 『번역소학』 권6에서는 명사구 ‘제 몸’으로 의역된다는 것은 동일 원문의 번역인 다음 예문들에서 잘 확인된다.

(2) a. 제 모몰 가져 든뇨더(行己롤) <번小六 34b>
b. 몸 가져 든님을(行己롤) <小언五 32a>

<3> 詩

‘詩’가 『소학언해』 권5에서는 명사 ‘詩’로 直譯되고 『번역소학』 권6에서는 명사 ‘毛詩’로 意譯된다는 것은 동일 원문의 번역인 다음 예문들에서 잘 확인된다.

(3) a. 毛詩예 ᄀ로더(詩曰) <번小六 1b>
b. 詩예 골오더(詩曰) <小언五 1b>

<4> 經

‘經’이 『소학언해』 권5에서는 명사 ‘經’으로 직역되고 『번역소학』 권6에서는 명사구 ‘셩신의 글’로 의역된다는 것은 동일 원문의 번역인 다음 예문들에서 잘 확인된다.

(4) a. 녯 셩신의 그레 아독호더 붓그리디 아니ᄒ고(懵前經而不恥 ᄒ고) <번小六 18a>

b. 녯 經을 아독호ᄃᆡ 붓그리디 아니ᄒᆞ고(懵前經而不恥ᄒᆞ고)
<小언五 17a>

<5> 家訓

'家訓'이 『소학언해』 권5에서는 명사 '家訓'으로 직역되고 『번역소학』 권6에서는 명사구 '집사ᄅᆞᆷ ᄀᆞᄅᆞ치ᄂᆞᆫ 글월'로 의역된다는 것은 동일 원문의 번역인 다음 예문들에서 잘 확인된다.

(5) a. 楊文公의 집사ᄅᆞᆷ ᄀᆞᄅᆞ치ᄂᆞᆫ 글월에(楊文公家訓에) <번小六 4b>
b. 楊文公의 家訓에(楊文公家訓에) <小언五 4a>

<6> 病

'病'이 『소학언해』 권5에서는 명사 '病'으로 직역되고 『번역소학』 권6에서는 명사구 '그 병'으로 의역된다는 것은 동일 원문의 번역인 다음 예문들에서 잘 확인된다.

(6) a. 그 ᄇᆡᇱ 불휘 ᄆᆡ양 이셔(病根常在ᄒᆞ야) <번小六 3a>
b. 병ᄲᅮᆯ휘 샹해 이셔(病根常在ᄒᆞ야) <小언五 3a>

한편 '病'이 두 문헌에서 '병과 '病'으로 번역된다는 것은 동일 원문의 번역인 다음 예문들에서 잘 확인된다.

(6) c. ᄇᆡᇱ 불휘(病根이) <번小六 4a>
d. 病ᄲᅮᆯ휘(病根이) <小언五 4a>

<7> 蘧篨

'蘧篨'가 『소학언해』 권5에서는 명사 '蘧篨'로 직역되고 『번역소학』 권6

에서는 명사구 ‘굽디 몯ᄒᆞᄂᆞᆫ 병’으로 의역된다는 것은 동일 원문의 번역인 다음 예문들에서 잘 확인된다.

(7) a. 이런ᄃᆞ로 녯 사ᄅᆞ미 굽디 몯ᄒᆞ(25a)ᄂᆞᆫ 병과 울어디 몯ᄒᆞᄂᆞᆫ 병을 믜여ᄒᆞᄂᆞ니라(所以古人疾이 蘧篨與戚施ᄒᆞᄂᆞ니라)

<번小六 25b>

b. 뻐 녯 사ᄅᆞᆷ의 믜여ᄒᆞᄂᆞᆫ 배 蘧篨와 다ᄆᆞᆺ 戚施니라(所以古人 疾이 蘧篨與戚施니라) <小언五 23b>

<8> 戚施

‘戚施’가 『소학언해』 권5에서는 명사 ‘戚施’로 직역되고 『번역소학』 권6에서는 명사구 ‘울어디 몯ᄒᆞᄂᆞᆫ 병’으로 의역된다는 것은 동일 원문의 번역인 다음 예문들에서 잘 확인된다.

(8) a. 이런ᄃᆞ로 녯 사ᄅᆞ미 굽디 몯ᄒᆞ(25a)ᄂᆞᆫ 병과 울어디 몯ᄒᆞᄂᆞᆫ 병을 믜여ᄒᆞᄂᆞ니라(所以古人疾이 蘧篨與戚施ᄒᆞᄂᆞ니라)

<번小六 25b>

b. 뻐 녯 사ᄅᆞᆷ의 믜여ᄒᆞᄂᆞᆫ 배 蘧篨와 다ᄆᆞᆺ 戚施니라(所以古人疾이 蘧篨與戚施니라) <小언五 23b>

1.1.4. 抽象名詞의 의역

『번역소학』 권6에서 의역되는 抽象名詞에는 ‘일’과 관계 있는 명사, ‘道德’과 관계 있는 명사, ‘法’과 관계 있는 명사, ‘權勢’와 관계 있는 명사, ‘말’과 관계 있는 명사, ‘時節’과 관계 있는 명사가 있다. 그리고 의존명사구와 동작동사구의 명사형으로 의역되는 것이 있다.

‘일’과 관계 있는 명사로는 ‘事’, ‘物’ 및 ‘憂’가 있고 ‘道德’과 관계 있는 명사로는 ‘道’를 비롯하여 ‘辱’과 ‘德義’가 있다. ‘法’과 관계 있는 명사로는 ‘三尺’과 ‘則’이 있고 ‘權勢’와 관계 있는 명사로는 ‘權’이 있다. ‘말’과 관계 있는 명사로는 '言'과 '說'이 있고 '時節'과 관계 있는 명사로는 '當世'와 '今世'가 있다. 의존명사구로 의역되는 것에는 '樞機'와 '言'이 있고 동작동사구의 명사형으로 의역되는 것에는 '嗣'와 '俎豆'가 있다.

<1> 事

'子弟之事'의 '事'가 『소학언해』 권5에서는 명사 '일'로 직역되고 『번역소학』 권6에서는 명사구 'ᄒᆞ욜 일'로 의역된다는 것은 동일 원문의 번역인 다음 예문들에서 잘 확인된다.

(1) a. 오직 일즉 子弟의 ᄒᆞ욜 이롤 ᄒᆞ디 아니홀시(只爲未嘗爲子弟之事ㅣ라) <번小六 3a>
b. 오직 일즉 子弟의 일을 ᄒᆞ디 아니홈을 위ᄒᆞᆫ 디라(只爲未嘗爲子弟之事ㅣ라) <小언五 3a>

<2> 物

'物'이 『소학언해』 권5에서는 명사 '物'로 直譯되고 『번역소학』 권6에서는 명사구 '여러 가짓 일'로 意譯된다는 사실은 동일 원문의 번역인 다음 예문들에서 잘 확인된다.

(2) a. 여러 가짓 이롤 두시고 일마다 ᄒᆞ욜 법을 두시니(有物有則ᄒᆞ시니) <번小六 1b>
b. 物[온갓 거시라]이 이심애 법이 잇도다(有物有則이로다) <小언五 1b>

(2) c. 이런 ᄃᆞ로 여러 가짓 이리 이시면(故有物이면) <번小六 1b>
d. 그러므로 物이 이시면(故로 有物則) <小언五 1b>

<3> 憂

'憂'가 『소학언해』 권5에서는 명사 '근심'으로 직역되고 『번역소학』 권6에서는 명사구 '근심ᄃᆞ왼 일'로 의역된다는 것은 동일 원문의 번역인 다음 예문들에서 잘 확인된다.

(3) a. 사ᄅᆞ미 근심ᄃᆞ왼 이ᄅᆞᆯ 조(14a)차 근심ᄒᆞ며(憂人之憂ᄒᆞ며) <번小六 14b>
b. 사ᄅᆞᆷ의 근심을 근심ᄒᆞ며(憂人之憂ᄒᆞ며) <小언五 13b>

<4> 道

'道'가 『소학언해』 권5에서는 명사 '도리'로 직역되고 『번역소학』 권6에서는 명사구 '어딘 일'로 의역된다는 것은 동일 원문의 번역인 다음 예문들에서 잘 확인된다.

(4) a. 어딘 일와 ᄌᆡ조와ᄅᆞᆯ 브즈러니 홈만 ᄀᆞᄐᆞ니 업ᄉᆞ니라(莫若勤道藝라) <번小六 22a>
b. 도리와 ᄌᆡ조ᄅᆞᆯ 브즈러니 홈만 ᄀᆞᆮᄐᆞ니 업ᄉᆞ니라(莫若勤道藝라) <小언五 20b>

<5> 辱

'辱'이 『소학언해』 권5에서는 명사 '슈욕'으로 직역되고 『번역소학』 권6에서는 명사구 '쇽ᄃᆞ왼 일'으로 의역된다는 것은 동일 원문의 번역인 다음 예문들에서 잘 확인된다.

(5) a. 너희 붓그러오며 쇽ᄃᆞ왼 일 멀에 호ᄆᆞᆯ 警戒ᄒᆞ노니(戒爾遠恥辱ᄒᆞ노니) <번小六 22b>
b. 너를 붓그러오며 슈욕을 멀에 홈ᄋᆞᆯ 경계ᄒᆞ노(20b)니(戒爾遠 恥

辱ᄒᆞ노니) <小언五 21a>

<6> 德義

'德義'가『소학언해』권5에서는 명사 '德義'로 직역되고『번역소학』권6에서는 명사구 '어딘 덕'으로 의역된다는 것은 동일 원문의 번역인 다음 예문들에서 잘 확인된다.

(6) a. 어딘 덕을 노기며 ᄇᆞ리면(銷刻德義ᄒᆞ면) <번小六 19a>
b. 德義ᄅᆞᆯ 슬워ᄒᆞ야 ᄇᆞ리면(銷刻德義ᄒᆞ면) <小언五 17b>

<7> 三尺

'三尺'이『소학언해』권5에서는 명사 '三尺'으로 직역되고『번역소학』권6에서는 명사구 '나랏 법'으로 의역된다는 것은 동일 원문의 번역인 다음 예문들에서 잘 확인된다.

(7) a. ᄯᅩ 나랏법을 삼가(又謹三尺ᄒᆞ야) <번小六 35a>
b. ᄯᅩ 三尺을 삼가(又謹三尺ᄒᆞ야) <小언五 32b>

<8> 則

'則'이『소학언해』권5에서는 명사 '법'으로 직역되고『번역소학』권6에서는 명사구 '일마다 ᄒᆞ욜 법'으로 의역된다는 것은 동일 원문의 번역인 다음 예문들에서 잘 확인된다.

(8) a. 여러 가짓 이를 두시고 일마다 ᄒᆞ욜 법을 두시니(有物有則 ᄒᆞ시니) <번小六 1b>
b. 物[온갓 거시라]이 이심애 법이 잇도다(有物有則이로다) <小언五 1b>

(8) c. 일마다 ᄒᆞ욜 법이 잇ᄂᆞ니(必有則ᄒᆞᄂᆞ니) <번小六 1b>
d. 반ᄃᆞ시 법이 잇ᄂᆞ니(必有則이니) <小언五 1b>

<9> 權

'權'이 『소학언해』 권5에서는 명사 '권셰'로 직역되고 『번역소학』 권6에서는 명사구 '유셔ᄒᆞᆫ ᄃᆡ'로 의역된다는 것은 동일 원문의 번역인 다음 예문들에서 잘 확인된다.

(9) a. 유셔ᄒᆞᆫ ᄃᆡ(19b) ᄀᆞ마니 브트면(匿近權要ㅣ면) <번小六 20a>
b. 권셰와 종요로운 ᄃᆡ ᄀᆞ마니 갓가이 ᄒᆞ야(匿近權要ᄒᆞ야) <小언五 18b>

<10> 言

'言'이 『소학언해』 권5에서는 명사 '말'로 직역되고 『번역소학』 권6에서는 명사구 '어딘 말'로 의역된다는 것은 동일 원문의 번역인 다음 예문들에서 잘 확인된다.

(10) a. 모로매 몬져 든 어딘 말로 웃드미 되에 홀디니라(當以先入之言으로 爲主ㅣ니라) <번小六 4b>
b. 맛당히 몬져 든 말로ᄡᅥ(4a) 웃듬을 삼을디니라(當以先入之言으로 爲主ㅣ니라) <小언五 4b>

<11> 說

'說'이 『소학언해』 권5에서는 명사 '말ᄉᆞᆷ'으로 직역되고 『번역소학』 권6에서는 명사구 '샹녯 말'로 의역된다는 것은 동일 원문의 번역인 다음 예문들에서 잘 확인된다.

(11) a. 셰쇽애 샹녯 말 ᄀᆞ티 ᄒᆞ면(只如俗說이면) <번小六 5b>
b. 다믄 셰쇽의 말ᄉᆞᆷ ᄀᆞ티 ᄒᆞ면(只如俗說이면) <小언五 5a>

<12> 當世

'當世'가『소학언 해』권5에서는 명사 '當世'로 직역되고『번역소학』권6에서는 명사구 '당셰옛 일'로 의역된다는 것은 동일 원문의 번역인 다음 예문들에서 잘 확인된다.

(12) a. 당셰옛 이ᄅᆞᆯ 의론ᄒᆞ요매ᄂᆞᆫ 깃거 우ᅀᅥ(論當世而解頤ᄒᆞ야) <번小六 18a>
b. 當世ᄅᆞᆯ 의론ᄒᆞ야 톡을 프러 ᄇᆞ려(論當世而解頤ᄒᆞ야) <小언五 17a>

<13> 樞機

'樞機'가『소학언해』권5에서는 명사 '樞機'로 직역되고『번역소학』권6에서는 명사구 '문 지두리 ᄀᆞᆮᄒᆞ며 소니옛 술 ᄀᆞᄐᆞᆫ 것'으로 의역된다는 것은 동일 원문의 번역인 다음 예문들에서 잘 확인된다.

(13) a. 진실로 문 지두리 ᄀᆞᆮᄒᆞ며 소니옛 술 ᄀᆞᄐᆞᆫ 거ᄉᆞᆯ 삼가디 아니ᄒᆞ면(苟不愼樞機면) <번小六 24a>
b. 진실로 樞機를 삼가디 아니ᄒᆞ면(苟不愼樞機면) <小언五 22b>

<14> 言

'言'이『소학언해』권5에서는 명사 '말'로 직역되고『번역소학』권6에서는 명사구 '닐올 줄'로 의역된다는 것은 동일 원문의 번역인 다음 예문들에서 잘 확인된다. 원문 중 '人言'은『번역소학』권6에서는 'NP+-이+VP+-ㄹ+줄'로 번역되고『소학언해』권5에서는 'NP_1 + -의 +NP_2'로 번역된다.

(14) a. ᄂᆞ(17b)미 닐올 주를 분별 아니홀 시라(不恤人言ㅣ니라)
<번小六 18a>
b. 사ᄅᆞᄆᆡ 말ᄋᆞᆯ 분별 아니홈이니라(不恤人言이니라)
<小언五 16b>

<15> 嗣

'嗣'가 『소학언해』 권5에서는 명사 '嗣'로 직역되고 『번역소학』 권6에서는 동작동사구 '조샹 닛다'의 명사형 '조샹 니숨'으로 의역된다는 것은 동일 원문의 번역인 다음 예문들에서 잘 확인된다.

(19) a. 크면 宗族ᄋᆞᆯ 업더리텨 조샹 니수믈 긋게 ᄒᆞᄂᆞ니(大則覆宗絶嗣ㅣ니) <번小六 31a>
b. 크면 종족을업티며 嗣ᄅᆞᆯ 絕ᄒᆞᄂᆞ니(大則覆宗絶嗣ᄒᆞᄂᆞ니)
<小언五 29a>

<16> 俎豆

'俎豆'가 『소학언해』 권5에서는 명사 '俎豆'로 직역되고 『번역소학』 권6에서는 동작동사구 '례옛 그르스로 놀다'의 명사형 '례옛 그르스로 노롬'으로 의역된다는 것은 동일 원문의 번역인 다음 예문들에서 잘 확인된다.

(16) a. 례옛 그르스로 노롬만 ᄀᆞᆮ디 몯ᄒᆞᆫ 주를 알며(知…不如俎豆ᄒᆞ며) <번小六 10a>
b. 俎豆만 ᄀᆞᆮ디 몯ᄒᆞᆫ 줄ᄋᆞᆯ 알오(知…不如俎豆ᄒᆞ고)
<小언五 9b>

1.2. 名詞句의 意譯

『소학언해』 권5에서는 직역되는 名詞句가 『번역소학』 권6에서는 명사,

명사구 및 동작동사구로 의역된다는 사실은 두 문헌의 대비를 통해 잘 확인된다.

<1> 羈旅臣

'羈旅臣'이 『소학언해』 권5에서는 명사구 '나ᄀᆡ내 신하'로 직역되고 『번역소학』 권6에서는 명사구 '나ᄀᆡ내로브터 왯ᄂᆞᆫ 臣下'로 의역된다는 것은 동일 원문의 번역인 다음 예문들에서 잘 확인된다.

(1) a. 나ᄂᆞᆫ 본릐 나ᄀᆡ내로브터 왯ᄂᆞᆫ 臣下로셔(我本羈旅臣ᄋᆞ로)
<번小六 27a>
b. 나ᄂᆞᆫ 본릐 나ᄀᆡ내 신하로(我本羈旅臣ᄋᆞ로) <小언五 25a>

<2> 識者

'識者'가 『소학언해』 권5에서는 명사구 '유식ᄒᆞ니'로 직역되고 『번역소학』 권6에서는 명사구 '일 아ᄂᆞᆫ 사ᄅᆞᆷ'으로 의역된다는 것은 동일 원문의 번역인 다음 예문들에서 잘 확인된다. 명사구 '유식ᄒᆞ니'는 '유식ᄒᆞ+ㄴ#이'로 분석될 수 있다.

(2) a. 도ᄅᆞ혀 일 아ᄂᆞᆫ 사ᄅᆞᄆᆡ 더러이 너교미 ᄃᆞ외ᄂᆞ니라(還爲識者鄙니라) <번小六 26b>
b. 도ᄅᆞ혀 유식ᄒᆞ니의 더러이 너김이 되ᄂᆞ니라(還爲識者鄙니라)
<小언五 24b>

<3> 男女

'男女'가 『소학언해』 권5에서는 명사구 '남진 겨집'으로 직역되고 『번역소학』 권6에서는 명사구 '남진 겨집 ᄉᆞ이'로 의역된다는 것은 동일 원문의 번역인 다음 예문들에서 잘 확인된다.

(3) a. 음식과 남진 겨집 ᄉᆞ이로ᄡᅥ(以飮食男女로) <번小六 35a>
b. 飮食과 남진 겨집으로ᄡᅥ(以飮食男女로) <小언五 33a>

<4> 傳記

'傳記'가 『소학언해』 권5에서는 명사구 '傳과 記'로 직역되고 『번역소학』 권6에서는 명사구 '녯 글월'로 의역된다는 것은 동일 원문의 번역인 다음 예문들에서 잘 확인된다.

(4) a. 녯 글월을 ᄌᆞ셔히 샹고ᄒᆞ며(歷傳記ᄒᆞ며) <번小六 2a>
b. 傳과 記[녯 글월돌히라](1b)를 녜며(歷傳記ᄒᆞ며) <小언五 2a>

<5> 不善

'不善'이 『소학언해』 권5에서는 명사구 '어디디 아닌 일'로 직역되고 『번역소학』 권6에서는 명사구 '왼 일'로 의역된다는 것은 동일 원문의 번역인 다음 예문들에서 잘 확인된다.

(5) a. 흉ᄒᆞᆫ 사ᄅᆞᄆᆞᆫ 왼 이ᄅᆞᆯ 호ᄃᆡ(凶人은 爲不善호ᄃᆡ) <번小六 31b>
b. 凶ᄒᆞᆫ 사ᄅᆞᆷ은 어디디 아닌 일ᄋᆞᆯ 호ᄃᆡ(凶人은 爲不善호ᄃᆡ) <小언五 29b>

(5) c. 왼 이ᄅᆞᆯ 니르며 왼 이ᄅᆞᆯ ᄒᆡᆼᄒᆞ며(言其不善ᄒᆞ며 行其不善ᄒᆞ며) <번小六 33b>
d. 그 어디디 아닌 이를 닐ᄋᆞ며 그 어디디 아닌 이를 ᄒᆡᆼᄒᆞ(31a) 며(言其不善ᄒᆞ며 行其不善ᄒᆞ며) <小언五 31b>

(5) e. 왼 이ᄅᆞᆯ ᄉᆞ랑ᄒᆞ고(思其不善ᄒᆞ야) <번小六 33b>
f. 그 어디디 아닌 이를 ᄉᆡᆼ각ᄒᆞ면(思其不善이면) <小언五 31b>

<6> 刑憲

'刑憲'이 『소학언해』 권5에서는 명사구 '형벌과 법'으로 직역되고 『번역소학』 권6에서는 명사 '죄'로 의역된다는 것은 동일 원문의 번역인 다음 예문들에서 잘 확인된다.

(6) a. 죄룰 지수디 음식 フ티 ᄒᆞ야(犯刑憲如飮食이니) <번小六 31a>
b. 형벌과 법을 犯(28b)홈을 飮食곧티 ᄒᆞ야(犯刑憲如飮食ᄒᆞ야) <小언五 29a>

<7> 青雲

'青雲'이 『소학언해』 권5에서는 명사구 '프른 구룸'으로 직역되고 『번역소학』 권6에서는 명사구 '프른 구룸 フ티 노푼 벼슬'로 의역된다는 것은 동일 원문의 번역인 다음 예문들에서 잘 확인된다.

(7) a. 프른 구룸 フ티 노푼 벼스론 히므로 닐위요미 어려오니라(青雲難力致라) <번小六 28a>
b. 프른 구룸은 힘오로 닐위욤이 어려우니라(青雲難力致라) <小언五 26a>

<8> 今世

'今世'가 『소학언해』 권5에서는 명사구 '이제 셰상'으로 직역되고 『번역소학』 권6에서는 명사구 '이 시졀'로 의역된다는 것은 동일 원문의 번역인 다음 예문들에서 잘 확인된다.

(8) a. 이 시져레는 學問을 講論 아니홀시(今世예 學不講ᄒᆞ야) <번小六 3a>

b. 이제 셰상애 혹문을 강논티 아니ᄒᆞ야(今世예 學不講ᄒᆞ야)
<小언五 2b>

<9> 陰德

'陰德'이 『소학언해』 권5에서는 명사구 '그윽ᄒᆞᆫ 德'으로 직역되고 『번역소학』 권6에서는 동작동사구 '그ᅀᅳ기 어딘 일 ᄒᆞ다'의 명사형 '그ᅀᅳ기 어딘 일 ᄒᆞ욤'으로 의역된다는 것은 동일 원문의 번역인 다음 예문들에서 잘 확인된다.

(9) a. 叔敖의 그ᅀᅳ기 어딘 일 ᄒᆞ욤과(叔敖의 陰德과) <번小六 5b>
b. 叔敖의 그윽ᄒᆞᆫ 德과(叔敖의 陰德과) <小언五 5a>

<10> '昻昻…意氣'

'昻昻…意氣'가 『소학언해』 권5에서는 명사구 '昻昻히 ᄠᅳᆮ과 긔운'으로 직역되고 『번역소학』 권6에서는 동작동사구 '우두워리ᄒᆞ거냥 ᄒᆞ다'의 명사형 '우두워리ᄒᆞ거냥 홈'으로 의역된다는 것은 동일 원문의 번역인 다음 예문들에서 잘 확인된다.

(10) a. 우두워리ᄒᆞ거냥 호몰 더으ᄂᆞ니(昻昻增意氣ᄒᆞᄂᆞ니)
<번小六 25a>
b. 昻昻히 ᄠᅳᆮ과 긔운을 더으ᄂᆞ니(昻昻增意氣ᄒᆞᄂᆞ니)
<小언五 23b>

<11> 所謂

'所謂'가 『소학언해』 권5에서는 명사구 '닐온 바'로 직역되고 『번역소학』 권6에서는 동작동사구 '녜 니ᄅᆞ다'의 관형사형 '녜 닐온'으로 의역된다는 것은 동일 원문의 번역인 다음 예문들에서 잘 확인된다.

(11) a. 녜 닐온 곤이롤 사기다가 이디 몯ᄒᆞ야도(所謂刻鵠不成이라두) <번小六 15a>
b. 닐온 바 곤이롤 사겨 이디 몯ᄒᆞ야도(所謂刻鵠不成이라두) <小언五 14a>

(11) c. 녜 닐온 버믈 그리다가 일오디 몯ᄒᆞ면(所謂畵虎不成ㅣ면) <번小六 15a>
d. 닐온 바 범을 그려 이디 몯ᄒᆞ면(所謂畵虎不成ㅣ면) <小언五 14a>

1.3. 代名詞의 의역

『소학언해』 권5에서는 직역되는 대명사 '此'와 '是'가 『번역소학』 권6에서는 각각 명사구 '이리홀 줄'과 '이 일'로 의역된다.

<1> 此

'此'가 『소학언해』 권5에서는 대명사 '이'로 직역되고 『번역소학』 권6에서는 명사구 '이리홀 줄'로 의역된다는 것은 동일 원문의 번역인 다음 예문들에서 잘 확인된다.

(1) a. 만이레 능히 이리홀 주롤 알면(若能知此則) <번小六 9a>
b. 만일 能히 이롤 알면(若能知此則) <小언五 8b>

<2> 是

'是'가 『소학언해』 권5에서는 대명사 '이'로 직역되고 『번역소학』 권6에서는 명사구 '이 일'로 의역된다는 것은 동일 원문의 번역인 다음 예문들에서 잘 확인된다.

(2) a. 급거흔 저기라도 모로매 이 이롤 ᄒᆞ라(造次必於是ᄒᆞ라)
<번小六 21b>

b. 밧븐 적이라도 반ᄃᆞ시 이예 ᄒᆞ라(造次必於是ᄒᆞ라)
<小언五 20a>

2. 動詞類의 意譯

『번역소학』 권6과 『소학언해』 권5의 대비를 통해 동사류가 『번역소학』 권6에서는 의역되고 『소학언해』 권5에서는 직역된다는 것을 알 수 있다. 『번역소학』 권6에서 의역되는 動詞類에는 動作動詞, 動作動詞句, 狀態動詞 및 狀態動詞句가 있다.

2.1. 動作動詞의 의역

『소학언해』 권5에서는 동작동사로 직역되는 것이 『번역소학』 권6에서는 동작동사, 動作動詞句, 명사구, 助詞 그리고 語尾로 의역된다는 것은 두 문헌의 對比를 통해 명백히 확인된다.

<1> 在

'在'가 『소학언해』 권5에서는 동작동사 '두다'로 직역되고 『번역소학』 권6에서는 동작동사 'ᄒᆞ다'로 의역된다는 사실은 동일 원문의 번역인 다음 예문들에서 잘 확인된다.

(1) a. 의관올 ᄒᆞ야신돌(簪裾徒在ㄴ돌) <번小六 19a>

b. 의관을 흔갓 둔들(簪裾徒在ㄴ돌) <小언五 17b>

<2> 曰

'曰'이『소학언해』권5에서는 동작동사 'ᄀᆞᆯ다'로 직역되고『번역소학』권6에서는 동작동사 '너기다'로 의역된다는 사실은 동일 원문의 번역인 다음 예문들에서 잘 확인된다.

(2) a. 제 ᄆᆞᅀᆞ매 너규ᄃᆡ(其心에 必曰) <번小六 11b>
b. 그 ᄆᆞ음애 반ᄃᆞ시 ᄀᆞᆯ오ᄃᆡ(其心에 必曰) <小언五 10b>

<3> 至

'至'가『소학언해』권5에서는 動作動詞 '니ᄅᆞ다'로 직역되고『번역소학』권6에서는 동작동사 'ᄃᆞ외다'로 의역된다는 사실은 동일 원문의 번역인 다음 예문들에서 잘 확인된다.

(3) a. 어딘 이리 다 업게 ᄃᆞ외ᄂᆞ니(至於…義理都喪也ᄒᆞᄂᆞ니) <번小六 4a>
b. 올ᄒᆞᆫ 도리 다 업슴애(3b) 니ᄅᆞᄂᆞ니(至於…義理都喪也ᄒᆞᄂᆞ니) <小언五 4a>

<4> 記

'記'가『소학언해』권5에서는 동작동사 '긔디ᄒᆞ다'로 직역되고『번역소학』권6에서는 동작동사구 'ᄆᆞᅀᆞᆷ애 다마 두다'로 의역된다는 사실은 동일 원문의 번역인 다음 예문들에서 잘 확인된다.

(4) a. ᄆᆞᅀᆞᆷ애 다마두며 외올 ᄯᆞᄅᆞ미 아니라(不止記誦이라) <번小六 4b>
b. 긔디ᄒᆞ면 외올 만ᄒᆞᆯ 줄이 아니라(不止記誦이라) <小언五 4a>

<5> 歷

'歷'이 『소학언해』 권5에서는 동작동사 '녜다'로 직역되고 『번역소학』 권6에서는 동작동사구 'ᄌᆞ셰히 샹고ᄒᆞ다'로 의역된다는 사실은 동일 원문의 번역인 다음 예문들에서 잘 확인된다.

(5) a. 녯 글월을 ᄌᆞ셰히 샹고ᄒᆞ며(歷傳記ᄒᆞ며) <번小六 2a>
b. 傳과 記(1b)를 녜며(歷傳記ᄒᆞ며) <小언五 2a>

<6> 廣

'廣'이 『소학언해』 권5에서는 동작동사 '넙피다'로 직역되고 『번역소학』 권6에서는 동작동사구 '너비 니ᄅᆞ다'로 의역된다는 사실은 동일 원문의 번역인 다음 예문들에서 잘 확인된다.

(6) a. 이 우흔 ᄀᆞᄅᆞ춈 셰요ᄆᆞᆯ 너비 니ᄅᆞ니라(右ᄂᆞᆫ 廣立教ㅣ라) <번小六 37a>
b. 이 우흔 ᄀᆞᄅᆞ침 셰욤을 넙피니라(右ᄂᆞᆫ 廣立教ㅣ라) <小언五 34ba>

<7> 譏

'譏'가 『소학언해』 권5에서는 동작동사 '긔롱ᄒᆞ다'로 직역되고 『번역소학』 권6에서는 동작동사구 'ᄂᆞᆷ 긔롱ᄒᆞ다'로 의역된다는 사실은 동일 원문의 번역인 다음 예문들에서 잘 확인된다.

(7) a. 다 ᄂᆞᆷ 긔롱ᄒᆞ며 의론ᄒᆞ기ᄅᆞᆯ 즐겨(並喜譏議) <번小六 12b>
b. 다 긔롱ᄒᆞ며 의론ᄒᆞ기ᄅᆞᆯ 즐겨(並喜譏議) <小언五 12a>

<8> 懷了

'懷了'가『소학언해』권5에서는 동작동사 '히야ᄇᆞ리다'로 직역되고『번역소학』권6에서는 동작동사구 '어딘 셩을 히여ᄇᆞ리다'로 의역된다는 사실은 동일 원문의 번역인 다음 예문들에서 잘 확인된다.

(8) a. 아히 ᄢᅳᆫ브터 곧 교만ᄒᆞ며 게을어 어딘 셩을 히여ᄇᆞ려(從幼便驕惰懷了ᄒᆞ야) <번小六 3a>
b. 아힐 제브터 곧 교만ᄒᆞ며 게을어 히야ᄇᆞ려(從幼便驕惰懷了ᄒᆞ야) <小언五 2b>

<9> 歌

'歌'가『소학언해』권5에서는 동작동사 '브르다'로 직역되고『번역소학』권6에서는 동작동사구 '놀애 삼아 브르다'로 의역된다는 사실은 동일 원문의 번역인 다음 예문들에서 잘 확인된다.

(9) a. 아ᄎᆞᆷ 나조ᄒᆡ(7b)로 놀애 사마 브르면(欲…令朝夕歌之면) <번小六 8a>
b. 아ᄎᆞᆷ 나죄로 브르게 ᄒᆞ고져 ᄒᆞ노니(欲…令朝夕歌之ᄒᆞ노니) <小언五 7b>

<10> 知

'知'가『소학언해』권5에서는 동작동사 '알다'의 명사형 '알옴'으로 직역되고『번역소학』권6에서는 명사구 '아논 일'로 의역된다는 것은 동일 원문의 번역인 다음 예문들에서 잘 확인된다.

(10) a. 제 모미 ᄒᆞ마 아논 이리 져고ᄃᆡ(身旣寡知호ᄃᆡ) <번小六 18b>
b. 몸이 이믜 알옴이 적고(身旣寡知오) <小언五 17a>

<11> 隨

'隨'가 『소학언해』 권5에서는 동작동사 '좇다'로 직역되고 『번역소학』 권6에서는 조사 '-마다'로 의역된다는 사실은 동일 원문의 번역인 다음 예문들에서 잘 확인된다.

(11) a. 뎌 간 듸마다 기러(又隨所居而長ᄒᆞ야) <번小六 3a>
b. 뎌 인는 바를 조차 기러(又隨所居而長ᄒᆞ야) <小언五 3a>

(11) c. 간 듸며 다ᄃᆞ론 듸마다 기러 갈 시니라(爲…隨所居所接而長이니라) <번小六 4a>
d. 인는 배며 다ᄃᆞᆮ는 바를 조차 길믈 위홈이니라(爲…隨所居所接而長이니라) <小언五 4a>

<12> 由

'由'가 『소학언해』 권5에서는 동작동사 '말미암다'로 직역되고 『번역소학』 권6에서는 조사 '-ᄋᆞ로'로 의역된다는 사실은 동일 원문의 번역인 다음 예문들에서 잘 확인된다.

(12) a. 조샹의 튱심ᄒᆞ며 효도ᄒᆞ며 브즈러니 ᄒᆞ며 검박호ᄆᆞ로(由祖先의 忠孝勤儉ᄒᆞ야) <번小六 20b>
b. 조샹의 튱셩ᄒᆞ며 효도ᄒᆞ며 브즈런ᄒᆞ며 검박홈으로 말미암아(由祖先의 忠孝勤儉ᄒᆞ야) <小언五 19a>

(12) c. ᄌᆞ손의 모딜며 경박ᄒᆞ며 샤치ᄒᆞ며 오만호ᄆᆞ로(由子孫의 頑率奢傲ᄒᆞ야) <번小六 20b>
d. 子孫의 모딜며 경솔ᄒᆞ며 샤치ᄒᆞ며 오만홈으로 말미암아(由子孫의 頑率奢傲ᄒᆞ야) <小언五 19a>

<13> 爲

'爲未'와 '爲…長'의 '爲'가『소학언해』권5에서는 동작동사 '위ᄒᆞ다'로 직역되고『번역소학』권6에서는 어미 '-ㄹᄉᆡ'로 의역된다는 사실은 동일 원문의 번역인 다음 예문들에서 잘 확인된다.

(13) a. 오직 일즉 子弟의 ᄒᆞ욜 이ᄅᆞᆯ ᄒᆞ디 아니ᄒᆞᆯᄉᆡ(只爲未嘗爲子弟之事ㅣ라) <번小六 3a>
b. 오직 일즉 子弟의 일을 ᄒᆞ디 아니홈을 위ᄒᆞᆫ디라(只爲未嘗爲子弟之事ㅣ라) <小언五 3a>

(13) c. 간 ᄃᆡ며 다ᄃᆞᄅᆞᆫ ᄃᆡ마다 기러 갈ᄉᆡ니라(爲…隨所居所接而長이니라) <번小六 4a>
d. 인ᄂᆞᆫ 배며 다ᄃᆞᆮᄂᆞᆫ 바ᄅᆞᆯ 조차 길믈 위홈이니라(爲…隨所居所接而長이니라) <小언五 4a>

<14> 願

'願'이『소학언해』권5에서는 동작동사 '願ᄒᆞ다'로 직역되고『번역소학』권6에서는 어미 '-고져'로 의역된다는 것은 동일 원문의 번역인 다음 예문들에서 잘 확인된다.

(14) a. ᄌᆞ손ᄋᆡ(13a) 이런 ᄒᆡᆼ뎍 이슈믈 듣고져 아니ᄒᆞ노라(不願聞子孫의 有此行也ᄒᆞ노라) <번小六 13b>
b. 子孫이 이런 ᄒᆡᆼ실이 이심 드르믈 願티 아니ᄒᆞ노라(不願聞子孫의 有此行也ᄒᆞ노라) <小언五 12b>

2.2. 動作動詞句의 의역

『소학언해』권5에서는 동작동사구로 직역되는 것이『번역소학』권6에서는 동작동사, 動作動詞句, 名詞句 및 節로 의역된다는 것은 두 문헌의 對比를 통해 잘 확인된다.

<1> 近

'近'이 『소학언해』 권5에서는 동작동사구 '갓가이 ᄒᆞ다'로 직역되고 『번역소학』 권6에서는 동작동사 '븥다'로 의역된다는 사실은 동일 원문의 번역인 다음 예문들에서 잘 확인된다.

(1) a. 유셔ᄒᆞᆫ 듸(19b) ᄀᆞ마니 브트면(匿近權要ㅣ면) <번小六 20a>
b. 권셰와 죵요로운 듸 ᄀᆞ마니 갓가이 ᄒᆞ야(匿近權要ᄒᆞ야) <小언五 18b>

<2> 好著

'好著'이 『소학언해』 권5에서는 動作動詞句 '됴히 너기다'로 직역되고 『번역소학』 권6에서는 동작동사 '맛들다'로 의역된다는 사실은 동일 원문의 번역인 다음 예문들에서 잘 확인된다.

(2) a. ᄒᆞᆫ굴ᄀᆞ티 향ᄒᆞ야 맛들면(一向好著이면) <번小六 6b>
b. ᄒᆞᆫ골ᄀᆞᆮ티 됴히 너기면(一向好著ᄒᆞ면) <小언五 6a>

<3> 耽嗜

'耽嗜'가 『소학언해』 권5에서는 動作動詞句 '耽ᄒᆞ야 즐기다'로 직역되고 『번역소학』 권6에서는 동작동사 '맛들다'로 의역된다는 사실은 동일 원문의 번역인 다음 예문들에서 잘 확인된다.

(3) a. 수우를 맛드러(耽嗜麴蘖ᄒᆞ야) <번小六 19b>
b. 麴蘖을 耽ᄒᆞ야 즐겨(耽嗜麴蘖ᄒᆞ야) <小언五 18a>

<4> 未見

'未見'이『소학언해』권5에서는 동작동사구 '보디 몯ᄒᆞ다'로 직역되고『번역소학』권6에서는 동작동사 '모ᄅᆞ다'로 의역된다는 사실은 동일 원문의 번역인 다음 예문들에서 잘 확인된다.

(4) a. ᄠᅳᄃᆡ 지향올 몰라셔ᄂᆞᆫ(未見意趣면) <번小六 7a>
b. ᄠᅳᆮ의 지취ᄅᆞᆯ 보디 몯ᄒᆞ면(未見意趣면) <小언五 7a>

<5> 爲玩戲

'爲玩戲'가『소학언해』권5에서는 動作動詞句 '완롱ᄒᆞ야 희이침 삼다'로 직역되고『번역소학』권6에서는 동작동사 '희롱ᄒᆞ다'로 의역된다는 사실은 동일 원문의 번역인 다음 예문들에서 잘 확인된다.

(5) a. 위와ᄃᆞᆯ 사ᄅᆞ미 너ᄅᆞᆯ 희롱ᄒᆞᄂᆞᆫ 줄 아디 몯ᄒᆞᄂᆞᆺ다(不知承奉者 ㅣ 以爾爲玩戲니라) <번小六 25a>
b. 위왇ᄂᆞᆫ 이 널로 ᄡᅥ 완롱ᄒᆞ야 희이침 삼ᄂᆞᆫ 주를 아디 몯ᄒᆞᄂᆞ니라(不知承奉者 ㅣ 以爾爲玩戲니라) <小언五 23b>

<6> 應對

'應對'가『소학언해』권5에서는 動作動詞句 '應ᄒᆞ며 對ᄒᆞ다'로 직역되고『번역소학』권6에서는 동작동사 'ᄃᆡ답ᄒᆞ다'로 의역된다는 사실은 동일 원문의 번역인 다음 예문들에서 잘 확인된다.

(6) a. 아ᄒᆡ의 ᄡᅳ리고 ᄡᅳᆯ며 ᄃᆡ답ᄒᆞ며 얼운 셤골 절ᄎᆞ ᄀᆞᄅᆞ촐 일 대개로 닐어(略言敎童子灑掃應對事長之節ᄒᆞ야) <번小六 7b>
b. 아ᄒᆡ 믈 ᄡᅳ리고 ᄡᅳᆯ며 應ᄒᆞ며 對ᄒᆞ며 얼운 셤길 절ᄎᆞ ᄀᆞᄅᆞ칠 일을 닐어(略言敎童子灑掃應對事長之節ᄒᆞ야) <小언五 7b>

<7> 覆墜

‘覆墜’가 『소학언해』 권5에서는 動作動詞句 ‘업텨 ᄣᅥ러 ᄇᆞ리다’로 직역되고 『번역소학』 권6에서는 동작동사 ‘업더디다’로 의역된다는 사실은 동일 원문의 번역인 다음 예문들에서 잘 확인된다.

(7) a. 업더디디 아니ᄒᆞ리 업ᄂᆞ니(莫不…以覆墜之ᄒᆞ나니) <번小六 20b>
b. ᄡᅥ 업텨 ᄣᅥ러 ᄇᆞ리디 아니리 업ᄂᆞ니(莫不…以覆墜之ᄒᆞᄂᆞ니) <小언五 19a>

(7) c. 업더디유믜 쉬오ᄆᆞᆫ(覆墜之易ᄂᆞᆫ) <번小六 20b>
d. 업텨 ᄣᅥ러 ᄇᆞ림애 쉬옴ᄋᆞᆫ(覆墜之易ᄂᆞᆫ) <小언五 19a>

<8> 在…後

‘在…後’가 『소학언해』 권5에서는 動作動詞句 ‘뒤헤 잇다’로 직역되고 『번역소학』 권6에서는 동작동사 ‘디다’로 의역된다는 사실은 동일 원문의 번역인 다음 예문들에서 잘 확인된다.

(8) a. 졍ᄉᆞ호미 ᄂᆞ믜게 디디 아니ᄒᆞ리라(斯可爲政不在人後矣리라) <번小六 35a>
b. 이 可히 졍ᄉᆞ홈이 사ᄅᆞᆷ의 뒤헤 잇디 아니ᄒᆞ리라(斯可爲政不在人後矣리라) <小언五 32b>

<9> 恐

‘恐’이 『소학언해』 권5에서는 동작동사구 ‘두려 ᄒᆞ다’로 직역되고 『번역소학』 권6에서는 동작동사구 ‘저홈 ᄀᆞ티 ᄒᆞ다’로 의역된다는 사실은 동일 원문의 번역인 다음 예문들에서 잘 확인된다.

(9) a. 기픈 못과 열운 어르믈 볼오디 뻐딜가 저홈 ᄀᆞ티 ᄒᆞ노니(深淵與薄氷을 蹈之唯恐墜ᄒᆞ노니) <번小六 27a>

b. 기픈 못과 다뭇 열운 어름을 볼옴애 오직 뻐러딜가 두려 ᄒᆞ노니(深淵與薄氷을 蹈之唯恐墜ᄒᆞ노니) <小언五 25a>

<10> 遷

'遷'이『소학언해』권5에서는 동작동사구 '노 옮기다'로 직역되고『번역소학』권6에서는 '로ᄒᆞ욤 다른 ᄃᆡ 옮기다'로 의역된다는 사실은 동일 원문의 번역인 다음 예문들에서 잘 확인된다.

(10) a. 顔子ᄋᆡ 로ᄒᆞ욤 다른 ᄃᆡ 옮기디 아니호ᄆᆞᆯ 졈졈 가히 비홀 거시오(顔子之不遷을 漸可學矣오) <번小六 9b>

b. 顔子의 노 옮기디 아니홈을 졈졈 可히 비홀 거시오(顔子之不遷을 漸可學矣오) <小언五 9a>

<11> 進

'進'이『소학언해』권5에서는 동작동사구 '나아가려 ᄒᆞ다'로 직역되고『번역소학』권6에서는 동작동사구 '벼슬ᄒᆞ고져 ᄒᆞ다'로 의역된다는 사실은 동일 원문의 번역인 다음 예문들에서 잘 확인된다.

(11) a. ᄲᆞᆯ리 벼슬ᄒᆞ고져 ᄒᆞ요미 거즛 이리라(躁進徒爲耳니라) <번小六 28a>

b. 조급히 나아가려 홈이 쇽졀업시 홈이라(躁進徒爲耳니라) <小언五 26a>

<12> 義

'義'가『소학언해』권5에서는 동작동사구 '올히 ᄒᆞ다'로 직역되고『번역소

학』 권6에서는 동작동사구 'ᄉᆡᆨᄉᆡᆨ고 법다이 ᄒᆞ다'로 의역된다는 것은 동일 원문의 번역인 다음 예문들에서 잘 확인된다.

(12) a. 아비ᄂᆞᆫ ᄉᆡᆨᄉᆡᆨ고 법다이 ᄒᆞ며 어미ᄂᆞᆫ 어엿비 너기며(父義ᄒᆞ며 母慈ᄒᆞ며) <번小六 36b>
b. 아비ᄂᆞᆫ 올히 ᄒᆞ고 어미ᄂᆞᆫ 어엿비 너기며(父義母慈ᄒᆞ며) <小언五 34a>

<13> 不知

'不知'가 『소학언해』 권5에서는 동작동사구 '아디 몯ᄒᆞ다'로 직역되고 『번역소학』 권6에서는 동작동사구 '날 어딘 줄 아디 몯ᄒᆞ다'로 의역된다는 사실은 동일 원문의 번역인 다음 예문들에서 잘 확인된다.

(13) a. 사ᄅᆞ미 날 어딘 줄 아디 몯호ᄆᆞ란 분별 마오(不患人不知ᄒᆞ고) <번小六 22a>
b. 사ᄅᆞᆷ이 아디 몯홈ᄋᆞ란 분별 마오(不患人不知ᄒᆞ고) <小언五 20b>

<14> 扇枕

'扇枕'이 『소학언해』 권5에서는 動作動詞句 '벼개 부ᄎᆞ다'로 직역되고 『번역소학』 권6에서는 동작동사구 '어버싀 벼개 부ᄎᆞ다'로 의역된다는 사실은 동일 원문의 번역인 다음 예문들에서 잘 확인된다.

(14) a. 黃香의 어버싀 벼개 부츔과(黃香의 扇枕과) <번小六 5b>
b. 黃香의 벼개 부츔과(黃香의 扇枕과) <小언五 5a>

<15> 解頤

'解頤'가 『소학언해』 권5에서는 動作動詞句 '톡을 프러 ᄇᆞ리다'로 직역되

고『번역소학』권6에서는 동작동사구 '깃거 웃다'로 의역된다는 사실은 동일 원문의 번역인 다음 예문들에서 잘 확인된다.

(15) a. 당세옛 이롤 의론ᄒᆞ요매ᄂᆞᆫ 깃거 우ᅀᅥ(論當世而解頤ᄒᆞ야)
<번小六 18a>
b. 당세롤 의론ᄒᆞ야 ᄐᆞᆨ을 프러 ᄇᆞ려[웃단 말이라](論當世而解頤ᄒᆞ야) <小언五 17a>

<16> 交游

'交游'가『소학언해』권5에서는 動作動詞句 '사괴야 놀다'로 직역되고『번역소학』권6에서는 동작동사구 '벋 사괴다'로 의역된다는 사실은 동일 원문의 번역인 다음 예문들에서 잘 확인된다.

(16) a. 셰쇽이 다 벋 사괴유믈 듕히 ᄒᆞ야(擧世重交游ᄒᆞ야)
<번小六 24b>
b. 온 셰샹이 사괴야 놀옴을 重히 너겨(擧世重交游ᄒᆞ야)
<小언五 22b>

<17> 欲之

'欲之'가『소학언해』권5에서는 動作動詞句 'ᄒᆞ과뎌 ᄒᆞ다'로 직역되고『번역소학』권6에서는 동작동사구 '어딜와뎌 ᄒᆞ다'로 의역된다는 사실은 동일 원문의 번역인 다음 예문들에서 잘 확인된다.

(17) a. 父母ㅣ 어딜와뎌 ᄒᆞ며(父母ㅣ 欲之ᄒᆞ고) <번小六 33a>
b. 父母ㅣ ᄒᆞ과뎌 ᄒᆞ고(父母ㅣ 欲之ᄒᆞ고) <小언五 30b>

<18> 干祿

'干祿'이『소학언해』권5에서는 動作動詞句 '祿 구ᄒᆞ다'의 명사형 '祿 구

ᄒᆞ기'로 직역되고『번역소학』권6에서는 명사구 '祿ᄐᆞᆯ 일'로 의역된다는 것은 동일 원문의 번역인 다음 예문들에서 잘 확인된다.

(18) a. 너희 祿ᄐᆞᆯ 일 ᄇᆡ호ᄆᆞᆯ 警戒ᄒᆞ노니(戒爾學干祿ᄒᆞ노니)
<번小六 22a>
b. 너를 祿 구ᄒᆞ기 ᄇᆡ홈올 경계ᄒᆞ노니(戒爾學干祿ᄒᆞ노니)
<小언五 20b>

<19> 物我

'有物我'의 '物我'가『소학언해』권5에서는 동작동사구 '놈이며 내라 ᄒᆞ다'의 명사형으로 직역되고『번역소학』권6에서는 명사구 'ᄂᆞ미며 내라 ᄒᆞᄂᆞᆫ ᄆᆞᅀᆞᆷ'으로 의역된다는 것은 동일 원문의 번역인 다음 예문들에서 잘 확인된다.

(19) a. 곧 그 어버ᅀᅴ거긔도 ᄒᆞ마 ᄂᆞ미며 내라 ᄒᆞᄂᆞᆫ ᄆᆞᅀᆞ미 이셔(則於其親已有物我ᄒᆞ야) <번小六 3a>
b. 곧 어버의게 임읫 놈이며 내라 홈이 이셔(則於其親已有物我야) <小언五 3a>

<20> 賭博

'賭博'이『소학언해』권5에서는 動作動詞句 '博으로 더느다'의 명사형 '博으로 더느기'로 직역되고『번역소학』권6에서는 명사구 '나기 쟝긔 상륙'으로 의역된다는 것은 동일 원문의 번역인 다음 예문들에서 잘 확인된다.

(20) a. 나기 쟝긔 상륙을 ᄇᆡ호디 말며(無學賭博ᄒᆞ며) <번小六 36b>
b. 博으로 더느기(34a)를 ᄇᆡ호디 말며(無學賭博ᄒᆞ며)
<小언五 34b>

<21> 致客

'致客'이 『소학언해』 권5에서는 動作動詞句 '손을 닐위다'로 직역되고 『번역소학』 권6에서는 절 '소니 오다'로 의역된다는 사실은 동일 원문의 번역인 다음 예문들에서 잘 확인된다. 『번역소학』 권6의 구성은 'NP+-이+VP'로 하나의 문장이고 『소학언해』 권5의 구성은 'NP+-룰+VP'이다.

(21) a. 아비 거상애 소니 오디(父喪致客에) <번小六 14b>
b. 아비 상ᄉᆞ애 손을 닐윔애(父喪致客애) <小언五 13b>

<22> 得市童憐

'得市童憐'이 『소학언해』 권5에서는 동작동사구 '져젯 아히돌히 과홈올 얻다'로 직역되고 『번역소학』 권6에서는 절 '져젯 아히돌히 과ᄒᆞ여 ᄒᆞ다'로 의역된다는 사실은 동일 원문의 번역인 다음 예문들에서 잘 확인된다. 『소학언해』 권5의 구성은 'NP+-룰+VP'인데 『번역소학』 권6에서의 구성은 'NP+-이+VP'이다.

(22) a. 비록 져젯 아히돌히 과ᄒᆞ여 ᄒᆞ나(雖得市童憐이나)
<번小六 26a>
b. 비록 져젯 아히돌히 과홈올 어드나(雖得市童憐이나)
<小언五 24b>

<23> 班白

'班白'이 『소학언해』 권5에서는 동작동사구 '반만 셰다'로 직역되고 『번역소학』 권6에서는 節 '머리 반만 셰다'로 의역된다는 사실은 동일 원문의 번역인 다음 예문들에서 잘 확인된다.

(23) a. 머리 반만 셴 사ᄅᆞ미(班白者ㅣ) <번小六 37a>
b. 반만 셴 이(班白者ㅣ) <小언五 34b>

2.3. 狀態動詞의 의역

『소학언해』 권5에서는 狀態動詞로 직역되는 것이 『번역소학』 권6에서는 상태동사구, 동사구 및 명사구로 의역된다는 것은 두 문헌의 對比를 통해 명백히 확인된다. 『번역소학』 권6에서 의역되는 狀態動詞에는 '儉', '淸', '汪汪', '謙' 및 '畏'가 있다.

<1> 儉

'儉'이 『소학언해』 권5에서는 상태동사 '검박ᄒᆞ다'로 직역되고 『번역소학』 권6에서는 상태동사구 '샤치티 아니ᄒᆞ다'로 의역된다는 사실은 동일 원문의 번역인 다음 예문들에서 잘 확인된다.

(1) a. ᄆᆞᅀᆞ몰 ᄂᆞᄌᆞ기 ᄒᆞ야 존졀ᄒᆞ야 샤치티 아니ᄒᆞ며(謙約節儉ᄒᆞ여) <번小六 13b>
b. 겸양ᄒᆞ며 간약ᄒᆞ며 존졀ᄒᆞ며 검박ᄒᆞ며(謙約節儉ᄒᆞ며) <小언五 13a>

<2> 淸

'淸'이 『소학언해』 권5에서는 상태동사 '청허ᄒᆞ다'로 직역되고 『번역소학』 권6에서는 상태동사구 '간대옛 실 없다'로 의역된다는 사실은 동일 원문의 번역인 다음 예문들에서 잘 확인된다.

(2) a. 齊梁 시져레 간대옛 실 업ᄉᆞᆫ 의론올 슝샹ᄒᆞ니(齊梁이 尙淸議ᄒᆞ니) <번小六 23a>

b. 齊와 梁 적이 쳥허ᄒᆞᆫ 의론을 슝샹ᄒᆞ니(齊梁이 尙淸議ᄒᆞ니)
<小언五 21b>

<3> 汪汪

'汪汪'이『소학언해』권5에서는 상태동사 '汪汪ᄒᆞ다'로 직역되고『번역소학』권6에서는 상태동사구 '깁고 넙다'로 의역된다는 사실은 동일 원문의 번역인 다음 예문들에서 잘 확인된다.

(3) a. 이런 ᄃᆞ로 어딘 사ᄅᆞ의 ᄆᆞᅀᆞ믄 깁고 너버 ᄆᆞᆰᄀᆞᆫ 믈 ᄀᆞᄐᆞ니라(所以君子心은 汪汪淡如水ㅣ니라) <번小六 25a>
b. ᄡᅥ 君子의 ᄆᆞ옴이 汪汪ᄒᆞ야 ᄆᆞᆰ옴이 믈 ᄀᆞᄐᆞᆫ 배니라(所以君子心이 汪汪淡如水ㅣ니라) <小언五 23a>

<4> 謙

'謙'이『소학언해』권5에서는 상태동사 '겸양ᄒᆞ다'로 직역되고『번역소학』권6에서는 동작동사구 'ᄆᆞᅀᆞ믈 ᄂᆞᄌᆞ기 ᄒᆞ다'로 의역된다는 사실은 동일 원문의 번역인 다음 예문들에서 잘 확인된다.

(4) a. ᄆᆞᅀᆞ믈 ᄂᆞᄌᆞ기 ᄒᆞ야 존졀ᄒᆞ야 샤치티 아니ᄒᆞ며(謙約節儉ᄒᆞ여)
<번小六 13b>
b. 겸양ᄒᆞ며 간약ᄒᆞ며 존졀ᄒᆞ며 검박ᄒᆞ며(謙約節儉ᄒᆞ며)
<小언五 13a>

<5> 畏

'畏'가『소학언해』권5에서는 상태동사 '저프다'의 명사형 '저픔'으로 직역되고『번역소학』권6에서는 명사구 '저픈 ᄠᅳᆮ'으로 의역된다는 것은 동일 원문의 번역인 다음 예문들에서 잘 확인된다.

(5) a. 구쳐 분별ᄒᆞ며 저픈 ᄠᅳ들 머거(戚戚懷憂畏ᄒᆞ야) <번小六 27a>
b. 戚戚히 근심과 저픔을 품어(戚戚懷憂畏ᄒᆞ야) <小언五 25a>

2.4. 狀態動詞句의 의역

『소학언해』 권5에서는 상태동사구로 직역되는 것이 『번역소학』 권6에서는 상태동사, 상태동사구, 名詞句 그리고 節로 의역된다는 것은 두 문헌의 對比를 통해 잘 확인된다.

<1> 放曠

'放曠'이 『소학언해』 권5에서는 상태동사구 '방탕ᄒᆞ며 허소ᄒᆞ다'로 직역되고 『번역소학』 권6에서는 상태동사 '방탕ᄒᆞ다'로 의역된다는 사실은 동일 원문의 번역인 다음 예문들에서 잘 확인된다.

(1) a. 너희 방탕티 마로ᄆᆞᆯ 警戒ᄒᆞ노니(戒爾勿放曠ᄒᆞ노니)
<번小六 23a>
b. 너를 방탕ᄒᆞ며 허소티 말라 경계ᄒᆞ노니(戒爾勿放曠ᄒᆞ노니)
<小언五 21a>

(1) c. 방탕호미 단졍ᄒᆞᆫ 사ᄅᆞ미 아니라(放曠이 非端士이라)
<번小六 23a>
d. 방탕(21a)ᄒᆞ며 허소홈이 단졍ᄒᆞᆫ 션비 아니라(放曠이 非端士이라) <小언五 21b>

<2> 久久

'久久'가 『소학언해』 권5에서는 상태동사구 '오라며 오라다'로 직역되고 『번역소학』 권6에서는 상태동사구 'ᄀᆞ장 오라다'로 의역된다는 사실은 동일

원문의 번역인 다음 예문들에서 잘 확인된다.

(2) a. ᄀᆞ장 오라 이러 니그면(久久成熟이면) <번小六 5b>
b. 오라며 오라셔 이러 니그면(久久成熟이면) <小언五 5b>

<3> 驕易

'驕易'가 『소학언해』 권5에서는 상태동사구 '교만ᄒᆞ고 쉽살ᄒᆞ다'의 명사형으로 직역되고 『번역소학』 권6에서는 명사구 '교만ᄒᆞᆫ ᄆᆞᅀᆞᆷ'으로 의역된다는 것은 동일 원문의 번역인 다음 예문들에서 잘 확인된다. '쉽살ᄒᆞ다'는 '경시하다'의 뜻이다.

(3) a. 잠ᄶᅡᆫ도 교만ᄒᆞᆫ ᄆᆞᅀᆞᆷ을 내디 마롤디라(不敢生驕易ᄒᆞ라) <번小六 21b>
b. 敢히 교만ᄒᆞ고 쉽살홈을 내디 말라(不敢生驕易라) <小언五 20a>

<4> 依舊

'依舊'가 『소학언해』 권5에서는 상태동사구 '녜 ᄀᆞᆮ다'로 직역되고 『번역소학』 권6에서는 명사구 'ᄒᆞᆫ 가지'로 의역된다는 것은 동일 원문의 번역인 다음 예문들에서 잘 확인된다.

(4) a. 주구매 니르러도 ᄒᆞᆫ 가지라(至死只依舊ㅣ니라) <번小六 3a>
b. 죽음애 니르러도 오직 녜 ᄀᆞᆮᄂᆞ니라(至死只依舊ㅣ니라) <小언五 3a>

<5> 金蘭

'金蘭'이 『소학언해』 권5에서는 상태동사구 '金蘭 ᄀᆞᆮ다'로 직역되고 『번

역소학』 권6에서는 절 '사괴ᄂᆞᆫ 정셩이 쇠롤 베티며 ᄆᆞᅀᆞᄆᆡᆺ 말호미 곳다오미 蘭草 ᄀᆞᆮ다'로 의역된다는 사실은 동일 원문의 번역인 다음 예문들에서 잘 확인된다.『번역소학』 권6의 구성은 'NP_1 + -이 + NP_2 + ᄀᆞᆮ다'이고『소학언해』 권5의 구성은 'NP+ᄀᆞᆮ다'이다.

(5) a. 사괴ᄂᆞᆫ 정셩이 쇠롤 베티며 ᄆᆞᅀᆞᄆᆡᆺ 말호미 곳다오미 蘭草 ᄀᆞᄐᆞᆫ 契롤 일웻논가 ᄒᆞᄂᆞ니(擬結金蘭契ᄒᆞᄂᆞ니) <번小六 24b>

b. 金蘭(22b) ᄀᆞᄐᆞᆫ 契롤 ᄆᆡᄌᆞᆫ노라 ᄒᆞᄂᆞ니(擬結金蘭契ᄒᆞᄂᆞ니) <小언五 23a>

3. 副詞語句의 意譯

『소학언해』 권5에서는 부사어구로 직역되는 것이『번역소학』 권6에서는 부사어로 의역된다는 것은 두 문헌의 對比를 통해 잘 확인된다.

<1> 可以

'可以'가『소학언해』 권5에서는 부사어구 '可히 ᄡᅥ'로 직역되고『번역소학』 권6에서는 동작동사 '더블다'의 부사형 '더브러'로 의역된다는 사실은 동일 원문의 번역인 다음 예문들에서 잘 확인된다.

(1) a. 이 사ᄅᆞᄆᆞᆫ 더브러 노ᄑᆞᆫ 이롤 니ᄅᆞ디 몯ᄒᆞ리라(此人은 不可以語上矣니) <번小六 11b>

b. 이 사ᄅᆞᆷ은 可히 ᄡᅥ 웃(10b)충을 닐ᄋᆞ디 몯ᄒᆞ리라(此人은 不可以語上矣니라) <小언五 11a>

4. 節의 意譯

『소학언해』 권5에서는 節로 직역되는 것이『번역소학』 권6에서는 상태동사로 의역된다는 것은 두 문헌의 對比를 통해 잘 확인된다.

<1> 痛心

'痛心'이『소학언해』 권5에서는 절 'ᄆᆞᄋᆞᆷ이 알ᄑᆞ다'로 직역되고『번역소학』 권6에서는 상태동사 '통심ᄃᆞ외다'로 의역된다는 사실은 동일 원문의 번역인 다음 예문들에서 잘 확인된다.

(1) a. 니ᄅᆞ건댄 통심ᄃᆞ외니(言之痛心ᄒᆞ니) <번小六 20b>
b. 닐ᄋᆞ건댄 ᄆᆞᄋᆞᆷ이 알ᄑᆞ니(言之痛心ᄒᆞ니) <小언五 19a>

제3장 語彙的 差異

어휘적 차이는 동일한 漢字와 漢字句가 『번역소학』 권6과 『소학언해』 권5에서 相異하게 번역되는 경우인데, 어휘적 차이는 여러 가지 유형으로 분류하여 고찰할 수 있다.

1. 名詞類와 名詞類

동일한 漢字와 漢字句가 『번역소학』 권6에서는 명사류로 번역되고 『소학언해』 권5에서는 명사류로 번역된다는 것은 두 문헌의 對比를 통해 잘 확인된다. 『번역소학』 권6에서 번역되는 명사류에는 名詞, 명사구 및 代名詞가 있다. 『소학언해』 권5에서 번역되는 명사류에는 名詞, 명사구 및 代名詞가 있다.

<1> 致

'致'가 『번역소학』 권6에서는 명사 '일'로 번역되고 『소학언해』 권5에서는 명사 '허울'('운치'를 뜻함)로 번역된다는 사실은 동일 원문의 번역인 다음 예문들에서 잘 확인된다.

(1) a. 잔 머구모로 노푼 이롤 삼고(以啣杯로 爲高致ᄒᆞ고)
<번小六 19b>

b. 잔 먹움기로 뼈 노픈 허울을 삼고(以啣杯로 爲高致ᄒᆞ고)
<小언五 18a>

<2> 所

'所'가 『번역소학』 권6에서는 명사 '일'로 번역되고 『소학언해』 권5에서는 의존명사 '바'로 번역된다는 사실은 동일 원문의 번역인 다음 예문들에서 잘 확인된다.

(2) a. 어딘 이ᄅᆞᆯ 니ᄅᆞ며(言其所善ᄒᆞ며) <번小六 33b>
b. 그 어딘 바ᄅᆞᆯ 닐ᄋᆞ며(言其所善ᄒᆞ며) <小언五 31a>

(2) c. 어딘 이ᄅᆞᆯ 힝ᄒᆞ며 어딘 이ᄅᆞᆯ ᄉᆞ랑ᄒᆞ고(行其所善ᄒᆞ며 思其所善ᄒᆞ야) <번小六 33b>
d. 그 어딘 바ᄅᆞᆯ 行ᄒᆞ며 그 어딘 바ᄅᆞᆯ ᄉᆡᆼ각ᄒᆞ면(行其所善ᄒᆞ며 思其所善이면) <小언五 31a>

<3> 物

'物'이 『번역소학』 권6에서는 명사 '만믈'으로 번역되고 『소학언해』 권5에서는 명사구 '자븐 것'으로 번역된다는 것은 동일 원문의 번역인 다음 예문들에서 잘 확인된다.

(3) a. 만믈이 셩ᄒᆞ면 모로매 쇠ᄒᆞ고(物盛則必衰ᄒᆞ고) <번小六 27b>
b. 자븐 거시 盛ᄒᆞ면 반드시 衰ᄒᆞ고(物盛則必衰ᄒᆞ고)
<小언五 25b>

<4> 彝

'彝'가 『번역소학』 권6에서는 명사 '常性'으로 번역되고 『소학언해』 권5

에서는 명사구 '덛덛ᄒᆞᆫ 것'으로 번역된다는 사실은 동일 원문의 번역인 다음 예문들에서 잘 확인된다.

(4) a. ᄇᆡᆨ셩이 자뱃논 常性이론 ᄃᆞ로(民秉之彝也故로) <번小六 2a>
b. ᄇᆡᆨ셩의 자밧ᄂᆞᆫ 덛덛ᄒᆞᆫ 거시라(民秉之彝也故로) <小언五 1b>

(4) c. ᄇᆡᆨ셩이 자뱃논 常性이라(民之秉彝라) <번小六 1b>
d. ᄇᆡᆨ셩의 자밧ᄂᆞᆫ 덛덛ᄒᆞᆫ 거시라(民之秉彝라) <小언五 1b>

<5> 上

'上'이 『번역소학』 권6에서는 명사구 '노ᄑᆞᆫ 일'로 번역되고 『소학언해』 권5에서는 명사 '욷층'으로 번역된다는 사실은 동일 원문의 번역인 다음 예문들에서 잘 확인된다.

(5) a. 이 사ᄅᆞᄆᆞᆫ 더브러 노ᄑᆞᆫ 이ᄅᆞᆯ 니ᄅᆞ디 몯ᄒᆞ리라(此人는 不可以語上矣니라) <번小六 11b>
b. 이 사ᄅᆞᆷ은 可히 ᄡᅥ 욷(10b)층을 닐ᄋᆞ디 몯ᄒᆞ리라(此人은 不可以語上矣니라) <小언五 11a>

<6> 義

'義'가 『번역소학』 권6에서는 명사구 '어딘 ᄃᆞᆺᄒᆞᆫ 일'로 번역되고 『소학언해』 권5에서는 명사구 '올ᄒᆞᆫ 일'로 번역된다는 사실은 동일 원문의 번역인 다음 예문들에서 잘 확인된다.

(6) a. 호긔롭고 ᄂᆞᆷ ᄧᅧ려 어딘 ᄃᆞᆺᄒᆞᆫ 이ᄅᆞᆯ 즐겨(豪俠好義ᄒᆞ야) <번小六 14a>
b. 호긔롭고 ᄂᆞᄆᆞᆯ ᄧᅧ려 올ᄒᆞᆫ 일(13a)ᄋᆞᆯ 즐겨(豪俠好義ᄒᆞ야) <小언五 13b>

<7> 幼

'幼'가『번역소학』권6에서는 명사구 '아히 시절'로 번역되고『소학언해』권5에서는 명사구 '어린 제'로 번역된다는 사실은 동일 원문의 번역인 다음 예문들에서 잘 확인된다.

(7) a. 아히 시절브터 늘고매 니르히(自幼至老히) <번小六 10a>
b. 어린 제브터 닐곰애 니르히(自幼至老히) <小언五 9b>

그리고 '幼'가『번역소학』권6에서는 명사구 '아히 삐'로 번역되고『소학언해』권5에서는 명사구 '아힌 제'로 번역된다는 것을 동일 원문의 다음 예문들에서 알 수 있다.

(7) c. 아히 삐브터(從幼) <번小六 3a>
d. 아힌 제 브터(從幼) <小언五 2b>

<8> 善也者

'善也者'가『번역소학』권6에서는 명사구 '어디니'로 번역되고『소학언해』권5에서는 명사구 '어디롬이란 것'으로 번역된다는 사실은 동일 원문의 번역인 다음 예문들에서 잘 확인된다.『번역소학』권6의 '어디니'는 '어디+-ㄴ#이'로 분석되고 '이'는 [것]의 뜻을 가진 의존명사이다.

(8) a. 어디니는 吉이라 닐오미오(善也者는 吉之謂也ㅣ오) <번小六 29a>
b. 어디롬이란 거슨 吉홈을 닐옴이오(善也者는 吉之謂也ㅣ오) <小언五 27a>

<9> 何

'何'가『번역소학』권6에서는 명사구 '엇더니'로 번역되고『소학언해』권5

에서는 대명사 '므섯'으로 번역된다는 사실은 동일 원문의 번역인 다음 예문들에서 잘 확인된다. 명사구 '엇더니'는 '엇던#이'로 분석될 수 있다.

(9) a. 聖人 아녀 엇더니며(非聖而何ㅣ며) <번小六 29a>
　　b. 聖人 아니오 므서시며(非聖而何ㅣ며) <小언五 27a>

(9) c. 어린 것 아녀 엇더니리오(非愚而何ㅣ리오) <번小六 29a>
　　d. 어린 이 아니오 므섯고(非愚而何오) <小언五 27a>

<10> 己

'己'가 『번역소학』 권6에서는 대명사 '저'로 번역되고 『소학언해』 권5에서는 대명사 '나'로 번역된다는 사실은 동일 원문의 번역인 다음 예문들에서 잘 확인된다.

(10) a. 제 힘을 잇브게 ᄒᆞ며(使勞己之力ᄒᆞ며) <번小六 32b>
　　b. ᄒᆡ여곰 내의 힘을 근(30a)로ᄒᆞ며(使勞己之力ᄒᆞ며) <小언五 30b>

(10) c. 제 쳔량올 해자홀 거시면(費己之財인댄) <번小六 32b>
　　d. 내의 지믈을 허비홀딘댄(費己之財ㄴ댄) <小언五 30b>

(10) e. 제 힘 잇브디 아니ᄒᆞ며(不勞己之力ᄒᆞ며) <번小六 32b>
　　f. 내의 힘 글로티 아니ᄒᆞ며(不勞己之力ᄒᆞ며) <小언五 30b>

2. 名詞類와 動詞類

동일한 漢字와 漢字句가 『번역소학』 권6에서는 명사류로 번역되고 『소학언해』 권5에서는 동사류로 번역된다는 것은 두 문헌의 對比를 통해 잘 확인된다.『번역소학』권6에서 번역되는 명사류에는 名詞와 명사구가 있고『소학언해』권6에서 번역되는 동사류에는 動作動詞, 동작동사구 및 상태동사가 있다.

2.1. 名詞와 動詞類

동일한 漢字와 漢字句가『번역소학』권6에서는 명사로 번역되고『소학언해』권5에서는 동사류로 번역된다.『소학언해』권5에서 번역되는 동사류에는 動作動詞句와 상태동사가 있다.

<1> 名

'名'이『번역소학』권6에서는 명사 '명리'로 번역되고『소학언해』권5에서는 동작동사구 '일훔나다'로 번역된다는 사실은 동일 원문의 번역인 다음 예문들에서 잘 확인된다.

(1) a. 명리 구시레 시급히 ᄒᆞ야(急於名宦ᄒᆞ야) <번小六 19b>
b. 일훔난 벼슬에 急히 너겨(急於名宦ᄒᆞ야) <小언五 18b>

한편 '名'이 두 문헌에서 동작동사구 '일훔나다'와 '일훔나다'로 번역된다는 사실은 동일 원문의 번역인 다음 예문들에서 잘 확인된다.

(1) c. 일훔난 가문과 노ᄑᆞᆫ 족쇽이(名門右族이) <번小六 20b>
d. 일훔난 가문과 놉ᄑᆞᆫ 결에(名門右族이) <小언五 19a>

<2> 過

'過'가『번역소학』권6에서는 명사 '허믈'로 번역되고『소학언해』권5에서는 동작동사구 '그르 ᄒᆞ다'로 번역된다는 사실은 동일 원문의 번역인 다음 예문들에서 잘 확인된다.

(2) a. 허므를 뉘읏븐 주롤 아디 몯호미(過而不知悔ㅣ) <번小六 12a>
b. 그르 ᄒᆞ고 뉘우츨 줄올 아디 몯호미(過而不知悔ㅣ)
<小언五 11a>

<3> 立志

'立志'가 『번역소학』 권6에서는 명사 '닙지'로 번역되고 『소학언해』 권5에서는 동작동사구 'ᄠᅳᆮ 셰다'의 명사형 'ᄠᅳᆮ 셤'으로 번역된다는 것은 동일 원문의 번역인 다음 예문들에서 잘 확인된다.

(3) a. 만일에 닙지 놉디 몯ᄒᆞ면(若夫立志不高則) <번小六 11a>
b. 만일 ᄠᅳᆮ 셤이 놉디 아니ᄒᆞ면(若夫立志不高則) <小언五 10b>

<4> 經學

'經學'이 『번역소학』 권6에서는 명사 '실혹'으로 번역되고 『소학언해』 권5에서는 동작동사구 '經을 비호다'로 번역된다는 사실은 동일 원문의 번역인 다음 예문들에서 잘 확인된다.

(4) a. 오직 실혹오로 ᄀᆞᄅᆞ쳐 글 닐기롤 좀탁ᄒᆞ게 ᄒᆞ고(只教以經學念書ㅣ언뎡) <번小六 6a>
b. 오직 經을 비화 글 외옴으로ᄡᅥ ᄀᆞᄅᆞ치고(只教以經學念書ㅣ오)
<小언五 6a>

<5> 吉

'吉'이 『번역소학』 권6에서는 명사 '吉'로 번역되고 『소학언해』 권5에서는 상태동사 '吉ᄒᆞ다'의 명사형 '吉홈'으로 번역된다는 사실은 동일 원문의 번역인 다음 예문들에서 잘 확인된다.

(5) a. 어디니는 吉이라 닐오미오(善也者ᄂᆞᆫ 吉之謂也ㅣ오)
<번小六 29a>
b. 어디롬이란 거슨 吉홈을 닐옴이오(善也者ᄂᆞᆫ 吉之謂也ㅣ오)
<小언五 27a>

<6> 凶

'凶'이『번역소학』권6에서는 명사 '凶'으로 번역되고『소학언해』권5에서는 상태동사 '凶ᄒᆞ다'의 명사형 '凶홈'으로 번역된다는 사실은 동일 원문의 번역인 다음 예문들에서 잘 확인된다.

(6) a. 어디디(29a) 몯ᄒᆞ니는 凶이라 닐오미니라(知…不善也者ᄂᆞᆫ 凶之謂也ㅣ니라) <번小六 29b>
b. 어디디 몯홈이란 거슨 凶홈을 닐옴인 줄을 알(27a)디니라(知…不善也者ᄂᆞᆫ 凶之謂也ㅣ니라) <小언五 27b>

<7> 如

'如'가『번역소학』권6에서는 명사 '톄'로 번역되고『소학언해』권5에서는 상태동사 'ᄀᆞᇀ다'로 번역된다는 사실은 동일 원문의 번역인 다음 예문들에서 잘 확인된다.

(7) a. 子路의 ᄡᆞᆯ 지던 톄엣 일둘홀(如…子路의 負米之類ㅣ니)
<번小六 5b>
b. 子路의 ᄡᆞᆯ 짐 ᄀᆞᄐᆞᆫ 類ᄅᆞᆯ(如…子路의 負米之類ᄅᆞᆯ)
<小언五 5a>

2.2. 名詞句와 動詞類

동일한 漢字와 漢字句가『번역소학』권6에서는 명사구로 번역되고『소학언해』 권5에서는 동사류로 번역된다. 『소학언해』 권5에서는 번역되는 동사류에는 動作動詞, 동작동사구 및 상태동사가 있다.

<1> 衆

'衆'이 『번역소학』 권6에서는 명사구 '모ᄃᆞᆫ 사ᄅᆞᆷ'으로 번역되고 『소학언해』 권5에서는 동작동사 '몯다'의 부사형 '모다'로 번역된다는 사실은 동일 원문의 번역인 다음 예문들에서 잘 확인된다.

(1) a. 모ᄃᆞᆫ 사ᄅᆞ미 로ᄒᆞ며 뭀사ᄅᆞ미 믜여(衆怒群猜ᄒᆞ야)
<번小六 20a>
b. 모다 怒ᄒᆞ고 물져 ᄡᅴ여(衆怒群猜ᄒᆞ야) <小언五 18b>

<2> 群

'群'이 『번역소학』 권6에서는 명사구 '뭀 사ᄅᆞᆷ'으로 번역되고 『소학언해』 권5에서는 동작동사 '물지다'의 부사형 '물져'로 번역된다는 사실은 동일 원문의 번역인 다음 예문들에서 잘 확인된다.

(2) a. 모ᄃᆞᆫ 사ᄅᆞ미 로ᄒᆞ며 뭀 사ᄅᆞ미 믜여(衆怒群猜ᄒᆞ야)
<번小六 20a>
b. 모다 怒ᄒᆞ고 물져 ᄡᅴ여(衆怒群猜ᄒᆞ야) <小언五 18b>

<3> 致

'致'가 『번역소학』 권6에서는 명사구 '닐위욜 줄'로 번역되고 『소학언해』 권5에서는 동작동사 '닐위다'의 명사형으로 번역된다는 사실은 동일 원문의 번역인 다음 예문들에서 잘 확인된다.

(3) a. 먼 ᄃᆡ 닐위욜 주리 업ᄉᆞ니라(無以致遠이니라) <번小六 16a>

b. ᄡᅥ 먼 ᄃᆡ 닐윔이 업ᄉᆞ니라(無以致遠이니라) <小언五 15a>

<4> 樂

'樂'이『번역소학』권6에서는 명사구 '즐겨ᄒᆞᄂᆞᆫ 일'로 번역되고『소학언해』권5에서는 동작동사구 '즐겨 ᄒᆞ다'의 명사형 '즐겨 홈'으로 번역된다는 사실은 동일 원문의 번역인 다음 예문들에서 잘 확인된다.

(4) a. 사ᄅᆞ미 즐겨 ᄒᆞᄂᆞᆫ 이ᄅᆞᆯ 조차 즐겨(樂人之樂ᄒᆞ야) <번小六 14b>
b. 사ᄅᆞᆷᄋᆡ 즐겨 홈을 즐겨(樂人之樂ᄒᆞ야) <小언五 13b>

<5> 過

'過'가『번역소학』권6에서는 명사구 '그ᄅᆞ 혼 일'로 번역되고『소학언해』권5에서는 동작동사구 '그ᄅᆞ ᄒᆞ다'로 번역된다는 사실은 동일 원문의 번역인 다음 예문들에서 잘 확인된다.

(5) a. 그ᄅᆞ 혼 이ᄅᆞᆯ 능히 뉘읏처 ᄒᆞ고(過而能悔ᄒᆞ며) <번小六 9b>
b. 그ᄅᆞ ᄒᆞ고 能히 뉘웃츠며(過而能悔ᄒᆞ며) <小언五 9a>

<6> 立身

'立身'이『번역소학』권6에서는 명사구 '立身홀 일'로 번역되고『소학언해』권5에서는 동작동사구 '몸 셰다'의 명사형 '몸 셰기'로 번역된다는 사실은 동일 원문의 번역인 다음 예문들에서 잘 확인된다.

(6) a. 너희 立身홀 일 ᄇᆡ호ᄆᆞᆯ 警戒ᄒᆞ노니(戒爾學立身ᄒᆞ노니)
<번小六 21b>
b. 너를 몸 셰기 ᄇᆡ홈올 경계ᄒᆞ노니(戒爾學立身ᄒᆞ노니)
<小언五 20a>

<7> 徒爲

'徒爲'가 『번역소학』 권6에서는 명사구 '거즛 일'로 번역되고 『소학언해』 권5에서는 동작동사구 '쇽졀업시 ᄒᆞ다'의 명사형 '쇽졀업시 홈'으로 번역된다는 사실은 동일 원문의 번역인 다음 예문들에서 잘 확인된다.

(7) a. ᄲᆞᆯ리 벼슬ᄒᆞ고져 ᄒᆞ요미 거즛 이리라(躁進徒爲耳니라)
<번小六 28a>
b. 조급히 나아가려 홈이 쇽졀업시 홈이라(躁進徒爲耳니라)
<小언五 26a>

<8> 惡

'惡'이 『번역소학』 권6에서는 명사구 '사오나온 일'로 번역되고 『소학언해』 권5에서는 상태동사 '사오납다'의 명사형 '사오나옴'으로 번역된다는 사실은 동일 원문의 번역인 다음 예문들에서 잘 확인된다.

(8) a. 사ᄅᆞ미 사오나온 일란 듣고(聞人之惡ᄒᆞ고) <번小六 19a>
b. 사ᄅᆞᆷ의 사오나옴으란 듣고(聞人之惡ᄒᆞ고) <小언五 17b>

3. 名詞類와 副詞

동일한 漢字가 『번역소학』 권6에서는 명사류로 번역되고 『소학언해』 권5에서는 副詞로 번역된다는 것은 두 문헌의 對比를 통해 잘 확인된다. 『번역소학』 권6에서 번역되는 명사류에는 名詞, 명사구 및 代名詞가 있다.

<1> 自

'自'가 『번역소학』 권6에서는 명사 '몸'으로 번역되고 『소학언해』 권5에서

는 부사 '스스로'로 번역된다는 사실은 동일 원문의 번역인 다음 예문들에서 잘 확인된다.

(1) a. 모ᄆᆞᆯ 긔약ᄒᆞ야 ᄀᆞ티 되오려 홀디니라(自期待니라) <번小六 34a>
b. 스스로 긔약ᄒᆞ야 기들오며(自期待ᄒᆞ며) <小언五 31b>

<2> 適

'適'이『번역소학』권6에서는 의존명사 'ᄯᆞᄅᆞᆷ'으로 번역되고『소학언해』권5에서는 부사 '다ᄆᆞᆫ'으로 번역된다는 사실은 동일 원문의 번역인 다음 예문들에서 잘 확인된다.

(2) a. 모맷 허므리 ᄃᆞ욀(24a) ᄯᆞᄅᆞᆷ이니라(適足爲身累ㅣ니라) <번小六 24b>
b. 다ᄆᆞᆫ 足히 몸읫 험을이 되ᄂᆞ니라(適足爲身累ㅣ니라) <小언五 22b>

<3> 自

'自'가『번역소학』권6에서는 명사구 '제 몸'으로 번역되고『소학언해』권5에서는 부사 '스스로'로 번역된다는 사실은 동일 원문의 번역인 다음 예문들에서 잘 확인된다.

(3) a. 제 모ᄆᆞ란 ᄂᆞᆽ가이 ᄒᆞ고 ᄂᆞᄆᆞᆯ 尊히 ᄒᆞ며(自卑而尊人ᄒᆞ고) <번小六 22b>
b. 스스로 ᄂᆞᆽ가이 ᄒᆞ고 사ᄅᆞᆷ을 尊히 ᄒᆞ며(自卑而尊人ᄒᆞ며) <小언五 21a>

<4> 何

'何'가『번역소학』권6에서는 대명사 '어느'로 번역되고『소학언해』권5에서는 부사 '엇디'로 번역된다는 사실은 동일 원문의 번역인 다음 예문들에서 잘 확인된다.

(4) a. 쟝찻 다시 어늬 미츠리오(將復何及也ㅣ리오) <번小六 17a>
b. 쟝찻 쏘 엇디 밋츠리오(將復何及也ㅣ리오) <小언五 16a>

4. 代名詞와 冠形詞

동일한 漢字가『번역소학』권6에서는 代名詞로 번역되고『소학언해』권5에서는 冠形詞로 번역된다는 것은 두 문헌의 對比를 통해 잘 확인된다.

<1> 其

'其'가『번역소학』권6에서는 대명사 '저'의 속격 '제'로 번역되고『소학언해』권5에서는 관형사 '그'로 번역된다는 것은 동일 원문의 번역인 다음 예문들에서 잘 확인된다.

(1) a. 제 ᄆᆞᄉᆞ매 너규ᄃᆡ(其心에 必曰) <번小六 11b>
b. 그 ᄆᆞ음애 반ᄃᆞ시 ᄀᆞᆯ오ᄃᆡ(其心에 必曰) <小언五 10b>

5. 動詞類와 動詞類

동일한 漢字와 漢字句가『번역소학』권6에서는 동사류로 번역되고『소학언해』권5에서는 動詞類로 번역된다는 것은 두 문헌의 對比를 통해 잘 확인된다.『번역소학』권6에서 번역되는 동사류에는 動作動詞, 동작동사구 및 상태동사가 있다.『소학언해』 권5에서 번역되는 동사류에는 動作動詞, 동작동사구, 狀態動詞 및 상태동사구가 있다.

5.1. 動作動詞와 動詞類

동일한 漢字와 漢字句가『번역소학』 권6에서는 동작동사로 번역되고『소학언해』 권5에서는 동사류로 번역된다.『소학언해』 권5에서 번역되는 동사류에는 動作動詞, 동작동사구 및 상태동사가 있다.

<1> 謹

'謹'이『번역소학』 권6에서는 동작동사 '고티다'로 번역되고『소학언해』 권5에서는 동작동사 '삼가다'로 번역된다는 것은 동일 원문의 번역인 다음 예문들에서 잘 확인된다.

(1) a. 어딘 性을 옮겨 고텨(能移謹厚性ᄒᆞ야) <번小六 23b>
b. 能히 삼가고 둗터운 性을 옮겨(能移謹厚性ᄒᆞ야) <小언五 22a>

<2> 立

'立志'와 '立心'의 '立'이『번역소학』 권6에서는 동작동사 '먹다'로 번역되고『소학언해』 권5에서는 동작동사 '셰다'로 번역된다는 것은 동일 원문의 번역인 다음 예문들에서 잘 확인된다.

(2) a. ᄠᅳᆮ 머고ᄆᆞᆯ(立志ᄅᆞᆯ) <번小六 34a>
b. ᄠᅳᆮ 셰욤을(立志ᄅᆞᆯ) <小언五 31b>

(2) c. ᄆᆞᅀᆞᆷ 머구ᄆᆞᆯ(立心을) <번小六 34a>
d. ᄆᆞᄋᆞᆷ 셰욤을(立心을) <小언五 32a>

<3> 爲

'爲'가 『번역소학』 권6에서는 동작동사 'ᄒᆞ다'로 번역되고 『소학언해』 권5에서는 동작동사 '삼다'로 번역된다는 것은 동일 원문의 번역인 다음 예문들에서 잘 확인된다.

(3) a. 일 브즈러니 ᄒᆞᄆᆞ로 용쇽ᄒᆞᆫ 무리라 ᄒᆞ면(以勤事로 爲俗流ㅣ라 ᄒᆞ면) <번小六 19b>
b. 일 브즈러니 홈ᄋᆞ로ᄡᅧ 용쇽ᄒᆞᆫ 뉴를 삼ᄂᆞ니(以勤事로 爲俗流 ᄒᆞᄂᆞ니) <小언五 18a>

<4> 成

'成'이 『번역소학』 권6에서는 타동사 '일오다'로 번역되고 『소학언해』 권5에서는 자동사 '일다'로 번역된다는 것은 동일 원문의 번역인 다음 예문들에서 잘 확인된다.

(6) a. 녜 닐온 버믈 그리다가 일오디 몯ᄒᆞ면(所謂畵虎不成ㅣ면) <번小六 15a>
b. 닐온 바 범을 그려 이디 몯ᄒᆞ면(所謂畵虎不成이면) <小언五 14a>

<5> 遷

'遷'이 『번역소학』 권6에서는 동작동사 '오ᄅᆞ다'로 번역되고 『소학언해』 권5에서는 동작동사 '옮다'로 번역된다는 것은 동일 원문의 번역인 다음 예문들에서 잘 확인된다.

(5) a. 엳ᄌᆞ와 벼슬 올오믈 求ᄒᆞᆫ대(嘗求奏遷秩이어늘) <번小六 21a>
b. 일즉 엳ᄌᆞ와 벼슬 올몸을 求ᄒᆞᆫ대(嘗求奏遷秩이어늘) <小언五 19b>

<6> 不

'不'이 『번역소학』 권6에서는 禁止를 뜻하는 동작동사 '말다'로 번역되고 『소학언해』 권5에서는 否定을 뜻하는 동작동사 '아니ᄒᆞ다'로 번역된다는 것은 동일 원문의 번역인 다음 예문들에서 잘 확인된다.

(6) a. 이제며 녜예 븓들이디 마라(不拘今古ᄒᆞ야) <번小六 5a>
b. 이제며 녜예 걸잇기디(4b) 아니호ᄃᆡ(不拘今古호ᄃᆡ) <小언五 5a>

<7> 不

'不'이 『번역소학』 권6에서는 否定을 뜻하는 동작동사 '아니ᄒᆞ다'로 번역되고 『소학언해』 권5에서는 否定을 뜻하는 동작동사 '아니다'로 번역된다는 것은 동일 원문의 번역인 다음 예문들에서 잘 확인된다.

(7) a. 이러코 小人 도의디 아니ᄒᆞ리 잇디 아니ᄒᆞ니라(如此而不爲小人이 未之有也ㅣ니라) <번小六 33b>
b. 이러틋ᄒᆞ고 小人 되디 아니리 잇디 아니ᄒᆞ니라(如此而不爲小人이 未之有也ㅣ니라) <小언五 31b>

<8> 開明

'開明'이 『번역소학』 권6에서는 동작동사 '기명ᄒᆞ다'로 직역되고 『소학언해』 권5에서는 동작동사구 '열어 ᄇᆞᆰ게 ᄒᆞ다'로 의역된다는 사실은 동일 원문의 번역인 다음 예문들에서 잘 확인된다.

(8) a. 비록 기명코져 ᄒᆞ야도(雖欲開明이나) <번小六 12a>
b. 비록 열어 ᄇᆞᆰ게 ᄒᆞ고져 ᄒᆞ나(雖欲開明이나) <小언五 11b>

<9> 有

'有'가 『번역소학』 권6에서는 동작동사 '두다'로 번역되고 『소학언해』 권5에서는 상태동사 '잇다'로 번역된다는 것은 동일 원문의 번역인 다음 예문들에서 잘 확인된다.

(9) a. 여러 가짓 이롤 두시고(有物有則ᄒᆞ시니) <번小六 1b>
b. 物[온갓 거시라]이 이심애 법이 잇도다(有物有則이로다) <小언五 1b>

한편 '有'가 두 문헌에서 모두 상태동사 '잇다'로 번역된다는 사실은 동일 원문의 번역인 다음 예문들에서 잘 확인된다.

(9) c. 이런 ᄃᆞ로 여러 가짓 이리 이시면 일마다 ᄒᆞ욜 법이 잇ᄂᆞ니(故有物이면 必有則ᄒᆞᄂᆞ니) <번小六 1b>
b. 그러모로 物이 이시면 반ᄃᆞ시 법이 잇ᄂᆞ니(故로 有物必有則이니) <小언五 1b>

<10> 無

'無'가 『번역소학』 권6에서는 否定을 뜻하는 동작동사 '아니다'로 번역되고 『소학언해』 권5에서는 상태동사 '없다'로 번역된다는 것은 동일 원문의 번역인 다음 예문들에서 잘 확인된다.

(10) a. 사ᄅᆞ미 ᄌᆞᆯᄌᆞᆯᄒᆞ나 흐리나 다 일티 아녀(淸濁無所失ᄒᆞ야) <번小六 14b>
b. ᄆᆞᆰ으며 흐린 ᄃᆡ 일흘 배 업서(淸濁無所失ᄒᆞ야) <小언五 13b>

5.2. 動作動詞句와 動詞類

동일한 漢字와 漢字句가 『번역소학』 권6에서는 동작동사구로 번역되고 『소학언해』 권5에서는 동사류로 번역된다. 『소학언해』 권5에서 번역되는 동사류에는 動作動詞, 동작동사구 및 상태동사가 있다.

<1> 鑑

'鑑'이 『번역소학』 권6에서는 동작동사구 'ᄎᆞ려 보다'로 번역되고 『소학언해』 권5에서는 동작동사 '보다'로 번역된다는 것은 동일 원문의 번역인 다음 예문들에서 잘 확인된다.

(1) a. 이 글 지ᅀᅳᆫ 사ᄅᆞ미 譏弄ᄋᆞᆯ ᄎᆞ려 보미 맛당ᄒᆞ니라(宜鑑詩人刺ᄒᆞ라) <번小六 22b>
b. 맛당히 詩 지은 사ᄅᆞᄆᆡ 긔롱ᄋᆞᆯ 볼디니라(宜鑑詩人刺ㅣ니라) <小언五 21a>

<2> 待

'待'가 『번역소학』 권6에서는 동작동사구 'ᄀᆞ티 되오려 ᄒᆞ다'로 번역되고 『소학언해』 권5에서는 동작동사 '기들오다'로 번역된다는 것은 동일 원문의 번역인 다음 예문들에서 잘 확인된다.

(2) a. 모ᄆᆞᆯ 긔약ᄒᆞ야 ᄀᆞ티 되오려 ᄒᆞᆯ디니라(自期待니라) <번小六 34a>
b. 스스로 긔약ᄒᆞ야 기들오며(自期待니라) <小언五 31b>

<3> 爲

'爲'가 『번역소학』 권6에서는 동작동사구 '되에 ᄒᆞ다'로 번역되고 『소학언

해』 권5에서는 타동사 '삼다'로 번역된다는 것은 동일 원문의 번역인 다음 예문들에서 잘 확인된다.

(3) a. 모로매…읏드미 되에 홀디니라(當…爲主ㅣ니라) <번小六 4b>
　b. 맛당히…읏듬을 삼을디니라(當…爲主ㅣ니라) <小언五 4b>

(3) c. 모로매 몬져 든 어딘 말로 읏드미 되에 홀디니라(當以先入之言으로 爲主ㅣ니라) <번小六 4b>
　d. 맛당히 몬져 든 말로뻐(4a) 읏듬을 삼을디니라(當以先入之言으로 爲主ㅣ니라) <小언五 4b>

<4> 學

'學'이 『번역소학』 권6에서는 동작동사구 '글 비호다'로 번역되고 『소학언해』 권5에서는 동작동사 '혹문ᄒᆞ다'로 번역된다는 것은 동일 원문의 번역인 다음 예문들에서 잘 확인된다.

(4) a. ᄌᆞ뎨 글 비호미 이시며(子弟ㅣ 有學ᄒᆞ며) <번小六 36b>
　b. 子弟 혹문홈이 이시며(子弟ㅣ 有學ᄒᆞ며) <小언五 34a>

<5> 不謂

'不謂'가 『번역소학』 권6에서는 동작동사구 '아니라 ᄒᆞ다'로 번역되고 『소학언해』 권5에서는 동작동사구 '니ᄅᆞ디 아니ᄒᆞ다'로 번역된다는 것은 동일 원문의 번역인 다음 예문들에서 잘 확인된다.

(5) a. 혹 ᄀᆞ로ᄃᆡ 吉ᄒᆞᆫ 사ᄅᆞ미 아니(30a)라 ᄒᆞ야도(或日不謂之吉人이라두) <번小六 30b>
　b. 或 ᄀᆞᆯ오ᄃᆡ 吉ᄒᆞᆫ 사ᄅᆞᆷ이라 닐ᄋᆞ디 아니ᄒᆞ야도(或日不謂之吉人이라두) <小언五 28a>

(5) c. 혹 ᄀᆞ로ᄃᆡ 흉ᄒᆞᆫ 사ᄅᆞ미 아니라 ᄒᆞ야도(或日不謂之凶人이라두) <번小六 31a>

b. 或 ᄀᆞᆯ오ᄃᆡ 凶ᄒᆞᆫ 사ᄅᆞᆷ이라 니ᄅᆞ디 아니ᄒᆞ야도(或日不謂之凶人이라두) <小언五 29a>

<6> 有存

'有存'이『번역소학』권6에서는 동작동사구 '디녀 두다'로 번역되고『소학언해』권5에서는 동작동사구 '두어 잇다'으로 번역된다는 것은 동일 원문의 번역인 다음 예문들에서 잘 확인된다.

(6) a. 디녀 두리 져그리라(鮮有存者ㅣ니라) <번小六 20a>

b. 두어시리 인ᄂᆞᆫ 이 젹으니라(鮮有存者ㅣ니라) <小언五 18b>

<7> 化爲

'化爲'가『번역소학』권6에서는 동작동사구 'ᄃᆞ외에 ᄒᆞ다'로 번역되고『소학언해』권5에서는 동작동사구 '고텨 되다'로 번역된다는 것은 동일 원문의 번역인 다음 예문들에서 잘 확인된다.

(7) a. 凶險ᄒᆞᆫ 무리 ᄃᆞ외에 ᄒᆞᄂᆞ니(化爲凶險類ᄒᆞᄂᆞ니) <번小六 23b>

b. 凶險ᄒᆞᆫ 類ㅣ 고텨 되ᄂᆞ니(化爲凶險類ᄒᆞᄂᆞ니) <小언五 22a>

<8> 肯…語

'肯…語'가『번역소학』권6에서는 동작동사구 '말ᄉᆞᆷ호려 ᄒᆞ다'로 번역되고『소학언해』권5에서는 '즐겨 말ᄒᆞ다'로 번역된다는 것은 동일 원문의 번역인 다음 예문들에서 잘 확인된다.

(8) a. 언제 ᄃᆞ려 말ᄉᆞᆷ호려 ᄒᆞ리오(豈肯與之語哉리오) <번小六 11b>

b. 엇디 즐겨 더블어 말ᄒᆞ리오(豈肯與之語哉리오) <小언五 11a>

(8) c. ᄃᆞ려 말ᄉᆞᆷ호려 아니ᄒᆞ면(不肯與之語則) <번小六 11b>
d. 즐겨 더블어 말 아니ᄒᆞ면(不肯與之語則) <小언五 11a>

<9> 甚

'甚'이 『번역소학』 권6에서는 동작동사구 '심히 ᄃᆞ외다'로 번역되고 『소학언해』 권5에서는 상태동사 '甚ᄒᆞ다'로 번역된다는 것은 동일 원문의 번역인 다음 예문들에서 잘 확인된다.

(9) a. 심히 ᄃᆞ외면 아ᄅᆞᆷ뎌 ᄠᅳ들 조차 ᄒᆞ야(甚則至於徇私意ᄒᆞ야) <번小六 4a>
b. 甚ᄒᆞ면 ᄉᆞᄉᆞ ᄠᅳ들 조차(甚則至於徇私意ᄒᆞ야) <小언五 3b>

5.3. 狀態動詞와 動詞類

동일한 漢字와 漢字句가 『번역소학』 권6에서는 상태동사로 번역되고 『소학언해』 권5에서는 동사류로 번역된다. 『소학언해』 권5에서 번역되는 동사류에는 狀態動詞, 동작동사 및 동작동사구가 있다.

<1> 厚

'厚'가 『번역소학』 권6에서는 상태동사 '어딜다'로 번역되고 『소학언해』 권5에서는 상태동사 '둗텁다'로 번역된다는 것은 동일 원문의 번역인 다음 예문들에서 잘 확인된다.

(1) a. 어딘 性을 옮겨 고텨(能移謹厚性ᄒᆞ야) <번小六 23b>
b. 能히 삼가고 둗터운 性을 옮겨(能移謹厚性ᄒᆞ야) <小언五 22a>

<2> 如此

'如此'가 『번역소학』 권6에서는 상태동사 '이러ᄒᆞ다'로 번역되고 『소학언해』 권5에서는 상태동사 '이러ᄐᆞᆺᄒᆞ다'로 번역된다는 것은 동일 원문의 번역인 다음 예문들에서 잘 확인된다.

(2) a. 이러콕 어딘 사름 도의디 아니ᄒᆞ리 잇디 아니ᄒᆞ며(如此而不爲君子ㅣ未之有也ㅣ며) <번小六 33b>
b. 이러ᄐᆞᆺᄒᆞ고 君子 되디 몯ᄒᆞ리 잇디 아니ᄒᆞ고(如此而不爲君子ㅣ未之有也ㅣ오) <小언五 31a>

(2) c. 이러코 小人 도의디 아니ᄒᆞ리 잇디 아니ᄒᆞ니라(如此而不爲小人이 未之有也ㅣ니라) <번小六 33b>
d. 이러ᄐᆞᆺᄒᆞ고 小人되디 아니리 잇디 아니ᄒᆞ니라(如此而不爲小人이 未之有也ㅣ니라) <小언五 31b>

<3> 游

'游'가 『번역소학』 권6에서는 상태동사 '호긔롭다'로 번역되고 『소학언해』 권5에서는 동작동사 'ᄃᆞᆫ니다'로 번역된다는 것은 동일 원문의 번역인 다음 예문들에서 잘 확인된다.

(3) a. 세쇽이 다 호긔로와 ᄂᆞᆷ ᄢᅳ류믈 듕히 너겨(擧世重游俠ᄒᆞ야) <번小六 25b>
b. 온 세샹이 ᄃᆞᆫ니며 ᄂᆞᆷ ᄢᅳ리믈 重히 너겨(擧世重游俠ᄒᆞ야) <小언五 23b>

<4> 如

'如'가 『번역소학』 권6에서는 상태동사 'ᄃᆞᆺᄒᆞ다'로 번역되고 『소학언해』

권5에서는 동작동사구 'ᄀᆞ티 ᄒᆞ다'로 번역된다는 것은 동일 원문의 번역인 다음 예문들에서 잘 확인된다.

(4) a. 부못 일(12b)홈 드른 ᄃᆞᆺᄒᆞ야(如聞父母之名ᄒᆞ야) <번小六 13a>
b. 父母ㅅ 일홈 드롬 ᄀᆞ티 ᄒᆞ야(如聞父母之名ᄒᆞ야) <小언五 12a>

6. 動詞類와 名詞

동일한 漢字가 『번역소학』 권6에서는 동사류로 번역되고 『소학언해』 권5에서는 名詞로 번역된다는 것은 두 문헌의 對比를 통해 잘 확인된다. 『번역소학』 권6에서 번역되는 동사류에는 動作動詞와 동작동사구가 있다.

<1> 書

'書'가 『번역소학』 권6에서는 동작동사 '스다'로 번역되고 『소학언해』 권5에서는 명사 '글시'으로 번역된다는 것은 동일 원문의 번역인 다음 예문들에서 잘 확인된다.

(1) a. 글ᄌᆞ 수메 니르러ᄂᆞᆫ(至於書札ᄒᆞ야ᄂᆞᆫ) <번小六 6b>
b. 글시며 유무에 니르러ᄂᆞᆫ(至於書札ᄒᆞ얀) <小언五 6a>

<2> 語

'語'가 『번역소학』 권6에서는 동작동사 '말ᄉᆞᆷᄒᆞ다'의 명사형 '말ᄉᆞᆷ홈'으로 번역되고 『소학언해』 권5에서는 명사 '말'로 번역된다는 것은 동일 원문의 번역인 다음 예문들에서 잘 확인된다.

(2) a. 말ᄉᆞᆷ호매 顔子 孟子ᄭᅴ 다ᄃᆞᆮ거든(語及顔孟則) <번小六 11b>
b. 말이 顔子 孟子ᄭᅴ 믿츠면(語及顔孟則) <小언五 10b>

<3> 談

'談'이『번역소학』권6에서는 동작동사 '말ᄒᆞ다'의 명사형 '말ᄒᆞ욤'으로 번역되고『소학언해』권5에서는 명사 '말'로 번역된다는 사실은 동일 원문의 번역인 다음 예문들에서 잘 확인된다.

(3) a. 오직 노ᄅᆞ샛 말ᄒᆞ요ᄆᆞᆯ 즐기(18b)고(唯樂戲談ᄒᆞ고) <번小六 19a>
b. 오직 희롱엣 말을 즐기고(唯樂戲談ᄒᆞ고) <小언五 17b>

<4> 書

'書'가『번역소학』권6에서는 동작동사구 '글 닑다'의 명사형 '글 닐기'로 번역되고『소학언해』권5에서는 명사 '글'으로 번역된다는 사실은 동일 원문의 번역인 다음 예문들에서 잘 확인된다.

(4) a. 오직 실혹오로 ᄀᆞᄅᆞ쳐 글 닐기ᄅᆞᆯ 졈탹ᄒᆞ게 ᄒᆞ고(只教以經學念書ㅣ언뎡) <번小六 6a>
b. 오직 經을 ᄇᆡ화 글 외옴으로ᄡᅥ ᄀᆞᄅᆞ치고(只教以經學念書ㅣ오) <小언五 6a>

7. 動詞類와 副詞

동일한 漢字와 漢字句가『번역소학』권6에서는 동사류로 번역되고『소학언해』권5에서는 副詞로 번역된다는 것은 두 문헌의 對比를 통해 잘 확인된다.『번역소학』권6에서 번역되는 동사류에는 동작동사구와 狀態動詞가 있다.

<1> 歷歷

'歷歷'이『번역소학』권6에서는 동작동사구 '歷歷히 혀다'로 번역되고『소

학언해』 권5에서는 부사 '歷歷히'로 번역된다는 것은 동일 원문의 번역인 다음 예문들에서 잘 확인된다.

(1) a. 歷歷히 혀여 다 긔디ᄒᆞᆯ 거시니라(歷歷皆可記니라)
<번小六 23b>
b. 歷歷히 다 可히 긔록ᄒᆞᆯ디니라(歷歷皆可記니라) <小언五 22a>

<2> 一向

'一向'가 『번역소학』 권6에서는 동작동사구 'ᄒᆞᆫᄀᆞᆯᄀᆞ티 향ᄒᆞ다'로 번역되고 『소학언해』 권5에서는 부사 'ᄒᆞᆫᄀᆞᆯᄀᆞᆮ티'로 번역된다는 것은 동일 원문의 번역인 다음 예문들에서 잘 확인된다.

(2) a. ᄒᆞᆫᄀᆞᆯᄀᆞ티 향ᄒᆞ야 맛들면(一向好著이면) <번小六 6b>
b. ᄒᆞᆫᄀᆞᆯᄀᆞᆮ티 됴히 너기면(一向好著ᄒᆞ면) <小언五 6a>

<3> 宜

'宜'가 『번역소학』 권6에서는 상태동사 '맛당ᄒᆞ다'로 번역되고 『소학언해』 권5에서는 부사 '맛당히'로 번역된다는 것은 동일 원문의 번역인 다음 예문들에서 잘 확인된다.

(3) a. 너희 ᄡᅧ에 사겨 두미 맛당ᄒᆞ니라(爾宜刻骨이니라)
<번小六 20b>
b. 너희 맛당히 ᄡᅧ에 사길디니라(爾宜刻骨이니라) <번小六 19a>

(3) c. 이 글 지ᅀᆞᆫ 사ᄅᆞ미 譏弄을 ᄎᆞ려 보미 맛당ᄒᆞ니라(宜鑑詩人刺ᄒᆞ라) <번小六 22b>
b. 맛당히 詩 지은 사ᄅᆞᆷ의 긔롱을 볼디니라(宜鑑詩人刺ㅣ니라)
<번小六 21a>

8. 狀態動詞와 冠形詞

동일한 漢字句가『번역소학』권6에서는 상태동사로 번역되고『소학언해』권5에서는 冠形詞로 번역된다는 것은 두 문헌의 대비를 통해 잘 확인된다.

<1> 此等

'此等'이『번역소학』권6에서는 상태동사 '이러ᄐᆞᆺᄒᆞ다'의 관형사형 '이러ᄐᆞᆺᄒᆞᆫ'으로 번역되고『소학언해』권5에서는 관형사 '이런'으로 번역된다는 것은 동일 원문의 번역인 다음 예문들에서 잘 확인된다.

(1) a. 이러ᄐᆞᆺᄒᆞᆫ 詩ᄂᆞᆫ(此等詩ᄂᆞᆫ) <번小六 7b>
b. 이런 詩ㅣ(此等詩ㅣ) <小언五 7a>

9. 副詞類와 副詞類

동일한 漢字가『번역소학』권6에서는 부사류로 번역되고『소학언해』권5에서는 副詞類로 번역된다는 것은 두 문헌의 對比를 통해 잘 확인된다.『번역소학』권6에서 번역되는 부사류에는 副詞와 副詞語가 있고『소학언해』권5에서 번역되는 부사류에는 부사와 부사어가 있다.

<1> 敢

'敢'이『번역소학』권6에서는 부사 '잠ᄶᅡᆫ'으로 번역되고『소학언해』권5에서는 부사 '敢히'로 번역된다는 것은 동일 원문의 번역인 다음 예문들에서 잘 확인된다.

(1) a. 잠ᄶᅡᆫ도 교만ᄒᆞᆫ ᄆᆞᅀᆞ믈 내디 마롤디라(不敢生驕易ᄒᆞ라)
<번小六 21b>

b. 敢히 교만ᄒᆞ고 쉽살홈을 내디 말라(不敢生驕易라)
<小언五 20a>

<2> 豈

'豈'가 『번역소학』 권6에서는 부사 '언제'로 번역되고 『소학언해』 권5에서는 부사 '엇디'로 번역된다는 것은 동일 원문의 번역인 다음 예문들에서 잘 확인된다.

(2) a. 언제 ᄃᆞ려 말솜호려 ᄒᆞ리오(豈肯與之語哉리오) <번小六 11b>
b. 엇디 즐겨 더블어 말ᄒᆞ리오(豈肯與之語哉리오) <小언五 11a>

<3> 妄

'妄'이 『번역소학』 권6에서는 부사어 '망량ᄋᆞ로'로 번역되고 『소학언해』 권5에서는 부사 '망녕도이'로 번역된다는 것은 동일 원문의 번역인 다음 예문들에서 잘 확인된다.

(3) a. 망량ᄋᆞ로 正法을 외니 올ᄒᆞ니 호미(妄是非正法이)
<번小六 13a>
b. 망녕도이 졍식며 법녕을 올ᄒᆞ니 외니 홈이(妄是非正法이)
<小언五 12b>

<4> 日

'日'이 『번역소학』 권6에서는 부사어 '날마다'로 번역되고 『소학언해』 권5에서는 부사 '날로'로 번역된다는 것은 동일 원문의 번역인 다음 예문들에서 잘 확인된다.

(4) a. 날마다 녯 이룰 긔디ᄒᆞ야(日記故事ᄒᆞ야) <번小六 5a>
b. 날로 녯 일올 긔디ᄒᆞ야(日記故事ᄒᆞ야) <小언五 4b>

(4) c. 날마다 사ᄅᆞᄆᆞ로 듣게 ᄒᆞ더니(日使人聞之ᄒᆞ더니) <번小六 7b>
d. 날로 사룸으로 ᄒᆞ여곰 듣게 ᄒᆞ니(日使人聞之ᄒᆞ니)
<小언五 7a>

<5> 是

'是'가『번역소학』권6에서는 부사어 '이럴시'로 번역되고『소학언해』권5에서는 부사어 '이예'로 번역된다는 것은 동일 원문의 번역인 다음 예문들에서 잘 확인된다.

(5) a. 이럴시(是) <번小六 29a>
b. 이예(是) <小언五 27a>

10. 副詞類와 動詞類

동일한 漢字가『번역소학』권6에서는 부사류로 번역되고『소학언해』권5에서는 動詞類로 번역된다는 것은 두 문헌의 對比를 통해 잘 확인된다.『번역소학』권6에서 번역되는 부사류에는 副詞와 副詞語가 있고『소학언해』권5에서 번역되는 동사류에는 動作動詞, 동작동사구 및 상태동사가 있다.

<1> 崇

'崇'이『번역소학』권6에서는 부사 '쇽졀업시'로 번역되고『소학언해』권5에서는 동작동사 'ᄉᆡᆼ샹ᄒᆞ다'로 번역된다는 것은 동일 원문의 번역인 다음 예문들에서 잘 확인된다.

(1) a. 쇽졀업시 노로ᄆᆞᆯ 즐기며(崇好優游ᄒᆞ며) <번小六 19b>
b. 놀기를 슝샹ᄒᆞ야 됴히 너기며(崇好優游ᄒᆞ며) <小언五 18a>

<2> 至

'至'가 『번역소학』 권6에서는 부사 '니르히'로 번역되고 『소학언해』 권5에서는 동작동사 '니ᄅᆞ다'로 번역된다는 것은 동일 원문의 번역인 다음 예문들에서 잘 확인된다.

(2) a. 세 고대 니르히 올ᄆᆞ시던 주를 ᄉᆡᆼ각ᄒᆞ야(念…至於三遷ᄒᆞ야)
<번小六 10a>
b. 세 적 올ᄆᆞᆷ애 니ᄅᆞ신 줄올 ᄉᆡᆼ각ᄒᆞ야(念…至於三遷ᄒᆞ야)
<小언五 9b>

<3> 浸

'浸'이 『번역소학』 권6에서는 부사 '졈졈'으로 번역되고 『소학언해』 권5에서는 동작동사 'ᄌᆞᆷ기다'로 번역된다는 것은 동일 원문의 번역인 다음 예문들에서 잘 확인된다.

(3) a. ᄇᆞ졍ᄒᆞ고 샤특ᄒᆞᆫ ᄃᆡ 졈졈 믈 젓ᄃᆞᆺᄒᆞ야(浸漬頗僻ᄒᆞ야)
<번小六 19a>
b. ᄇᆞ졍ᄒᆞ고 샤특ᄒᆞᆫ ᄃᆡ ᄌᆞᆷ기여 젓ᄃᆞᆺᄒᆞ야(浸漬頗僻ᄒᆞ야)
<小언五 17b>

<4> 果

'果'가 『번역소학』 권6에서는 부사 'ᄉᆡᆨᄉᆡᆨ이'로 번역되고 『소학언해』 권5에서는 상태동사 '강과ᄒᆞ다'로 번역된다는 것은 동일 원문의 번역인 다음 예문들에서 잘 확인된다.

(4) a. 볼기 ᄒᆞ며 섈리 ᄒᆞ며 ᄡᅳᆨᄡᅳᆨ이 결단호ᄆᆞ로ᄡᅥ(以明敏果단으로) <번小六 34b>

b. ᄇᆞᆰᄋᆞ며 민쳡ᄒᆞ며 강과ᄒᆞ며 결(32a)단호ᄆᆞ로ᄡᅥ(以明敏果단으로) <小언五 32b>

<5> 急

'急'이『번역소학』권6에서는 부사 '시급히'로 번역되고『소학언해』권5에서는 상태동사 '급ᄒᆞ다'로 번역된다는 것은 동일 원문의 번역인 다음 예문들에서 잘 확인된다.『번역소학』권6에서 부사 '시급히'는 다음의 상태동사 '어렵다'를 한정하고『소학언해』권5에서는 상태동사 '급ᄒᆞ다'가 다음의 상태동사 '어렵다'와 대등한 관계에 있다.

(5) a. ᄂᆞᆷ 위ᄒᆞ야 시급히 어려운 이레 븓ᄃᆞ라(爲人赴急難ᄒᆞ야) <번小六 25b>

b. 사ᄅᆞᆷ을 위(23b)ᄒᆞ야 급ᄒᆞ고 어려운 ᄃᆡ ᄃᆞ라들어(爲人赴急難ᄒᆞ야) <小언五 24a>

<6> 名

'名'이『번역소학』권6에서는 부사어 '법도로'로 번역되고『소학언해』권5에서는 동작동사구 '일홈 짓다'의 부사형 '일홈 지어'로 번역된다는 것은 동일 원문의 번역인 다음 예문들에서 잘 확인된다.

(6) a. 周公과 孔子ㅣ 법도로 ᄀᆞᄅᆞ츄믈 드리우시고(周孔이 垂名教 ᄒᆞ시고) <번小六 23a>

b. 周公과 孔子ㅣ 일홈 지어 ᄀᆞᄅᆞ치시믈 드리워 겨시거늘(周孔ㅣ 垂名教ㅣ 어시늘) <小언五 21b>

11. 副詞와 名詞句

동일한 漢字가『번역소학』권6에서는 부사로 번역되고『소학언해』권5에서는 名詞句로 번역된다는 것은 두 문헌의 對比를 통해 잘 확인된다.

<1> 精

'精'이『번역소학』권6에서는 부사 '졍히'로 번역되고『소학언해』권5에서는 명사구 '졍미ᄒᆞᆫ 곧'로 번역된다는 것은 동일 원문의 번역인 다음 예문들에서 잘 확인된다.

(1) a. 게으르고 프러디면 ᄀᆞ다ᄃᆞ마 졍히 몯(16b)ᄒᆞ고(慆慢則不能研精ᄒᆞ고) <번小六 17a>
   b. 게으르고 프러디면 能히 졍미ᄒᆞᆫ 곧올 궁구티 몯ᄒᆞ고(慆慢則不能研精ᄒᆞ고) <小언五 15b>

12. 副詞類와 冠形詞類

동일한 漢字와 漢字語가『번역소학』권6에서는 부사류로 번역되고『소학언해』권5에서는 冠形詞類로 번역된다는 것은 두 문헌의 對比를 통해 잘 확인된다.『번역소학』권6에서 번역되는 부사류에는 副詞와 부사구가 있고『소학언해』권5에서 번역되는 관형사류에는 관형사와 冠形語가 있다.

<1> 擧

'擧'가『번역소학』권6에서는 부사 '다'로 번역되고『소학언해』권5에서는 관형사 '온'으로 번역된다는 것은 동일 원문의 번역인 다음 예문들에서 잘 확인된다.

(1) a. 셰쇽이 다 벋 사괴유믈 듕히 ᄒᆞ야(擧世重交游ᄒᆞ야)
<번小六 24b>
b. 온 셰샹이 사괴야 놀옴을 重히 너겨(擧世重交游ᄒᆞ야)
<小언五 22b>

(1) c. 셰쇽이 다 위와툐몰 즐겨(擧世好承奉ᄒᆞ야) <번小六 25a>
d. 온 셰샹이 위와팀을 됴히 너겨(擧世好承奉ᄒᆞ야) <小언五 23a>

(1) e. 셰쇽이 다 호긔로와 롬 ᄢᅳ류몰 듕히 너겨(擧世重游俠ᄒᆞ야)
<번小六 25b>
f. 온 셰샹이 ᄃᆞᆫ니며 놈 ᄢᅳ리몰 重히 너겨(擧世重游俠ᄒᆞ야)
<小언五 23b>

(1) g. 셰쇽이 다 쳥쇄코 넝담ᄒᆞ니롤 쳔히 너겨(擧世賤清素ㅣ라)
<번小六 26a>
h. 온 셰샹이 다 묽고 검소홈을 쳔히 너겨(擧世賤清素ᄒᆞ야)
<小언五 24a>

<2> 堯舜

'堯舜理'의 '堯舜'이『번역소학』권6에서는 부사구 '堯舜 ᄀᆞ티'로 번역되고『소학언해』권5에서는 관형어 '堯舜의'으로 번역된다는 것은 동일 원문의 번역인 다음 예문들에서 잘 확인된다.

(2) a. 堯舜 ᄀᆞ티 다ᄉᆞ리샤몰 맛나ᅀᆞ와(遭逢堯舜理ᄒᆞ야)
<번小六 27a>
b. 堯舜의 다ᄉᆞ리샴을 맛나(遭逢堯舜理ᄒᆞ야) <小언五 25a>

13. 其他

13.1. 繫詞와 動作動詞

동일한 漢字가『번역소학』권6에서는 계사로 번역되고『소학언해』권5에서는 동작동사로 번역된다는 것은 두 문헌의 對比를 통해 잘 확인된다.

<1> 爲

'爲'가『번역소학』권6에서는 계사 '-이다'로 번역되고『소학언해』권5에서는 동작동사 '되다'로 번역된다는 것은 동일 원문의 번역인 다음 예문들에서 잘 확인된다.

(1) a. 나는 아히어니(我爲孩童이어니) <번小六 11b>
b. 내 아히 되엿거니(我爲孩童이어니) <小언五 10b>

13.2. 助詞와 副詞

동일한 漢字가『번역소학』권6에서는 助詞로 번역되고『소학언해』권5에서는 부사로 번역된다는 것은 두 문헌의 對比를 통해 잘 확인된다.

<1> 與

'與'가『번역소학』권6에서는 접속조사 '-과'로 번역되고『소학언해』권5에서는 접속조사와 부사의 결합형 '-과 다뭇'으로 번역된다는 것은 동일 원문의 번역인 다음 예문들에서 잘 확인된다.

(1) a. 相鼠 편과 茅鴟 편에(相鼠與茅鴟에) <번小六 22b>
b. 相鼠과 다뭇 茅鴟에(相鼠與茅鴟에) <小언五 21a>

(1) c. 이런ᄃᆞ로 녜 사ᄅᆞ미 굽디 몯ᄒᆞ(25a)ᄂᆞᆫ 병과 울어디 몯ᄒᆞᄂᆞᆫ 병을 믜여 ᄒᆞᄂᆞ니라(所以古人疾이 籧篨與戚施ᄒᆞᄂᆞ니라)
<번小六 25b>

b. 쎠 녜 사ᄅᆞᆷ의 믜여ᄒᆞᄂᆞᆫ 배 籧篨와 다ᄆᆞᆺ 戚施니라(所以古人病이 籧篨與戚施니라) <小언五 23b>

(1) e. 기픈 못과 열운 어르믈 ᄇᆞᆯ오ᄃᆡ 뻐딜가 저홈 ᄀᆞᄐᆡ ᄒᆞ노니(深淵與薄氷을 蹈之唯恐墜ᄒᆞ노니) <번小六 27a>

f. 기픈 못과 다ᄆᆞᆺ 열운 어름을 ᄇᆞᆯ옴애 오직 뻐러딜가 두려 ᄒᆞ노니(深淵與薄氷을 蹈之唯恐墜ᄒᆞ노니) <小언五 25a>

13.3. 助詞와 助詞

동일한 漢字가『번역소학』권6에서는 조사로 번역되고『소학언해』권5에서는 助詞로 번역된다는 것은 두 문헌의 對比를 통해 잘 확인된다.

<1> 從

'從'이『번역소학』권6에서는 始發을 뜻하는 보조사 '-브터'로 번역되고『소학언해』권5에서는 始發을 뜻하는 보조사 '-조차'로 번역된다는 것은 동일 원문의 번역인 다음 예문들에서 잘 확인된다.

(1) a. 災厄이 일로브터 비릇ᄂᆞ니라(災厄從此始과) <번小六 24a>

b. 지화와 厄이 일로조차 비릇ᄂᆞ니라(災厄이 從此始라)
<小언五 22b>

제4장 飜譯되지 않는 部分

『번역소학』 권6과 『소학언해』 권5의 대비를 통해 『소학언해』 권5에서는 번역되고 『번역소학』 권6에서는 번역되지 않는 부분이 있다는 것을 알 수 있다. 『번역소학』 권에서 번역되지 않는 부분에는 名詞類, 動詞類, 副詞類 및 冠形詞가 있다. 넷 중 부사류가 제일 많이 번역되지 않는다.

1. 飜譯되지 않는 名詞類

『소학언해』 권5에서는 번역되고 『번역소학』 권6에서는 번역되지 않는 名詞類에는 명사, 명사구 및 代名詞가 있다. 번역되지 않는 명사에는 '裏', '俗', 및 '所'가 있고 번역되지 않는 명사구에는 '要'가 있다. 그리고 번역되지 않는 代名詞에는 '斯'가 있다.

<1> 裏

'裏'가 『번역소학』 권6에서는 번역되지 않고 『소학언해』 권5에서는 명사 '가온디'로 번역된다는 것은 동일 원문의 번역인 다음 예문들에서 잘 확인된다.

(1) a. 일로브터 공부를 ᄒᆞ시니(自這裏做工夫ᄒᆞ니) <번小六 35b>
b. 이 가온디로브터 工夫를 ᄒᆞ시니(自這裏做工夫ᄒᆞ시니) <小언五 33a>

<2> 俗

'俗'이『번역소학』권6에서는 번역되지 않고『소학언해』권5에서는 명사 '시쇽'으로 번역된다는 것은 동일 원문의 번역인 다음 예문들에서 잘 확인된다.

(2) a. 다 긔운 젓고 어디다 일ᄏᆞᆮᄂᆞ니(俗呼爲氣義라) <번小六 25b>
b. 시쇽이 일ᄏᆞ라 긔운 젓고 올타 ᄒᆞᄂᆞᆫ디라(俗呼爲氣義라) <小언五 23b>

<3> 所

'所'가『번역소학』권6에서는 번역되지 않고『소학언해』권5에서는 의존명사 '바'로 번역된다는 것은 동일 원문의 번역인 다음 예문들에서 잘 확인된다.

(3) a. 어늬 이 셩신 현신의 ᄒᆞ시논 이리며(何者ㅣ 是聖賢所爲之事ㅣ며) <번小六 8b>
b. 어늬 이 셩인 현인의 ᄒᆞ시ᄂᆞᆫ 바 이리며(何者ㅣ 是聖賢所爲之事ㅣ며) <小언五 8a>

(3) a. 어늬 ᄀᆞ장 어리니의 ᄒᆞ논 이린고 ᄒᆞ야(何者ㅣ 是下愚所爲之事오 ᄒᆞ야) <번小六 8b>
d. 어늬 이 ᄀᆞ장 어린이의 ᄒᆞᄂᆞᆫ 바 일인고 ᄒᆞ야(何者ㅣ 是下愚所爲之事오 ᄒᆞ야) <小언五 8a>

<4> 要

'要'가『번역소학』권6에서는 번역되지 않고『소학언해』권5에서는 명사구 '죵요로운 ᄃᆡ'로 번역된다는 것은 동일 원문의 번역인 다음 예문들에서 잘 확인된다.

(4) a. 유셔ᄒᆞᆫ ᄃᆡ(10b) ᄀᆞ마니 브트면(匿近權要ㅣ면) <번小六 20a>
b. 권셰와 죵요로운 ᄃᆡ ᄀᆞ마니 갓가이 ᄒᆞ야(匿近權要ᄒᆞ야)
<小언五 18b>

<5> 斯

'斯'가 『번역소학』 권6에서는 번역되지 않고 『소학언해』 권5에서는 대명사 '이'로 번역된다는 것은 동일 원문의 번역인 다음 예문들에서 잘 확인된다.

(5) a. 졍ᄉᆞ호미 ᄂᆞ미게 디디 아니ᄒᆞ리라(斯可爲政不在人後矣리라)
<번小六 35a>
b. 이 可히 졍ᄉᆞ홈이 사ᄅᆞᆷ의 뒤헤 잇디 아니ᄒᆞ리라(斯可爲政不在人後矣리라) <小언五 32b>

2. 飜譯되지 않는 動詞類

『소학언해』 권5에서는 번역되고 『번역소학』 권6에서는 번역되지 않는 動詞類에는 動作動詞 '知', '玩', '得' 및 '繫'가 있고 動作動詞句 '慈'가 있고 상태동사 '切', '如' 및 '如此'가 있다.

<1> 知

'知'가 『번역소학』 권6에서는 번역되지 않고 『소학언해』 권5에서는 동작동사 '알다'로 번역된다는 것은 동일 원문의 번역인 다음 예문들에서 잘 확인된다.

(1) a. 어디니ᄂᆞᆫ 吉이라 닐오미오 어디디(29a) 몯ᄒᆞ니ᄂᆞᆫ 凶이라 닐오미나라(知善也者ᄂᆞᆫ 吉之謂也ㅣ오 不善也者ᄂᆞᆫ 凶之謂也ㅣ니라) <번小六 29b>

b. 어디롬이란 거슨 吉홈을 닐옴이오 어디디 몯홈이란 거슨凶홈을 닐옴인 줄을 알(27a)디니라(知善也者는 吉之謂也ㅣ오 不善也者는 凶之謂也ㅣ니라) <小언五 27b>

<2> 玩

'玩'이『번역소학』권6에서는 번역되지 않고『소학언해』권5에서는 동작동사 '완샹ᄒᆞ다'로 번역된다는 것은 동일 원문의 번역인 다음 예문들에서 잘 확인된다.

(2) a. ᄌᆞ뎨의 믈읫 온 가짓 맛드(6a)러 ᄒᆞ논 이리(子弟凡百玩好ㅣ) <번小六 6b>

b. 子弟의 믈읫 온 가짓 완샹ᄒᆞ야 됴히 너기는 거시(子弟凡百玩好ㅣ) <小언五 6a>

<3> 得

'得'이『번역소학』권6에서는 번역되지 않고『소학언해』권5에서는 동작동사 '得ᄒᆞ다'로 번역된다는 것은 동일 원문의 번역인 다음 예문들에서 잘 확인된다.

(3) a. 伯高ᄂᆞᆫ 본받다가 몯ᄒᆞ야도(效伯高不得ㅣ라두) <번小六 15a>

b. 伯高ᄅᆞᆯ 효측ᄒᆞ야 得디 몯ᄒᆞ야도(效伯高不得이라두) <小언五 14a>

(3) c. 季良ᄋᆞᆯ 본받다가 몯ᄒᆞ면(效季良不得ᄒᆞ면) <번小六 15a>

d. 季良을 효측ᄒᆞ야 得디 몯ᄒᆞ면(效季良不得ᄒᆞ면) <小언五 14a>

<4> 繫

'繫'가『번역소학』권6에서는 번역되지 않고『소학언해』권5에서는 동작

동사 '믹이다'로 번역된다는 것은 동일 원문의 번역인 다음 예문들에서 잘 확인된다.

(4) a. 잇다감 가도이매 빠디ᄂᆞ니(往往陷囚繫ᄒᆞᄂᆞ니) <번小六 25b>
b. 잇다감 가도여 믹임애 빠디ᄂᆞ니(往往陷囚繫ᄒᆞᄂᆞ니) <小언五 24a>

<5> 慈

'慈'가 『번역소학』 권6에서는 번역되지 않고 『소학언해』 권5에서는 동작동사구 '어엿비 너기다'로 번역된다는 것은 동일 원문의 번역인 다음 예문들에서 잘 확인된다.

(5) a. 어마니믜 ᄉᆞ랑ᄒᆞ샤미(慈母之愛ㅣ) <번小六 10a>
b. 어엿비 너기시는 엄의 ᄉᆞ랑홈이(慈母之愛ㅣ) <小언五 9b>

<6> 切

'切'이 『번역소학』 권6에서는 번역되지 않고 『소학언해』 권5에서는 '적절하다'의 뜻을 가진 상태동사 '切ᄒᆞ다'로 번역된다는 것은 동일 원문의 번역인 다음 예문들에서 잘 확인된다.

(6) a. 음식과 남진 겨집 ᄉᆞ이로뻐 종요를 사몰디니(以飮食男女로 爲切要ㅣ니) <번小六 35a>
b. 飮食과 남진 겨집으로뻐 切ᄒᆞᆫ 종요를 삼올디니(以飮食男女로 爲切要ㅣ니) <小언五 33a>

<7> 如

'如'가 『번역소학』 권6에서는 번역되지 않고 『소학언해』 권5에서는 상태

동사 'ᄀᆞᄐᆞ다'로 번역된다는 것은 동일 원문의 번역인 다음 예문들에서 잘 확인된다.

(7) a. 녜 詩 三百篇ᄂᆞᆫ(如古詩三百篇ᄂᆞᆫ) <번小六 7b>
b. 녜 詩 三百篇 ᄀᆞᄐᆞ니ᄂᆞᆫ(如古詩三百篇ᄋᆞᆫ) <小언五 7a>

<8> 如此

'如此'가『번역소학』권6에서는 번역되지 않고『소학언해』권5에서는 상태동사 '이러ᄐᆞᆺᄒᆞ다'로 번역된다는 것은 동일 원문의 번역인 다음 예문들에서 잘 확인된다.

(8) a. 어딘 사ᄅᆞᆷ 도의디 아니호미(如此而不爲君子ᄂᆞᆫ) <번小六 32b>
b. 이러ᄐᆞᆺᄒᆞ고 君子ㅣ 되디 아니홈ᄋᆞᆫ(如此而不爲君子ᄂᆞᆫ) <小언五 30b>

3. 飜譯되지 않는 副詞類

『소학언해』권5에서는 번역되고『번역소학』권6에서는 번역되지 않는 부사류가 있다.『번역소학』권6에서 번역되지 않는 副詞에는 時間副詞 '嘗'과 '將' 등이 있고 樣態副詞 '徒', '足' 및 '必' 등이 있고 接續副詞 '亦'이 있다. 그리고『번역소학』권6에서 번역되지 않는 부사어에는 '令' '使' 및 '以'가 있다. 한편『번역소학』권6에서는 번역되고『소학언해』권5에서는 번역되지 않는 '略'이 있다.

<1> 嘗

'嘗'이『번역소학』권6에서는 번역되지 않고『소학언해』권5에서는 부사 '일즉'으로 번역된다는 것은 동일 원문의 번역인 다음 예문들에서 잘 확인된다.

(1) a. 엳ᄌᆞ와 벼ᄉᆞᆯ 올오ᄆᆞᆯ 求ᄒᆞᆫ대(嘗求奏遷秩이어늘) <번小六 21a>
b. 일즉 엳ᄌᆞ와 벼슬 올몸을 求ᄒᆞᆫ대(嘗求奏遷秩이어늘)
<小언五 19b>

한편 '嘗'이 두 문헌에서 모두 '일즉'으로 번역된다는 사실을 동일 원문의 번역인 다음 예문들에서 알 수 있다.

(1) c. 오직 일즉 子弟의 ᄒᆞ욜 이ᄅᆞᆯ ᄒᆞ디 아니ᄒᆞᆯᄉᆡ(只爲未嘗爲子弟之事ㅣ라) <번小六 3a>
b. 오직 일즉 子弟의 일을 ᄒᆞ디 아니홈을 위ᄒᆞᆫ디라(只爲未嘗爲子弟之事ㅣ라) <小언五 3a>

<2> 將

'將'이 『번역소학』 권6에서는 번역되지 않고 『소학언해』 권5에서는 부사 '쟝ᄎᆞᆺ'으로 번역된다는 것은 동일 원문의 번역인 다음 예문들에서 잘 확인된다.

(2) a. 漢나랏 昭烈이란 님금이 업스실 제(漢昭烈이 將終ᄒᆞ실ᄉᆡ)
<번小六 15b>
b. 漢昭烈이 쟝ᄎᆞᆺ 죽을 제(漢昭烈이 將終애) <小언五 14b>

한편 '將'이 두 문헌에서 모두 '쟝ᄎᆞᆺ'으로 번역된다는 사실은 동일 원문의 번역인 다음 예문들에서 잘 확인된다.

(2) c. 쟝ᄎᆞᆺ 다시 어늬 미츠리오(將復何及也ㅣ리오) <번小六 17a>
d. 쟝ᄎᆞᆺ ᄯᅩ 엇디 밋츠리오(將復何及也ㅣ리오) <小언五 16a>

<3> 遂

'遂'가 『번역소학』 권6에서는 번역되지 않고 『소학언해』 권5에서는 부사

'드듸여'로 번역된다는 것은 동일 원문의 번역인 다음 예문들에서 잘 확인된다.

(3) a. 이우러 ᄠᅳᆮ드로미 되어ᅀᅡ(遂成枯落이어ᅀᅡ) <번小六 17a>
b. 드듸여(15b) 이우러 ᄠᅥ러딤이 되게ᅀᅡ(遂成枯落이어ᅀᅡ)
<小언五 16a>

<4> 徒

'徒'가 『번역소학』 권6에서는 번역되지 않고 『소학언해』 권5에서는 부사 'ᄒᆞᆫ갓'으로 번역된다는 것은 동일 원문의 번역인 다음 예문들에서 잘 확인된다.

(4) a. 의관ᄋᆞᆯ ᄒᆞ야신ᄃᆞᆯ(簪裾徒在ᄒᆞᆫᄃᆞᆯ) <번小六 19a>
b. 의관을 ᄒᆞᆫ갓 둔ᄃᆞᆯ(簪裾徒在ᄒᆞᆫᄃᆞᆯ) <小언五 17b>

<5> 足

'足'이 『번역소학』 권6에서는 번역되지 않고 『소학언해』 권5에서는 부사 '足히'로 번역된다는 것은 동일 원문의 번역인 다음 예문들에서 잘 확인된다.

(5) a. 모ᄆᆡᆺ 허므리 ᄃᆞ욀(24a) ᄯᆞᄅᆞᆷ이니라(適足爲身累ㅣ니라)
<번小六 24b>
b. 다ᄆᆞᆫ 足히 몸읫 험을이 되ᄂᆞ니라(適足爲身累ㅣ니라)
<小언五 22b>

한편 '足'이 『번역소학』 권6과 『소학언해』 권5에서 각각 '죡히'와 '足히'로 번역된다는 사실은 동일 원문의 번역인 다음 예문들에서 잘 확인된다.

(5) c. ᄆᆞᄎᆞᄆᆞᆯ 엇디(27a) 죡히 미드리오(畢竟何足恃리오)
<번小六 27b>
b. 내죵내 엇디 足히 미드리오(畢竟何足恃리오) <小언五 25a>

<6> 必

'必'이 『번역소학』 권6에서는 번역되지 않고 『소학언해』 권5에서는 부사 '반ᄃᆞ시'로 번역된다는 것은 동일 원문의 번역인 다음 예문들에서 잘 확인된다.

(6) a. 일마다 ᄒᆞ욜 법이 잇ᄂᆞ니(必有則ᄒᆞᄂᆞ니) <번小六 1b>
b. 반ᄃᆞ시 법이 잇ᄂᆞ니(必有則이니) <小언五 1b>

(6) c. 제 ᄆᆞᅀᆞ매 너규ᄃᆡ(其心에 必曰) <번小六 11b>
d. 그 ᄆᆞ옴애 반ᄃᆞ시 ᄀᆞᆯ오ᄃᆡ(其心에 必曰) <小언五 10b>

<7> 當

'當'이 『번역소학』 권6에서는 번역되지 않고 『소학언해』 권5에서는 부사 '맛당히'로 번역된다는 것은 동일 원문의 번역인 다음 예문들에서 잘 확인된다.

(7) a. 너희ᄃᆞᆯ히 나ᄅᆞᆯ 어엿비 너겨(爾曹當憫我ᄒᆞ야) <번小六 27a>
b. 너희 물이 맛당히 날을 민망히 너겨(爾曹當憫我ᄒᆞ야) <小언五 25a>

<8> 宜

'宜'가 『번역소학』 권6에서는 번역되지 않고 『소학언해』 권5에서는 부사 '맛당히'로 번역된다는 것은 동일 원문의 번역인 다음 예문들에서 잘 확인된다.

(8) a. 기피 긔디홀디니라(宜深誌之ᄒᆞ라) <번小六 17b>
b. 맛당히 깁히 긔디홀디니라(宜深誌之니라) <小언五 16a>

<9> 能

'能'이 『번역소학』 권6에서는 번역되지 않고 『소학언해』 권5에서는 부사

'能히'로 번역된다는 것은 동일 원문의 번역인 다음 예문들에서 잘 확인된다.

(9) a. 子弟 도외여셔 灑掃應對를 편안히 너기디 아니ᄒᆞ고(爲子弟則不能安灑掃應對ᄒᆞ고) <번小六 3b>
b. 子弟 되야ᄂᆞᆫ 能히 灑掃應對를 편안히 너기디 아니ᄒᆞ고(爲子弟則不能安灑掃應對ᄒᆞ고) <번小六 3b>

(9) c. ᄀᆞ다ᄃᆞ마 졍히 몯(16b)ᄒᆞ고(不能研精ᄒᆞ고) <번小六 17a>
d. 能히 졍미ᄒᆞᆫ 곧올 궁구티 몯ᄒᆞ고(不能研精이오) <小언五 15b>

(9) e. 텬셩을 다ᄉᆞ리디 몯ᄒᆞ리니(不能理性이니) <번小六 17a>
f. 能히 性을 다ᄉᆞ리디 몯ᄒᆞ리니라(不能理性이니라) <小언五 15b>

(9) g. 어딘 性을 옮겨 고텨(能移謹厚性ᄒᆞ야) <번小六 23b>
h. 能히 삼가고 둗터운 性을 옴겨(能移謹厚性ᄒᆞ야) <小언五 22a>

한편 '能'이 『번역소학』 권6과 『소학언해』 권5에서 각각 '능히'와 '能히'로 번역된다는 사실은 동일 원문의 번역인 다음 예문들에서 잘 알 수 있다.

(9) i. 만이레 능히 이리홀 주를 알면(若能知此則) <번小六 9a>
j. 만일 能히 이롤 알면(若能知此則) <小언五 8b>

(9) k. 웃관원니 잇거든 능히 웃관원의게 ᄂᆞᄌᆞ디 아니ᄒᆞ고(有官長則不能下官長ᄒᆞ고) <번小六 3b>
l. 웃관원이 이심애ᄂᆞᆫ 能히 웃관원의게 ᄂᆞ리디 몯ᄒᆞ고(有官長則不能下官長ᄒᆞ고) <小언五 3b>

<10> 得

'得'이 『번역소학』 권6에서는 번역되지 않고 『소학언해』 권5에서는 부사 '시러'로 번역된다는 것은 동일 원문의 번역인 다음 예문들에서 잘 확인된다.

(10) a. 글 지ᅀᅵ란 아니케 홀디니(不得令作文字ㅣ니라) <번小六 6a>
b. 시러곰 ᄒᆞ여곰 글지이ᄅᆞᆯ ᄒᆞ게 아니홀디니라(不得令作文字ㅣ니라) <小언五 6a>

(10) c. 귀예 드릃 분이언뎡(耳可得聞이언뎡) <번小六 13a>
d. 귀예 可히 시러곰 드를 ᄲᅮᆫ이언뎡(耳可得聞이언뎡) <小언五 12a>

(10) e. 이베 니ᄅᆞ디 몯과뎌 ᄒᆞ노라(欲…口不可得言也ᄒᆞ노라) <번小六 13a>
f. 입에 可히 시러곰 닐ᄋᆞ디 몯ᄒᆞ과뎌 ᄒᆞ노라(欲…口不可得言也ᄒᆞ노라) <小언五 12a>

<11> 可

'可'가 『번역소학』 권6에서는 번역되지 않고 『소학언해』 권5에서는 부사 '可히'로 번역된다는 것은 동일 원문의 번역인 다음 예문들에서 잘 확인된다.

(11) a. 비록 ᄀᆡ명코져 ᄒᆞ야도 득디 몯ᄒᆞ리라(雖欲開明이나 不可得矣리라) <번小六 12a>
b. 비록 열어 ᄇᆞᆰ게 ᄒᆞ고져 ᄒᆞ나 可히 얻디 몯ᄒᆞ리라(雖欲開明이나 不可得矣리라) <小언五 11b>

(11) c. 귀예 드릃 분이언뎡(耳可得聞이언뎡) <번小六 13a>
d. 귀예 可히 시러곰 드를 ᄲᅮᆫ이언뎡(耳可得聞이언뎡) <小언五 12a>

(11) e. 이베 니ᄅᆞ디 몯과뎌 ᄒᆞ노라(欲…口不可得言也ᄒᆞ노라)
<번小六 13a>
f. 입에 可히 시러곰 닐ᄋᆞ디 몯ᄒᆞ과뎌 ᄒᆞ노라(欲…口不可得言也ᄒᆞ노라) <小언五 12a>

(11) g. 歷歷히 혀여 다 긔디홀 거시니라(歷歷皆可記니라)
<번小六 23b>
h. 歷歷히 다 可히 긔록홀디니라(歷歷皆可記니라) <小언五 22a>

(11) i. 졍ᄉᆞ호미 ᄂᆞᄆᆡ게 디디 아니ᄒᆞ리라(斯可爲政不在人後矣리라)
<번小六 35a>
j. 이 可히 졍ᄉᆞ홈이 사ᄅᆞᆷ의 뒤헤 잇디 아니ᄒᆞ리라(斯可爲政不在人後矣리라) <小언五 32b>

한편 '可'가『번역소학』권6과『소학언해』권5에서 각각 '가히'와 '可히'로 번역된다는 사실은 동일 원문의 번역인 다음 예문들에서 잘 알 수 있다.

(11) k. ᄯᅩ 가히 賢人이 ᄃᆞ외리니(亦可爲賢人이니) <번小六 9a>
l. ᄯᅩ 可히 賢人이 되리니(亦可爲賢人이니) <小언五 8b>

(11) m. 顔子 孟子ㅅ 이ᄅᆞᆯ 나도 ᄯᅩ 가히 비호리라(顔孟之事를 我亦可學이니라) <번小六 9a>
n. 안ᄌᆞ ᄆᆡᆼᄌᆞ의 일올 나도 ᄯᅩ 可히 비호리라(顔孟之事를 我亦可學이니라) <小언五 8b>

(11) o. 졈졈 가히 비홀 거시오(漸可學矣오) <번小六 9b>
p. 졈졈 可히 비홀 거시오(漸可學矣오) <小언五 9a>

(11) q. 그 가히 므더니 너기려(其可忽乎아) <번小六 35b>
r. 그 可히 므던이 너길 것가(其可忽乎아) <小언五 33a>

<12> 自

'自'가 『번역소학』 권6에서는 번역되지 않고 『소학언해』 권5에서는 부사 '스스로'로 번역된다는 것은 동일 원문의 번역인 다음 예문들에서 잘 확인된다.

(12) a. 편안호ᄆᆞᆯ 구ᄒᆞ야(自求安逸ᄒᆞ야) <번小六 17b>
b. 스스로 편안홈을 求ᄒᆞ며(自求安逸ᄒᆞ며) <小언五 16b>

<13> 或

'或'이 『번역소학』 권6에서는 번역되지 않고 『소학언해』 권5에서는 부사 '或'으로 번역된다는 것은 동일 원문의 번역인 다음 예문들에서 잘 확인된다.

(13) a. ᄒᆞᆫ 가지나 반 ᄃᆞ리나 비록 어더도(一資半級을 雖或得之라두) <번小六 20a>
b. ᄒᆞᆫ 가ᄌᆞ와 半 품을 비록 或 어더도(一資半級을 雖或得之라두) <小언五 18b>

<14> 亦

'亦'이 『번역소학』 권6에서는 번역되지 않고 『소학언해』 권5에서는 부사 'ᄯᅩ'로 번역된다는 것은 동일 원문의 번역인 다음 예문들에서 잘 확인된다.

(14) a. ᄀᆞᄅᆞ쳐도 어디디 몯ᄒᆞᄂᆞ니(教亦不善ᄒᆞᄂᆞ니) <번小六 29a>
b. ᄀᆞᄅᆞ쳐도(26b) ᄯᅩ 어디디 몯ᄒᆞᄂᆞ니(教亦不善ᄒᆞᄂᆞ니) <小언五 27a>

(14) c. ᄀᆞᄅᆞ쳐도 어디디 몯ᄒᆞᄂᆞ닌(教亦不善이) <번小六 29a>
d. ᄀᆞᄅᆞ쳐도 ᄯᅩ 어디디 몯홈이(教亦不善이) <小언五 27a>

한편 '亦'이 두 문헌에서 모두 '또'로 번역된다는 사실은 동일 원문의 번역인 다음 예문들에서 잘 확인된다.

(14) e. 또 나를 不足히 너겨 ᄒᆞᄂᆞ다 ᄒᆞ니(亦惟日不足ㅣ라 ᄒᆞ니) <번小六 31b>
f. 또 오직 날을 不足히 너겨 ᄒᆞᄂᆞ다 ᄒᆞ니(亦惟日不足이라 ᄒᆞ니) <小언五 29b>

<15> 則

'則'이『번역소학』권6에서는 번역되지 않고『소학언해』권5에서는 부사 '곧'으로 번역된다는 것은 동일 원문의 번역인 다음 예문들에서 잘 확인된다.

(15) a. 나ᄂᆞᆫ 믿디 아니호리라(則吾不信也호리라) <번小六 30b>
b. 곧 나ᄂᆞᆫ 믿디 아니호리라(則吾不信也호리라) <小언五 28a>

(15) c. 길헤 지며 이디 아니ᄒᆞ면 례의옛 풍쇽이 ᄃᆞ외리라(不負戴於道路則爲禮義之俗矣니라) <번小六 37a>
d. 길헤 지며 이디 아니ᄒᆞ면 곧 禮義옛 풍쇽이 되리라(不負戴於道路則爲禮義之俗矣니라) <小언五 34b>

<16> 只

'只'가『번역소학』권6에서는 번역되지 않고『소학언해』권5에서는 부사 '다ᄆᆞᆫ'과 '오직'으로 번역된다는 것은 동일 원문의 번역인 다음 예문들에서 잘 확인된다.

(16) a. 셰쇽애 샹녯 말 ᄀᆞ티 ᄒᆞ면(只如俗說이면) <번小六 5b>
b. 다ᄆᆞᆫ 셰쇽의 말ᄉᆞᆷᄀᆞ티 ᄒᆞ면(只如俗說이면) <小언五 5a>

(16) c. 주구매 니르러도 ᄒᆞᆫ 가지라(至死只依舊ㅣ니라) <번小六 3a>
d. 죽음애 니르러도 오직 녜 ᄀᆞᆮᄂᆞ니라(至死只依舊ㅣ니라) <小언五 3a>

한편 '只'가 두 문헌에서 모두 '오직'으로 번역된다는 사실은 동일 원문의 번역인 다음 예문들에서 잘 확인된다.

(16) e. 오직 실혹으로 ᄀᆞᄅᆞ쳐 글 닐기롤 좀탁ᄒᆞ게 ᄒᆞ고(只教以經學念書ㅣ언뎡) <번小六 6a>
f. 오직 經을 비화 글 외옴으로써 ᄀᆞᄅᆞ치고(只教以經學念書ㅣ오) <小언五 6a>

(16) g. 오직 일즉 子弟의 ᄒᆞ욜 이롤 ᄒᆞ디 아니홀 시(只爲未嘗爲子弟之事ㅣ라) <번小六 3a>
h. 오직 일즉 子弟의 일을 ᄒᆞ디 아니홈을 위ᄒᆞᆫ 디라(只爲未嘗爲子弟之事ㅣ라) <小언五 3a>

<17> 唯

'唯'가 『번역소학』 권6에서는 번역되지 않고 『소학언해』 권5에서는 부사 '오직'으로 번역된다는 것은 동일 원문의 번역인 다음 예문들에서 잘 확인된다.

(17) a. 볼오더 ᄢᅥ딜가 저훔 ᄀᆞ티 ᄒᆞ노니(蹈之唯恐墜ᄒᆞ노니) <번小六 27a>
b. 볼옴애 오직 ᄢᅥ러딜가 두려 ᄒᆞ노니(蹈之唯恐墜ᄒᆞ노니) <小언五 25a>

한편 '唯'가 두 문헌에서 모두 '오직'으로 번역된다는 사실은 동일 원문의 번역인 다음 예문들에서 잘 확인된다.

(17) c. 오직 내 ᄇᆡ호ᄆᆡ 지극디 몯호ᄆᆞᆯ 분별ᄒᆞ라(唯患學不至ᄒᆞ라)
<번小六 22a>
d. 오직 내 ᄇᆡ홈이 지극디 몯홈ᄋᆞᆯ 분별홀디니라(唯患學不至ᄒᆞ라) <小언五 20b>

<18> 惟

'惟'가『번역소학』권6에서는 번역되지 않고『소학언해』권5에서는 부사 '오직'으로 번역된다는 것은 동일 원문의 번역인 다음 예문들에서 잘 확인된다.

(18) a. 나ᄅᆞᆯ 부족히 너겨 ᄒᆞ거든(惟日不足ㅣ어든) <번小六 31b>
b. 오직 날을 不足히 너겨 ᄒᆞ거든(惟日不足이어든)
<小언五 29b>

(18) c. ᄯᅩ 나ᄅᆞᆯ 不足히 너겨 ᄒᆞᄂᆞ다 ᄒᆞ니(亦惟日不足ㅣ라 ᄒᆞ니)
<번小六 31b>
d. ᄯᅩ 오직 날을 不足히 너겨 ᄒᆞᄂᆞ다 ᄒᆞ니(亦惟日不足이라 ᄒᆞ니)
<小언五 29b>

<19> 令

'令'이『번역소학』권6에서는 번역되지 않고『소학언해』권5에서는 부사어 'ᄒᆞ여곰'으로 번역된다는 것은 동일 원문의 번역인 다음 예문들에서 잘 확인된다.

(19) a. 글 지ᅀᅵ란 아니케 홀디니(不得令作文字ㅣ니라) <번小六 6a>
b. 시러곰 ᄒᆞ여곰 글 지이ᄅᆞᆯ ᄒᆞ게 아니홀디니라(不得令作文字ㅣ니라) <小언五 6a>

<20> 使

'使'가 『번역소학』 권6에서는 번역되지 않고 『소학언해』 권5에서는 부사어 '힘여곰'으로 번역된다는 것은 동일 원문의 번역인 다음 예문들에서 잘 확인된다.

(20) a. 죄롤 더으게 마롤디어다(勿使增罪戾어다) <번小六 27a>
b. 힘여곰 죄롤 더으게 마롤디어다(勿使增罪戾어다) <小언五 25a>

(20) c. 제 힘을 잇브게 ᄒᆞ며(使勞己之力ᄒᆞ며) <번小六 32b>
d. 힘여곰 내의 힘을 근(30a)로ᄒᆞ며(使勞己之力ᄒᆞ며) <小언五 30b>

<21> 以

'以'가 『번역소학』 권6에서는 번역되지 않고 『소학언해』 권5에서는 부사어 '뻐'로 번역된다는 것은 동일 원문의 번역인 다음 예문들에서 잘 확인된다.

(21) a. 사오나온 이리어든 젹다 ᄒᆞ고 ᄒᆞ디 말며(勿以惡小而爲之ᄒᆞ며) <번小六 15b>
b. 사오나온 거시 젹다 ᄒᆞ야 뻐 ᄒᆞ디 말며(勿以惡小而爲之ᄒᆞ며) <小언五 14b>

(21) c. 어딘 이리어든 젹다 ᄒᆞ고 아니 ᄒᆞ디 말라 ᄒᆞ시니라(勿以善小而不爲ᄒᆞ라 ᄒᆞ시니라) <번小六 15b>
d. 어딘 거시 젹다 ᄒᆞ야 뻐 ᄒᆞ디 아니티 말라(勿以善小而不爲ᄒᆞ라) <小언五 14b>

(21) e. 묽고 조티 아니면 뜨들 불플 주리 업고(非澹泊이면 無以明志

오) <번小六 16a>

f. ᄆᆞᆰ고 조홈이 아니면 ᄡᅥ ᄠᅳ들 ᄇᆞᆯ킴이 업고(非澹泊이면 無以明志오) <小언五 15a>

(21) g. 일워 셰디 아니리 업고(莫不…以成立之ᄒᆞ고) <번小六 20b>

h. ᄡᅥ 일워 셰디 아니리 업고(莫不…以成立之ᄒᆞ고) <小언五 19b>

(21) i. 먼 ᄃᆡ 닐위욜 주리 업ᄉᆞ니라(無以致遠이니라) <번小六 16a>

j. ᄡᅥ 먼ᄃᆡ 닐윔이 업ᄉᆞ리라(無以致遠이니라) <小언五 15a>

(21) k. ᄯᅩ 가히 孟子 ᄀᆞᆮᄒᆞ리라(亦可以如孟子矣리라) <번小六 10a>

l. ᄯᅩ 可히 ᄡᅥ 孟子 ᄀᆞᆮᄒᆞ리라(亦可以如孟子矣리라) <小언五 9b>

(21) m. 위와ᄃᆞᆯ 사ᄅᆞ미 너를 희롱ᄒᆞᄂᆞᆫ 줄 아디 몯ᄒᆞᄂᆞᆺ다(不知承奉者ㅣ 以爾爲玩戱니라) <번小六 25a>

n. 위완ᄂᆞᆫ 이 널로 ᄡᅥ 완롱ᄒᆞ야 희이침 삼ᄂᆞᆫ 주를 아디 몯ᄒᆞᄂᆞ니라(不知承奉者ㅣ 以爾爲玩戱니라) <小언五 23b>

(21) o. 안졍호ᄆᆞ로 모ᄆᆞᆯ 닷고(靜以修身이오) <번小六 16a>

p. 안졍홈으로ᄡᅥ 몸을 닷고(靜以修身이오) <小언五 15a>

(21) q. 검박호ᄆᆞ로 德을 길울디니(儉以養德이니) <번小六 16a>

r. 검박홈으로ᄡᅥ 德을 칠디니(儉以養德이니) <小언五 15a>

(21) s. 잔 머구모로 노ᄑᆞᆫ 이ᄅᆞᆯ 삼고(以啣杯로 爲高致ᄒᆞ고) <번小六 19b>

t. 잔 먹움기로ᄡᅥ 노ᄑᆞᆫ 허울을 삼고(以啣杯로 爲高致ᄒᆞ고) <小언五 18a>

(21) u. 가ᄉᆞ며로ᄆᆞ로(以富로) <번小六 37a>
v. 가ᅀᆞᆷ여롬ᄋᆞ로ᄡᅥ(以富로) <小언五 34b>

한편 '以'가 『번역소학』 권6과 『소학언해』 권5에서 모두 'ᄡᅥ'로 번역된다는 것은 동일 원문의 번역인 다음 예문들에서 잘 확인된다.

(21) w. 음식과 남진 겨집 ᄉᆞ이로ᄡᅥ 종요ᄅᆞᆯ 사몰디니(以飮食男女로 爲切要ㅣ니) <번小六 35a>
x. 飮食과 남진 겨집으로ᄡᅥ 切ᄒᆞᆫ 종요ᄅᆞᆯ 삼올디니(以飮食男女로 爲切要ㅣ니) <小언五 33a>

<22> 略

'略'이 『번역소학』 권6에서는 부사 '대개로'로 번역되고 『소학언해』 권5에서는 번역되지 않는다는 것은 동일 원문의 번역인 다음 예문들에서 잘 확인된다.

(22) a. 대개로 닐어(略言… ᄒᆞ야) <번小六 7b>
b. 닐어(略言… ᄒᆞ야) <小언五 7b>

4. 飜譯되지 않는 冠形詞

『소학언해』 권5에서는 번역되고 『번역소학』 권6에서는 번역되지 않는 冠形詞로 指示冠形詞 '是'와 '其'가 있다.

<1> 是

'是'가 『번역소학』 권6에서는 번역되지 않고 『소학언해』 권5에서는 관형사 '이'로 번역된다는 것은 동일 원문의 번역인 다음 예문들에서 잘 확인된다.

(1) a. 어늬 ᄀᆞ장 어리니의 ᄒᆞ논 이린고 ᄒᆞ야(何者ㅣ 是下愚所爲之事오 ᄒᆞ야) <번小六 8b>
b. 어늬 이 ᄀᆞ장 어린이의 ᄒᆞ는 바 일인고 ᄒᆞ야(何者ㅣ 是下愚所爲之事오 ᄒᆞ야) <小언五 8a>

한편 '是'가 두 문헌에서 모두 '이'로 번역된다는 것은 동일 원문의 번역인 다음 예문들에서 잘 확인된다.

(1) c. 어늬 이 셩신 현신의 ᄒᆞ시논 이리며(何者ㅣ 是聖賢所爲之事ㅣ며) <번小六 8b>
d. 어늬 이 셩인 현인의 ᄒᆞ시는 바 이리며(何者ㅣ 是聖賢所爲之事ㅣ며) <小언五 8a>

<2> 其

'其'가 『번역소학』 권6에서는 번역되지 않고 『소학언해』 권5에서는 관형사 '그'로 번역된다는 것은 동일 원문의 번역인 다음 예문들에서 잘 확인된다.

(2) a. 어딘 이룰 니ᄅᆞ며(言其所善ᄒᆞ며) <번小六 33b>
b. 그 어딘 바룰 닐ᄋᆞ며(言其所善ᄒᆞ며) <小언五 31a>

(2) c. 어딘 이룰 힝ᄒᆞ며 어딘 이룰 ᄉᆞ랑ᄒᆞ고(行其所善ᄒᆞ며 思其所善ᄒᆞ야) <번小六 33b>
d. 그 어딘 바룰 行ᄒᆞ며 그 어딘 바룰 싱각ᄒᆞ면(行其所善ᄒᆞ며 思其所善이면) <小언五 31a>

(2) e. 왼 이룰 니르며(言其不善ᄒᆞ며) <번小六 33b>
f. 그 어디디 아닌 이를 닐ᄋᆞ며(言其不善ᄒᆞ며) <小언五 31a>

제5장 飜譯 順序

『번역소학』 권6과 『소학언해』 권5의 對比를 통해 두 문헌의 번역 순서에 큰 차이가 있다는 것이 명백히 확인된다. 번역 순서에 큰 차이를 보여 주는 것으로 名詞, 動詞類 및 副詞類가 있다. 그리고 分節 즉 끊어 읽기의 차이로 번역 순서가 달라진다는 것을 확인할 수 있다.

1. 名詞의 飜譯 順序

『번역소학』 권6에서는 명사로 번역되고 『소학언해』 권5에서는 명사와 부사로 번역되는 것이 번역 순서에 차이를 보여 준다.

<1> 札

『번역소학』 권6에서는 명사 '글ᄌᆞ'로 번역되고 『소학언해』 권5에서는 명사 '유무'로 번역되는 '札'의 번역 순서에 차이가 있다는 것은 동일 원문의 번역인 다음 예문들에서 잘 확인된다.

(1) a. 글ᄌᆞ 수메 니르러는(至於書札ᄒᆞ야는) <번小六 6b>
  b. 글시며 유무에 니르러ᄂᆞᆫ(至於書札ᄒᆞ안) <小언五 6a>

원문이 『번역소학』권6과 『소학언해』 권5에서 어떤 순서로 번역되는가를 보면 다음과 같다.

	至	於	書	札
<번小六>	4	3	2	1
<小언五>	4	3	1	2

<2> 適

『번역소학』 권6에서는 의존명사 'ᄯᆞ롬'으로 번역되고 『소학언해』 권5에서는 부사 '다ᄆᆞᆫ'으로 번역되는 '適'의 번역 순서에 큰 차이가 있다는 것은 동일 원문의 번역인 다음 예문들에서 명백히 입증된다.

(2) a. 모맷 허므리 ᄃᆞ욀(24a) ᄯᆞ롬이니라(適足爲身累ㅣ니라)

<번小六 24b>

b. 다ᄆᆞᆫ 足히 몸읫 험을이 되ᄂᆞ니라(適足爲身累ㅣ니라)

<小언五 22b>

원문이 『번역소학』 권6과 『소학언해』 권5에서 어떤 순서로 번역되는가를 보면 다음과 같다.

	適	足	爲	身	果
<번小六>	5	(1)	4	2	3
<小언五>	1	2	5	3	4

2. 動詞類의 飜譯 順序

『번역소학』 권6에서는 동사류로 번역되고 『소학언해』 권5에서는 動作動詞와 副詞로 번역되는 것이 번역 순서에 차이를 보여 준다. 『번역소학』 권6에서 번역되는 동사류에는 동작동사와 상태동사가 있다. 『번역소학』 권6에서 번역되는 동작동사로 '硏'과 '謹'을 비롯하여 '肯'과 '教' 등이 있고 『번역소학』 권6에서 번역되는 상태동사로 '宜'가 있다.

<1> 硏

『번역소학』 권6에서는 동작동사 'ᄀᆞ다듬다'로 번역되고 『소학언해』 권5에서는 동작동사 '궁구ᄒᆞ다'로 번역되는 '硏'의 번역 순서에 차이가 있다는 것은 동일 원문의 번역인 다음 예문들에서 잘 확인된다.

(1) a. 게으르고 프러디면 ᄀᆞ다ᄃᆞ마 졍히 몯(16b)ᄒᆞ고(惰慢則不能硏精ᄒᆞ고) <번小六 17a>
b. 게으르고 프러디면 能히 졍미ᄒᆞᆫ 곧올 궁구티 몯ᄒᆞ고(惰慢則不能硏精이오) <小언五 15b>

원문 중 '不能硏精'이 두 문헌에서 어떤 순서로 번역되는가를 보면 다음과 같다.

	不	能	硏	精
<번小六>	4	(1)	2	3
<小언五>	4	1	3	2

<2> 謹

『번역소학』 권6에서는 동작동사 '고티다'로 번역되고 『소학언해』 권5에서는 동작동사 '삼가다'로 번역되는 '謹'의 번역 순서에 차이가 있다는 것은 동일 원문의 번역인 다음 예문들에서 잘 확인된다.

(2) a. 어딘 性을 옮겨 고텨(能移謹厚性ᄒᆞ야) <번小六 23b>
b. 能히 삼가고 둗터운 性을 옮겨(能移謹厚性ᄒᆞ야) <小언五 22a>

원문 중 '移謹厚性'이 두 문헌에서 어떤 순서로 번역되는가를 보면 다음과 같다.

	移	厚	謹	性
<번小六>	3	4	1	2
<小언五>	4	1	2	3

<3> 肯

『번역소학』 권6에서는 동작동사 '-오려 ᄒᆞ다'로 번역되고 『소학언해』 권5에서는 동작동사 '즐기다'의 부사형 '즐겨'로 번역되는 '肯'의 번역 순서에 차이가 있다는 것은 동일 원문의 번역인 다음 예문들에서 잘 확인된다.

(3) a. 언제 ᄃᆞ려 말ᄉᆞᆷ호려 ᄒᆞ리오(豈肯與之語哉리오) <번小六 11b>
b. 엇디 즐겨 더블어 말ᄒᆞ리오(豈肯與之語哉리오) <小언五 11b>

(3) c. ᄃᆞ려 말ᄉᆞᆷ호려 아니ᄒᆞ면(不肯與之語則) <번小六 11b>
d. 즐겨 더블어 말 아니ᄒᆞ면(不肯與之語則) <小언五 11a>

(3) e. 구펴 ᄂᆞᄌᆞᆨ호려 ᄒᆞ디 아니ᄒᆞ야(不肯屈下ᄒᆞ야) <번小六 3a>
f. 즐겨 굴복ᄒᆞ야 ᄂᆞ초디 아니ᄒᆞ야(不肯屈下ᄒᆞ야) <小언五 3a>

원문들 중 '肯與之語'와 '不肯屈下'가 두 문헌에서 어떤 순서로 번역되는가를 보면 다음과 같다.

	肯	與之	語
<번小六>	3	1	2
<小언五>	1	2	3

	不	肯	屈	下
<번小六>	4	3	1	2
<小언五>	4	1	2	3

<4> 敎

『번역소학』 권6과 『소학언해』 권5에서 각각 동작동사 'ᄀᆞᄅᆞ치다'와 'ᄀᆞᄅᆞ치다'로 번역되는 '敎'의 번역 순서에 차이가 있다는 것은 동일 원문의 번역인 다음 예문들에서 잘 확인된다.

(4) a. 오직 실혹오로 ᄀᆞᄅᆞ쳐 글 닐기ᄅᆞᆯ 죵탁ᄒᆞ게 ᄒᆞ고(只敎以經學念書ㅣ언뎡) <번小六 6a>
b. 오직 經을 ᄇᆡ화 글 외옴으로ᄡᅧ ᄀᆞᄅᆞ치고(只敎以經學念書ㅣ오) <小언五 6a>

원문이 『번역소학』 권6과 『소학언해』 권5에서 어떤 순서로 번역되는가를 보면 다음과 같다.

	敎	以	經	學	念	書
<번小六>	4	3	1	2	6	5
<小언五>	6	5	1	2	4	3

<5> 移

『번역소학』 권6과 『소학언해』 권5에서 각각 동작동사 '옮기다'와 '옴기다'로 번역되는 '移'의 번역 순서에 차이가 있다는 것은 동일 원문의 번역인 다음 예문들에서 잘 확인된다.

(5) a. 어딘 性을 옮겨 고텨(能移謹厚性ᄒᆞ야) <번小六 23b>
b. 能히 삼가고 둗터운 性을 옴겨(能移謹厚性ᄒᆞ야) <小언五 22a>

원문 중 '移謹厚性'이 두 문헌에서 어떤 순서로 번역되는가를 보면 다음과 같다.

	移	謹	厚	性
<번小六>	3	4	1	2
<小언五>	4	1	2	3

<6> 呼

『번역소학』 권6과 『소학언해』 권5에서 모두 동작동사 '일ᄏᆞᆮ다'로 번역되는 '呼'의 번역 순서에 큰 차이가 있다는 것은 동일 원문의 번역인 다음 예문들에서 잘 확인된다.

(6) a. 다 긔운 젓고 어디다 일ᄏᆞᆮᄂᆞ니(俗呼爲氣義라) <번小六 25b>
b. 시쇽이 일ᄏᆞ라 긔운 젓고 올타 ᄒᆞᄂᆞᆫ디라(俗呼爲氣義라) <小언五 23b>

원문이 『번역소학』 권6과 『소학언해』에서 어떤 순서로 번역되는가를 보면 다음과 같다.

	俗	呼	爲	氣	義
<번小六>	(4)	5	3	1	2
<小언五>	1	2	5	3	4

<7> 爲

『번역소학』 권6과 『소학언해』 권5에서 각각 동작동사 'ᄃᆞ외다'와 '되다'로 번역되는 '爲'의 번역 순서에 차이가 있다는 것은 동일 원문의 다음 예문들에서 잘 확인된다.

(7) a. 凶險흔 무리 드외에 흐느니(化爲凶險類흐느니) <번小六 23b>
b. 凶險흔 類ㅣ 고텨 되느니(化爲凶險類흐느니) <小언五 22a>

원문이 두 문헌에서 어떤 순서로 번역되는가를 보면 다음과 같다.

	化	爲	凶險	類
<번小六>	4	3	1	2
<小언五>	3	4	1	2

<8> 見

『번역소학』 권6에서 비통사적 합성동사 '듣보다'로 번역되는 '見聞'의 '見'과 『소학언해』 권5에서 '보며 듣다'로 번역되는 '見聞'의 '見'이 번역 순서에 차이를 보여 준다는 것은 동일 원문의 다음 예문들에서 잘 확인된다.

(8) a. 내 듣본 일조차 브터(接見聞흐야) <번小六 2a>
b. 보며 드른 거슬 븓터(接見聞흐야) <小언五 2a>

원문이『번역소학』권6과 『소학언해』 권5에서 어떤 순서로 번역되는가를 보면 다음과 같다.

	接	見	聞
<번小六>	3	2	1
<小언五>	3	1	2

<9> 宜

『번역소학』 권6에서 상태동사 '맛당흐다'로 번역되고 『소학언해』 권5에서 부사 '맛당히'로 번역되는 '宜'의 번역 순서에 차이가 있다는 것은 동일 원문의 번역인 다음 예문들에서 잘 확인된다.

(9) a. 너희 뼈에 사겨 두미 맛당ᄒᆞ니라(爾宜刻骨이니라)
<번小六 20b>
b. 너희 맛당히 뼈의 사길디니라(爾宜刻骨이니라) <小언五 19a>

(9) c. 이 글 지ᅀᅳᆫ 사ᄅᆞᄆᆡ 譏弄올 ᄎᆞ려 보미 맛당ᄒᆞ니라(宜鑑詩人刺ᄒᆞ라) <번小六 22b>
c. 맛당히 詩 지은 사ᄅᆞᄆᆡ 긔롱을 볼디니라(宜鑑詩人刺ㅣ니라)
<小언五 21a>

'宜'가『번역소학』권6에서는 맨 마지막에 번역되고『소학언해』권5에서는 맨 먼저 번역된다는 사실은 원문의 번역 순서를 통해 잘 확인된다.

	宜	刻	骨
<번小六>	3	2	1
<小언五>	1	3	2

	宜	鑑	詩人	刺
<번小六>	4	3	1	2
<小언五>	1	4	2	3

3. 副詞類의 飜譯 順序

『번역소학』권6에서는 부사류로 번역되는 것과『소학언해』권5에서는 부사, 동사류 및 名詞로 번역되는 것이 번역 순서에 차이를 보여 준다는 것은 두 문헌의 對比를 통해 잘 확인된다.『번역소학』권6에서 번역되는 부사류에는 副詞와 부사어가 있다.『번역소학』권6에서 번역되는 부사에는 양태부사 '崇', '能' 및 '怡怡'가 있고 시간부사 '先'과 부정부사 '不'이 있다.

<1> 能

『번역소학』 권6과 『소학언해』 권5에서 각각 부사 '능히'와 '能히'로 번역되는 '能'의 번역 순서에 차이가 있다는 것은 동일 원문의 번역인 다음 예문들에서 잘 확인된다. '能'이 『번역소학』 권6에서는 상태동사 '느즉ᄒᆞ다' 바로 앞에 오고 『소학언해』 권5에서는 부사어 '벋ᄋᆡ게' 및 부사어구 '天下의 어딘 사ᄅᆞᆷ의게' 바로 앞에 온다.

(1) a. 버들 ᄃᆡ졉호ᄃᆡ 버듸게 능히 ᄂᆞ즉디 아니ᄒᆞ고(接朋友則不能下朋友ᄒᆞ고) <번小六 3b>
b. 벋을 ᄃᆡ졉홈애ᄂᆞᆫ 能히 벋ᄋᆡ게 ᄂᆞ리디 몯ᄒᆞ고(接朋友則不能下朋友ᄒᆞ고) <小언五 3b>

(1) c. ᄌᆡ샹이 ᄃᆞ외야(3b)ᄂᆞᆫ 텬햣 어딘 사ᄅᆞᆷ의게 능히 ᄂᆞ즉디 아니ᄒᆞᄂᆞ니라(爲宰相則不能下天下之賢이니라) <번小六 4a>
d. 宰相이 되야ᄂᆞᆫ 能히 天下의 어딘 사ᄅᆞᆷ의게 ᄂᆞ리디 몯ᄒᆞᄂᆞ니라(爲宰相則不能下天下之賢이니라) <小언五 3b>

원문들 중 '不能下朋友'와 '不能下天下之賢'이 두 문헌에서 어떤 순서로 번역되는가를 보면 다음과 같다.

	不	能	下	<u>朋友</u>
<번小六>	4	2	3	1
<小언五>	4	1	3	2

	不	能	下	<u>天下之賢</u>
<번小六>	4	2	3	1
<小언五>	4	1	3	2

한편 두 문헌의 동일 원문의 번역인 다음 예문들에서 부사 '能'의 번역 순서가 같다는 것을 알 수 있다. 부사 '能'은 부사어 '웃관원의게' 바로 앞에 온다.

(1) e. 웃관원니 잇거든 능히 웃관원의게 ᄂᆞ즉디 아니ᄒᆞ고(有官長則不能下官長ᄒᆞ고) <번小六 3b>
f. 웃관원이 이심애ᄂᆞᆫ 能히 웃관원의게 ᄂᆞ리디 몯ᄒᆞ고(有官長則不能下官長ᄒᆞ고) <小언五 3b>

<2> 怡怡

『번역소학』 권6에서는 부사 '화열히'로 번역되고 『소학언해』 권5에서는 부사 '怡怡히'로 번역되는 '怡怡'의 번역 순서에 차이가 있다는 것은 동일 원문의 번역인 다음 예문들에서 잘 확인된다. '怡怡'가 『번역소학』 권6에서는 동작동사 바로 앞에 오고 『소학언해』 권5에서는 文頭에 온다.

(2) a. 어버이며 어우ᄂᆞᆯ 화열히 셤겨(怡怡奉親長ᄒᆞ야) <번小六 21b>
b. 怡怡히 어버이와 얼운을 봉양ᄒᆞ야(怡怡奉親長ᄒᆞ야)
<小언五 20a>

원문이 『번역소학』권6과 『소학언해』 권5에서 어떤 순서로 번역되는가를 보면 다음과 같다.

	怡怡	奉	親	長
<번小六>	3	4	1	2
<小언五>	1	4	2	3

<3> 崇

『번역소학』 권6에서는 부사 'ᄉᆞᆨ졀업시'로 번역되고 『소학언해』 권5에서는 동작동사 '슝샹ᄒᆞ다'로 번역되는 '崇'의 번역 순서에 차이가 있다는 것은 동

일 원문의 번역인 다음 예문들에서 잘 확인된다.

(3) a. 쇽졀업시 노로ᄆᆞᆯ 즐기며(崇好優遊ᄒᆞ며) <번小六 19b>
　　b. 놀기를 슝샹ᄒᆞ야 됴히 너기며(崇好優遊ᄒᆞ며) <小언五 18a>

원문이 『번역소학』권6과 『소학언해』 권5에서 어떤 순서로 번역되는가를 보면 다음과 같다.

	崇	好	優遊
<번小六>	1	3	2
<小언五>	2	3	1

<4> 不

『번역소학』 권6에서는 부사 '아니'로 번역되고 『소학언해』 권5에서는 보조동사 '아니ᄒᆞ다'로 번역되는 '不'의 번역 순서에 차이가 있다는 것은 동일 원문의 다음 예문들에서 잘 확인된다.

(4) a. 어딘 이리어든 젹다 ᄒᆞ고 아니 ᄒᆞ디 말라 ᄒᆞ시니라(勿以善小而不爲ᄒᆞ라 ᄒᆞ시니라) <번小六 15b>
　　b. 어딘 거시 젹다 ᄒᆞ야 ᄡᅥ ᄒᆞ디 아니티 말라(勿以善小而不爲ᄒᆞ라) <小언五 14b>

원문이 『번역소학』권6과 『소학언해』 권5에서 어떤 순서로 번역되는가를 보면 다음과 같다.

	勿	以	善	小	而	不	爲
<번小六>	6	(3)	1	2		4	5
<小언五>	6	3	1	2		5	4

<5> 先

『번역소학』 권6에서는 부사 '몬져'로 번역되고『소학언해』 권5에서는 동작동사구 '몬져 ᄒᆞ다'로 번역되는 '先'의 번역 순서에 차이가 있다는 것은 동일 원문의 번역인 다음 예문들에서 잘 확인된다.

(5) a. 모로매 효되며 공슌ᄒᆞ며 튱심ᄃᆞ외며(5a) 유신ᄒᆞ며 례되며 올ᄒᆞᆫ 이리며 쳥념ᄒᆞ며 붓그리ᄂᆞᆫ 일돌ᄒᆞᆯ 몬져 ᄡᅥ ᄒᆞᄂᆞ니(必先以孝弟忠信禮義廉恥等事ㅣ니) <번小六 5b>

b. 반ᄃᆞ시 효도ᄒᆞ며 손슌ᄒᆞ며 튱셩되며 믿브며 례절이며 올ᄒᆞᆫ이리며 쳥렴ᄒᆞ며 붓그리ᄂᆞᆫ 일돌로ᄡᅥ 몬져 ᄒᆞᄂᆞ니(必先以孝弟忠信禮義廉恥等事ㅣ니) <小언五 5a>

원문이『번역소학』권6과『소학언해』 권5에서 어떤 순서로 번역되는가를 보면 다음과 같다.

	必	先	以	孝弟忠信禮義廉恥等事
<번小六>	1	3	4	2
<小언五>	1	4	3	2

<6> 所

『번역소학』 권6에서는 부사어구 '이런 ᄃᆞ로'로 번역되는 '所以'의 '所'와『소학언해』권5에서는 명사 '바'로 번역되는 '所'의 번역 순서에 차이가 있다는 것은 동일 원문의 다음 예문들에서 잘 확인된다.

(6) a. 이런 ᄃᆞ로 어딘 사ᄅᆞᄆᆡ ᄆᆞᅀᆞ믄 깁고 너버 믈ᄀᆞᆫ 믈 ᄀᆞᄐᆞ니라(所以君子心은 汪汪淡如水ㅣ니라) <번小六 25a>

b. ᄡᅥ 君子의 ᄆᆞ음이 汪汪〔깁고 너른 양이라〕ᄒᆞ야 ᄆᆞᆰ옴이 믈ᄀᆞ톤 배니라(所以君子心이 汪汪淡如水ㅣ니라) <小언五 23a>

(6) c. 이런 ᄃᆞ로 馬援ᄋᆡ 그리 ᄇᆞᄌᆞ러니 모ᄃᆞᆫ ᄌᆞ(25b)뎨ᄅᆞᆯ 警戒ᄒᆞ니라(所以馬援書ㅣ 殷勤戒諸子ᄒᆞ니라) <번小六 26a>

d. ᄡᅥ 馬援의 글월이 殷勤히 모ᄃᆞᆫ ᄌᆞ뎨ᄅᆞᆯ 경계ᄒᆞᆫ 배니라(所以馬援書ㅣ 殷勤戒諸子ㅣ니라) <小언五 24a>

'所'가『번역소학』권6에서는 맨 먼저 번역되고『소학언해』권5에서는 맨 마지막에 번역된다는 사실은 원문들의 번역 순서를 통해 잘 확인된다.

	所	以	君子	心	汪汪	淡	如	水
<번小六>	1	2	3	4	5	6	8	7
<小언五>	8	1	2	3	4	5	7	6

	所	以	馬援	書	殷勤	戒	諸	子
<번小六>	1	2	3	4	5	8	6	7
<小언五>	8	1	2	3	4	7	5	6

4. 分節의 差異

『번역소학』권6과『소학언해』권5의 對比를 통해 分節 즉 끊어 읽기의 차이로 文脈과 意味가 달라진다는 것을 알 수 있다.

<1> 只教以經學念書

동일 원문의 번역인 다음 예문들에서 分節에 큰 차이가 있음을 발견할 수 있다. 즉『번역소학』권6에서는 '只教以經學'에서 分節이 이루어진다.

(1) a. 오직 실ᄒᆞᆨ으로 ᄀᆞᄅᆞ쳐 글 닐기ᄅᆞᆯ 좀탁ᄒᆞ게 ᄒᆞ고(只教以經學念書ㅣ 언뎡) <번小六 6a>

b. 오직 經을 비화 글 외옴으로써 ᄀᆞᄅᆞ치고(只教以經學念書ㅣ오)
<小언五 6a>

원문이『번역소학』권6과『소학언해』권5에서 어떤 순서로 번역되는가를 보면 다음과 같다.

	教	以	經	學	念	書
<번小六>	4	3	1	2	6	5
<小언五>	6	5	1	2	4	3

<2> 至於三遷

동일 원문의 번역인 다음 예문들에서 分節 즉 끊어 읽기에 큰 차이가 있음을 발견할 수 있다. 즉『번역소학』권6에서는 원문 중 '至於三遷'을 '至於三'에서 끊어 읽는다.

(2) a. 세 고대 니르히 올ᄆᆞ시던 주를 ᄉᆡᆼ각ᄒᆞ야(念…至於三遷ᄒᆞ야)
<번小六 10a>

b. 세 적 올ᄆᆞᆷ애 니ᄅᆞ신 줄올 ᄉᆡᆼ각ᄒᆞ야(念…至於三遷ᄒᆞ야)
<小언五 9b>

원문 중 '至於三遷'이『번역소학』권6과『소학언해』권5 어떤 순서로 번역되는가를 보면 다음과 같다.

	至	於	三	遷
<번小六>	3	2	1	4
<小언五>	4	3	1	2

<3> 所以古人疾

동일 원문의 번역인 다음 예문들에서 分節에 차이가 있다는 것을 발견할

수 있다. 즉 『소학언해』 권5에서는 ‘所以古人疾’에서 分節이 이루어진다.

(3) a. 이런 ᄃᆞ로 녯 사ᄅᆞ미 굽디 몯ᄒᆞ(25a)는 병과 울어디 몯ᄒᆞ는 병을 믜여 ᄒᆞᄂᆞ니라(所以古人疾이 蘧篨與戚施ᄒᆞᄂᆞ니라)

<번小六 25b>

b. 뻐 녯 사ᄅᆞᆷ의 믜여ᄒᆞ는 배 蘧篨 [굽디 몯ᄒᆞ는 병이라]와 다 뭇 戚施 [젓디 몯ᄒᆞ는 병이라] 니라(所以古人疾이 蘧篨與戚施니라) <小언五 23b>

원문 중 ‘所以古人疾’이 두 문헌에서 어떤 순서로 번역되는가를 보면 다음과 같다.

	所	以	古人	疾	<u>蘧篨與戚施</u>
<번小六>	1	2	3	5	4
<小언五>	4	1	2	3	5

<4> 不願聞

동일 원문의 번역인 다음 예문들에서 分節에 차이가 있음을 발견할 수 있다. 즉 『번역소학』 권6에서는 ‘不願聞’에서 分節이 이루어지고 『소학언해』 권5에서는 ‘不願’에서 分節이 이루어진다. 그리고 ‘願’이 『번역소학』 권6에서는 어미 ‘-고져’로 번역되고 『소학언해』 권5에서는 동작동사 ‘願ᄒᆞ다’로 번역된다.

(4) a. ᄌᆞ손이(13a) 이런 힝덕 이슈믈 듣고져 아니ᄒᆞ노라(不願聞子孫의 有此行也ᄒᆞ노라) <번小六 13b>

b. 子孫이 이런 힝실이 이심 드르믈 願티 아니ᄒᆞ노라(不願聞子孫의 有此行也ᄒᆞ노라) <小언五 12b>

제6장 文法的 差異

『번역소학』 권6과 『소학언해』 권5의 對比에서 발견되는 주목할 만한 文法的 差異에는 格의 差異, 動詞類의 格支配, 語尾의 差異, 접미사 '-재'의 有無, 節 構成의 差異, 否定法의 差異 및 使動의 差異가 있다.

1. 格의 差異

『번역소학』 권6과 『소학언해』 권5의 對比를 통해 同一한 명사가 相異한 格을 취한다는 것을 알 수 있다. 격의 차이는 主格과 屬格을 비롯하여 여러 유형이 있다.

1.1. 主格과 屬格

『번역소학』 권6과 『소학언해』 권5의 對比를 통해 동일한 名詞가 주격과 속격을 취한다는 것을 알 수 있다.

<1> 民

'民'의 번역인 명사 '빅셩'이 『번역소학』 권6에서는 주격 '-이'를 취하고 『소학언해』 권5에서는 속격 '-의'를 취한다는 사실은 동일 원문의 번역인 다

음 예문들에서 잘 확인된다.

(1) a. 빅셩이 자뱃는 常性이라(民之乘彝라) <번小六 1b>
b. 빅셩의 자밧는 덛덛흔 거시라(民之乘彝라) <小언五 1b>

(1) c. 빅셩이 자뱃는 常性리론 드로(民乘之彝也故로) <번小六 2a>
d. 빅셩이 자밧는 덛덛흔 거시라(民乘之彝也故로) <小언五 1b>

1.2. 主格과 對格

『번역소학』 권6과 『소학언해』 권5의 對比를 동일한 名詞가 주격과 대격을 취한다는 것을 알 수 있다.

<1> 爾

'爾'의 번역인 대명사 '너희'가 『번역소학』 권6에서는 zero 主格을 취하고 '爾'의 번역인 대명사 '너'가 『소학언해』 권5에서는 對格 '-를'을 취한다는 것은 동일 원문의 번역인 다음 예문들에서 잘 확인된다.

(1) a. 그 대개는 フ로딕 너희 立身홀 일 비호물 警戒ᄒ노니(其略曰戒爾學立身ᄒ노니) <번小六 21b>
b. 그 대강은 골오딕 너를 몸 셰기 비홈올 경계ᄒ노니(其略曰戒爾學立身ᄒ노니) <小언五 20a>

(1) c. 너희 祿톨 일 비호물 警戒ᄒ노니(戒爾學干祿ᄒ노니) <번小六 22a>
d. 너를 祿 구ᄒ기 비홈올 경계ᄒ노니(戒爾學干祿ᄒ노니) <小언五 20b>

(1) e. 너희 붓그러오며 쇽ᄃᆞ왼 일 멀에 호ᄆᆞᆯ 警戒ᄒᆞ노니(戒爾遠恥辱ᄒᆞ노니) <번小六 22b>

f. 너를 붓그러오며 슈욕을 멀에 험올 경계ᄒᆞ노(20b)니(戒爾遠恥辱ᄒᆞ노니) <小언五 21a>

(1) g. 너희 방탕티 마로ᄆᆞᆯ 警戒ᄒᆞ노니(戒爾勿放曠ᄒᆞ노니) <번小六 23a>

h. 너를 방탕ᄒᆞ며 허소티 말라 경계ᄒᆞ노니(戒爾勿放曠ᄒᆞ노니) <小언五 21a>

(1) i. 너희 수울 즐기디 마로ᄆᆞᆯ 警戒ᄒᆞ노니(戒爾勿嗜酒ᄒᆞ노니) <번小六 23b>

h. 너를 술 즐기디 말라 경계ᄒᆞ노니(戒爾勿嗜酒ᄒᆞ노니) <小언五 22a>

1.3. 主格과 處格

『번역소학』 권6과『소학언해』 권5의 對比를 통해 名詞와 명사형으로 번역되는 것이 主格과 處格을 취한다는 것을 알 수 있다.

<1> 習之

'習之'가『번역소학』 권6에서는 명사 '비홋'으로 번역되어 주격 '-이'를 취하고『소학언해』 권5에서는 명사형 '니김'으로 번역되어 처격 '-애'를 취한다는 것은 동일 원문의 번역인 다음 예문들에서 잘 확인된다.

(3) a. 비호시 수이 거츠러(習之易荒ㅣ라) <번小六 19b>

b. 니김애 수이 거츠는 디라(習之易荒이라) <小언五 18a>

1.4. 主題格과 主格

『번역소학』 권6과 『소학언해』 권5의 對比를 통해 동일한 代名詞가 주제격과 주격을 취한다는 것을 알 수 있다.

<1> 我

'我'의 번역인 대명사 '나'가 『번역소학』 권6에서는 主題格을 취하고 『소학언해』 권5에서는 주격을 취한다는 것은 동일 원문의 번역인 다음 예문들에서 잘 확인된다.

(1) a. 나는 아히어니(我爲孩童이어니) <번小六 11b>
b. 내 아히 되엿거니(我爲孩童이어니) <小언五 10b>

1.5. 主題格과 對格

『번역소학』 권6과 『소학언해』 권5의 對比를 통해 동일한 명사가 主題格과 대격을 취한다는 것을 알 수 있다.

<1> 伯高

'伯高'의 번역인 고유명사 '伯高'가 『번역소학』 권6에서는 주제격 '-ᄂᆞᆫ'을 취하고 『소학언해』 권5에서는 대격 '-ᄅᆞᆯ'을 취한다는 것은 동일 원문의 번역인 다음 예문들에서 잘 확인된다.

(1) a. 伯高ᄂᆞᆫ 본받다가 몯ᄒᆞ야도(效伯高不得ㅣ라두) <번小六 15a>
b. 伯高ᄅᆞᆯ 효측ᄒᆞ야 得디 몯ᄒᆞ야도(效伯高不得이라두) <小언五 14a>

1.6. 屬格과 主格

『번역소학』 권6과 『소학언해』의 對比를 통해 동일한 名詞類가 속격과 주격을 취한다는 것을 알 수 있다. 동일한 명사류에는 명사, 名詞句 및 명사형이 있다.

<1> 子孫

『번역소학』 권6과 『소학언해』 권5에서 각각 명사 'ᄌᆞ손'과 '子孫'으로 번역되는 '子孫'이 속격 '-ᄋᆡ'와 주격 '-이'를 취한다는 사실은 동일 원문의 번역인 다음 예문들에서 잘 확인된다.

(1) a. ᄌᆞ손ᄋᆡ(13a) 이런 힝덕 이슈믈 듣고져 아니ᄒᆞ노라(不願聞子孫의 有此行也ᄒᆞ노라) <번小六 13b>
  b. 子孫이 이런 힝실이 이심 드르믈 願티 아니ᄒᆞ노라(不願聞子孫이 有此行也ᄒᆞ노라) <小언五 12b>

<2> 童子

『번역소학』 권6과 『소학언해』 권5에서 명사 '아ᄒᆡ'로 번역되는 '童子'가 속격 '-의'와 zero 주격을 취한다는 사실은 동일 원문의 번역인 다음 예문들에서 잘 확인된다.

(2) a. 아ᄒᆡ의 ᄡᅳ리고 ᄲᅳᆯ며 ᄃᆡ답ᄒᆞ며 얼운 셤폴 절ᄎᆞ ᄀᆞᄅᆞ촐 일 대개로 닐어(略言教童子灑掃應對事長之節ᄒᆞ야) <번小六 7b>
  b. 아ᄒᆡ 믈 ᄡᅳ리고 ᄲᅳᆯ며 應ᄒᆞ며 對ᄒᆞ며 얼운 셤길 절ᄎᆞ ᄀᆞᄅᆞ칠 일을 닐어(略言教童子灑掃應對事長之節ᄒᆞ야) <小언五 7b>

<3> 幼學

『번역소학』 권6에서는 명사구 '져믄 비홀 사ᄅᆞᆷ'으로 번역되고 『소학언해』

권5에서 명사구 '졈어셔 ᄇᆡ홀 이'로 번역되는 '幼學'이 속격 '-ᄋᆡ'와 zero 주격을 취한다는 사실은 동일 원문의 번역인 예문들에서 잘 확인된다.

(3) a. 져믄 ᄇᆡ홀 사ᄅᆞ미 모로매 몬져 ᄒᆞ욜 배라(幼學所當先也ㅣ니라)
<번小六 8b>
b. 졈어셔 ᄇᆡ홀 이 맛당히 몬져 홀 배니라(幼學所當先也ㅣ니라)
<小언五 8a>

<4> 學

『번역소학』 권6과 『소학언해』 권5에서 명사형 'ᄇᆡ홈'으로 번역되는 '學'이 속격 '-ᄋᆡ'와 주격 '-이'를 취한다는 사실은 동일 원문의 번역인 다음 예문들에서 잘 확인된다.

(4) a. 오직 내 ᄇᆡ호ᄆᆡ 지극디 몯호ᄆᆞᆯ 분별ᄒᆞ라(唯患學不至ᄒᆞ라)
<번小六 22a>
b. 오직 내 ᄇᆡ홈이 지극디 몯홈ᄋᆞᆯ 분별홀디니라(唯患學不至니라)
<小언五 20b>

1.7. 屬格과 屬格

『번역소학』 권6과 『소학언해』 권5 對比를 통해 동일한 名詞句가 속격과 속격을 취한다는 것을 알 수 있다.

<1> 顔孟

『번역소학』 권6과 『소학언해』 권5에서 각각 명사구 '顔子 孟子'와 '안ᄌᆞ ᄆᆡᆼᄌᆞ'로 번역되는 '顔孟'이 『번역소학』 권6에서는 속격 '-ㅅ'을 취하고 『소학언해』 권5에서는 속격 '-의'를 취한다는 사실은 동일 원문의 번역인 다음 예문들에서 잘 확인된다. 『번역소학』 권6에서 속격 '-ㅅ'은 존칭 유정물 '顔子

孟子'와 통합 관계에 있다.

(1) a. 顔子 孟子ㅅ 이ᄅᆞᆯ 나도 ᄯᅩ 가히 ᄇᆡ호리라(顔孟之事를 我亦可學이니라) <번小六 9a>
  b. 안ᄌᆞ ᄆᆡᆼᄌᆞ의 일ᄋᆞᆯ 나도 ᄯᅩ 可히 ᄇᆡ호리라(顔孟之事를 我亦可學이니라) <小언五 8b>

1.8. 對格과 處格

『번역소학』 권6과『소학언해』 권5의 對比를 통해 동일한 代名詞가 대격과 처격을 취한다는 것을 알 수 있다.

<1> 爾

두 문헌에서 대명사 '너'로 번역되는 爾가『번역소학』 권6에서는 對格 '-ᄅᆞᆯ'을 취하고『소학언해』 권5에서는 處格 '-로'를 취한다는 것은 동일 원문의 번역인 다음 예문들에서 잘 확인된다.

(1) a. 위완ᄃᆞᆯ 사ᄅᆞ미 너ᄅᆞᆯ 희롱ᄒᆞᄂᆞᆫ 줄 아디 몯ᄒᆞᄂᆞᆺ다(不知承奉者ㅣ以爾爲玩戲니라) <번小六 25a>
  b. 위완ᄂᆞᆫ 이 널로 ᄡᅥ 완롱ᄒᆞ야 희이침 삼ᄂᆞᆫ 주를 아디 몯ᄒᆞᄂᆞ니라(不知承奉者ㅣ 以爾爲玩戲니라) <小언五 23b>

1.9. 處格과 主格

『번역소학』 권6과『소학언해』 권5의 對比를 통해 동일한 명사구가 처격과 주격을 취한다는 것을 알 수 있다.

<1> 齊梁

『번역소학』 권6에서는 명사구 '齊梁 시졀'로 번역되는 '齊梁'이 處格 '-에'를 취하고 『소학언해』 권5에서는 명사구 '齊와 梁 적'로 번역되는 '齊梁'이 주격 '-이'를 취한다는 것은 동일 원문의 번역인 다음 예문들에서 잘 확인된다.

(9) a. 齊梁 시졀레 간대옛 실업슨 의론올 슝샹ᄒᆞ니(齊梁이 尙淸議 ᄒᆞ니) <번小六 23a>
b. 齊와 梁 적이 쳥허ᄒᆞᆫ 의론을 슝샹ᄒᆞ니(齊梁이 尙淸議ᄒᆞ니) <小언五 21b>

1.10. 複合格 '-앳'과 屬格

『번역소학』 권6과 『소학언해』 권5의 對比를 통해 동일한 명사가 복합격 '-앳'과 속격을 취한다는 것을 알 수 있다. '-앳'은 처격 '-애'와 속격 '-ㅅ'의 결합이다.

<1> 風

두 문헌에서 명사 'ᄇᆞᄅᆞᆷ'으로 번역되는 '風'이 『번역소학』 권6에서는 처격과 속격의 결합인 '-앳'을 취하고 『소학언해 권5에서는 屬格 '-의'를 취한다는 것은 동일 원문의 번역인 다음 예문들에서 잘 확인된다.

(1) a. ᄇᆞᄅᆞᆷ앳 믓겨리 ᄀᆞᄐᆞ야 즉시(24a)예 니러나ᄂᆞ니(風波當時起라) <번小六 25a>
b. ᄇᆞᄅᆞᆷ의 믈쎨이 즉시예 니러나ᄂᆞᆫ디라(風波ㅣ 當時起라) <小언五 23a>

1.11. 造格과 主格

『번역소학』 권6과『소학언해』 권5의 對比를 통해 동일한 명사구가 造格과 주격을 취한다는 것을 알 수 있다.

<1> 汝曹

두 문헌에서 명사구 '너희 물'로 번역되는 汝曹가『번역소학』 권6에서는 조격 '-로'를 취하고『소학언해』 권5에서는 주격 '-이'를 취한다는 것은 동일 원문의 번역인 다음 예문들에서 잘 확인된다.

(1) a. 나는 너희 물로 사ᄅᆞᄆᆡ 허므를 듣고(12b) …이베 니ᄅᆞ디 몯과뎌 ᄒᆞ노라(吾欲汝曹로 聞人過失ᄒᆞ고 …口不可得言也ᄒᆞ노라)
<번小六 13a>
b. 내 너희 물이 사ᄅᆞᄆᆡ 허물 듣고 …입에 可히 시러곰 닐ᄋᆞ디 몯ᄒᆞ과뎌 ᄒᆞ노라(吾欲汝曹ㅣ 聞人過失ᄒᆞ고 …口不可得言也ᄒᆞ노라) <小언五 12a>

1.12. '-로브터'와 '-브터'

『번역소학』과『소학언해』의 對比를 동일한 명사가 始發을 뜻하는 '-로 브터'와 '-브터'를 취한다는 것을 알 수 있다.

<1> 古

두 문헌에서 명사 '녜'로 번역되는 '古'가『번역소학』 권6에서는 '-로브터'를 취하고『소학언해』 권5에서는 '-브터'를 취한다는 사실은 동일 원문의 번역인 다음 예문들에서 잘 확인된다.

(1) a. 녜로(35a)브터 聖人 賢人이(從古聖賢이) <번小六 35b>
b. 녜브터 셩인 현인이(從古聖賢이) <小언五 33a>

1.13. '-로셔'와 '-로'

『번역소학』 권6과 『소학언해』 권5의 對比를 통해 동일한 명사가 資格을 뜻하는 '-로셔'와 '-로'를 취한다는 것을 알 수 있다.

<1> 臣

『번역소학』 권6과 『소학언해』 권5에서 각각 명사 '臣下'와 '신하'로 번역되는 '臣'이 『번역소학』 권6에서는 '-로셔'를 취하고 『소학언해』 권5에서는 '-로'를 취한다는 것은 동일 원문의 번역인 다음 예문들에서 잘 확인된다.

(1) a. 나는 본릐 나그내로브터 왯는 臣下로셔(我本羈旅臣으로) <번小六 27a>
b. 나는 본릐 나그내 신하로(我本羈旅臣으로) <小언五 25a>

1.14. 集團曲用

집단곡용이 『번역소학』 권6에는 존재하고 『소학언해』 권5에는 존재하지 않는다는 것은 두 문헌의 對比를 통해 잘 확인된다.

<1> 對格 構成

『번역소학』 권6과 발견되는 집단곡용 중 對格 구성이 'NP$_1$ +-며+NP$_2$ +-와+-롤' 그리고 'NP$_1$ +-와+NP$_2$ +-와+-롤'이라는 사실은 동일 원문의 번역인 다음 예문들에서 잘 확인된다.

(1) a. 안즉 놀애며 춤과롤 ᄀᆞᄅᆞ치고져 식브니라(且敎之歌舞ㅣ니라)
<번小六 7b>
b. 아직 놀애며 춤을 ᄀᆞᄅᆞ칠디니라(且敎之歌舞ㅣ니라)
<小언五 7a>

(1) c. 어딘 일와 ᄌᆡ조와롤 브즈러니 홈만 ᄀᆞᄐᆞ니 업ᄉᆞ니라(莫若勤道藝라) <번小六 22a>
d. 도리와 ᄌᆡ조롤 브즈러니 홈만 ᄀᆞᄐᆞ니 업ᄉᆞ니라(莫若勤道藝라)
<小언五 20b>

<2> 造格 構成

『번역소학』 권6에서 발견되는 집단곡용 중 造格 구성이 'NP$_1$ +-와+NP$_2$ +-와+-로'라는 사실은 동일 원문의 번역인 다음 예문들에서 잘 확인된다.

(2) a. 明道先生과 范希文과로ᄡᅥ(以明道希文으로) <번小六 34a>
b. 明道와 希文으로ᄡᅥ(以明道希文으로) <小언五 31b>

2. 動詞類의 格支配

『번역소학』 권6과 『소학언해』 권5의 對比를 통해 동사류의 格支配에 큰 차이가 있다는 것을 알 수 있는데 그 차이는 몇 가지 유형으로 분류하여 고찰할 수 있다.

2.1. 對格과 處格의 支配

<1> 過

'過'의 번역인 동작동사구 '디나 ᄃᆞᆫ니다'가 『번역소학』 권6에서는 대격 '-

올'을 지배하고 『소학언해』 권5에서는 처격 '-ᄋᆡ'를 지배한다는 사실은 동일 원문의 번역인 다음 예문들에서 잘 확인된다.

(1) a. ᄒᆞ거냥ᄒᆞ야 ᄆᆞ술ᄒᆞᆯ 디나 ᄃᆞᆫ니ᄂᆞ니(揚揚過閭里ᄒᆞᄂᆞ니)
<번小六 26a>
b. ᄒᆞ건 양ᄒᆞ야 ᄆᆞ올(24a)ᄒᆡ 디나 ᄃᆞᆫ니ᄂᆞ니(揚揚過閭里ᄒᆞᄂᆞ니)
<小언五 24b>

2.2. 對格과 '與格'의 支配

<1> 佞

'佞'의 번역인 동작동사 '아당ᄒᆞ다'가 『번역소학』 권6에서는 對格 '-ᄅᆞᆯ'을 지배하고 『소학언해』 권5에서는 여격 '-의게'를 지배한다는 것은 동일 원문의 번역인 다음 예문들에서 잘 확인된다.

(1) a. 저ᄅᆞᆯ 아당ᄒᆞᄂᆞ니ᄅᆞᆯ 깃거(佞己者ᄅᆞᆯ 悅之ᄒᆞ야) <번小六 18b>
b. 제게 아당ᄒᆞᄂᆞᆫ 이ᄅᆞᆯ 깃거 ᄒᆞ야(佞己者ᄅᆞᆯ 悅之ᄒᆞ야)
<小언五 17b>

2.3. 處格과 對格의 支配

<1> 懵

두 문헌에서 동작동사 '아ᄃᆞᆨᄒᆞ다'로 번역되는 '懵'이 『번역소학』 권6에서는 처격 '-에'를 지배하고 『소학언해』 권5에서는 대격 '-을'을 지배한다는 것은 동일 원문의 번역인 다음 예문들에서 잘 확인된다.

(1) a. 녯 셩신의 그레 아독호디 븟그리디 아니ᄒᆞ고(懵前經而不恥 ᄒᆞ고) <번小六 18a>
b. 녯 經을 아독호디 븟그리디 아니ᄒᆞ고(懵前經而不恥ᄒᆞ고) <小언五 17a>

2.4. '-두군'과 '-의게'의 支配

<1> 勝

'勝'의 번역인 상태동사 '더으다'가『번역소학』권6에서는 比較를 뜻하는 '-두군'을 지배하고『소학언해』권5에서는 比較를 뜻하는 '-의게'를 지배한다는 것은 동일 원문의 번역인 다음 예문들에서 잘 확인된다.

(1) a. 저두군 더으니를 아쳐러 ᄒᆞ고(勝己者을 厭之ᄒᆞ고) <번小六 18b>
b. 제게 더으니를 아쳐ᄒᆞ고(勝己者을 厭之ᄒᆞ고) <小언五 17b>

3. 語尾의 差異

『번역소학』권6과『소학언해』권5의 對比를 통해 어미에 큰 차이가 있다는 것을 알 수 있다. 어미의 차이에는 명사형어미 '-옴'과 '-기' 명사형어미 '-옴'과 부사형어미 '-디', 冠形詞形과 名詞形, 冠形詞形과 副詞形, 副詞形과 名詞形, '-과뎌'와 名詞形, '-아도'와 '-아셔', 선어말어미 '-오/우-'의 有無 그리고 '-아/아 잇-'과 '-앗/엇-'이 있다.

3.1. 명사형어미 '-옴'과 '-기'

명사형어미가 두 문헌에서 상이하다는 것 즉 명사형어미가『번역소학』권

6에서는 '-옴'이고『소학언해』권5에서는 '-기'라는 것은 동일 원문의 번역인 다음 예문들에서 잘 확인된다. '놀다'의 명사형이『번역소학』권6에서는 '노롬'이고『소학언해』권5에서는 '놀기'이다.『번역소학』권6에서는 '먹다'의 명사형이 '머굼'이고『소학언해』권5에서는 '머굼다'의 명사형이 '머굼기'이다.『번역소학』권6에서는 '뉘읓다'의 명사형이 '뉘우좀'이고『소학언해』권5에서는 '뉘읓다'의 명사형이 '뉘읏기'이다.『번역소학』권6에서는 弱勢이던 명사형어미 '-기'가『소학언해』권5에서는 强勢를 보여 준다. 李崇寧(1973 : 90)에 의하면 명사형어미 '-옴'이 약 70년의 세월이 흐르는 동안 動搖를 보이기 시작한다.

(1) a. 쇽졀업시 노로몰 즐기며(崇好優游ᄒᆞ며) <번小六 19b>
b. 놀기를 슝샹ᄒᆞ며 됴히 너기며(崇好優游ᄒᆞ며) <小언五 18a>

(1) c. 잔 머구모로 노푼 이롤 삼고(以啣杯로 爲高致ᄒᆞ고) <번小六 19b>
d. 잔 먹움기로 뻐 노푼 허울을 삼고(以啣杯로 爲高致ᄒᆞ고) <小언五 18a>

(1) e. 아라도 ᄒᆞ마 뉘우조미 어려오니라(覺已難悔니라) <번小六 19b>
f. ᄭᆡ드라도 이믜 뉘읏기 어려우니라(覺已難悔니라) <小언五 18a>

한편 명사형어미가 두 문헌에서 모두 '-기'라는 것은 동일 원문의 번역인 다음 예문들에서 잘 확인된다. 두 문헌에서 '의론ᄒᆞ다'의 명사형이 모두 '의론ᄒᆞ기'이다.

(1) g. 다 놈 긔롱ᄒᆞ며 의론ᄒᆞ기롤 즐겨(並喜譏議) <번小六 12b>
h. 다 긔롱ᄒᆞ며 의론ᄒᆞ기롤 즐겨(並喜譏議) <小언五 12a>

3.2. 명사형어미 '-옴'과 부사형어미 '-디'

'아니ᄒᆞ다'가『번역소학』권6에서는 명사형어미 '-옴'과 통합 관계에 있고『소학언해』권5에서는 부사형어미 '-디'와 통합 관계를 가진다는 것은 동일 원문의 번역인 다음 예문들에서 잘 확인된다.

(1) a. 녯 도리 ᄉᆞ랑호ᄆᆞᆯ 아니ᄒᆞ야(莫思古道ᄒᆞ야) <번小六 19a>
b. 녯 도리ᄅᆞᆯ ᄉᆡᇰ각디 아니ᄒᆞ야(莫思古道ᄒᆞ야) <小언五 17b>

3.3. 冠形詞形과 名詞形

'淡'이『번역소학』권6에서는 상태동사 'ᄆᆞᆰ다'의 관형사형 'ᄆᆞᆯᄀᆞᆫ'으로 번역되어 관형어 구실을 하고『소학언해』권5에서는 상태동사 'ᄆᆞᆰ다'의 명사형 'ᄆᆞᆰ옴'으로 번역되어 주어 구실을 한다는 것은 동일 원문의 번역인 다음 예문들에서 잘 확인된다.

(1) a. 이런ᄃᆞ로 어딘 사ᄅᆞᄆᆡ ᄆᆞᅀᆞᄆᆞᆫ 깁고 너버 ᄆᆞᆯᄀᆞᆫ ᄆᆞᆯ ᄀᆞᄐᆞ니라(所以君子心은 汪汪淡如水ㅣ니라) <번小六 25a>
b. ᄡᅧ 君子의 ᄆᆞ음이 汪汪ᄒᆞ야 ᄆᆞᆰ옴이 믈 ᄀᆞᄐᆞᆫ 배니라(所以君子心이 汪汪淡如水ㅣ니라) <小언五 23a>

3.4. 冠形詞形과 副詞形

'幼'가『번역소학』권6에서는 상태동사 '졈다'의 관형사형 '져믄'으로 번역되고『소학언해』권5에서는 상태동사 '졈다'의 부사형 '졈어셔'로 번역된다는 것은 동일 원문의 번역인 다음 예문들에서 잘 확인된다.

(1) a. 져믄 비홀 사ᄅᆞ미 모로매 몬져 ᄒᆞ욜 배라(幼學所當先也ㅣ니라) <번小六 8b>

b. 졈어셔 비홀 이 맛당히 몬져 홀 배니라(幼學所當先也ㅣ니라) <小언五 8a>

한편 '幼'가 두 문헌에서 상태동사 '졈다'의 부사형 '져머셔'로 번역된다는 것은 동일 원문의 번역인 다음 예문들에서 잘 확인된다.

(1) c. 져머셔 비호ᄂᆞᆫ 사ᄅᆞ미(幼學之士ㅣ) <번小六 8b>

d. 져머셔 비호ᄂᆞᆫ 션비(幼學之士ㅣ) <小언五 8a>

3.5. 副詞形과 名詞形

'泊'이 『번역소학』 권6에서는 상태동사 '좋다'의 부사형 '조티'로 번역되고 『소학언해』 권5에서는 명사형 '조홈'으로 번역된다는 것 그리고 '靜'이 『번역소학』 권6에서는 상태동사 '안졍ᄒᆞ다'의 부사형 '안졍티'로 번역되고 『소학언해』 권5에서는 명사형 '안졍홈'으로 번역된다는 것은 동일 원문의 번역인 다음 예문들에서 잘 확인된다.

(1) a. ᄆᆞᆰ고 조티 아니면 ᄠᅳ들 볼골 주리 업고(非澹泊이면 無以明志오) <번小六 16a>

b. ᄆᆞᆰ고 조홈이 아니면 ᄡᅥ ᄠᅳ들 볼킴이 업고(非澹泊이면 無以明志오) <小언五 15a>

(1) c. 안졍티 아니면(非靜이면) <번小六 16b>

d. 안졍홈이 아니면(非靜이면) <小언五 15b>

한편 '靜'이 두 문헌에서 상태동사 '안졍ᄒᆞ다'의 부사형 '안졍티'로 번역된다는 것은 동일 원문의 번역인 다음 예문들에서 잘 확인된다.

(5) e. 안졍티 아니면(非寧靜이면) <번小六 16a>
f. 안졍티 아니면(非寧靜이면) <小언五 15a>

3.6. '-과뎌'와 名詞形

'願'의 번역인 '원ᄒᆞ다, 願ᄒᆞ다'가 『번역소학』 권6에서는 '-과뎌'와 공기하고 『소학언해』 권5에서는 명사형을 목적어로 취한다.

(1) a. 너희돌히 본받과뎌 원ᄒᆞ노라(願汝曹效之ᄒᆞ노라) <번小六 13b>
b. 너희 물이 효측홈을 願ᄒᆞ노라(願汝曹效之ᄒᆞ노라) <小언五 13a>

(1) c. 너희돌히 본받과뎌 아니ᄒᆞ노라(不願汝曹效也ᄒᆞ노라) <번小六 14b>
d. 너희 물이 효측홈을 願티 아니ᄒᆞ노라(不願汝曹效也ᄒᆞ노라) <小언五 13b>

3.7. '-아도'와 '-아셔'

'不敎'가 『번역소학』 권6에서는 'ᄀᆞᄅᆞ치디 아니ᄒᆞ야도'와 '아니 ᄀᆞᄅᆞ쳐도'로 번역되고 『소학언해』 권5에서는 'ᄀᆞᄅᆞ치디 아니ᄒᆞ야셔'로 번역된다는 것은 동일 원문의 번역인 다음 예문들에서 잘 확인된다. 부사형어미의 相異를 발견할 수 있는데 부사형어미가 『번역소학』 권6에서는 '-아도'이고 『소학언해』 권5에서는 '-아셔'이다.

(1) a. 上品엣 사ᄅᆞᆷ은 ᄀᆞᄅᆞ치디 아니ᄒᆞ야도 어딜오(上品之人은 不敎而善ᄒᆞ고) <번小六 28b>

b. 上品엣 사ᄅᆞᆷ은 ᄀᆞᄅᆞ치디 아니ᄒᆞ야셔 어딜고(上品之人은 不教而善ᄒᆞ고) <小언五 26b>

3.8. 先語末語尾 '-오/우-'의 有無

『번역소학』 권6과 『소학언해』 권5에서 선어말어미 '-오/우-'가 나타나는 경우를 크게 셋으로 나눌 수 있다. 첫째는 선어말어미 '-오/우-'가 두 문헌에 모두 나타나는 경우이고 둘째는 선어말어미 '-오/우-'가 『번역소학』 권6에는 나타나고 『소학언해』 권5에는 나타나지 않는 경우이고 셋째는 선어말어미 '-오/우-'가 두 문헌에 모두 나타나지 않는 경우이다.

<1> '-오/우-'가 모두 나타나는 경우

첫째로 선어말어미 '-오/우-'가 두 문헌에 모두 나타난다는 사실은 동일 원문의 번역인 다음 예문들에서 잘 확인된다. '-오/우-'가 두 문헌에 모두 나타나는 用例는 16 개이다. 16 개의 용례 중 '-오/우-'가 명사형에 나타나는 것이 12개이고 관형사형에 나타나는 것이 2개이고 연결어미에 나타나는 것이 2개이다. 예문들 중 (1a)와 (1b)부터 (1i)와 (1j)까지는 명사형의 예문이고 (1k)와 (1l) 그리고 (1m)과 (1n)은 연결어미의 예문이고 (1o)와 (1p)는 관형사형의 예문이다.

(1) a. 黃香의 어버싀 벼개 부춤과(黃香의 扇枕과) <번小六 5b>
b. 黃香의 벼개 부춤과(黃香의 扇枕과) <小언五 5a>

(1) c. 남진 겨집이 ᄀᆞᆯᄒᆡ요미 이시며(男女ㅣ 有別ᄒᆞ며) <번小六 36b>
d. ᄉᆞ나ᄒᆡ와 간나ᄒᆡ ᄀᆞᆯᄒᆡ욤이 이시며(男女ㅣ 有別ᄒᆞ며) <小언五 34a>

(1) e. 아ᄒᆡ 시절브터 늘고매 니ᄅᆞ히(自幼至老히) <번小六 10a>
f. 어린 제브터 늘곰애 니ᄅᆞ히(自幼至老히) <小언五 9b>

(1) g. 사ᄅᆞ미 어디로므란 듣고 믜여 ᄒᆞ고(聞人之善ᄒᆞ고 嫉ᄒᆞ며)
<번小六 19a>
h. 사ᄅᆞᆷᄋᆡ 어디롬으란 듣고 믜여 ᄒᆞ며(聞人之善ᄒᆞ고 嫉ᄒᆞ며)
<小언五 17b>

(1) I. 유셔ᄒᆞᆫ 벼스ᄅᆞᆫ 오래 이쇼미 어려오니(勢位難久居ㅣ니)
<번小六 27a>
j. 유세ᄒᆞᆫ 벼스ᄅᆞᆫ 오래 이쇼미 어려오니(勢位難久居ㅣ니)
<小언五 25a>

(1) k. 사ᄅᆞᄆᆞᆯ ᄀᆞᄅᆞ쵸ᄃᆡ(教人호ᄃᆡ) <번小六 7a>
l. 사ᄅᆞᆷᄋᆞᆯ ᄀᆞᄅᆞ츄ᄃᆡ(教人호ᄃᆡ) <小언五 7a>

(1) m. 陣忠肅公이 ᄀᆞ로ᄃᆡ(陣忠肅公이 日) <번小六 8b>
n. 陣忠肅公이 ᄀᆞᆯ오ᄃᆡ(陣忠肅公이 日) <小언五 8a>

(1) o. 기피 긔디홀디니라(宜深誌之ᄒᆞ라) <번小六 17b>
p. 맛당히 깁히 긔디홀디니라(宜深誌之니라) <小언五 16a>

<2> '-오/우-'가『번역소학』권6에만 나타나는 경우

둘째로 선어말어미 '-오/우-'가『번역소학』권6에는 나타나고『소학언해』권5에는 나타나지 않는다는 것은 동일 원문의 번역인 다음 예문들에서 잘 확인된다. '-오/우-'가『소학언해』권5에 나타나지 않는 용례는 22개나 된다. 22개의 용례 중 '-오/우-'가 관형사형에 나타나지 않는 것이 11개이고 명사형에 나타나지 않는 것이 10개이고 연결어미에 나타나지 않는 것이 1개다. 이와 같은 사실은 '-오/우-'가『소학언해』권5에서 消滅의 과정을 밟고 있음을 단적으로 증명한다.

(2) a. ᄆᆞᅀᆞᆷ 다ᄉᆞ리며 몸 닷고미(治心修身을) <번小六 35a>
b. ᄆᆞᄋᆞᆷ 다ᄉᆞ리며 몸 닷금을(治心修身을) <小언五 33a>

(2) c. 주구매 니르러도 ᄒᆞᆫ 가지라(至死只依舊ㅣ니라) <번小六 3a>
d. 죽음애 니르러도 오직 네 ᄀᆞᆮᄂᆞ니라(至死只依舊ㅣ니라) <小언五 3a>

(2) e. 사ᄅᆞᄆᆡ 비(18a)홈 이쇼ᄆᆞᆯ 아체러 ᄒᆞᆯ 시라(惡人有學이니라) <번小六 18b>
f. ᄂᆞᄆᆡ 비홈 이심을 아쳐ᄒᆞᄂᆞ니라(惡人有學이니라) <小언五 17a>

(2) g. 아ᄒᆡ의 ᄡᅳ리고 쁠며 ᄃᆡ답ᄒᆞ며 얼운 셤골 절ᄎᆞ ᄀᆞᄅᆞ촐 일 대개로 닐어(略言教童子灑掃應對事長之節ᄒᆞ야) <번小六 7b>
h. 아ᄒᆡ ᄃᆞᆯ ᄡᅳ리고 쁠며 應ᄒᆞ며 對ᄒᆞ며 얼운 셤길 절ᄎᆞ ᄀᆞᄅᆞ칠 일을 닐어(略言教童子灑掃應對事長之節ᄒᆞ야) <小언五 7b>

(2) i. 무드며 홍졍ᄒᆞ논 노ᄅᆞ시(埋鬻之戲ㅣ) <번小六 10a>
j. 묻으며 홍졍ᄒᆞᄂᆞᆫ 희롱이(埋鬻之戲ㅣ) <小언五 9b>

(2) k. 혀근 아ᄒᆡᄅᆞᆯ ᄀᆞᄅᆞ쵸ᄃᆡ(教小兒호ᄃᆡ) <번小六 2b>
l. 젹은 아ᄒᆡᄅᆞᆯ ᄀᆞᄅᆞ치ᄃᆡ(教小兒호ᄃᆡ) <小언五 2a>

<3> '-오/우-'가 모두 나타나지 않는 경우

셋째로 선어말어미 '-오/우-'가 두 문헌에 모두 나타나지 않는다는 사실은 동일 원문의 번역인 다음 예문들에서 잘 확인된다. '-오/우-'가 명사형에 나타나지 않는다. 다시 말하면 'ᄒᆞ다'의 명사형이 '홈'이다.

(3) a. 일 브즈러니 ᄒᆞᄆᆞ로 용쇽ᄒᆞᆫ 무리라 ᄒᆞ면(以勤事로 爲俗流ㅣ라 ᄒᆞ면) <번小六 19b>
b. 일 브즈러니 홈ᄋᆞ로ᄡᅥ 용쇽ᄒᆞᆫ 뉴를 삼ᄂᆞ니(以勤事로 爲俗流ᄒᆞᄂᆞ니) <小언五 18a>

3.9. '-아/어 잇-'과 '-앗/엇-'

『번역소학』 권6에 完了相 '-아/어- 잇-'이 등장하고 『소학언해』 권5에 '-앗/엇-'이 등장한다는 사실은 동일 원문의 번역인 다음 예문들에서 잘 확인된다.

고영근(1997:287)에 의하면 보조적 연결어미 '-어'와 상태동사 '잇다/겨시다'의 결합형이 完了相을 표시한다. 『번역소학』 권6의 '-아/어 잇-'이 『소학언해』 권5에서는 '-앗/엇-'으로 변한다.

(1) a. 范魯公質이 宰相이 ᄃᆞ외옛거늘(范魯公質이 爲宰相홀식)
<번小六 21a>
b. 范魯公質이 宰相이 되엿더니(范魯公質이 爲宰相이러니)
<小언五 19b>

(1) c. 내 (36a) ᄇᆡᆨ셩 ᄃᆞ외옛ᄂᆞᆫ 사ᄅᆞᄆᆞᆫ(爲吾民者ᄂᆞᆫ) <번小六 36b>
d. 내 ᄇᆡᆨ셩 되연ᄂᆞᆫ 이ᄂᆞᆫ(爲吾民者ᄂᆞᆫ) <小언五 34a>

(1) e. ᄇᆡᆨ셩이 자뱃ᄂᆞᆫ 常性이론 ᄃᆞ로(民秉之彜也故로) <번小六 2a>
f. ᄇᆡᆨ셩의 자밧ᄂᆞᆫ 덛덛ᄒᆞᆫ 거시라(民秉之彜也故로) <小언五 1b>

한편 『번역소학』 권6과 『소학언해』 권5에 完了相을 표시하는 '-엇'이 모두 등장한다는 사실은 동일 원문의 번역인 다음 예문들에서 잘 확인된다.

(1) g. 덤써츠러 늣도록 ᄑᆞ러호ᄆᆞᆯ 머굼엇ᄂᆞ니라(鬱鬱含晚翠라)
<번小六 28a>

h. 덤써츠러 늣도록 프르믈 머굼엇ᄂᆞ니라(鬱鬱含晩翠라)
<小언五 26a>

4. 접미사 '-재'의 有無

접미사 '-재'가『번역소학』권6에 나타나지 않고『소학언해』권5에 나타난다는 사실은 두 문헌의 對比를 통해 잘 확인된다.

<1> 一

접미사 '-재'가『번역소학』권6에 나타나지 않고『소학언해』권5에 나타난다는 사실은 동일 원문의 번역인 다음 예문들에서 잘 확인된다. 원문 중 '一'이『번역소학』권6에서는 'ᄒᆞ나ㅎ'로 번역되고『소학언해』권5에서는 'ᄒᆞ낫재'로 번역된다.

(1) a. 그 ᄒᆞᄂᆞᆫ (其一은) <번小六 17b>
b. 그 ᄒᆞ낫재ᄂᆞᆫ (其一은) <小언五 16b>

<2> 二

접미사 '-재'가『번역소학』권6에 나타나지 않고『소학언해』권5에 나타난다는 사실은 동일 원문의 번역인 다음 예문들에서 잘 확인된다. 원문 중 '二'가 '둘ㅎ'로도 번역되고 '둘재'로도 번역된다.

(2) a. 그 둘흔 (其二ᄂᆞᆫ) <번小六 18a>
b. 그 둘재ᄂᆞᆫ (其二ᄂᆞᆫ) <小언五 17a>

<3> 三

접미사 '-재'가『번역소학』권6에 나타나지 않고『소학언해』권5에 나타난

다는 사실은 동일 원문의 번역인 다음 예문들에서 잘 확인된다. 원문 중 '三'가 '세ㅎ'로도 번역되고 '셴재'로도 번역된다.

(3) a. 그 세ᄒᆞᆫ (其三ᄋᆞᆫ) <번小六 18b>
b. 그 셴재ᄂᆞᆫ (其三은) <小언五 17b>

<4> 四

접미사 '-재'가『번역소학』권6에 나타나지 않고『소학언해』권5에 나타난다는 사실은 동일 원문의 번역인 다음 예문들에서 잘 확인된다. 원문 중 '四'가 '네ㅎ'로도 번역되고 '넨재'로도 번역된다.

(4) a. 그 네ᄒᆞᆫ (其四는) <번小六 19b>
b. 그 넨재ᄂᆞᆫ (其四ᄂᆞᆫ) <小언五 18a>

<5> 五

접미사 '-재'가『번역소학』권6에 나타나지 않고『소학언해』권5에 나타난다는 사실은 동일 원문의 번역인 다음 예문들에서 잘 확인된다, 원문 중 '五'가 '다ᄉᆞᆺ'으로도 번역되고 '다ᄉᆞᆺ재'로도 번역된다.

(5) a. 그 다ᄉᆞᄉᆞᆫ (其五ᄂᆞᆫ) <번小六 19b>
b. 그 다ᄉᆞᆺ재ᄂᆞᆫ (其五ᄂᆞᆫ) <小언五 18b>

5. 節 構成의 差異

『번역소학』권6과『소학언해』권5의 對比를 통해 節 즉 目的節과 主節을 구성하는 데 큰 차이가 있다는 것을 확인할 수 있다.

5.1. 名詞形語尾 '-옴'과 '-ㄴ 곧'

'短'이 『번역소학』 권6에서는 명사형 '사오나옴'으로 번역되고 『소학언해』 권5에서는 명사구 '낟븐 곧'으로 번역된다는 것은 동일 원문의 번역인 다음 예문들에서 잘 확인된다. 『번역소학』 권6에서 '의론ᄒᆞ다'의 목적어 구실을 하는 부분의 구성은 'NP+-ᄋᆡ+Vs+-옴'이고 『소학언해』 권5에서 '議論ᄒᆞ다'의 목적어 구실을 하는 부분의 구성은 'NP+-의+Vs+-ㄴ+곧'이다. '곧'은 [것]을 뜻하는 의존명사이다.

(1) a. 사ᄅᆞ미 어딜며 사오나오ᄆᆞᆯ 즐겨 의론ᄒᆞ며(好議論人長短ᄒᆞ며) <번小六 13a>

b. 사ᄅᆞᆷ의 용ᄒᆞᆫ 곧과 낟븐 곧을 즐겨 議論ᄒᆞ며(好議論人長短ᄒᆞ며) <小언五 12b>

5.2. '-ㄴ 이'와 名詞形語尾 '-옴'

'素'가 『번역소학』 권6에서는 '님담ᄒᆞ니'로 번역되고 『소학언해』 권5에서는 명사형 '검소홈'으로 번역된다는 것 그리고 '不善'이 『번역소학』 권6에서는 '어디디 몯ᄒᆞᄂᆞ니'로 번역되고 『소학언해』 권5에서는 '어디디 몯홈'으로 번역된다는 것은 동일 원문의 번역인 다음 예문들에서 잘 확인된다. '님담ᄒᆞ니'는 '님담ᄒᆞ+-ㄴ+이'로 분석되고 '몯ᄒᆞᄂᆞ니'는 '몯ᄒᆞ+-ᄂᆞᆫ+이'로 분석된다. '이'는 [것]의 뜻을 가진 의존명사이다.

(1) a. 세쇽이 다 쳥쇄코 님담ᄒᆞ니ᄅᆞᆯ 쳔히 너겨(擧世賤清素ㅣ라) <번小六 26a>

b. 온 셰샹이 다 ᄆᆞᆰ고 검소홈을 쳔히 너겨(擧世賤清素ᄒᆞ야) <小언五 24a>

(1) c. ᄀᆞᄅᆞ쳐도 어디디 몯ᄒᆞᄂᆞ닌(教亦不善이) <번小六 29a>

d. ᄀᆞᄅᆞ쳐도 ᄯᅩ 어디디 몯홈이(敎亦不善이) <小언五 27a>

5.3. '-ㄴ 줄'과 名詞形語尾 '-옴'

'卑下'가『번역소학』권6에서는 'ᄂᆞᆽ가온 줄'로 번역되고『소학언해』권5에서는 명사형 'ᄂᆞᆽ가옴'으로 번역된다는 것은 동일 원문의 번역인 다음 예문들에서 잘 확인된다.『번역소학』권6에서 '보다'의 목적어 구실을 하는 부분의 구성은 'Vs+-ᄋᆞᆫ+줄'이고『소학언해』권5에서 목적어 구실을 하는 부분의 구성은 'Vs+-옴'이다.

(1) a. 先生이며 얼운둘히 그 ᄂᆞᆽ가온 주를 보고(先生長者ㅣ 見其卑下ᄒᆞ고) <번小六 11b>
b. 先生이며 얼운이 그 ᄂᆞᆽ가옴을 보고(先生長者ㅣ 見其卑下ᄒᆞ고) <小언五 11a>

5.4 '-ㄹ 줄'과 명사형어미 '-ㅁ'

主節이『번역소학』권6에서는 '-ㄹ 줄'로 번역되고『소학언해』권5에서는 명사형으로 번역된다는 것은 동일 원문의 번역인 다음 예문들에서 잘 확인된다.『번역소학』권6에서 '없다'의 주어 구실을 하는 부분의 구성은 'Vs+-ㄹ+줄'이고『소학언해』권5에서 '없다'의 주어 구실을 하는 부분의 구성은 'Vs+-ㅁ'이다.

(1) a. ᄠᅳ들 ᄇᆞᆯ골 주리 업고(無以明志오) <번小六 16a>
b. ᄡᅥ ᄠᅳ들 ᄇᆞᆯ킴이 업고(無以明志오) <小언五 15a>

(1) c. 먼 ᄃᆡ 닐위욜 주리 업ᄉᆞ니라(無以致遠이니라) <번小六 16a>
d. ᄡᅥ 먼 ᄃᆡ 닐윔이 업ᄉᆞ리라(無以致遠이니라) <小언五 15a>

(1) e. 지조를 너펴 주리 업고(無以廣才오) <번小六 16b>
f. 뻐 지조를 넙폄이 업고(無以廣才오) <小언五 15b>

(1) g. 비호몰 일울 주리 업스니(無以成學이니) <번小六 16b>
h. 뻐 비홈올 일옴이 업스리니(無以成學이니) <小언五 15b>

한편 두 문헌에서 목적절이 모두 '-ㄹ 줄'로 번역된다는 것은 동일 원문의 번역인 다음 예문들에서 잘 확인된다.

(1) i. 고틸 주를 아디 몯호미(不知改ㅣ) <번小六 12a>
j. 고틸 줄올 아디 몯호미(不知改ㅣ) <小언五 11a>

5.5. '-ㄹ 亽'와 名詞形語尾 '-옴/ㅁ'

주절과 서술절이 『번역소학』 권6에서는 '-ㄹ 亽'로 번역되고 『소학언해』 권5에서는 명사형으로 번역된다는 것은 동일 원문의 번역인 다음 예문들에서 잘 확인된다. 주절과 서술절의 구성은 『번역소학』 권6에서는 'Vs+-ㄹ+亽'이고 『소학언해』 권5에서는 'Vs+-옴/ㅁ'이다. '亽'는 [것]의 뜻을 가진 의존명사이다.

(1) a. 뎔란 ᄇᆞ리고 일란 홀 시(去彼取此ㅣ) <번小六 8b>
b. 뎌를 더디고 이를 取홈이(去彼取此ㅣ) <小언五 8a>

(1) c. ᄂᆞ(17b)미 닐올 주를 분별 아니홀 시라(不恤人言ㅣ니라)
<번小六 18a>
d. 사롬의 말을 분별 아니홈이니라(不恤人言이니라)
<小언五 16b>

6. 否定法의 差異

『번역소학』 권6과『소학언해』 권5의 對比를 통해 부정법에 차이가 있다는 것을 확인할 수 있다.『번역소학』 권6에서는 否定의 부사 '아니'로 부정을 나타내고『소학언해』 권5에서는 '-디 아니ᄒᆞ-'로 부정을 나타낸다.

<1> 동작동사 '敎'의 부정

동작동사 'ᄀᆞᄅᆞ치다'로 번역되는 '敎'의 부정인 '不'이『번역소학』 권6에서는 '아니'로 번역되고『소학언해』 권5에서는 '-디 아니ᄒᆞ-'로 번역된다는 사실은 동일 원문의 번역인 다음 예문들에서 잘 확인된다. 원문 중 '不敎'가 '아니 ᄀᆞᄅᆞ치다'로도 번역되고 'ᄀᆞᄅᆞ치디 아니ᄒᆞ다'로도 번역된다.

(1) a. 아니 ᄀᆞᄅᆞ쳐도 어디ᄂᆞ닌 聖人 아녀 엇더니며(不敎而善이 非聖而何ㅣ며) <번小六 29a>
   b. ᄀᆞᄅᆞ치디 아니ᄒᆞ야셔 어디롬이 聖人이 아니오 므서시며(不敎而善이 非聖而何ㅣ며) <小언五 27a.>

7. 使動의 差異

使動形을 만드는 경우『번역소학』 권6에서는 사동접사 '-ㅣ-'가 사용되고『소학언해』 권5에서는 長形 사동형 '-히 ᄒᆞ-'가 사용된다는 사실은 동일 원문의 번역인 다음 예문들에서 잘 확인된다. 다시 말하면 '正ᄒᆞ다'의 사동형이『번역소학』 권6에서는 '正히다'이고『소학언해』 권5에서는 '正히 ᄒᆞ다'이다.

(1) a. 지블 正히요매 시작일시(正家之始니) <번小六 7b>
   b. 집을 正히 홈애 비르슴이라(正家之始라) <小언五 7a>

제7장 口訣과 諺解

『飜譯小學』 권6과 『小學諺解』 권5의 대비를 통해 口訣文의 口訣과 諺解文의 文法的 要素와의 관계는 명백히 확인된다. 金相大(1985:7)에 의하면 口訣文은 漢文에 口訣을 단 構文이고 諺解文은 구결문을 언해한 것이다. 구결문의 구결과 언해문의 문법적 요소가 일치하는 것이 원칙이다. 『飜譯小學』 권6과 『小學諺解』 권5에서 구결문의 구결과 언해문의 문법적 요소가 대부분 일치하나 兩者가 일치하지 않는 경우가 있다. 兩者의 不一致는 크게 세 가지 類型으로 분류할 수 있다. 첫째는 구결문의 구결이 같고 언해문의 문법적 요소가 일치하지 않는 경우(A型)이고 둘째는 구결이 다르고 언해문의 문법적 요소가 일치하는 경우(B型)이고 셋째는 구결도 다르고 언해문의 문법적 요소도 일치하지 않는 경우(C型)이다.

1. A型: 口訣의 同一과 文法的 要素의 不一致

『飜譯小學』 권6과 『小學諺解』 권5에서 口訣文의 口訣은 같고 諺解文의 文法的 要素가 一致하지 않는다. 구결과 문법적 요소가 『小學諺解』 권5에서는 대부분 일치하는데 『飜譯小學』 권6에서는 거의 일치하지 않고 소수만 일치한다.

<1> 口訣 '을, 롤'

구결문의 口訣 '을'과 '롤'이 『小學諺解』 권5에서는 대격 '-을'로 번역되고『飜譯小學』권6에서는 각각 주격 '-이'와 연결어미 '-오딕'로 번역된다는 사실은 동일 원문의 번역인 다음 예문들에서 잘 확인된다.

(1) a. ᄆᆞᅀᆞᆷ 다ᄉᆞ리며 몸 닷고미(治心修身을) <번小六 35a>
b. ᄆᆞᅀᆞᆷ 다ᄉᆞ리며 몸 닷금을(治心修身을) <小언五 33a>

(1) c. 제 모몰 가져 ᄃᆞᆫ뇨딕(行己롤) <번小六 34b>
d. 몸 가져 ᄃᆞᆫ님을(行己롤) <小언五 32a>

<2> 口訣 '애, 에'

구결문의 口訣 '애'가『小學諺解』권5에서는 처격 '-애'로 번역되고 구결문의 구결 '애/에'가『飜譯小學』권6에서는 부사형어미 '-아셔'와 연결어미 '오딕'로 번역된다는 것은 동일 원문의 번역인 다음 예문들에서 잘 확인된다.

(2) a. 이레 다ᄃᆞ라셔(臨事애) <번小六 34b>
b. 일에 다ᄃᆞ롬애(臨事애) <小언五 32a>

(2) c. 아비 거상애 소니 오딕(父喪致客에) <번小六 14b>
d. 아비 상ᄉᆞ애 손을 닐윔애(父喪致客애) <小언五 13b>

<3> 口訣 'ᄋᆞ로, 로'

구결문의 口訣 'ᄋᆞ로'가『小學諺解』권5에서는 '-로'로 번역되고『飜譯小學』권6에서는 '-로셔'로 번역된다는 것 그리고 구결문의 口訣 '로'가『飜譯小學』권6에서는 '-로'로 번역되고『小學諺解』권5에서는 '-이라'로 번역된다는 것은 동일 원문의 번역인 다음 예문들에서 잘 확인된다.

(3) a. 나ᄂᆞᆫ 본릭 나그내로브터 왯ᄂᆞᆫ 臣下로셔(我本羈旅臣ᄋᆞ로)
<번小六 27a>

b. 나ᄂᆞᆫ 본ᄅᆡ 나그내 신하로(我本羈旅臣ᄋᆞ로) <小언五 25a>

(3) c. ᄇᆡᆨ셩이 자ᄇᆡᆺ논 常性이론 ᄃᆞ로(民秉之彝也故로) <번小六 2a>
d. ᄇᆡᆨ셩의 자밧ᄂᆞᆫ 덛덛ᄒᆞᆫ 거시라(民秉之彝也故로) <小언五 1b>

<4> 口訣 'ᄒᆞ고'

구결문의 口訣 'ᄒᆞ고'가『小學諺解』권5에서는 연결어미 '-고'로 번역되고『飜譯小學』권6에서는 연결어미 '-며'로 번역된다는 것은 동일 원문의 번역인 다음 예문들에서 잘 확인된다.

(4) a. 父母ㅣ 어딜와뎌 ᄒᆞ며(父母ㅣ 欲之ᄒᆞ고) <번小六 33a>
b. 父母ㅣ ᄒᆞ과뎌 ᄒᆞ고(父母ㅣ 欲之ᄒᆞ고) <小언五 30b>

(4) c. ᄆᆞᅀᆞᆯ 사ᄅᆞ미 쳔히 너기며(鄕人이 賤之ᄒᆞ고) <번小六 32b>
d. ᄆᆞ올 사ᄅᆞᆷ이 賤히 녀기고(鄕人이 賤之ᄒᆞ고) <小언五 30b>

<5> 口訣 'ᄒᆞ며'

구결문의 口訣 'ᄒᆞ며'가『小學諺解』권5에서는 연결어미 '-며'로 번역되고『飜譯小學』권6에서는 연결어미 '-고'로 번역된다는 것은 동일 원문의 번역인 다음 예문들에서 잘 확인된다.

(5) a. ᄆᆡ여ᄒᆞ고(嫉之ᄒᆞ며) <번小六 19a>
b. ᄆᆡ여ᄒᆞ며(嫉之ᄒᆞ며) <小언五 17b>

(5) c. 靈芝와 蘭草애 나ᅀᅡ감 ᄀᆞ티 ᄒᆞ고(如就芝蘭ᄒᆞ며)
<번小六 30a>
d. 령지와 난초애 나아감 ᄀᆞᆮ티 ᄒᆞ며(如就芝蘭ᄒᆞ며)
<小언五 28a>

(5) e. 말ᄉᆞ미 詭譎ᄒᆞ고(言語詭譎ᄒᆞ며) <번小六 30b>
f. 말ᄉᆞᆷ이 詭ᄒᆞ고 譎ᄒᆞ며 <小언五 28b>

(5) g. 원슈 ᄀᆞᄐᆡ ᄒᆞ고(如讐隙ᄒᆞ며) <번小六 31a>
h. 원슈 ᄀᆞᄐᆡᄒᆞ며(如讐隙ᄒᆞ며) <小언五 28b>

(5) I. 그ᄅᆞ 혼 이ᄅᆞᆯ 능히 뉘읏처 ᄒᆞ고(過而能悔ᄒᆞ며) <번小六 9b>
j. 그ᄅᆞ ᄒᆞ고 能히 뉘읃츠며(過而能悔ᄒᆞ며) <小언五 9a>

(5) k. 니욕을 즐기며 왼 이ᄅᆞᆯ ᄭᅮ미고(好利飾非ᄒᆞ며) <번小六 31a>
i. 니욕을 즐기고 왼 일ᄋᆞᆯ ᄭᅮ미며(好利飾非ᄒᆞ며) <小언五 28b>

<6> 口訣 'ᄒᆞ야'

구결문의 口訣 'ᄒᆞ야'가『小學諺解』권5에서는 부사형어미 '-어'로 번역되고『飜譯小學』권6에서는 연결어미 '-며'와 '-ㄹ시'로 번역된다는 것은 동일 원문의 번역인 다음 예문들에서 잘 확인된다.

(6) a. 음란ᄒᆞᆫ 이ᄅᆞᆯ 탐ᄒᆞ고 지화ᄅᆞᆯ 즐기며(貪淫樂禍ᄒᆞ야)
<번小六 31a>
b. 음탕ᄒᆞᆫ 일ᄅᆞᆯ 貪ᄒᆞ고 화란ᄋᆞᆯ 즐겨(貪淫樂禍ᄒᆞ야)
<小언五 28b>

(6) c. 이 시져레ᄂᆞᆫ 學問을 講論 아니홀시(今世예 學不講ᄒᆞ야)
<번小六 3a>
d. 이제 셰상애 ᄒᆞᆨ문을 강론티 아니ᄒᆞ야(今世예 學不講ᄒᆞ야)
<小언五 2b>

<7> 口訣 '이라, ㅣ라, 라'

구결문의 口訣 '이라'가『小學諺解』권5에서는 '-ㅣ라'로 번역되고 口訣

‘ㅣ라’가『飜譯小學』권6에서는 부사형어미 ‘-어’로 번역된다는 것은 동일 원문의 번역인 다음 예문들에서 잘 확인된다.

(7) a. ᄇᆡ호시 수이 거츠러(習之易荒ㅣ라) <번小六 19b>
b. 니김애 수이 거츠ᄂᆞᆫ 디라(習之易荒이라) <小언五 18a>

구결문의 口訣 ‘라’가『小學諺解』권5에서는 ‘-ᄂᆞ니라’로 번역되고『飜譯小學』권6에서는 ‘-ᄂᆞ니’로 번역된다는 것은 동일 원문의 번역인 다음 예문들에서 잘 확인된다.

(7) c. 다 긔운 졋고 어디다 일ᄏᆞᆮᄂᆞ니(俗呼爲氣義라) <번小六 25b>
d. 시쇽이 일ᄏᆞ라 긔운 졋고 올타 ᄒᆞᄂᆞ니라(俗呼爲氣義라)
<小언五 23b>

<8> 口訣 ‘이니라, ㅣ니라, 니라’

구결문의 口訣 ‘이니라’가『小學諺解』권5에서는 ‘-리라’로 번역되고『飜譯小學』권6에서는 ‘-니라’로 번역된다는 것은 동일 원문의 번역인 다음 예문들에서 잘 확인된다.

(8) a. 먼 ᄃᆡ 닐위욜 주리 업ᄉᆞ니라(無以致遠이니라) <번小六 16a>
b. ᄡᅧ 먼 ᄃᆡ 닐윔이 업ᄉᆞ리라(無以致遠이니라) <小언五 15a>

구결문의 口訣 ‘이니라’가『小學諺解』권5에서는 ‘-ᄂᆞ니라’로 번역되고『飜譯小學』권6에서는 ‘-라’로 번역된다는 것은 동일 원문의 번역인 다음 예문들에서 잘 확인된다.

(8) c. 사ᄅᆞ미 ᄇᆡ(18a)홈 이쇼ᄆᆞᆯ 아쳐라 ᄒᆞᆯ 시라(惡人有學이니라)
<번小六 18b>
d. ᄂᆞᆷᄋᆡ ᄇᆡ홈 이심을 아쳐ᄒᆞᄂᆞ니라(惡人有學이니라)
<小언五 17a>

구결문의 口訣 'ㅣ니라'가『小學諺解』권5에서는 '-이니라'로 번역되고『飜譯小學』권6에서는 '-리라'로 번역된다는 것은 동일 원문의 번역인 다음 예문들에서 잘 확인된다.

(8) e. 도ᄅᆞ혀 가히 ᄀᆞᆮᄒᆞ리라(反類狗者也ㅣ니라) <번小六 15a>
f. 도ᄅᆞ혀 개 ᄀᆞᆮ홈이니라(反類狗者也ㅣ니라) <小언五 14a>

구결문의 口訣 '니라'가『小學諺解』권5에서는 '-ᄂᆞ니라'로 번역되고『飜譯小學』권6에서는 '-놋다'로 번역된다는 것은 동일 원문의 번역인 다음 예문들에서 잘 확인된다.

(8) g. 위와돌 사ᄅᆞ미 너를 희롱ᄒᆞᄂᆞᆫ 줄 아디 몯ᄒᆞ놋다(不知承奉者ㅣ以爾爲玩戱니라) <번小六 25a>
h. 위왇ᄂᆞᆫ 이 널로 완롱ᄒᆞ야 희이침 삼ᄂᆞᆫ 주를 아디 몯ᄒᆞᄂᆞ니라(不知承奉者ㅣ以爾爲玩戱니라) <번小六 23b>

<9> 口訣 '이니, 니'

구결문의 口訣 '이니'가『小學諺解』권5에서는 '-ᄋᆞ리니'로 번역되고『飜譯小學』권6에서는 '-ᄋᆞ니'로 번역된다는 것은 동일 원문의 번역인 다음 예문들에서 잘 확인된다.

(9) a. ᄇᆡ호ᄆᆞᆯ 일올 주리 업ᄉᆞ니(無以成學이니) <번小六 16b>
b. 뻐 ᄇᆡ홈올 일옴이 업ᄉᆞ리니(無以成學이니) <小언五 15b>

구결문의 口訣 '니'가『小學諺解』권5에서는 '-ᄂᆞ니'로 번역되고『飜譯小學』권6에서는 연결어미 '-며'로 번역된다는 것은 동일 원문의 번역인 다음 예문들에서 잘 확인된다.

(9) c. 도로 ᄠᅳᆯ어듀미 이시며(還有替니) <번小六 28a>

d. 도로 믈허딤이 인ᄂᆞ니(還有替니) <小언五 25b>

<10> 口訣 '면'

구결문의 口訣 '면'이 『小學諺解』 권5에서는 연결어미 '-면'으로 번역되고 『飜譯小學』 권6에서는 부사형어미 '-아셔ᄂᆞᆫ'으로 번역된다는 것은 동일 원문의 번역인 다음 예문들에서 잘 확인된다.

(10) a. ᄠᅳ디 지향올 몰라셔ᄂᆞᆫ(未見意趣면) <번小六 7a>
b. ᄠᅳ의 지취롤 보디 몯ᄒᆞ면(未見意趣면) <小언五 7a>

<11> 口訣 '인댄, ㄴ댄'

『小學諺解』 권5에서는 구결문의 口訣 'ㄴ댄'이 '-ㄴ댄'으로 번역되고 『飜譯小學』 권6에서는 구결문의 口訣 '인댄'이 '-이면'과 '-면'으로 번역된다는 것은 동일 원문의 번역인 다음 예문들에서 잘 확인된다.

(11) a. 제 쳔량올 해자홀 거시면(費己之財인댄) <번小六 32b>
b. 내의 지믈을 허비홀딘댄(費己之財ㄴ댄) <小언五 30b>

(11) c. 父母ㅣ 아쳗비 너기면(父母ㅣ 惡之인댄) <번小六 32b>
d. 父母ㅣ 아쳐홀딘댄(父母ㅣ 惡之ㄴ댄) <小언五 30b>

<12> 口訣 '이나'

구결문의 口訣 '이나'가 『小學諺解』 권5에서는 '-나'로 번역되고 『飜譯小學』 권6에서는 '-야도'로 번역된다는 것은 동일 원문의 다음 예문들에서 잘 확인된다.

(12) a. 비록 ᄀᆡ명코져 ᄒᆞ야도(雖欲開明이나) <번小六 12a>
b. 비록 열어 ᄇᆞᆰ게 ᄒᆞ고져 ᄒᆞ나(雖欲開明이나) <小언五 11b>

<13> 口訣 'ㅣ언마는, ㅣ언마는'

『小學諺解』 권5에서는 구결문의 구결 'ㅣ언마는'이 '-ㄴ마는'으로 번역되고『飜譯小學』 권6에서는 구결문의 구결 'ㅣ언마는'이 '-ㄴ마론'으로 번역된다는 사실은 동일 원문의 다음 예문들에서 잘 확인된다.

(13) a. 션비의 이레 ᄀᆞ장 갓갑건마론(於儒者事애 最近ㅣ언마는) <번小六 6b>
b. 션비 일에 ᄀᆞ장 갓갑건마는(於儒者事애 最近이언마는) <小언五 6a>

2. B型: 口訣의 相異와 文法的 要素의 一致

『飜譯小學』 권6과『小學諺解』 권5에서 구결문의 口訣은 다른데 諺解文의 文法的 要素가 一致한다.『小學諺解』 권5에서는 구결과 문법적 요소가 일치하고『飜譯小學』 권6에서는『小學諺解』 권5와 口訣은 다른데 문법적 요소는 일치한다.

<1> 口訣 'ㅣ니'와 '롤'

『小學諺解』 권5의 口訣 '롤'과『飜譯小學』 권6의 口訣 'ㅣ니'가 각각 '-롤'과 '-올'로 번역된다는 것은 동일 원문의 번역인 다음 예문들에서 잘 확인된다.

(1) a. 子路의 ᄡᆞᆯ 지던 톄옛 일돌홀(如……子路의 負米之類ㅣ니) <번小六 5b>

b. 子路의 ᄡᆞᆯ 짐 ᄀᆞᄐᆞᆫ 類ᄅᆞᆯ(如……子路의 負米之類ᄅᆞᆯ)
<小언五 5a>

<2> 口訣 'ᄒᆞ실ᄉᆡ'와 '애'

『小學諺解』 권5의 口訣 '애'와『飜譯小學』 권6의 口訣 'ᄒᆞ실ᄉᆡ'가 모두 '-ㄹ 제'로 번역된다는 사실은 동일 원문의 다음 예문들에서 잘 확인된다.

(2) a. 漢나랏 昭烈이란 님금이 업스실 제(漢昭烈이 將終ᄒᆞ실ᄉᆡ)
<번小六 15b>

b. 漢昭烈이 쟝ᄎᆞᆺ 죽을 제(漢昭烈이 將終애) <小언五 14b>

<3> 口訣 'ᄒᆞ라'와 '라'

『小學諺解』 권5의 口訣 '라'와『飜譯小學』 권6의 口訣 'ᄒᆞ라'가 각각 '-라'와 '-ㅣ라'로 번역된다는 사실은 동일 원문의 번역인 다음 예문들에서 잘 확인된다.

(3) a. 잠짠도 교만ᄒᆞᆫ ᄆᆞᅀᆞᆷ을 내디 마롤디라(不敢生驕易ᄒᆞ라)
<번小六 21b>

b. 敢히 교만ᄒᆞ고 쉽살홈을 내디 말라(不敢生驕易라)
<小언五 20a>

<4> 口訣 'ᄒᆞ라'와 'ㅣ니라'

『小學諺解』 권5의 口訣 'ㅣ니라'와『飜譯小學』 권6의 'ᄒᆞ라'가 각각 '-ㅣ니라'와 '-니라'로 번역된다는 사실은 동일 원문의 번역인 다음 예문들에서 잘 확인된다.

(4) a. 기피 긔디홀디니라(宜深誌之ᄒᆞ라) <번小六 17b>

b. 맛당히 깁히 긔디홀디니라(宜深誌之니라) <小언五 16a>

(4) c. 이 글 지순 사르미 譏弄올 추려 보미 맛당후니라(宜鑑詩人刺후라) <번小六 22b>

d. 맛당히 詩 지은 사룸의 긔롱을 볼디니라(宜鑑詩人刺ㅣ니라) <小언五 21a>

<5> 口訣 '후니라'와 'ㅣ니라'

『小學諺解』 권5의 口訣 'ㅣ니라'와 『飜譯小學』 권6의 口訣 '후니라'가 각각 '-ㅣ니라'와 '-니라'로 번역된다는 사실은 동일 원문의 번역인 다음 예문들에서 잘 확인된다.

(5) a. 브즈러니 모든 즈(25b)데롤 警戒후니라(殷勤戒諸子후니라) <번小六 26a>

b. 殷勤히 모든 즈데롤 경계훈 배니라(殷勤戒諸子ㅣ니라) <小언五 24a>

<6> 口訣 '후고'와 '이오'

『小學諺解』 권5의 口訣 '이오'와 『飜譯小學』 권6의 口訣 '후고'가 모두 연결어미 '-고'로 번역된다는 사실은 동일 원문의 번역인 다음 예문들에서 잘 확인된다.

(6) a. 구다드마 졍히 몯(16b)후고(不能研精후고) <번小六 17a>

b. 能히 졍미훈 곧올 궁구티 몯후고(不能研精이오) <小언五 15b>

<7> 口訣 '후고'와 '후며'

『小學諺解』 권5의 口訣 '후며'와 『飜譯小學』 권6의 口訣 '후고'가 모두

연결어미 '-며'로 번역된다는 사실은 동일 원문의 번역인 다음 예문들에서 잘 확인된다.

(7) a. ᄂᆞᄆᆞᆯ 尊히 ᄒᆞ며(尊人ᄒᆞ고) <번小六 22b>
 b. 사ᄅᆞᆷ을 尊히 ᄒᆞ며(尊人ᄒᆞ며) <小언五 21a>

<8> 口訣 'ᄒᆞᄂᆞ니'와 '이니'

『小學諺解』 권5의 口訣 '이니'와 『飜譯小學』 권6의 口訣 'ᄒᆞᄂᆞ니'가 모두 '-ᄂᆞ니'로 번역된다는 사실은 동일 원문의 번역인 다음 예문들에서 잘 확인된다.

(8) a. 일마다 ᄒᆞ욜 법이 잇ᄂᆞ니(必有則ᄒᆞᄂᆞ니) <번小六 1b>
 b. 반ᄃᆞ시 법이 잇ᄂᆞ니(必有則이니) <小언五 1b>

<9> 口訣 'ᄒᆞ니'와 'ᄒᆞ시니'

『小學諺解』 권5의 口訣 'ᄒᆞ시니'와 『飜譯小學』 권6의 口訣 'ᄒᆞ니'가 모두 '-시니'로 번역된다는 사실은 동일 원문의 번역인 다음 예문들에서 잘 확인된다.

(9) a. 일로브터 공부를 ᄒᆞ시니(自這裏做工夫ᄒᆞ니) <번小六 35b>
 b. 이 가온ᄃᆡ로브터 工夫ᄅᆞᆯ ᄒᆞ시니(自這裏做工夫ᄒᆞ시니) <小언五 33a>

<10> 口訣 'ㅣ라'와 'ᄒᆞ야'

『小學諺解』 권5의 口訣 'ᄒᆞ야'와 『飜譯小學』 권6의 口訣 'ㅣ라'가 모두 부사형어미 '-어'로 번역된다는 사실은 동일 원문의 번역인 다음 예문들에서 잘 확인된다.

(10) a. 세쇽이 다 쳥쇄코 녕담ᄒᆞ니롤 쳔히 너겨(舉世賤淸素ㅣ라)
<번小六 26a>
b. 온 셰샹이 다 ᄆᆞᆰ고 검소홈을 쳔히 너겨(舉世賤淸素ᄒᆞ야)
<小언五 24a>

<11> 口訣 '니라'와 'ᄒᆞᄂᆞ니라'

『小學諺解』 권5의 口訣 'ᄒᆞᄂᆞ니라'와『飜譯小學』 권6의 口訣 '니라'가 모두 '-ᄂᆞ니라'로 번역된다는 사실은 동일 원문의 번역인 다음 예문들에서 잘 확인된다.

(11) a. ᄲᆞᆯ리 ᄃᆞᄅᆞ면 업드로미 하ᄂᆞ니라(亟走多顚躓니라)
<번小六 28a>
b. 급히 ᄃᆞᄅᆞ면 업드롬이 하ᄂᆞ니라(亟走多顚躓ᄒᆞᄂᆞ니라)
<小언五 26a>

<12> 口訣 '니라'와 '어니와'

『小學諺解』 권5의 口訣 '어니와'와『飜譯小學』 권6의 口訣 '니라'가 각각 '-이어니와'와 '-어니와'로 번역된다는 사실은 동일 원문의 번역인 다음 예문들에서 잘 확인된다.

(12) a. 오히려 다와기 ᄀᆞᆮᄒᆞ려니와(尙類鶩者也니라) <번小六 15a>
b. 오히려 다와기 ᄀᆞᆮ홈이어니와(尙類鶩者也어니와)
<小언五 14a>

<13> 口訣 '오'와 'ᄒᆞ고'

『小學諺解』 권5의 口訣 'ᄒᆞ고'와『飜譯小學』 권6의 口訣 '오'가 모두 연결어미 '-고'로 번역된다는 사실은 동일 원문의 번역인 다음 예문들에서 잘

확인된다.

(13) a. 섈리 일면 굳디 몯ᄒᆞ고(速成不堅牢오) <번小六 28a>
b. 섈리 일면 굳(25b)디 몯ᄒᆞ고(速成不堅牢ᄒᆞ고) <小언五 26a>

<14> 口訣 'ㅣ니'와 'ᄒᆞᄂᆞ니'

『小學諺解』 권5의 口訣 'ᄒᆞᄂᆞ니'와 『飜譯小學』 권6의 口訣 'ㅣ니'가 모두 '-ᄂᆞ니'로 번역된다는 사실은 동일 원문의 번역인 다음 예문들에서 잘 확인된다.

(14) a. 비얌과 全蠍 저홈 ᄀᆞ티 ᄒᆞᄂᆞ니(如畏蛇蠍ㅣ니) <번小六 30a>
b. 비얌과 젼갈 저홈 ᄀᆞᆮ티 ᄒᆞᄂᆞ니(如畏蛇蠍ᄒᆞᄂᆞ니)
<小언五 28a>

(14) c. 조샹 니수믈 긋게 ᄒᆞᄂᆞ니(絕嗣ㅣ니) <번小六 31a>
d. 嗣ᄅᆞᆯ 絕ᄒᆞᄂᆞ니(絕嗣ᄒᆞᄂᆞ니) <小언五 29a>

<15> 口訣 '이면'과 'ᄒᆞ면'

『小學諺解』 권5의 口訣 'ᄒᆞ면'과 『飜譯小學』 권6의 口訣 '이면'이 모두 연결어미 '-면'으로 번역된다는 사실은 동일 원문의 번역인 다음 예문들에서 잘 확인된다.

(15) a. ᄀᆞ장 오라 이러 니그면(久久成熟이면) <번小六 5b>
b. 오라며 오라셔 이러 니그면(久久成熟ᄒᆞ면) <小언五 5b>

(15) c. ᄒᆞᆫ골ᄀᆞ티 향ᄒᆞ야 맛들면(一向好著이면) <번小六 6b>
d. ᄒᆞᆫ골ᄀᆞ티 됴히 너기면(一向好著ᄒᆞ면) <小언五 6a>

<16> 口訣 'ㅣ언뎡'과 'ㅣ오'

『小學諺解』 권5의 口訣 'ㅣ오'와『飜譯小學』 권6의 口訣 'ㅣ언뎡'이 모두 연결어미 '-고'로 번역된다는 사실은 동일 원문의 번역인 다음 예문들에서 잘 확인된다.

(16) a. 오직 실혹오로 ᄀᆞᄅᆞ쳐 글 닐기를 좀탁ᄒᆞ게 ᄒᆞ고(只教以經學念書ㅣ언뎡) <번小六 6a>
b. 오직 經을 비화 글 외옴으로ᄡᅥ ᄀᆞᄅᆞ치고(只教以經學念書ㅣ오) <小언五 6a>

한편 두 문헌의 口訣 'l언뎡'이 모두 '-ㅣ언뎡'으로 번역되는 경우도 있다.

(16) c. 출하리 주긇부디언뎡(寧死ㅣ언뎡) <번小六 13a>
d. 출하리 주글디언뎡(寧死ㅣ언뎡) <小언五 12b>

3. C型: 口訣의 相異와 文法的 要素의 不一致

『飜譯小學』 권6과『小學諺解』 권5에서 구결문의 口訣도 다르고 諺解文의 文法的 要素도 一致하지 않는다.『小學諺解』 권5에서는 구결과 문법적 요소가 일치를 보여주는데『飜譯小學』 권6에서는 양자가 일치하지 않는다.

<1> 口訣 'ᄒᆞ야'와 '이면'

『小學諺解』 권5의 口訣 '이면'이 연결어미 '-면'으로 번역되고『飜譯小學』 권6의 口訣 'ᄒᆞ야'가 연결어미 '-고'로 번역된다는 사실은 동일 원문의 번역인 다음 예문들에서 잘 확인된다.

(1) a. 어딘 이롤 ᄉᆞ랑ᄒᆞ고(思其所善ᄒᆞ야) <번小六 33b>
b. 그 어딘 바롤 싱각ᄒᆞ면(思其所善이면) <小언五 31b>

(1) c. 왼 이롤 ᄉᆞ랑ᄒᆞ고(思其所善ᄒᆞ야) <번小六 33b>
d. 그 어디디 아닌 일를 싱각ᄒᆞ면(思其所善이면) <小언五 31b>

<2> 口訣 'ᄒᆞ나'와 'ㅣ나'

『小學諺解』 권5의 口訣 'ㅣ나'가 연결어미 '-나'로 번역되고 『飜譯小學』 권6의 口訣 'ᄒᆞ나'가 부사형어미 '-야도'로 번역된다는 사실은 동일 원문의 번역인 다음 예문들에서 잘 확인된다.

(2) a. ᄇᆡ호다가 비록 다ᄃᆞᆮ디 몯ᄒᆞ야도(學之雖未至ᄒᆞ나)
<번小六 9a>
b. ᄇᆡ화 비록 니르디 몯ᄒᆞ나(學之雖未至ㅣ나) <小언五 8b>

<3> 口訣 '홀시'와 '이러니'

『小學諺解』 권5의 口訣 '이러니'가 '-더니'로 번역되고 『飜譯小學』 권6의 口訣 '홀시'가 '-거늘'로 번역된다는 사실은 동일 원문의 번역인 다음 예문들에서 잘 확인된다.

(3) a. 宰相이 ᄃᆞ외옛거늘(爲宰相홀시) <번小六 21a>
b. 宰相이 되엿더니(爲宰相이러니) <小언五 19b>

<4> 口訣 'ㅣ니'와 'ᄒᆞ니'

『小學諺解』 권5의 口訣 'ᄒᆞ니'가 '-이니'로 번역되고 『飜譯小學』 권6의 口訣 'ㅣ니'가 '-ᄂᆞ니'로 번역된다는 사실은 동일 원문의 번역인 다음 예문들에서 잘 확인된다.

(4) a. 이젯 사ᄅᆞ미 쉬 아디 몯ᄒᆞᄂᆞ니(今人이 未易曉ㅣ니)
<번小六 7b>
b. 이젯 사ᄅᆞᆷ이 수이 아디 몯ᄒᆞᆯ 거시니(今人이 未易曉ᄒᆞ니)
<小언五 7a>

<5> 口訣 '-니'와 '라'

『小學諺解』 권5의 口訣 '라'가 '-이라'로 번역되고『飜譯小學』 권6의 '니'가 '-ᄅᆞ시'로 번역된다는 사실은 동일 원문의 번역인 다음 예문들에서 잘 확인된다.

(5) a. 지블 正ᄒᆡ요매 시작일ᄉᆡ(正家之始니) <번小六 7b>
b. 집을 正히 홈애 비르슴이라(正家之始라) <小언五 7a>

제8장 結論

지금까지『飜譯小學』권6과『小學諺解』권5의 번역 양상에 대하여 논의해 왔다. 두 문헌의 대비를 통해 확인할 수 있는 두드러진 번역 양상으로 意譯, 語彙的 差異, 飜譯되지 않는 部分, 飜譯 順序, 文法的 差異 그리고 口訣과 諺解를 들 수 있다.

제2장에서는 意譯이 논의된다.『飜譯小學』권6과『小學諺解』권5의 대비를 통해『飜譯小學』권6에서는 의역되는 부분이 많이 있음을 발견할 수 있다. 첫째는 名詞類의 의역이고 둘째는 動詞類의 의역이고 셋째는 副詞語句의 의역이고 넷째는 節의 意譯다.

첫째로『飜譯小學』권6과『小學諺解』권5의 대비를 통해 名詞類가 의역되는 경우를 발견할 수 있다. 名詞類들이『소학언해』권5에서는 直譯되는데『번역소학』권6에서는 의역된다. 의역되는 名詞類에는 名詞, 名詞句 및 代名詞가 있다.

『소학언해』권5에서는 직역되는 名詞가『번역소학』권6에서는 명사, 名詞句 및 動作動詞句로 의역된다는 사실은 두 문헌의 對比를 통해 잘 확인된다. 의역되는 명사에는 固有名詞, 有情名詞, 具體名詞 및 抽象名詞가 있다.

『소학언해』권5에서는 직역되는 名詞句가『번역소학』권6에서는 명사, 명사구 및 동작동사구로 의역된다는 사실은 두 문헌의 대비를 통해 잘 확인된다.

『소학언해』권5에서는 직역되는 대명사 '此'와 '是'가『번역소학』권6에서는 각각 명사구 '이리홀 줄'과 '이 일'로 의역된다.

둘째로『번역소학』권6과『소학언해』권5의 대비를 통해 동사류가『번역소학』권6에서는 의역되고『소학언해』권5에서는 직역된다는 것을 알 수 있다. 『번역소학』 권6에서 의역되는 動詞類에는 動作動詞, 動作動詞句, 狀態動詞 및 狀態動詞句가 있다.

『소학언해』 권5에서는 동작동사로 직역되는 것이 『번역소학』 권6에서는 동작동사, 動作動詞句, 명사구, 助詞 그리고 語尾로 의역된다는 것은 두 문헌의 對比를 통해 명백히 확인된다.

『소학언해』 권5에서는 동작동사구로 직역되는 것이 『번역소학』 권6에서는 동작동사, 動作動詞句, 名詞句 및 節로 의역된다는 것은 두 문헌의 對比를 통해 잘 확인된다.

『소학언해』 권5에서는 狀態動詞로 직역되는 것이 『번역소학』 권6에서는 상태동사구, 동사구 및 명사구로 의역된다는 것은 두 문헌의 對比를 통해 명백히 확인된다. 『번역소학』 권6에서 의역되는 狀態動詞에는 '儉', '淸', '汪汪', '謙'및 '畏'가 있다.

『소학언해』 권5에서는 상태동사구로 직역되는 것이 『번역소학』 권6에서는 상태동사, 상태동사구, 名詞句 그리고 節로 의역된다는 것은 두 문헌의 對比를 통해 잘 확인된다.

셋째로 『소학언해』 권5에서는 부사어구로 직역되는 것이 『번역소학』 권6에서는 부사어로 의역된다는 것은 두 문헌의 對比를 통해 잘 확인된다.

넷째로 『소학언해』 권5에서는 節로 직역되는 것이 『번역소학』 권6에서는 상태동사로 의역된다는 것은 두 문헌의 對比를 통해 잘 확인된다.

제3장에서는 語彙的 差異가 논의된다. 어휘적 차이는 동일한 漢字와 漢字句가 『번역소학』 권6과 『소학언해』 권5에서 相異하게 번역되는 경우인데, 어휘적 차이는 여러 가지 유형으로 분류하여 고찰할 수 있다.

첫째로 동일한 漢字와 漢字句가 『번역소학』 권6에서는 명사류로 번역되고 『소학언해』 권5에서는 명사류로 번역된다는 것은 두 문헌의 對比를 통해 잘 확인된다. 『번역소학』 권6에서 번역되는 명사류에는 名詞, 명사구 및 代名詞가 있다. 『소학언해』 권5에서 번역되는 명사류에는 名詞, 명사구 및 代名詞가 있다.

둘째로 동일한 漢字와 漢字句가 『번역소학』 권6에서는 명사류로 번역되고 『소학언해』 권5에서는 동사류로 번역된다는 것은 두 문헌의 對比를 통해 잘 확인된다. 『번역소학』 권6에서 번역되는 명사류에는 名詞와 명사구가 있고 『소학언해』 권6에서 번역되는 동사류에는 動作動詞, 동작동사구 및 상태동사가 있다.

동일한 漢字와 漢字句가 『번역소학』 권6에서는 명사로 번역되고 『소학언해』 권5에서는 동사류로 번역된다. 『소학언해』 권5에서 번역되는 동사류에는 動作動詞句와 상태동사가 있다.

동일한 漢字와 漢字句가 『번역소학』 권6에서는 명사구로 번역되고 『소학언해』 권5에서는 동사류로 번역된다. 『소학언해』 권5에서는 번역되는 동사류에는 動作動詞, 동작동사구 및 상태동사가 있다.

셋째로 동일한 漢字가 『번역소학』 권6에서는 명사류로 번역되고 『소학언해』 권5에서는 副詞로 번역된다는 것은 두 문헌의 對比를 통해 잘 확인된다. 『번역소학』 권6에서 번역되는 명사류에는 名詞, 명사구 및 代名詞가 있다.

넷째로 동일한 漢字가 『번역소학』 권6에서는 代名詞로 번역되고 『소학언해』 권5에서는 冠形詞로 번역된다는 것은 두 문헌의 對比를 통해 잘 확인된다.

다섯째로 동일한 漢字와 漢字句가 『번역소학』 권6에서는 동사류로 번역되고 『소학언해』 권5에서는 動詞類로 번역된다는 것은 두 문헌의 對比를 통해 잘 확인된다. 『번역소학』 권6에서 번역되는 동사류에는 動作動詞, 동작동사구 및 상태동사가 있다. 『소학언해』 권5에서 번역되는 동사류에는 動作動詞, 동작동사구, 狀態動詞 및 상태동사구가 있다.

동일한 漢字와 漢字句가 『번역소학』 권6에서는 동작동사로 번역되고 『소학언해』 권5에서는 동사류로 번역된다. 『소학언해』 권5에서 번역되는 동사류에는 動作動詞, 동작동사구 및 상태동사가 있다.

동일한 漢字와 漢字句가 『번역소학』 권6에서는 동작동사구로 번역되고 『소학언해』 권5에서는 동사류로 번역된다. 『소학언해』 권5에서 번역되는 동사류에는 動作動詞, 동작동사구 및 상태동사가 있다.

동일한 漢字와 漢字句가 『번역소학』 권6에서는 상태동사로 번역되고 『소학언해』 권5에서는 동사류로 번역된다. 『소학언해』 권5에서 번역되는 동사류에는 狀態動詞, 동작동사 및 동작동사구가 있다.

여섯째로 동일한 漢字가 『번역소학』 권6에서는 동사류로 번역되고 『소학언해』 권5에서는 名詞로 번역된다는 것은 두 문헌의 對比를 통해 잘 확인된다. 『번역소학』 권6에서 번역되는 동사류에는 動作動詞와 동작동사구가 있다.

일곱째로 동일한 漢字와 漢字句가 『번역소학』 권6에서는 동사류로 번역되고 『소학언해』 권5에서는 副詞로 번역된다는 것은 두 문헌의 對比를 통해 잘 확인된다. 『번역소학』 권6에서 번역되는 동사류에는 동작동사구와 狀態動詞가 있다.

여덟째로 동일한 漢字句가 『번역소학』 권6에서는 상태동사로 번역되고 『소학언해』 권5에서는 冠形詞로 번역된다는 것은 두 문헌의 대비를 통해 잘 확인된다.

아홉째로 동일한 漢字가 『번역소학』 권6에서는 부사류로 번역되고 『소학언해』 권5에서는 副詞類로 번역된다는 것은 두 문헌의 對比를 통해 잘 확인된다. 『번역소학』 권6에서 번역되는 부사류에는 副詞와 副詞語가 있고 『소학언해』 권5에서 번역되는 부사류에는 부사와 부사어가 있다.

열째로 동일한 漢字가 『번역소학』 권6에서는 부사류로 번역되고 『소학언해』 권5에서는 動詞類로 번역된다는 것은 두 문헌의 對比를 통해 잘 확인된다. 『번역소학』 권6에서 번역되는 부사류에는 副詞와 副詞語가 있고 『소학언해』 권5에서 번역되는 동사류에는 動作動詞, 동작동사구 및 상태동사가 있다.

열한째로 동일한 漢字가 『번역소학』 권6에서는 부사로 번역되고 『소학언해』 권5에서는 名詞句로 번역된다는 것은 두 문헌의 對比를 통해 잘 확인된다.

열두째로 동일한 漢字와 漢字語가 『번역소학』 권6에서는 부사류로 번역되고 『소학언해』 권5에서는 冠形詞類로 번역된다는 것은 두 문헌의 對比를 통해 잘 확인된다. 『번역소학』 권6에서 번역되는 부사류에는 副詞와 부사구가 있고 『소학언해』 권5에서 번역되는 관형사류에는 관형사와 冠形語가 있다.

열셋째로 기타의 경우가 있다.

동일한 漢字가 『번역소학』 권6에서는 계사로 번역되고 『소학언해』 권5에서는 동작동사로 번역된다는 것은 두 문헌의 對比를 통해 잘 확인된다.

동일한 漢字가 『번역소학』 권6에서는 助詞로 번역되고 『소학언해』 권5에서는 부사로 번역된다는 것은 두 문헌의 對比를 통해 잘 확인된다.

동일한 漢字가 『번역소학』 권6에서는 조사로 번역되고 『소학언해』 권5에서는 助詞로 번역된다는 것은 두 문헌의 對比를 통해 잘 확인된다.

제4장에서는 飜譯되지 않는 部分이 논의된다. 『번역소학』 권6과 『소학언

해』 권5의 대비를 통해 『소학언해』 권5에서는 번역되고 『번역소학』 권6에서는 번역되지 않는 부분이 있다는 것을 알 수 있다. 『번역소학』 권에서 번역되지 않는 부분에는 名詞類, 動詞類, 副詞類 및 冠形詞가 있다. 넷 중 부사류가 제일 많이 번역되지 않는다.

첫째로 『소학언해』 권5에서는 번역되고 『번역소학』 권6에서는 번역되지 않는 名詞類에는 명사, 명사구 및 代名詞가 있다. 번역되지 않는 명사에는 '裏', '俗', 및 '所'가 있고 번역되지 않는 명사구에는 '要'가 있다. 그리고 번역되지 않는 代名詞에는 '斯'가 있다.

둘째로 『소학언해』 권5에서는 번역되고 『번역소학』 권6에서는 번역되지 않는 動詞類에는 動作動詞 '知', '玩', '得' 및 '繫'가 있고 動作動詞句 '慈'가 있고 상태동사 '切', '如' 및 '如此'가 있다.

셋째로 『소학언해』 권5에서는 번역되고 『번역소학』 권6에서는 번역되지 않는 부사류가 있다. 『번역소학』 권6에서 번역되지 않는 副詞에는 時間副詞 '嘗'과 '將' 등이 있고 樣態副詞 '徒', '足' 및 '必' 등이 있고 接續副詞 '亦'이 있다. 그리고 『번역소학』 권6에서 번역되지 않는 부사어에는 '令' '使' 및 '以'가 있다. 한편 『번역소학』 권6에서는 번역되고 『소학언해』 권5에서는 번역되지 않는 '略'이 있다.

넷째로 『소학언해』 권5에서는 번역되고 『번역소학』 권6에서는 번역되지 않는 冠形詞로 指示冠形詞 '是'와 '其'가 있다.

제5장에서는 飜譯 順序가 논의된다. 『번역소학』 권6과 『소학언해』 권5의 對比를 통해 번역 순서에 큰 차이가 있다는 것이 명백히 확인된다. 번역 순서에 큰 차이를 보여 주는 것으로 名詞, 動詞類 및 副詞類가 있다. 그리고 分節 즉 끊어 읽기의 차이로 번역 순서가 달라진다는 것을 확인할 수 있다.

『번역소학』 권6에서는 명사로 번역되고 『소학언해』 권5에서는 명사와 부사로 번역되는 것이 번역 순서에 차이를 보여 준다.

『번역소학』 권6에서는 동사류로 번역되고 『소학언해』 권5에서는 動作動詞와 副詞로 번역되는 것이 번역 순서에 차이를 보여 준다. 『번역소학』 권6에서 번역되는 동사류에는 동작동사와 상태동사가 있다. 『번역소학』 권6에서 번역되는 동작동사로 '硏'과 '謹'을 비롯하여 '肯'과 '敎' 등이 있고 『번역소학』 권6에서 번역되는 상태동사로 '宜'가 있다.

『번역소학』 권6에서는 부사류로 번역되는 것과 『소학언해』 권5에서는 부사, 동사류 및 名詞로 번역되는 것이 번역 순서에 차이를 보여 준다는 것은 두 문헌의 對比를 통해 잘 확인된다. 『번역소학』 권6에서 번역되는 부사류에는 副詞와 부사어가 있다. 『번역소학』 권6에서 번역되는 부사에는 양태부사 '崇', '能' 및 '怡怡'가 있고 시간부사 '先'과 부정부사 '不'이 있다.

『번역소학』 권6과 『소학언해』 권5의 對比를 통해 分節 즉 끊어 읽기의 차이로 文脈과 意味가 달라진다는 것을 알 수 있다.

제6장에서는 文法的 差異가 논의된다. 『번역소학』 권6과 『소학언해』 권5의 對比에서 발견되는 주목할 만한 文法的 差異에는 格의 差異, 動詞의 格支配, 語尾의 差異, 접미사 '-재'의 有無, 節 構成의 差異, 否定法의 差異 및 使動의 差異가 있다.

첫째로 『번역소학』 권6과 『소학언해』 권5의 對比를 통해 同一한 명사가 相異한 格을 취한다는 것을 알 수 있다. 격의 차이는 主格과 屬格을 비롯하여 여러 유형이 있다.

둘째로 『번역소학』 권6과 『소학언해』 권5의 對比를 통해 동사류의 格支配에 큰 차이가 있다는 것을 알 수 있는데 그 차이는 몇 가지 유형으로 분류하여 고찰할 수 있다.

셋째로 『번역소학』 권6과 『소학언해』 권5의 對比를 통해 어미에 큰 차이가 있다는 것을 알 수 있다. 어미의 차이에는 명사형어미 '-옴'과 '-기', 명사형어미 '-옴'과 부사형어미 '-디', 冠形詞形과 名詞形, 冠形詞形, 副詞形과 副詞形과 名詞形, '-과뎌'와 名詞形, '-아도'와 '-아셔', 선어말어미 '-오/우-'의 有無 그리고 '-아/아 잇-'과 '-앗/엇-'이 있다.

넷째로 접미사 '-재'가 『번역소학』 권6에 나타나지 않고 『소학언해』 권5에 나타난다는 사실은 두 문헌의 對比를 통해 잘 확인된다.

다섯째로 『번역소학』 권6과 『소학언해』 권5의 對比를 통해 節 즉 目的節과 主節을 구성하는 데 큰 차이가 있다는 것을 확인할 수 있다.

여섯째로 『번역소학』 권6과 『소학언해』 권5의 對比를 통해 부정법에 차이가 있다는 것을 확인할 수 있다. 『번역소학』 권6에서는 否定의 부사 '아니'로 부정을 나타내고 『소학언해』 권5에서는 '-디 아니ᄒᆞ-'로 부정을 나타낸다.

일곱째로 使動形을 만드는 경우 『번역소학』 권6에서는 사동접사 '-ㅣ'가 사용되고 『소학언해』 권5에서는 長形 사동형 '-히 ᄒᆞ-'가 사용된다는 사실은 두 문헌의 대비를 통해 잘 확인된다. '正ᄒᆞ다'의 사동형이 『번역소학』 권6에서는 '正히다'이고 『소학언해』 권5에서는 '正히 ᄒᆞ다'이다.

제7장에서는 口訣과 諺解가 논의된다. 『飜譯小學』 권6과 『小學諺解』 권5의 대비를 통해 口訣文의 口訣과 諺解文의 文法的 要素와의 관계는 명백히 확인된다. 『飜譯小學』 권6과 『小學諺解』 권5에서 구결문의 구결과 언해문의 문법적 요소가 대부분 일치하나 兩者가 일치하지 않는 경우가 있다. 兩者의 不一致는 크게 세 가지 類型으로 분류할 수 있다. 첫째는 구결문의 구결이 같고 언해문의 문법적 요소가 일치하지 않는 경우(A型)이고 둘째는 구결이 다르고 언해문의 문법적 요소가 일치하는 경우(B型)이고 셋째는 구결도 다르고 언해문의 문법적 요소도 일치하지 않는 경우(C型)이다.

| 中世國語 文獻 目錄 |

■ 1편

釋譜詳節 卷卄一(1447)
法華經諺解 卷七(1464) : 東國大學校 영인본(1960).

■ 2편

月印釋譜 卷十三(1459) : 弘文閣 영인본(1982).
法華經諺解(1463) : 東國大學校 영인본(1960).

■ 3편

月印釋譜 卷七(1459) : 弘文閣 영인본(1977).
阿彌陁經諺解(1464) : 大提閣 영인본(1985).

■ 4편

救急方諺解(1466) : 한글학회 영인본(1975).
救急簡易方(1489) :
卷1,2 : 檀國大學校 東洋學硏究所 영인본(1982).
卷3,6 : 弘文閣 영인본(1997).
卷7 : 故 金完燮氏 小藏.

■ 5편

飜譯小學 卷六(1518) : 弘文閣 영인본(1984).
小學諺解 卷五(1588) : 檀國大學校 退溪學硏究所 영인본(1991)

| 参考文獻 |

1편

高正儀(1980), "十五世紀 國語의 副詞 硏究", 檀國大學校 大學院 碩士論文.

權和淑(2003), "『月印釋譜』 卷15와 『法華經諺解』의 比較 硏究", 한국외국어대학교 교육대학원 석사학위논문.

南星祐(1993), "月印釋譜의 國語學的 意義", 『震壇學報』 75, 震檀學會.

______(1996), "『月印釋譜』 卷十三과 『法華經諺解』의 飜譯", 『한국어문학연구』제7집, 한국외국어대학교 한국어문학연구회.

______(1998), "『釋譜詳節』 卷卄一과 『法華經諺解』의 同義語 硏究", 『한국어문학연구』제 9집, 한국어문학연구회.

______(2001), 『月印釋譜와 法華經諺解의 同義語 硏究』, 태학사.

盧銀朱(1990), "法華經의 飜譯에 대한 硏究 -특히 語彙 및 統辭를 中心으로-", 曉星女大 大學院 碩士論文.

閔賢植(1989), "中世國語 時間副詞 硏究", 서울大學校 大學院 博士論文.

朴瞬緖(1998), "『月印釋譜』 卷十二와 『法華經諺解』의 對比 硏究", 한국외국어대학교 교육대학원 석사학위논문.

朴喜植(1984), "中世國語의 副詞에 대한 硏究", 『國語硏究』 63.

서상규(1991), "16세기의 국어의 말재어찌씨의 통어논적 연구", 연세대학교 대학원 박사논문.

李奉奎(1995), "釋譜詳節 권20과 月印釋譜 권18의 對比 硏究", 韓國外國語大學校 敎育大學院 碩士論文.

李錫祿(1992), "月印釋譜 卷11 · 12와 法華經諺解의 對比 硏究", 韓國外國語大學校 大學院 碩士論文.

이호권(2001), 『석보상절의 서지와 언어』,태학사.

조재영(1995), "번역 방법의 유형과 번역의 단계", 『言語와 言語學』 21집, 한국외국어대학교 언어연구소

Nida, Eugene A. and Taber, Charles R.(1982), *The Theory and Practice of Translation*, Leiden : E. J. Brill.

■ 2편

高正儀(1980), “十五世紀 國語의 副詞 研究”, 檀國大學校 大學院 碩士論文.
南星祐(1986), 『十五世紀 國語의 同義語 研究』, 塔出版社.
______(1993), “月印釋譜의 國語學的 意義”, 『震檀學報』 75, 震檀學會.
______(1996), “『月印釋譜』 卷十三과 『法華經諺解』의 飜譯”, 『한국어문학연구』 제7집, 한국외국어대학교 한국어문학연구회.
盧銀朱(1990), “法華經의 飜譯에 대한 研究 -특히 語彙 및 統辭를 中心으로-”, 曉星女大 大學院 碩士論文.
閔賢植(1989), “中世國語 時間副詞 研究”, 서울大學校 大學院 博士論文.
朴瞬緖(1998), “『月印釋譜』 卷12와 『法華經諺解』의 對比 研究”, 한국외국어대학교 교육대학원 석사학위논문.
朴喜植(1984), “中世國語의 副詞에 대한 研究”, 『國語研究』 63.
서상규(1991), “16세기의 국어의 말재어찌씨의 통어논적 연구”, 연세대학교 대학원 박사논문.
李奉奎(1995), “釋譜詳節 권20과 月印釋譜 권18의 對比 研究”, 韓國外國語大學校 敎育大學院 碩士論文.
李錫祿(1992), “月印釋譜 卷11·12와 法華經諺解의 對比 研究”, 韓國外國語大學校 大學院 碩士論文.
조재영(1995), “번역 방법의 유형과 번역의 단계”, 『言語와 言語學』 21집, 한국외국어대학교 언어연구소
Nida, Eugene A. and Taber, Charles R.(1982), *The Theory and Practice of Translation*, Leiden : E. J. Brill.

■ 3편

權和淑(2003), “『月印釋譜』 卷15와 『法華經諺解』의 比較 研究”, 한국외대 교육대학원 석사학위논문.
南星祐(1996), “『月印釋譜』 卷13과 『法華經諺解』의 飜譯”, 『한국어문학연구』 제7집, 한국외국어대학교 한국어문학연구회.

朴瞬緖(1998), "『月印釋譜』 卷十二와 『法華經諺解』의 對比 硏究", 한국외대교육대학원 석사학위논문.

이영림(1991), "『阿彌陁經諺解』와 『月印釋譜』 卷7의 비교", 『어문교육논집』 11, 부산대학교 사범대학.

4편

김영신(1976), "『救急方諺解』 상하의 어휘 고찰", 『수련어문집』 제4집, 부산여자대학교

______(1978). "『救急方諺解(상·하)』의 연구-굴곡론 중심으로-", 『부산여대논문집』 6, 부산여자대학 출판부

김지용(1971), "『救急簡易方』 문헌고", 『한글』 제148호, 한글학회.

김지용(1975), "『救急簡易方』 해제", 『救急方 上下』, 한글학회.

南星祐(1996), "『月印釋譜』 권13과 『法華經諺解』의 飜譯", 『한국어문학연구』제7집, 한국외국어대학교 한국어문학연구회

______(1997), "『飜譯小學』 권6과 『小學諺解』 권5의 飜譯", 『口訣硏究』 제2집, 口訣學會.

安秉禧(1979), "中世語의 한글 資料에 대한 綜合的 硏究", 『奎章閣』 3, 서울大 圖書館.

元順玉(1996), "『救急方諺解』의 語彙 硏究", 대구효성가톨릭대 대학원 석사학위 논문.

李基文(1959), "『救急方諺解』에 대하여", 『문리대학보』제7권 제2호, 서울대학교

田光鉉(1982), "解題", 『救急簡易方諺解』 東洋學叢書 第九輯, 檀國大學校 東洋學硏究所.

Nida, Eugene A. and Taber, Charles R. (1982), *The Theory and Practice of Translation*, Leiden : E. J. Brill.

■■ 5편

고영근(1997),『표준 중세국어 문법론』(개정판), 집문당.

金相大(1985),『中世國語 口訣文의 國語學的 硏究』, 翰信出版社.

金完鎭(1975), "飜譯朴通事와 朴通事諺解의 比較 硏究",『東洋學』 제5집, 檀國大學校 東洋學硏究所.

김태곤(1981), "소학언해의 국어학적 연구", 인하대 대학원 석사학위논문.

南星祐(1997), "『飜譯小學』 卷六과『小學諺解』 卷五의 飜譯"『口訣硏究』 제2집, 口訣學會

서상규(1991), "16세기 국어의 말째어찌씨의 통어론적 연구", 연세대 대학원 박사학위논문.

安秉禧(1979), "中世國語 한글 資料에 대한 綜合的인 考察",『奎章閣』 3. 서울大 圖書館

梁尙淳(1998),『飜譯小學』卷九와『小學諺解』卷六의 比較 硏究, 한국외국어대학교 교육대학원 석사학위논문.

李基文(1959), "十六世紀 國語의 硏究",『文理論集』 4집, 고려대.

______(1960), "소학언해에 대하여",『한글』 127호, 한글학회.

李崇寧(1973), "小學諺解의 戊寅本과 校正廳本의 比較 硏究",『진단학보』 36호, 진단학회.

李英愛(1986), "飜譯小學과 小學諺解의 比較 硏究", 효성여대 대학원 석사학위 논문.

李賢熙(1988), "'小學'의 諺解에 대한 比較 硏究",『한신논문』 제5집, 한신대학.

林旻奎(1987), "『小學諺解』의 國語學的 考察", 고려대 대학원 석사학위논문.

韓在永(1996),『十六世紀 國語 構文의 硏究』, 신구문화사.

허 웅(1989),『16세기 우리 옛말본』, 샘문화사.

洪允杓(1984),『飜譯小學 卷之六・七 解題』, 홍문각.

Nida, Eugene A. and Taber, CharlesR.(1982), *Th Theory and Practice of Translation*, Leiden: E. J. Brill.

저자 南星祐

1963년 서울대학교 문리과대학 국어국문학과 졸업
1969년 서울대학교 대학원 국어국문학과 문학석사
1986년 서울대학교 대학원 국어국문학과 문학박사
1975년~2006년 한국외국어대학교 사범대학 한국어교육과 교수 역임
現 한국외국어대학교 사범대학 한국어교육과 명예교수

· 저서『國語意味論』,『十五世紀 國語의 同義語 硏究』
『月印釋譜와 法華經諺解의 同義語 硏究』
『16세기 국어의 동의어 연구』
· 역서『意味論의 原理』,『意味論: 意味科學入門』

中世國語 文獻의 飜譯 硏究

초판인쇄 2007년 11월 20일
초판발행 2007년 11월 30일

저자 남성우
발행 제이앤씨

서울시 도봉구 창동 624-1 현대홈시티 102-1206
등록번호 · 제7-220호 / 전화 (02) 992-3253(代) 팩스 (02) 991-1285
E-mail jncbook@hanmail.net / URL http://www.jncbook.co.kr

ISBN 978-89-5668-556-4 93810

정가 50,000원